美国的智慧 ^上

The Wisdom of America

林语堂 著

刘启升 译

湖南文艺出版社
HUNAN LITERATURE AND ART PUBLISHING HOUSE

博集天卷
CS-BOOKY

先知
CLASSICS
体 味 经 典 的 重 量

目 录
Contents

前　言

　　我在美国生活十几年了，而不敢冒昧写一本关于这个国家的书；我在曼哈顿生活了将近十年，而不敢冒昧写一本关于纽约的书，关于那座神秘莫测的昏暗城市的书；我甚至也不敢冒昧写一本关于八十四街的书，因为我对此知之甚少。不过，我刚刚完成了美国写作的精神之旅，写一写这方面的事情似乎轻而易举。也许我从未给自己放过如此野性的假期，自由自在、全心全意地花时间欣赏美国精神领域中所有激励人心的景致，而无须考虑明天的日子会怎么样。我以前做过许多短途旅行，非常熟悉这类景观。而当这些景观近在咫尺供我悠闲欣赏时，我的喜悦无以复加——奥利弗·温德尔·霍姆斯（Oliver Wendell Holmes）的广袤草原、爱默生（Emerson）的白雪覆盖的山峰、梭罗（Thoreau）的花岗岩独石柱、爱德加·爱伦·坡（Edgar Allan Poe）的黑暗山洞、桑塔雅那（Santayana）海拔七千英尺的高原城市，本·富兰克林（Ben Franklin）会笑的山谷，林肯（Lincoln）令人敬畏的石雕穹顶，杰弗逊（Jefferson）希腊风格的宏伟建筑。

　　从这次壮观的旅行归来之后，我把旅行的感受一一记录在这本书中——我作为一个中国人的所看、所爱、所想、所失。旅途中，我一直在自言自语。我知道，如任何个人观点一样，自己的看法属于一家之言，有局限性。让我感兴趣的是去了解美国人的生活观，美国的一些伟大的思想家如何绞尽脑汁试图回答有关上帝、生命、不朽，以及人生的陷阱、争斗、快乐等诸多问题。这些事情对我来说意义非凡。

正如威廉·詹姆斯（William James）所说："人世间最有趣最有价值的事情是一个人的理想和信仰，是关于上帝、宗教、家庭、婚姻、生命、死亡、幸福的强烈信念和基本看法。"因而，我孜孜以求的是美国人的生存智慧。美国人的生活哲学永远不会融为一体；美国是一个多变的社会。然而，无论个人的视角可能有多么大的局限性，一幅美国智慧的全景图都可以绘制出来。

缺乏生活哲学的社会令人恐惧。据我了解，这一信念如今完全处于一种混乱不堪、无可救药的状态。倘若我们对于美国民众如何看待这类问题不能达成一致意见，至少可以评价一下洞察力极强的美国头号智者对此的态度以及他们的困惑和信心。每个民族都有自己清晰的头脑、敏锐的洞察力，牢牢地把握着影响我们行为和生存的所有决定性因素的根基，那些真实存在却无法看到的根基。为了恢复某些信念，必须求助于那些逝者、那些真实地看待生活的人们，去寻求美国哲人的那种平静、均衡的思辨品质，他们以某种秩序井然的和谐方式诠释着人类的内心和外在生活——那一定是这一探究的目标。从某种程度上来说，任何民族的重要思想都应该致力于追求这一泾渭分明的关系。

谢天谢地，我们并不认为我们会知晓所有真理，我们不是绝对主义者。我们不会知晓所有真理，我们只是在努力地理清我们的思绪。假如一位智者对真理的三次猜想中有一次是成立的，假如他像霍姆斯法官一样，对某一普遍原则经过深思熟虑之后，最终得出一个并不完美但勉强可行的生活公式，那么，这位智者就会心满意足。也许，比知晓真理更重要的是，如何去削弱我们的一些自鸣得意的信仰和完美无瑕的观念，这些信仰和观念无疑标志着任何一种思辨生活的开端。一个人借助智者的智慧，彻底消除自己某些粗俗的自满情绪，只有如此，他才能开始思考。人性不断地变得昏沉、不断地受到鞭策，以及不断地清醒过来。每一代人的思考过程都是这样开始的。我们都在预言生活，并不是因为我们喜欢预言，而是因为我们既已生于此世，就不得不穿越六七十年的生命轨迹，因而就必定要预测这样那样的信念。

然而，总有一些人的预言比其他人准确。我们大都认为，像爱默生、富兰克林、桑塔雅那等伟大的思想家无非就是一些相对优秀的预言家。生活的旅途是漫长的，我们都行在其中，每位旅客都在尽力预测最终的目的地——所谓的"生命的终点"。地平线上弥漫一片无法穿越的迷雾，在不同的港口，我们让一些乘客下船，催促他们回来告诉我们有关港口的情形，以便于我们更好地计划未来的征程，有几位乘客答应了，而他们却再也没有返回。于是，就像桑塔雅那笔下的"圣·克利斯朵夫号"轮船一样——那是以圣·彼得为船长，朝麦克诺波利斯进发，试图找到蓝色天堂的一艘轮船——我们继续乘风破浪。"鼓足勇气"是哲学家们此时能够留给我们的唯一哲言，而其中最优秀的哲学家告诉我们，重要的不是担心目的地港湾，而是享受旅途的快乐，我们可能长时间地自由自在地行进于这一旅途中，在行进过程中，我们的旅途变得乐趣无穷。"让我们为航行而航行！"一些真正的水手喊道。至于寻找蓝色天堂，"嗨，它一直就在我们的头顶！"桑塔雅那如是说。

我提醒自己，在美国一百七十年的历史中诞生了一些很生动的思想和作品。美国有头脑的人们曾经走过这段旅程，曾经一次次探索生命的许多美丽与可能。无论他们多么伟大，在他们的个人生活中，他们面临着和我们一样的生存问题。约翰·亚当斯（John Adams）和托马斯·杰弗逊（Thomas Jefferson）之间关于宗教、哲学、衰老和死亡的愉快的书信往来如今看来令人耳目一新。美国民族拥有一些出类拔萃的先人，他们崇拜自己的先人吗？我常常这样问自己。很遗憾，他们并不崇拜先人。了解一个人拥有出色的先人，这是一种有助于积聚力量和自豪感的模糊意识。美国民族还很年轻，但是他们的过去（我们可以追溯到三百年前）仍然令人钦佩。我不是指对印第安人的屠戮和与墨西哥人打仗；我的意思是，美国涌现了一批令人钦佩的人，他们果敢、坚强、乐观。一些现代人倾心研究他们内心并由此敬重他们。

谁是美国伟大的先人？什么是美国精神？一个民族拥有许许多多的先人，一些令人称赞，一些令人汗颜。一个人拥有一个做海盗船长的曾祖父、一个卖弄学问的祖母、一个苏格兰曾祖母，那么，他就是个混血儿。船长热爱冒险，苏格兰人处世谨慎，二者结合可谓相得益彰。即使杰弗逊也承认："至于商业，的确，我们有强烈的预感。"爱默生谈及找见"尼罗河的源头"，发现"个人的无限范围"；马克·吐温（Mark Twain）想到金钱；赫曼·梅尔维尔（Herman Melville）嘲笑声名；霍桑（Hawthorne）冥思苦想；沃尔特·惠特曼（Walt Whitman）建议人人之间都存在"兄弟般的亲吻"，从而建立模糊性征的民主。可是，富兰克林说教起来仿佛美国的孔子，具有良好的理性意识，闪烁着智慧和想象力；奥利弗·温德尔·霍姆斯的漫谈风格宛如美国的蒙田（Montaigne）。

我们的任务与其说是发现，不如说是再发现。一个人需要的与其说是思考不如说是记忆。有时，当年高德劭的人先于我们思考时，我们静静地坐着，认真地聆听就足够了。曾经领悟的真理不断地被遗忘，可谓人类思维的魔力；人类思想的历史正是这些"遗忘—记忆—再遗忘"的过程。雄鸡尚未啼叫三遍，我们已多次背弃真理。

有一点不言而喻。在写这本关于美国智慧的书的过程中，我参阅了一些博学之士的出版文选，也搜集了许多信件和日记。我坚定地摒弃了正统哲学。我认为，本书包含的思想应当是民间的而不是正统的，清楚地表述出来的而不是有争议的，未定型可以改变的却是自发的温情的，它传达了一种忍耐、刚强、十分个性化的气质。宇宙和生命激发了这些作家的灵感并在他们的脑海中激起共鸣，于是产生了某些思想，我就立刻把它们记录在这本书中。其中的一些思想可能是远见卓识，简单明了，而当上述作家开始向公众提出一个观点并深陷其中时，他们表现的并非这类思想。在收集这些自发产生的思想时，我就像一名聆听演讲的观众，主要关注的并非演讲的层次结构，而是试图捕捉演讲者稍纵即逝的微笑和没有充分显露的情感，尤其是演讲者放下讲稿，突然即兴发挥而左右逢源的精彩片段。我喜欢看见一名演讲者丢掉讲稿的情形，我喜欢偶然听到——只要可能——演讲者与主持人的窃窃私语。

就我而言，我只能承诺态度真诚而并非郑重其事，尽我所能地做到像朋友之间聊天一样。爱默生曾经说到，写作者"投身于广袤的时空，修建通往混沌世界和茫茫黑夜的大道，他的身后是那些带着野性的、创造性的快乐心情聆听他讲道的人们"。但愿我也会有那种感觉，但是我很少得到类似的宽慰。常常，我觉得自己倒像爱默生夫人一样，对厨房里的女佣发出一道新的指令，感觉自己就像一个孩子扔一块石头，然后就跑开。

再多说一句，当谈论中国思想和美国思想的时候，我一直觉得自己是一个现代人，分担着现代人的诸多问题，分享着发现的快乐。我只要讲"我们"，我指的是我们现代人。我尽可能保持着自己的东方文化底蕴，可由于本书谈的是美国智慧，我不能倾向于运用中国式的写作手法。我确信，我的所有观点、我所阅读的中国书籍以及从中汲取的营养，将以本书的重点内容和中心话题的方式一一反映出来。中国人一直热衷于（也可以说感动于）某些事情，尤其是日常生活问题。你不能要求他们不做什么，但我认为，那也就是他们的全部优点了。当克利斯朵夫·毛利（Christopher Morley）谈论"最后一支雪茄"的时候，当戴维·格雷森（David Grayson）谈论多福饼的黏着力，谈论其味浓、棕色、撒一点白糖就可享用的时候，抑或谈论又宽又厚、金黄色的南瓜饼烘烤于棕色的陶盘，同时大喊道："多棒的馅饼！"每当此时，我们彼此心照不宣。促进民族团结的并非信仰、希望和慈善事业，而是多福饼、热松饼和南瓜饼，这是比目前联合国还更加真实的团结。

最后，我必须感谢老理查德·J.沃什（Richard J.Walsh, Sr.）先生，他在本书付梓之前提出许多宝贵的建议和批评；我也要感谢安·J.史密斯（Anne J.Smith）女士，她在美国为我提供了不少我需要的书籍，这对我帮助很大。

第一章
生活的智慧

一、智慧的范围

　　唯一重要的哲学问题，关系我们及我们国民命运的唯一问题，是生存智慧问题。只有搞清其主题和范围，智慧才能称其为智慧，其范围只能是活着的人的生存领域。我就想把问题这么简单化，丝毫不愿意涉及一个让人非常遗憾的知识分支——形而上学。活着的人的问题是一个我们了解甚少的相当广阔的领域，其中充满了人类情感和希冀；充满了使我们不时地感到羞愧的动物遗产；充满了太古的、黑暗的、地表下的欲望，这在基督教义上称为附在我们身上的恶魔；充满了我们莫名其妙的高贵感，考虑到我们的来历的确莫名其妙，这在基督教义上称为驻在我们心中的上帝；充满了了不起的智慧及其结晶；充满了我们高尚的爱国情操，对国旗的热爱，铜管乐队带来的激动以及国际战事中并不光彩的屠戮。世界，生生不息的世界，是一个经常被人谈起的话题，有时候谈论得过多了。难道我们不可以不提不朽的问题吗？这应该是死者的合适话题和领地。对我们来说，他们死了，假如他们没有死，他们将从更好的角度讨论他们知道的一切；我们只有穿过阴阳界才能对此了解更多。我希望他们处理问题比我们的运气要好。爱默生在他的日记中写道："关于不朽的众所周知的证据是我们对其他任何解决方案都不满意。"这是一句广为引述的名言，它会继续流传下去。证据本身含有消极的成分，依赖于我们思想中的某种主观欲望。但是，由于使用了形容词"众所周知"，它的价值主要体现在文学创作上；否则，人们也不会引用得如此广泛。然而，一个中国人也许会这样说，说得同样恰如其分："关于死亡众所周知的证据是我们都跷起了我们的脚趾（代指死亡）。"因此，不管是在美国还是在其他地方，智慧的范围是一个简单的命题。我们都会死去，但在这短暂的几十年间，我们应该如何去做生命才最有价值呢？

"了解可能发生的事情是幸福的开端。"乔治·桑塔雅那（George Santayana）说。桑塔雅那只用一句话似乎就为我总结了关于智慧的适当领域，以及美国人的所言所思之精华。我知道，从知识结构上来看，桑塔雅那是一个在欧洲大陆出生的拉丁人；他的母亲是美国人，他先后在波士顿和坎布里奇成长和讲学，从这方面来说，他是个美国人。可实际上他是个游历四方的学者。我想提他是因为，如果缺少了这位人类和自然主义智慧的巨擘，对美国智慧堪称不可估量的损失。他的思想高屋建瓴，仿佛高山顶峰修造的一座城堡，空气虽然稀薄，但依然充满了浓厚的人情味。

但是，了解人类生活中可能发生的事情并非西方哲学的特征。悠闲地沉思，而对生活现实不闻不问，对我来说，似乎包含了西方正统哲学的全部内容——思考不朽、自由意志、绝对真理、绝对本质、绝对物质、知识的可能性或者不可能性。约翰·杜威（John Dewey）曾经一本正经地说道："针对知识的可能性这一问题发表的言论的确有一种讽刺意味。科学正在迅猛地发展，哲学家们却在询问知识是否可能。"①也许此后杜威对此给予了正确的补充——"他们认为知识是不可能的"。自由意志问题如何提出来，本身就表明思考的悠闲性。任何一个人，如果侍者问他需要茶还是咖啡，加不加奶油，冷的、热的还是冰的，锡兰茶还是中国茶，加柠檬还是牛奶，加一块、两块还是三块糖，那么，他知道他是自由的。任何凶手做完周密的计划之后，都清楚最终是否实施完全靠他自己拿主意；甚至由于仇恨、妒忌或恐惧造成的不正常的短暂的意志麻痹也只会证明正常意志在起作用。然而，在讨论自由意志和决定论方面已经浪费的笔墨足够一头河马畅游其中。

在这些西方哲学家们的眼中，知识和意识存在着完全的区分；事实上，过去三百年间，二者之间一直相互猜疑，争执不断。西方哲学家，从他全部思考的证据来看，被认为是对自己的意识不信任。在选用茶或咖啡时，他甚至不能遵循自己的思维过程。也许，只有威廉·詹姆斯曾经十分直白地说到，在坎布里奇结束一次演讲之后，他会按照自己的意愿漫步于三一大道或牛津街上。也许，把西方哲学家仅仅描绘成一个怀疑自身存在的人过于简单化了；也许，我们甚至可以断言，这是西方哲学的愚昧。我们很快就会明白，

---

①《人类将往何处去》，查尔斯·A. 比尔德（Charles A. Beard）编著。版权所有，1928 年，朗曼·格林公司出版。经授权再版。

美国人强烈的事实感是如何坚持不懈地对抗这一散漫的无用论的。但是此刻，我可以借鉴一位最睿智的现代美国人——克劳伦斯·戴伊（Clarence Day）的看法，他的话语富有幽默感和洞察力，他曾说："太多的道德卫士开始演讲时都轻视事实，轻视他们也包含其中的人。轻视是他们的自由，但同时他们也失去了作为道德卫士的资格。他们的感觉使他们忽视了作为讲学者应该具备的义务——'去发掘人类行为中最闪亮的部分，而不是把一系列不可能摆在他的面前并且告诉他如果他不解决这些不可能，他就应该受到诅咒'。"①

智慧主要是一种均衡意识，更是一种对我们人类局限性的把握。一些人绞尽脑汁试图弄清楚精神、本质和物质，哪个代表了最终的绝对性；他们绞尽脑汁只为追求其中的快乐，不会摧毁宇宙。宇宙继续运转，生命不断延续，丝毫不理会他们的存在。有人曾发表言辞巧妙的评论，称伯特兰德·罗素对上帝发怒是因为上帝并不存在，因为如果上帝存在上帝肯定愿意毁灭他。因此，对我来说，智慧就是强烈地意识到我们不是什么身份，比如我们并不是上帝，同时面对生命的本来面目。换言之，智慧包括两个层面的内容，是对生活和常识的思索。约翰·杜威，美国精神的典范，借助相对简明的方式诠释晦涩难懂、冗长乏味的抽象哲学，他之所以这样做，只不过在努力地告诉我们要依靠经验、相信经验，他曾经也将其与人类常识相提并论。②

---

① 《人猿世界》，克劳伦斯·戴伊著，经阿尔弗莱德·A.诺普夫（Alfred A. Knopf）公司许可再版。版权，1920年，1948年，凯瑟琳·B.戴伊和克劳伦斯·戴伊。

② "如今，这样一种（对于经验的）信念既没有清晰地表达出来，也没有得到广泛的传播。倘若如此，与其说这是哲学思想，还不如说是某种常识。"——《生活哲学》。西蒙和舒斯特（Simon and Schuster）出版公司。我仍然认为这是常识，尽管它属于"哲学思想"。

很久以前，有一个美国人无须重新积累自己的常识，因为他一直具备着常识。他有非凡的天赋、理想的出身，他的母亲快乐地生活在世上，心满意足。他也心满意足。本杰明·富兰克林，作为闪电爱好者、女性倾慕者，同时又是一位思想者。他知道自己该干什么，世界该干什么，美国该干什么。我们又有谁能够这样说呢！

因此，我希望从这位最睿智（或许也是最伟大）的美国人身上开始对美国智慧的探索，以便唤醒人们对生活的思索。一切哲学，人类的一切深邃思想，无疑都起源于如何看待这个星球上的人的寿命的短暂和虚幻。一旦真诚地去面对，人类常识也就自然而然地产生了。

1778 年，富兰克林居住在帕西，当时是巴黎的郊区。一天，他在布里昂夫人的陪同下，到两里格（约等于七英里）以外的约里磨坊——塞纳河上的一个岛屿，去参加一个文化人的欢乐聚会。在那里，富兰克林观察到一种名叫蜉蝣的昆虫，其寿命还不足一天，于是就写了下面的一则小品文，之后迅速地传开，巴黎文化圈里的朋友们争相传阅。他写这篇文章，是为了向布里昂夫人献殷勤，他正在追求布里昂夫人，而后者的丈夫当时还活着。求爱的结果是，富兰克林没有得到自己想要的，即这位法国贵夫人的青睐，他称之为"基督的慈悲"。然而，从此，在布里昂夫人的经常鼓励下，他创作了大量的小品文，这些小品文成为他最优秀作品的重要组成部分，标志着他成了一个天才作家。

对于离开此世的蜉蝣来说，声名算得了什么？

——本杰明·富兰克林

我亲爱的朋友，您也许还记得，我们上次在约里磨坊参加欢乐聚会时愉快地度过的那一天。公园里风光秀丽，参与者风雅得体。我们俩常常一起散步，有一次，我停留了一会儿，而其他人都已经往前走了。我们曾经看到过无数蜉蝣的尸体，那是一种两翼昆虫，据说它们在一天之内就会有好几代生死变化。这一次，在一片树叶上我偶然发现一群活着的蜉蝣，它们好像正在谈论什么。你知道，我了解所有低等动物的语言。我大量地研究它们，因此，我才在你的鼓励下取得了一点点进步。我怀着好奇心，想听一听这些小生命的对话。但是它们以其独有的种族活力，三四个同时讲话，所以我很难听清楚。尽管如此，我断断续续地也能听出一些内容，原来它们正在热烈地争论两个外族音乐家谁更优秀，一个是蚋，另外一个是蚊。它们全神贯注地争论着，似乎并没有意识到自己生命的短暂，好像有把握活到一个月似的。它们真是无忧无虑，我这样想到；统治它们的政府一定是明智的、公正的、温和的，没有牢骚、没有争斗，所以才会有闲情逸致去比较外族音乐家的优劣。我转过头来，看到一只花白头发的老年蜉蝣独自待在另外一片树叶上，正在自言自语。它的独白让我兴致勃勃，于是我把它记录下来，期望也能博得她的嫣然一笑。我对她感激不尽，因为她带给我最大的快乐，和她待在一起，我感到无比和谐和满足。

老蜉蝣说："在我们的种族中，学识渊博的古代哲学家们认为，在约里磨坊这片广袤的世界里，我们的寿命不会超过十八小时，我想这是不无道理的。太阳给天地万物带来生命，可是在运行过程中，它已经明显地向我们地球尽头的海洋倾斜过去。最终它会走完全程，消失在我们周围的海洋里，我们的世界因而陷入一片黑暗和严寒，于是，一切都将死亡、毁灭。在这一行程中，我已经生活了七小时，足足有四百二十分钟，这是一段了不起的时期。我们的种族中有几位能如此长寿！我经历了好几代蜉蝣的出生、成长和死亡。我现在的朋友是我年轻时朋友的子孙，而我原来的朋友，唉，都早已离开此世了！而我不久肯定也要随之而去，这是不可抗拒的自然规律。虽说我现在身子骨还算硬朗，但我也不能指望再活上七八分钟了。那么，我在这片树叶上辛苦劳作采集蜜露，而我自己又享受不到，我这是何苦呢！为了这片灌丛中的同胞的利益我参与了一次次政治斗争，为了我们种族的普遍利益我从事哲学研究，我又是何苦呢！在政治运动中，如果没有道德的约束，法律又有何用？我们现在的蜉蝣种族将在几分钟内腐败下去，就像其他更古老的蜉蝣种族一样，最终堕落到不可挽回的地步。在哲学上，我们取得的进步多么微不足道！呜呼，哲理无边，生命苦短！朋友们总是安慰我，说我已功成名就，身后留芳；说我品德高尚，一生荣耀。可是，对于离开此世的蜉蝣来说，声名算得了什么？假如宇宙万物乃至我们的整个约里磨坊天数已尽、行将毁灭，对于十八小时的历史应该作何评论呢？"

对于我来说，经过孜孜不倦的追求之后，我依然能够享受的真正快乐唯有对如何不虚掷漫长生命的思考，几只优秀的雌性蜉蝣的至理名言，还有布里昂夫人那永远亲切的笑容和话语……

[《蜉蝣：献给布里昂夫人》]

蜉蝣（Fuyu），其寿命不到二十四小时，中国古代哲学家庄子曾提到过这种昆虫。庄子经常利用鸟兽中的庞然大物和微小生物来说明生命现象的相对性。他曾经通过自己写的故事"蜗牛角上的战争"试图向世人证明战争是无济于事的。

魏王，就像现代的许多统治者一样，陷入了战争与和平的两难境地：敌人撕毁了和平协议，他想复仇。一位将军建议刺杀撕毁协议的人，另外一位大臣建议带兵攻打敌国，还有一位大臣为耗费大量人力建造的城池将要遭到毁坏而感到痛心。准备战争和不发动战争的决定似乎都欠考虑，魏王为此十分困惑。（我之所以愿意讲中国的这个故事，是因为现代人也处于同样的困境。）一个道教徒（戴晋人）觐见魏王，告诉他在道家学说中可以找到解决方案。魏王向他讨教其中缘由。

戴晋人问魏王："您听说过一种叫蜗牛的小动物吗？"

"听说过。"

"在蜗牛的左触角上有一个王国，叫做触氏；在蜗牛的右触角上也有一个王国，叫做蛮氏。两个王国为争夺土地连年战乱，每次争战，死者成千上万。当一方获胜，追扫残兵败将就得花半个月时间才能回到自己的国土。"

"唉，"魏王说，"你在给我讲一个虚构的故事吗？"

"这绝对不是虚构的故事。请问，您认为宇宙空间有止境吗？"

"没有止境。"魏王回答。

"那么，假如您展开想象力驰骋于无边无际的宇宙，再回过头来看看这熙来攘往的小小人间国土，是不是觉得您的王国若有若无、微不足道呢？"

"是这样。"魏王回答。

"那么，"道教徒说，"在这熙来攘往的小小人间国土之中有个魏国，在魏国之中有个大梁都邑，在这大梁都邑中才有了陛下您。

您认为，魏王和蛮氏国王有什么区别吗？”

　　“没有区别。”魏王说道。道教徒告退。魏王惘然若失。[1]

二、哲学家眼里的盲人的探路棒

　　“假若我把主要哲学家们的——这里暂不考虑二流作品和过渡时期的作品安置在四格书柜里，那么，在最上面一格，我摆放的将是印度作家的作品（既然我读不懂这一格作品的语言，我把它们放在我够不到的地方）；第二格，我将摆放希腊自然主义作家的作品，遗憾的是，这类作品数量有限，为了弥补，我将在这一格补充上文艺复兴的自由探究者的作品，一直到斯宾诺莎为止——经过两千年变迁，斯宾诺莎重又回到科学沉思的轨道，另外，本格还包括所有现代科学著作，因此，这一格将成为非普通哲学作品大全之格；在第三格，我将摆放柏拉图派的作品，这类作家包括亚里士多德、早期基督教作家、经院哲学家以及所有诚实的基督教神学家；在最后一格，我将摆上现代哲学或主观哲学的所有著作。出于怀疑，我将把和我同时代的作家作品摆放在桌子上。在这些作家中，有一些充满活力，我喜欢他们关于自我觉悟所做的素描，他们具有反叛性的自我中心主义、他们对术语的热心改革，以及他们赖以清楚地观察事物的某个微小部分的窥孔；他们拥有丰富的智慧，但是对我来说，他们就像小孩子玩弄盲人的探路棒一样；他们不知道自己身居何处，却仍旧激动万分。他们确实生活在普通的自然世界中，没有

————————

[1]《老子的智慧》，现代图书馆。

什么特别的事物威胁他们或吸引他们；为了认识哲学，他们只有设法摆脱哲学束缚。"[1]

这是乔治·桑塔雅那从哈佛退休回到欧洲之后发表的关于哲学发展的独白。对一位哲学教授的如此肺腑之言，我们表示感激，只希望这类话语更多地具有同样的爽直魅力、同样的诙谐灵气，以便了解其真正内涵。"我们就好像一群孩子在玩弄盲人的探路棒……兴奋异常却不知身居何处。"对于最近三百年以来的现代主观哲学来说，在哲学探索的乐趣方面，这是多么恰如其分的描述！"极其傲慢的费希特（Fichte）和尼采（Nietzsche）在才思枯竭、轻率多变的贝克莱（Berkeley）和休谟（Hume）面前显得相形见绌。这的确是一幅好景致：众神看见其中的一个大学肄业生把物质从宇宙中驱散，而另外一个肄业生却驱散了精神。"考虑到现代哲学普遍关注对于自我意识的科学审视，桑塔雅那对其要点所作的概述既公正又精确，如今所有学习哲学的人都必须承认这一点。[2]

毋庸置疑，现代哲学抨击的问题是知识的问题，是我们如何了解现实的问题。进行了三百年这样的探索，唯一的结论是我们一无所知，我们对现实无能为力，我们对事物本身无能为力。穿越现代知识漫长昏暗的走廊，人们听见了这些哲学家们恐怖的叫喊声——"我在哪里？""我还存在吗？""我是真实的吗？""我如何知晓自己的存在？"这些叫喊声充满了叠加的愤怒，回响在涂满灰泥的走

---

[1]《英国的独白》，乔治·桑塔雅那著。

[2] 当桑塔雅那谈到人类意识的自我分析这一独特问题时，他完全忽略了道德生活和自然世界，他很生动很合时宜地说："这条有思想的狗丢掉了口中的物质，转而抓住了他自己的大脑曾给予他的对物质的反思。怀着轻松、愉快、甚至是自负的心情，哲学家庭中年龄最小的孩子抛弃了所有传家宝，这真是奇妙的事情。"——《英国的独白》。

廊，人们仿佛这才意识到，唯一真实的是对未知世界的恐惧。

现代哲学家中有两个人看起来对这一现状很不满意。尽管他们承认玩弄盲人的探路棒令人兴奋，而当他们对此提出异议并称这一游戏有点不公平——对他们自己不公平、对现实世界不公平、对人类生存不公平的时候，他们的谈话依然妙语连珠。其中一位是威廉·詹姆斯，一个地地道道的美国人，红头发的脑袋里面闪烁着爱尔兰人的灵气；另外一位是乔治·桑塔雅那，像美国人一样优秀，却具有欧洲人主要是天主教徒的背景。他们两位悄悄地举起他们的哲学眼镜，偷窥外面的日光、树木和小鸟。他们举起眼镜的习惯备受非议；除非所有人都玩起同样的游戏，都假装不清楚自己的位置，他们才能消除自己的错觉。人们总是带着怀疑的眼光看待威廉·詹姆斯，他被描述为"对哲学的突然造访"，即哲学并非他的研究领域。我愿意赞成这种说法。据我所知，威廉·詹姆斯是为了生计，偶然从事了教授哲学的职业。晚年时，他已经非常厌烦这一职业。他把自己锁在房间里，面对着数百本哲学和心理学书籍，一直来回地踱步，并透过钥匙孔窥视阳光普照的外部世界。他听到一个内心平静的声音："世界对我来说是真实的，满足了我的多种需求。"这两位哲人的思想并不完全一致，人们不能就此责怪詹姆斯。桑塔雅那在1918年这样写道，我们"的确生活在一个普通的自然环境中，没有什么不寻常的事物威胁或者诱惑我们"。这个时候，幽灵一般的詹姆斯也一定感到心满意足了。

我想用一段文字总结上述情况。既然现代哲学之父笛卡儿开始怀疑自身的存在，并进而依靠自己的意识证明自身的存在，那么，一直以来，人类知识的这一分支主要涉及一大问题，即现实是否真实，我们是否可以了解其全部内涵。于是凸显了一个矛盾：物质，而不是精神，如何产生意识？精神，而不是物质，如何运动并建立与外部世界的联系？哲学家们依据自己的概念划分，人为地分割精神和物质，他们面临着无法弥合的裂痕，因而，他们无法迸发一些有趣而奇异的思想。直到最近，由于现代物理学的发展，怀特海德指出了他们关于精神和物质彼此独立存在的基本构想的谬误所在，并且以一种自鸣得意的口气宣称，意识只是某一事件的作用所致，因而必然是现实不可分割的一部分。[1]这只不过是"专门用语上的又一次根本变革"。从游戏规则的严格意义上来看，这似乎改善了我们的现状，挽救了我们的现实世界。确切地说，这又是在玩文字游戏。但是，正如霍伊尔（Hoyle）制定的游戏规则一样，这一变革证据确凿，像我这样对游戏一无所知的观众因此而释然。这一直是关于概念、措辞和定义的一则游戏。最近，耶鲁大学的诺思罗普（Northrop）重新认同了即时产生的本能意念的价值和效用。[2]这些意念是上帝赐予我们了解外部世界的唯一方法，这也是刚愎自用的人类由于自己的知识傲慢决定忽视的一面。这，标志着思想上的重要进步。

确切地说，这些令人难忘的思想架构，从康德到黑格尔，只不过是海市蜃楼。然而，多少年来，这一直是人类的思辨形式。许多善于思考的哲人研究思想、现实和精神的本质和效用，完全沉醉在这些大师为他们编织的五彩缤纷的思想网络里，在沉思中获取极大的乐趣。研究思想的人大都渴望赶超同行，渴望不被认为愚笨，因此，对于光与色的复杂结构，每个人都尽其所能地观察、尽其所能地探索。他们从不停下来，发出这样的质询，如果哲学的全部内容是知识的不可能性，那么，难道没有出现什么根本性的错误吗？如

---

[1] 参见阿尔弗莱德·诺斯·怀特海德著《科学与现代世界》，尤其是第九章。

[2] 参见 F.S.C. 诺思罗普著《东西方的碰撞》，尤其是原著第 304 页至第 306 页和第 443 页至第 454 页。

果物质世界在知觉上、道义上、社会上和美学上是真实的，而在逻辑上是不真实的，那么，难道思维方式本身没有出现什么错误吗？显而易见，对真理本身的定义发生了错误。哲学家争论的真理本质是一回事，而当一个乡下人自言自语："天从西北方向暗下来了，今天晚上吃晚饭之前，我必须耕种完这块马铃薯地。"他眼中的真理本质是另外一回事。如何弥合思想上的这一鸿沟，对于一个想满足自己的事实观和知识上的自豪感的哲学家来说，绝非易事。

既然我们决定不从事正统哲学研究，我们也许可以借鉴威廉·詹姆斯和乔治·桑塔雅那这两位大家的思想，用几段文字尽快理清哲学体系，然后与他们一起回归生活的充实。詹姆斯和桑塔雅那均背离了哲学家们的职业奥秘。詹姆斯的言辞实际上承认了哲学家们的无知，承认了他们都是主观猜想者，而不具备詹姆斯所谓的虚假的客观性，不具备桑塔雅那所谓的对真理的热爱。威廉·詹姆斯代表一种美国现象，原汁原味、自由散漫、永远好奇、狂傲不羁。当他把自己的美国事实观和成熟的生活观用于欧洲哲学架构的教学时，注定会发生什么事情。

"但是实际上，一个人所依赖的证据是真实、客观的，他对此的坚定信念只不过是又一个主观意见而已。人们所宣称的客观证据和绝对事实导致了多少相互矛盾的主观意见啊！这个世界自始至终都是理性的，而它的存在是一个无理性的基本事实；世上存在私人的上帝，而私人的上帝是难以想象的；也有一个独立于思想之外的物质世界，人们很快就会了解它，而思想却只能了解它自己的观念；也存在着一个道德规则，可责任只是各种观念的结果；每个人的心中都存有一个永久性的精神原则，而造成的结果只是不断变化的精神状态；事物的起因不计其数，而总会有一个绝对的起因；如果说外部的必要性，那就是自由；如果说目的，没有目的；如果说存在一个最初的起因，那就会存在许多最初的起因；宇宙具有连续性，而从本质上来说，事物又具有非连续性；如果说事物是无限的，它也是有限的。有这方面，就会有那方面；某个人认为某事完全正确，肯定会有相反的情况。比如，他的邻居会觉得这事完全错误，而这两位绝对主义者中谁也不会这样想：'麻烦总是难免的。'他了解事物真相所依赖的知识万无一失，即使他直接掌握了真相。"①

对哲学体系的最后一击是乔治·桑塔雅那完成的。他熟练地挥舞着自己的反语武器，恰似一名技艺高超的斗牛士，把剑径直刺向"某物"的心脏，此处的"某物"代指欧洲斗牛，斗牛随即鲜血迸流。

"觊觎真理需要独特的热情。每个哲学家都说他在追求真理，但事实并非如此。正如一个哲学家所评论的那样，哲学家们往往不能获取真理的一个理由是，他们往往并不渴望获取真理。真正忙于探索真理的人是科学家、博物学家、历史学家……专业哲学家们通常是只会道歉的人，即他们沉迷于为某些被赋予的假象或者某些有鼓动性的思想而辩解。就像律师或侦探，他们受人雇用，分析案情，以确定他们能搜集多少辩护所需的证据或疑似证据以及能举出多少支持控告的反证；因为他们知道，他们正在为嫌犯辩护，人们怀疑，也许他们自己的良知也怀疑，此人犯有伪造罪。他们并不觊觎真理，只是向往胜利和消除他们的疑虑。他们辩护的是某种体系，即某种关于事物整体的观点，而实际上人类对此一无所知。假如人们只是对了解事情的真相、事情的来龙去脉感兴趣，就不会建立起任何体系。我们的某种流行的或继承的观点恰当而充分，不理会所

----

① 威廉·詹姆斯，《信仰的意志》。借助他的"理论体系"，人类尝试用各种方法打破原有的物质世界，建立某种新的秩序；在随笔《反作用与一神论》中，他对此作了精彩的概述。他所作的评述十分周全。这两篇随笔收在《信仰和道德散文集》中，朗曼·格林公司 1947 年出版。

有有望成功之士而有意坚持这一点，正是形成体系的因素。一个体系可能包含许多事物，其细节真实可靠；但是作为一个体系——此体系包含无限的可能性，我们的经验和逻辑均无法对此有所影响——它必须是想象力的结晶、人类的独白。它也许表现人类经验，也许富有诗意；然而，真正觊觎真理的人，无论是谁，怎么可能认为这就是真理？"①

在另外一篇散文《面具》中，桑塔雅那继续犀利地批评专业哲学家们。他说："一个人在某个事实上无意间犯了一个错误，谁也不会和他生气；但是，当你正在叙述一个事件的时候，他一意孤行坚持跟你捣乱，你就很想一脚把他踢开。这就是每一个哲学家和神学家争吵不休的原因所在。"有人给我讲了这么一件事：在墨西哥城召开的联合国教科文组织会议上，有人试图召集神学家和哲学家一起开会，愚蠢地希望他们可能就某些共同的信念达成一致，而没有意识到，要想让美国新教圣公会主教接受基督教浸礼会教义，还不如让帕莫里夫（Palmolive）总统承认象牙牌肥皂的优点呢！

在看待人类对于哲学付出的努力时，实际上只需注意一个重要区别：相关思维和不相关思维。关注生命的思维是相关的，忽视或摒弃生命的思维是不相关的。人的本能，即使是在思想领域，也是对生命的探索，即使哲学家们频繁地忽视这一点。难道荒芜本身不就是对哲学的强有力的谴责吗？在中世纪，传教士们享受着"神职人员的利益"。在现代社会的大学教授身上，是不是也存在一种消磨意志、腐蚀心灵的利益，可以免除他每日受到自负谎言的折磨？但愿，学者的这种利益会消失！但愿，会建立一个普遍的信念：在普通人生活里有一个世俗法庭，哲学家们不应该免除那里的审判！

---

① 乔治·桑塔雅那，《爱默生》，选自《小品文集》。

当然，现代哲学往往对显而易见的事情视而不见。同时，现代哲学极其缺乏适应性；它无法改变牧场，无法从荒芜的土地迁移到富饶的山谷，早期的牛羊生活在这里，显得肥硕无比。

三、美国人的事实观

美国思想中最显著、最清楚的事实之一是美国人强烈的事实观。这一理论将愉快地抛弃大量僵化的哲学体系而去热烈地追求生活经历的多变性。它小心翼翼地发展着，直到有确切的把握并且对其颜色、结构、重量、价值进行一定量的实践检验，才可能接受或者崇拜某种理念。从爱默生到詹姆斯、桑塔雅那，再到笛卡儿，其理论发展一脉相承。一个典型的例子就是著名的"我是否存在"，也许是所有哲学问题中最无聊的一个。笛卡儿经过思考证明自己是名副其实的思想家。人们也许会问，笛卡儿用初步证据证明自己的存在是不真实的，他究竟又是如何认为自己的思考是真实的呢？这标志着欧洲哲学黑暗时代的开始。一个欧洲哲学家即使否认自身肉体的存在，也会坚信意识是确定无疑的事实，并且完全从意识出发建立一个宇宙，随后带着某种母性的自豪，认为宇宙是自己的一个孩子。毋庸置疑，其顺理成章的结论就是，宇宙存在于我心，而不是我存在于宇宙中。

对于这种荒谬可笑的德国理想主义，一些美国哲人是如何应对的呢？事实非常令人鼓舞。1820 年，托马斯·杰弗逊在信中对约翰·亚当斯说道："你在 5 月 12 日的一封令人困惑的来信中谈了对物质、精神、运动等的看法，请允许我对此谈谈自己的意见。满篇的怀疑论调令我辗转反侧，我读一会儿，放下；再读，又放下，反复多次；为了让大脑放松一下，最后我不得不再次回忆起那句熟悉的话安慰自己：'我思，故我在'。"这句话强调情感的重要性，对一个注定生活充裕、事业成功的民族来说，这是极大的慰藉。①1848年，亨利·梭罗（Henry Thoreau）在给哈里逊·布莱克（Harrison Blake）的信中说："我就是现在的我，或者说我开始成为现在的我。我生活在现在。我只是铭记过去展望未来。我热爱生活……我知道我存在。"1854年，沃尔特·惠特曼写道："我知道我是现实存在的、健全的……我以现在的状态存在着——这就足够了。假如其他人没有意识到，我会满足。假如人人都意识到了，我也会满足。"（《自我之歌》）我认为，这是一些揭示真正的美国精神的重要言论。也许，霍姆斯法官在散文《理想和疑惑》中对这一现状作了最好的总结："倘若世界如我所想，我就是我所了解的唯一宇宙中的上帝。然而，尽管我不能证明自己十分清醒，我相信我的邻居们像我一样存在于斯。如果我承认这一点，也就会很容易承认，我在宇宙间，而并非宇宙在我心。当我提到某物是真实存在的，我的意思是我忍不住会相信它……但是，由于许多宇宙能做的事情我也忍不住去做，我不敢冒昧地认为我思维方式上的无能就是宇宙的无能。因此，我把真理定义为关于自身局限性的体系，而把绝对真理留给那些真正有准备的人去思考。"这对我来说颇有道理，这对于任何美国人来说都颇有道理。另外，霍姆斯在散文《自然法》中表明了对这种状况的满意："如果我们相信我们源自于宇宙，而不是宇宙源自于我们，我们必须承认在谈论没有理性的物质时我们并不清楚自己在说什么……为什么我们不满足？为什么我们运用宇宙给予我们的能量

———————————

① 这是个重要命题。笛卡儿在其"思索"中的确谈到了感知（途径）问题。

公然对抗宇宙，向上天挥舞着拳头？对我来说这显得十分荒唐。"①

　　睿智、多思的美国人还在沉思着，在某种程度上表现出对上述理论的不认同。也许最典型的一个例子是爱默生其人其事。评论家们认为，爱默生理论不成体系，并以此而闻名。这对于保罗·埃默尔·莫尔（Paul Elmer More）来说，去感受歌德、康德、费希特和谢林（Schelling）的影响的确有点困难。可以想象，如果爱默生能够把他的思想梳理成一种思辨体系——其思想精髓是难以想象的——这只能有助于某个研究生相当轻松、相当精确地撰写一篇博士论文。但是，这对于思想家爱默生又意味着什么呢？爱默生的思想总是处于变化过程中，总是与现实自由的、亲密的接轨，如果那样的话，他的思想将全部变为"固态"，他的宇宙也变为"固态"，这会让威廉·詹姆斯大为震惊。他们获得了精确的理论纲要，同时却失去了思想的流动性，失去了与新的生活经历不断接触的机会。他对得出最终结论成为一成不变的"固态"理论表示难以忍受、困惑不解并断然拒绝，这是多么令人感到欣慰的事情！桑塔雅那用来描述威廉·詹姆斯的形容词用在爱默生身上再合适不过了；他"追求多变、时断时续、自我间断"，以免真实的生活擦肩而过，以免我们成为某种体系棺木中的僵尸。爱默生对现状一直表示不满，一直担忧无法获取全部真理，一直怀疑由分类体系支持的真理的各个方面只不过是现实生活的某些片段，于是他就中断自己的探求，并因此而闻名遐迩。他一直因为现实生活本身而感到困惑。比如，他看见一个女子在大街上走过，感到不知所措。作为一个新英格兰人，他感觉到不得不调整自己的思想，以适应这样的现实、这样的生活

---

① 上述两篇散文均选自于《法律论文集》，奥利弗·温德尔·霍姆斯著，版权所有，1920 年，哈考特·布雷斯公司出版。经授权再版。

片段。在《唯名论者和现实主义者》一文中，他对此袒露心迹。在文章末尾，他坦言了自己的思想历程："我们拥有虚无，为虚无而奋争，只是有时候我们转而摧毁虚无。我们极力嘲讽愚昧无知嘲讽感知生命；此时，偶然路过一位漂亮的女子，一个鲜活的生命，她快乐幸福，她神采飞扬，她全神贯注，使最普通的祷文显得完美和谐；目睹这一切，我们钦佩她喜欢她，钦佩并喜欢她的言行举止，我们会说：'看哪！美丽的地球上一个活生生的人，没有因为书籍、哲学、宗教、社会、关怀而过早成熟抑或香消玉殒！'这，暗示了对我们自己与他人长期以来的所有热求和成就的背叛和蔑视。"[①] 因而，当爱默生走出非国教教徒集会场所或是新教会场，走出喧闹的布道大厅，他就会听到自然界对他窃窃私语："渺小的先生，为什么如此狂热？"这一句轻轻的耳语成了爱默生得救的福音，也成了随后威廉·詹姆斯得救的福音。

四、渴求信仰

有人说美国思想就像黑格尔哲学一样热衷于盲目、抽象的思索。总体来说，我们必须为美国思想做无罪辩护。美国人有一种对事实而非纯粹理念的固有热爱。我意识到，德国人对学术界有巨大的影响，许多美国教授竭力做到晦涩难懂、过分考究、抽象莫测、对生活漠不关心——他们成功了。他们和欧洲教授一样常常沉

---

① 也可参见爱默生著《幻觉》。这篇文章旨在阐述我们的思想会产生幻觉的观点。顺便提一句，这是爱默生最杰出的创作之一。

迷于学术行话的推敲。语法学家、医生、科学家、社会学家，甚至当前的教育学家，都拥有他们的职业用语。当他们和同行业的从业者们谈话的时候，如果能够随心所欲地使用从拉丁语派生过来的长单词，他们会感到一种自豪、一份惬意。（在帕林顿的职业用语中，甚至会有一种熟悉的舒适感和强烈的节奏感。）然而，对于一个适于研究生活的哲学家来说，如此抽象的谈论会削弱他的主张，会令他的主张毫无说服力。如果考虑到约翰·杰·查普曼（John Jay Chapman）的表达有诙谐的一面，他向威廉·詹姆斯谈到约西亚·罗伊斯（Josiah Royce）时所说的话语，确实很有道理，代表着典型的美国情感。"我对罗伊斯表示担忧。我从来没有听说过一个人在一个晚上会说这么多废话……我知道你会辩解说这只是哲学，对此不要太认真；但是有时候，这些无稽之谈的确会产生某种影响。那个人——请听清楚，我爱他并敬重他——但他已经不像十年前那样让人感兴趣了。他的思想中已经难觅生活的影子。他转移自己的思想，他的大脑中除了毁灭别无他物，他的持续的紧张和努力已经开始说明……就让他与生活进行痛苦的接触吧……让他的思想里充满臆想、印象、苦痛、饥饿、对比——生活、生活、生活。"在另外一封信中，他说道："假如他（罗伊斯）能抛弃所谓哲学的理念，他会成为一个多么优秀的人。"①

　　总之，我认为，在这一方面美国人是幸运的。一直以来，美国哲学界源源不断地涌现出一批又一批写作能手：爱默生、威廉·詹姆斯和乔治·桑塔雅那，他们的著作语言非常优美，这表明他们与生活的联系依然紧密，他们的英语语言知识依然丰富。在我们的这

①《约翰·杰·查普曼和他的书信》，M.A. 迪伍夫·豪（M. A. DeWolfe Howe）公司 1937 年出版。版权所有，M.A. 迪伍夫·豪。经授权再版。

个时代，作为职业哲学家的典范，欧文·埃德曼（Irwin Edman）却喜欢用一种非职业手法写作——而且相当优美。约翰·杜威显然是个例外，他是美国作家中最不适合引用的一位哲人。费尽心机字斟句酌，精心描述语词堆砌，绞尽脑汁以使表述精确恰当，除非意识到其全部后果才会使用祈使语气——这是怎么回事？欧文·埃德曼对此作出了最好的解释。杜威的学生对他的演讲往往感到厌倦，他们发觉很难理解杜威庞杂乏味的思想。有一天，埃德曼却意识到，他正在聆听一位教授的教诲，这位教授凝望窗外，实际上却在自言自语——的确，目睹一位伟大的哲人的思考过程是多么荣耀的一件事情！他的写作正如他的演讲一样，然而，苦思冥想以捕捉精确的词句，这种精心的求索过程会有什么效果呢？难道这不是一位实验主义哲学家的实验风格吗？

事实上，这一例外情况证实了这样一个规律。杜威的语言十分抽象，坚持诠释它，是给美国提供一种丰富的民族哲学理念的途径，值得美国人崇尚当今的经验。他对形而上学思考方法的反对，他对人类信仰中的超自然现象的不满，他对知识所下的常识化定义，他认为人的思想有巨大的发展潜力，可以用行动来测试和验证每一个领域的知识。在包罗甚广的哲学理念中，难道这些不是美国事实观的最终表达形式吗？哲学知识的问题不再是形而上学的，而是变成了科学知识的问题，变成了运用结果进行实验、学习和测试的最佳程序的问题。杜威具有良好的常识，他诘问道，既然我们通过测试知晓科技中的某些事物，为什么我们不能使用同样方法了解知识和行为的所有分支？"我们了解什么？"这一哲学问题的答案是"我们可以通过经验了解清楚"。这一答案如此贴近现实生活，如此实事求是，抽象思想者们会为之发狂，但是美国的思想家中几乎不会有人为之动容。最后，我知道，正当美国展望未来之时，这将是美国人的生活态度。

约翰·杜威不仅表达了对任何推断式思辨哲学的绝望之情，同时在对信仰的求索中提供了一种解决方案、一种系统的生活观，而且他把信仰定义为一种"行为倾向"。我认为，他的观点是最适用的，是人类思想迸发的智慧火花。杰弗逊提出了富有成效的政治观点，而杜威向我们展示了非常开明、卓有成效的社会思想。

信仰，一种行为倾向……[①]

——约翰·杜威

当代的主要知识特征体现在人们对所有建设性哲学的绝望——这不仅仅限于哲学的专业范畴，还涉及任何统一的观点和态度。上个世纪的发展如此之快，我们现在意识到了旧观念的动摇和颠覆。但是，人们依然持有一种关于自然与人类的前后连贯的新观点，这种观点是以事实为基础的，而这些事实又与科学和现实社会状况保持一致。我们所谓的维多利亚时代似乎就拥有这样的哲学理念。这是希望的哲学、进步的哲学，一切被称为自由主义的哲学。人们越来越深切地感觉到尚未解决的社会问题的存在，战争又强化了这种意识，这使人们动摇了他们原来的信仰。恢复原来的信仰绝无可能。

结果是，人们对所有全面而积极的观点的幻灭。只要拥有了建设性的理想，就意味着生活在幻象的王国里。我们失去了对理智的信心，因为我们深知，从很大程度上来说，人是一种习惯和情感动物。在任何大型的社交场合，

---

① 选自于《生活哲学》。西蒙和舒斯特出版公司。经授权再版。

习惯和冲动本身被视为智慧的表现形式，人们认为，这一观念只是又一种幻象。因为过去的希望和期待不再得到人们的认可，所以，一切有深远影响的计划和政策都带上了犬儒主义的成分。某种知识使我们能够洞察过去希望和志向的幻象本质——拥有这些希望和志向的人不具备的一种知识——这种知识也许使我们能够形成具有坚实基础的意向和期待；这一点被忽略了。

事实上，与维多利亚时代的乐观主义的对照表明一种完全不同类型哲学理念的必要性和可能性。因为，在那个时代，人们没有去质疑旧观念本质上的有效性。人们承认，新科学要求传统信念需要得到某种程度的净化——例如，消除超自然力量。但是，从大体上来看，维多利亚时代的思想是这样想象新的条件的：仿佛这些新条件只是将实现往日理想的有效手段放在我们的手中。具有现代特征的动摇和不确定性标志着下面的一种发现：往日理想本身并未确定下来。我们不仅没有利用科学技术为我们提供的方法实现昔日理想，这种不确定性反而动摇了我们对所有宏大、广泛的信念和意向的信心。

然而，这种现象倏然而逝。新力量的影响暂时是消极的。对西方文明所信赖的杰出作家与神圣权威的信仰，以及继承下来的一系列观念，比如，灵魂及其命运、固定不变的启示、完全稳定的体制、必然的进步；对于西方世界有教养的人来说，这一切已经成为不可能。随之而来的后果应当是人们对有条理的、指导性的根本性观念的信仰的崩溃，这在心理上是自然而然的事情。怀疑论成为有文化的人的标志，甚至是他们故作的姿态。怀疑论具有更大的影响力，因为，这种论调针对的不再是这种和那种已有信条，而是对一切深刻观念的偏见，是对按照事物发展的明智方向系统地参与这些观念的否定。

正是在这样的背景下，依据科学技术形成的完善的体验哲学具有重要意义。对于这种哲学理念，传统观念的崩溃可谓是一种机遇。在这样的体验中，科学和艺术共同对一般意义上的工业、宗教、家庭生活和人际关系施加压力；而产生这种体验的可能性本身就是一种新事物。我们对此即使作为一种观念也不习惯。但是，对此的信仰既不是一种梦幻，也不是明显的失败。它就是一种信仰。在将来，我们会实现这一信仰，我们的工作因而也就会在很大程度上依据已经完成的事情。然而，当这种哲学理念（一系列连贯的观点，不论是批评性的，还是建设性的）产生的时候，它作为一种可能性的概念形成了一种哲学，一种有条理的世界观，一种有条理的阐述和架构。一个哲学信仰，作为一种行为倾向，只能受到行为的检验。据我所知，如今没有哪种哲学理念比上述哲学思想更切实可行的了。

第二章
生活的决策

一、一切是谜

　　如果生命是虚幻的、短暂的，一个人该如何度过一生呢？在智慧和愚蠢之间有一条窄窄的小径，由此，一些充满生气的哲人从黑暗和混乱中逃往充满光亮和信仰的生活，逃往充满快乐和感激的熟悉的普通人的生活。这应该是一种多彩得令人目眩的生活。世间万象，其乐融融，只要我们不断地去解读或者期待其情节发展。事实上，其中的情节不止一种，只要有人好奇地问上一声，这些情节就会变得错综复杂。永恒的奥秘！谁不愿意揭开这一奥秘的面纱？谁不愿意去了解上帝之手，用通晓一切的智慧去了解这一最大奥秘缔造者的精湛高明的工艺，并且不再猜测或怀

疑自有生息以来世间众生都犯有无数谋杀罪？这一精彩纷呈、荒
谬至极的犯罪大片始终没有结局。我们除了清晰地体验到基督信
仰之外，再也没有绝对把握——尽管好的猜想连续不断，而我们
中间又有几个是基督徒呢？同时，天地万物依然奇妙无比，过多
追究个中究竟只会让人筋疲力尽。"你能搜寻四方找到上帝吗？你
能毫无缺憾地了解清楚万能的上帝吗？这些问题像上天一样高不
可及，你有什么妙计良策？这些问题像地狱一样深不可测，你有
什么妙计良策？"我的答案是，运用哲学思维你不会找到上帝，即
使你成功了，你找到的上帝也只不过是冷冰冰的诡辩；运用数学、
物理学理论你不会找到上帝，即使你成功了，你找到的上帝也只
不过是一个极长的代数公式。一个人究竟有什么办法呢？爱默生，
美国最睿智的哲人，对此会说些什么呢？"最崇高的生命理论源
自于同样高贵的年轻的先生和女士，它孱弱无力、多愁善感。它
连一吨干草都不能耙拢或者叉起；它连马身上的汗都擦不干；它
使得年轻的先生和女士面容苍白、饥饿难耐。"[①]"生命是一生中必
须透彻理解的一系列训诫。一切都是谜，一个谜的谜底又是另外
一个谜。"爱默生还写出了下面极其优美、睿智的话语："生活本
身是泡沫，是怀疑论，是噩梦。尽其所能地给予生活。但是，你，
上帝的宠儿！认真考虑一下你自己的梦境，在鄙视和怀疑中没有
人会想念你；梦魇接连不断；待在你的小屋，辗转难眠，直到其

---

① 这是一篇关于"经验"的随笔。我认为，这篇文章是爱默生看见在布鲁克农
场布朗森·阿尔科特叉干草或霍桑努力为奶牛挤牛奶之后突发灵感而创作的。
玛格丽特·富勒超验主义的奶牛用尖角攻击其他的奶牛。当时的场面一定是
一片混乱。霍桑在写给未婚妻索菲亚·皮波蒂的信中说："（1841 年）4 月 14
日，上午 10 点钟。亲爱的，昨天晚上，我没有挤牛奶，因为里普雷先生担
心我做不成这件事，或是怕我被牛角刺伤——我不清楚究竟是哪个原因。"

他的哲学家们就如何应对生活达成一致。他们认为，由于你的疾病和不良习性，你只能做这不能做那，但是他们也知道，你的生活处于一种飞速旋转的状态，像一顶过夜的帐篷。无论生病还是健康，你能完成任务吗？"

无法撩起的面纱，没有钥匙的门，遮住永恒真理、无法撕成碎片的帷幕，永远不能找到谜底的贝克莱的谜，同时还有由生至死的通道，宛如闪亮的流星划过夏日的夜空……这一切，使得人类的智力总是汗颜。生命的不幸在于，我们生于此世，短短数十年，我们完成的事情都不会持续长久；而更大的痛苦是我们对此生的无知，于是，生命变成了双重悲剧。我应该怎么做才能够得救？一个人是否应该匍匐在地，模仿章鱼的样子，就像德莱塞（Dreiser）笔下的巨人一样，或者是否应该把生命看做这样一场战斗，具备最强壮的钳的龙虾会赢得胜利？但是，显而易见，这绝无道理，这一虚无缥缈的观点会随风而去。而传道士却不理会生命的空幻，对生命作了这样的评价："生命是甜美的，用双眼观看太阳的感觉很宜人。"瞧一瞧，智慧和愚蠢的分界是如此的狭小！"让你的衣服总是白净，让你的大脑总是活跃。与你爱的女人一起天天享受生活，上帝赐予你真爱，那是你生命中应该得到的，那是为你世间所受的折磨给予的补偿。"

在快乐的问题上存在着很大的争议。所有的哲学家均认为，幸福是生活的终点，因为如果教育世人，幸福的对立面——痛苦，是尽善尽美的事情，将会很荒唐，会立即被人的生命本能拒绝。然而，获得幸福的途径是不同的。霍姆斯法官的回答是这样的："天地间存在着许多我们不能理解的事物，没有人告知士兵们关于战役的计划，或者说确实有一个计划，而并非某些更加不可思议的事情，关于这些事情的每一个说明都是荒谬的。上述一切对我们的行为都没有任何的意义。我们仍需拼争——我们所有人都需要拼争，因为我们想活下去，至少因为我们想实现我们的自发行为，证实我们的能力，并从中获得乐趣；无论如何，这样做对我们是有价值的，而我们也许并不清楚这样做的最终价值。我们生活在这个世界，这个世界蕴含着我们依赖和热爱的一切事物。假如我们认为我们的存在并不是独立在外的一个小神，而是其中的一个神经节，我们就会拥有无限。这是我们生长于斯的唯一然而充分的意义所在。"[①]

是的，不论真实抑或虚幻，我们都必须接受世界的本来面目，承认人类的现状，而不是首先要求完美，之后因为没有达到神学家们所希望的状况而大加指责。桑塔雅那对此作出了同样的评述：假使一切生命都是幻觉，"幻觉的唯一罪孽是生命带有欺骗性，生命里有空幻的美……孩子的喋喋不休既不会掩饰更不会违背真知灼见"。"假如我们相信生命，生命就是幻觉；假如我们不相信生命，生命就是真理；这一发现也许很好地体现在基督教义里面，而不是关于幻觉的印度教规。而需要聆听教诲的是我们的肉身而不是我们死后的灵魂。"[②] 于是，帕里斯拥抱海伦，被称为神灵显现，或表象，或幻象。"所有孤注一掷的情人，在无法得到真爱的情况下，欣然接受他们能够发现的最好替代物，即使是虚假的事物。与此相似，并不复杂、充满梦幻、本应皈依真理的精神相反一定会拥抱表象。"代表表象的海伦被诱拐一事，就成了"非法结合的替代物，绚丽然而非法"。但是，我们可能会问，人类还能做些什么呢？

---

① 选自《法律论文集》，奥利弗·温德尔·霍姆斯著，版权所有，1920 年，哈考特·布雷斯公司出版。经授权再版。
② 关于"战争圣地"的随笔，选自于《英国的独立》。

二、重视梦一般的虚幻

　　爱默生，来自康科德的圣人，是名副其实的美国圣人。他不仅一直鼓舞着年轻人，而且老年人，譬如霍姆斯法官，为了透彻理解也许年轻时没有完全理解的真理，也视他为榜样。约翰·杰·查普曼曾经说："他帮助我释放了属于自我的某种东西，这使我认为自己像任何人一样优秀。"[1] 许多年轻人都有类似经历。晚年时期，查普曼才放弃了爱默生的思想。爱默生和歌德一起，成为他最钟爱的两个"布娃娃"："我把他们俩保存在一个伸手可及的抽屉里，当有好的心情时，我就取出其中的一位，研究他，问他问题，和他谈话——最后，我总是抓着他的头发，把他的头在墙上撞来撞去，然后把他关进禁闭室。"[2] 而这正是性情中的查普曼。霍姆斯法官，一个相比之下更加稳重的精神领袖，在八十五岁高龄时曾说道："我年轻时最能激发我灵感的人当属爱默生。"[3]

　　如何去诠释爱默生永恒的魅力？确切地说，他的写作主要关于永恒的话题，但在他的《日记》中一个简短的句子揭示了他伟大的根源，"我喜欢既愿意欣赏优秀的悲剧又愿意看到充实的谷仓的人"——这是一位不想受自己的思想左右而忘掉现实世界的思想家的至理名言。他这样说道："如果你不能放弃显要的位置，躺在地上，

---

① 参见查普曼为《爱默生和其他散文》1909 年修订本撰写的前言。

②《约翰·杰·查普曼和他的书信》，M.A. 豪编著。休顿·米弗林（Houghton Mifflin）公司 1937 年出版。版权所有，M.A. 迪伍夫·豪。经授权再版。

③ 选自霍姆斯法官于 1930 年 5 月 20 日写给弗雷德里克·鲍罗克先生的信。这封信收录在《霍姆斯—鲍罗克书信集：霍姆斯法官先生和弗雷德里克·鲍罗克先生通信录（1874 年至 1932 年）》，马克·迪伍夫·豪编辑，马萨诸塞州坎布里奇，哈佛大学出版社，1941 年。经出版商许可再版。

来回翻滚，你就会变得忐忑不安、心情沉重……我将谈及柴南国一样的小城镇和我花园里萌发的新芽；你听说过我养的猪吗？……而关于歌德和丁尼生（Tennyson）从不多说一句话。"（《日记》，1838年5月24日。）他阅读的范围非常宽泛，他可以分别用一个修饰语形容自己研读的一个作者或者一本书。但他仍然这样写道："在康科德，如果缺少了比格罗和威逊的酒吧间，缺少了他们的酒瘾，我们该怎么办呢？"（《日记》，1843年6月22日。）由于他的大量阅读、他对自然界的探险、他的深思熟虑、他对普通人生活的一贯态度，他不仅对生命的虚幻现象作了深入了解，也建立了坚实的生活常识基础，二者相辅相成。因此，他的乐观态度意义非凡，他深邃、精确的洞察力从不给人一种不负责任的知识分子的印象。所以，他被称为"目光如炬的奥林匹亚人"和"西方世界的佛陀"①。

　　从爱默生的两篇优秀散文《幻觉》和《经验》中可以看出，爱默生的智慧完善了思考和常识这两大因素。由于他了解生命的空幻，他有充分理由"尽情享受现在"。"浮浅的年轻人藐视生命，然而在我身上，在那些和我一起远离精神上消化不良的人们身上，每天都

---

① 前者出自拉塞尔·洛威尔的《批评家寓言》：
　　"扬基人的右肩上架着一颗希腊人的头颅，
　　一端是奥林匹斯山，另一端是一落千丈的山谷；
　　……
　　提坦卡莱尔，思想如枝干一样粗劣；
　　爱默生，目光如炬的奥林匹亚人，灵敏而迅捷。"

　　后者出自奥利弗·温德尔·霍姆斯的诗《在星期六俱乐部》：
　　"思想的王国，如歌的空气，
　　西方世界的佛陀是否住在这里？
　　仿佛长有翅膀的富兰克林，优雅而睿智，
　　天生可以解读太空的秘密。"

是充实完美的；看起来不屑一顾却迫切需要陪伴，这便过于谦虚谨慎了。"这是爱默生理论的实质内容，使生命得以强化，并刺激着生活的欲望。这里，我选取一些从《经验》中节选的文字，这些文字表明了他"强有力的、塑造人生的语言"以及他那短小精悍的诗句所蕴含的过人的才华。

我们必须重视现在，以对抗所有过去和未来的充满怒气的谎言。

——拉尔夫·沃尔多·爱默生

然而，这些优雅和迂腐又有何用？思想又有何用？生活不需要辩证法。我觉得，我们把太多的时间用在了学习那些不解决任何问题的评论上。我们的年轻人对劳动和社会想得太多、写得太多。不管他们写了多少，无论世界还是他们自己都未曾前进一步。心智对生活的品味代替不了身体力行。假如你细究一片面包沿你的喉管而下的过程，那你就非挨饿不可。在教育农庄里，最崇高的生命理论源自于同样高贵的年轻的先生和女士，它羸弱无力、多愁善感。它连一吨干草都不能把拢或者叉起；它连马身上的汗都擦不干；它使得年轻的先生和女士面容苍白、饥饿难耐……不要沉湎于思考，而应去闯荡四方。生活不是静观默想，不是评头论足，而是使身体强健。它给人带来的好处主要在于它能使和睦相处的人们从发现的事物中体验快乐而不是面对它提出一个个问题。自然不喜欢人们窥探它的秘密。我们的母亲常对孩子们说："吃下自己的食物，不要多说什么。"时时刻刻感到充实，那就是幸福；时时刻刻感到充实，没有时间懊悔或是表示赞赏。

我们生活在表象之中，生活的真正艺术正是在这些表象上顺利地滑行。一个本土人在最古老最陈腐的传统中和在最新兴的世界里一样能够取得成功，他所依仗的是他超人的处事能力。他有能力控制一切……完成每一个瞬间，在路上迈出的每一步中寻找旅途的终点站，最大限度地享受生活，这就是智者的行为。如果有人说在如此短暂的生命里无须考虑应该尽情享受还是恪守生活准则，那么，这样的人不是狂热者就是数学家，不会是普通人。由于我们的职责与每个瞬间联系在一起，我们应该珍惜它们。今天的五分钟与下一千年里的五分钟是一样多的。今天，我们应该坦然地、明智地做自己的主人。让我们善待这些男人和女人，把他们当做真实的人来对待，也许他们就是真实的。人们生活在幻想中，像醉汉一样，双手软绵绵的，不停地颤抖，无缚鸡之力。这是疯狂的幻想，压制这一幻想的唯一方法就是把握住此时此刻。在令人目眩的社交和政治活动中，我没有产生任何的疑惑，我的信念比任何时候都更加坚定：我们不应该拖延、推诿或是耽于期待，无论在何处，我们都应该尽力完成自己的职责；无论和谁打交道，无论多么卑贱、多么恶劣，我们都应该欣然接受我们的同伴和环境，就像信奉神秘主义的教士，宇宙给予我们的全部快乐同样给予了他们……

浮浅的年轻人藐视生命，然而在我身上，在那些和我一起远离精神上消化不良的人们身上，每天都是充实完美的；看起来不屑一顾却迫切需要陪伴，这便过于谦虚谨慎了。在我成长过程中，由于怜悯同伴，有时显得急躁和伤感；但如果我独自一人，我会尽情享受每一段时光以及它带给我的每一样东西，尽情享受每天的家常便饭，和最常来酒吧的顾客一样尽情享受。我对任何小恩惠都心存感激。我有一个朋友凡事追求完美，当稍有一点不如意之处，他就会感到失望。我曾和他交换过看法，结果发现我和他相比，处于另外一个极端，我淡泊名利，一生无求，别人给我滴水之恩，我总是以涌泉相报。我能接受两种趋势冲突时产生的嘈杂和混乱。从酗酒者和令人讨厌的人身上我也能得到启发。这些人属于周围现实世界的一部分，这一部分是很难从转瞬即逝的人间万象中抹去的。早上，我醒来，发现了昔日的世界，妻子、小孩、母亲，康科德和波士顿，可爱的昔日的精神世界，甚至还有尚未远去的可爱的昔日的魔鬼。假如我们发现其中的美好并安心地享受它，不提出任何疑问，我们面前的美好将无以复加。

仔细分析并不能带来美好的感觉，任何美好的事物都展露在光明大道。我们生活的中心区域是温带。我们也许会爬入由纯粹几何和死气沉沉的科学所统治的贫瘠而严寒的极地，或者滑入感觉主宰的另外一极。在这两极之间存在一条赤道带，那里有生命、思想、精神、诗歌——那是一条狭窄的分界线……

中间的世界是最美好的。正如我们所知，自然并非圣人。对于教堂的灯光、禁俗者、印度教徒以及吃五谷杂粮的普通人，她都会一视同仁。她是既吃又喝还犯有罪孽的俗人。她所喜爱的一切，伟大、雄壮、美好，都不受我们法律的约束；都不是由主日学校教育的结果；都不用限制数量，都不用恪守戒律。如果我们借助她的力量变得强大起来，我们就不要再抱着这些令人郁郁不乐的戒律不放，何况它们也是从其他民族借过来的。我们必须重视现在，以对抗所有过去和未来的充满怒气的谎言。

这么多问题还没有解决，而它们又是最需要解决的事情；即使到将来解决这些问题，我们也只会和现在一样去处理。尽管出现了关于商业公平性的争论，可能会持续一两个世纪之久，但是新英格兰和旧英格兰却会照常从事其商业活动。版权和国际版权法正在讨论中，而在讨论过程中，我们将尽可能多地把书籍卖出去。讨论涉及了文学的效用、文学的动机、把一种思想写在纸上的合法性，争辩双方唇枪舌剑；可就在此时，你，亲爱的学者，却坚持自己的愚蠢看法，每次争论都插入不合时宜的话语。人们正在讨论土地拥有权和财产权，所有的人聚集起来准备表决。但还没有表决，人们却为了所谓的高尚和堂皇的目的先在你的园子里到处挖掘，把你的财产当做找不到失主的物品或是上帝的赐物来享用。

[《经验》,《散文集：第二辑》]

三、谁是梦想家

爱默生在他凝练精辟的诗句中表达的思想，戴维·格雷森在他的《探险集》中以一种更加生动具体的笔触表述出来。《探险集》是一套系列丛书，包括小品文、哲学随笔和生活评论，以散文体写成，清晰、随意、友善、流畅，就像写作过程中激发出来的灵感一样。戴维·格雷森（伍德罗·威尔逊的朋友）是美国文学中内心非常平和的一位精神领袖。

倘若他是一个中国人，中国的读者将很可能会蜂拥而至；他们仰慕他的诸多品质，正如仰慕田园诗人陶渊明一样。陶渊明之所以怡然自得，心满意足，是因为他的内心平静似水，与世无争。他们二人与大自然水乳交融，内心平和宁静。格雷森饱含对生活的感激之情，常常使我记起陶渊明：肩上扛着锄头，从田间回家，怀着极大的满足感，嘴里哼唱着"夕露沾我衣"（《归园田居》）。能够写出如此言简意赅，又充满甜美安详之神韵的诗句，这样的诗人何其少！中国最优秀的诗人试图模仿他，但都没有成功，因为，只有真正伟大而又纯净的心灵才能感受到傍晚路边小草上的露珠打湿衣衫时那份愉悦之情。《晚餐桌上》的作者霍姆斯说："生命历程伟大的结局是人与自然的和谐统一。"陶渊明做到了，美国人格雷森做到了。认为这是举手之劳的那些人应该尝试一下便知分晓。然而成功的人士还是受到了幸运女神的垂青。

为什么这个人会做到内心如此平和？他是一个轻而易举就把命运控制在自己手中的人。他把那些伤脑筋的哲学难题远远抛在脑后；相反，他设法到达了梭罗所谓的生活"核心"。他发现世界很美好，他的邻居很友善，上帝不仅在九天之上，也在足下的花丛中。无论什么时候，在任何时代、任何国度，当我发现一个人具有如此平和的心境，我都会对他肃然起敬，因为我知道，他取得了各个时代尤其是现代世界令人遗憾的缺乏的功绩。戴维·格雷森的平和主要体现了希腊风格，这一点将在后文中得以阐明，但是他的背景、个性和口音却分明属于20世纪的美国风格。同样具有美国风格的还有他携带的灰色的背包，他花园里的洋苏草、丁香花丛、高大的榆树。这种平和总是令人艳羡；而且，它也使得现在那些苦恼着、困惑着的智者无地自容。很容易看出，他不了解罪恶，不会像陀思妥耶夫斯基（Dostoevski）那样深入剖析犯罪学和原罪。数十年以来，朴实和平和的风格并没有在文学界流行开来。令戴维·格雷森本人惊喜万分的是，他的《探险集》和《探险续集》三十年来一直受到读者的喜爱并将继续流行下去，但是据我了解，在美国文学史上他却难有一席之地。我认为，评论家们犯了一个错误。也许，他的完美的朴实风格——这使得其他更加博学的作家望尘莫及——反而误导了这些评论家们而忽视了他的价值。然而，在署名为雷·斯坦那德·贝克（Ray Stannard Baker）——戴维·格雷森并不常用的原名——的《伍德罗·威尔逊：生平与书信》一书被历史研究者们束之高阁多年以后，戴维·格雷森将会受到公众的喜爱和欣赏。只要美国的友善精神长存，对生活的眷恋之情长存，人们就会喜爱他欣赏他。

　　他的平和在当代美国卓尔不群，这几乎可以称为一大奇观了。如果说这盏灯可能亮得不是那么强烈夺目，它的光亮却是那么清澈，坐在灯光下，感受其温馨和光明，是一件多么赏心悦目的事情！如果说哪一位美国思想家大彻大悟了，他就是格雷森。至于他的生活哲学，那是地地道道的美国哲学思想。他透彻地理解了爱默生理论，他颂扬当今当世。他一遍一遍阅读马可·奥勒留的《沉思录》、爱比克泰德（Epictetus）、蒙田、梭罗、马修·阿诺德（Matthew Arnold）以及《草叶集》，而这一切思想都经过了他的消化、吸收、整理、统一和检验；以这些思考为基础，产生了他自己的感想，并一一记录下来，宛如早晨的雏菊新鲜诱人，散发着真实的美国情感的气息。他简单明了的思想蕴藏着力量；仿佛又宽又深的河流表面上的层层涟漪。他出生于密歇根，可他不是地道的北方人，我认为他是一个典型的思辨型北方人。我的意思并不是说他在谈协议时一本正经、精明能干，而是指在思索生活的全部意义时他超常的精明。我们可以看一看他和真正北方人，他的邻居霍勒斯两人之间关于生活的梦想是如何争论的。一大早，他嗅到了一片松树林的清香，于是，盘山而上，下山的时候感觉就像看到燃烧的灌丛之后的摩西。

> 不受控制的生活现在无法控制；索然无趣的生活现在仍然索然无趣……因为，过去的已经过去。没有人了解未来。
>
> ——戴维·格雷森

"你在呼吸新鲜空气吗，戴维？"

我和霍勒斯调侃着。霍勒斯是这片街区的重要人物。他拥有殷实的大谷仓，银行里有存款；他的硬心肠远近闻名。他的别名"驱动器"众所周知；他有一个他很爱的儿子，可总是惹是生非，这让他痛苦不堪。他相信"凡事要慢慢来""凡事要稳妥"，他深信"你无法改变人性"。

他问我一个问题，让我有点震动。我用一种难以形容的逼真方式想象着霍勒斯会感觉如何，假如我毫不含糊地照实回答，假如我说：

"我一边嗅着气味，一边向沼泽地深处走去——我一边享受着荆棘果和天竺葵的芳香，一边和啄木鸟聊天，同时代表一份富有想象力的报纸报道树林里的早间新闻。"

不管怎样，我的情绪不错，我很想对自己微笑（我们总是这么善意地、宽容地对自己微笑），可在我遇见霍勒斯之后，情况变了。我一眼瞥见了霍勒斯乏味、高傲的笑容，我马上泄气了。在这个世界上，除了母牛和小牛，除了殷实的大谷仓、燕麦地和银行里的存款，真的还会存在其他事物吗？

"你去小溪了吗？"霍勒斯看到我双腿湿漉漉的，问我。

谈一谈面对加农炮和哥萨克人的勇气吧！在光天化日之下大声地谈论我们拥有的最好的事物，这与勇气有何关系！我不应该谈勇气。

"噢，我刚才去沼泽地走了一会儿。"我这样说道，尽力想搪塞过去。

可是，霍勒斯是典型的北方人，问朋友问题时总是喜欢追根究底，他的朋友们最终都留下了这样的印象：无论如何他比他们更加合理、更加明智、更加现实——他通常会证实这一点，不是因为他是正确的，而是因为他的确信，在将信将疑的虚幻世界里，只有他凡事皆有把握。

"你在那里发现什么了？"霍勒斯问道。

"噢，我只是四处走走，体验一下早春的气息。"

"嗯，"霍勒斯意味深长地说，见我没有回答，他继续说道，"你经常像今天这样一大早就出门吗？"

"是的，"我说，"经常。"

"你觉得现在的事物与一天中晚些时候相比有什么不同吗？"

听到这个问题，我开始体会到整个事情的幽默气氛，我变得振奋起来。当事情发展到复杂得无可救药时，当我们再也笑不出来时，我们只能在两种做法中选择其一：要么说谎，要么倒下。但是，如果我们还能笑出来，我们就可以继续战斗，那就需要诚实！

"霍勒斯，"我说，"我知道你正在想什么。"

霍勒斯的脸依然十分威严，但从他的眼神中闪过一丝好奇。

"你在想，我在那片沼泽地里闲逛，只是到处看看、闻闻，我纯粹是在浪费时间——你不会那样做的。你认为我是个空想家，有点不切实际。喂，是不是呀，霍勒斯？我敢保证，你和你妻子不止一次地谈过这一点。回答呀！"

我觉得我进行了精明的反击，因为，霍勒斯看起来很不自在，显得有点愚蠢。

"快回答，照实回答！"我盯着他的眼睛，笑着说道。

"呃，现在，你知道——"

"你当然能够回答，我丝毫不会在意你如何回答。"

一种毫无生气的幽默神情闪过他的眼睛。

"难道你不是吗？"

与朋友敞开心扉，真是一件乐事。

"不错，"我说，"我是现实的人，而你是个空想家。在我的一生中，我从未见过像你一样彻头彻尾的空想家，如此不切实际的空想家。"

霍勒斯笑了。

"你怎么会这样说？"

听到这里，我又振奋起来，我想到了一个像他一样精彩的问题反击他。这个问题在辩论中的作用就如同在战争中掩护一次进攻一样重要。

"霍勒斯，你为什么总要工作？"

这绝对是致命一击。百分之九十九的人拼命工作，苦干、出汗、焦虑、思考、悲伤、快乐，却丝毫不清楚为什么要这样辛苦。

"嗨，谋生呗——和你一样。"霍勒斯说。

"噢，算了吧。如果我告诉全镇的人，我的一个可怜的邻居——就是你，霍勒斯——正在为生计忙碌，这是他本人告诉我的，你会怎么说？霍勒斯，你为什么工作？除了谋生，还有其他的目的吧？"

"那么，好的，如果你非要马上知道，我就告诉你，我得为下雨天预留出一点什么东西。"

"一点什么东西！"这是绝佳的讽刺。在这里，在乡间，我们提出了这样的看法：一个朋友真的还有许多谁也不知晓的内情。霍勒斯依然微笑着，仿佛受到了莫大的恭维。

"霍勒斯，你准备用那三万美元做什么？"

"三万美元？！"霍勒斯看了看我，笑了。我看了看霍勒斯，也笑了。

"现在要说实话！"

"好吧，我告诉你——在我和乔西到了老年的时候，我们想过得更加安逸一些；也得留下一点什么东西以便在我们百年后孩子们记住我们。难道这不值得辛苦工作吗？"

他说这一席话时，神情十分严肃。我没有再追问他。但是，假如我试着再问他，很可能我会更加坚定像基石一样存在于大多数男人思想中的信仰——这里的诚实和得体必定会在那里得到回报，无论"那里"指的是什么地方。某个"即将建立的先知的乐园"！

"我知道！"我说，"霍勒斯，你也是一个空想家。你在梦想着老年时的安逸生活，梦想着在镇上拥有一幢安静的房子；住在那样的房子里，你不必再像现在这样辛勤劳动，你不必再为庄稼和天气担心，霍勒斯夫人操心、劳作、痛苦了这么多年，也能休息一下了——真是人间天堂！你还梦想着给你的孩子和孩子的孩子留点什么，梦想着他们将表达的感激之情。这一切都是梦想，霍勒斯！"

"噢，那——"

"事实是，你正在为梦想工作，你生活在梦想中——难道这不对吗？"

"呃，呃，如果你那样理解的话……"

"我知道我还没有把你击垮，霍勒斯！"

他放肆地笑了起来。

"我们只要有梦想，就都会感到很愉悦。你认为，你的工作目标——你的梦想——总是比我的工作目标更加合理、更加现实。"

霍勒斯开始回答。但是，他刚从战壕中站出来，就遭到我的一阵猛攻：

"你怎么知道你将会变老？"

这是有力的一击。

"假如你真的到了老年，你怎么知道三万美元——噢，我们姑且认为是三万美元就够了？假如在那之前你没有丢失一分钱，这够你换取安逸生活吗？或者，你怎么知道，你留给孩子们的遗产会使你和他们都感到快乐？安宁、舒适和幸福的代价非常昂贵，霍勒斯，战争爆发以后，物价攀升得很快！"

霍勒斯不安地看着我，仿佛动摇了临时房屋的地基时一般人的反应一样。后来我一直在想，我也许给他的压力太大了；然而，我似乎有些不能自拔了。

"不，霍勒斯，"我说，"你那样想，你就是空想家，不切实际的空想家！"

霍勒斯暂时没有回答。我们两人静静地站在温和的晨曦中，四周是平静的田野和树林。两个微不足道的人争得面红耳赤，而争论的问题对我们来说显得太高深了。母牛和它的小牛犊早已远离了视线。霍勒斯的身体动了一下，似乎要沿着小路随它们而去。可是，我用我犀利的目光留住了他——我后来一直这么认为的，并且严肃中还夹有一种揶揄的神情。

"我是现实的人，霍勒斯，因为我需要此时的安宁，此时的幸福，此时的上帝。我无法等待。我的谷仓可能会被火烧毁，我的牛可能会死去，我存储未来快乐的可靠的银行可能会倒闭，在明天到来之前我自己也可能会不复存在。"

这一思想如此有力地、生动地攥住了我，我现在记不得我曾经向霍勒斯礼貌地道别（没关系，他认识我）。至少，在我爬到半山腰时，怀着某种激情，紧攥着一只拳头，摆着手势自言自语道："为什么要等到将来再过安宁的生活？为什么现在的生活不能安宁呢？为什么现在不能幸福呢？为什么现在不能富有呢？"

不受控制的生活现在无法控制；索然无趣的生活现在仍然索然无趣；不明智的生活方式现在还是不明智；因为，过去的已经过去，没有人了解未来。我认为这是真理。

至于霍勒斯，他相信他是不切实际的空想家吗？他绝对不会这样认为。他的思想只是暂时有些慌乱；也许，他此刻正在想我，正如我在想他一样，而且他想的比以前任何时候都多。这世界是个荒诞的地方，不是吗？

[《伟大的财富》之三]

四、当笑比哭明智的时候

桑塔雅那的动物信仰学说可以被描述成大失所望但仍欣然接受我们有限的生命。一个人观察着瞬息万变的世俗世界及其倏然而逝的美丽风景，并承认生命的有限，然而，他仍旧会找到通往生命和幸福的光明大道。"这一旦得到思想上的认可和接受，生命和幸福就可以真正开始了。"桑塔雅那说。这位天才哲学家就此话题做过深入的思考，写过极其优美的文章。众所周知，一个哲学家同时又是一个诗人和天才作家，这种现象凤毛麟角。

> 对于生和死来说，人类无能为力，只有享受短暂的生命。
>
> ——乔治·桑塔雅那

假如救赎暂时停止，我们只需少安毋躁，便可全部得救……拯救这个世界、不破坏这个世界，取决于这个世界的自我知识，当然不是反思型的知识（因为这个世界并非一个能够思考的动物），而是在社会中建立的一种体系和哲学，这种体系和哲学将真正认清这个世界的本来面目，将告知世人他们在这个世界上可能会享受的幸福。把我丢进这一生活梦境的力量并不在意这一梦境发生多少变化，也不关心它会困扰我多长时间。毫无疑问，大自然每时每刻否认的事情并非我受到困扰我在做梦，而是会出现各式各样的自然因素，比如我的幻象，抑或出现了我不喜欢的任何反常事物，或者我喜爱的任何事物的最终结果。在这种情况下，智慧扮演了什么角色？睁着一只眼睛做梦；从尘世中超脱而对尘世没有任何敌意；欢迎变化无常的美好事物，同情变化无常的痛苦，同时一刻不忘记它们是多么的变化无常；只在天堂里贮存财富。

多么神圣的哲学，假如它真的神圣，假如它从高高在上的天体屈尊来到地球，并喜爱地球上的各种事物，却并不需要它们收集它们！听听快乐的亚里斯提卜如何谈论他的情妇：我拥有别人，我不被别人拥有，每个灵魂都应当谈论滋扰它的一次经历，宛如习习微风在夏日的海面上嬉戏。千艘轮船在大海上航行时抛锚，最猛烈的暴风雨即将来临。这种曾经被公认的、在内心得到理解的生活和幸福可以实实在在地开始了。天真的大自然喜欢膨胀自我，喜欢展开她孔雀般的羽毛，说到，我是一只多么漂亮的小鸟！她是一只漂亮的小鸟；对这种自负的言行大喊大叫，就意味着要模仿这种言行。相反，快乐嘉年华的秘密就是大斋节即将到来。既然实际上已经否定了我们的蠢行，我们第一次能够在它们短暂的净化中怀着一颗自由的心欣赏它们。当笑是一种谦卑的笑，当笑不建立在自尊的基础之上，笑比哭明智。保持一致比激烈地否决明智，宽容比自负和清教徒主义明智。我同情这些做事认真的人们，并非因为他们否决的事情，而是因为他们工作的目标。任何改革都不可能使得生活是可爱的，从根本上来说是公正的……如此大的压力使人歇斯底里，丧失尊严；付出双倍的努力，才可能有所收获。财富使人消沉，贫穷又很残忍，假如这两者都不值得庆祝的话。对于生和死来说，人类无能为力，只有享受短暂的生命。

看起来微不足道的轻松态度实际上要比紧张的态度高尚得多，深刻得多；它们接近于理解，接近于否决；它们接近于相反的一面。也许，假如英国仍然是天主教国家，英国人可能仍然会很快乐；正如莎士比亚的勇气一样，英国可能仍然会表现出自己的胆魄：有时是十足的悲情，有时是坦然而谦卑的快乐。这个世界深受其影响；希伯来宗教和德国哲学已经以一种从容而痛苦的世俗方式证实了这一点。立足于中产阶级辛勤工作和赞成改良的立场，它们认可对于繁荣和成功的尊重，而这种尊重是不应该给予的；生活的判断标准正是完全盲目的生活本身。没有道德自由。既然在商业领域和社会交往中已经融入了各种思想家，那么，他们都不可避免地围绕着同样的事物，参与同样的事件，将其思想和努力投入同样的"尘世工作"中去。因此，这个世界侵入了这些思想家并主宰他们；他们失去了其独立性，各自的特色也几乎丧失殆尽。假如他们坚持认为，他们的个体全部都是单个灵魂，即地球灵魂的表现形式，那么，这个时候，他们的哲学理念才相应地有所发展。他们拥有着灵魂，可他们几乎不能称之为他们自己的灵魂，这些灵魂会从世界上得到救赎，或者说，它们会从高空中注视并判断这个世界。

[《战争圣地》，选自《英国的独白》]

假如我们所了解的物质世界是一种幻觉，会怎么样呢？

"幻觉的唯一罪孽是生命带有欺骗性；生命里有空幻的美。

"使我们感到痛苦的世界其实是美丽的；事实上，这是世界折磨我们的一种方式；我们热爱这个世界是没有错的，错的只是将世界据为己有。

"我有过生命的经历，我曾发现自己至少表面上被一个尚可操纵的世界（一个物质的、人与人的世界）所包裹着，这绝对不是幻觉。这一经历使我内心充满了复杂而丰富的情感，这不是幻觉……我并没有说不生活在此世界就不会更好；但是，只要我们生活在这世界上，不管多么危险多么'虚幻'，我认为，找到一个好好活着的途径而不是蔑视生活，是智慧的一个重要方面。"

第三章

我们的动物遗产

一、用精神分析法研究现代人

　　只有形成了一些关于人、人的历史、上帝、灵魂、宇宙和人的生存目的等较为稳固的观念，文明才会诞生。据我所知，这些观念杂乱无章，令人汗颜。尤其是 20 世纪的人吹嘘自己取得巨大的进步，更是无地自容。上述所有问题中，只有人的问题才会激发起我的兴趣（此处的人不包括女人），所以，我们将首先探讨人的问题。人是最好奇的动物，即使是在今天，我仍然认为，人也是最有希望的动物。我们将适当考查他，让他前后转身，搞清楚为什么有时候他那么卑鄙，有时候又那么高尚。我们对于人的看法目前一盘散沙，与人类生活相关的所有观点也都混乱不堪，而我痛恨任何形式的凌乱、无序、模糊不清、一塌糊涂。参加朋友的舞会时，我们的装束多么整洁，鞋子擦拭得锃亮，领带搭配得合适（女士的手袋也和她的鞋子相配），而我们的思想却纷乱无序，令我们斯文扫地。这的确异乎寻常。

这不是一张完美的图片。在《人会把人培养成什么？》一书中，威廉·厄内斯特·霍金（William Ernest Hocking）教授鞭辟入里地剖析了现代人的信仰困惑。他分析了我们如何失去了我们的研究领域，某些观念如何主宰人类思维数百年，由于一定时期的人通过重塑理想努力改变生活，需要不断地修正观念，这又是如何进行的；在自由、进步和人类不可剥夺的权利等方面的信仰通常是如何遭到践踏的；科学，曾经被视为人们热切追求的高贵理念，如何舍本逐末，抛弃源自于天地万物的价值观；我们如何以一种科学态度"摒弃了我们实验室里物品的效用和价值"，教授不知不觉地转向了下述立场，"我们目前已经抛弃了来自天地万物的效用和价值"。有一次，霍金教授失去了耐心，严厉地发表了这样的言论："在不想惊动我们的科研朋友的情况下，我们可不可以认为，这幅缺乏生气的万象图是一个拙劣的谎言——因为其中充满价值观念；各种价值观念蕴藏于天地间不可回避的事实中；无论谁在任何国度传播如此扫兴的世界观，他都在传播谬误。在其威逼利诱下，一大群智慧的羔羊以及应受到谴责的年轻一代的监护人与其同流合污。"[①]

缺少了价值观和目标，现代人如坐针毡，尽管在内心，尽管很模糊，却是真实的感受。在我们灵魂的背后，是情感上的空虚，一

---

① 选自于《人会把人培养成什么？》。哈帕兄弟 1942 年出版。版权所有威廉·厄内斯特·霍金。经授权再版。

种令人烦忧的不适感觉，认为世界并不完美。这种空虚感使我们很容易被蒙骗，被某个地方长官蒙骗，他为了抑制这种情感上的渴求大放烟幕弹敷衍我们；因为人是一个有精神需求的感情动物，他愿意在感情上被利用，他愿意树立自己的信仰，他愿意拥有一个领导，接受一项任务，并让自己参与其中，他愿意分享兄弟般的挚爱之情，他愿意知晓他为推动世界的发展而正在尽自己的绵薄之力。于是，一种盲信填补了这种情感上的空虚，替代了太平时期的那种平和心和满足感，人类内心的信仰产生了裂变并由此造成了外部的纷乱。只有个人内心的无序状态得以纠正，外部的公共秩序才能得到恢复。世界的无序包含着个人的无序，我们应该清醒地意识到前者是由后者引起的，因为公共秩序源自于人类的个人信仰。在个人的无序中寻找公共秩序，可谓荒诞不经。

我认为，仅仅是某些特定信念或者政治冲突并不足以引起现代人心灵的焦虑。人在精神上需要而现在缺乏的正是信仰的广泛基础和人类目标的全方位承继，因为，经历了三个世纪令人兴奋的、无法确定的、在许多情形中并不公正的思考之后，它们已经消失殆尽。以前的各个时期都产生过某种信仰：圣·奥古斯丁（St. Augustine）创建了上帝之城（英格兰坎特伯雷），尽管出现了恺撒·博尔吉（Caesar Borgia）家族、谋杀、瘟疫、战争以及许多其他痛苦，而这一切不利因素并没有动摇人类的信仰。在 18 世纪，自然法则政治论者和百科全书编纂者都满怀希望，并坚信，世界将进入良性的发展秩序；在 19 世纪，出现了约翰·斯图亚特·穆勒（John Stuart Mill），他倡导社会福利制度，还出现了卡莱尔（Carlyle）和曼宁主教（Cardinal Manning），他们具有维多利亚时期的信仰，主张把人的道德法则和上帝的律法有机地结合起来。马太·阿诺德往往怀疑和伤感，但是他相信这一切。是的，世界依然美好，并且会变得越来越好。

在美国，华盛顿、富兰克林和杰弗逊这一代人拥有着基本正常的信仰。杰弗逊语调轻松地说，人的权利是"不可剥夺的""与生俱来的"。爱默生和梭罗这代人有胆有识、自由奔放，他们的思想四处扩散，传到了德国、英格兰、波斯、印度和中国，旨在追求他们迫切想要探索的崇高真理；与他们同时代的人，比如说威廉·艾乐里·钱宁（William Ellery Channing）和西奥多·帕克（Theodore Parker）终日忙碌试图改变旧的观念，与新的邪恶现象作斗争；而林肯和霍姆斯的思想相对稳定，其理论发展还算顺利。在南北战争结束后的一段时期，美国一心一意致力于民族扩张；马克·吐温当时似乎文思枯竭，但是在镀金时代出生并长大成人的一代人尚能创作散文；当他们写出闲情逸致、笔触亲切的散文，缓缓地悠闲地品味生活的时候，我们可以推断出他们的社会富足、稳定。在这一时期涌现出一批思想精英，如阿涅斯·莱普利尔（Agnes Repplier）、约翰·杰·查普曼、富兰克·莫尔·柯尔比（Frank Moore Colby）、戴维·格雷森、洛甘·皮撒尔·史密斯（Logan Pearsall Smith）、保罗·埃默尔·莫尔、克劳伦斯·戴伊、约翰·利维斯顿·洛斯（John Livingston Lowes）、詹姆斯·布兰奇·卡贝尔（James Branch Cabell）和克利斯朵夫·毛利。[①] 他们悠然自得，富有教养；通常，他们的声音是低沉的，语调随意给

① 毫无疑问，这些作家中许多人到了 20 世纪 30 年代还在创作，因而他们算是和我们同时代的人，然而我是把他们作为独立的一代人来谈论的。阿涅斯·莱普利尔出生于 1855 年，查普曼 1862 年，桑塔雅那 1863 年，莫尔 1864 年，史密斯和柯尔比 1865 年，洛斯 1867 年，格雷森 1870 年，戴伊 1874 年，在这批学识渊博的评论家中，最年轻的当属出生于 1890 年的克利斯朵夫·毛利。这使我想到，一个人在二十岁到三十岁之间就会形成自己的文学风格，而这在很大程度上取决于他在这十年间占主导地位的思想倾向。

人以抚慰；他们的散文体现了这些特征，无论男女，都怀着同样的悠闲和满足感去阅读去欣赏，所以他们一直坚持自己的写作风格。在 19 世纪末 20 世纪初镀金时代结束的时候，人们听到了一个新的声音，常常充满感伤、尖厉刺耳；它转移了方向，若不是揭发丑事的作品，便是诙谐、讽刺和仿拟，因为声音中分明透出了刻薄的语气，而最好的武器就是诙谐和讽刺。一个属于迷惘的一代二十岁的年轻女子嘴角叼着烟卷，咕咕哝哝地说着话，声音沙哑、疲惫，好像在说，那天凌晨，她直到四点才上床睡觉。说不清为什么，这世界变得不是那么令人感到惬意了。谁也不会假装是为了获得满足和安宁而去读门肯（Mencken）或者多罗西·帕克（Dorothy Parker）的作品。而且兴奋得不能自已。我们不需要抚慰人心的漫谈录，我们需要或我们喜欢那股粗俗的灵气、连珠的妙语以及全部的"下流语言"。可以这么说，世界需要被拯救，每个人通过唤醒自己内心的某种良知都在试图拯救世界。维多利亚时代结束了，关于美好和安宁的探讨似乎成了孩子的牙牙学语，索然无趣。

"幸福生活的自由"，在当今时代，这几个字多么富于讽刺意味！[①] 总之，我们可以这样总结：中世纪有信仰——信仰上帝；18 世纪有崇高的信仰——信仰人的理智，在战胜教会组织的邪恶专制后，人的理智将为人类指明一切方向；19 世纪有信仰——信仰进步，信仰正在发展的进化论，信仰机械物理学，它将向我们轻而易举地解释发生的一切事情。最重要的是，19 世纪人们信仰本质，精神本质和物质本质，这是所有运动和所有进步的根基。在上个世纪，数百万人生存、劳作、死亡，尽管许多人并不识字，或者没有

---

① 这是乔治·桑塔雅那的用语，出自随笔《一流的自由》，收入《英国的独白》。

阅读名家名篇，他们仍然获得了精神上的满足，因为他们的心理是完整的和谐的；有些地方，在他们无法表述清楚的情感中，存在着一些无人质询的基本信念和假设。正是这些信念和假设让一个人感到内心的安全。联合国安理会的名称改为联合国非安理会（The Insecurity Council of the United Nations），只是反映了现代人缺乏内心的安全感。奥斯汀（Austin）和维辛斯基（Vishinsky）两人在言语上针锋相对，而共进午餐或是参加晚会时，他们知道，他们的本职工作是律师，那天上午他们发挥得相当出色，或者从专业眼光看表现得并不是那么完美，除此之外别无他物。但是，正是这些暗藏的信念才使得生活充满意义，才会推动世界的发展。

我们现代人没有从内心的坚定信仰中获得任何益处，即相信世界正朝着某个目标前进，而不是往深渊发展。如今，那些大胆的广泛的假设或被怀疑或被抛弃。我们不知道如何才能见到上帝；我们对未来的发展没有把握；有些人为了眼前的蝇头小利，急不可耐地抛弃自由和平等，尤其是涉及其他人自由的时候。民主本身有许多复制品，普通人为此迷惑不解是情有可原的。我们离开过去，漫无目的地前行，对未来信心不足；我们拥有的只是现在，以及战斗的意志，假如我们知道为何而战。这纯属浪费精力，有识之士心里隐隐作痛。

也许，精神分析学家们能够回答这个问题；也许，他们不能回答，除非他们也成为哲学家，并能帮助人们，无论男女，远离他们的信仰。前文提到的霍金的那本书实际上只是一篇散文，应该一口气读完。然而在这本书中，霍金运用自己娴熟的写作技巧证明了接受精神分析治疗的病人的个人问题在何种程度上必定和世界上的普遍问题紧密相连。

精神分析学家和灵魂

威廉·厄内斯特·霍金

我们已经忘记了"灵魂"是什么，我们也不要求拥有"灵魂"，这是标志着现代社会进步的清晰的迹象之一。翻阅心理学方面的文章，不仅不会带来多少有益的信息，而且让人很不舒服；通过对科学史的一次奇怪的逆转，灵魂的丧失是精神科学领域引以为豪的重要方面之一。这个领域中的某些狂热者放弃了科学上的谨慎态度：他们说，"世上不存在灵魂这样的东西"——一种非科学的宣言方式——他们不会说"我们找不到任何灵魂"，这是经不起推敲的宣言，而一个满含希望的问题"你知道去哪里寻找灵魂吗？"则总是经受得住各种检验。

在这件重要的事情中，精神分析学家们已经做得相当好了，因为，作为现实的人，他们必须辨认清楚事实真相。像许多正常的功能一样，当灵魂处于无序状态时，灵魂宣布自身为事实。灵魂陷入无序状态，一方面是因为时代的精神鼓励它认清自己的要求和权利，另一方面是因为科学良知剥夺了灵魂眼中的所有价值。由于这两方面的原因，灵魂无法确定其存在的任何意义。灵魂只是人类在处理其全部的势力范围时的自我，人类自我试图在事实和意义的无限宇宙中把握灵魂的方向。当灵魂失去了方向，它能否重新辨明方向是一个生死攸关的问题。于是，今天，怀着很大的信心，灵魂向精神分析学家请教。

精神分析学家低声谈论"完整"的必要性。

灵魂回答道："我意识到了这种必要性，可是我无法调整我自己。我尽力地符合现代的要求，可对我来说，现代性在本质上是相互矛盾、飘忽不定的。一把破壶如何能够修补自身的破裂处？"

精神分析学家说："那就在社会上寻求庇护。你性格内向，自私自利，做事偷偷摸摸。因而，你是一个不完整的人。坦白正在隐瞒的事情；向我坦白，因为我代表社会。这种坦白行为将恢复你自己的客观性。然后，再把你的冲动展示给社会。"

灵魂："我并不确信，社会值得尊重。它似乎是困难的源泉，而不是困难的解决方法。它不清楚自己的前进方向。"

精神分析学家："如果你心存疑虑，你不要在你自身上或社会上，而应该在理想化的目标上寻求庇护。每个人都拥有一些这样的目标。运用你的想象力把这些目标融合为一体。让你自己服从于这一综合体的作用，你就成了一个完整的人：你再次成为灵魂。"

灵魂："我受的教育是，理想化的目标只不过是虚构出来的事物。"

精神分析学家："我无法说服你它们不是虚构的。然而，即使是虚构的故事也具有治疗的功效。人人都会受益于拥有虚构的事物。把你自己委托给虚构的故事。"

灵魂："我理解你的难处。你什么也不相信，可没有信仰就无法治愈我。虚构的故事可能会治愈我，假如我原来不知道它是虚构的。了解到这一点，我不能把自己委托给它。可我明白你已经尽力了。再见。"

生病的灵魂和精神分析学家是当代走向末期的两个相辅相成的特色事物。精神分析学家是应用科学的载体，他试图处理科学的错误造成的创伤。他最终发现，再多的科学也不够用。

[《人会把人培养成什么？》]

二、亚当和夏娃

根据确凿证据，在过去的三百年间，为了更好地了解自身，人类所付出的脑力劳动全都付诸东流。如果这样下断言，就有失公正，不太真实了。唯一的关键之处是人类应当明智地诠释对自身的了解程度并将其应用到自己身上；一个人必须承认，一般说来，这一诠释过程比发现信息本身显得痛苦、困难。我们没有能够运用这些全部的历史的、生物学的和心理学的知识形成有意义的信仰，这似乎是一个严重的失误。从生物种族发展史来看，我们属于猿猴类，所以，在获取和思考各条零散信息方面，我们总是比把它们整理在一起为我所用表现得更加出色。不管如何，人到底是什么？我们是不是比一百年前的人更加了解这个问题的答案呢？我不敢说是，也不敢说不是。

中世纪的神学家们主要以教义为基础向我们解释了两个事物，"灵魂"和"原罪"。（事实上，灵魂的发明可以回溯到很久很久以前，那个时候我们的原始人祖先首先发现了灵魂。他们中的一位从睡眠中醒来，感觉到他的灵魂在梦中脱离的躯体，独自出游，刚刚又回到了肉身；然而，正是神学家们认为，只是随心所欲地将灵魂从动物的肉体中取走而不相信灵魂是一种罪孽。）为了让我们相信这两个事物，神学家们的阐述显得信心百倍，条理清晰。他们认为，没有灵魂就无须拯救什么，没有原罪就没有任何拯救的必要。但是，他们的感觉比他们的描述更准确。他们无法清晰地表达自己的看法，于是，需要非常清楚地了解这一问题的现代人感到十分困惑并压制自己的信仰，或者直截了当地称之为中世纪神话。大智者认为他们知晓一切，于是，就对神学家说："亲爱的先生，你不可以用那样的说法来欺骗我们。我们生活在一个科学的世界。"真正的智者知道，神话代表着对人类早期知觉的一些广义的归纳，这些知觉和我们自己的知觉一样出色。从某一角度来说，神学家们居心叵测，太不人道了；他们把灵魂和肉体分割开来，不仅作为一种表述的方式，而且认为他们是相互独立的物质。我们拒绝分割二者的关系，成为现代哲学和知识的最初内容。[①]

自从我接受长老会教义熏陶的童年以来，我一直为灵魂和原罪的问题所困扰。所有人都承认因为吃一个苹果而导致人的堕落的故事是一则具有社会学意义的神话。所吃的苹果不一定就是苹果，可能是任何种类的水果，也许是一个无花果或者芒果，或者只是一个味美多汁的梨。重要的是它味美多汁，充满诱惑；而且，它是禁果，人吃了它，标志着一种反叛。夏娃先吃苹果，随后给了完全无辜的亚当，亚当违背自己的良知被迫吃了苹果，这显然是男人讲述的故事。如果女人讲述这个故事，亚当会先吃那只苹果。根据这些固有的证据，我们几乎可以断言，《创世记》是男人写的作品。但，这是无关紧要的。关键是，被压抑的欲望和职责或者理智之间明显存在着心理上的不协调。苹果看起来很新鲜，闻起来很香甜，亚当肚子很饿。一个简单的事实是，假如说伊甸园里的这两个人压制自己的欲望，经过苹果树时只是看一看闻一闻然后就走开，那么，当天晚上就不会有什么事情发生了。

在现代心理学上，关于原罪的故事情节将会是一个截然不同的

---

① 灵魂是本质还是物质？是独立的实体还是生命？这一含混不清的问题带来了许多不必要的荒谬答案。哲学家们一旦进入这样的话题，他们争论的下一个问题就是：什么是实体？它是生命还是物质？一些哲学家十分生气，并嘲笑自己的同行混淆实体和生命，或是物质和本质的概念。愿上帝保佑他们！

版本，故事的发展大致是这样的：

"我睡不着。"亚当或夏娃说——我们可以认为是夏娃说的。

"怎么了？你吃了不该吃的东西了吗？"亚当反问道。

"没有，麻烦就在这里！"夏娃回答。

"你什么意思？"亚当说。

"那只苹果！我没有吃。"夏娃一边说，一边在无花果树叶里辗转反侧。

"很奇特，不是吗？我也一直在思考这个问题。"

这样的对话每天晚上都在重复着，终于，他们两人都患了神经官能症。夏娃开始感觉到腹部的不适。亚当真是一个称职的丈夫，他拿来了无花果、西瓜和香蕉，可是这些水果对她并不起作用。亚当认为这是她心理上的毛病，夏娃觉得受了侮辱，两人第一次开始争吵。一天夜里，亚当听到妻子在睡梦中含混不清地嘟哝着："苹果，苹果！"他没有去咨询一个心理分析学家，只是觉得这很奇怪。

又一天早晨，夏娃显得十分高兴，这让亚当感到惊讶。

"噢，真不错！"她一边说，一边蜷起身子，碰了碰亚当的肩膀。

"什么真不错？"

"那只苹果。我吃了那只苹果。它的余香仍然留在我的舌尖嘴边。"

"真见鬼！"她的丈夫喊道，"你夜里梦游了，是吗？"

"我对你发誓我吃了那只苹果。"夏娃言辞激烈地说。接着，她绘声绘色地向他描述她是如何走到苹果树下，摘掉苹果，用牙去咬并咀嚼多汁的果肉。

和女人争论没有用处。他们同意一起去看看。令夏娃大为惊讶的是，那只苹果还在原处。尽管证据确凿，她仍然坚持自己说的是真的。于是，亚当开始思索。他记得同样的事情已经两三次发生在他自己的身上，他感觉到自己在睡眠中做了什么事情而他的躯体一直躺在爱人的身边。这是怎么回事？有什么东西离开了他的躯体，并且做了什么事情，有的事情还十分荒唐，他清醒时无论如何也不会去做。

就这样，亚当发现了灵魂。夏娃非常喜欢这个用词。但是原来的症状仍然没有消失。夏娃胃部的不适使她不能吃任何食物，她明显地消瘦下来，亚当感到惊恐不安。他的生活中当然不能没有她。

"亲爱的，"有一天他对她说，"我们必须采取措施。我知道这是一件麻烦事。"

"是吗？"夏娃仰起脸，爱意绵绵地说。

"我们现在的生活出了问题，你也清楚。我们整天无所事事，你也感到很无聊（ennui）。"

"Ennui！听起来多么——多么陌生的一个词。你知道上帝只讲英语的。"

"他用这个词是非常睿智的。不管怎么说，我喜欢这个词，当我使用它的时候，它自然成了纯正的英语表达。说一下这个词，你会感觉好些的。"亚当当然是英国人。

夏娃说了很多遍这个词。她很高兴，她更加敬重她的丈夫。他如此擅长给事物取名字。

"我思考这个问题许久了，"她的丈夫接着说道，"我觉得自己有些神经质了，浑身的肌肉变得松软无力。我们离开这儿吧。我再也忍受不了这个可恶的极乐世界了。对，我们去把那只苹果摘下来，你一半我一半吃掉它，然后离开这里！如果我有什么事情可以做，比如挖掘、折断、抛扔，我会很高兴的。我会一天扔数百块石头，我想扯断一千条树枝。上帝为什么赐给我两只手？在这里，我不可以挖掘土地，不可以折断树枝，不可以扔石块，不可以摔碎物品。夏娃，你了解我，你相信我，是吗？我很聪明。我会让万物生长。这一切都不属于我。只有靠我自己的双手去种植去培育，它们才会属于我。"

夏娃没有在听。当她听到丈夫说将要摘掉那只苹果时，眼睛立刻瞪大了。

"你会吗？你真的会吗？"她急切地问道。

"我不知道。你觉得我们真的应该吗？我刚才只是在唠叨。我喜欢唠叨，这你知道。"

突然，一股不可遏制的冲动攫住了她，仿佛她不再是自己："我们去摘掉那只苹果，离开这里吧。我必须吃掉那只苹果，否则我会死的！"

于是，亚当和夏娃手拉着手默默地向前走去，感觉到就好像有某种比他们自身更伟大的东西正在引领着他们的脚步朝某个目的地迈进。有几次，亚当停下来，他迷路了。

"那棵树在哪里？"他喊道。

"你真傻！下一个路口往右拐就是。"

"你怎么知道？"

"我的灵魂。噢，我喜欢那个美丽的辞藻。我在这儿感觉到它了。"她一边说，一边指着她的腹部。

"噢，不，它不会是在你的腹部。我觉得我的灵魂是在这儿。"亚当指向自己的头。

"它当然是在这里。噢，你这家伙，难道你感觉不到吗？"

现在，夏娃非常快乐。在她腹部的灵魂指引下，她顺利地找到了那棵树。

他们走到树下，摘下苹果，吃掉它，然后跑开。在他们居住的园子边缘长着一片矮树林，夏娃的脚碰在了一块尖利的燧石上。然而，他们感到无比的幸福；一种感觉多次穿过全身，这一次，夏娃为这种感觉发明了一个用词——狂喜（thrill）。他们做错了事情，但是他们第一次主动做了一件事情。夏娃喘着粗气，亚当抬起手，在自己的额头上擦拭了一下。

"你在擦什么？"她问道。

"汗水。"亚当胸有成竹地回答道，就好像他的眼睛一看到太阳光就知道了这个单词；他发明用语越来越专业，他干脆就运用自己的嘴唇和舌头任意组成声音，发出的声音均恰如其分。"汗水，"他说道，"这是美妙的感觉。我以前从未感觉这么好过。"

他们兴奋异常，因为他们所做的一切；他们激动万分，因为一旦走出去他们将要看到的一切。

"吃完苹果了，你现在感觉如何？"他问，"不再恶心（sick）了吧？"

"我感觉不错，不再恶心了，真该死。"

"真该死，你什么意思？"

"我的意思就是这个意思。这是一种感觉——呃，就是真该死。亚当，亲爱的，在你聪明的头脑里创造的所有用语中，我不喜欢'恶心（sick）'这个单词。"

"为什么不喜欢？"

"它太简单了，它有点粗俗。"

"你又犯老毛病了！要么说高雅，要么说粗俗，不要说有点。"

"亚当，亲爱的，你很聪明，可是你的话一点也没有击中要害。也许，我的思维不如你的清晰，或者不如你所认为的自己的思维那样清晰，但是有时候，事物并不是绝对的高雅或者粗俗，而是有点高雅或者粗俗，这是我们一贯的共同看法。你知道，吃完那只苹果之后，我的胃感觉好了许多。现在，我的思维清楚多了。我认为你的用词'sick'不正确。我需要更好的表达，更加……"她迟疑了片刻，想了想又说，"更加复杂的表达——是的，复杂。"

"噢！真是妇人之见！sick是一个恰当的词语，它很有说服力。"

"不，我需要另外一种表达。再想一个词。"

"这要视不同情况而定，"亚当会意地说，"这取决于你是在哪里感到恶心的。就你的情况来看，我认为你患的是胃炎。"

"噢，亲爱的！噢，太妙了，太妙了！我患了胃炎！或者说，我得了胃炎。而现在一切都过去了！亚当，我亲爱的，我们出去以后将要做什么呢？"

亚当想了很长时间。他努力地寻找一个大而有力的措辞。渐渐地，他的耳边响起了一个声音，于是他的回答简单扼要："我想要征服（conquer）。"这时候，他们已经到达了外面，他们看到了外面的风景。不算太美，也不算太差。看起来，伊甸园的外面也生长树木。他们发现了浓密的森林和四处觅食的虎、狼和羊。握着亚当的手，夏娃感到心悸动了一下，说道："现在我们自由了。你去征服（conquer）吧，我会永远跟着你。"

"是的，我将征服所有这一切。"亚当说着，伸出手臂，指向森林和老虎。

这就是现代人笔下的逃离伊甸园的故事。其中凸现了心理上的不协调。故事讲述了一个知晓一切的灵魂；亚当认为灵魂在他的头脑里，而夏娃觉得灵魂在她的腹部，但是，灵魂是一个无可争议的事实，它造成了欲望和职责的冲突，其中蕴藏着原罪。夏娃的躯体里有灵魂，亚当的躯体也有灵魂。有时候，这种潜在的意识比有意识的自我还要强大，并推翻后者的决定。只要压抑的欲望和职责之间的冲突继续存在，他们就会不快乐，并且欲望最终成为相对的强者。在逃离伊甸园的过程中，亚当和夏娃丝毫不敢懈怠，通过身体的劳作和锻炼寻求安宁，获得重新恢复的个性和独立意识，最终独立自主地完成了一件原本早就可以做成、从心理上来说合情合理的事情。当发现亚当和夏娃逃离伊甸园之后，全能的上帝十分欣喜，自言自语道："他们离开了，我非常高兴。我只是在磨炼他们的意志。我很清楚，待在这个园子里他们的神经早晚会崩溃，我想知道他们是否有勇气自己离开，他们是否不辜负我创造他们、考验他们的一片苦心。现在，我只是想看看那个年轻人亚当将如何征服世界，以兑现自己对妻子的诺言。我创的亚当将遇到麻烦。他不像我一样完美、睿智，可我喜爱他，我不会因为他的困惑而责怪他。有些事情我还是可以谅解的。他必须努力创造自己的幸福。"

如今，神学上定义的原罪得到了较好完善的诠释。故事中的那条蛇成了毫不相关的多余因素，由于祖先的罪过惩罚其子女的不良习性应该得到根除。原罪是上帝造人伊始我们动物遗产的全部内容，即出生以来我们自身所携带的所有基因，好的、坏的、中庸的。原罪存在于冲突和矛盾中。这种罪孽，这种完美的缺憾，这种无效的、心不在焉的、盲目的、从未真正成功过的对真善美的追求，这种导致战争和屠戮的巨大的不和谐因素，即贪婪愚昧、心胸狭隘、自私自利、目光短浅，展示这些人性弱点的是政治家和外交家，尽管他们学富五车，却不能带给我们这个世界需要的和平和安宁——所有这一切远大志向和悲惨失败之间的混乱和反差均源自于我们的灵魂本质。我们获知，人类灵魂的十分之九属于潜在的欲望，代表着数百万年间的动物遗产，却远远逊色于十分之一的有意识的理智，它只是在最近一万年间才得到很大的发展。我们从出生就开始携带的罪孽绝对是最早的，意思指它是遗传的罪孽，这是中世纪的神学家们使用这个词的全部内涵。他们敏锐地意识到，人类拥有这些从内心深处刺激他们的邪恶冲动，而且这就是他们出生的方式。现代哲学不惜笔墨，对这些黑暗的、原始的、冲动的本质做了相当多的解释。它们是神话吗？它们在我们的思想所占的比例是十分之九。

简单地说，人类的原罪只不过是人类全部求生本能的总和；每个人只要在母亲的子宫里获得生命的机会，他就会马上借助这些本能而具备相应的基因。这些本能包括性欲、饥饿和争斗，由此必然产生愤怒、恐惧、嫉妒、狡诈和仇恨。所有这些本能必然导致人种的延续和个人生命的保持。"本能"一词可用来诠释总共多少不同的、困难的事情，只有生物学家才能完全搞清楚；本能包括海狸建造作为屏障的坝状物的灵巧，松鼠为了过冬把食物藏在地下的狡黠，蚂蚁和蜜蜂的社会协作和组织能力，鸟类的迁徙，大西洋鳗长途跋涉五百英里赶到挪威峡湾产卵的欲望……所有这些极其复杂的过程通通是通过一定的种族记忆完成的，甚至每个个体的母体死前连一句话的提醒也没有。

所有动物都遵循其生存本能，因而它们都感到心满意足。自我意识和理智的发生是人和动物的基本区别。理智的发生在历史上出现得很晚，但是它产生了两个重要结果，一个是知识层面的，另外一个是道德范畴的。首先，理智或者有意识的自我，开始批评人的潜在本能的作用，然后，根据理智对善良、健康和美丽的认识去改变人类自己的生活；其次，理智有时候会由于本能的自我缺乏或那些令人向往的品质而否定它，从而表现出针对其行为的道德责任。所有鸟类都过着舒适的生活，只有人类例外；理智的不满足、批评和改变人类生活的欲望永无止境。

人类陷入迷惘的泥潭，直到现代生物学和心理学向他阐明那些集体无意识本能可能会多么复杂，多么深奥难懂、不可抗拒、独断专行，同时，理解起来多么艰难。在我看来，桑塔雅那定义的人的"植物人的梦"和C.G.荣格（C.G.Jung）提出的"集体无意识"实际上涉及的是同样内容。我们现在只能理所当然地认为，这类错综复杂、独断专行的种族本能和种族记忆的确存在。人类继续想当然地认为，他的行为根据是理智；如果现代心理学没有深入探索人类灵魂，他将不知道潜意识的自我依然是我们的统治者，它被描述为具有神秘、深邃、专横、几乎可以"自主"的力量。那么，灵魂或者意识、将会包含有意识的自我和潜意识的自我，理智的生命和本能的生命将会无休止地冲突下去，其中关于罪孽的观点不言而喻。在没有参考弗洛伊德理论的前提下，圣保罗提出"精神的人"和"自然的人"概念涉及的只是这种有意识的理智和老亚当的动物冲动和本能之间的区分。但是，潜意识的种族本能的活动如此不同寻常，精神分析学不得不建立一个近乎神话学的观点来解释它们，为此创造了诸多意象，如性爱本能（Eros）、性欲（Libido）、理性（Logos）、男性倾向（Animus）和女性倾向（Anima），因为它们代表的都是神秘的力量。[①]

　　在结束心理学的讨论之前，一个人也许应当补充一点，即在这个领域中，信口雌黄、陈词滥调、琐碎小事，俯拾皆是，并从科学范畴演变为江湖骗术。弗洛伊德学说的巨大欺骗性令人难以置信。我曾经在报纸上读过一则关于一名美国心理学教授的报道，这名教

---

① 中国人对人类灵魂的理解是将其分为两部分："魂"和"魄"，理查德·威廉转译为 animus 和 anima。依据中国人的解释，animus 指男性倾向，存在于人的眼睛里，既明亮又活跃；anima 指女性倾向，存在于腹部，既黑暗而且平淡。换言之，anima 或"魄"只不过是指把我们与世俗生命联系在一起并最终导致我们死亡的人类本能。救赎的意思是将"魂"从七"魄"的束缚中解放出来，实现其不朽。C.G. 荣格接受了这一观点，但他倾向于把"魂"理解为他所谓的 logos（理性），认为 animus 只代表有意识的女性思想体系。"从较低层次上来说，animus 指低等的 logos，是截然不同的男性思想的拙劣模仿；与此相似，在较低层次上的 anima 是女性 eros（性爱本能）的拙劣模仿。"参见荣格对理查德·威廉的作品《金色花朵的秘密》所撰写的长篇评论，其中，他对"Animus"和"Anima"进行重要评述，哈考特·布雷斯公司 1938 年出版，第 114 页至第 120 页。

授分析了将烟蒂熄灭的各种不同的方法，并为我们所有烟民归纳了最令人失望的结论。从我们可能熄灭烟蒂的六种方法中的任何一种来看，我们不是带有施虐本能，就是压抑了受挫的自我，或者只是具有反社会的、自私的、不负责任的温和情结，因此，解决问题的唯一方法是不再吸一支烟。难道不应该说，这样的骗术不是弗洛伊德式的吗？我想友善，我想随和，可是我更愿意这样认为，现代心理学的许多思想往往是关于性反常者、为了性反常者、由性反常者进行的研究，这种想法如此强烈，我只好直言不讳了。这是一本关于美国智慧的书，智慧通常只是意味着不要盲目相信骗术。阅读詹姆斯·瑟伯（James Thurber）著作《让你的思想自由驰骋》，尤其是其中的章节——《性来源于无意识》与《意识和潜意识》，会令人精神振奋。他使得路易斯·E.比采（Louis E. Bisch），一个医学博士和哲学博士感到有些难堪；但是，我们将尽量强抑笑声，思维清晰，态度客观。某一个人忘记做一些事情，例如给闹钟上发条，或者在夜间封好炉火，以便第二天房间里仍然有暖气（他居住在乡下）。比采博士总结说，在这种情况下，潜意识正试图告诉他，他不喜欢居住在乡下，尽管他的意识坚持认为为了孩子他愿意住在乡下。瑟伯的经验主义定律第一条，倘若我没有搞错的话，告诉我们，任何一个人都可能会忘记调整闹钟和炉火，尤其是炉火，因为闹钟就在那里一眼就可以看见，而炉火总是被忽略。

还有不幸的 C 先生。他向前猛跑，稍稍停了一下，突然踅回来，正好撞在了一辆汽车上。比采博士对他的分析是这样的："性饥渴者……由于性饥渴，总是感到心情紧张、容易生气。显然，他饱受失眠之苦；当他真的入睡时，他的梦境肯定会接连不断、扭曲变形，可能也会令人恐惧。不可否认，汽车意味着性欲……"现在我的第一反应是不相信这一科学术语，"可能也会令人恐惧"和"不可否认意味着性欲"这些话语让我想起了魔法中的惯用语句。瑟伯争辩说，一辆汽车轧在你身上可能就是指汽车轧在你身上，并不代表着性欲。好哇！让我们为美国智慧喝彩。①

美国精神的悲剧在于，当一个怪念头浮出水面的时候，许多人由于不懂而欢呼雀跃，很少人会因为别人告诉他们已经了解的事情而笑话他。人们已经逐渐开始谈论"幸福系数"和"在任何工业化程度很高的社会结构中一种普遍的顺从趋势中模式刺激反应的第三个阶段中社会反应的次要因素"。上帝保佑这些傻瓜们！这些心理学家们和社会学家们使我们的生活变得越来越复杂，就好像现代生活还不够复杂！人人都在告诉我，在我的生命里，也许存在一个膨胀或者萎缩的自我，两三种本能反应、四五种固执型偏爱、一种整体来说可能还算正常的恋母情结、埋藏在我心灵中的十几种抑制机能，还有对毫无意义的生活遭遇所产生的施虐式冲动的温和的显现。我具有性欲、性爱、本我，在我看来，这些都如乌贼一样；而现在我也许具有特别强烈的刺激反应，我也许可以归类为了不起的业务主管，在所有智力测试中，智商都低得令人难以置信，比哥伦比亚大学一年级新生的智商还低。我对我的孩子肯定永远不会讲述某些禁忌，因为我担心我会建立一种抑制机能，并担心从现在开始往后的四十年中它需要不断为我制造的麻烦负责；孩子会自由地长大，会从事商业管理，并在二十三四岁时才第一次得知，生活中有一些禁忌如果违反了，生活、上帝或社会都不会宽恕。

---

① 然而，在现代心理学产生之前，最大限度地探究本能生命欲望领域的当属印度人。瑜伽的全部学说正是束缚或控制这些低级的潜意识的本能欲望的一种实验。救赎的含义是把思想从低劣、粗俗的精神素材中解放出来，最终实现快乐和狂喜的感觉。

三、我们是类人猿的后代

　　前文关于亚当和夏娃为什么吃苹果的寓言为我们理解克劳伦斯·戴伊的《人猿世界》做了铺垫。《人猿世界》肯定会被认为是一篇关于人类的经典散文，一篇 20 世纪产生的最令人满意的作品之一。没有人能效仿它，没有人能重复它，只有在 20 世纪才会产生如此优秀的作品。克劳伦斯·戴伊是最有洞察力的美国作家之一（如果降低一点要求，也许詹姆斯·瑟伯也很有见地），这足以证明，智慧和欢乐的优良品质仍然和当代美国息息相关。祈求上帝保佑他们的灵魂！他们的精神依然是自由的，尽管戴伊因为关节炎长期卧床不起，瑟伯备受眼疾煎熬，然而这无关紧要，他们内心的洞察力因而得到了加强。亨利·亚当斯（Henry Adams）潜心研究历史唯物主义理论，通过大半个世纪的学习、文化熏陶和豪情满怀的真理探索永远不会明白的事情，戴伊明白了。是的，银行总裁、帝国缔造者和辛勤的学者，谁也不能洞察真理，而关节炎病人、残疾人、盲人、半残疾的人，罗伯特·路易斯·斯蒂文森（Robert Louis Stevenson）、帕克曼（Parkman）、普雷斯科特（Prescott）、甘梅利尔·布雷德福（Gamaliel Bradford）等诸如此类的人观察生活才会更加犀利、更加精准。威廉·詹姆斯说："但是，我们要求自身利益的呼声使得我们对其他任何事情显得盲目和麻木，因而，如果一个人希望完全理解这类非个人价值，客观地、全面地感知生命的意义，实际的生命似乎很有必要变得毫无用处。只有神秘主义者、梦想者、一无所有的流浪汉或游手好闲者才能从事这一令人愉快的职业。这一职业将在一刹那间改变一般意义上的人类价值标准，表面的愚昧胜过权威的声音，从而一个勤勤恳恳具有传统思想的人毕其一生才完成的殊勋顷刻间灰飞烟灭。"[1]

克劳伦斯·戴伊的《人猿世界》是对人类的缺点（比如，杂乱无章容易受到困扰的意识、不能思考的情形、危害健康的生活习惯、一夫多妻的做法）进行批评的一本书，虽说令人畏惧却也令人满意。我们应当从整体上去理解这篇长长的散文。我非常相信，从戴伊独特的写作中无论选摘哪一部分，节选的文字越长，读者从中获取的乐趣越持久。我提供了写有序号的小标题；读者将会明白我的意思——这些标题涉及的是受到抨击的人类的七种主罪。这些罪孽尚不足以罚入地狱，无须炼狱之火的惩罚。它们包括：我们生性懒惰，不愿意走出去看看大自然，不愿意向大自然学习如何生存；我们渴望用报纸上关于谋杀的报道充塞大脑；我们具有的一些色情习性。尽管如此，这些罪孽至少具备下述优点，由于我们拥有的类人猿遗产，它们都是可以谅解的。这篇节选的文字充分体现了美国的讽刺风格。

人猿世界

克劳伦斯·戴伊

想象一下一位史前的先知观察着这些生物，并预言他们的后裔会建立起怎样的文明。任何人都可以预见到某段

---

[1] 瑟伯在同一卷揭示自助和成功的书籍中措辞同样精妙。与瑟伯风格相似的作家是欧文·埃德曼，后者在《亚当、婴儿和来自火星的人》中的一个章节里采用同样率直的诙谐表达描述了同样时尚的东西。威廉·詹姆斯，"人类身上的某个盲区"，《对心理学教师的讲话》。版权所有，1939年，亨利·詹姆斯。经 Paul R. Reynolds&Son 许可再版。

类人猿的历史；任何人都可以猜想到他们的好奇心会为他们打开一扇又一扇自然界之门，不知不觉间给予他们各种有益的知识；任何人都可以描述他们是如何一边问着问题一边迁居到世界各地，并不时地搞出发明创造——随意地传递开来，随后又将其遗忘。

（1）杂乱无章。不得不一遍又一遍学习同样的事情，浪费一个种族的时间。但是，这样做，对于类人猿来说，一直很有必要，因为他们处于杂乱无序的状态。"杂乱无章"，一位先知也许会叹息道，"这是他们的缺点之一；他们永远不会改掉这一缺点，无论他们付出多少代价。拥有如此多的好奇心分散了一个种族的注意力。"

"是的，"这位先知会很沮丧地继续说道，"这将会是一种奇怪的矛盾体，这些类人猿将会获得大量简单的知识。但是，他们花了几百年时间探索某种艺术，却在随后的几百年间不时地发现这一艺术已经被淡忘了。倘若在其他星球听说艺术消失的消息，那简直是不可思议的事情。"

"这些类人猿对于琐碎小事有很强的倾向性，而猫没有这类倾向性。他们缺乏集中精力处理重大事情的优良品质。他们过多地谈论、思考琐碎小事，而不是大事。即使当他们具备了一定的文明程度，情况也不会改观。有时，一些重大发现不为他们所知，因为他们知晓太多其他事情；因而许多发现就此消失，这些人再也无法了解到它们。"

让我打断这种悲叹的声音，谈一谈我自己和我的祖先。有人很容易责备我们没有辨别力，但是我们至少充满热情。对如此多的事物投入很大的热情和兴趣是有好处的，因为经常出现的情况是，没有人预先知道其中哪一个事物最终证明是重要的。我们无须有意地对许多事物感兴趣，以期获取好处，好处会自然而来。无论如何，我们人类非常慷慨大方，不会太专注于自身的利益。其他种类的动物极为关注自身利益。它们对身边正在发生的事情浑然不知，这十分可笑。花园里，一只极其渺小的蚂蚁根本没有注意到一个极其庞大的女人的到来。对于蚂蚁来说，女人是一个巨大无比的极其危险的庞然大物，她的脚步震撼着大地；然而，蚂蚁忙这忙那，无暇顾及女人的造访。它甚至连路也不给她让。它有自己的事情要做，它继续……

　　我们当然会观察任何事物，或者会尽力观察它们。我们可能会花费一生的时间观察事物。拿我们的博物馆为例：它们是我们人类的标记。这一标记使我们带着微笑，怀着对这种收藏的热情，观看各种小鸟，比如鹊——但是，只有猿猴类动物才能像我们人类一样尊重博物馆，并把各种各样的琐碎物品保存在博物馆里。老式家具、蛋壳、手表、石块……下一个地方是"动物园"。尽管在远古时代我们已经战胜了所有其他种类的动物，现在我们仍然会把俘虏的动物带回我们的城市，装在笼子里公开展览。如果一个物种灭绝了——或者被我们人类挤出了地球——我们甚至会收集灭绝动物的骨骼，将其作为战利品展览。

　　好奇心是一个有价值的特征。这一特征使类人猿学会了许多事情。但是，类人猿的好奇心就像辛苦的蚂蚁一样没有节制。每个类人猿都渴望了解甚至会超过他大脑容量的知识，渴望处理大量的问题。思想活跃的类人猿渴望了解所有正在发生的事情。实现这一雄心壮志需要上帝的头脑才行，但是类人猿们不愿意认为这超过了他们的能力范围。即使是小商人、小职员，无论他们多么节俭，他们也会渴望购买昂贵的百科全书，或者涉及各种知识的书籍。几乎每个类人猿家庭，甚至是最愚笨的家庭，也会认为，他们应当把所有知识保存在伸手可及的地方。

因此，他们接受的自由教育将成为大杂烩式的思想体系；如果一个人缩小其研究范围，专注于某一领域，他会被视为异己。

（2）喜欢饶舌。他们将努力学习不止一种"语言"，在此过程中，他们体现的将是一种奇怪的教育观念——却是一种自然而然的观念。他们将安排他们的子女花费十年或是更多的时间学习饶舌的复制体系——全部体系。谁学会了用几种方式表达同样的事物，谁就会得到更多的尊重；谁会用很多不同方式表达同一种事物，真正的类人猿就会敬畏谁。没有获得这类成就的人会让人有些看不起，实际上，他们自己也会因此感到十分抱歉。

……天哪，这些类人猿拥有怎样的语言天赋！经过极为可怕的矛盾和痛苦之后，另一个种族可能会在这个地球从宇宙中消失之前慢慢地形成一种语言，而这个种族将会创造多达数百种语言，每种语言本身都是完善的，许多语言都带有精巧的书写体系。可这一语言天赋的拥有者们却显得很谦卑，他们惊异于蜜蜂建造的蜂房，惊异于海狸所筑的水坝。

（3）喜欢无目的地读书。然而，当再次谈到他们担心自己太狭隘的话题时，他们把自己的领域拓展到了难以置信的广泛程度。每个文明的类人猿，在他生活中的每一天，除了他已经掌握的原有事实外，他渴望了解整个世界的全部新闻。如果他感到这样了解世界具有真正的利害关系，这会对他十分有益：这会暗示这一天赋的一致性。（这种一致性对其他种族可能是毁灭性的，可对类人猿来说就完全不同了。）然而，这其中并没有真正的利害关系，这只是一种盲目的先天性本能。在阅读之后的一个小时，或者刚刚读完，他就会忘记他读过的内容。可是，这个可笑的生物物种，会忠实地坐在那里，阅读有关西班牙炸弹爆炸或西藏洪水的报道；他尤其关注他能找到的我们人类喜欢的所有那类新闻——人们在森林里奔跑、格斗的新闻；他也特别愿意了解那些将会激起他最原始的类人猿情感的新闻——战争、事故、爱情、家庭矛盾。

为了用这种毫无目的的食物喂养他自己，他将把报酬付给数千个类人猿，让他们作为记者，报道日日夜夜发生的事情。他们报道的新闻数量惊人，以至于抹杀或掩盖了更加重要的新闻事件。每天，每个人都会阅读无以计数的新闻，即使是这个懒惰种族中最懒惰的成员天天这样做也不觉得辛苦。他们不读报纸就吃不下早饭，他们成了解世界的这种可笑的贪婪做法的奴隶。

他们渴望调查关于他们自己的所有事情，尤其是关于别人的事情，他们的这种膨胀起来的欲望难以遏制。几乎没有人会觉得他们真的"了解了丰富的信息"；所有人在一生中每天都会花费大量的时间阅读新闻。

书籍也会被用来消除这种无法满足的欲望。他们居然会捧着书本，满怀虔敬之情。书籍！瓶装式的饶舌！这是某一个类人猿说过的话。他们将对书籍进行奢华的装订，把它们放置于玻璃下面，并对阅读的书籍数量感到自豪，煞是感人！图书馆——贮藏书籍的仓库——将点缀他们的世界。毁坏一本书将是对文明的犯罪。（这里指的仍是类人猿的文明。）对，确切地说，这是一种冒犯——粗野的冒犯。可是，破坏一处美丽的风景永远都是粗野的冒犯；有时候，他们甚至没有注意到这一点；破坏了风景区，他们一点也不会战栗，而一旦损坏了"图书馆"，他们就会本能地浑身发抖……

了解许多事实的人会觉得自己很聪明！他们会轻视那些对事实了解不多的人。他们甚至相信，他们中的很多人都相信，知识就是力量。易受这句格言愚弄的那些不幸的人将继续怀着远大抱负读书看报，直到他们丧失与生俱来的主动性，他们的思想感情变得脆弱起来；于是，他们感到十分困惑：这世界究竟怎么了？他们一直期待获得的伟大力量为什么没有出现？而且，假如他们忘记读过的内容，他们会很忧虑。那些会忘记的人——这些人的视野很新奇，他们从自己的思想中清除了以下事实：他们的孩子出生的确切月份和具体日子、房子的门牌号，或者他们遇见的人的姓名（只是毫无意义的标签），将会被催促去疗养院生活，或者去看治疗健忘症的医生。

（4）不喜欢深入思考。从本性上来说，他们的心愿是了解世界，而不是理解或者思考问题。毫无疑问，他们中有些人将学会思考，甚至学会集中精力思考，可是他们取得那些成就的欲望既不强烈，也不持久。主要动力为好奇心的人将很喜欢堆积事实，而不是时常停下来反思这些事实。如果他们不反思这些事实，他们无疑会很难发现事实背后的思想和关系；他们对这样的思想将会很好奇；所以，你会以为他们会思考。但是，深入思考是很痛苦的。这意味着，他们必须设法引导他们的注意力。不对思想进行针对性的训练和反复练习，那不可能做到。他们痛恨那样做，当他们可以自由地转移思路时，他们的思想将会更加流畅。

在这方面，将他们与其他种族作一比较。每一方都有自己的强项。对于母牛来说，强迫它们像类人猿一样反应敏捷是很痛苦的事情。一星期又一星期，母牛只想一件事情，对此丝毫不怀疑；但是，饮过类人猿的茶一小时以内，它们都会大脑发热。在阅读关于深奥的哲学命题、思想性很强的厚厚的书籍时，一个超牛的种族就会狂欢起来，并熬到深夜拜读它们。大多数有抱负的类人猿检验自己的思想——出于自豪——然后睡觉。典型的类人猿大脑很容易分神，从本质上来说，它真的跳跃得太快，无法容忍太多的思考。

因此，他们中许多人信息灵通，但称不上睿智。

这将会造成以下结果：他们了解大多数事物的速度太快，并处于太早的文明阶段，无法正确地使用这些事物。在他们发展的某一阶段，他们将学习制造有价值的炸药，他们将不仅把炸药用在工业上，它还会使勇敢的人们丧失生命。他们将想方设法高效地大量地开采原煤；在这个阶段，他们还不太清楚将如何保存原煤，因而会浪费部分存储的原煤。在一个被称为旅游的类人猿的生活习惯中，他们使用了大部分原煤。他们借助这一怪异的行为，在全世界走马观花，看到上万种事物，并期望以此来充实他们的大脑。

他们的思想将非常充实，他们的智力将活跃起来、敏锐起来。然而，要想超过他们的智慧，他们的智力尚需长期的发展过程。他们的智力将使得他们能够建立起庞大的工业体系，而后他们才能用他们的智慧和仁慈正确地管理这一体系。他们将形成伟大的政治帝国，却没有足够的力量去管辖。他们将无休止地争论哪一种政府体制最合理，而不停下来想一想应当首先学习管理政府。（一般的类人猿将认为，他不用学习就会知道。）

一个自然的结果将是工业和政治战争。在一个充满难以管理的建筑物的世界里，建筑物轰然倒塌在所难免。

（5）喜欢小巧玲珑的装置，尤其喜欢谈论这些装置。类人猿的发明将会来得较为轻松（比其他所有物种都轻松），他们将整天闲混、搞发明，并会像孩子一样乐此不疲；他们发明的许多器具与其说是一种慰藉，还不如说是一种忧虑。在他们的家里，他们将不得不花费大部分时间让他们设计的无数精巧装置运转顺利——他们精心制作的铃铛系列、他们的锁具、他们的钟表。在科学领域——确切地说——这种巨大的发明潜能将给世人带来大量重要而美好的发现：望远镜、微积分学、射线照片和光谱。这些发现十分伟大，几乎使他们变成了天使。但是，他们类人猿的本性将再次骗取他们一半的功劳，因为，只要他们特别迎合类人猿的特征，他们将会忽视具有真正重要意义的伟大发现，而过分推崇那些价值较小、作用不大的发现。

举几个例子：有一种发现可以帮助他们越来越多地交谈，只是交谈，这些类人猿认为这种发现是他们取得的最伟大的胜利之一，他们将为之欢呼。借助电线彼此交流将属于这类发现。如果闪电得到驯服并被合理利用，它就四处奔跑，传递着最琐碎的闲谈，不分白昼和黑夜。

各种各样的大量交谈，通过打印、演讲和写作进行的交谈，将不断地碾过他们的文明王国，这造成了在人力和时间方面的难以置信的巨大浪费，并大大削弱了通过交谈本应得以促进的智力。在类人猿文明中，将建造许多演讲大厅。大量的人群竟然会在夜里花钱进入大厅，并连续几小时聆听某位自鸣得意的交谈者在那儿喋喋不休。演讲或交谈的话题几乎包罗万象，然而，只有很少的话题可以称得上非常重要，普通人自己可以偶尔停下来就此进行思考……

（6）不尊重他们的身体。在外科学和医学上的发现将同样得到过分的吹捧。原因是，这个种族非常需要这样的发现。和伟大的猫不一样，类人猿常常低估身体的价值。他们缺乏对自我应有的尊重，因而他们不像猫那样关心自我的外衣——身体。他们的文明程度越高，他们的身体状况越差。他们的肩膀将弯曲，他们的肺将萎缩，他们的胃部脂肪将增多。其他种族的身体将不会这样畸形、这样扭曲。他们将观看体育比赛，是的，但是总的来说，他们很少锻炼。他们傲慢的老学究甚至会反对体育锻炼。类人猿曾经在森林里高视阔步，或者像鹿一样奔跑，而他们的后裔要么在农场上辛勤劳作，要么在城市的街道上碎步前行，他们的脚步沉重而缓慢，他们身体的柔韧性消失殆尽。

他们认为大自然"需要走出家门才可以观赏"。他们将试图远离大自然生活，忘记了他们是大自然的子民。忘记？他们甚至会否认这一点，并宣布他们是上帝的子民。尽管大自然中有许多奇迹，他们仍然认为她太谦卑，不能成为像类人猿这样杰出的种族的父辈。他们将不再敬畏美丽母亲地球的尊严，他们彼此窃窃私语说她是邪恶、卑鄙的老朽之人。他们将抢夺她的礼物，无礼地窥探她的秘密，大大忽视了他们从她那里得到的关于如何生活的警示。

这些人不可避免地将患上各种各样的疾病，他们将借助非同寻常的权宜之计以期减轻病痛。尽管，作为一个冷血种族，他们忍受病痛时显得很神经质，但他们却让其他动物系统地感染上他们自己的恶病，或者切除其他动物的器官，或者杀死并解剖它们，希望学会如何抵消他们对自身的忽视。他们的身体条件证明，这的确是必要的。因此，除了脱离实际的伤感主义者之外，很少有人对此会有异议。可是，他们的意思是，将通过骗术和诡计获得健康，而不是努力地过健康的生活。

被称为医院的奇怪的军营式建筑一座又一座矗立在他们的城市中。在医院里，耍戏法的人，他们的外科医生，在他们生病住院时，把他们的身体切开；成千上万狂热的年轻药剂师把小药丸混合在一起，成千上万看起来精明强干的类人猿们将坚定地开具药方。每一代人都会改变对于这些药品的看法，并嘲笑所有前人的意见；但是，每代人都会使用其中的一些药品，并充满信心地认为，在这方面，他们知道最佳配方。

在固执和盲目中，这代人将可怜地摇摇他们的脑袋，把他们的疾病归因于文明而不是类人猿的本性。

（7）性欲。类人猿总是因其欲望和激情而心旌摇动。这种欲望和激情不断地让他们激动，不断地刺激他们的大脑。不管它是粗野的还是驯服的，原始的还是文明的，这是这一种族的标记。其他物种有时间有理由进行性行为，而类人猿们却一年从头忙到尾。

这种欲望的极度膨胀本身不一定是好事还是坏事。但是为了使其成为好事，就应当研究它，并面对它。然而他们不会这样做。他们中有些人不愿意研究它，认为这是坏事——认为这是坏事却不断地去做这一坏事。其他人会犹豫不决，因为他们觉得这很神圣，或者会隐隐担心，这种研究也许会证明应当限制这样的行为……

有一次，一个正在研究猴子的医生告诉我，他正在做有关一夫多妻问题的实验。有一只年轻的猴子名叫杰克，与雌猴吉尔成为配偶；另外一个笼子里住着另外一对新婚的猴子，艾拉贝拉和阿切尔。每一对夫妻都显得卿卿我我，忠贞而幸福。他们甚至在吃饭时彼此拥抱，互喂食物。

过了一段时间，他们的交流变得不再热烈，他们的感情也不再专一。阿切尔有点厌烦了。可是，他表现得很有分寸，当艾拉贝拉依偎在他身边时，他多少会敷衍了事地拥抱她。但如果他忘记了，她会很生气。

这之后不久，同样的事情发生在杰克和吉尔的笼子里。这一次，只不过是吉尔有点讨厌杰克。

不久，两对猴子开始争吵。通常，他们很快就会和解，重又相爱如初。但是这种和解会逐渐消失；每一次反复周期越来越短。

同时，这两对家庭开始饶有兴致地观察对方。吉尔不喜欢杰克了，起初的一段时间，杰克为此闷闷不乐，他常常注视着对面的艾拉贝拉，试图吸引她的注意。这让杰克感到十分困扰。艾拉贝拉生气地对他做鬼脸，然后转过身去；至于吉尔，她暴跳如雷，用力地撕扯他的毛皮。

但是到了下一阶段，他们甚至不再讨厌对方。两对猴子都变得冷漠起来。

于是，医生把杰克和艾拉贝拉放在一个笼子里，把阿切尔和吉尔放在另外一只笼子里。艾拉贝拉很快向杰克低头，他们建立起新的忠贞爱情，彼此亲密无间，相互爱抚。吉尔和阿切尔感到震惊。吉尔紧紧抓住笼子的栏杆，浑身颤抖，尖叫着表示抗议。即使是讨厌艾拉贝拉的阿切尔也对某些场面发出愤怒的叫喊声。然而，医生在两只笼子中间拉起帘子，隔开双方的视线。吉尔和阿切尔单独相处，也相互有了好感。他们很快分不开了。

把四只猴子这样重新组合以后，他们重又快乐起来，充满新的生气和活力。但是，好景不长，每对新组合的猴子开始争吵，和解，再争吵……最后变得冷漠起来，并产生了愤世嫉俗的生活观。

这个时候，医生又把他们放回到最初的配偶身边。

——他们相见时，竟然冲向对方！他们认出了对方，发出快乐的叫声，仿佛忠贞不渝的一对恋人重又相逢。他们累了的时候，彼此深情地蜷卧在一起；他们甚至在吃饭时彼此拥抱，互喂食物……

确切地说，这些特定的猴子整日悠闲地生活着。这使人想起我们生活在高级的社交圈子里，在那里，人们无须工作，缺乏建设家园应有的那股干劲。实验没有最终结果。而即使在低层的社交圈子里……

[《人猿世界》(九至十二章)]

四、我们正在把自己培养成什么样的人

所有这一切都富于启迪，对了解自身不无裨益。然而，克劳伦

斯·戴伊丝毫不认为我们应该趴在地上，因为一个四手类动物（指人）趴在地上无异于四脚动物，哪还有尊严可谈。在进化过程中我们处于猿猴和天使之间，在"天使阶段"，人类完全掌控了种族本能的本源或者消除了它们，并不运用理智解释他的潜意识的自我要他去做的事情。所有学习生物的学生都知道"天使阶段"是遥不可及的；我自己并不确信这是一个理想的阶段，这不是本能的作用而是理智的结果，可是，无论如何，曙光女神厄俄斯（Eons）走在强烈的本能之前，因为种族和人体的生存能力可能会消亡或者衰退。到那时，鬼魅般的哲学家们将行走在地球上，但是，在人类尚未停止仇恨、愤怒和消灭敌人之前，人类将很可能已经消亡，一些装备精良的兽类将很可能占据我们的地盘。这都是一些无根据的思考。同时，重要的问题是，我们正在把自己培养成什么样的人呢？

　　詹姆斯·瑟伯的世界也许有些千变万化，但是，他笔下的狗很通人性，而他作品中的男人和女人有时却似狗似猫。有时他谈论闺中少女，有时他谈论丈夫和妻子，许多场合中，他又意外地成了启迪众生的重要人物。他的睿智有别于那些循规蹈矩的作家，显得不合常规。他的洞察力更加敏锐，他的想象力更加大胆，他的精神压力更小，因为他能够轻松地摆脱压力。作为一个中国人，我全力支持自然主义，假如它是瑟伯—戴伊式的自然主义，也就是说，我对动物家族包括人类在内的手足之情，或者体现着熟练的讽刺手法、勇气和辨别是非的智慧的桑塔雅那式的怀疑论和动物信仰表示坦诚的认同。不论是瑟伯—戴伊式，还是桑塔雅那式都实事求是，这是好高骛远的理论和教条主义理论所缺少的一种品质。某些循规蹈矩、勤勤恳恳、没有创造力的研究统计学的大脑整天只和数字零和百分比打交道，当瑟伯的思想与之发生冲突的时候，这种摩擦通常会产生一些美丽的火花。

人类能够改善自身吗？

詹姆斯·瑟伯

尽管人类有诸多罪孽，他有一个公平的机会可以再生存一百二十亿年。既然如此，其他条件相同的情况下，考虑一下一百二十亿年后，或者只是一百万年后人类的模样，将是非常有趣的一件事情。在今后的两三百年间，无论有没有太阳的照射，昆虫总会有机会战胜人类；但是，自从1907年人们对此担心以来，我得出了这样的结论：人类最终会掌控这些微小的动物，尽管它们非常敏捷，非常聪明。由于已故脑专家弗雷德里克·蒂尔内（Frederick Tilney）博士的发现，我对于人类对象鼻虫和鼻涕虫最终的霸权地位的信心大大增加。经过多年的研究，蒂尔内博士得出结论：人类只使用了一百四十亿总量中四分之一的脑细胞。简言之，他只使用三十五亿个脑细胞。对于外行，对你对我，对于随便哪个人来说，人类使用的脑细胞似乎数量庞大，因为这已经达到了十位数，如果某物的数量达到四位数以上，不管它是什么，我们美国人都会印象深刻。然而，我们一定要反对一种自满情绪。这种情绪使我们感到，只使用三十五亿个脑细胞，我们也会心满意足。我们早晨醒来的时候，我们不应当高兴地自言自语："我正在使用三十亿个脑细胞。上帝，想想吧！"相反，我们应当这样说："慷慨的上帝赐予我一百四十亿个脑细胞，而我只是使用其中的四分之一。看在上帝的分上，我怎么生活呢？"

蒂尔内的信念是，当人类开始使用所有脑细胞的时候——比如说，一千年或一千万年以后——他将会拥有足够的智慧去结束战争、萧条、衰退，以及共同的罪恶。蒂尔内博士似乎认为，如果一个人拥有了四倍于我们今天的智商，如果某个仍然只使用三十五亿个脑细胞的返祖成年人交给他一支来复枪，他就会喊道："伙计，不要做只有四分之一智商的人。"于是，他拒绝参加战争。我很抱歉，我无法完全赞同蒂尔内博士充满希望的预言。我不断地对自己说，是什么会阻止人类变得四倍的卑下，四倍的狡诈？是什么会阻止人类拥有精致四倍的器具，以避免人类种族的灭绝？依据我发现的结果，在人类历史上，没有哪种力量曾朝着良性的方向自然而然地、不可避免地向前发展。事实上，任何力量几乎总是朝着邪恶的方向发展；别问我为什么会这样，事情就是这样。对我来说，思想的力量特别符合这种倾向性，因为，正是这一力量才会造成人类现在应该负责并永远应该负责的一切恶行。

让我们暂时关注一下那些史前美国人：桑迪亚人、福尔松人和明尼苏达女仆，它们都是从这片古老大陆的地下挖掘出来的化石标本。我无法确切地知道，可我敢说，在桑迪亚、福尔松和女仆大脑中真正起作用的细胞数量不会超过八亿七千五百万个，或者说，不会达到在现代人大脑——你的、我的或者墨索里尼的——起作用的细胞总量的四分之一。如果蒂尔内博士的观点非常合理，那么，一个顺理成章的结论就是，现代人爱好和平的愿望和积累财富的能力都应该是桑迪亚、福尔松的四倍。无论是谁，只要他的脑皮层下面发挥作用的细胞数量超过一千一百个，他就会清楚这不是真的。随着时代的变迁和他脑力的发展，作为和平主义者和经济学家的人类的状况已经逐渐变得越来越糟糕了。我一想到他脑皮层活动的未来状况，就感到十分恐慌。

让我们得出另外一个令人忧伤的结论。一段时间之前，《时代》科学周刊报道，明尼苏达女仆"明显是自己跌入或被人扔进一个冰川时期的湖泊"。《时代》的消息一向是绝对可靠的，不过，它是如何了解到女仆要么自己跌入、要么被人扔进湖泊的，我就不得而知了。我本应想到，当时也会存在这样的可能：那些只使用八亿七千五百万个脑细胞的人逼得她走投无路，她最终选择平静地游进湖泊的深处，自愿结束了自己的生命。然而，我们也可以假定，她是被人扔进湖泊的。那么，假如蒂尔内博士是对的，你会认为，女仆死亡之后的数百万年间人类发挥作用的脑细胞数量的增加也许促使人类从此以后不再把女人扔进湖泊。遗憾的是，情况并非如此。坐在那里思索半个小时后，我估算到，在当今美国被扔进湖泊的女人的数量是明尼苏达女仆生活的时代被扔进湖泊的女人的数量的四倍。按照这样的推算比例，从现在往后的一百二十亿年间，将会再有多少女人被扔进美国的湖泊，读者您可以想象出来。

作为结束语，我能够奏响的唯一快乐的音符就是指出一种可能性：尽管蒂尔内博士有许多信念，人类也许永远无法超过总量四分之一的脑细胞。在那种情况下，人类也许远远不像现在这样有如此多的烦恼。无论如何，他肯定不想让自己的烦恼增加四倍。我知道，这不会对未来的希望构成什么大的影响，但是毕竟，这是某种障碍。无论如何，这就是我要说的一切。

[《我的世界——欢迎光临》]

第四章

生命的旋律

一、女人在哪里？

任何现实主义的生命哲学必定涉及关于人类生存的一些特定的事实——生与死，青年和老年以及男人和女人的区别。哲学不能改变这些特定事实；哲学能够做的最明智的事情就是辨清这些事实。通过将人类生命视做一种旋律或自然循环，仿佛人世间的所有其他现象一样，哲学使得人类能够调和自身以便达到与这一自然而完美的旋律的和谐统一。一天中有黎明和黄昏，其景致丰富多彩；一年里有春秋，其风光赏心悦目。为什么人的生命不应该具有春天般的童年、夏天般的青年、秋天般的成年和冬天般的老年？

在庄子的一则寓言中，子来曰："父母于子，东西南北，唯命之从。阴阳于人，不翅于父母。彼近吾死而我不听，我则悍矣，彼何罪焉？夫大块载我以形，劳我以生，佚我以老，息我以死。故善吾生者，乃所以善吾死也。"（庄子《庄子·大宗师》）一个人与自然界的普遍规律保持步调一致，他就能够平静地接受这些特定的生命事实，并怀有一种自然主义的满足感。男人思考女人的许多问题，但是，作家似乎对此评论甚少，对这类不无意义的问题评论甚少。这是众望所归，因为，当一个男人谈论一个女人的时候，他的身份不再是一个可怜的凡夫俗子，而是变成了人类总数一半的代表和另外一半的法官。看起来，对任何男人来说，出色地扮演这两个角色是相当困难的。他唯一有把握的是，男人总是正确的。他直接替代了业余评论家和业余法官的角色，仿佛一本国外旅游指南，其傲慢无礼的批评和屈尊俯就的表扬大错特错。其中的性别歧视亦可见一斑，仿佛种族歧视，男女之间存在一场哪一种性别更优越的秘密争斗。而从来不曾就优越性标准达成共识。当一本杂志刊登这样一篇文章——《男人怎么了？》或者《女人怎么了？》，我们知道这个话题会引起争议，会出现大量可能的回答。作家们很少意识到女人特别类似于男人。她们喜欢高谈阔论，她们不受婚约的束缚到处参加聚会，对任何事情均无动于衷，不清楚所用字词的含义，泄露私密，没错，有时候背叛朋友——和男人一模一样。当我读到这样的评论时，我会自言自语："嘿，棒极了；她们和我们自己没有什么两样！"于是，我们陷入了自相矛盾的境地：用文字评论女人唯一正确的方法是把她们当做男人来对待，姐妹们很少强于兄弟们，兄弟们也很少强于姐妹们，除了偶尔有些出入之外，女人和有优越感的、觉得荣耀的、独断专行的、狂妄自大的男人特别相似，如出一辙。

　　男人和女人都喜欢夸大二者之间的差异。在这一点上，女人和男人犯的错误是一样的。我赞成海伍德·布龙（Heywood Broun）的观点。他极力反对女人轻易得出的看法："父亲从来不会怀抱婴儿，在很大程度上父亲永远学不会怀抱婴儿。至于说到人的第六感，我发现在轮盘赌桌上赌输的女人和男人同样多，第六感就是无法说清当你做一件事情的时候为什么想去做。我认为，总的来说，女人和男人的思想和感觉是极为相像的，女人和男人的思维方式比起二者的身体条件，区别微乎其微，尽管一些女人鼓励男人运用不同的方法思考。"因此，如果有人问这样一个问题："这本书中，女人在哪里？"回答是，女人无处不在，并且面临着在政治、宗教和爱情方面男人所有的全部问题。詹姆斯·布兰奇·卡贝尔支持"domner"，即女人崇拜，赞成将女人当做偶像一样崇拜——一种危险的态度；然而，紧接着，他同样支持男人的英雄崇拜，赞成将男人描绘成骑着高头大马、穿着骑士盔甲的形象。他一直在讲述冒险故事，讲述文学和艺术作品中的女人。在现实生活中，我们可以把女人视为一个普通人，像任何男人一样，也许至多由于两英寸高的鞋后跟，身材比原来高出一点，当然达不成基柱的高度，倘若如此，任何女人都会感激涕零。这当然不起作用。女人拥有男人的所有希冀和志向，同时拥有男人的所有缺点，男人的所有褊狭和虚荣。女人是贪恋钱财的；女人是妄自尊大的；女人是注重现实的。我们该把女人比做什么？天使？上述说法暗示，男人不具有那些人性的缺陷，这正是谬误的症结所在。

一个人在《哈珀斯》月刊上发表了一篇文章，标题是《和女人相处》，文章充斥着屈尊俯就的无稽之谈。E. B. 怀特被文章激怒，写了一篇评论回击文章的作者。在评论中，他成功地把女人当做男人对待，竟然达到这样的程度：与女人相处的问题甚至没有出现在他的评论中。我由此产生的印象是，他只是很喜欢女人。我认为，这样一个观点体现了真正的文明。另外，E. B. 怀特在文中倾诉自己的感受，自然真挚，结果令人欣慰。

与女人相处 ①

E. B. 怀特

《哈珀斯》月刊上这个奇怪的人是谁？与女人相处的这个优秀人物是谁？你们有谁读过那篇文章吗？它刊登在 10 月份的那期杂志上。我指的是标题为《与女人相处》的文章，文章的署名为"无名氏"，由于这样的署名方式，女人对作者的态度一下子跃然纸上。他与女人相处得如此融洽，甚至于不署自己的名字。可是，我要署。我的名字叫怀特，我不与女人相处，我认为，任何人只要按照这个署名为"无名氏"的人建议的方式与女人相处，他就会受到抨击。我会不停地与女人争执下去，而事实正是如此。

无名氏的文章中，有一点立刻打动了我：很明显，他对于女人没有任何真正的兴趣，并且，如果你不喜欢女人，当然你就很容易与女人相处。这简直不是问题。关于女人，无名氏说了不少溢美之词，可听起来都不像真话。这些话语都缺少我所谓的"光辉"。无名氏认为，女人甚至不和男人属于同一种族。他说，与女人相处必须具备的能力是"在每个女人身上发现女人都是永恒存在的"。而这正是我无法做到的事情。我所看到的女人都是暂时存在的，或头发凌乱的，或极其漂亮的，或真心喜欢的。我无法发现永恒的

---

① 版权所有，1935 年，E.B. 怀特。选自于《奎·瓦蒂姆斯》，哈帕兄弟出版公司。本文最初刊登于《纽约客》。

女人，是因为我认为女人并不比我永恒，哪怕是多出一天的时间。

关于女人他所谈论的另外一点就是，女人是"生活方向的把持者"。我觉得，这也是愚蠢的想法。我从未见过一个女人有过确定的生活方向，如果一个女人有生活方向，她也无法把握它，因为，如果她是一个和我的格劳利亚一样的女人，她无法把持任何事情。我发现格劳利亚只是试图把握生活方向——她甚至不知道她把前门钥匙放在哪里，她只是觉得钥匙在她的钱包里。自称无所不知的老人认为，只有当女人与大自然真正地融合在一起——融合的程度比男人要大得多——她才算得上把握了生活方向。"如果让男人理解了女人和大自然的这层关系，他就会向盛怒的女人鞠躬致意，并宽恕她们。"噢，这是真的吗？先生，听我说。我发现，当一个女人朝我发火的时候，并非因为她与大自然有什么亲密关系，通常在很大程度上是因为我自己招惹她的。另外，如果我家里的任何人将与大自然产生亲密关系，我将会处理这种关系。这是显而易见的事情。我和任何女人一样是"自然的"，而且我比许多女人要"自然"得多。一方面，我非常清楚，不能称大自然为母亲。我称她为父亲。大自然老父亲。善良的老爸！我一直在外面与大自然老爸耗费着时间，而同时，我的许多养尊处优的女性朋友却安全地待在家里，与她们为伴的是家庭守护神、珀那忒斯神、桥灯和《哈珀斯》过期期刊。不，女人绝对不是生活方向的把持者。生活方向如同海洋的潮汐。女人见到潮汐吓得要死，尤其是见到荒岛山附近缅因州东部海岸的强烈潮汐。

但我不想再谈这个话题了。现在让我们看一看，按照与女人相处之王"无名氏"老先生的说法，男人应当如何去做才能与女人相处？

"假如你真的想要和女人相处得融洽，"他说，"只要对此有帮助，任何事情都是合理的。"现在，这总可以了吗？为相处起见，任何事情都可以做。无名氏，如果我想要和我的女人（你总是这样称呼）相处，我能够想起十二件我觉得不合理的事情。她也会这样想。事实上，她可能会想起更多不合理的事情，这是我们不能很好地相处的另外一个原因——那样的话，在我们两人中间她总是占上风。你想知道我认为不合理的一些事情吗？第一件事情就是说谎；第二件事情是行为方式和我的看法不同；第三件事情是对于原则问题做少许让步；第四件事情是给她递手帕。如果你想知道其他八件事情，你就知道了我的名字。

"保持镇静，"无名氏说，"你就会完全控制她的言行。"控制她，嗯？这让你很好地理解了"与女人相处"的作者与女人相处的含义。他的意思是控制女人。他正在谈论的并不是婚姻的融洽，或性生活的和谐，或普遍的友善，而是控制的威力。我这样说，并不是在诡辩，也不是让一个偶然的措辞朝着有利于我的方向发展：无名氏一遍又一遍地提到"控制"一词。在开篇第一段，他介绍了一个无法与女人相处的可怜的笨男人。"那个男人，"他说，"没有控制住她。"又说，"通过说好话，大多数女人都可以控制住。"控制，控制，控制。读完他的文章我才弄明白，无名氏描述的女人一直待在厨房里，以肯尔配给品为食。他不时地给她一些机会让她在生活中弄潮，并给她一些赞扬，以免她大声喊叫，骚扰邻居；他总是咕哝着对自己说，她是一个（在他控制之下的）多么妙不可言的人儿，并在她身上"发现了永恒女人的影子"，这类女人是大自然的近亲，温和柔顺，很有人情味，渴望被占有，渴望"被包裹在男人强烈的气味中"。请注意，他用的不是"包"，而是"包裹"。但是，他是否曾经也去包裹住她呢？我就不得而知了。

我根本不理解这个人。他认为，男人是有想象力的，女人是现实的。"为了证实这一众所周知的道理，"他说，"我向你举一些例子：汉斯·克里斯蒂安·安徒生、格林兄弟、安德鲁·朗、荷马、维吉尔、山鲁佐德系列探险故事的无名氏作者。"好的，无名氏，我们两人可以玩互送礼物的游戏了。我送给你的例子有：玛丽·德·弗朗斯、勃朗特姊妹、比阿特丽克斯·波特、塞尔玛·拉格洛夫、穆拉萨基女士、劳拉·E.里查兹、海伦·班内曼、莉莉·F.韦塞尔霍夫特、比阿特丽斯·莉莉，等等。不，再一想，我觉得我会把比阿特丽斯·莉莉留下来。你不配得到她，而且我没有把握你能否控制她。

无名氏这个人不仅声称自己完全了解女人，他似乎也完全了解我们男人。他完全了解我，对此我丝毫不怀疑。听听他这一次是怎么说的："恋爱中的男人无法与自己的女人和睦相处，对他来说，主要原因似乎肯定是因为她往往索取太多……他满怀怨恨，他们争吵，然后会发生什么？他转向另外一个女人以寻求慰藉。"我就是这样，嗯？好的，自作聪明的人，说出另外一个女人的名字呀！快，告诉我她的名字是什么？你不是特别自信吗？如果你知道在我怨恨和争吵时究竟转向谁寻求慰藉，你会惊讶万分的。它不是另外一个女人。它是基本成分为威士忌的菠萝黑樱桃酒坚果圣代冰淇淋。哈哈！

　　他对我的性欲似乎也完全了解。他谈到了一些男人（我只能认为他指的是我），他认为这些男人"把女人首先看做男人泄欲的工具……若有佳人美酒相伴，他们尽管动作有些笨拙，但个个威猛无比。"喂，加勒哈德骑士，你也许会饶有兴致地了解到，若有佳人美酒相伴，我也会威猛无比，但不会显得笨拙，我的动作会很优雅。我有些朋友，他们总是拥有最醇香的美酒和最漂亮的女人，他们会把美酒女人都送给我，看看我会如何优雅地饮酒作乐。无名氏，你觉得怎么样？我是否认为女人"首先"还是"其次"是男人泄欲的工具，对于像你这样的与女人相处的老手——你这个与女人建立友善关系的老手——来说，这是十分清楚的一点，你不会混淆的。你谈论女人的身体时，不要首先谈我，或者说，你这样做，会使得一切变得神秘起来。

　　当无名氏解释完如何与你爱的女人相处之后，他开始进入新的领域：他开始解释如何与你不爱的女人相处——就好像人人都会关注这一点似的。看在上帝的分上，有谁愿意和一个他不感兴趣的女人相处？我觉得，应该赶走她，再找一个你真正爱的女人，她会使你如醉如痴，与她相处几乎没有可能。但是，无名氏不这样认为。不，他说："聪明的男人在所有女人面前都会让自己相同的品质表现得淋漓尽致，不管是心爱的人、朋友，还是业务伙伴——他的阳刚气质、他的周全、他的善解人意。如果他明智的话，他会向所有女人同样地展示自己的喜爱之情，就如同在他与她们各种各样的男女关系中他表现出一种同样的幽默感。"很明显，他关于必须具有幽默感的观点是借鉴他所引用的一个名叫查理·加德尔的朋友的话语。查理说，一个男人"必须老练，必须具有幽默感"。我觉得，查理·加德尔以他自己的方式与无名氏表现得一样怪异。我认为，老练和幽默感是相互排斥的两种品质。它们二者不会兼容。幽默感只是率直的另外一个名称而已；而老练意味着一种迂回感，或是适度的狡辩。我不明白，一个男人如何能够同时拥有两者，或者说，假如他同时拥有了它们，他又如何用它们来应付女人。

然而，这个冗长乏味的话题该告一段落了！让他的温和、他的幽默、他的伪善、他的伎俩，都物归原主吧。五点钟了。暮色开始笼罩这个城市，预示着前去会见漂亮女士、毫不费力地与她相处，并取得成功的前景无限美好，极富诱惑力。

[《奎·瓦蒂姆斯》（Quo Vadimus）]

二、生命的快节奏

"我们的大脑是运转七十年的钟表，"老奥利弗·温德尔·霍姆斯说道，"生命的使者一劳永逸地拧紧钟表的发条，然后合好表盖，把钥匙交给复活的使者。嘀嗒！嘀嗒！思想的车轮滚滚向前；我们的意志不能阻止它们；愚蠢的行为只会加快它们前进的速度；只有死亡才能打开表盖，攥住不停地来回摆动、我们称之为心脏的钟摆，最后，在我们布满皱纹的前额下面我们携带太长时间已经破损不堪的摆轮终于停止了咔嗒的响声。"

霍姆斯博士借用钟表所做的形象生动的描述，庄子运用更加诗意的语言表达了出来："其寐也魂交，其觉也形开，与接为构，日以心斗。缦者、窖者、密者。小恐惴惴，大恐缦缦。其发若机栝，其司是非之谓也；其留如诅盟，其守胜之谓也；其杀若秋冬，以言其日消也；其溺之所为之，不可使复之也；其厌也如缄，以言其老洫也；近死之心，莫使复阳也。"（《庄子·齐物论》）[①]

所以，从孩童时期到成年，再到老年和死亡，我们一直处在这样奔波忙碌的生命节奏中。生命过程中的友谊、成就、失败和相对成功使得生命变得多姿多彩，随之而去的是时间悄无声息的脚步。"一辈子画了个句号，我满足了。"如果能够这样说就好了。这句话中蕴含着感伤和幽默。或许，年过四十之后，某个时候，这里长出一条皱纹，那里生出一根白发，标志着生命的秋天已经开始。或许，色彩缤纷的秋日交响曲比起夏天来更加嘹亮、更加疯狂、更加奢华，我们因此紧张得有点喘不过气来，但心里清楚，这就是生命的一般旋律。如何与生命旋律保持步调一致，是优秀的生命哲学的中心环节，可以带给人们满足和安宁。我们儿时转动的铁环已经失去了它的魅力；为了获得大学的学位证书，或者某些勋带抑或重要嘉奖，我们全力以赴，努力拼搏，仿佛这些事情支撑着生命本身，这些价值标准似乎和我们很久以前丢弃的那双鞋子的价值一样微不足道。我们甚至可以带有一种讽刺和嘲笑的意味思考一下某些愚蠢的志向、无法实施的冒险活动、值得赞赏的奇思怪想，年轻的生命因而变得丰富多彩。在中年，街道似乎变窄了，伟人似乎变得普通了，职衔似乎不那么引人注目了，而我们的意见似乎越来越有说服

[①] 参见《老子的智慧》，现代图书馆，（原著）第234页。

力了，我们倾向于想象自己即将达到教皇的永无谬误的境界，至少在我们自己的家中。"啧啧！"对于每一个青年的年轻的梦想，我们都会如此喊道，"如果你活到我的岁数，见识和我一样多……"这个时候，我们就会靠近些，看到忽然显现的老年形象伴随在我们的身边一起走下去。这个时候，我们就会收缩我们的智力肌肉，深吸一口气，改变前进的方向。

偶尔，青年对老年讲话的声音铿锵有力。兰道夫·S. 伯恩（Randolph S. Bourne）二十七岁时写了一本书，书名是《青春和生命》（1913 年）。这本书突出地说明了炽烈敏锐的思想特征，这种思想将青年的奔放热情和老年的成熟见解融为一体，令人称奇。[①]道德狂热是青年的一个特征，伯恩在书中经常从事道德说教，然而，他对人类生命的古老问题进行了一些深入的探讨和反思。这是又一个克服身体残疾、充满活力、才华横溢的范例。1918 年，他因患流感不幸英年早逝，对他寄予厚望的人们感到无比悲恸。在一定程度上，他的反战思想让我们想起了我们同一时代的一个人，加利·戴维，他是一个拥有着只有年轻人才会拥有的强烈信仰的人。

青年对中年说 [②]

兰道夫·S. 伯恩

从青年步入中年，几乎让人察觉不到。也许，开始的时候，他会感觉到这一变化，因为他的生活激情有些减

---

① 我认为，在《青春和生命》一书中，兰道夫·S. 伯恩所描写的最精彩的章节是《讽刺的生命力》。它是最好的讽刺作品之一，值得读一读。

② 选自于《青春和生命》. 兰道夫·S. 伯恩著. 林顿·米弗林公司 1913 年出版。版权所有，兰道夫·S. 伯恩。经授权再版。

退，或者因为他突然间意识到，他早期的兴趣已经湮没在日常工作和照料家庭之中。事实上，青年时代的最后几年和中年生活的最初几年是危险的一段时间，因为在这段时间，在青年时培养的美德可能会丧失殆尽。或者，即使这些美德没有丧失，人们也会感到它们是多余的。存在的危险是，青年时代的美德带给一个人对正确和错误的特殊偏爱也许减弱了，生活中缺乏原有的激情。现在，中年生活主要的美德之一就是保持青年时代的美德，并以一种冷静和执着的态度实践在热情洋溢的青年时代自然产生的一些美德；但是，当这些美德暴露在普通世界里看似粗俗的事实面前的时候，它们呈现出不同的色彩。如果说工作、抱负以及养家糊口会麻木青年时代理想主义的基本精神，这是毫无道理的。这种精神也许不是没有约束的，不是朝三暮四的，不是小肚鸡肠的，它不应当在质量和重要性上有什么变化。中年生活的重负并不能成为放松青年时代的精神约束的正当理由。这些重负使得一个人无权以一种轻松而遗憾的心情回顾昔日极其愚蠢的行为。一旦青年时代的精神离开灵魂，灵魂就开始死去。在谈起青年的时候，中年人很习惯这样说，青年是某种精神游戏。他们忘记了，青年人感到他们本身包含生活严肃的一面，并要面对真正的危机。在青年人看来，中年是微不足道的、十分有趣的。只有在求婚以及在经济独立中建立自我形象等大事完成之后，一个人才可能休息和玩耍。而青年人几乎没有时间进行这样的休息。在中年，大多数问题得以解决，大部分障碍得以克服。皱纹的增长减慢了速度，愉快地接受应得的奖赏。在青年时代，一个人应当充分发挥自己的能力，而如果这些能力的发挥往往是为了物质目的而不是精神追求，对青年人来说，这必然是一种悲剧。青年人有精力、有理想，可缺乏的是为之奋斗的威望；中年有威望、有权力，可缺乏的是利用威望和权力继续实现自己理想的意愿。青年人独立自主，大公无私，他们可以攻击任何敌人，可他们缺乏把攻击进行到底的后备力量；中年拥有所有必需的后备力量，但却备受家庭责任、经济和政治因素的困扰，因此，他们的力量对于社会和个人的进步几乎没有作用。

[《青春和生命》(三)]

老奥利弗·温德尔·霍姆斯曾经在他撰写的文章中栩栩如生地论述了生命的快节奏。他兴致盎然，饱含人间温情，因而，我认为，下面这篇他写的文章永远不会过时。

不要轻视小牝马，我的孩子。

——奥利弗·温德尔·霍姆斯

我发现，人世间的大事，与其说是我们停留在什么地方，还不如说是我们朝什么方向前进。为了到达理想的港湾，我们必须扬帆远航，有时顺风，有时逆风——但是我们必须航行，不能随波逐流，不能抛锚停泊。对于任何一位真正积极向上的思想家来说，在深厚的友谊中有一点让人感到十分悲哀，那就是：就像船员离不开计程仪一样，一个人总想运用早年的朋友来标志他的进步。我们经常借助拴在他身上的一根思想的丝线将一位老校友抛在船尾并观察丝线收绕的速度，而同时他躺在那里上下振动，可怜的家伙！我们站在船头，乘风破浪，快速前行，白色的水花四溅，闪着亮晶晶的光芒——预示着繁荣和发展的波光潋滟的海面上，仿佛无数颗钻石镶嵌其中，熠熠发光！然而，这只是事物的情感方面；如果我们想比我们所爱的人更加强大，我们必须发展自身。

我提请你注意：不要误解升起计程仪的隐喻。我们无法避免借助某些人来测量运动速度——很长时间以来，我们养成了把我们自己与这些人比较的习惯；当他们一旦停止下来时，我们可以痛苦然而准确地从他们身上得到我们的推算定位。上述隐喻只不过是这一看法的一种灵活的表达方式。我们看到当他们是我们同等的人时我们是什么人，并且能够在我们的身份和现在我们感觉中的自己的任何角色之间取得平衡。无疑，我们有时会犯错误。如果我们把上述明喻改变为那个极其古老的众所周知的比喻，即一支舰队离开港口，朝着某个遥远的地区共同进发，那么，我们就可以从中得到所需的东西。舰队中有这么一艘舰艇——在她驶入远海之前，她的长旗已被撕成碎片，然后，她的船帆被风一一吹离绳索，海浪不时地掠过她的甲板，随着夜色越来越浓，她离开了我们的视线，应该不会逃脱沉船的厄运，而我们则扯起金字塔式的满帆，继续向前航行。可是，看哪！黎明时分，她依然航行在我们的视野之内——她也许已经驶到了我们的前面。某一股深海潜流一直推动着她前行，虽默不做声，却强烈有力——是的，比呼啸的大风还要有力量，大风对着我们的船帆猛吹，膨胀起来的船帆仿佛快乐天使的脸颊。终于，黑色的蒸汽拖船伸出它那巨大的胳臂——它迟早会冲破迷雾，把我们都拖在一起——抓住了她,喘着粗气,呻吟着,与她一道离去。正是那个港口,所有遭到破坏的船只都在那里整修;唉!尽管我们为她而自豪,我们也许永远不会再来了。

所以,你不会认为,我将要轻描淡写地谈一谈深厚的友谊,因为我们忍不住要借助某些人对比我们现在的本性和以前的本性,这些人过去像我们一样,而现在与我们大相径庭。在生命的征途上,我们印象最深刻的莫过于看到如此多的人还没跑到一半就已经筋疲力尽了。"毕业典礼日"总会使我想起"德比赛马"的起跑时间,在这个时间,本赛季漂亮的三岁纯种马被哺养长大,准备一试身手。那一天就是起跑时间,生命就是赛跑。现在我们在坎布里奇,有一个班级正要"毕业"。可怜的哈里!他也将出现在毕业典礼上,可他为此付出了沉重的代价——走到教堂后面的草地里;哈!看哪——

Hunc Lapidem Posuerunt Sicil Moerentes.[①]

可这就是起跑线,他们都在那里——皮毛像丝绸一样亮丽,鬃毛像用行洗礼时的净水洗过一样光滑。这些小马中有些最优良的品种来回腾跃,每匹马几分钟,以表现他们的步调。那位老先生在叫喊什么?还有他身边的老太太、三个女孩,她们为什么都把眼睛遮盖起来?噢,刚才在舞台上跳来跳去的原来是他们的小马。他们真的认为,在以后四十年举行的残酷的赛马中,那些瘦弱的小腿能有所成就吗?当我们透过银色的老人环开始观看的时候,我们中的一些人可以洞察到以下情形:

---

① 拉丁语,意思是"悲伤的伙伴们立下了这块墓碑"。

十年过去了。比赛中第一个转弯的地点。有几匹小马累垮了，另外两三匹脱缰而去，还有几匹跑在马群的前列；教士，一匹小黑马，跑在最前面。我注意到，在这十年中，那些小黑马普遍比其他的马有优势。陨星已经停下来了。

二十年过去了。第二次转弯。教士落在了后面，铁灰色的朱迪克斯跑在了最前面。可是，看哪！它们的数量已经少了很多！一匹又一匹都倒下了——五匹——六匹——究竟躺倒了多少？它们躺在地上，丝毫也不动弹。在这次赛跑中，它们肯定不会再站起来了。其余的参赛马匹，数量大大缩减！也许，所有人都可以看出来哪匹马将会最终胜出。

三十年过去了。第三次转弯。一个身穿黄色夹克衫的人骑着一匹深栗色的小马，它名叫财主。正是这匹马使比赛的节奏加快起来，并逐渐成为很多观众的至爱。可是，一开始阔步前行、现在位居前列的是哪匹小马？难道你不记得前额上长有一颗星的那匹安静的棕色小马小行星啦？就是它！它是那种一直保持良好状态的马；注意它！那匹黑色的小马——我们过去常这样称呼它——正在操场上轻松地优雅地快步小跑。还有一匹马，人们往往称之为小牝马，因为它表现出某种雌性特征。瞧，它跑在了前面；不要轻视小牝马，我的孩子！

四十年过去了。更多的马掉队了——但是，名次没有大的变化。

五十年过去了。比赛结束了。还在跑道上的所有马匹步行着到达终点，谁也不再跑了。谁排在最前面？前面？什么呀！从跑马场上伸展出来的用白色或灰白色石块铺成的一段路面就是跑道上指示终点的竿！马背上不再有骑师，胜利者不再有压力！世人在打赌簿上标出它们的位次；世人确信，这些位次并不重要，假如它们尽其所能跑出了它们的水平！……

[《早餐桌上的霸主》（四）]

三、老年

在美国文学中，似乎达成了这样的共识——绝口不谈老年问题，即使是那些对世界上几乎所有事情都发表意见的作家。美国人都会进入老年时期，但是他们都不愿意谈论老年。也许可以谈论性的问题，但肯定普遍不愿意谈论老年，仿佛它注定是一个令人嘲笑的话题。然而，一些杰出的美国人义无反顾地热衷于谈论老年问题。杰弗逊就是一个范例。在六十九岁的高龄，身边围满了一大群崇拜他的孙子和曾孙，而他却放弃读报，"转而研究塔西佗（Tacitus）和萨西底代斯（Thucydides），牛顿和欧几里得"，并且觉得自己生活得比以前"更加愉快"。他曾在一封信（1819年3月21日）中告诉凡恩·阿特雷医生，他天生有一个强壮的体格，有"良好的消化器官，只要味觉喜欢并输送下来的食物，消化器官就毫无怨言地接收和调和"，所以在七十六岁之前，他尚未掉一颗牙。他一生中只发过两三次热，总共不超过二十四小时。他认为自己的健康应该归功于六十多年来每天早上用凉水泡脚的习惯。"我身体健康，心情愉快，尽管的确年事已高行走不便，但是每天我坚持驱车出行六到八英里，有时候长达三四十英里。"因此，"我目前退休了，七十六岁了，却再次成了一个勤奋的学生……每天晚上，我总是先读一个小时，或半个小时关于道德品行方面的作品，再上床睡觉，这样，睡眠期间可以反复思考所读内容。但是，不管上床的时间是早是晚，我总是天一亮就起床。"这让我想起了霍姆斯法官，他规律的作息时间、勤勉的学习态度、知识上的好奇心，与杰弗逊相比，似乎如出一辙。1933 年的一天，霍姆斯法官正坐在书房里看书，这时，刚刚举行完就职典礼才几天的富兰克林·D. 罗斯福（Franklin D. Roosevelt）总统过来拜访，发现九十二岁的他正在阅读柏拉图的作品。

"您为何阅读柏拉图的作品，法官先生？"

"充实我的思想，总统先生。"霍姆斯回答道。[1]

因此，杰弗逊和霍姆斯法官二人均精力旺盛，生活充实，在生命走到终点时毫不畏惧，对此我们丝毫不感到惊讶。"一个人注定在某个适当的时候要离开这个世界，他不应该在他的位置待太长时间，后来人应当接替他的位置。"1811 年，杰弗逊在给本杰明·拉什（Benjamin Rush）的信中这样写道。六年后，他又给约翰·亚当斯的妻子阿比格尔·亚当斯写信说道："可是，那二十年！唉！它们在哪里？……那么，我们下一次的见面地点一定会在它们消逝的国度——一个属于我们的不太遥远的地方……我有一个多年的老朋友，丝毫不受诗人和哲学家的困扰，用朴实的散文体阐明了一个同样的道理；他说，他讨厌夜间睡觉脱掉鞋袜早晨起床再穿上……然而，总的来说，也许，尽情享受宴会主人为我们提供的美味佳肴，为我们的所有感激不尽而不是为我们的所无思虑万千，也许这样做才是恰当的明智之举。"霍姆斯法官在生命的最后阶段以一种平和、

---

① 《来自奥林匹斯山的扬基人》，凯瑟琳·德林克·鲍文著。（原著）第 414 页。小布朗出版公司。

幽默的方式——应当是对待死亡的唯一态度——谈论死亡，"假如上帝通知我的生命只剩下五分钟了，我会对上帝说：'好吧，万能的主，可是你无法再给我十分钟，为此我感到遗憾。'"①

在上帝创造的绝对天才中，出生时健康活泼、一辈子精力充沛的完美典型当属本·富兰克林其人。从自然规律的角度来看，下面介绍的富兰克林的经历令人大为惊讶。十六岁的时候，他写出睿智而多思的《空想社会改良文集》；八十四岁的时候，去世前的第九天，他回信给杰弗逊解答一个关于美国和英国殖民地在帕萨马考底湾的边界的老问题，他的记忆力显得比许多大学生还要准确，"我十分清楚地记得，我们使用的描绘边界的地图是和英国使节签署的协议内容，这与二十年前米切尔出版的地图是一样的。"当人们谈论人类进步的时候，认为我们已经把这位 18 世纪的伟人远远地抛在身后，我会为此大动肝火。

我们宁愿不谈论老年问题。但是，一百年前，霍姆斯博士令人信服地、温尔而雅地、十分幽默地对老年发表了自己的看法，这令我们羞愧难当。

> 与四季、潮汐抑或星体的运转作对又有何用？与我们体内逐渐退去的生命之潮作对又有何用？
>
> ——奥利弗·温德尔·霍姆斯

一天，我的朋友，那位教授，开始和我进行一次沉闷的谈话。很长时间我都无法理解和他谈话为什么很困难，但最终我明白了，有人一直在称他为老头儿。——他说，他不在乎他的学生称他为老头儿。这是个技术上的用词，

---

① 《来自奥林匹斯山的扬基人》，（原著）第 416 页。

他记得他二十五岁时就听到有人这样称呼他。它可以被认为是一种亲切的、有时满含爱意的称呼。一个爱尔兰女人称她的丈夫为"老头儿"，反过来，他也爱怜地称她为"老太太"。但是现在，他说，假设这是一种类似的情况，你无意中听到一个陌生的年轻人谈论你时说你是个和蔼的老人，一个友善、亲切的评论家谈起你脸色铁青的老年时，就像解释你谈过的关于老年的某个公理的真相一样。我所谓的老人是这样的一个人：戴着光滑、闪亮的王冠，鬓角斑白，在晴朗的日子，走在大街上，佝偻着背，拄着拐杖，小心翼翼地慢慢往前挪动；他讲述古老的故事，嘲笑现代人的蠢行，生活在满是枯燥习惯的狭小世界里；其他人入睡后，他仍然不去睡觉，点燃一盏生命的小油灯，只要不受打扰，油灯会年复一年地照耀着黑夜，并且，他用一只手认真地捂着油灯以免它被风吹灭。这就是我所谓的老人形象。

　　现在，教授说，你还不打算告诉我我已经老到了哪种程度？哎呀，我还有几年才会到达这样的年龄（我知道他要说什么，我几乎忍不住要笑出声来；二十年前，他常常认为这是天才们所发表的荒谬演讲之一，而现在，他将要以此为出发点展开讨论）："我还有几年才会到达这样的年龄：巴尔扎克说，男人，大多数男人，你知道是危险的——对于心灵——简言之，大部分人都害怕照看易动感情的少女的家庭女教师。""那是什么年龄？"我带着一副统计学者的神情问道。"五十二岁。"教授回答道。我说："歌德谈论巴尔扎克时说到，他的每一部小说都是他对女人的心灵有感而创作出来的，巴尔扎克应当清楚这样的评论是否真实。""然而，五十二是一个很大的数字。"

"站到有光亮的窗户那儿去。"我说。教授走到了那个他想去的位置。"你有白发。"我说。"过去这二十年不知不觉就长出了白发。"教授说。"还有鱼尾纹……更甚者，还有鹅状腱。"教授笑了，正如我期盼的那样笑了，从外侧的眼角到太阳穴，皱纹就像展开一半的扇子的折痕一样延伸开来。"还有弯脚圆规。"我说。"什么是弯脚圆规？"他好奇地问。"嗨，就是圆括号。"我说。"圆括号？"教授说，"那是什么？""当你想笑的时候，你为何要照镜子，为何要看一看嘴角是不是又长出几条皱纹？所以……""一派胡言！"教授说，"瞧瞧我的二头肌……"说着，他便捋起袖子向我展示他的胳膊。"小心点。"我说，"在你这么大的年龄，裸露肩膀，你会受不了的，你已经不是当年的你了。""我将和你一起进行拳击比赛。"教授说，"一起划船，一起散步，一起骑马，一起游泳，或者一起就餐，每人五十美元。""勇气可以恢复精力。"我回答。

教授面露愠色，离去了。几星期后，他回来了，看起来情绪不错，他给我带来了一篇文章，现在这篇文章就在我手边，我将为你读其中的一部分，如果你不反对的话。他一直在思考这个问题，他说，他读了西塞罗的《论老年》，下定决心提前步入老年。下面这段文字是他记录下来的自己的一些反思……（以下是"教授的论文"中的一些内容。我从一位美国作家那里意外地读到一句这样的话："某一个晴朗的早晨，你也许会盼望着自己成为祖父级的人物；这是一种自得其乐的感觉，一种让人想起来就会一阵惊喜的感觉，一种并非遥不可及的感觉。"显然，这位教授正是霍姆斯医生本人，因为他谈起话来就像一位医务工作人员。

他继续谈论的话题是四十五岁后碳的不充分燃烧；他与老年之间重复着同样的对话，老年声称五年前已经和他结识，可他却不承认认识老年。"教授的论文"就这样继续着。）

就这样，我们一起交谈了一段时间。于是，老年又说道："来吧，我们一起沿着街道走下去。"说着，他给我提供了一根手杖、一副眼镜、一条披肩和一双套鞋。"不必了，多谢。"我说。我不需要那些东西，我已经在这儿，我的书房里，和你单独地随便聊过了。所以，我换上轻便的衣服，一个人走出了房门——我跌倒了，感冒了，腰痛得卧床不起，于是我有充分的时间思考整个事情。

……毕竟，我在《论老年》这篇论文中所发现的最鼓舞人心的事情是关于一些男人的故事，这些男人要么在步入老年之时找到了新的职业，要么在生命的最后阶段继续着他们共同的追求。加图老年时学会了希腊语，他也说过，希望效仿苏格拉底的榜样学习小提琴，或者其他类似的乐器。梭伦曾经自豪地宣布，他在老年时，每天都学习新事物。居鲁士大帝看到自己亲手种植的树木，充满豪情，兴致勃勃。（我记得，在阿尼克小镇诺森伯兰郡公爵的辖地上有一根柱子，柱子上刻有相似的文字。就像其他乡村的快乐一样，这些文字永远不会消退。一个人，无论是富裕还是贫穷、年轻还是年老，他都会从中得到乐趣。）我听过一个关于新英格兰的故事，比西塞罗所讲的任何一个故事都更加切中要害。有人劝说一位年轻的农夫栽种一些苹果树。——不，他说，苹果树生长时间太长，我不想为他人栽种苹果树。有人要求年轻人的父亲栽种苹果树，可是，他用更充分的理由反驳道，苹果树生长得太慢，而生命过得太快。最后，又有人向年轻人的祖父提到种苹果树的事情。他也没有其他的事情可做——因此他就种下了一些苹果树。他活的年纪很大，并饮用了一桶又一桶用那些树上所结的苹果酿造的苹果酒……

年历上或家庭圣经上说，现在到了该放弃的时候了，而我丝毫不想放弃。我承认，比起几年前，我燃烧的碳越来越少。我发现，我这个年龄的人们确实无所事事，他们显得老态龙钟，嘴唇往下耷拉着，他们只是在上腹部还一息尚存。然而，由于衰老的疾病具有不同地域分散传染的特征，而且年龄大的人都会得这一疾病，所以，我打算谈一谈我自己是如何对付这一疾病的，以鼓励得此疾病的人。

首先，我有时感觉到，在我有事可做时比年轻时更少地想到衰老，这时，我发觉自己的注意力会更加集中，会比以前任何时候更加有效地利用时间；这样，无论学习什么，我都比早些年显得更加轻松。因此，我不害怕学习新事物。几年前，我开始学习一门很难的语言，并卓有成效，还打算在将来学习数学和形而上学。

第二，我注意到许多别人忽视的特权和快乐，而我只需一点点努力就可以享受到它们。你有充分的理由认为，当我在老年时经过深思熟虑学习小提琴时，发现老加图也在考虑学习小提琴，我是多么的高兴；假如不考虑音乐素养，我会从中得到多少慰藉。

第三，人们通常认为，这些积极向上的技能练习只属于年轻人，而我发现，在上了岁数之后，一个人也会享受到其中的一些技能练习所带来的乐趣……

（在长时间进行散步、骑马、划船和拳击等活动之后，教授得出以下结论。)

　　但是现在让我来告诉你这一点。如果你必须放下手中的小提琴和弓，因为你的手指过于僵硬；如果你必须放下手中十英尺长的橹，因为你的双臂过于虚弱；如果你摆弄一会儿你的眼镜后，最终不得不接受眼前赤裸裸的事实；如果，我们所谈论的生命之火燃烧得越来越不充分，有火焰的地方就只剩下昏暗的遗憾的污点，有火星的地方就只剩下覆盖着记忆余烬的白灰；如果这样的时刻到来，你的心不要变冷，你也许会带着快乐和爱步入你生命中的第二个世纪，再活上一二十年，只要你真的能活那么长时间。

[《早餐桌上的霸主》(六)]

四、死亡和不朽

　　死亡是一个不祥的事实，但也是一个吸引人的话题。从印加印第安人，到现代诗人，都为之着迷。或许，只有死亡才会使人陷入沉思。我们讨厌它、痛恨它，然而我们却因为死亡带来的恐惧而癫狂。中国历史上伟大的征服者，比如，修建万里长城的秦始皇，或者把中国疆土扩张到越南的汉武帝，被这种恐惧紧紧地攥住，他们晚年都致力于寻找长生不老的药方。

　　解决这一问题有三种方案。最佳方案是，不想它，不管它。这是孔子的方案。关于死亡的哲学探讨总体来说是相当空泛的、没有价值的。这里，我推崇一位像孔子一样的大家——欧文·埃德曼。他不愿意思考死亡，因为这样做是无益的。没有什么比讨论未来生命的可能性更让他感到乏味的了。布朗宁（Browning）浪漫地热情地讴歌毁灭，埃德曼也不会那样做。对他来说，死亡是一件可恶的事情，因为，"死亡是人们只能去憎恨的仇敌之一。"① 这是最明智的一种方案。

对付死亡的第二种方案是宗教。所有宗教的基础是关于人类必死命运的冷峻的事实。一天，我从位于亚壁古道的地下墓穴回来后，站立在罗马圣保罗大教堂里，为其宏伟和庄严所震撼。地下墓穴通道里，早期受迫害的基督徒将他们向圣彼得和圣保罗祈祷的内容雕刻在墙壁上——这些雕刻最近才被发现。圣保罗大教堂与之形成鲜明对照，并且隐含着浓重的神秘色彩，我不由得被深深感染。少数文化程度不高的基督徒来到帝国都城罗马；一些人被钉在十字架上，一些人被砍头，一些人被抛给狮群。他们胜利了。这是一个必须解释其原委的历史事件。我开始研究这些渔民是如何成为征服者的。说来话长。我了解到，这是一个关于拯救人类计划的故事，其主要情节取自罗马贵族和平民的观点。这个故事无论是否真实，从人的堕落到通过代人受难获得的救赎，人类得救的这一方案是明确的、周全的，蕴含着振奋精神、鼓舞人心的寓意。在基督徒的心里，这一方案是完美无缺的。这是一个有历史意义的故事，而且我曾说过，这是我曾听过的最伟大的故事。显而易见，这个故事的主题是关于人的死亡和被罚下地狱，这是非常吸引人的一点。对此，一种出色的、有效的、震撼人心的解决方案是一个单词"复活"。我能够清楚地感受到写在基督徒得胜旗帜上的圣保罗的话语："噢，死神，你的锋芒在哪里？"这些话语征服了罗马。

对付死亡的第三个方案是哲学式的领悟。一个人深入理解自然

---

① 《生活哲学》，（原著）第 284 页。西蒙和舒斯特出版公司。

界的格局，他就会采取达观的态度对待死亡。也许，这相当困难。但是，据悉，阿拉斯加的老年妇女静静地出了家门，行走在雪地里，当她们感到离开的时间到来时，当她们感到自己的生命只能给家人带来负担时，她们就离开人世。许多男人，比如杰弗逊和霍姆斯法官，正如前文所述，他们能够以一种平和、乐观的态度对待死亡。杰弗逊说，他为自己的一生满怀感激之情并且随时准备离开人世为其他人让贤。他讲话的方式宛如庄子著作中道教学说的许多智者，譬如，子舆，他曾经十分冷静地说道："且夫得者，时也；失者，顺也。"（《庄子·大宗师》）在这句朴实的话语背后，存在着一种完全的哲学理念，它让人类感到心灵和智力的双重愉悦。世界上关于死亡话题的作品，没有人比道教徒庄子论述得更加完美的了。如果一个人能够接受关于宇宙变化的这一哲学理念，并知晓这种变化正是生命的规律，他就会学会客观地看待死亡。只有通过如此深刻的理解，人们才能够面对死亡接受死亡。

庄子曰："天地有大美而不言，四时有明法而不议，万物有成理而不说。圣人者，原天地之美而达万物之理……今彼神明至精，与彼百化，物已死生方圆，莫知其根也，扁然而万物，自古以固存。六合为巨，未离其内；秋毫为小，待之成体。天下莫不浮沉，终身不故，阴阳四时运行，各得其序。恬然若亡而存，油然不形而神，万物畜而不知。此之谓本根，可以观于天矣。"（《庄子·知北游》）

因此，从上述观点看，"生也死之徒，死也生之始，孰知其纪，人之生，气之聚也；聚则为生，散则为死。若死生为徒，吾又何患！故万物一也，是其所美者为神奇，其所恶者为腐臭；腐臭化为神奇，神奇复化为腐臭。"（《庄子·知北游》）"予恶乎知说生之非

惑邪？予恶乎知恶死之非弱丧而不知归者邪？"（《庄子·齐物论》）[1]

这里，哲学和宗教如愿地融为一体。当哲学饰以情感并教导人们对宇宙采取虔诚态度的时候，哲学就变成了宗教；当宗教与对自然界的真正领悟不发生冲突的时候，宗教就变成了真实、明智的人生哲学。本杰明·富兰克林就拥有着这样彼此互不冲突的哲学理念和宗教思想。他在年轻时曾经面对过死亡。二十二岁时，他觉得自己快要死了，就为自己写了一则措辞优美的墓志铭，其中采用了他自己行业的术语：

> 印刷工人本·富兰克林的遗体，
>
> （恰如表面已经破损、金字已经剥落的旧书封皮一样）
>
> 为了成为虫食而躺在这里。
>
> 可是，他的遗业是不会消失的；
>
> （正如他所相信的那样）一定会由于
>
> 作者的校订、改正，
>
> 再次以新的形式，
>
> 更加美丽的姿态出现。

富兰克林非常相信奖惩分明的天堂，而杰弗逊倾向于相信不朽，却十分理性地怀疑来世中辨别我们的罪孽和美德的公正性。富兰克林相信的天堂显然是 18 世纪的某种极乐世界，在那里，他会和布里昂夫人结婚，他们两人一边品尝用黄油和肉豆蔻烘焙的苹果，一边替那些仍然在世的人惋惜。快乐的富兰克林！是谁说过只

---

[1] 关于死亡引自于庄子的所有引文，请参见《老子的智慧》，现代图书馆，第六章、第三十三章、第五十章。经授权再版。

有基要主义者才有信仰？他——要是他代表每个人多好——内心平和，与上帝和宇宙和睦相处。我相信富兰克林从来不会不快乐；他一直如此，这让人很难想象。他曾给他的兄长前妻的女儿——E.哈巴德小姐，写了一封乐观的书信，告诉她关于自己的兄长、她的父亲的死讯，现在请各位阅读这封书信——

> 人们首先为他准备好了椅子，于是他先于我们离去了。
>
> ——本杰明·富兰克林

我向你表示我的吊慰之情。我们失去了一位最亲爱的、有价值的亲戚。不过，当灵魂要进入真实生活时，这些肉身的使命就完成了，这是上帝和自然界的意志。这也可以称为一种萌芽状态，是生命的预备阶段。

一个人死去的时候才真正诞生。那么，一个新生儿降临在不朽的世界，它为这个世界增添了又一份快乐，我们为什么要悲伤呢？我们是灵魂。上帝大发慈悲之心，借与我们肉身，而灵魂能给我们带来快乐，有助于我们获取知识，或者帮助我们同时代的人。假如，灵魂不能实现这些目的，没有给我们带来快乐反而造成了痛苦，没有帮助我们反而成为累赘，没有完成灵魂出现的任何意图，那么，我们会通过某种方式放弃这些灵魂，这同样是上帝的善举。死亡正是需要的方式。一些情况下，我们自己采取审慎的态度选择片面死亡。我们心甘情愿地截掉一只血肉模糊、疼痛难忍，而又无法康复的坏肢。一个人拔掉了一颗牙，他自愿地抛弃了那颗牙，因为同时他也消除了那颗牙带给他的痛苦；一个人放弃了整个肉身，他立刻远离了可能会抑或能够使他备受煎熬的所有痛苦以及所有痛苦和疾病的可能性。

我们以及我们的这位朋友应邀到异域参加一次永远不会结束的快乐聚会。人们首先为他准备好了椅子，于是他先于我们离去了。我们不方便全都一起出发；既然我们很快就会赶上他，并知道去哪里找到他，我们为什么还要为此悲伤呢？

[写于 1756 年 2 月 23 日的一封信]

从个人的角度来说，我相信德行情操之不朽，我们的所有言行对同时代人的影响之不朽，我们的生命，不论是什么样的生命形式，在现在和未来对其他人的影响之不朽。（除此之外，我还相信种族之不朽，这是大自然唯一关注的事情。科学证明，大自然关注种族之不朽，但却不关注个人之不朽。）究竟什么是不朽？所有这些使人困惑不解的事情究竟是怎么回事？有人相信，如果是现在，本·富兰克林就会和布里昂夫人结婚，并在天堂里一起品尝烘焙的苹果，这对我来说毫无意义——无论我是愚钝还是聪慧我都不会相信此类无稽之谈。但是，如果有人说，今天的富兰克林是不朽的，因为他发明了避雷针和取暖炉，因为他对美国邮政业务、美国哲学会，没错，甚至是对美利坚共和国的诞生均作出了自己的贡献，这对我来说才意义非凡。每当我打开电灯开关或是观看一部电影的时候，我就想起不朽的托马斯·爱迪生（Thomas Edison）；每当我品尝伯班克培育的梨的时候，我就想起不朽的路德·伯班克（Luther Burbank）；每当空中掠过一架飞机的时候，我就想起不朽的莱特兄弟。噢，永不知足的人类，这还不够吗？

不论我们是知名人士还是无名小辈，不论我们多么善良、邪恶还是平庸，我们都不得不承认我们的个人生命对其他人造成的影响。一个人碌碌无为，他的学生或邻居也会受他的影响而变得碌碌无为。从这层意义上来说，不仅本杰明·富兰克林是不朽的，他的父母，约西亚和阿比亚，也是不朽的，因为，他的父母对他的影响进而又影响了如今我们这代人的生命。

好的，坏的或是中庸的，大的或是小的，我们的影响继续存在着；在生命的长河中，我们所做的事情、所说的话语总会留下痕迹，并且周而复始、永不停歇。这些事情或话语中有一些会激起汹涌的浪涛，另外一些会漾起层层涟漪，在一定程度上影响着他们的邻居或者孤儿的生命和信仰。生命海洋中即使是最小的浪花也会对其周围的微粒产生某种作用。于是，我们继续惩罚和奖励受到我们影响的人。至于在未来生命中受到惩罚或者奖励，我丝毫不感兴趣。我与爱默生和约翰·杜威一样，都相信，现在的生命早已开始关注惩罚或是奖励了。

对不朽的渴求，似乎是全世界人民普遍的愿望，这在宗教、艺术、文学，甚至政治中均有体现。男人们希望，当他们死去的时候，他们的名字会永不磨灭，永远保存在他们的著作里，他们的话语中，保存在公共广场的雕塑上，成为妇女儿童茶余饭后的谈资，保存在博物馆或纪念馆里。一些人对此很满足；一些人坚持认为，他们在来世中继续他们的生命，如果不能以物质形式便会以精神方式。然而，精神之不朽远非我们常人所能理解，对此妄加评论，似乎相当无礼，而且显得对真正的哲学精神缺乏了解。迄今为止，人类经验告诉我们，我们之所以生存，是由于我们的影响，是由于人性长河中我们的德行，或者因为我们获得了无限生命的信息，我们属于无限生命的一部分，为此我们背离此生。有时，宇宙的壮丽宏伟、宇宙的神秘莫测、宇宙的美轮美奂，无论是太空中遥不可及的闪烁的星光，还是音乐的震撼力量，都会令我们着迷；我们本能的反应是将宇宙的壮观与我们的亲属和家眷联系起来，并且不由得相信，我们的肉身只是更大的精神力量的化身，是宇宙表象背后更加深刻的现实的体现，如道家学说、哲学理念、性欲，或者功绩勋章。在写给查尔斯·艾略特·诺顿的妹妹格雷斯·诺顿的一封信（1878年3月7日）中，詹姆斯·拉塞尔·洛威尔（James Russell Lowell）很好地表达了这一情感："我最后一次生病是在一天夜里，我昏迷不醒。我以一种令人难以想象的方式弥散在太空中，与银河系混杂在一起。我费了很大气力才把自己的身体重新组合在一起，使各个器官有限度地彼此共处，或者表面上彼此共处；然而，在穿越银河系时我有一个错综复杂困惑不解的感觉，这证明我当时是一个永恒的个体……"洛威尔承认，"假如我们对此不了解，我们究竟又会了解多少呢？"但是，这样的思考必然是无益的。

我想，最好引用一下戴维·格雷森，他在自己写的一篇文章中让我们清楚地了解了这一问题。文中，格雷森详细描述了他在一所医院经历的事情。

不知道自己将要死去的人

戴维·格雷森

在我缓慢恢复的这些日子里，我邂逅的这个人难以名状地吸引了我的注意力。他就要死了，但他对此却一无所知。周围的人们都知道了，他们在走廊里不时地谈论着这一消息。人们走过他的门口时，不寻常的眼神，轻轻的点头，都在传达着一个信息——在那间病房里有一个人快要死去了。

这让我产生了一种奇怪而紧张的感觉。以前，我亲眼看见过人死的情形。知道挚友故去带来的悲痛；然而，对我来说，死亡——我想到死时真的很好奇——似乎永远不会成为现实，直到我在医院里经历过一些事情，我才改变了自己的看法。死亡是发生在别人身上的一件可怕的事情；尽管人们可能会谈死色变，可不知何故我还是认为死亡是死者本人的错误所致。而在医院里，从许多方面来看，死亡离我如此之近，它是彻头彻尾的现实，甚至是可能发生在我身上的事情。在这里，死亡不是一种现象，而是一种每天都会拥有的具体的期望。正是这种集中的观察和浓厚的情感才激发起我对这个人的兴致——一个濒临死亡自己却毫不知情的人。

一天，我见到了他。他曾经读过我写的一篇文章，问我会不会去看看他。我犹豫了半天，尽管很不情愿，我还是去了，而我心中充满了好奇。一个快要死去的人会有怎样的感觉？他会想些什么？他看起来会有什么变化？他会说些什么？当我跟随给我带来口信的护士沿着走廊向他的房间走去时，这些问题清晰、强烈地萦绕在我的脑海里，挥之不去。在我的想象中，我看见这个可怜的人儿躺在床上，瘦弱不堪，呼吸缓慢，无力地伸出手来触碰我的手。当我转过屏风的时候，我简直控制不住自己的心跳，也几乎无法阻止自己双膝的颤抖。

"您好，先生？"一个坚定的声音说道，"进来吧，很高兴见到您。"

他坐在椅子上，身体健壮，脸色红润，穿着鲜艳的晨衣。桌子上摆放着鲜花——一个鲜花的世界——和几幅照片：一位灰白头发的女士，一个女孩，两个小男孩，他们都在微笑着。在他面前的书桌上摆放着一摞整理得十分齐整的文件，仿佛他刚刚处理完日常事务抬起头来。犹豫不决、局促不安的反而是我，因为我无法马上把我的成见调整为眼前的现实。正是他使一切显得如此惬意、温馨。

在我与他交谈的时候，一名护士拿进来一封电报。他用商人特有的那种快捷、有力、轻松的方式撕开了电报。他浏览了一下，把它扔在桌子上，继续和我交谈。

这让我感到有点震惊。这是多么无效的催促——假如这个人将要死去。于是，我的怜悯之情油然而生，我记得，他并不知道他快要死了！

我很快就对他作出合理的评判。他是一个十分典型的美国商人——充满自信、积极向上、精力旺盛。他并没有用太多的言语向我描述他是多么有钱：他的行为举止表现出他的富有。他向我讲述了他刚刚"做成"的一桩"生意"，他在其中挣了"一大笔钱"。我发现，每天上午，他的秘书来帮他处理"一大堆琐碎的事务"。

我一直都忘记了——但会突然想起来，并会伴有一种徒然的衰颓感："为什么还要做成这些生意？挣这么多钱又有何用？这个人就要死去了。"

第二天，我再次拜访他时，发现护士在为他朗读报纸；当他谈到经济萧条以及某些股票的前景时，我一直在想："现在，说那些又有什么用呢？"

他谈到他自己和他的事务时，重又口若悬河起来；可是，很快他又停下来，我看见他盯着我，眼睛里透出迟钝、茫然的神情。

"你在这儿待了很长时间了吗？"他问。

我没有马上回答。我觉得，他的目光越来越强烈，在他那细长的眼睛里隐藏着某种深不可测的东西——我会想象得到吗？——那双眼睛令人同情。

"医生，"他说，"准许我回家过圣诞节。"

我永远不会忘记随后谈话中断的短暂时分——我的目光转向了桌子上那幅正在微笑的头发花白的女士的照片——我也会永远记得他话语中的奇怪声调——低沉、平静，只有一个词："圣诞节！"

人们都认为他不知道自己是个快死的人，可是，我非常清楚他快要死了，仿佛这是他用许多话语告诉我的。他知道！毫无疑问，他一直都知道！我满脑子想的都是他，我几乎无法控制住自己的泪水。我又看了看他。是的，这个人看起来有些平常，没有多么智慧，可他是怎样的一名斗士！怎样的一名斗士！他要将游戏进行到底。此时此刻，对我来说，就好像，这种大无畏的勇气、这种坚定的信念，是这个世界上最值得钦佩的事情。他并没有发现一种哲学思想，但他却拥有了这种哲学思想。他会带着这种哲学思想走向死亡。

收发电报，是的，为什么不呢？做生意，是的，为什么不呢？每天上午让秘书来取走他的信件，为什么不呢？它们并非徒劳的事情，它们揭示了事物的本质。他不愿意受到过去的打击，也不想遭到未来的摧毁。正如一个人应当活着一样，他活着，他身体里的每根纤维都活着，这辈子他真正拥有的只剩下这段时间了！他用一种令人心酸的声调字正腔圆地说道："嗨，我们都会死的，只是并不知道罢了；这就是我们面临死亡应该做的事情。"

我不清楚这个人的宗教信仰是什么——假如他有信仰的

话。我认识他的这几天期间有一两次他似乎要和我谈起什么事情——我知道！——可为时已晚，我多想知道呀！但是，我确信一点：他有信仰，某种形式的信仰。人们拥有不同的信仰：我有我的，你有你的。信仰的核心内容是充足的信心和平和心，即无论出现什么事情，无论过程怎么样，都是自然而然的，都是普遍发生的，都是遵循规则的。

[《孤独的探险活动》(十)]

第五章

人是情感动物

一、唯物主义观点的不足之处

　　有一个喜欢说笑打趣的人将贝多芬的四重奏比喻成猫肠子在马尾巴上的刮擦声。现在，假如我要一个一个音符地演奏一曲贝多芬的四重奏，我就能够通过借助显微镜进行的化学分析和让任何法庭满意的其他证据证明这句话的合理性，而我的对手将很难驳倒我。我想知道，我的对手将会拿出什么样的证据供陪审团调查使用，他将会采用什么样的方法证明他的观点。我很可能会掌握全部事实，而他将会拥有所有情感。他的最佳选择将是，用留声机演奏四重奏，并通过观众的情感反应以及他们狂喜的面部表情证明，所谓的肠子在所谓的尾巴上的刮擦声是毫无根据的，而这一演奏行为传递的情感却意义非凡。而我仍将坚持认为，那些已经变干的肠子一定是猫肠子，那些尾巴是马尾巴。而我将继续抨击对手。我会认为，他所谓的情感和所谓的狂喜是杂乱无章的，不清楚、不明确、难以捉摸；没有明显的理由说明，为什么对某一模型中许多颤音所作的某种形式的改编曲优美动听，而其他形式的改编曲却不悦耳；关于和谐音和不和谐音的所谓事实通通是主观臆断，等等。如果我们争执到这一地步，我就应该停顿一下了；我们已经深深地陷入了主观证据将是否允许在法庭上陈述的哲学争论，陷入了情感是否属于事实的更加棘手的问题。（如果是在以前，我们都会坚持用事实说话。）我不知道，这一争论将会以怎样的方式结束。

不可否认，从整个19世纪下半叶到20世纪，我们一直在进行这样的争论。在上述争论中，许许多多的学者和智者均站在了我的立场上。首先是主张"精确"经济学的曼彻斯特学派，其中包括卡尔·马克思。其次，研究文学史的有帕林顿（Parrington），研究美国历史的有查尔斯·比尔德（Charles Beard）；还有布鲁克斯·亚当斯（Brooks Adams）和亨利·亚当斯（Henry Adams），他们一生致力于美国历史方法的研究。这种本能的做法也许令人钦佩；它的目的是追求清楚、精确、客观、科学的事实，作为一种历史学方法，其优点在于只致力于研究可以证明的事实，无须考虑——这令人遗憾——相对模糊的辅助性的事实，这些事实往往被认为毫无意义。鼓舞人心的事情来自于自然科学的巨大进步；自然科学家们对宇宙万物采取一种冷静、客观的态度，并取得如此辉煌的进步，因此，历史学家们马上想到，他们也应该学会清楚、准确地思考问题。并坚持探究可以证明的事实，经济学上可论证的事实。查尔斯·比尔德变得成熟起来并转而更加充分地，如果说不是那么精确地，意识到历史的真相、价值和意义，可是，他的确遇到了麻烦。他竟然以个人名义进行联邦调查，我认为这很不光彩，调查美国宪法缔造者的投资额，以证明这一大法标志着金钱力量对农业个人主义的胜利。我偶然会产生一种直觉反对我自己的立场，并认为，汉密尔顿、麦迪逊和杰弗逊非常愿意在政府稳定的基础上建立一个伟大的国家。"你能证明这一点吗？"或许会有人这样问我。如果需要证明的证据是银行里的投资额和不动产的规模，我将不得不回答："不能。"忽然，我会忘记自己，并且也许会以雄辩的口才谈论国家的往昔岁月，谈论乘坐"五月花号"轮船到达美国的殖民者的梦想，谈论罗杰·威廉斯和威廉·佩恩，谈论土地和原始森林，但却不谈论属于这位或那位大陆会议代表的微不足道的几千英亩土地，而是谈论整个大陆，谈论人们发挥自己的想象力、能力和精力将它转变为一个适于居住的和平的国度。我会谈论三百万男人和女人以及他们的梦想、希望和奋斗目标；我会认为，宪法的缔造者们看到了这一切，感受到了这一切，他们想要在这片土地上建立一个伟大的国家。并且我会看到观众的脸色舒展开来，他们的喉头哽咽起来；我会说道："瞧，美国人！情感也是事实。它们蕴藏在你的心里。"

也许，亨利·亚当斯的情况可以作为这样的例子进行研究，即我所谓的由于唯物主义的思维方式现代人所拥有的杂乱无章的思想。亨利·亚当斯是19世纪最睿智的美国人之一，而19世纪具有提高学识水平和文化素养的所有优势。然而，使他大彻大悟的奇妙无比的迷宫代表着19世纪下半叶人类的精神之旅。如果他很愚钝，他就会像和他同时代的其他人一样，只满足于动物式的快感。但是，他并不愚钝，他也就并不满足，而且他还没有能够运用自己的智慧找到任何形式的生命立足点并由此找到幸福。无限唯物主义意味着关于人类生存的极其有限的观点。亨利·亚当斯竭力摸索出一条类似于物理学定律，严格说来是按照物理学定律的思考方法得出的历史规律。他试图探索其发展规律，揭示 13 世纪欧洲人统一的生活方式和现代生活的多样性。他把这一观点写在了两本书中，《圣米塞尔山和沙德教堂》和他的自传《亨利·亚当斯的教育》。他从未找到这些规律。真正的原因是他醉心于研究 13 世纪和他自己的时代，以至于完全忘记了最初自己想要证明的事情；可是事实上这是不可能得到证明的，因为，他把历史学阐释为力量、运动和加速运转的理论从一开始就是错误的。他可以改变上述说法，称贞女为一种力量而不是狂热追求的宗教对象，称它为人类的一种情感，以适应人类的各种意图；可是，他也无法为这种说法提供依据，他知道，正如我所了解的一样，对贞女的崇拜是一种情感，只是从象征性的意义上来说，从任何思想都有影响力的角度来说，才具有影响力。他很快陷入了迷茫。他认为，在 1900 年巴黎博览会上展出的发电机身上，他看到了一种力量的象征，现代力量的象征，但是，发电机只是一种象征，一种恰当的文学载体，用来传递现代社会物质力量的概念，难道他对此了解不够吗？于是，他依照自己的感受创作出《对发电机的祈祷》，它使得现代人潸然泪下。从本质上来说，那是一个人最后的痛苦难耐的哭泣，他失去了对贞女的崇拜，也失去了对发电机的信仰，他从内心了解到，贞女和发电机哪个也不能给他以安慰。前者不能，因为他知道，他不相信只是遗憾地注意到过去有些人却有这样做的特权；后者也不能，因为他知道，黑色的铸铁发电机将不会拯救这个世界和他自己，只是象征永恒的盲目的力量。

请注意以下令人惊叹的描述：

对发电机的祈祷 [1]

亨利·亚当斯

当你愤怒异常，

我们不知道你是残忍，还是善良；

但以你的情况，和你的思想，

我们认为，你是瞎子，

而只有我们才最善良……

那么我们又是什么？空间的主宰？

还是将你役使的决策者？

是骑你比赛的骑师？

或是飞速旋转的原子，

被你赋形并控制？

依我沉默！视线中依然没有终点！

没有声音回应我们的哭喊！

于是，我们现在将上帝紧紧抓着，

尽管我们毁灭了灵魂、生命与光明，

将回答你——否则死去！

我们不是乞丐！我们在乎什么，

希望或恐惧，爱或恨？

我们在乎宇宙吗？我们看到的

———————————

[1] 选自于《写给侄女的书信以及对查特斯市圣母的祈祷》，亨利·亚当斯著。
休顿·米弗林公司 1920 年出版。版权所有，马贝尔·拉·法吉（Mabel La
Farge）。经授权再版。

只有我们必然的宿命

和命运最后的决定。

于是抓住原子！撕裂他的关节！

拔掉他秘密的弹簧！

将他磨得尸骨全无！——尽管他朝向

我们，并且以他的生命之血涂抹

我——死去的原子之王！

（说过这些话语之后，死去的原子之王重新向圣母祈祷，在祈祷中他袒露了"无助的绝望的灵魂"。）

这是奇特的祈祷，亲爱的女士！难道不是吗？

和我以往向你祈祷的内容全然不同，真是不可思议！

更奇怪的是，你发现我在此处，

在这里，你的脚下，再次寻求你的帮助。

最奇怪的是，我已停止了抗争，

甚至停止关心全新的命运的结局。

事实上这无关紧要。命运将给出

一些答案；而所有的答案都很相似。

于是，我们慢慢地拷问、折磨死亡，

并等待将要显露的最终的虚妄，

我等待的同时感觉到信仰的力量

不是在未来的科学领域，而是在你的身上！

有一个人，解答了上帝的难题，
为他的游戏又需要太阳系的能量；
他既不需要我，也不大关心是什么功绩
使我在黎明时分辉煌。

他将指派被废黜的我，提出我的权利，
石器时代的化石幸存者，
与洞穴人和穴居者生活在一起，
他们在猛犸象的骨骼上雕刻了猛犸象。

他会忘记我的思想、我的行为、我的功名，
如同我们忘了黄昏的阴影，
或者记载一个名字的回音，
如同我们在猛犸象长牙上的刮擦声。

但是，当他像我一样，迈出脚步，
径直奔向超然的力量，
他将同样没有选择，只能徘徊徜徉
沉沦于灵魂的无助和绝望……

（接着是最后一个诗节，在一阵剧烈的令人毛骨悚然的高
潮里，他让圣母承受上帝的失败，而不是他自己的失败。）

帮助我去承受！非我自己孩童的负载，
而是你的；曾承受了光明的失败，
上帝的力量、知识和思想——

以及上帝无效的蠢行！——

［对圣母的祈祷］

众所周知，亨利·亚当斯是一个悲观主义者，但他却目光如炬，他了解到现代人没有任何信仰的悲剧。他写完这两本书之后，将其出版，但并没有公开发行。这是一个人心中多么可怕的悲伤和幻灭！他断言，沉默和好脾气才是有意义的标记。人变成了一个"不断颤动的球"，一个"超感觉的混沌世界的中心"，围于其中的思想仿佛一只受惊的小鸟，无论如何挣扎也无法摆脱混沌世界的困扰。[①]这是为什么呢？因为，亚当斯对大一统的探索失败了，他放弃了。在他的自传《亨利·亚当斯的教育》一书中，"无知的深渊"一章可以作为现代绝望论的起源进行研读，在这一章节中，备受煎熬的灵魂在活体解剖台上被肢解得毫无遮蔽、一览无余。[②]亨利·亚当斯是一个优秀的知识分子，探索天地之间信仰的统一体系但却没有成功。由于唯物主义者对 19 世纪认识的局限性，他不可能有什么收获，他的结局只能是悲观绝望。

有人应该狠狠地摇晃一下他的肩膀，并对他说："哈里（亨利的昵称），你开始的时候只想到探寻物质力量和运动。你为什么惊

---

① "至于他自己，根据亥姆霍兹（Helmholz）、爱恩斯特·马赫（Ernst Mach）、亚瑟·贝尔福（Arthur Balfour）的观点，他将从此成为一只不断颤动的有意识的球，朝四面八方，沿着无穷的线路旋转或振动；在超感觉的混沌世界的中心，巴黎的一间阁楼上，他将在查特斯市圣母或庞卡莱阁下的脚下滚来滚去。"《亨利·亚当斯的教育》，休顿·米弗林出版公司。

② "然而，对力的单位的探究导向了思想的坟墓，成千上万种教育方法就此结束了它们的使命。一代又一代痛苦而又诚实的学者满足于永远滞留于这些教育的迷宫中，与各个时期最有名的教师一起追求科学上的无知状态。他们中没有一个人曾经找到一条合乎逻辑的逃脱之路。"《亨利·亚当斯的教育》。

讶地发现只探索到了这两样事物？你的问题是，你的兄弟布鲁克斯和你对物质的关注太狂热了。"

我把亨利·亚当斯作为讨论对象，有两个理由：一、他是他那个时代，即19世纪下半叶的产物，那是唯物主义的鼎盛时期；二、另外两位让人颇感兴趣的美国知名人士，尽管与亚当斯几乎生活在同一时代，他们却激烈地反驳他倡导的历史机械论。亨利·亚当斯生于1838年，1910年之后他已不能再思考问题了；威廉·詹姆斯生于1842年，卒于1910年；霍姆斯法官生于1841年，卒于1935年。因此，他们三位确实属于同一代人。他们对待没有知觉的物质意见不一。假如要我给他们打分，霍姆斯法官98分，威廉·詹姆斯80分，亨利·亚当斯65分。

在他生命的最后阶段，亚当斯试图阐明他的历史学理论，非公开出版了《致美国历史学教师的一封信》。[①] 这封信很伤感。他对热力学第二定律印象颇深，因为这一定律应用广泛；它主张，有组织结构的能量往往源源不断地分解，或者蜕变为较简单的形式。他因为人性的缘故对此表示担忧。如果这一定律按自然规律来看是正确的，被称为文明的一切复杂的能量注定会全部消散，也许在几千万年之后，然而，仍旧会全部消散。收到这封信的副本后，威廉·詹姆斯给他的朋友写了一封重要的回信。詹姆斯的这封回信具有非常特殊的意义。这封信写于1910年6月，两个月后，他回到坎布里奇附近的家中，深深地陷在火炉旁的椅子里，呜咽着说："回家的感觉真好！"一个星期之后他去世了。这两封信似乎为我们概括了七十年来（1840—1910）两种重要的而又截然相反的思想流派。

他向亚当斯指出后者在其熟悉领域内的错误所在。首先，詹姆

---

① 这封信后来由他的兄弟布鲁克斯·亚当斯再版于《民主教条的堕落》。

斯认为，能量的分配及其产生的作用和能量转移的总量或持续时间是同样重要的。其次，詹姆斯指出，假定行程的目的地是一个无足轻重的地方，在我们旅行过程中（我们每个人都是旅行者），美丽的风景依然值得观赏；此时此刻——起点和尽头的一段间隔，换言之，指人类生命存在的这几千万年间是最重要的事情，对我们具有根本性的意义。

热力学第二定律 [①]

亲爱的亨利·亚当斯：

自从见到你以来，我已经变得十分"苗条"，这里的温泉浴场使我的大脑变得如此迟钝，以至于我无法用心读书，只能看一些不重要的东西，但是正好可以抽出空来看完你的"信"，这封信当我在巴黎和你在一起时只读了一半。说实话，信中显露出的智慧和学识打动了我。我问你，一个行将就木的老人是否可以希望，凭借他在处理一个悲剧课题中所显露出来的智慧和学识来把他自己从生命的因果中拯救出来？不，先生，你不能这样做，你不能靠这种方式打动上帝。就科学概念本身而言，也许应该承认，你的造物主（和我的造物主）使用宇宙中潜藏的一定数量的"能量"开启了宇宙，并且规定，之后发生的任何事情都是这种能量中的一部分衰减成较低级别的结果；确切地说，在此过程中，其他部分则上升为更高级别的能量，但是却从不是相等的量，究其原因，是因为伴随在整个过程中无法恢复的不断的热量辐射。

① 选自于《威廉·詹姆斯的书信》。小布朗出版公司。版权所有，1920 年，亨利·詹姆斯，1948 年，威廉·詹姆斯和玛格丽特·詹姆斯·波特。经 Paul R. Reynolds & Son 许可再版。

有身份的人习惯于假装彼此信任；除非有人发现一个更新的革命性概念（也许就在明天），所有物理学家的言行举止必须严格地遵守上述规则。这当然涉及所有感知事件的最终停止，以及人类历史的终结。有了这个围绕着你在"信"中所说的全部内容的一般性概念，谁也不会发现任何纰漏——在科学准则和时尚的当前阶段。但是，我不同意你对有关原始高级能量的可以统计的大量削减的某些细则所作出的解释。假如，对于你似乎要向我说明的内容我不去批评，而是武断地提出我自己的解释，并且让你自己作一下比较，那么，这无疑将有助于事情的简单化并减少相互之间的指责。

首先，对我来说，可以用来获取我们人类视为珍宝的大量事物的一定数量的宇宙能量，在历史和进步的问题方面，似乎是完全次要的事物。相同能量级别物质的某些安排，从人的评估观点来看，是高级的，同时，其他的则是低级的。从物理学上来看，恐龙的大脑可以表现出与人类同样强烈的能量交换程度，但是它能做的事情却极少，因为，作为一种制动器的力量，它只可以开启恐龙的肌肉；而人的大脑，则可以通过开启虚弱得多的肌肉，间接地通过这些肌肉发布公告、写书、描述沙特尔大教堂等，并引导收缩的太阳的能量进入用其他方式永远不可能到达的路线——简言之，创造历史。因此，从历史学家的观点来看，人的大脑和肌肉是能量交换的更重要的场所，尽管用绝对的物理单位测量，它们显得如此之小。

"第二定律"与"历史"是完全不相关的——除非它设立一个终点——因为历史是那个终点之前的事物进程；第二定律所讲述的全部内容是，不管怎样的历史，它必须置身于能量等级不同的起点的最大值和终点的最小值之间。随着巨大的灌溉水库慢慢枯竭，留给我们的全部问题就是其效应的分配问题，就是引导它进入哪些溪流的问题；溪流的大小与它们的重要性没有一点关系。人类的大脑活动是我们了解的最重要的溪流，而它的"容量"和"强度"可以被视为极其微小的因素。然而，这些溪流的填充物将可以通过为使一些下游急流流入其中而支付的总额中的损耗很廉价地获取。人类的制度恰恰如此——从严格的理论上来说，它们的价值与它们的能量预算没有任何的关系——这完全是一个能量流入的方式问题。尽管宇宙的最终状态可能是其生命与精神的毁灭，但是在物理学上没有什么妨碍这个假说，即最终状态可能会是太平盛世——换句话说，在这种状态下，能量级别最小的差额也许会使它的交换如此巧妙地导入，以至于造成的唯一结果将会是最大的快乐意识和美德意识。简言之，宇宙生命最后的悸动也许是，"我是如此的快乐与完美，我再也承受不了了"。你不会相信这一点，我觉得我也不相信。但是，在"能量学"里，我无法找到任何与它的可能性冲突的东西。在我看来，你似乎并不去区别对待能量的数量及其分配，你处理二者的方式就好像它们形成的是同一问题。

　　好啦！对大脑来说，经过十八次诺海姆沐浴之后真是太好了——所以，我将不会再多写一行，也不要求你的回复。然而，如果你不能控制自己非要回复的话，我现在就让你满意：我对你说，我可能不会再给你回复。在损耗了这么多年太阳能之后，很高兴在巴黎听到你完全没有改变和"没有退化"的声音。

你永远忠实的威廉·詹姆斯

写于诺海姆，1910 年 6 月 17 日

【明信片】

　　附：我的意思的另一个例证：宇宙的钟表正在停摆，并且通过这样做使得指针运动。不管钟摆从它们原来上紧发条的位置下落了多远，指针吸收的能量和它们所做的机械运动却日复一日相同。表针走过的历史与这种运动的数量无关，但却与钟面上的数字关系重大。如果它们从 0 走到 12，那是"进步"，如果从 12 走到 0，那是"衰落"，等等。

威廉·詹姆斯

写于诺海姆，1910 年 6 月 19 日

【明信片】

　　你 20 日的来信，刚刚收到，我为信中表现出来的精神上的温驯和哲学观点上的消极服从而感到高兴。决不，决不要假装你自己的观点！这样做很是讨厌与疯狂！你劝诱我给你另一个说明——关于液压活塞的说明（在一次考试中，一个不聪明的学生把它写成了"液压山羊"，一时唬住了我）。① 将这个金属的装置，放在溪流中，象征着人生的机器。它工作着，啪，啪，啪，日日夜夜，只要溪流在流动着；不管溪流（它象征着下降的宇宙能量）可能会有多么丰富，它的工作效用总是一样的，小溪中会蕴集如此多的水量。作为历史进程的这一工作的价值究竟如何，取决于在安置活塞的库房里水流运用得如何。

威廉·詹姆斯

写于康士坦斯，1910 年 6 月 26 日

［威廉·詹姆斯的书信（二）］

---

① 在英语中，ram 一词既有"活塞"的意思，也有"公羊"的意思。

还有一位更伟大的智者，霍姆斯法官，他与亚当斯和詹姆斯生活在同一时期。亨利·亚当斯公开声称自己是一位唯物主义者，而实际上却总是以一种理想化的风格谈论历史和生命。亨利·亚当斯注重知识，不注重直觉；威廉·詹姆斯只注重直觉；霍姆斯法官二者都重视，堪称智者。我指的是一种全面看待生命的优秀思想，它认为生命既是事实也是理想，这让我们感到信心倍增，只要觉得自己必须活下去，我们每个人都对此深信不疑。获得这一观点，并非因为采用理想化或理论化的方式谈论生命，而是因为扼住生命要害，并且对待生命的态度要执着、审慎、诚恳并满怀希望。这种生命观既不是唯心主义也不属于唯物主义，而是一种实实在在的观点；既不是古典主义也不属于浪漫主义，而是一种人性化的观点。它视野开阔，思路清晰，仿佛一个人坚定地站立在地球上，时时刻刻想着仰望太空。我认为，他为波士顿律师协会发表的演讲中关于生命哲学的概述起着举足轻重的作用，其他众多空洞的哲理与之不可同日而语。[①]"我们不能生活在幻想中。倘若我们能够脚踏实地，把我们的最佳状态展示出来，倘若我们有朝一日意识到我们无私地发挥了自己的作用，那么，我们才是真正的幸运儿……我的意思是说我们在知识上、精神上的内在兴趣应当朝着理想的方向转移，否则，我们与蜗牛或老虎无异。"

谁也不应该成为冷酷无情的唯物主义者或是不切实际的唯心主义者，它们都是人类思想发展的桎梏。霍姆斯以他的博学和睿智洞察到了这一点。他了解人类生命中冒险经历的价值。让我们倾听一下他关于"非经济因素对人的重要意义"的评论。"如果我想要你们

---

① 参见本书第十六章第二节。

发笑，还不如提出这么一个问题：在安逸地享受生命赐予的每次契机时，一些被忽略的机遇并不会使生命变得更加丰富充实，是这样的吗？可我这样说，并非在强迫各位接受一种自相矛盾的说法。我只是打算坚持强调非经济因素对人的重要意义，事实上，如今每个人都不会怀疑这一点。你们也许会从哲理角度探讨悠闲作为生存方式的种种荣耀；如果愿意，你们也可以用和前人同样的方式描述在我们心中澎湃的一个个理想。无论如何，我们的心中都燃烧着理想，我们坚信我们必须拥有理想。它们面对着饥渴的挑战，坚强不屈；我们将其视作满足身体需要的间接因素，它们对此不屑一顾；只要实事求是地去研究它们和人类的关系，我们的经济学家朋友们，正如某些伟大的作家比如 M. 塔德一样，总会尽力注意到它们。"[1]

二、人类经验的要素

当我们研究人类历史或者当代人的事务的时候，我们不得不重新审视一个明显的事实，即人类拥有许多情感，许多希望、梦想和憧憬，这是促使我们的生活井井有条的最强劲因素。假如情感属于事实，上述情感就是人类历史中最重要的事实。不可否认，人是有意识的动物，可我觉得，更加清晰的说法应该是，人是情感动物。如果说灵魂的出现是人的个性而不是某种神秘物质起作用的结果，那么，我们就应该在我们的眼泪和笑声中探索人类灵魂的存在。一

[1]《芝加哥西北大学法学院大楼竣工典礼上的献辞》，1902 年 10 月。选自于《法律论文集》。版权所有，1920 年，哈考特·布雷斯公司出版。经授权再版。

个现代哲学家面对眼泪和笑声，会感到不知所措，事实上他会显得非常愚钝。然而，情感，不论是明智的还是愚蠢的，都是构成人类经验的要素。如果一个人缺乏美好的希望、梦想和憧憬，他的生命也就结束了。情感的这一性质，尤其是它温和的层面，现代作家涉及甚少，他们的作品中很少出现柔和的论调。现代作家谈论的不是此类柔情，而是有强烈诱惑力的火热激情。而情感宛如一棵小草，发散出淡淡的香气，总是静静地待在人迹罕至的我们的花园一角，等待着有品位的人去品味，有鉴赏力的人去欣赏。人类心灵中备受压抑的哭喊声和啜泣声中往往充满传统生命的冷漠的理性，因而在社会生活中似乎很难察觉到这些伤感的声音。可是我深知它们是存在的。我坚信，人类生命的丰富内涵百分之九十隐藏在人们的这些希望、梦想以及埋在内心深处的憧憬。穿过任何一条小巷，进入任何一处居所，到处都会感受到这类情感的存在。留意抑或忽视每日生活中的这些情感，只不过是文艺作品中的常见模式，反映人类思想修养的不同程度。有些人喜欢发出淡淡清香的丁香花，有些人偏爱罂粟的自杀型迷醉状态。然而，地球上散发出最怡人香气的却是随处可见的干草。人的不同品位使然。

我不知道如今的我们是否为生命中产生的情感而感到恐慌。我们似乎是这样的。我想起了一部作品《早餐桌上的霸主》，内容为系列散文，作品诞生于这样的年代：对现代人来说过于细腻的情感在当时所有人都平静地接受并习以为常。作品恰当地选择早餐餐桌作为背景，人们在那儿发表轻松、闲适、往往又很深刻的言论，但人们从不在早餐餐桌上进行激烈的争论，那是晚餐之后才可能出现的情形。在寄宿处彰显的人性带有普遍意义，除了那个神学院的学生和霸主本人之外，其他人知识水平都不太高，其中包括名叫约翰的青年男子、身穿黑色邦巴辛毛葛的女士、女房东的女儿和一个叫本杰明·富兰克林的男孩。一切都很平淡，直到最后，霸主和女教师约会，故事才达到高潮，但从作品中我们感受到了这个和睦相处的寄宿者大家庭所表达出来的平和的情感。确切地说，所有情节都只发生在早餐时间。而霸主恰巧是霍姆斯法官的父亲奥利弗·温德尔·霍姆斯，他具有医生和诗人的双重身份，是"新英格兰餐桌之王"，一个充满魅力、活泼健谈的人。《儿时的回忆》一章集中阐释了情感的乐符。这并不奇怪，因为从儿时的经历中我们可以回忆起所有未泯灭的梦想。梭罗曾经写过的一句话似乎最精彩："我们在成年时期徘徊不前，似乎想畅谈我们儿时的梦想，而在这些梦想被遗忘之后，我们才学会用语言表述。"（《日记》，1841 年 2 月 19 日）难怪，在故事的最后阶段，正在认真聆听的那位老先生长长地舒了一口气："呼吸中夹杂着颤动的声音，那应该是啜泣声。"当霸主继续讲述一个很久以前被遗忘的旧日情人的时候，老先生掏出一只表，打开表盖，映入眼帘的是一张写有日期的字条，显然是还在上学的小女孩的笔迹……

儿时的回忆

奥利弗·温德尔·霍姆斯

在我出生与成长的地方可以很容易听到海军船坞里大炮的开火声。"有一艘战舰驶来了！"人们听到炮声时往往会说。当然，我想，在消失了这么多年之后，那些船只再次出现完全是意料之外的——像掉下来的石头似的突然出现了；人们看见那艘老军舰的船头把海湾的海水分开而感到十分惊喜，同时听到隆隆的炮声。现在，单桅战船"黄蜂号"船长是布拉克利，在光荣地俘获了"驯鹿号"和"艾冯号"之后，已经从大洋的表面消失了，据推测她失踪了。

但是又没有关于她的证据；当然，人们有时还会怀有一线希望，可能还能听到她的消息。在大家都不再提到她很久以后，我仍然用天真的幻觉安慰自己，在大洋深处，她还在漂流；多年以来，每当我听到大炮的声音轰隆隆地从海军船坞的内陆方向传来，我都会自言自语道："'黄蜂号'，回来了！"此时，我简直以为自己可以看到她，看到她摇晃着开过来，船头撞击着海水，她饱经风霜，覆满贝壳，带着损毁的桅杆和褴褛的帆篷，成千上万的人欢呼着。流着眼泪欢迎她。这是我心中的梦想之一，而且从没有对别人讲过。让我现在坦白地承认这一梦想，并对众人说，自从过了童年时期，也许快到成年的时候，当加农炮的怒吼声突然撞击我的耳鼓，我的心中隐隐约约升起一阵期望，兴奋得颤抖起来，长久以来无法说出的话语已经在脑海无声的耳语中清晰地说了出来，"黄蜂号"回来了！……

（我说着，然后，大多数寄宿人在我开始讲我的一些秘密时离开了餐桌——事实上，除了对面的老先生和女教师，其他人都走了。我明白，为什么一个年轻的女人会喜欢听这些早年简单但真实的经历，正如我前文所述，这些经历是小小的褐色种子可以长成带有碧蓝和金色叶子的诗歌。偶尔，老先生会把椅子推到离我更近些，并将他听力最好的耳朵侧向我。有一次，当我正在讲一些琐碎而温馨的往事时，他长长地舒了一口气，呼吸中夹杂着颤动的声音，那应该是啜泣声。而在此时此刻，我会感觉到，这些经历中一定存在着某种本质的东西，弥补了它们表面的卑微。告诉我，正在听我轻声倾诉的男人和女人，你们没有一个回忆的小仓库吗？里面尘封着我正在讲述的这类往事，它们埋藏在一个又一个夏天飘落的树叶下面，也许藏身于很快回来的冬天未融化的积雪之下——这样的回忆，如果你将它们全都写出来，可能会被扫进某些粗心大意的编辑的抽屉里，而他的订阅者也许只会用不足半小时的时间懒懒散散地读完它们——而且，如果死神从中欺骗你的话，你将不会知道你自己已经永垂不朽了。）[作者接着讲述了三个他童年时的"熟人"，其中之一是他的情人。]

在我生命的早期，一个比传奇作家的习惯形成还要早的时期里，我结识了另一个熟人——当然是情人。她后来成了远近闻名的美人。我感到满意的是，许多孩子的乳牙还没有全掉，他们就开始排练了他们在生活戏剧中的角色。我认为我不会讲那个白皮肤金发碧眼女人的故事。我猜每个人都有他童年迷恋的对象；但是有时，这种迷恋是狂热的冲动，意味着提前经历了本属于以后日子的所有让人震颤的情感。多数孩子会记得，他们在十二岁之前曾见过爱慕过可爱的天使。

（老先生已经离开了对面的椅子，在女教师和我旁边的座位上坐了下来，离餐桌有些远。"确实如此，确实如此。"老先生说。他手里握着条钢表链，一头连着一个大大的、方形的金钥匙，另一头让人联想到某种计时器。他有些费劲地拽上来一只古色古香的厚重的银质牛眼表。他看了它一会儿，犹豫着用他中指的指肚揉了揉他的右眼角，看着表盘，说道："马上就是上午了。"然后打开表壳，无言地把表递给我。表的衬纸曾经是粉色的，现在还留有一点模糊暗淡的色调痕迹，好像它脆弱的生命迹象还没有全部消失。两只小鸟，一朵花，和一个日期——17日，那是一个女学生的笔迹。"无所谓了。那是在我还不满十三岁时发生的事情了。"老先生说。我不知道那个年轻的女教师的头脑中到底想的是什么，也不明白为什么她要那么做——她将表的衬纸拿了出来，并轻轻地放在她的嘴唇上，好像她在亲吻很久以前制造它的那个可怜的小东西。老先生小心地从她那里拿回衬纸，放回原处，转身走了出去，手里握着那只表。我看到他不一会儿从窗口经过，头上戴着那顶可笑的白帽子；他戴上它时，也许他从来也没有想过自己是什么样子。于是，餐桌旁只剩下女教师和我。）

[《早餐桌上的霸主》（九）]

　　我不敢肯定，现代的读者是否喜欢阅读这篇散文。它只是一则引人发笑的小品文，文章轻轻地触动了我们的诸多情感。现代人的神经经常处于高度兴奋状态，获得的是短暂的刺激带来的巨大快感，并不能享受丝丝颤动的柔情。并且，我们拥有的情感将不由得变得更加猛烈起来。一家杂志的编辑为了迎合读者的需要，要求作者在稿件中尽量使用有力的语言。然而，如果我们具备平和的心态，《早餐桌上的霸主》将会一直得到读者的喜爱；如果我们不这样，恐怕我们会遭受很大的损失。霸主将我们引入查尔斯·兰姆的世界，我想他的影响力会一直存在下去。区别在于：他生活在一个美好的世界，霍姆斯自己的内心世界，而并非生活在由于政治争斗和思想反叛而动荡不安的他那个时代的客观世界中。他不仅信任星期六俱乐部和二十九个成员的团体，而且还相信"尚可接受的关于人类普通情感的确定性"。能够这样做的人，能够恰当地处理尚可接受的关于人类普通情感确定性的人，他们思想的感染力比影响一代人的绝望论还要持久。一些政治见解搅动着爱默生、梭罗和西奥多·帕克的心灵，他却不为所动。洛威尔指责他不参与论战①——抗议马萨诸塞州逃亡奴隶法以及墨西哥战争——可他却从事着更加富有同情心的日常活动：关注人类的普通情感。假如他相信人类的普通情感，这类情感就不会那么令人失望。他专注于人类灵魂的探究，他致力于拯救灵魂，不是由上帝手中，而是从加尔文的宗教理念中，并将灵魂回复为自由、独立、有希望的美国文化。于是，他创作了《鹦鹉螺》和《逼真的教堂》，在这两篇文章中，我们全身心地领悟了人类高尚的灵魂。

三、浪漫主义的权利

人类拥有一个极其文雅的天赋，即能够讲述童话故事。人类不仅可以绘声绘色地说，我们期望南瓜变成马车，老鼠变成拉车的马匹，而且可以使我们自己相信这些事情确实会发生。不，不可能。理智认为，关于灰姑娘的整个故事情节都是人们发挥丰富的想象力编造出来的，然而，当王子打算让灰姑娘试穿那只纯金舞鞋并携她一起步入盛大的婚礼的时候，反对他们的人去哪里了呢？我们开始疑惑不解：真正有道理的是理智还是想象力？一个不可否认的事实依旧是：在所有的国家和时期，经过了一代又一代，人性断言，这个故事不仅可信，在现实生活中也可以找到原型。② 现代社会的现实主义作家显然更喜欢另外一种处理方式：他

---

① 梭罗进而指责爱默生没有被抓进监狱，而他本人因为违抗法律而蹲了监狱。这难道不是不同罪行的佐证吗？

② 关于灰姑娘的故事最早的版本是用汉语写成的，可以追溯到公元 9 世纪。参见《中国印度之智慧》，（原著）第 940 页。兰登出版社。故事里有凶恶的继母和同父异母姐妹，有丢失的舞鞋，有英俊的王子。

将会描述灰姑娘身上的破旧衣服、被煤灰弄得脏兮兮的脸、发出臭味的头发以及浮肿的双腿；他将会一一罗列灰姑娘厨房里的扫帚柄、污水桶、洗碟布、垃圾箱，并且夸大她对其同父异母的姐姐的愤恨，尤其是对她自己母亲的愤恨；在他的笔下，她同父异母的姐姐将有机会充分展示她们人性的恶毒、卑鄙和粗俗的话语；其中的一位将施展诡计嫁给王子，让王子从此陷入痛苦；灰姑娘将继续做老处女，整天说些不着边际、疯疯癫癫的傻话。这就是我们将会看到的所谓"现实生活"。我和詹姆斯·布兰奇·卡贝尔的观点是一致的，我们两位都会确信，人性将对此说不。如此杜撰的故事情节将经不住任何形式的推敲。

我相信，人类有幻想的权利，他不愿意让单调的事实成为禁锢他的樊笼，他有能力扯掉遮盖事实的面纱，并勇往直前地踏上探险之路，探索未知世界和未了心愿。这是人类救赎自身的途径。詹姆斯·布兰奇·卡贝尔勇敢地驳斥现实主义文学，捍卫浪漫主义思想，并创作出《诸根》，对这一思想作了完美的阐述。在其著述《超越生命》中，他运用温和的讽刺手法，温文尔雅、撩拨情感的娴熟笔触，借鉴典型的喜剧风格把快乐和严肃和谐统一起来，并借此论述了小说家的重要职责。他在书中写到，一名小说家应当以其文雅的方式搪塞世人，发表关于生命的谎言，孜孜不倦、乐此不疲、超越第二条诫命的限度，并肩负起超越事实的不可逃避的沉重使命。此处的造物主不是全能的上帝，而是操控人类生命的浪漫主义力量。倘若缺乏探险精神和一定程度的巧妙的自我欺骗，生命将会显得毫无意义。假如"实际"生命没有因为"理想的生命形式"而得到些许慰藉，那么，人性早已不复存在。下面是又一篇美国讽刺作品的代表作。

　　造物主："优雅地搪塞人类和人类生存的问题是艺术的杰出功能。"①

——詹姆斯·布兰奇·卡贝尔

　　"人是什么？他的幸福被重视吗？"一只猿浑身脏兮兮地挖着野豆，同时，喋喋不休地向自己嘀咕着与天使长的亲属关系……

　　"而且我更加清楚地认识到，这同一个男人是一个身有残疾的神……他正在受到惩罚和谴责，因为他用不准确的砝码计算永恒，用码尺估算无穷；而且他经常这样做……"

　　——那里存在着每一个人都必须作出的选择，或者理性地接受他自己的局限？或者惊人地做着蠢事，并发誓他是随心所欲的全能者？

——《女王十行诗集》

　　……人类似乎在其早期阶段就通过预示自己是宇宙传奇的英雄而从中攫取了舒适的生活。一个令人不快却显而易见的事实是，与星球上的其他生物比较，与他可能碰到的老虎和大象比较，人并不能在体力上胜出。与昆虫的感官比较，他的感官也不够发达；并且，确实，这些同时代小生物的感官，人类很快就发现他并不具备，也了解得不是很清楚。翅膀的精致华丽，甚至尾部的舒适感，都跟他无关。因为没有蹄子，他走路很痛苦，而且，被创造成没有皮毛的裸身，像一个去了壳的杏仁，在恶劣气候条件的季节他很难在外面生活。形体上，他表现出自己是大自然很有魄力的劳动成果，

---

① 选自于《超越生命》。经作者许可再版。最初由罗伯特·M.麦博莱德（Robert M. McBride）公司出版。

但他却不具有独居的特性……因此，除了推理能力——正如开始被谣传的那样——他再也没有什么方面可以超出其他的生物；并且，即便如此，也因为他明显地过于清高，因而无法很好地利用这一特权。

但是，去承认这些窘迫的事实不会有任何作用；因此，正如孔雀必然会怀着傲慢的态度聆听夜莺的鸣啭，而乌龟肯定会为它同代的轻率方式哀叹，人类可能很早就开始通过大力夸赞自己的天性和命运而自娱自乐。在游荡于这个星球上、长着尖牙利爪与强力肌肉、自相残杀的数不胜数的动物中间，一只被剥夺了尾巴并荒疏了爬树本领的猿是最可怕的，并最终将获得胜利。由于它独有的有利条件，过分地询问它会胜利的缘由，当然会被视为不敬。因为这个种族已经变成了人。于是，通过踩踏畏畏缩缩的蜥蜴去吓唬吓坏了的恐龙的人的预言画像被及时地胡乱涂在了洞穴的墙壁上，而且艺术立即开始相信人类具有他们渴望的每一种特性和命运……

于是，今天，和以往一样，我们高兴地倾听关于不可战胜的男人和女人神秘而有趣的消息——关于我们种族范围的被校正并被极力夸大了的描述——他们无限地施展超出我们弱小能力范围的技艺。于是，今天，没有人会站在疯人院积极的角度期望被提醒我们事实上是什么角色，甚至通过一些灾难性的奇迹，可能期望驱散冒险经历使人产生有关所有人类行为的迷雾；原有的习俗已经使我们如此习惯了金色的曙光，以至于，像夜间出没的鸟，我们的视力在晴朗的天气中反而变得模糊不清。并且，我们逐渐非常坚定地相信人的无处不在，不是他们事实上是这样，而是"他们理应如此"……

一切都是自夸，大卫的儿子曾说，这颠倒了大众普遍了解的真理，也就是一个人成为一个明智的讲道者后他就会知道的那样：自夸就是一切。因为，动物中只有人在梦中模仿某些形象。狗做很强烈的梦是一个众所周知的事情：在它极为狂喜的幻觉中，它极有可能篡夺了它的主人的外形，并去造访天堂里人类方式的配餐室。而一旦清醒过来，它察觉到它实际上是一只狗，并且，作为一种理性的动物，表现出最佳的狗性。但对于人，事情就截然不同了，当逻辑导致屈辱的结论，唯一的效应就是去怀疑逻辑。

于是，在人始于大猩猩的漫长进化过程中，人类不屈不挠的自负营造了他的本能的闺房，并隔开一间闺房，在那里培养美德、高雅以及所有高贵的因子。正如前文所揭示的那样，创造性的文学似乎只是产生于任何受伤的动物寻求复仇的本能——在想象的领域里可以称之为"去报复"，而这样的报复在任何其他的舞台都是不可行的……然后，这一本能对野蛮动物也是普遍适用的：繁殖中的或者甚至是未来的母亲，都不得被撕咬。在此谦恭的基础之上，一点一点，人类建立了公平的"多姆内准则"，或者说是女性崇拜，它在一个很长的时间里使得立法者作出极佳的服务有利于使我们半数的公民"从政治的泥沼里"脱身而出，并且还使得任何有声望的已婚妇女不受惩罚地杀死她选举的无论什么男人。

于是就有了这样的传奇经历：真正的造物主，人类自负的第一个和最可爱的女儿，发明了所有那些动态的幻觉，人类运用这些幻觉继续完成这一传奇经历的最终目标……

当然，侠义的态度总会是明智的态度，人们用这种态度杜撰出传奇故事，并不过分注重纯粹的事实……无论从任何一种意义上来说，如此去杜撰传奇故事将会丰富人类的娱乐生活，因为，事实上，动物中只有人类能够这样获得一种特性：他不顾自己的理性，假定已经具备了这一特性。杜撰传奇故事，确实是人类在世界上固有的独特功能，在这个世界上，在被创造的生物中，只有人类可以滥用关于他自己的真理。因为，动物中只有人在梦中是可以模仿的……

并且还注意这个奇迹——我仍然相信生活是我自己和全能的神之间的个人交易；我相信，我做的事情无论如何都是有意义的；我相信，我正在通向某种十分公开的胜利的行程上，这与那个神话里第三个王子的胜利非常相似……即使到了今天，我还相信这个动态的幻觉。这一信条是造物主的第一个伟大灵感——是作为天父在异域代表的人类自身关于侠义精神的罗曼蒂克式的伟大想法——纯粹的事实和理性声嘶力竭地反对这一想法，却是枉然。因为我们中的每一个人都是如此构成的：他认为传奇是真实的，而且，肉体的事实和人的理性在这一方面，如同在不同种类的其他事情上，都是"现实主义"被唆使作伪证的见证人。

[《超越生命》（二）]

四、当一位注重现实的人成为一个恋人的时候

"只有在富有同情心的梦想家身上，一位哲学家、诗人或者传

奇作家身上，或者当一位注重现实的普通人成为一个恋人，这种事实的永恒性才会有所改变。"威廉·詹姆斯说道，"只有这样，在百家争鸣的世界里……在完全不同于外部世界的、凌驾于我们肉身之上的想象力的广阔世界里，一缕真知灼见的光芒才会照亮我们的思想。"为了阐明自己的观点，詹姆斯详细引述了罗伯特·路易斯·斯蒂文森的文章《挑灯笼的人》，他认为这才称得上是不朽的作品。

我赞成他的看法。同样，斯蒂文森也透过外部事实的表象观察事物，以愉快的心情证实了隐藏在每个普通人内心的荣誉之光、想象之火。他说："至于人的反复无常或者不为所知的人的幼稚的想象力，都无公正可言。"毕竟，人不仅四肢发达，也是有想象力的动物。[1]"人类快乐的基础往往很难被撼动。……人类决定度过的真正生命完全存在于想象力的范畴。"毋庸置疑，如《早餐桌上的霸主》一样，斯蒂文森陷入了对少年时代的回忆和思索之中。

> 错过快乐就错过了一切。[2]
>
> ——威廉·詹姆斯

"快到 9 月底了，"斯蒂文森写道，"开学的时间越来越近，夜晚变得越来越黑；我们开始从各自的别墅里出发，每个人都配备着一盏白铁皮做的牛眼灯。这个东西太有名了，以至于它在大不列颠的商业史上都留下了很深的印迹；杂货

---

① 爱默生说："刺激灵魂，灵魂就会变得突然高尚起来。触碰内心深处，所有这些倦怠、吝啬、四肢发达的旁观者就会看到情感的尊严，并宣称，这就是善良，我将竭尽全力追求善良——"（《日记》，1834 年 12 月 29 日）在另外一则日记中，爱默生发出一句决定性的简明宣言，"上帝保佑我永远不把人当成动物看待——"（《日记》，1833 年 10 月 20 日）。

② 版权所有，1939 年，亨利·詹姆斯。经 Paul R. Reynolds & Son 许可再版。

商开始在预期的时间里用我们特殊品牌的发光体装饰他们的橱窗。我们戴着它们，将它们扣在腰间的板球带上，并且，在它们的外面再穿上一件带扣的长大衣，那是这个游戏的艰苦之处。带有疱疤的白铁皮气味难闻。它们的燃烧从来不会充分，却总是会灼伤我们的手指。它们没有一点用处，它们的乐趣纯粹是为了标新立异，一个男孩在大衣下面挂着一盏牛眼灯就别无所求了。渔民在他们的船上使用灯笼，我猜想，我们是从他们那里得到了启示；但是他们的灯笼不是牛眼的，何况，我们也从来没有扮做渔民的样子。警察的腰带上也挂着它们，我们腰上挂牛眼灯的方式显然模仿了警察的做法；然而我们也不会装扮成警察。的确，对于夜贼，我们可能一直有着某种想法；我们当然也注意到，在过去的岁月里灯笼的使用更加普遍，在某些故事书里它们出现的频率非常高。但是，如果把它当做最爱，这个东西真是乐趣无穷；能在大衣下面藏着一盏牛眼灯，对男孩子来说是再好不过了。

"当这样的两个傻瓜碰到一起的时候，会有一句焦急的问话'你带灯了吗？'和一句心满意足的回答'带了！'……四五个孩子有时会爬到十人四角帆船的船舱里，那里，除了上面的坐板之外别无他物——因为船舱通常是锁着的——或者他们会找到沙丘的某个凹坑，在那里风可能会在头顶上呼啸……

"在这样一个现实主义的传奇经历中，我们开始做某种如同我的带灯人在沙丘上所做的那类事情，并且将孩子们描述成非常寒冷、被骤雨拍打、被凄凉包围的形象，他们当时的境况的确如此；他们的谈话愚蠢而又下流，这也是事实。在观察者的眼中，他们浑身湿透，寒冷无比，并被凄凉包围；但是问一下他们自己的感受呢，他们简直是在鲜为人知的快乐的天堂里，他们快乐的理由竟是一盏气味难闻的灯。

"因为，重复一下，人的快乐理由往往是很难找到的。有时，它可能要靠一个纯粹的小物件来决定，像这盏灯；它也可能存在于神秘的内心深处……它与外部世界的联系非常少……甚至它可能都不会接触外面的事物；而且，人类的真实生活，他愿意去过的生活，也一同存在于想象的天地之中……在这种情况下，诗歌走入了地下。观察者（可怜的人呀，还有他的文章！）是完全离谱的。看看这位观察者的行为，会有一种受骗的感觉。我们将会看到他赖以汲取养分的树干；可他自己却是高高在上，置身于树叶的绿色穹顶之外，风呼啸而过，夜莺在上面筑巢。真正的现实主义是诗人笔下的现实主义：像一只松鼠一样跟在他的后面攀爬，并对他生活的天空瞥上几眼。真正的现实主义，无论在何时何地，都只能是诗人笔下的现实主义：去发现哪里有快乐，并对它热情讴歌。

"因为，错过快乐就是错过一切。行动者的快乐中蕴含着任何行动的意义。这就是解释，这就是理由。"

"错过快乐就是错过一切。"确实是的。然而，我们的能力是有限的，我们中的每一个人都拥有某一种属于他自己的专门才能。在行使这一才能的特定职责过程中使用的能量似乎只是由于用冷酷无情的态度对待与这些职责不同的任何事物而得来的。我们只是对一种特定的快乐感兴趣，而对于其他事物通通麻木不仁，会因而成为我们作为现实动物必须要付出的代价。只有在某位富有同情心的梦想家身上，譬如某位哲学家、诗人或者传奇作家，或者只有当一个注重现实的普通人成为一个恋人，这种事实稳定的外部特性才会有所改变，如克利富德所言，在百家争鸣的世界里，在完全不同于外部世界的、凌驾于我们肉身之上的广阔的内心世界里，一缕真知灼见的光芒才会照亮我们的思想。于是，我们习以为常的价值观系统濒于瘫痪；于是，我们的自我被撕裂，其狭隘的私利灰飞烟灭；于是，一个新的中心和一个新的视角必然会被发现。

[《人类身上的某个盲区》，选自《对心理学教师的讲话》]

可以说，霍桑的主要文学使命是关注人类的心灵。他在《美国记录》中这样总结道："人类的心灵被喻为洞穴；在洞口，阳光普照，鲜花烂漫。你走进洞穴，刚迈几步，就发觉自己被可怕的黑暗和各种各样的怪物所包围；洞穴俨然变成了地狱。你感到困惑和绝望，久久地在原地徘徊。终于，一丝亮光射向了你。你朝亮光望去，隐隐约约发现自己处于这样的境地：似乎以某种形式重现入口处美丽的花束和阳光，一切显得完美无瑕。这是心灵，或者说人类本性深处的景象，充满光明和祥和；黑暗和恐惧深藏其中；但在最深处依然是永恒的美。"

五、灵魂必需的极乐状态

关于美丽、智慧和真理，桑塔雅那写过两篇文章，《云雀》和《在天堂之门》。我认为，他的其他作品无一可与之媲美。《云雀》的内容并非关于云雀，而是关于人类灵魂：有些时候，人类灵魂拥有自觉性，具备勇气和信任，于是感觉自己有能力去做在其他时候无力去做的事情。云雀的歌声象征着神圣的疯狂，所有乞丐、妓女和普通人都可以达到这种状态，它引领着我们到达真正的天堂之门——这是救赎的时刻，可以洗掉我们单调、纷乱的生活中的一切罪孽。我们只有达到"无畏的普通傻子"的境界，我们才能认识到我们拥有一个灵魂。

> 它们依仗的仅仅是勇气，其中一半是生的喜悦，一半是死的意愿。
>
> ——乔治·桑塔雅那

不，云雀的鸣啭不是为了人类。就像英格兰诗人，它们为自己吟唱自然，在光明与自由的沐浴下，它们的心中充满无法言表的快乐，它们为娱乐而娱乐，它们将自己可能会产生的疑虑变成欢愉，它们不要求去观察或了解任何隐秘的事物。它们一定需要在这些英格兰的田野中啜饮露水，它们窥视着雏菊暗淡小巧的花蕊和初绽的花瓣，这些花蕊和花瓣宛如一个英格兰儿童的心脏和脸颊，或者悄悄观察那些黄得像他的撒克逊金发的金凤花。它们大概不会将它们的巢建在远离这些宛如迷宫的小溪之间，或者远离这些狭窄沟壑的地方；它们的巢成拱形，并呈现出石灰和柳枝构成的有着特殊气味的花纹。它们需要在这个漫长、枯燥、寒冷的冬天收集并贮备对于欢乐的确定无疑的渴望心情和准备事宜；以便当仲夏最终来临时，它们可以带着原始的信心与热情，飞过阳光照耀的空间，在天堂之门倾洒它们的灵魂。

在天堂之门，而不是在天堂里。随着这些云雀飞得越来越高，天空变得越来越寒冷，空气变得越来越稀薄；如果它们可以升得足够高，天空将会成为一片黑暗。四处流动的绚烂夺目的大气只不过是地球的帷帐；蔚蓝色的苍穹只是围绕大洋的一层薄膜。当这些合唱队员穿过下面的空气面纱向上攀升的时候，阳光开始变得强烈与不适，它们感到寒冷与眩晕。如果想要活下去的话，它们必须赶快返回地面的家。它们必须给它们的小发动机添加燃料，毕竟，它们是用自己身体里的血和肉在赞美上帝。于是，它们下落到它们的巢里，四处啄食，焦急而又无言；但是，它们的歌声永远也不会减弱下来。它们将歌声留在了上空，留在了它们曾经陶醉的灿烂的空幻世界里，留在了我们称之为过去的地方。它们承载着欢乐的献礼来到天堂之门，而返回时两手空空；但是，对于这份献礼的快乐，由于心悸和仓促，它们只是猜测到一半，即进入天堂并成为天堂一部分的那份快乐。在全部善行的发源地——在那里，它们脆弱的灵魂可以暂时取回并享受那份快乐——能够再次习惯那个节拍的任何耳朵仍然可以听见献歌。所有在任何时间可爱和美丽的事物，或者所有在将来会变得可爱和美丽的事物，所有从来不可能可爱和美丽但却应当可爱和美丽的事物，都生活在那个乐园里，生活在众神辉煌的宝库中。

有如此多英格兰的精灵，因为太谦卑，所以无法一一在此提到它们，而这些精灵现在都已经将它们的秘密托付给那同一个天堂！清晨，在一时冲动之下，它们像云雀一样腾空而起，兴奋而又匆忙，去进行那不可预知的、命中注定的而又令人愉快的冒险活动；目标无法确定，空气无法测量，但是它们坚定的心从容地穿过浓雾或火障，充分利用身边的一切事物，它们浑身颤抖，却已经准备好接受可能到来的结果，它们依仗的仅仅是勇气，其中一半是生的喜悦，一半是死的意愿。它们的第一次飞行通常也是它们的最后一次。坠落到地上的只是可怜的死去的躯体，微不足道；留在上空的也许不值一提，一些孩子气的胡闹或渴求的幻想，比云雀献给上帝并被上帝珍藏在他的全知与永恒中的歌声要次要得多。然而，这些勇敢的普通傻瓜和云雀一样，了解他们能够做的事情，并完成了它；而对于其他的礼物和其他的冒险活动，他们并不嫉妒。男孩子和自由的男人们总会有些倾向于蔑视并非他们目前渴望的目标，或者超出他们目前能力范围的目标；他们的自发行动在嘲笑中会落潮。他们各育的、小小的自我精力太过于旺盛，目标太过于坚定，以至于他们无法思虑太多遥远的事情；但是，他们的行为完全符合他们自己的天性，他们了解并热爱他们自己力量的源泉。和云雀一样，这些英格兰男孩已经在这里汲取了许多阳光灿烂的早晨的精华；他们漫游在这些相同的田野，田野的边缘围着篱笆和隐约显现的矮树丛，并被石楠属植物染成粉色；这些小路和溪流经常地引诱着他们；在这些安静、适于居住的地方，他们已经模模糊糊地感到了快乐。大自然四季更替，他们幸福地生活。至于命运，在一饮而尽他们的一小杯酒后，免除了他们在这个世界上对酒精的疲惫的稀释和浪费。事物的长度是空虚，只有他们的高度是快乐。

关于我自身，我会只保留上帝可能为我保留的东西——某种可爱的本质，暂时是我的本质，因为我看到了它；某件有关虔诚的爱的珍藏的物品，在他们的日子里拥有近似于爱的智力的所有其他心灵都可能会崇拜这一物品；但是我的爱本身以及我的理由只是一个比云雀的羽毛振动还要弱小的举动，是比云雀的啭鸣更懒惰的咿呀之声，如果它们也可以和它一起飞翔，并且一起死在天堂之门，那就幸福无比了。

[《在天堂之门》，选自《英国的独白》]

第六章

新英格兰插曲

　　插曲指幕间休息演奏的音乐，这段时间里，一些观众也许会在休息室里闲逛、吸烟、呼吸污浊的空气，另外一些观众也许会坐在原位，静静地聆听着，捕捉并玩味前面已经消失或者预示后面曲调的旋律。这时，停下来思考一下"新英格兰的繁荣"，是再合适不过的事情了。那是一段辉煌的时期，可以被称为不寻常的十年（1845—1855）。

　　在这十年期间——也许我们可以再把时间延伸一点，从1844年爱默生发表《散文集：第二辑》，到1857年《大西洋》月刊的创刊，总共十四年——大量的文学作品面世，它们被认为属于一流的创作，有些在世界文坛上具有重要意义，它们的价值相当于19世纪后期美国文学作品的总和。这是为什么呢？如果没有这些作品，美国文学将一文不值。诚然，在这段时期思考和创作的作家在1844年之前就已经开始了他们的文学生涯，1857年之后还在继续坚持写作。但是，这十几年之所以非同寻常，是因为它标志着一种文化的繁荣，这种繁荣显示了创作的深度、独创性和多元化。新英格兰作家偶然产生某个富有建设性的念头，就开始冥思苦想，其思想以前所未有的速度自由驰骋。它推动了新的精神领域的发展。爱默生创作了《散文集：第二辑》（1844）、《代表人物》（1850）和《英国人的性格》（1856）；梭罗创作了《康科德和梅里马科河上的一周》（1849）和《瓦尔登湖》（1854）；惠特曼创作了《草叶集》（1855）；梅尔维尔创作了《莫比·迪克》（1851）以及其他几部次要作品；霍桑创作了《古宅青苔》（1846）、《红字》（1847）、《七个尖角阁的房子》（1851）和一系列短篇小说；霍姆斯为洛威尔主编的《大西洋》月刊创作出《早餐桌上的霸主》（1857—1858）；洛威尔创作了《比格罗诗稿》（1848）；弗朗西斯·帕克曼创作了《俄勒冈小道》（1849）。在诗歌方面，布莱恩特一直笔耕不辍；惠特曼创作出《自由的声音》（1850）以及其他关于政治讽刺和政治动乱的诗句；朗费罗（Longfellow）发表《伊凡吉林》（1849）和《海华沙之歌》（1855）。不可否认，这是令人叹为观止的作家作品目录。还有一些二流人物，在上帝一位论和超验主义方面占据重要地位。例如，西奥多·帕克，对他来说，宗教和反对蓄奴基本上属于同一领域；威廉·艾乐里·钱宁，上帝一位论的倡导者；爱德华兹·埃弗雷特（Edward Everett），哈佛大学希腊语教授，借助希腊文化和德国文艺批评理论逐渐改变大学生们的思想；玛格丽特·富勒（Margaret Fuller），这一时期的知识女性，洛威尔《写给批评家的寓言》一书中的一位奇人；乔治·里普雷（George Ripley），创建超验主义社团；布朗森·阿尔科特（Bronson Alcott），露易莎·阿尔科特（Louisa Alcott）的父亲，性格古怪，待人热情，他关于教育的新思想深奥难懂，在卡莱尔的笔下，他"就像堂吉诃德，人们一方面喜爱他，另一方面又嘲笑他"。上帝一位论、超验主义、社会主义，人们的思想百花齐放，终于从加尔文的束缚中摆脱出来，并且有好几位思想家联合起来共同抨击加尔文思想；由于逃亡奴隶法和墨西哥战争，政治上也出现了思想骚动；还有阿尔科特创办的哈佛果园和西罗克斯伯利附近的布鲁克农庄，这两个乌托邦社团后来成了傅立叶空想社会主义的基层组织法朗吉。在《新英格兰改良派》一文中，爱默生把上述思想流派描述为"为拯救全世界所推行的各种计划"。在康科德和坎布里奇，下午晚些时候，人们似乎可以听到上帝走过时沙沙的脚步声。思想家们呼吸着自由的空气；他们一直在窥探上帝创造的宇宙，有些人甚至认为他们将要创建人间天堂，一个完美的人类社区。知识革命如火如荼，随之而来的是与旧世界决裂的知识宣言，领袖人物是爱默生，他在大学生联谊会上发表著名演讲；许多人参与进来，其中，洛威尔创作出《写给批评家的寓言》，惠特曼出版《民主远景》，梅尔维尔写了很多信件。

我们应该努力地去探寻这一值得注意的现象的渊源，我们应该去了解这种现象是如何发生的。1820 年到 1850 年间是人们精神世界的渐变过程，我们必须把这一时期作为新英格兰文化最终繁荣的序曲首先作些研究；而新英格兰文化组成了凡·威克·布鲁克（Van Wyck Brook）"指挥"的气势恢弘的关于美国文学各阶段之交响曲的第一乐章（尽管属于第二阶段）。为此，我建议仔细研读爱默生写的文章《新英格兰生活与书信的历史性记录》。在文学改良运动中，他的思想是正确的；他自己的超验主义理念具有内在的价值。我认为这篇文章是他的代表作之一；他对不同人物的形象刻画惟妙惟肖，而且不时地穿插一些幽默表达；老年的爱默生在人物形象刻画方面显露了卓越的才华。[1]他具有超人的分析和批评能力；他的"年轻人天生就具备锐利的思想"话语表明，即使他并不完全致力于从极乐世界里获取完美的思想，他的文字表述也可出神入化。最后，我认为，他对社会主义和包括布鲁克农庄社团计划在内的所有社会改革所发表的评论入木三分，显示了他非凡的洞察力，这些见解直到今天仍有道理，尽管他对亚瑟·布里斯班主张的精确社会主义的评述引人发噱。马克·凡·多伦（Mark van Doren）称此文为"很少有人能够如此睿智地成功地评述社会和知识历史的一篇力作"。他说："它包括一种文化变迁的全过程，涉及这一文化的其他作品应遵循本文模式。"我自己也发现阅读本文会带来极大的愉悦感。为方便读者，我把本文分为三个部分，并省略了几段文字。

新英格兰生活与书信的历史性记录

拉尔夫·沃尔多·爱默生

因为快乐和美丽种下它，

仙境般的花园高兴了，

不祥的幻觉缠绕着它，

男人和女人魔怔了。

一、一般影响

古老的习俗逐渐消失。不知不觉间，人与人之间产生了某种温情。一直以来，孩子们饱受压制，不被关注；现在他们被关心、被宠爱、被纵容了。我想起一位风趣的物理学家的评论，他仍记得自己年轻时代的艰难。他说："生

---

[1] 爱默生很可能是在1867年写的这篇文章，尽管在他去世之后的1883年才出版。因而，在他精神状态衰退、无法再思考问题之前，这是他所创作的最后几篇篇幅较长的文章之一。

在一个孩子不受重视，长在一个成人无足轻重的年代，真是人生之不幸。"

世上永远存在着两个方面的事物，过去一方和未来一方；建立一方和运动一方。在反抗得以复活的时代，分裂的暗流就在世界的暗处滚动，并体现在文学、哲学、教会、国家以及社会习俗之中。准确地追溯这些活动的年代绝非易事，然而，在这个地区，有一个时代不言自明，那就是1820年及紧随其后的二十年。

这似乎是一场智力与情感之间的战争；是自然界中的一道裂缝，它将基督教世界中每一座教堂都分割成天主教和新教两大阵营；将加尔文主义分为旧学派与新学派；贵格主义也被分为新旧两个派别。这道裂缝导致了政治立场上的新的分化；这些变化如同新的良知触碰到禁酒和蓄奴时的反应一样。这一阶段的关键似乎是，头脑本身变得清醒起来。人们开始变得善于思考，变得明智了。人们产生了新的觉悟。前辈人信奉这样的信仰，辉煌夺目的社会繁荣是人类的福气，并为国家而毫不含糊地牺牲公民的利益。而现代思想认为，国家是为个人存在，是为了守护和教育每一个人。在历次革命和民族运动中粗略地记录下这一思想，而它在哲学家的头脑里要确切得多：个人就是世界。

这个观念如同一把以前从未拔出的宝剑。它分开并拆散了骨头和骨髓、灵魂与肉体，的确如此，它几乎把人一分为二。这是一个割裂、脱离、自由、分析、分离的年代。每个人都为他自己。公众代言人放弃为其他任何人进言，他只为自己回答问题。社会情感十分脆弱；爱国主义的情感也很脆弱；尊敬的美德越来越少；本能的感情·显得比以前更加柔弱。人们对乡土、父母与亲戚变得冷静起来。人们普遍反对曾经被认为对世俗社会绝对必要的纽带与维系物。这个新的种族呆板、鲁莽与反叛；他们对自由有着狂热的兴趣；他们仇恨捐税、收税卡、银行、等级制度、总督，是的，几乎连法律也敌视。他们的脆弱无法形容；他们胆怯畏缩。他们反对起神学的信条来，如同反对政治信条一般；他们反对调解，反对圣人，反对任何无形的高尚。

这个年代倾向于孤独。时间上的联系是偶然、短暂和伪善的，分离是本质的、渐进的。联系纯粹是为了权力，而结局还是个人的发展与独立。在古代，社会处于正常的情况之下。当时曾经产生过一支神圣方队——底比斯方阵，现在不会有了。大学班级、军事团体或者贸易联盟也许只有在醉酒之后才能短暂地幻想他们自己是牢不可破的；但是，如今的社会是一个上了油漆的铁环，无法测量周长。算术知识和文艺批评的时代开始了。几个世纪以来，社会各个部门内旧的信仰结构已经被破坏殆尽。占星术、巫术、手相术，早已消失。最后的鬼亦被驱走。魔鬼学也地位不稳，摇摇欲坠。特权政府一天天变得支离破碎。欧洲到处"满目疮痍"；每个星期一部宪法。在社会习俗和道德方面，革命也是同样明显。在法院，欺骗罪已经取代暴力罪的位置；股东进入了英勇男爵的领地；贵族不能再以封建统治者的身份，对农民拥有生杀予夺的权力，但是现在，他们摇身一变成了资本家，改用另一种形式，用纯粹的爱与和平的手段像以前一样地吃掉他们。而且，政府本身变成了那些人的依靠，而政府当初建立的目的本来是来限制这些人的。"路上有没有强盗？"在法国的旅游者询问。"噢，没有，把你的心放在肚子里吧，"地主说，"既然这些人可以在办公室里更加有效、舒适地抢劫，他们为何还要霸占着大路呢？"……

温暖的黑色土地精灵，曾赋予往昔年代以超常的强大力量，它凭借的是本能而非科学，像一位母亲从自己的乳房里挤出乳汁，而不是通过化学或烹饪的技术手段准备食物——温馨、感伤、单调的黑人时代——这一切全都消失了；新时代的钟声已经敲响，新生事物接踵而至。人人共享的社会体系不再存在，而代之以分离的形式。每个人都为自己；每个人都被驱使着从他自己身上去发现他所有的智谋、希望、酬劳、社会和神明。

年轻人的大脑中天生就带着解剖刀，具有内省、剖析自我、剖析动机的倾向。

德国创立的文艺批评对我们来说是徒劳无益的，直到1820年，爱德华·艾弗莱特在旅居欧洲五年之后返回坎布里奇，并带回来丰富的研究成果。在介绍、推广这些成果的过程中，没有人比他更具有那种自然的优雅风度以及卓越的雄辩能力。他使我们第一次接触到沃尔弗有关荷马作品的理论，认识了海恩的文艺批评手段。由于他具有高超的演讲技巧和非凡的演讲天赋，整个学习过程始终保持着新奇感，连最愚笨的大学生也发现哈佛大学的讲堂给他开辟了一片新天地。

艾弗莱特的天才深深地影响了年轻人，他的天才堪与雅典的伯里克利媲美。他拥有的灵感，并没有超出他的能力范围，却使他成了文雅大师。我的任何一位读者，如果在那个时期正好待在波士顿或者坎布里奇，他们会很容易地记住他个人及其典雅风格的光芒四射的美，记住他那双严肃的大眼睛和大理石般的眼睑，他们会留下这样的印象：他细长的身材恰好需要如此大的眼睛；他们还会记住他那雕刻般的嘴唇以及音调丰富的嗓音；尽管夹杂有轻微的鼻音，他的发音如此标准，近乎完美，可以说是那个时代所有乐器中最圆润、最动听、最精准的声音。他以自己特有的方式使用的措辞成为新英格兰的流行用语。他具有收集事实，并将他所拥有的知识与当时的话题巧妙、贴切地联系起来的伟大天赋。无论他在什么场合起来讲话，他所讲述的总会是刚刚公开的事情，与听众熟知的其他事情一起，构成了极有意义、极快乐的巧合。大家注意到，他在演讲中举出如此多的事例，却很少出过差错。他拥有大量的专门知识，而他全部的学识都是为当时的论题而服务的。他掌握的都是全新的知识，强烈地吸引了年轻人的心并给他们以莫大的激励。他的学识借助威风凛凛的讲台冷淡而沉重地传达给听众，仿佛是对全部历史和全部学识的认识和思考——其中充盈着措辞的朴实与严谨之美，并包含有如此多优秀的题外话与重要的引述。因而，尽管对于那些来自于康涅狄格、新罕布什尔和马萨诸塞，拉丁语和希腊语阅读能力欠佳的稚嫩的少年来说，没有什么会被提前认为比以富斯和沃尔弗以及伦肯风格，就奥菲士和荷马前时代文稿这些论题，所发表的评释性演讲更加缺乏吸引力或者确实更不适合的了——然而，在我们空荡荡的美国诗坛上，他的这一学识立即占据了我们想象力中的最高地位。他的所有听众都感觉到了这种风格的奇美与庄严；为了感受这种风格，甚至连最粗俗的人都愿意准时去听他演讲，而他们事先已经了解到，演讲的内容与他们毫无关系。在讲堂上，他拒绝使用任何辅助用品，借助一种完美的简洁方式讲解详细的学识，并从中得到快乐。在讲坛上（因为当时他是一位牧师），他因为自己不接受教授职位而向自己和听众致歉，并且，他依然用婴儿般的简朴风格，任凭他华丽、诱人、丰富的想象力自由驰骋。

……他的身上没有什么可以与粗俗和虚弱画上等号，他的言行举止与明星的一样孤高和不俗。人们热衷于捕捉并重述他的行为或言谈中的细小趣事，每个年轻的学者都能背诵他讲道中的绝妙章句，并且不管好坏，完全模仿他的嗓音。这种影响会继续下去——在明亮而又拥挤的教堂里，人们怀着万分激动的心情，眼睛里闪烁着渴望的神情，聆听他的讲道，可当教堂活动结束后，他讲道的内容依然历历在目，那个雄辩风格的光辉形象会一直跟随着年轻的听众回到他们家中的卧室；没有一个句子出现在学校的练习题里，没有任何演说发表在学校的小教堂内，但是，他却向年轻人的头脑展示出他无处不在的天才想法。这使得每个年轻人都成了他的拥护者，而且，年轻人不断地通过辩论来证明，这位演说家拥有一颗伟大的心灵。这是辩才的胜利。它并不是他必须教导的知识和道德原则。它不是思想本身。当他在马萨诸塞声望日隆的时候，他并不满足于人们普遍接受了他的某些真理。他的影响力存在于形式的魔力中；存在于风格的优雅中；存在于对优美的希腊语重新认识的过程中，正是他为我们欣赏这一美丽的语言打开了眼界。有关此人最终的天赋，是关于女人的，凭借这一天赋，他从天才的作品中发现了每一个天才部分——这些结论性的部分根据花在它们身上的时间多少，在趋于完美的每一个阶段都显得或多或少成熟了，但是天才的作品在它们最初和最微不足道的形式上仍然是个完整的体系。在每一次公开演讲中，都不会出现请求听众耐心听讲的情况，听众也不会产生时间太晚、焦急不安、话题没完没了的印象，相反，优雅的女神为他的作品赋予了最后一缕馨香和最后一束光亮。

通过在波士顿两个冬天的一系列被广泛参与并大受欢迎的演讲，他创造了大众喜闻乐见的多才多艺的文学演讲的开端，至少在该地区取得了重要的成果。这类演讲的重要性与日俱增，并逐渐成为全国范围内的惯例。我十分确信，这种纯粹的文学影响对于美国思想具有最重要的意义。

在小教堂，弗罗辛厄姆博士，杰出的古典派德国学者，以一种审慎的态度已经使我们了解到艾希霍恩神学批评的天赋。其后不久，在当时新创立的神学院里，诺顿教授为相似的研究内容提供了形式与方法。然而，我认为，宗教革命至高无上的源泉是现代科学……

二、超验主义者

我认为，钱宁博士的两篇文章极为重要，一篇是关于弥尔顿的，另一篇是关于拿破仑的；它们是这个国家大量文艺批评的最初范本。在英格兰，正是这类文艺批评才使得《爱丁堡导报》具备强大的影响力，并享有很高的声誉。人们争相传阅这两篇文章，当然也就立刻引起了广泛的行业竞争，并因此改善了新闻业的风格。钱宁博士当年活着的时候，是美国教堂的明星式人物；我们当时认为——假如我们现在没有了这样的想法——在小教堂他没有留下接班人。他永远不会被报道，因为他的眼睛和声音无法被印刷，失去了眼睛和声音，他的演讲也就失去了最佳的效果。他是为大众而生的；他冷漠的气质使他成了最无利可图的私人朋友；但是缺少了他，全美国将会变得赤贫。于是，我们不能省掉他在公共场合所说的任何一句话，就像在阅读《圣经》经文或者赞美诗一样不能漏掉一个字；奇特的是，他出版的文字几乎是一部那个年代的历史；因为在政治、文学或者甚至是经济方面（因为他写过税收方面的文章）没有巨大的公共利益，在这些方面他没有留下一些记录下他勇敢、有创见的观点的出版物。一生当中，他体弱多病，可他却是维护美国民族权利并创造丰功伟绩的伟人之一。

1840年，钱宁博士与乔治·里普利商议，是否有可能将有教养、有思想的人聚集在一起，创建名副其实的文化社团。早些时候，他曾与约翰·科林斯·沃伦就相似的话题交换过意见，后者认可了这个设想中所包含的智慧，并同意帮助他进行这一试验。在约定的一天晚上，钱宁博士来到沃伦博士的家中，心里装满了要倾谈的想法。他发现了一个精心挑选的绅士群体，他们都是各界名人；他们相互问候、介绍，就一些无关紧要的事情惬意地闲聊，并慢慢接近他们伟大的愿望，当旁门打开时，所有人群鱼贯而入，牡蛎晚宴开始了，美酒佳酿使其达到了高潮；建立波士顿唯美社团的第一次尝试就这样结束了。

之后的某个时间，钱宁博士将他的想法讲给了里普利夫妇，他们慎重地邀请了一些女士和先生参加一个小型聚会。我很荣幸得以出席。尽管我还能回忆起这件事情，可我想不起来这次努力有什么立竿见影的效果，或者这次聚会与朋友们焕发的热情之间有什么任何联系，当时，由于共同的研究方向和志向，这些朋友开始走到了一起。玛格丽特·富勒、乔治·里普利、康弗斯·弗朗西斯博士、西奥多·帕克、赫吉博士、布朗森先生、詹姆斯·弗里曼·克拉克、威廉·H.钱宁，以及许多其他人，逐渐地聚在一起，并且一次又一次花一个下午的时间在彼此的家里进行严肃的会谈。这些活动总是由一位著名的人物组织，一位纯粹的理想主义者，根本就不是文学界的人，也不具备任何实际的才能，更不是写书的作家；他是一个十分冷漠、为了友谊的联盟喜好思考的人，他具有难得的淳朴以及超常的领悟力，他用平等的态度去读柏拉图，并且用符合他的同伴知识分子身份的方式恰如其分地激励他们——当这些天才抱怨这位深奥与虔诚的思想家的观点缺乏要点与严谨性的时候。

当然，这些睿智的谈话，对这个圈子里的某些人来说是晦涩难懂的，他们会在他们所讲的小笑话里进行报复。一位声称"他似乎一纵身就上了天堂"；另一位转述说，演讲者在谈到一个棘手的问题时，一位颇有同感的英国人，尖声打断了他，说道："阿尔科特先生，我身边的女士想要问一下全能的神是否不具备属性？"

我认为，当时在波士顿，流行着这样一种普遍的看法，即教条主义者们就以下问题达成了某种一致：在文学、哲学和宗教等领域建立某些主张，发起某种运动，在这一运动的策划中，假想中的同谋者是十分无辜的；而实际上，根本就没有什么同谋，只是在这里那里两三个男人或女人在精神百倍地阅读和创作，他们并没有待在一起。也许，他们只是在怀着快乐与同情抨击柯尔律治、华兹华斯和歌德，然后是卡莱尔的时候才会意见一致。否则，他们的教育与阅读将会默默无闻，并会表现出美国人的浅薄，而且他们的研究将是孤独的。我觉得，他们所有人都会为学校或教派的这个谣言而感到吃惊，为超验主义这一名字感到吃惊，因为无人知道是谁，在什么时候，第一次使用的这一名字。因为这些人是在共同的社交场合开始互相结识，这必然会导致深厚的友谊，这种友谊当然具有排他性，这与他们的心理需求保持一致：也许，那些互为挚友的人们是最私密的，他们没有出版他们的信件、日记或谈话的打算。

从那时起，聚会主要是为了交换意见，其规模非常小，召集地点就是从这家到那家，参与者包括从事研究、喜爱书籍的人，以及那些密切关注各个领域中闪烁着智慧之光的方方面面的人。没有什么比这类聚会更不正式的了，然而，这些人的智慧、个性以及各种才能使得这类社团声名远扬，也许因而唤醒了人们对聚会的目的和结果的好奇心。

有一本低调的季刊叫做《日晷》，它的严肃风格，没有其他刊物可以出其右。玛格丽特·富勒是首任编辑，后来由另外一人接替。这份刊物在默默无闻中度过了四年快乐时光。季刊上刊载的所有文章都是不付稿酬的，是狭窄的学者圈子里的友谊的结晶，而不是任何团体机构的作品。也许，刊物的作者正是它的主要读者；而其中还包括了玛格丽特·富勒撰写的一些杰出的文章，而且，因为有几期刊载了西奥多·帕克的文章，刊物一俟出版，立即售罄。

西奥多·帕克是我们的萨沃那洛拉[①]，一位出色的学者，他坦白而亲切地与他那个时代最伟大的思想家交流，他还是一位民众领袖，是推进与保卫一切人类事业的勇敢改革者，他与最底层的人民站在一起并为他们服务。他不是艺

[①] 萨沃那洛拉（1452—1498），意大利宗教、政治改革家，原为修道士。他抨击罗马教廷和暴政，领导佛罗伦萨人民起义（1494年），建立该城民主政权，被教皇阴谋推翻后判火刑处死。

术家。极为高雅的人们可能会很容易地错过他身上美的元素。他说的都是纯粹的事实，这些事实几乎会冒犯你，而且是如此枯燥和冷淡；而他却一点都不在乎。他完全赞同实实在在的真理；直到他生命的最后阶段还是如此。他充分利用他短暂生命中的每一天和每一小时，而且，在生命的最后时刻，他仍然像在精力旺盛的青年时代一样坚定地掌控着自己的个性。我习惯于将一位法国哲学家的话语应用到他的身上，这位哲学家评论道："他是一个属于自然的人，憎恶蒸汽机和工厂。他巨大的肺独立地呼吸着山脉和树林的空气。"

三、社会主义者

这些改革者是一个新的阶级。他们不像清教徒那样，热情似火，一心一意要吊死贵格会员，烧死女巫，驱逐罗马天主教，相反，他们属于温和派，具有平和甚至是和蔼的性情，即使对傅立叶和他的天国之女也有着绵羊一般温驯的眼神。那是一个空气中充满改革气息的年代。1845年，罗伯特·欧文从英国拉纳克郡来到这里，只要有听众，他就会随时随地发表演讲或者进行交谈；他是最和蔼可亲、乐观坦率的一个人。他坚信，他已经找到了正确和完美的社会主义，全人类将会实行社会主义……

我真诚地尊重社会主义者高洁的思想，尊重他们理论的宏伟以及他们在推动他们的理论时所表现的热忱。他们似乎是那个时代具有灵感之人。欧文先生用圣徒般的忠诚与热情宣讲了他的有关劳动与报酬的学说，灌输进他的同辈人迟钝的耳鼓中。傅立叶几乎像拉普拉斯或者拿破仑一样是法国精准思想的代表人物，他将博大精深的算术知识应用到有关社会痛苦的问题之上，并使人们肩负起一种宽厚的心灵总会赋予的职责，即构想宏伟的希望，提出伟大的要求，诸如人的权利。他所履行的所有人都应该或是可能赞同的职责范围，并非来自社交聚会或者慈善音乐会，而是来自于官殿的精妙、大学的财富，以及艺术家的胜利之中。他用高尚的方式思考问题。一个人在长大成人的过程中有权利享受纯净的空气，享受愉快交谈的气氛，而不是像我们或我们中的大多数人一样，得到的全是难闻的气味和霉臭的居室、恶女和莽汉。傅立叶的大脑里装着全部的法国革命，以及更多的其他事情。这是一道超大规模的算术题。他的计算进入了以前从未计算过的领域，即星辰、大气和动物，男人与女人，以及各种特性的阶层。它是最使人愉快的法国式浪漫，这表明不能只是用最冷漠、最痛苦的方式进行改革的巨大可能性。

　　我们有机会从纽约教派不屈不挠的信徒阿尔伯特·布里斯班那里学习到关于这些社会主义者和他们的理论的某些有益的东西。布里斯班先生用他全部的记忆力、才华、最大的信心和毅力推行他的信条。当我们聆听他的阐述时，他向我们展现了崇高的机械哲学；因为这一体系是完美的部署与发明。这一部署的完美程度达到了极致。这个计划的价值在于，它是一个体系；它不具备大部分普通计划所有的片面、细微、琐碎的特性，相反，它所涉及的事实的一致性和综合性达到了惊人的程度。它没有被距离和数量以及任何形式的偏远所吓倒，而是用巨人的脚步跨越了自然，没有忽略任何细节，用值得称赞的一丝不苟的精神，编织了关于周期和本轮、关于方阵和空想的共产村庄的巨大的托勒密网络。机械论拓展的范围如此之广是为了公平地对抗唯心论。人们不能不对傅立叶和斯维登堡之间所达成的奇怪一致留下深刻印象。至此，天才被可耻地滥用在一件不值一提的小事上。现在，它必须开始提高人的社会环境并去纠正他居住的星球的无序状态。撒哈拉沙漠、罗马平原、封冻的极圈——引起瘟疫的、或热或冷的大气污染着温带地区——控制着人类。交流、一致、合作是即将到来的天堂的秘密。由于当今时代人与人之间隔离、疏远的缘故，所有的工作都是苦役。通过一致的行动并让每个劳动者选择他自己的工作，工作也就变得其乐融融。通过充满进取心和科学精神的坚持不懈的耕耘，"吸引力产业"将快速地制伏瘟疫地带；这一产业将会平衡温差，还地球以健康的环境，并促使地球向太阳系散发"不可估量的有益健康的分泌液"，而如今的地球却在大量产生有害分泌物。鬣狗、豺、蝗、臭虫、虱子，都是该系统中的有益组成部分；善良的傅立叶知道，假如霉菌没有消失，在恶劣的大气环境中，那些生物会变成什么模样；而这样的大气环境无疑是由同样不可估量的邪恶的分泌物所致。所有这些分泌物都将得到人类文化的纠正，有益的山羊和狗以及天真的诗意的飞蛾，或者消费腐朽木头的硬蜱，将会替代它们的位置。为了使一个人具备所有才能，成为完人，需要一千六百八十个人的共同努力；也就是说，毫无疑问，你已经得到了一位杰出的工匠、一位优秀的厨师、一位理发师、一位诗人、一名法官、一个制造雨伞的人、一位市长和一名市政委员会委员，等等。你的社区应该包括两千个人，以防漏掉什么人；每一个社区应当占用六千英亩的土地。现在，想象一下，地球上肩并肩安置了几十、几百个这样的方阵——那会是怎样的耕耘，怎样的建筑，怎样的食堂，怎样的宿舍，怎样的阅览室，怎样的音乐会，怎样的演讲，怎样的花园，怎样的浴室呀！……贫穷将会被消除；畸形、愚昧和罪恶将不再存在；天才、优雅、艺术将大量出现。毫无疑问，在"吸引力产业"的统治之下，所有的人都将吟唱无韵诗。

我们当然是怀着极大的快乐心情欣赏这令人愉悦的壮美图景。这一产业的倡导者及其朋友的能力和认真态度，他们理论的综合性，这一产业中朝着他们将要获得的目标进展的那种明显的坦率。他们在如此多的社会痛苦面前所感觉并表现出来的愤慨，博得了我们的重视和尊敬。这一产业包含如此多的真理，并在将要实现这些真理的各种努力中预示如此多有价值的教导，因而，我们承诺要遵守这一进程中的每一个步骤。然而，尽管它的倡导者保证，它是一项崭新的计划，与所有其他社会复兴计划有着广泛的区别，我们还是不能使它免于批评，而我们对于充满时代智慧的改革方案会提出诸多此类批评。我们的感觉是，傅立叶只漏过一个细节，即生命。他将人视为塑料的东西，可以根据领导者的意愿，被抬高或者贬低，被催熟或者被阻滞生长，被浇铸，被抛光，被做成固体、液体或气体的东西；或者，也许人被当做一种植物，尽管现在是一个糟糕的野苹果，但通过施肥和阳光暴晒它可以及时地长成一只很好的桃子——但是，他却忽略了生命的力量，它产生和蔑视制度及制度的缔造者；它逃避所有的条件；它随着每一次悸动，制造或者取代上千个方阵和新和谐体系。存在着这样一个秩序：各种能力总会出现在健全的头脑中，并且，依据个人的力量，这些能力想方设法在周围世界里实现这一秩序。傅立叶体系的价值在于，它是对这样一种秩序外化的阐述，或者是对将这一秩序带到外部世界并进入相应的事实中的阐述。它的错误是，这一特定的秩序和序列将通过强迫或者宣扬的手段以及投票的方式被强加在所有的人身上，并且被严格地执行。然而，尽管真实和正确的东西不一定只是通过生命开始，但必须通过生命被导入它的结果之中。难道这个设计的构想者不能也去相信，在每个人的思想中都存在有一个类似的模式，而且，除了百老汇大街 200 号他的特殊委员会和总部所用的方法外，每一个合作者的方法都可能被采纳？不仅如此。我们最好这样说，让我们成为公正的伴侣和仆人，并且每个人都直接成为神圣与仁慈的共和政体的核心，他确保把所有人都纳入类似于柏拉图法则和基督教教规的这一政体的法律范围之内。在这样的一个人面前，整个世界都傅立叶化，或者基督化，或者人性化，并且，在遵从他最私密的生命要求中，借助自己的预感——尽管这与所有的感官可能性相悖——他发现自己的行为方式与沿着自己特定方向发展的所有其他人保持完全的一致。

然而，在一个充满令人生厌、并不健全的小型计划的时代，我们因为受到具有如此友善目的和如此庞大规模的一项计划的训诫而感到振奋不已；这项计划体现了知识分子异乎寻常、左右一切的勇气和力量；它证实了这一理论中如此多真理的存在，并且到目前为止它注定会成为事实。

采纳傅立叶体系在一定的程度上证明了非凡的勇气，因为他的书平摊在世人的面前，只是受到法语这一薄薄面纱的保护。斯多葛派学者说，忍耐；傅立叶说，纵容。傅立叶的观点和圣-埃夫里蒙的一样；禁欲对他似乎是弥天大罪。傅立叶确实十分具有法国特质。他在对妇女本性的误解中埋头苦干。傅立叶的婚姻是一种计算的结果，即如何保证人类体质许可情况下的最大数量的亲吻。这是错误和淫秽的，其中充满了关于女人的荒唐的法国式迷信色彩。她们的本性永远是那么严肃、那么具有道德感，她们的组织是那么纯洁，这是多么合法的一个阶层，而傅立叶对此一无所知。

当然，每个理论都有走向极端、忘记局限性的倾向。在我们自由的制度里，每个人都有选择他的家园和职业的自由，所有可能的工作和收获方式对他都是开放的，因而，财富可以很容易地大量积累起来，这在其他国家是不可能的事情。于是，财产证明了人类的太多东西，科学家、艺术家和知识分子必然会退化为自私的家庭主妇，天天要面对酒、咖啡、壁炉的炉火、汽灯和精致的家具等诸如此类的东西。于是，事情立即转换到另一个方向，我们突然发现，文明聚集得太快；我们夸耀为胜利的实际是背叛；我们错误地打开了一扇门，将敌人放进了城堡；文明是一个错误；没有什么比含有充斥着家具和杂物的许多房间的大仓库更庸俗的了；在这些情况下，最明智的事情是拍卖和火灾。既然狐狸和鸟们都拥有智慧的权利，它们会建造一个温暖的洞抵御恶劣的天气——屋顶房间可以抵御太阳和下雨，这不会浪费主人的时间，也不会让主人大伤脑筋，当天气暖和的时候，他可以走出房间，并且可以使抢劫者很难得手。这是梭罗的信条，他说傅立叶主义者们具有责任感，这使得他们将自己奉献给他们的次最好。梭罗将最纯洁的道德规范呈献给血与肉以及锲而不舍的撒克逊信仰。他比自己的任何同伴都更加真实，他实实在在地相信这些道德规范，并且一如既往用拒绝被忽视的积极乐观经验支持它们。梭罗本人就是一个实际的答案，几乎是对社会主义者理论的反驳证据。他不需要方阵，不需要政府，不需要社会，几乎也不需要记忆。他过一小时算一小时，生活没有任何计划，如同鸟儿和天使们；他给每天一个新的提议，和昨天的一样具有革命性，却是完全不同的提议；他是城镇中唯一的闲散之人；并且，他的独立使所有其他人都好像奴隶一般。他是可敬的艾博特·桑普森似的人物，胸中装着一个忠告。

"一次又一次，我为我所谓的贫穷而祝贺自己，我无论如何夸大这个益处也不过分。"

"你们所说的一无所有与贫穷，对我来说是简朴。如果上帝想考验我的话，他不会对我不仁慈。我只是喜欢让每一件东西都只在适当的时候出现，而在其他时间丝毫见不到它的踪影。不期望任何享受益处是所有益处中最大的益处。我从来没有期望得到超出我意料的东西，比如，我本应该出生在一个全世界最值得尊敬的地方，还要在关键时刻出生。"这表达了一个乐观主义者的心声。我认为，这些慈善家本身是我们生活的这个时代的结果，和许多其他优秀的事实一样，属于这一期间盛开的花朵，预示着成熟的美好果实。他们相信自己不是造物主，然而，他们是社会真实状态中无意识的先知；这种社会状态是自然的趋势所致，它的建立总是为了健全的灵魂，尽管不是他们所描绘的那种风格；但他们是真正在诞生过程中的社会状态的描述者。

[《新英格兰生活与书信的历史性记录》]

接下来，爱默生继续运用驾轻就熟，有时带有幽默感的笔触描述 1841 年到 1847 年间存在的布鲁克农庄协作社团："书信的传递不是从一个家庭到另一个家庭，而是从一个房间到另一个房间。这是永恒的野餐聚会，是法国革命的缩影，是面饼锅里的理智时代。"它令人振奋，不循常规。一个人全天都在辛勤劳动，而另一个人全天都在注视着窗外，认为自己在绘画。也许，这就如同今天的一所过分追求进步的中学，在那里，成人而非孩子们勤勤恳恳地工作，以使教育价值不至于很快脱离每个孩子的个性。"女士们洗了一天衣服感冒了，男士守护神就应该义不容辞地帮她们把衣服拧干，晾起来；实际上他们一直如此。有时候，当他们晚上跳舞时，从衣兜里会掉出许多衣夹。"更重要的还有关于乌托邦的关键问题；谁将去干擦桌子、洗碟子这类脏活？这是一种充满刺激的无政府状态。爱默生对未来美国文化的广泛基础充满信心，于是他写了一段文字作为总结。这些文字不再粗俗不再古怪，语气开始平和起来，并产生一种持续的影响力：

"我回想起这几个事实。孤立地看待其中任一事实，都让人觉得了然无趣，但都具有时代和民族的印痕。我欣喜地注意到，美国思想不再古怪不再粗俗，在广泛、坚实的基础上开始显现平和的格调，这对于欧洲大陆人和有知识的人是非常适合的。如果说我已再三强调我所谈到的特殊影响的重要性，我会充分意识到一批优秀的文学家、歌唱家和科学家的队伍正在日益壮大。这些大师们使得如今我们城市和国家的知识分子们欢欣鼓舞——他们才智过人，并非偶然的运气，而是正常现象，具有广泛的文化基础，因而激发起依赖自身力量稳定发展的希望，让人看到了没有黑夜的白昼。"

第七章

生　活

一、梭罗和孔子

我们知道，爱默生和梭罗在其著述中都曾经随心所欲地引用过孔子和孟子的话语。作为一个中国人，发现东西方之间精神上的雷同现象和相互影响，我无法掩饰自己的欣喜之情。爱默生和梭罗时代的美国思想具有世界意义，尽管当时的美国贸易尚未发展到世界各地。超验主义者们潜心研究东方文化的精髓。宛如海鸟从大洋彼岸衔来的一粒种子，东方的一种思想被带来并安放在另外一个大陆的土地里；它及时地萌发思想的新芽，尽管这些新思想记录在较古老的书卷中，但它们潜在的生命力没有消退，五十年或一百年后，作为回赠礼物又被带回原来的大陆。在我看来，这似乎是由梭罗从中国和印度传输过来然后再输送回去的思想。梭罗在爱默生的家中阅读了大量的东方书籍，很可能是目前存放在波士顿图书馆的那些书籍，这一点可以从《瓦尔登湖》的众多引文中得到证实。[①]当他在热爱生命的孔子身上感受到某种生命价值的时候，他一定会欣喜若狂，因为这与他自己的价值观完全一致。于是，在这里，我急不可待地想介绍一篇孔子的文章，梭罗对此文推崇备至，以至于他一字不漏地抄写出全文的复本。本文不仅充满睿智的思想，而且其主题紧紧围绕着生命价值而展开。我自己一直很喜欢这篇文章，它也许会让许多读者改变自己错误的印象，许多人曾认为孔子自愿成为清教徒式的或者迂腐的学者。

本文是梭罗未曾出版的作品之一。[②]

"暮春者，春服既成，冠者五六人，童子六七人，浴乎沂……"

——亨利·大卫·梭罗

最近，我读过一篇关于孔子及其弟子们的逸事……子路、曾皙、冉有、公西华侍坐。子曰："以吾一日长乎尔，毋吾以也。居则曰：'不吾知也。'如或知尔，则何以哉？"

子路率尔而对曰："千乘之国，摄乎大国之间，加之以师旅，因之以饥馑；由也为之，比及三年，可使有勇，且知方也。"夫子哂之。

"求！尔何如？"

对曰："方六七十，如五六十，求也为之，以及三年，

可使足民。如其礼乐，以俟君子。"

"赤，尔何如？"对曰："非曰能之，愿学焉。宗庙之事，如会同，端章甫，愿为小相焉。"

"点，尔何如？"鼓瑟希，铿尔，舍瑟而作，对曰："异乎三子者之撰。"子曰："何伤乎？亦各言其志也。"曰："暮春者，春服既成，冠者五六人，童子六七人，浴乎沂，风乎舞雩，咏而归。"① 夫子喟然叹曰："吾与点也。"三子者出，曾皙后。

---

① 中国古典作品的多数译文通过不清不楚、矫揉造作的表达力图体现一种学者气息，"The spring being no more（春天已过）"应当翻译成"On a late spring day（在暮春的一天）"。"But covered with the bonnet of manhood, accopanied by five or six men（戴上作为成人标志的帽子，与五六个成年男子一起）"应简单地译为"accompanied by five or six grownups"。"Six or seven young people（六七个年轻人）"应为"six or seven children"。"Modulate some airs and return to my abode（调节着我们的音调，回到我们的住处）"应根据原文中简明扼要的三个汉字而译为"Sing on the way home"。因此，本句话恰当的英译应该简洁明快："On a late spring day, putting on my newly made spring gown, and accompanied by five or six grownups and six or seven children, I would love to go and bathe in the Yi and enjoy the breeze on the Wuyu Terrace, and then we would sing together on our way home."依据汉语原文，真正发生的事情是这样的：曾点刚抚完琴，就把琴咣的一声放在一边，站起来回答，等等，而并不是"琴弦的声音尚未消失，他把琴放在一旁"。此处，翻译者毫无理由地增加一个单词"respectfully"以迎合西方人对儒家礼仪的理解。因而，读者就无法感受到孔子在亲友之间的那种典型的随意风格和这篇特定文章的非正式文体。曾点在表达自己的思想时显得有些犹豫不决，因为他的看法与其他三个人不同，然而，孔子鼓励他的话很明显是"有什么可害怕的，大家都在说自己的真实想法"，而不是正式的表达"是什么阻止你说出来呢？"根据汉语原文，孔子最后只是"叹了一口气说"，"曾点正是我所需要的人！"而不是"满意地呼了一口气，说，等等"。对于中国古典作品的这种译文，我实在不敢苟同。我再举一个詹姆斯·莱格（James Legge）翻译孟子的例子。在莱格的笔下，孟子说道："上天赐予的时间优势不如地球提供的有利条件，地球提供的有利条件不如人与人团结在一起产生的力量。"这种非同寻常的迂回陈述在相应的汉语原文中却只有十二个汉字（"天时不如地利，地利不如人和。"——孟子《孟子·公孙丑下》)！

曾皙曰："夫三子者之言何如？"

子曰："亦各言其志也已矣！"

讲故事的人继续讲述圣人为何微笑，可那太明显了。大致说来，当我听到改良者之间的对话时，我也赞成曾点的观点。

孔子赞成曾点的观点。梭罗坚定地赞成曾点的观点。我也赞成曾点的观点。只要具备曾点的观点，我们就能够阔步前行，解决一系列难题：生存、生命、自由、对幸福的追求，以及所有生存艺术，它们不仅是人类生命的权利而且属于特权。

二、生活无须道歉

"朋友，当你进入我的田地时，不要有什么歉意。你不会打扰我。你到这儿来有比得到玉米更重要的事情要做。谁说了我今天必须犁出这么多的犁沟？来吧，朋友，坐在这些土块上；让我们谈些高雅的话题，度过一个甜美的夜晚。我们将把时间花在探讨生命上，而不是谈论什么玉米或者现金。"

当我偶尔读到戴维·格雷森的这段文字时，我难以想象一个当代美国人能说出如此优美的话语。在美国作家作品的历史上，具有真正平和心态的当属富兰克林和奥利弗·温德尔·霍姆斯。我指的并非单纯的动物本能带来的满足感和平和心，而是一种充满悟性的平和心，这是一种影响广泛和深刻的心态，借此可以实实在在地清楚地看待这个世界，并从中得到乐趣。拥有这样一种产生巨大内在力量的心态，我们就会掌控自己的命运，而不是成为它的奴隶。加尔文主义使得美国作家作品的前半部历史黯然失色；当其影响在布鲁克农庄狂热运动中逐渐消散的时候，当人们开始感受到原本存在的精神自由的时候，气势磅礴的现实主义诞生了，并在美国作家作品后半部历史中一举扫除加尔文主义的阴霾。于是，从霍桑到梅尔维尔，再到尤金·奥尼尔（Eugene O'Neill），人类的思想一直关注于罪孽及罪孽的深渊。我并没有否认，爱默生、梭罗、阿尔科特、里普雷以及其他所有这类作家都曾经闪烁精神的光芒；我没有否认，爱默生在精神和外观上都获得了安宁，他真正拥有一颗平和心；我也没有否认，梭罗了解幸福的真正内涵。然而，在梭罗身上出现了明显不和谐的音符；爱默生意识到整个世界都压在自己的肩膀上，他感到责任重大。因而，人们能够听见沉重的脚步声和呼呼的喘气声，尽管这两位崇高的精神领袖都在努力地摆脱加尔文传统的重负。梭罗甚至会刻板地反对品尝自己亲手捕捞的鱼，反对捕捉一些动物供阿加西研究之用。霍姆斯法官说，梭罗是一个总是对事物吹毛求疵并反其道而行之的人。爱默生在他的《日记》中曾经写到，当和他的朋友梭罗一起散步时，一旦想到握梭罗的手，就会马上想到摸榆树皮的感觉。

然而，格雷森却不同，他一直待在室外照看着自家的玉米地。我们听听他在蓝天之下的声音吧。仔细聆听，并与他一起感受生活的快乐。格雷森生活于自然状态，他比自然主义者更接近自然主义；他是真实存在的，他比现实主义者更接近现实主义；这个自然的、质朴的人生活在 20 世纪，老于世故的自然主义者们是不会理解他的。当时，他正在和一个四处游逛的人谈论问题，那个游荡者是一名带着植物学锡罐的教授（那名植物学教授实际上可能是他的岳父）。教授不由自主地走进格雷森的田地，他并不知道这块田地的主人，他在那里停留了一会儿。

　　我必须向我遇到的每一个有思想的人询问他们到来的方向。

——戴维·格雷森

　　他的行走缓慢，有条不紊，他低着头，甚至肩部都跟着低垂下来——几乎是习惯性地近距离地看着地面，他不时地俯下身去，有一次跪在地上观察吸引他注意力的事物。他似乎很适合就这样跪在地上。于是他收集着他的庄稼，篱笆并没有将他挡住，主人对土地的所有权对他也不起作用。他同样是自由的！那一刻，留他在我的田地上，并知道在不知不觉间我还种植着其他我不熟悉的庄稼，我因此而感到特别快乐。我感觉到了与这位老教授之间的友谊：我想，我可以了解他。我用低沉的语调大声说，像是在向他讲话：

　　"朋友，当你进入我的田地时，不要有什么歉意。你不会打扰我。你到这儿来有比得到玉米更重要的事情要做。谁说我今天必须犁出这么多的犁沟？来吧，朋友，坐在这些土块上；让我们谈些高雅的话题，度过一个甜美的夜晚。我们将把时间花在探讨生命上，而不是谈论什么玉米或者现金。"

　　我满怀信心，向山坡下面的老教授走去……于是，我们谈着，确切地说，是他自己在谈，并发现我是一个热情的听众。在我看来，他所谓的植物学就是生命本身。他讲述着事物的诞生、成长、繁殖、死亡，他口中的鲜花在我的眼里变成了有知觉的生命。

太阳下山了，紫色的薄雾从远处的低地悄悄地飘临，所有伟大的奥秘悄然而至，立在我的面前，向我招手示意并询问问题。它们来到这儿，站在这儿；老教授讲述的时候，我似乎发现一束真理的光芒从松果菊中发散出来。深思后我明白，共性多么真实地蕴含于个性之中呀。如果一个人真的可以了解松果菊，他一定也会了解这个地球。植物学只不过是解释这一切奥秘的一个途径。

我总是希望，某位旅行者可以为我带来更多外界的消息，并且迟早，我会发现我必须向每一个我遇到的有思想的人询问他们到来的方向。我总是对那些研究科学的人们怀有特殊的希望：他们询问如此熟悉的有关自然的问题。神学具有自吹自擂的特性，并将它的信仰强加在人类的理论之上；但是科学，充其量只在自然本身面前显得卑微低下。它没有论点来辩护：它满足于跪在地上，用我的朋友，老教授的方式，问着最简单的问题，并希望得到一些真正的答复。

于是，我想知道，在经过数年的辛勤工作后，他对大自然的奥秘究竟持什么看法；最终，带着困惑，我问他……他微笑着，轻松地回答道：

"我作为一个植物学家已经有五十四个年头了。当我还是一个少年的时候，我绝对相信上帝。我向他祈祷，对他拥有一个幻象，他是在我面前的——一个人。当我再长大些时，我得出结论，根本就没有上帝。我将他从宇宙中开除出去。我只相信我看得到、听得到、感觉得到的东西。我讲的是自然与真实。"

他停顿一下，脸上仍挂着微笑，显得他在回忆他的往昔岁月。我没有打扰他。最后，他转向我，突然地说：

"而现在——对我来说似乎除了上帝，什么也不存在。"

说着，他举起他的手臂做了一个特殊的手势，像是将整个世界都包括进来似的。

我们两人沉默了一会儿。我离开他时，伸出手，告诉他，我希望我们能成为朋友。就这样，我转向回家的路。夜幕降临了，路上，我听到乌鸦的叫声，空气寒冷刺骨，我陷入了深深的思考之中。

我一边想着，一边走进了黑暗的牲口棚。我看不清楚马或者奶牛的轮廓，但是我对它们的位置非常清楚，可以很容易地走到它们那里。我听到马儿踱着脚步，发出温柔期待的嘶鸣声。我闻到牛奶的味道、干草强烈的霉味，以及粪便的刺鼻味道，而这一次我觉得这些气味并非完全令人厌恶。经过田野里的凉意，我感觉到牲口棚里暖融融的，某种动物的体温很舒服地浸入我的身体。我一边轻声说话，一边将手放在马的侧腹上。马的肌肉抖动着，退缩着躲避我的触摸——然后又自信、真诚地回来。我将手顺着它的背部滑向它长满鬃毛的脖颈。我触摸到了它灵敏的鼻子。"你该吃燕麦了。"说着，我拿给它吃。然后，我温和地对奶牛说话，它站在一边，正等着挤奶。

从牲口棚里出来，我走进外面清净透明的夜，空气新鲜而清凉，我的狗跳跃着迎接我。——于是，我把牛奶拿进屋里，哈丽特用她的诚恳的语调说：

"你回来晚了，戴维。坐吧，烤饼还热着呢。"

那一晚，我睡得真好。

[《满意的冒险》(三)]

我知道，如果一个人如此亲切地谈论生活的色彩和滋味，如此喜爱干草的气味，如此怜爱地把手放在一匹马抽搐的侧腹，那么，他就会懂得生活的真谛。他的确这样活着。这与职业哲学家的世界可谓大相径庭！也许只有一个世界，也许会有多个世界，然而，我们必须想方设法去追求这种高质量的、真正美好的生活。世界上存在着并不严谨的纯哲学决定论体系，存在着自由意志、罪恶、原罪以及晃来晃去、迄今尚未被破译的来生。但是，谁也别再想成为第二个黑格尔，试图为我们解开整个宇宙的奥秘，仿佛克劳伦斯·戴伊笔下的"蠕虫"企图通过它们的自我意识改变这个世界！（戴伊说："注视着这些蠕虫，想想真理，你会觉得伤心，甚至发狂！"）理解整个宇宙会令人伤感，令人沮丧；我知道，那样做会巩固思想，使其浑然一体，然而，我会更进一步地坚定地认为，那样做往往会使思想体系产生一种病态反应，可称之为脊柱关节僵化，最终，快乐的探索精神会消失在思想的尸骸中。

三、普通人生活的快乐

让我们再一次坐在格雷森身边，在他温和、舒适的话语中放松一下神经。打开他那本定价不高的《戴维·格雷森选集》，无论翻到哪一页，你的感受都会不同，因为整本书充满了对生活的热爱。好的，这里就有格雷森关于一个书商的精彩描述。如果你有鉴赏文学优秀成分的能力，在拥挤不堪的八百单词的满满一页中，你会很快发现一行优美的文字。下面就是一句很有意思的话。"'整本书的重量，'他说，'超过十磅。全书共有一千一百六十二页，如果把每页纸摊开，首尾相连，会长达半英里。'"如果读完这一页，你也可以读任何一页，你肯定不会清楚他何时会完成自己的叙述。他会向你讲述鹅卵石、送冰人或者书商，为你阐明在每日生活的表象下面跳动的生命的内在奥秘和美丽。如果你见到优美的诗篇就会多愁善感，那么，读本书你会时而心跳加速，时而全身冰凉、麻木，这时，你就会见善良的老格雷森告诉你："我们大多数人，大多数盎格鲁－撒克逊人，也许可以无所畏惧地捋老虎的胡须，可见到眼泪时却浑身颤抖。"

看到平凡的事实在强烈的真实情感中闪光真是妙不可言。

——戴维·格雷森

我无法一一引用他的原话：那简直太多了；但是他给人一种印象，就是，可以用每磅非常低的价格买到全部文学作品。迪克逊先生是一个催眠术士。他用炯炯有神的眼睛盯着我，他的语速很快，他对该话题的看法非常独到，使我听得如醉如痴。起初，我几乎被激怒：人是不喜欢被强行催眠的，但是渐渐地，那种情形开始使我感到快乐，尤其是在哈丽特进来之后。

"你见过比这更美丽的封面吗？"这位书商一边说着，一边赞赏地将他的书举得高高的，"这里是，"他指着带有装饰的封皮说，"诗歌女神的封面。她正在散花——就是诗，你知道。很妙的想法，是不是？简直太妙了。"

他快速地跳起来，将书放在我的桌子上，这让哈丽特明显感到苦恼。

"蓬荜生辉，是吧？"他叫喊道；他将他的头转向一侧，带着诚挚的赞赏神情观察着我的反应。

"多少钱?"我问,"只要封皮,不要内容。"

"不要内容?"

"是的,"我说,"没有内容,封皮一样可以使我的房子蓬荜生辉。"

我觉得,他多少有些怀疑地看着我,但是很明显,他对我赞同的表示感到满意,因为他马上回答:

"哦,但是你需要内容呀。那样才是书嘛。从来没有人单买封皮的。"

接着,他告诉我书的价格以及付款方式,他在极力使我觉得,似乎买下书来要比让他将书再次拿走更加合算。哈丽特站在门口,在他的后面皱眉,很明显是要引起我的注意。可是,我把脸转向了一侧,因而我无法看到她痛苦的示意;我目不转睛地注视着年轻人迪克逊先生。这真像是在演一出戏。哈丽特在那里神情严肃地想,我正在受着欺骗;而书商在想,他正在欺骗我;而我在想,我在欺骗他们两个——而且,我们全都错了。这真是太像生活了,无论在哪里你都会遇到类似的情形。

最后,我拿起了他一直在鼓动我买的书,哈丽特故意地冲它咳嗽以吸引我的注意力。当我真的将手放在一本书上的时候,她清楚会发生什么样的危险。可我却装作孩子般的单纯。我随意地打开了书——仿佛,走在一条陌生的路上,我碰上了一位忠诚可靠、多年未见的老朋友。在我面前的一页上,我读到了这样的文字:

世界真是太糟糕;迟早,

获得与付出，我们将我们的精力浪费掉：

我们看到，自然界中属于我们的东西很少；

我们已将可怜的恩赐，我们的心灵抛掉！

大海向月亮袒露胸怀；

狂风一直在咆哮，

而此时，风儿停歇，如沉睡的花朵；

它不会使我们感动，

因为这，因为一切，我们早已跑了调。

　　当我读这首诗的时候，一幅如画的图景映现在我的面前——地点，时间，以及我刚看到这些诗句时的感觉。谁敢说过去的东西没有生命！有时，一种气味就可以使血液在往日的情绪中流动，一行诗就是复活与生命。我暂时忘记了哈丽特和书商，忘记了我自己，甚至忘记了膝盖上的书——忘记了一切，脑海中唯有过去的那个时刻——我看到闪光的发热的屋顶，城市里8月夜晚的溽热、灰尘以及声浪，这一切无言的疲倦、寂寞，以及对绿色田野的渴望；接着，这些华兹华斯的伟大诗句，第一次涌现在我的眼前：

　　伟大的上帝！我宁愿是

陈旧教义培育的异教徒：

于是我，站在这可爱的草原上，

不再孤苦伶仃，在那里眺望；

看普罗透斯从海上升起；

听老特赖登吹响他的螺旋号角。①

当我读完后，我发现我站在自己的房间里，一只胳膊高举着，眼睛里似乎有泪水的痕迹——就这样，我站在书商和哈丽特的面前。我看见哈丽特举起一只手，又无望地放了下来。她一定在想，我最终被俘虏了，我无可救药了。当我把目光转向书商的时候，我看见"他的眼睛里充满被无情征服的神情！"于是我坐下，对我刚才的表现没有显出一丝尴尬——我已经打定主意，要显得镇定自若。

"你喜欢它，对不对？"迪克逊先生奉承道。

"我不明白，"我诚恳地说，"你怎么可以承受得起用这么低的价格卖这些东西。"

"它们是便宜。"他遗憾地承认。我猜，他希望他本应该用半张摩洛哥皮革试试我的反应。

"它们是无价之宝，"我说，"绝对是无价之宝。如果你是世界上拥有那首诗的唯一的人，我想，为了它，我会立契转让我的农场来换取它。"

仿佛一切都已经搞定，迪克逊先生开始拿出他的黑色订货簿，很快地打开，准备交易。他抽出自来水笔，拧开笔帽，抬头期待地看着我。实际上，我的双脚似乎正在滑向某种无法抗拒的旋涡。他是多么了解实用心理学呀！我在内心抗争着，害怕陷进去：我有点不知所措。

"我是马上把书送来呢，"他说，"还是你能不能等到2

---

① 《希腊神话》。普罗透斯，海神，善预言，能随心所欲改变自己的面貌。特赖登，人身鱼尾海神，Poseidon 和 Amphitrite 之子。

月 1 号？”

在那个关键的时刻，一个念头浮现在脑海里，我将它当做清醒过来的最后希望赶紧抓住它。

"我不知道，"我说，好像没有听到他最后的问题，"你怎么敢带着这些宝物到处走动。你不害怕半道被拦路抢劫吗？哎，我已经看到了这样的机会，假如我知道你带着这些东西，这些治疗心痛的良药，我想，我自己早就在路上截住你了！"

"嘿，你真是一个奇人。"迪克逊先生说。

"为什么你卖这些无价之宝？"我用犀利的目光看着他，问道。

"我为什么要卖它们？"他显得更加困惑了，"当然是为赚钱了；和你种庄稼一样的原因。"

"但这是财富，"我继续咄咄逼人地说道，"如果你拥有这些书，你就拥有了比金钱更加有价值的东西。"

迪克逊先生显得很有礼貌，他什么也没有说。像一个聪明的钓鱼者，既然第一次尝试中没有让我上钩，他诱引我主动咬钩。于是，我想起了罗普金的话："高贵的事物只有在高贵的人那里才能成为财富。"这句话促使我对迪克逊先生说：

"这些东西并不是你的；它们是我的。你从来不曾拥有过它们；可是我会把它们卖给你。"

他诧异地看着我，然后向四周瞧了瞧——很明显是要找找是否有可以方便逃走的路。

"你够直率的，是吧？"他轻拍着他的额头，问道，"难道从来没有谁责备过你吗？"

"封皮是你的，"我好像没有听到他的话，接着说，"里面的内容是我的，并且很久以前就是我的了：这就是为什么我提议单独买封皮的原因。"

我再一次打开那本书。我想我会理解书中已有的内容。我发现书里描述了许多美妙和伟大的事物。

"听我给你读读这首诗，"我对迪克逊先生说，"它已经属于我很久了。我不会把它卖给你。我会将它全部地送给你。最好的东西永远是被赠送的。"

拥有着模仿苏格兰口音的天赋，我读道：

11 月的寒风袭来，发出飒飒的怒响；
短暂的冬日，行将消亡；
沾满污泥的动物躲避着犁铧；
黑色的队列向它们的安息之所爬行；
穿着亚麻衣服的佃农劳作归来，
今夜，本周的辛劳终于打烊，
收拾起他的铁锹、鹤嘴锄和他的长柄耘锄，
把次日的安逸和歇息渴望，
在沼泽上，疲惫的他将行程转向回家的方向。

就这样，我读完了《一个佃农的星期六夜晚》。我本人特别喜爱这首诗，经常朗读它，与其说是喜欢它亲切的寓意——尽管我也珍视这一点——不如说是为了它奇妙的乐感。

与这些相比，意大利式的兴奋已然平息；
发痒的耳朵听不到由衷狂喜的升起。

　　我想，我的声音里表露了我的情感。当我一次次抬头看时，我看到书商的面部表情起了变化，他面色低沉，他通常有力地绷紧的嘴唇，因为有了情感变得松弛了。诚然，这首诗以它优美的语言如此完美地表达了那些依靠土地生活的人们对家园淳朴的爱，他们宁静的快乐，以及他们的希望与痛苦。

　　在我读完之前——我停在了一个诗节的第一行：

　　　　于是，所有人都踏上了各自回家的路。

　　书商将头转向一侧，极力克制他的情绪。我们大多数人，大多数盎格鲁-撒克逊人，也许可以无所畏惧地捋老虎的胡须，可见到眼泪时却浑身颤抖。

　　我移过来，和书商挨得更近，将我的手放在他的膝盖上；然后，我从他那本奇妙的书里找出描述其他事物的两三首诗读给他听。有时，我让他笑出声来；有时，我让他的泪水再次从眼里涌了出来。噢，一个淳朴的年轻人，一个外表急躁、内心温柔的人——和我们其他人一样。

　　好了，当我们开始不谈书，而是谈生活的时候，那可真是令人惊异，他变得是多么能言善辩又富有人情味。从一个陌生和令人生厌的人，他马上变成了另外一个人，就像一个很亲近的邻居和朋友。我似乎感到有些奇怪——我一直都在思考——他是怎样在三言两语之间就向我们传达了他生活的基本情感音符。它不是小提琴的音调，泛音的美妙组合，而是长笛清脆单纯的声音。他讲了他的妻子、他的小女儿和他的家。在细节上最不协调的是，他告诉我们他是怎样在他的后院里种洋葱的，这以某种方式增加了他给予我们的想象中的家庭魅力。他房子的门牌号是多少，他拥有一台新的小型管风琴，他的宝贝女儿在第十七大街跑开，然后迷路了……这一切都是他情感的令人好奇的组织成分。

看到平凡的事实在强烈的真实情感中闪光真是一种妙不可言的感觉。我们对披着斗篷的传奇经历了解得何其少也，而使这一经历充满惊喜的他一定是多么卑微啊！

确实是怀着一种难以言表的激动心情，我聆听着他所补充的一个又一个生活细节——对他的土地的抵押，现在很快要被偿清了，他的兄弟是个管工，岳母不是负责喜剧刊物的。最后，他向我们出示了放在表壳里的他妻子和孩子的照片：一个胖胖的小孩，她的头靠在妈妈的肩上。

"先生，"他说，"也许你觉得，像我这样骑着马在国内跑来跑去，大部分时间都不在家，很是有趣。其实不然。当我想起明妮和孩子的时候……"

他突然停下来，好像猛地想起说这些知心话很不好意思。

"那么，"他问，"那首诗在哪一页上？"

我告诉了他。

"一百四十六页，"他说，"我到家后，要读给明妮听。她喜欢诗以及所有诸如此类的东西。还有，那另外一首讲述男人在孤独时的感觉的诗在哪里？啊，那个伙计知道！"

我们实实在在度过了一段美妙时光，书商和我。当他最终起身要走的时候，我说：

"好了，我已经把一本新书卖给你了。"

"先生，我现在明白了你的意思。"

我随着他顺着小路走过去，试图解开他的马。

"让我来，让我来。"他急切地说。

然后，他和我握手，又停顿一会儿。显得有点笨拙，好像要说什么，随后跳上他的四轮单马车，什么也没有说。

当他拿起缰绳的时候，他说：

"嘿！你搞定了一个书商！你催眠了他。"

我认为这是他给我的最大赞赏：衷心的赞赏。

然后，他赶着马车离开了，可刚走出五码的距离，他又勒住了缰绳。他在座位上转过身来，一只手放在座位的靠背上，另一只手举着鞭子。

"喂！"他喊着，当我走向前去，他看着我，显得十分尴尬。

"先生，也许你已经从迪克逊这些书里免费获取了一本，一分未付。"

"我明白，"我说，"可你知道，我将把这些书给你，我不会再把它们拿回来。"

"好的，"他说，"不管怎样，你是个好人。再一次说再见。"之后，在他的心中，生意自然而然地占据了上风，于是，他突然热情洋溢地说：

"你给了我一个新想法，也就是，我会卖了它们。""小心点带着它们，朋友，"我在他后面叫道，"它们是珍宝。"

于是，我回到我的工作之中，心想，在这个世界上有多少好人啊——如果你实实在在地去接触他们。

[《满意的冒险》(四)]

这是格雷森的典型风格，狡黠的幽默、思索、温情，能够暖化任何一位脾气暴躁的参议员、百万富翁、精明的北方农民，婉转地批评他，用普通的情感温暖他，使他变得温柔、顺从，然后让他回到自己原来的位置，他随后就会取得成功。无论何时我们失去信心，无论何时我们感到孤独，只要读一读格雷森的作品，我们就会重新树立生活的信心以及对我们同胞的信念。我能找到的形容他的最好表达是，他是一位优秀的美国人，他代表着健全的美国情感和美国性格的核心。美国人的性格特征可以很好地保持在普通的格雷森的水平上，而无须达到光荣或者可耻的成就的高度，美国民族将会永远远离外族的征服或是本族的堕落。

品味普通生活的乐趣，展现在普通的日常环境和家庭琐事中人类的情感，让这些事情散发出真正情感的光和热——这正是真正散文家的主要艺术使命。查尔斯·兰姆（Charles Lamb）完成了这一使命，W. H. 哈得孙（W. H. Hudson）也完成了。我这里谈的当然不是指哲学随笔或者评论性文章，而是文学意义的散文，一半是叙述性的文字，另外一半是反思的内容。文章的作者以前者——某个简单的事例抑或行为——为出发点开始回顾、思索，以及睿智的反省。在当代美国文学中，这种风格的散文几乎没有了踪迹。反省类散文在美国的消失让我深为忧虑，我开始反思这种现象的缘由。在英国，这类散文并未消失，这要归功于 E. M. 福斯特（E. M. Forster）、E. V. 卢卡斯（E. V. Lucas）、W. H. 哈得孙，也许还有阿诺德·本涅特（Arnold Bennett）。英国人一直运用反省类的思维方式，英国科学家的散文往往相当优秀，涉及的话题广泛而深刻。目前在美国散文作家有克利斯朵夫·毛利和乔治·琼·纳森（George Jean Natban），后者有天赋，有智慧，总是充满魅力，很像麦克斯·比尔博姆（Max Beerbohm），但他与格雷森全然不同，尽管他不在乎乡村的环境，却不能忍受那里的新鲜空气。然而，总体来说，反省类散文并不属于主流作品。在评价系列作品《早餐桌上》的伟大作者奥利弗·温德尔·霍姆斯的时候，我谈到了这一点，也就是关于情感的性质和价值。散文是思想状态的反映。它表现的不仅仅是普通思想，而是闪烁着情感火花的思想内容，而且永远是这样。爱默生的散文表现了知识分子的思想内容，但他在写作中一旦介入情感因素，尤其是个人情感，他的文章就体现出散文的真实特征。因此，目前美国的思想状态并不足以称为反省类。我是否可以下这样的断言？

是谁是什么因素扼杀了散文的生命？或许，由于美国时事变化太快，让人目不暇接，直接影响了反思必需的超然态度和平和心，所以现在很难进行睿智的反思。固然，除以上提及的几位之外，美国尚有其他散文作家，比如唐纳德·卡尔罗斯·派蒂（Donald Culross Peattie）。但是，总体来说，那些也许会成为散文家的专栏作者过于浮华，一味追求使用华丽的辞藻，太注重描绘事物的表象。散文作家用事物的表象做素材无可非议，但同时必须进行反复推敲，以端正创作心态，这是一篇有价值的散文所需要的。海伍德·布龙（Heywood Broun）以其快乐风格，应该创作出真正的散文，而他却总是沉湎于记录日常琐事。保持清醒头脑，拿起所有武器投入战斗，是无可厚非的事情，不管要写的内容是关于棒球比赛中的错误决定，还是萨柯（Sacco）和万泽蒂（Vanzetti）被控谋杀案。[①]但是，这样做，并不能创作出真正的散文。

之所以造成这种状况，我想到了几个方面的原因，其中有两个是有确凿证据的。一个来自于美国人的神经特征。现代美国人的神

---

① 萨柯（1891—1927）和万泽蒂（1888—1927）是美国的意大利移民工人。1920年，两人被控杀人抢劫，1927年被电刑处死。此案曾引起世界各地抗议，被认为判决系出于政治偏见。

经需要的是巨大的刺激，而并非脉脉温情。最出色的散文家只会轻轻地触动你的神经，或拨动你的心弦——不会再做其他事情。这就足够了。另外一个纯粹是商业原因。它让人明白为什么现代人疯狂地想了解事实、新闻消息、特别报道以及某些鲜为人知、令人兴奋的专题新闻故事。这会使我们所有人都变成新闻记者和权威分析家，评论在日本或者捷克斯洛伐克发生的乱七八糟的事件。一个人心甘情愿地轻轻离开众人踩踏的路线，远离一天中发生的大事，而用心关注荆棘丛和谷仓，他的心脏在一些也许很恶劣的环境里跳动，跳动，跳动——只有这么一个人才能写出真正的散文。

可以说，普通人的生活乐趣正是戴维·格雷森的使命和职责。我们周围大多数人过着非常普通的生活，知道如何享受生活的人要比其他人更加明智、更加幸福。在美国作品中我四处搜寻这类智慧，盼望着出现更多像戴维·格雷森一样的人。这类智慧使我更加坚定了对美国性格的信念。有人说，美国是一个和平、幸福的国家，的确如此。那么，为什么很少有人谈起普通男人和普通女人的快乐？有人害怕了，我不清楚是谁。接着，很多人开始神经过敏，少数几个人变得极度神经质。一些精神饱满的作家难道没有责任和义务为我们诠释这些快乐，不断地提醒我们生活中的这些快乐——提醒我们应该过一种快乐的普通生活？难道智者们不应该为我们保留下来生活赐予我们的、在我们眼前的、使生活富有意义的这些宝贵的重要礼物？难道某些地方不总是存在有一种对上述生活的信仰，无须考虑更多的发现和发明？但是，美国思想关注更多的是未来，而不是现在；它关注的是进步和繁荣，这是一个全新的主题。它总是向着下一个火车站点进发，从不满足于它的现状。这也只是一种思想状态。人民的成功和人民的幸福是完全不同的两回事。瞧瞧，美国人民失去了什么！倘若他们到处视察一下自己祖国的现状——正如我们所说的那样，它是一个和平、幸福，而不是繁荣、进步的国度——享受现在的光阴，并为自己祖国的现状而不是未来十年的状况而感谢上帝，那该有多好！即使他们拓荒的先辈们也会找一个合适的地方停下来，搭起一顶帐篷，建造一个小木屋，组建一个家庭，难道不是这样吗？难道他们会一直奔波，奔波，奔波，永不停歇？

格雷森对普通的生活拥有充分的快乐和信仰，拥有对生活的感激之情。读他的作品，正是分享他对现在的信念，也就是在欣赏你自己家的门阶。

因为美是内在的。不是外在的……保持思想的可塑性，以新的方式观察、感受、聆听事物，难道这不是生命的主要斗争形式吗？

——戴维·格雷森

有时，我喜欢独自一人度过一天——不受拘束的一天。有时，我不在乎去看望哪怕是我最好的朋友，但却沉湎于对周围世界的欣赏中。清晨，我走出家门——最好是在一个阳光灿烂的清晨，尽管什么样的清晨都会让我满意——径直走进世界中来。我不让自己背上任何义务和责任的负担。我呼吸新鲜的空气，空气中充满了果园和树林的怡人的气味。我环顾周围，仿佛一切都是新的——我注意到一切确实都是新的。我的谷仓、我的橡树、我的篱笆——我声明，我以前从没有见到过它们。我并没有事先形成某些印象、某些信念和某些观点。我要走过的小路两侧的篱笆是已知世界的尽头。我是在这些古老的田野中发现新的田野的人。我第一次注视、感觉、聆听、嗅闻、品尝所有这些美妙的事物。我不清楚我还会有什么样的发现！

于是，我顺着小路走下去，环视着上方和我的周围。我穿过城镇的道路，爬过另一侧的篱笆。当我越过篱笆时，我的一只肩膀触碰到灌木丛：我感觉到草皮实在而舒适的挤压。猫尾草长长的叶片钩住我的腿，而后又不情愿地放开。我不时地折断一根嫩枝，品尝它那或酸或苦的汁液。我摘掉帽子，让温暖的阳光在我的头顶闪耀。我是新的一片天地中的探险者。

我们中的一些人自愿到如此偏远的原野旅游，去追求我们在家里弃若敝屣的美，难道不是一件奇妙的事情吗？我们错以陌生为美；我们用盲目的外来之物蒙昧了我们的感知。由于缺乏强烈的内在好奇心——这是鉴赏美的唯一的真正基础，因为美是内在的，不是外在的——我们发现我们自己急匆匆从一地赶到另一地，只是收集奇特的相似之物，像未被消化的财产，不具备繁殖的能力。为了收集瑞士的山峰和要隘，我们付出多大的努力；我们又是怎样从英格兰带回来无数毫无价值的大教堂！

美？它是什么，只是一种新奇的方法论吗？为了荒郊野外，为了外来之物，我没有必要走出去一英里：我只需穿过我的灌木丛，或者从我自己的路边跨越我的田地——我就会看到，一个新的天堂和新的大地！

事物变得老旧变得过时，并不是因为它们真的老了，而是因为我们不再去观察它们。我们周围生机勃勃、内涵丰富的整个世界在一片阴沉的迷雾中消失了，而这片雾气正是我们认为与这个世界的所谓的熟知。无论我们选择哪个方向，我们要走的道路都是枯燥乏味的。门前生长着一棵树，我们已经多年未见；我们门前庭院中盛开的花朵比阿尔卑斯山闪闪发光的顶峰要更加美妙!

有时,对我来说,好像我可以看到人们在我的眼前麻木不仁,他们在这里放弃试探,在那里堵塞漏洞。他们总在为事物命名!他们将事物都分门别类,而在头脑中又缺少变通。对他们来说,山就是山,树就是树,田地永远是田地。生命本身在文字记录中凝固了。最终,万物疲倦了,那就是老旧的岁月!

保持思想的可塑性,以新的方式观察、感受、聆听事物,永远不一成不变地看待事物,在更加确切地观察今天之前拒绝任何昨天的结论,难道这不是生命的主要斗争形式吗?难道这不是我们所了解的最好的生活方式吗?

[《友谊的冒险》(三)]

四、普通人劳碌的英雄品质

傻子向往无法到达的天堂,智者把握眼前的生活。傻子追求未来的乐园,智者安于天地间并不完美的人类生活。傻子关心下一时刻发生什么,智者只争朝夕。有一种人为我们展示普通生活的美好和奇迹,而诗人在某些特殊时刻将我们送入无限福佑的天堂,我认为,前者对人性的贡献比后者要大。这是为什么呢?因为,在我们周围发生着许多普通的事情。发现它们的美,鉴赏它们的价值,充分了解它们对人类的意义,这才是先知诗人的真正使命。

人类的生活和幸福大都是主观因素造成的,所以,假如我们不能坦然借助这种主观能动性,学会完善"灵眼"的功能和心灵的洞察力，以便它们更好地发掘我们身边的各种美，假如我们不能为此而心存感激，那么，我们只会变成傻子。人类的所有恶习中，最严重的莫过于不知恩图报。我们一定可以这样断言，因为照看世界的灵魂是不健全的，所以这个世界显得有些病态。生活中的每一天，不论是晴天、下雨、下雪抑或有可怕的暴风雨，假如一个人连审美的感觉都不具备，他就无法眺望窗外。滴落在窗玻璃上的雨点，冰雹在窗玻璃上轻柔的爆裂声，飘舞的树叶，在屋檐下躲避暴风雨的麻雀，悄然洒落在地毯一角的一抹晨曦，渐渐消散的阴影闪光的轮廓——这些司空见惯的现象应能驱散一个人心头的悲观情绪；一条狗尚且通常会有很强的能力了解如何适应周边的环境，如果他连一条狗都不如，他会为此感到羞愧的。倘若生活的全部均源于主观因素，为什么主观上不能获得幸福，反而感到悲伤？

当谈到享受这种快乐的心灵有多大能量的时候，威廉·詹姆斯说道：

"于是，时机与经验没有什么作用。它完全依靠被掌握的心灵的能量，以使其人生方向被现实的东西吸引。爱默生说：'在雪坑中，在黄昏里，在乌云密布的天空下，在我的思想中没有任何特别的好征兆的情形下，我穿过开阔的公地，并享受了完美的愉悦。我高兴到了恐惧的边缘。'

"生命永远都值得去享受，如果人拥有如此敏锐的感觉。但是，我们作为受过高级教育的阶层（所谓的），我们中的大部分人却已经远远地脱离了自然。我们接受的训练是专门去作出选择，寻求稀有、完美的事物，忽略普通的东西。我们的思想中装满了抽象的概念，我们能言善辩，话语中满是废话和啰唆；并且，在这些具有更高级功能的文化中，与我们更简单的功能联系在一起的独特的快乐来源却经常干涸，而对于生命中更基本更普遍的益处与快乐，我们变成了完全的瞎子，毫无知觉。"①

　　那么，当代美国城市生活的表象怎么样呢？也这样平平淡淡吗？是令人窒息、单调乏味吗？是很快要接近詹姆斯如此担忧的那个不受欢迎的乐园吗？詹姆斯曾经去过肖托夸湖，一处近乎完美的度假胜地。他在那里待了一星期，并发出这样的感慨："哇，真是休闲的好地方！"他的反思至关重要，因为，在这之前，他产生了一种"平稳的见解"，这对他来说是一种宗教启示。詹姆斯想让我们相信，把反思结果匆匆整理一下写成一篇短小精悍的散文，文章会包括他对生活的最重要感想之一，这也许会补偿他在哈佛大学多年传授抽象哲学理论的经历。这表明他深刻地领悟了普通人劳碌的英雄品质、体力劳动的神圣，甘愿受到生活危险性的挑战、甘愿面对危险的轻率的生活方式。

　　　　肖托夸湖：普通人劳碌的英雄品质……"送给邪恶的外部世界所有道德类型的要素"②。

　　　　　　　　　　　　　　　　　　——威廉·詹姆斯

　　几个夏天之前，我在肖托夸湖沿岸著名的议会庭院度过了快乐的一个星期。双脚一旦踏上那片四周建有高高围墙的神圣的场地，你会感觉到自己置身于成功的氛围里。冷静与勤奋，智慧和善良，有序与理想，繁荣与欢乐，弥漫在那里的空气中。它是规模巨大、严肃而认真的野餐会。在这里，你拥有一座城镇成千上万的居民，他们美丽地散布在森林里，具备丰富的生活技能，能够满足人们所有必

---

① 摘自于《人类身上的某个盲区》，《对心理学教师的讲话》。版权所有，1939年，亨利·詹姆斯。经 Paul R. Reynolds & Son 许可再版。

② 版权所有，1939年，亨利·詹姆斯。经 Paul R. Reynlods & Son 许可再版。

须的低级需求和大部分相对多余的高级需求。你拥有一所
规模庞大的一流学院。你拥有华美的音乐——由七百人的
声音组成的合唱团，可能是世界上最完美的室外礼堂。你
拥有每一种类的体育设施，可以进行从船舶驾驶、划船、
游泳、自行车，到球场以及体育馆提供的其他人体运动。
你拥有幼儿园和模范中学。你拥有为不同教派服务的一般
性的宗教服务场所和特殊的俱乐部会所。你拥有长期喷水
的苏打水喷泉，以及每天由杰出人物发表的公开演讲。你
可以不费气力拥有最好的同伴。你没有发酵病，没有贫穷，
没有醉酒，没有犯罪，没有警察。你拥有文化，你拥有仁
慈，你拥有低廉的价格，你拥有平等，你拥有数个世纪以
来人类在文明的名义下为之斗争、流血和奋斗的最佳成果。
总而言之，你拥有对没有痛苦、没有黑暗角落的未来人类
社会的一种预先体验——假如一直处于光明之中，未来人
类社会可能会是什么样子。

我满怀好奇心在那里待了一天。随后，又逗留了一个
星期。我深深陶醉在那里所有的事物散发出来的魅力与安
逸之中，陶醉在那个中产阶级的天堂里。那里，没有罪恶，
没有受害者，没有耻辱，没有一滴眼泪。

然而，当我再次进入这个黑暗和邪恶的世界的时候，
我惊愕地发觉自己在自言自语道："哦！多好的解脱啊！现
在又回到了原始与野蛮的状态，即使它如同亚美尼亚大屠
杀一样恶劣，也使平衡再次得以纠正。这里的秩序太枯燥，
这里的文化太二流，这里的善良太乏味。这出人生戏剧没
有反面人物或者痛苦；这个社会太考究以至于冰淇淋和苏
打水是它可以给人间野兽制作的最大可能的礼物；这座城

市在太阳照射下在湿热的湖边慢慢地沸腾；这里所有事物凶恶而无害——我不能忍受它们。让我抓住机会，去充满罪恶和痛苦的外部世界的广阔荒野中再次冒险。那里有高山和深渊，有悬崖峭壁和不合理的理想，有鬼魅和神灵的光芒；那里有希望和援助，比在这种麻木水准和庸人典范的环境里多一千倍的希望和援助。"……

于是，我开始沉思。我第一次问自己，这个度假城市非常缺乏的东西是什么，它的缺乏让人永远得不到更高层次的满足。我很快意识到，它就是赋予这个邪恶的外部世界所有道德形式、表现力与生动性的要素——也可以说是轻率的要素、力量和奋发的要素、紧张和危险的要素。激发旁观者生活兴趣的因素，传奇故事和雕像颂扬的事物，以及庄严的城市纪念碑提醒我们的东西，是光明与黑暗的力量之间永恒的战斗；机会日见减少的英雄主义，不时地从死亡的口中夺取胜利。但是，在这片无法形容的肖托夸湖中，任何地方都不存在死亡的可能性，也不存在任何可能出现危险的地点。理想已经取得彻底的胜利，没有留下任何先前战斗的迹象，原来的战场现在变得一片安宁。但是，我们人类的情感似乎需要目睹斗争继续下去。一旦胜利的果实被消耗殆尽，事情就变得卑鄙可耻。付出了许多汗水与努力，人性在拷问台上受尽折磨，但还是渡过了难关，然后却不理会取得的成功而去追求另一个更加艰苦而可贵的目标——就是这样一种东西，它的存在给我们以激励，并且，所有更高形式的文学与美术的功能似乎使我们认识到并表明了它的现实性……

但是，这不是一个蓄意使人惊慌的反论吗？我想，看起来确实就好像，对我们文明持悲观看法的浪漫的理想主义者们是完全正确的。不可挽救的单调乏味笼罩着这个世界。资本主义和平庸，宗教联谊会和牧师教导的习俗，正在取代以前的高山、低谷以及浪漫的明暗对比……

心里装着这些想法，我坐在火车上疾速向布法罗赶去；我渐渐地接近那座城市，此时，一名工人在令人眩晕的摩天的铁架边缘作业的场景猛然间让我清醒过来。现在，灵光一闪似的，我察觉到，我刚才一直沉湎于不折不扣的祖先的盲目之中，并用冷淡的旁观者的眼神观察生活。我渴盼英雄主义以及极度痛苦的人性的奇观，可我从没有注意到英雄主义的伟大天地就存在于我们周围，我没有看到它的出现与勃勃生机。我只能认为，它是死去的、腐朽的、被归类的以及被装扮的，仿佛它是传奇故事里的内容。而它现在就在我的面前，在劳动阶级的日常生活里。英雄主义并不只是体现在刀剑铿锵的战斗中以及绝望的征途上，在今天正在建设的每一座铁路桥和耐火建筑里，也能发现英雄主义。在货运火车上，在轮船的甲板上，在养牛场和矿山里，在木排上，在消防队员和警察中间，一直需要勇气的体现；而且勇气的源泉从不会枯竭。一年中的每一天，对你来说都存在着最终的人性。无论在哪里，只要挥舞起手中的镰刀、斧子、镐头或铲子，你就会发现它在那里流汗、痛苦，而在长时间的劳累中，它极大的忍耐力被发挥到了极限。

当我清醒地意识到我周围所有非理想化的英雄生命时，评价英雄主义的标准似乎从我的眼中消逝了；巨大的怜悯之情开始填满我的灵魂，这种同情心比以前我对普通人的普通生活所产生的任何情感都更加强烈。从现在开始，仿佛有着粗硬的手和肮脏皮肤的美德才是值得注意的唯一真正而有活力的美德。而其他的美德通通是虚伪的，其中没有一种美德像上述美德一样是下意识的、朴实无华的、不期求粉饰和赞誉的。我认为，这就是我们的战士，这就是我们的支持者，这就是我们生活的真正父母……

如果你们中的任何人曾经读过托尔斯泰的作品，你们将会看到，我进入了一个与他相似的情感经历中，这种情感憎恶传统上认为伟大的所有事物，并极力崇敬无意识的自然人的勇敢、耐心、友善和沉默。

我说，我们自己的托尔斯泰现在哪里？他使得我们美国人的思想认识到其中的全部真理，使我们拥有非凡的洞察力，使我们放弃那种欺骗性的文学浪漫精神，正是这种精神造就了我们拙劣的文化——它自诩为文化。神性就存在于我们的周围；由于文化太墨守成规，以至于它甚至不会怀疑这一事实……

在那天，在那里，我静静地休息，并感觉到自己的视野拓展了，对生活虔诚的洞察力加强了——这样说绝对公平。不同的人体现出不同的社会地位、知识水平、文化修养、清洁程度、服饰观念，而且，他们十分荒谬地以稀有和例外为豪。在上帝的眼中，这些差异，这些情形，必定是如此细微，到了几乎要消失的地步；而应当保留下来的只是以下的一般事实：我们，作为生活中不计其数的民众，我们中的每一个人都深深陷入极大的困难之中，我们必须竭尽全力，充分发挥我们的优势，与这些困难一一展开斗争。体现出勇气、耐心和善良，必定成为整个事情的重要部分；地位的区别只会是区分表面现象的一种形式，而这些秘密的美德也许会显示出它们对这些表面现象的影响。果真如此，最深刻的人类生活将是无处不在的、永恒不变的。假如人类的某些属性只存在于特定的个人身上，它们一定属于肤浅表演的纯粹的圈套和装潢。

就这样，人类的生命状态有时升高，有时降低——升高的是它们的共同内涵，降低的是它们的外在荣耀。然而，我们必须永远承认，这种平衡的领悟，往往会再次含混不清；祖先的盲目总是去而复返，并困扰我们，因而，我们最后再次认为，创造只能是为了改善非同寻常的处境以及传统意义上的声誉和功绩……

如我所述，这暂时成为我的信念，并给我以巨大的满足感。

[《使生活变得有意义的事情》，选自《对心理学教师的讲话》]

五、梭罗和生活的价值

也许可以这样断言，在美国作家的队伍中，亨利·梭罗是为数不多的"原始"思想家之一。他用第一手资料思考生活，他对生活的真正价值可能会发表最充分的看法。梭罗是一位有着种种局限性的伟大作家。之所以说他伟大，是因为他的作品显然优于提供第二手资料和观点的大多数人。他自始至终一直独立自主；很少有人能够像他一样有意识地走出家门实地考察，探索人类生存的非凡事实，同时丝毫不理会其他人对他的评价。无论作为人类的精神领袖，还是一名成功的作家，他都有缺陷，因为他非常敏感，易于动怒，即使在《瓦尔登湖》中也不例外，他的这部代表作并不令人信服，而是让人感到厌烦。之所以说他伟大，还因为他把自己禁锢在自己的思想樊笼中，脚踏实地，"情绪高昂而又纯洁无瑕"，偶尔闪耀浸礼会教友圣约翰的信仰光芒，并且他的声音似乎的确在荒原上回响。然而，那也正是他的缺陷所在。荒原上不应该回荡起什么喊声；假如一个人在荒原上看到的景象预示着真正灾难的降临，他就应该回到人群中间，心情舒畅，言语朴实，与人为善。有时，我想知道，究竟怎么做才算做真正的中庸之道，因为这是与人和睦相处的人的典型特征。也许，它意味着没有牢骚的个人主义，不盲从传统的儒雅风范。梭罗没有做到前者，爱默生实现了后者，因此爱默生比梭罗显得更加伟大。[1]成熟的人类思想总是与生活步调保持一致，可梭罗并非如此。肯定是因为这一点，罗伯特·路易斯·斯蒂文森（Robert Louis Stevenson）开始时很反感梭罗，并称梭罗为"蛰伏者"，只是后来才取消了这一称呼。他继续做美国的浸礼会教友圣约翰，而美国也应该为此感到自豪，毕竟美国至少拥有这么一位浸礼会教友。

人们喜爱梭罗，是因为他所具有的优秀品质，纯洁、坚强、自信，宛如一棵新英格兰云杉。惠特曼曾经告诉爱默生，《草叶集》第一版"销量喜人"，而实际上当时没有多少读者购买本书。梭罗与惠特曼不同，他很超脱，远离通过可鄙手段获得的世俗名声（赫尔曼·梅尔维尔也属于这类人，他像梭罗一样一生孤独）。梭罗的作品《康科德和梅里马科河上的一周》一直卖得不好。印刷了一千册，出版商退回七百零六册；在剩余的二百九十四册中，

---

[1] 在文学才能的发挥方面，爱默生表现得更加出色。创作了《散文集》后，他继续写出《代表人物》《英国人的性格》和《论行为》，而梭罗在创作完《瓦尔登湖》后再无建树。

赠阅七十五册。在他的《日记》（1853 年 10 月 28 日）中，他这样写道："正如我在书的封底所言，这些书蕴含着比名声更实际的意义，这使得它们的价值攀升两个档次，人们不由得开始探听它们的来源……作者看到自己的劳动成果难道不感到高兴吗？……这就是著作权；这是我苦苦思索的结晶……然而，我不顾这样的结果（书销量很差），今晚我仍旧安坐在一大堆死气沉沉的书稿面前，拿起笔，用十分的满足和激情，把我可能会总结的思想和经验记录下来。我的确相信，这一结果比所有一千册书被人买走还要令人鼓舞。书没有卖掉，属于我个人的东西就没有受到什么影响，我仍然自由自在。"最后两行文字不太令人满意，可是这就是完整的梭罗。人们因而敬重他；他属于真正意义上的知识缔造者。由于其作品满篇极尽嘲讽之能事，这降低了我们的阅读乐趣，但这也正是他的感染力所在。

令人遗憾的是，梭罗给人的印象是他生活在爱默生的阴影里。同样令人遗憾的是，作为一位评论家，洛威尔没有认可梭罗的才能。在《写给批评家的寓言》中，他嘲笑梭罗是爱默生奴颜婢膝的追随者和模仿者，他的这种看法肯定毁坏了梭罗的名誉。

> 就以他为例；瞧瞧他的特有习性，
> 艰难地迈着短小的双腿，踩着爱默生走过的路径；
> 他竭尽全力，满面通红，一蹦三跳，
> 以便跟得上那神秘主义传扬者的自然步调。
> 他紧随其后，宛如曲棍与球拍难以分开，
> 他的手指探索着先知的每一只口袋，
> 呸！诗人老兄，真是恬不知耻；你有自己的丰硕果实，
> 为何还在邻居爱默生的果园里卑躬屈膝？

　　这首诗针对的无论是钱宁还是梭罗（二者均长有短小的双腿，二者与爱默生的关系均非常亲密），梭罗都永远无法摆脱这一恶意的嘲弄。梭罗曾在爱默生的家里当管家，那也是两人关系最融洽的一段时间。爱默生在他的《日记》（1851年9月）中曾经写道："我对梭罗的所有思想都相当熟悉，那本来就是我自己思想的翻版。倘若他不如此，无论他提出什么新观点，他都无法表达清楚他内心的真实想法。"人们由此猜测，爱默生必定将梭罗视为预言世界的对手，而并不认为他是自己的学生。爱默生和梭罗彼此之间怨气冲天。当然，梭罗绝非奴颜婢膝的崇拜者；在两人一起散步时，他总是反驳爱默生的观点。1856年，在《瓦尔登湖》出版两年之后，爱默生在自己的《日记》（1856年2月29日）里写道："假如我只认识梭罗，我会觉得好人之间的合作是不可能的。难道我们两人的交流必须总是分出胜负？难道我们聊天的目的从来不会为了了解事情真相，为了彼此获得安慰和快乐？他喜欢成为争论的中心，他具有非凡的洞察力、理解力以及很高的天赋——关于真理的或依据真理得出的独到见解，以及属于真理范畴的正直的道德准则。然而，他的所有这些优点，他所有机智和创见的源泉，对我来说都已不复存在；一年又一年，一次又一次，我和他之间进行的思想交流都一无例外地证实了这一点。他总会用一些自相矛盾的观点来与你争论，和他待在一起耗时耗神。"[①] 梭罗富有同情心；他比爱默生年轻，他的职业是

----

①　选自于爱默生《日记》，1856年2月29日。梭罗对爱默生也有相同的怨言："下午——与爱默生交谈，或是试图与他交谈，浪费我的时间——甚至有辱我的身份。他总是提出一个错误的相反论调，谁也不能反驳他，捕风捉影地大谈特谈——他还告诉我许多我原本了解的事情——我努力地把自己想象为其他人在反驳他，在此过程中，我浪费了自己的宝贵时间。"（梭罗《日记》，第11辑，第188篇；1853年5月24日。）

制造铅笔的工人和检查员，因而他对流行的社团从无了解，即便是波士顿知识分子的社团。有一次，他应邀到古老的帕克住宅参加星期六俱乐部。在那里，昂贵雪茄的烟雾使他感到厌恶，他仓皇地逃离俱乐部，直奔火车站。他宁肯坐在南瓜上自得其乐，也不愿站在天鹅绒软垫上挤来挤去。他把这一经历记录在《瓦尔登湖》一书中。

有人也许会从另外一个角度想到，在当时的康科德和波士顿，上帝的荣耀已经降临人世间，上面提到的那类社团一定会令人兴奋异常。然而，梭罗易怒的脾气使他像一只浑身长满尖利刚毛的刺猬，随时准备严词拒绝任何接近他的说客，爱默生曾经试图劝他一起参加社团，但是徒劳无益。爱默生曾让玛格丽特·富勒呆愣不语，继而，富勒通过她那"冷漠而又温情、富有诱惑力而又令人反感的独特的谈吐方式"又使爱默生哑口无言；布朗森·阿尔科特总是喋喋不休，他唠叨到爱默生去世，他唠叨到自己变成"冗长乏味的使者"；接下来，爱默生试图与霍桑交谈，而霍桑却沉默寡言，一副自鸣得意、不善交际的样子，于是爱默生也就只好放弃努力。满屋子的超验主义使者，每个人都天生健谈，每个人都感觉自己学富五车，超凡脱俗。

然而，梭罗不盲从任何人，只相信自己。在他二十岁从哈佛大学毕业的时候，他写了一篇令人称奇的文章"毕业典礼"。梭罗的思想在文中体现得淋漓尽致——认为生存手段本身不是生活目标的观点，蹂躏而非合理运用地球资源的众生相，精神自由的恢复，对自然和现在的本能信任。"大海波涛滚滚，地球绿色如茵，空气清新怡人。我们生活的这个奇妙的世界不仅为我们提供生活所需，更重要的是充满奇妙的变化；不仅对我们有现实意义，更重要的是美丽如画；我们不仅可以利用其资源，更重要的是乐在其中。"无论如何，这要比我读过的许多总统演讲，尤其是哈定总统的演讲，更富有思想性。1837 年 8 月 16 日，梭罗发表演讲；两周后，爱默生在哈佛大学生联谊会上发表关于"美国学者"的著名演讲，当时梭罗一定也在场。梭罗很可能已经读过爱默生的"论自然"（其《散文集》尚未出版）。从现在和过去的年轻人相对普通的经历判断，爱默生可能极大地鼓舞了年轻的梭罗，并肯定了他思想轨迹的正确性；他敬仰爱默生的思想，无可争议；然而，当两位智者正面交锋，双方都放荡不羁，如当时的其他思想家一样，双方都致力于寻求开启上帝之门的钥匙，探索人类生活的奥秘，当两位智者都宣扬同样鼓舞人心的个人主义观点，超验主义的思想之箭一定会射向四面八方。

梭罗提倡独立于国家之外的个人主义以及其他几件事情，然而他全部生活的最高目标是寻求人类生活的真正价值标准。他在康科德的邻居们生活的主要内容无非是欺诈和幻觉、日常琐事和流言飞语，是卑躬屈膝、徒劳无益、背信弃义。人类丧失了自己的精神自由，竟用自己的生命权换取了眼前的蝇头小利。我们没有真实地表现自己的本性，我们信心全无，过着奴颜婢膝、毫无创新的生活，屈从于传统习俗的欺诈和愚蠢，渐渐变老、死去。我们怎么会这样！随着我们逐渐变老，我们的生活越发显得鄙俗，我们不再表现出最出色的本能行为，而我们只有在克制自己的时候才略感宽慰。"如果一个圆滑的人不与单纯的人交流，那么，他的身份只能是魔鬼的使者。"梭罗说道。我曾读过他写的一篇文章，其中的一段文字我认为最精彩："我们在成年时期徘徊不前，似乎想畅谈我们儿时的梦想，而在这些梦想被遗忘之后，我们才学会用语言表述。……每个人的身体都有一部分被埋在习俗的坟墓里，而至于其中的一些人，我们只能看到他们暴露在地面之上的头颅……关于马铃薯如何保存才不会腐烂，你的意见可能每年都在变化；但对于灵魂如何保护才不会堕落，除了付诸实践之外，我没有其他办法。"
（《致哈里逊·布莱克的一封信》，1853 年 2 月 27 日）在《瓦尔登湖》
的一篇文章中，梭罗介绍说，他很久以前丢失一条猎犬、一匹枣红
马和一只斑鸠。至今，没有人能够完全理解这篇文章的含义。他失
去的斑鸠很有可能代指他的初恋情人爱伦·西沃尔（Ellen Sewall），
她曾拒绝他的求婚（并改变了他的生活），不过我们确信文中的斑
鸠具有象征意义。他永远都在追寻失去的事物。①

　　梭罗是驾驭生动诗行的大师，是那些令人神经紧张而又铿锵有
力的句子的写作高手。仅次于爱默生，梭罗也许是另外一位被引用
最多的美国作家。但两人在写作上具有同样的缺点。爱默生和梭罗
均不是段落大师，他们竭尽全力也往往只能写出段落的一部分。梭
罗的作品并非都很容易读懂；事实上，我觉得《短途旅行》中的一
些章节相对浅显易懂。句子大师和段落大师，我们似乎不能兼而有
之；几个优美生动的句子恰到好处地组成一个段落，这些句子必须
是作者新近创作出来的；把宝石切割成几块，从容地打磨，然后组

---

① "很久以前，我丢失一条猎犬、一匹枣红马和一只斑鸠，现在我仍然在寻找
它们。我和许多人谈过它们的事情，其中不少是旅行者，他们描述他们的旅
程，回答我的问题。我曾经遇见过一两个这样的人，他们曾听到过猎犬的吠
声和枣红马重重的马蹄声，甚至看见斑鸠消失在一片云彩后面，他们似乎焦
急地想拯救它们，仿佛他们自己丢失了这些东西。"——《瓦尔登湖》，《经
济》。这与中国的一位圣人孟子的谈话不谋而合。孟子曾说，如果一个人手
指弯曲变形，他将会感到羞耻，并将长途跋涉以修复这个手指，然而，如果
我们丧失了"童心"，我们不会感到羞愧，当然也就不去努力恢复童心。孟
子接着说，有一个人丢了鸡和狗，不辞辛苦地找到它们。是不是孟子直接给
了梭罗灵感促使他写出这篇文章？在《瓦尔登湖》中，梭罗参考"四书"之
处有九次或十次之多。他无疑读过"四书"，而且很明显应该是法语版本，
因为，至少，"孔子"的拼写，Khoung-tseu 是法语形式。他也熟知戴维·考
利编辑的《中国古典作品——众所周知的四书》（马拉加公司，1828 年）。

合在一起，构成某种形状，如此拼凑起来的宝石没有太大的价值；整合句子和润色段落的艺术才能无论多么高超，读者都会十分清楚，这是一些从其他时间、其他场合舶来的句子。爱默生和梭罗两人都习惯于在笔记本上完善他们的各种思想，然后，将这些思想碎片按照某个场合的需要整理在一起，或者把它们硬塞进段落里，形成几个精彩却不协调的句子。面包师清楚地意识到，必须用文火均匀地、彻底地、一次性地把蛋糕烤熟，不断地开合烤箱只会损害应有的流畅感和一致性，就无法烘焙出完美的蛋糕。梭罗是一位有责任心的作家；他绞尽脑汁对句子修改，再修改。所以，梭罗的文笔并不顺畅自然。爱默生的写作也不连贯，除非作品的主题自然呈现出某种流畅的外部轮廓，比如在《英国人的性格》一书中。两位大师都有各自的"储蓄银行"，他们自发的思想在那儿储存下来并稍加研究，以满足某些场合的需要。对我而言，他们两人的《日记》似乎都包含一些他们最优秀的创作和最丰富的思想——爱默生所谓的那些"自发的、有力的、预见性的、塑造人生的语言"。

梭罗的缺点在于他总是自相矛盾。[1] 然而，他安坐在自己的小

① 梭罗了解自己的缺点，可他对自己的缺点从不讳言。他在自己的《日记》（1854年9月2日）中写道："我的缺点如下：自相矛盾——说似是而非的话，别人可能会模仿这种风格。故弄玄虚，搞文字游戏——让别人笑，而不是一贯的那种朴实、有力和明朗的风格。当我为自己辩解的时候，使用流行的用语和格言。"爱默生分析了梭罗的缺点，得出同样的结论："亨利·梭罗交给我一篇文章，里面充满自相矛盾的话语，他的老毛病还是没改。我很快了解到他花言巧语的风格：也就是，他用完全相反的用语来代替明白的表达和思想。"（《日记》，1843年8月25日）。梭罗喜欢用双关语，但并不总是和洛威尔一样用得很恰当。他的某些双关语过于考究，例如"即使是大象在旅程中也只带着小小的旅行箱（象鼻）"；"我喜欢人类（善良的人），但不喜欢邪恶的死者机构"；"全国中没有一份流行的杂志敢于发表儿童对重要话题的看法而不作任何评价。必须交由神学博士来评述。我倒认为，应该交给山雀才好。"

屋里，静心等待；有时候，他感觉自己准备进行非同寻常的文学创作，这种时候，他总是精神百倍，文思泉涌。他仔细推敲、精心锤炼，使得每一个句子简明、有力；他的写作过程既是脑力劳动也是体力劳动。梭罗同时扮演两种角色，正面的和反面的，一方面宣扬并谴责社会上的欺诈行为和徒劳无益的事情，另一方面又是一位对自然界抱有深厚感情的作家。梭罗的第二种角色无疑是相对优秀的。

《瓦尔登湖》和梭罗传递给读者的唯一信息是，抛弃所谓职责的借口，通过发掘生活中真正的重要意义，去探索人类的内心世界。没有人评述过这一生存主题，梭罗为此感到惊愕并发出诘难。

"很明显，我印象中很少有人或没有人写过如何生存的问题；如何使得谋生过程不仅诚实、可敬，而且充满魅力和荣耀；假如谋生过程都不能令人满意，更不用说生存本身了。回顾文学长卷，人们也许会想，独居者为何从未思考过这一问题……

"明智这一字眼的意义大多数情况下都被歪曲了。假如一个人并不比其他人清楚如何生存，那么，他如何算得上一个明智的人呢？假如他只是比别人更加狡诈，只是在智力上更加敏锐呢？令人厌倦的工作有智慧可言吗？智慧是否会通过生活实例启发人们如何成功？生活中是否可以没有智慧呢？智慧只是研磨出最佳逻辑的碾磨工吗？"[①]

"假如我们没有精神上的自由和平和，假如我们内心深处的灵魂只是一片酸臭、污浊的池塘，那么，还有别的什么自由值得我们拥有呢？在与外部世界交流时，我们的内心常常因为懊恼而感到不安，故而难以进行反思。许多人经常与外部世界打交道，却不能承受外界的压力和考验，他们给我的印象只是对抗性、芒刺和树皮，而没

---

① 选自于《无原则的生活》。

有了任何绅士风度，没有了温柔和纯洁的灵魂。他们变成了刺猬。

　　"啊，我们经常与外部世界打交道，我们的整个灵魂，恰似染色工人的手，因为其工作环境而受到污染……如果老人不与年轻人交流，如果圆滑的人不与单纯的人交流，那么，他的身份只能是魔鬼的使者。"①

　　于是，他用自己那充满特有活力的散文体，诉说了自己去瓦尔登湖畔生活两年多的目的。

　　"我去树林里生活，因为我希望活得更有意义，只面对生活的基本事实，并且证实自己是否能够领悟生活的全部内涵，当我离开人世的时候，自己是否能够明白自己度过的一生。我不愿意过毫无意义的生活，生命何其宝贵；它也不愿意听之任之，除非很有必要这样做。我想深入生活内部，挖掘出生活的真正意义，像斯巴达人那样刻苦、简朴地生活，消除所有无意义的生活因素，把它们一网打尽，全部剪除，把生活逼进最小范围的角落。如果证明生活是鄙俗的，为什么还要去探求所有真正的鄙俗的生活因素，并将它们公布于众？如果是一种高尚的生活，就去真实地感受它，在下一次远足时我就能够真实地记录它。对我来说，奇怪的是，大多数人似乎并不能确定这种生活属于魔鬼还是上帝，他们有些仓促地得出结论：'永远赞美上帝爱戴上帝'是人类的主要目标。"②

---

① 选自于《日记》，1853 年 10 月 26 日。
② 选自于《瓦尔登湖》(二)。

第八章

自 由

一、为什么需要自由

　　自由本身并不是目标，而是作为更高境界的幸福的实现条件。也许会有人认为，这种观念可能很危险；认为，假如自由本身不是目标，假如作为更高境界的幸福可以通过其他途径，而无须自由的保证来实现，那么，有朝一日人们就可以抛弃自由。对此的回答当然再明确不过了：不可能那样做。我们不知道情况为什么会如此，但情况的确如此。一个人只有在身心两方面都趋于自由，他才会感到幸福；有时候，精神上的自由比身体上的自由更加重要。有些人相信，人类幸福的新型社会体制可以通过实物的共同分配形式建立起来，而无须考虑幸福本身的基本条件，即自由的人们所了解所拥有的自由。这些人实际上在自欺欺人。我宁肯一个人自由自在行走在地狱里，也不愿意被人囚禁着参观天堂！一些人拥护独裁政权或者暴君式的独裁政权，他们的做法使得西方社会自由主义的整个传统蒙受耻辱。一些人赞扬极权国家是一种民主政治，并由此宽慰这类谎言的散布者，这些人确实已经大大背离了美国传统。

我们必须转而讨论美国信仰普通人的精神本源，搞清美国为什么信仰一个真正意义上的普通人。我们必须再次关注爱默生铿锵有力的语言，关注体现在梭罗个人身上的神秘而充足的信心，关注杰弗逊本人，并检验他们立足的根本。我们也一定不要忘记当代美国哲学家桑塔雅那。亨利·黑兹利特（Henry Hazlitt）认为："在当代作家中，只有他（桑塔雅那）的地位才可以与爱默生相提并论。"[1] 我非常赞同他的观点。和杰弗逊一样，桑塔雅那也把自由的话题与幸福本身联系在一起。他理想化的思考将这一问题提升到凌驾于纯粹政治教条之上的领域，并赋予人类自由这样的角色：人类最终幸福的缔造者。桑塔雅那关于自由的观点明显建立在他的不抱有任何幻想但却一直令人充满幻想的自然主义基础之上，他主张的自然主义是关于人类生活终极目标的一个有生气的、异教徒的、有想象力的思想体系。

> 他们捍卫的是幸福生活的自由……这种探索和追求正常幸福的自由，这种使人变得明智的自由，这种与诸神和彼此和谐相处的自由。
>
> ——乔治·桑塔雅那

---

[1] "他不仅是一位十分深刻的思想家，还是一位十分杰出的散文家……我们只要把他与一位作家，如马修·阿诺德，作一比较，就会认识到，桑塔雅那才是更加全面、更加深刻、更加有创造力的思想家。"亨利·黑兹利特，《论坛》，1932 年 10 月。

当古代人捍卫他们所谓的"自由"时，"自由"一词代表了他们的一种朴实而迫切的利益：他们的城池不应该被摧毁，他们的领土不应该被掠夺，他们自己不应该被当做奴隶贩卖。尤其是对于希腊人来说，自由蕴含着更加深刻的意义。也许，一流哲学最深奥的设想体现在，自然界一方面与诸神，另一方面与人类之间均保持着固定的特性；因此，人世间存在着一种必然的虔敬行为，一种真正的哲学思想，一种纯粹的幸福，一种标准的艺术。希腊人比其他民族更加深刻地领会了这些永恒的原则，他们的这种看法不无道理。他们在很大程度上破除迷信，尝试新的政府机制，把生活转变为理性的艺术。因此，当他们捍卫他们的自由时，他们捍卫的不仅仅是生活的自由。他们捍卫的是幸福生活的自由，是公开研究世界和人性的自由，这是其他民族不曾享有的自由。这种探索和追求正常幸福的自由，这种使人变得明智的自由，这种与诸神和彼此和谐相处的自由，是那种在塞莫皮莱通过殉难维护的自由，在萨拉米斯通过胜利证实的自由。

正如希腊城市代表世界的自由，哲学家代表的是希腊城市的自由。这两种情形涉及的是同一种自由，它不是在危急中徘徊不前或无意中吐露实情的自由，相反，它是一种至少为了本人严谨立法的自由，探索真正幸福的途径并将之编成法典的自由。这些智慧的先驱者中许多人都是鲁莽的激进主义者，他们无论遇到怎样的悖论也不会退缩。一些人谴责这类极为希腊化的东西：神话，竞技，甚至是多重性和物体运动。在那些繁荣的、喧闹的、喜庆的小蚁冢的心脏地带，他们宣扬没有痛苦和抽象的思想，而这是无法回答的科学怀疑论。其他人尝试一种美妙的、祭司式的优雅的生活方式，其中充满形而上学的神秘，继而他们形成秘密的社团，大有政治统治的倾向。愤世嫉俗者一边抱怨习俗，一边尽可能地让自己舒服起来，他们的角色变成了乞丐和可笑的寄生虫。保守派自己是很激进的，尽管他们很聪明；柏拉图为了保护自由的国度写出关于最极端的军国主义和共产主义的章程。这是一曲自由的绝唱，这是一位疾病缠身的老人重新焕发青春、开始超人美德的第二次生命的一个处方。老人宁愿去死。

于是，许多人嘲笑——我们可能也会忍不住去嘲笑——所有那些专制的灵魂的医生，他们每个人都有自己的灵丹妙药。然而，尽管他们争执不下，他们都拥有一个共同的信念。他们都相信，可以发现一种纯粹的智慧，理智可以帮助人们发现智慧，因理智而清醒的人类可以将智慧应用于实践之中。人类继续显得放荡不羁，就像野蛮人一样将自由放置于他们的荒原之上，直到我们几乎不可能产生希腊哲学家和希腊城市的一流设想，即，真正的自由与某种基本原则联系在一起——一种共同的科学规则，让我们中间的完美的人或是上帝自由发展所必需的规则。

为了消除异教信仰，基督教会采用一流的自由概念。当然，现在，人们对政治高层所操控的领域的看法是不同的，并且人们对于对人类既适合又可能的幸福有一种新的体验；上帝和人类灵魂有一个可以被探索的固定的范围，教育、法律和宗教将会使它们和谐地发挥作用，这一假设依然没有受到任何质疑。生活的目标，救赎，包含在灵魂本身的本质中，救赎的途径借助积极的科学而确定下来，教会拥有这种科学，其中一部分已经清清楚楚，一部分尚在实验期。

因此，尽管教会忍受不了异教自由，即道德和知识多方面发展的自由，教会也感到，世界上之所以存在教会，它的目的是解救众生，并不断地为教会本身呼吁自由，而且教会感觉到它会完成这一使命。用完全相同的方法教导、指引和安慰各个民族和各个时期的人们，不惜一切代价提升教会所认为的人类的完美程度，这是一种神圣的义务。世上应该诞生圣徒，应该诞生尽可能多的圣徒。教会的教义反映的只是对世界的一种古怪的看法，教会的指导和慰藉只是适用于人类发展的某一阶段，任何流派的古代哲学家从来都不认可上述观点，教会对此也持异议。在追求正统观念的过程中犹豫不决，只会表现出自知之明的轻薄和匮乏。事物的真理和每个人的幸福只会存在于教会总结所有人类经验和所有神圣启示后为所有人一劳永逸选定的地方。因而，无论是在个人还是整个民族的生活中，教会完成其使命的自由会受到任何异端自由的敌视，也与任何激进分子的连续的独立相互冲突。

当谈到完美结局的时候，这种正统自由远远不能让人满意；它被称为圣洁。异教徒哲学家的自由也证明是一种呆板、严肃、伪装的姿态；然而，在基督教教规里，这种苦行僧式的真正幸福并不让人感到惊讶，因为人世间的生活从一开始就被认为是不正常的，而且患有遗传病。在这样的生活中，重新恢复的自由几乎不可能展示自身的至美至乐。但是，某种美好和快乐的确从圣徒身上显现出来；尽管我们不妨认为，这些圣徒的克己和赎罪是被误导的或是过分的，他们也必定会像斯巴达人和哲学家一样找到缓解他们痛苦的方法。他们的躯体和灵魂得以美化，尽管这一点在地球上尚未得到证实。如果我们敬佩他们而不模仿他们，我们也许会对他们的哲学思想进行绝对公正的评价。一流的自由是一种用武力胁迫的虚假的自由，是为苦行的贵族阶层保留的一幅拙劣的作品；在贵族阶层中，英雄主义和高雅举止表现出倒错的迹象，由于得不到有效支持，它们逐渐消失了。

从过去一直到现在，我们发现宇宙是如此之大，我们在其中迷失了方向。不知哪一天，我们会再次发觉，我们现代人在黑暗中飘荡的自由是对自由最大的否定。我们想干什么就干什么。我们需要和平，因而发动战争。我们需要科学，并遵照信仰的意愿，我们在异想天开的想法中折腾自己，我们相信巨大的慰藉与平等，我们殚精竭虑努力地成为百万富翁。毕竟，古代人的看法一定是正确的：合理的自我方向必定依赖于具有确定的特性并了解它的内容，只有关于上帝和幸福的真理才能使我们自由，如果我们能够发现这一真理的话。但是，如果只是对真理进行猜想——宗教先知和天才们正是这样做的——而后诅咒每一个不同己见者，是不能发现这一真理的。尽管人性有其实质上的固定性，它是一种充满变数的活生生的事物。因此，并非所有不同意见都是因为愚昧而产生的；这也许会体现出习惯或兴趣方面的合理变化。我们所挣脱的一流的基督教组织肯定是不成熟的，即使我们自由试验的唯一问题应当是引领我们重新取得某种这类平衡。至少让我们期望，一旦新道德产生，可能会比旧道德更加广泛地建立在对世界认识的基础之上，这种认识不那么绝对，不那么精确，不那么充分地体现于心不在焉的圣人音调的颂歌中。

[《一流的自由》，选自《英国的独白》]

二、"美国民主"和"苏联民主"

我们有必要首先搞清楚在当今世界思想和世界政治的背景下自由的重要性。社会上一直存在一种对自由的叛逆思想，我个人认为这是极不正当的。在集体主义思潮的影响下，一些所谓的自由主义者往往忘记、忽视个人的权利，或与之妥协。他们的这种思想表现为多种形式，但其根源似乎在于他们对自由的信仰不够深厚不够强烈。热爱自由并非美国人的专有传统；对个人自由的热爱绝对是与生俱来的，可依据自己的传统和普遍的本能意识，美国民族比其他民族似乎更加明显地支持这一完美的观念。当我听到几个美国游客的谈话时，我感到浑身颤抖。一名聪慧过人的记者写了一本关于苏俄的书。从书中可以了解到，在西伯利亚露营地数以百万计的奴隶挨饿、死亡、丧失自由，而他对这一事实竟然完全无动于衷。社会利益高于一切。把每个人置于监管之下，但要保证他们的面包和黄油，消除贫困。这几位游客把自己称为托马斯·杰弗逊的精神后裔，杰弗逊本人会因此在九泉之下不得安眠。

当杰弗逊从欧洲归来时，在纽约和华盛顿他听到人们在餐桌旁窃窃私语，那正是他一直所谓的"君主主义者"的谈话。这让他惊恐不安。有这么快吗——当时才是 1790 年？内心的怀疑和背叛司空见惯，遗忘属于人之常情。所以，如今我们的思想经常背叛我们，我们再次开始遗忘。林肯很好地表达了自己的观点，他认为政治上只有两条永恒原则，"当道格拉斯法官和我自己都闭上可怜的嘴巴时，在这个国家，这一问题会继续受到人们的关注。在全世界范围内，正义和邪恶这两条原则之间存在着永恒的斗争。这两条原则从远古时代就开始针锋相对，并将永远斗争下去。一条是人性的普通权利，另外一条是统治者的神圣权利。无论得到怎样的丰富和发展，这两条原则都会保持自己的本色。"① 如果林肯今天还活着，他会说什么呢？我确信，他会再次勇敢地参与到辩论中，用他那严谨的逻辑、朴实而雄辩的语言证明，推崇斯大林民主政治的人反而是名副其实的背叛者。"当谈到奴隶制时，林肯灰色的双眼往往喷射出怒火……当谈到自由时……"赫恩顿（Herndon）曾经如此描绘过林肯的形象。

对于如今这种错误的自由主义思潮我应该作何解释呢？也许这是因为，某些美国人认为，自己天生是美国人，所以他们的血管里流淌着自由思想的血液；而其他民族，东欧人，比如布拉格的大学生们，只要这些极权政治保证他们的"生活"相对舒适，他们并不在乎自己在宗教和知识上的自由受到压制。在我看来，这些美国人在这一问题上大错特错，他们对自由的信仰并不强烈，认为自由对其他民族无关紧要的人将会辜负他们在自己国家自由捍卫者的称号。

造成这种混乱局面部分原因应归于某些用语，尤其是"民主"的措辞，也许是如今误用最多的一个词语。如今，民主是用得最乱的一个字眼，"民主"一词的滥用造成其真正内涵的缺失。为了澄

---

① 选自于林肯与道格拉斯的辩论，《在阿尔顿的答复》。在这个特定的例子中，他谈论的是一个种族对另外一个种族——黑人的压迫。

清"民主"的意义，我们可以抛弃这一用语，把相关问题归为自由范畴，而不再是民主范畴；或者，假如一定要继续使用"民主"一词，我们可以创造一个新词代表缺乏自由的民主，保留 democracy 指代拥有自由的民主。因为民主不能同时指代某一事物及其对立面；我们需要同情那些可怜的报纸读者，他们竭力用正确的方法思考一些基本问题，遗憾的是，由于用词的混乱，这些问题变得异常艰难。我们必须坦白承认，如今，同样一个名称，却有两个内容，苏联民主和美国民主，二者从根基上开始就彼此冲突。如果前者更名为"democratsky（民主）"，其内容、特殊管理、军队、方针等改用形容词"democratov（民主的）"来描述，代替"democratic（民主的）"一词，那么，一切会显得清清楚楚。因此，如果一名美国游客想谈谈集权专制，使用词语"democratsky"或"democratov"政体，谁都会明白其确切含义。我们也可以大胆地报道捷克斯洛伐克的"democratov"选举和印度支那的"democratov"革命，对此人人都会满意。

语言是多么实用！还有一种新现象，叫做苏联帝国主义，在方针政策、意识形态和演变进程方面它都与英国帝国主义截然不同，世界上迄今为止对此尚无合适的名称。把它简单地称为红色帝国主义，会增加人们的困惑，因为人们的大脑会自然而然联想起一般意义上的"帝国主义"。帝国主义已经演变为新的形式，而我们却仍然用旧的名字称呼它。依据一种深奥缜密的辩证逻辑，东欧的共产主义者们相信，俄国人也许热爱自己的国家，但是南斯拉夫人不热爱，后者因为"背离国际主义"的罪名而受到被清除出共产国际的惩罚。这是什么样的辩证法？假如忠于自己的国家是令人费解的思想，而忠于莫斯科却是正确的列宁－斯大林主义，那么，很明显，每一个南斯拉夫人都应该为俄国而献身，而俄国人自己，为公平一致起见，也发出同样的誓言。我觉得这种逻辑令人不可思议。同时，俄国人也许为了热爱自己颂扬自己而英勇斗争，可对于立陶宛人和波兰人来说，"热爱自己的邻居"也就足够了。外部的民主世界很难理解这些细微的差别。为了澄清思想，为了避免滥用字词，为这种新现象创造的任何新词语——杜撰一个具有俄语特点的单词，"sovimpism（苏联帝国主义）"——都会受到人们的喜爱，而英国帝国主义的名称显得古老而优秀，如果照抄它，等于诋毁它。接下来，正如我们需要受虐狂去享受虐待狂造成的痛苦一样，除了这个sovimpist（苏联帝国主义者）之外，我们还需要一个必要的后续单词；"fosterist（促进者）"一词也许恰到好处。然而，除非我们设法改变这种语言的混乱局面，我们将一直不得不致力于改善我们自己陈旧的词汇表，而不是与俄国展开不懈的斗争。

　　我有意地离开主题，是为了更好地诠释当今世界背景下的"自由"的重要性。如上所述，在现代政府体制的理论和实践中存在着不可改变、不可逃避的对立面，即，希特勒式的害怕人民和杰弗逊式的相信人民。政府体制属于哪种模式，这并不重要；可能是君主政体、共和国、极权政治、社会主义共和国联盟，或者是无政府状态。你能够得到任何想要的东西，随意给它起名字，一度愚弄人民致使他们相信他们得到的正是他们真正缺少的，愚弄其他人想得到那些人没有得到的东西，而局外人认为他们已经得到，这一切都是通过巧妙运用语言来达到欺骗目的的。这正是人类的精明之处。

三、普通人

　　不言而喻，只有我们愿意认为普通人应该得到自由，只有我们相信很不完美的人类个体，我们才可以谈论自由。这不是一个很容易就下断言的话题。正如杰弗逊所言，自由是一个神秘的信仰，尚未得到证明和检验；他相信他所接触到的殖民主义者的本能反应，并因此愿意检验自由。众所周知，从历史角度上来看，美利坚共和国只是作为一种实验形式被采纳，尽管现在证明实验取得了成功。这是第一次检验；当时法兰西共和国还没有诞生。美利坚共和国的缔造者们不得不面对一个明显的游戏规则：要么委托普通人管理普通人，要么被他人所管理。共和国建立在信仰的基础之上，也可以把这种信仰更准确地描述为普通人能够管理自己的准确预感。因而，相信个人的价值和权利是民主制度的根本依据和重要基础。

　　在那名清教徒前辈移民为之自豪的土地上就曾经体现了对个人的信仰。然而，据我所知，很长很长时间以后，这一信仰才得到一种有意识的哲理的证实，那就是爱默生的哲学原理。这并非易事。为什么认为普通的男人和女人值得我们的信赖？美利坚共和国的先驱们对民主下的赌注就如同一个人在赌马一样。美国殖民主义者要求民族自由和独立的信心是不可动摇的；这不是一次赌博，而是势在必行的愿望。但是在个人自由以及信任或害怕普通人的问题上，许多人举棋不定，意见不一。于是，杰弗逊和联邦党人展开了争论。如果杰弗逊赢了，并被选举为总统，这是因为美国人民喜爱他，这是因为，想要统治他们的英国人被赶出去之后，他们不再希望他们自己国家的其他特权阶级管理他们——换言之，当他们认为他们想要管理自己的时候，他们的意思就是管理自己。

这一主张非常冒险。到 1792 年，法国革命如火如荼，经过伪装的暴民统治遍及全国。但是，杰弗逊相信，美国的特殊形势和美国人民的特有品质能够使民主政治建立起来。因而，我也相信，在那段关键时期杰弗逊和美国人民取得胜利，今天的美利坚共和国的全部特质深受其影响。检验美国民族内在品质的实验成功了，因此，如今我们每天都在谈论普通人，从各种途径了解普通人，而忘记了当时信任普通人只是一场实验。

亚伯拉罕·林肯说道，上帝必定喜爱普通民众，因为他亲手创造了他们。那是一句睿智的、充满宗教色彩的话语。我对这句话有自己的理解。我认为，它之所以正确，并非因为它正确，而是因为我们已经决定无论如何要相信它。当然，客观地讲，它是没有任何依据的。上帝在太平洋里创造的鱼类要比在美洲大陆上创造的人多得多，他也创造了无计其数的苍蝇和蚂蚁，更不用说细菌了。我没有统计过细菌的数量，谁也不可能统计出来，但那肯定是一个庞大的数字。所以，在细菌和人类之间，上帝必定更加喜爱前者。但是即使上帝喜爱细菌，我们也坚决不会相信，上帝有意创造了一些能够在零摄氏度以下和沸水中存活的细菌。显然，关于普通人话题的客观证据是站不住脚的。寻找确凿的客观证据绝非易事，因为，部分和整体总是不能吻合起来；哲学家们对他们的同胞表现出热爱和信任，于是他们往往到河岸边、市场上、地铁里进行具体调研，往往因为幻想破灭而悲伤。许多作家在其私人书信和日记中表达了这样的感受：对人的个体表示热爱，而对人的群体表示失望。这样做的结果是使得这种爱失去了它的真正内涵，对哲学家本人来说，这也就失去了现实意义。这正是亟待解决的固有难题。

1844 年，爱默生发表论文《唯名论者和唯实论者》和演说《新英格兰改良派》。大约也是在这个时间，有人突然提出一个关于个人的神秘权利的主张。人们也许认为这全是爱默生的影响，但对此人们没有十足的把握。这一信仰成熟的时机，有意识地迫切地宣布这一信仰的时机已经到来。爱默生早在 1837 年就发表了演说《美国的学者》，奥利弗·温德尔·霍姆斯把这篇演说称为美国"知识分子的独立宣言"。他从此开始奏响"自信"的音符，一生都没有间断。"他越是进入到最隐秘的心灵深处，令他惊讶的是，他越是发觉，在那儿产生的预感是最合意的、最不隐秘的、放之四海而皆准的。……对比任何一个历史上的王国，一个人的内心生活将是一种更加杰出的君主政体，面对敌人更加坚不可摧，面对朋友显得更加惬意和平和。……我们时代的又一印记……是开始重视人的个体……人与人的关系将如同主权国家之间的关系一样……你可以勇于探索一切；你可以大胆面对一切。"听完这一席话，年轻人会感到很振奋。第二年（1838 年），爱默生发表《在神学院的演说》。他感谢上帝创造如此多的卫斯理（Wesley）、奥伯林（Obetlin）、圣人和先知，"但是却说：'我也是一个人。'"听到这一句话，年轻的神学家们也会感到振奋。1841 年，他发表论文《自我依靠论》，"真正神圣的是你自己正直的思想。……一个人必须了解自身的价值，并将一切事物控制在自己的脚下。让他不要探头探脑，偷偷摸摸，不要像一个以受施舍为生的孩子那样四处流浪，也不要在这个本为他而存在的世界上做一个没有合法身份的私生子或者没有营业执照的私商。"1844 年，他发表了上文提到的两篇论文；如果放在一起阅读，它们为普通人这一命题提供了最完整的哲学证词。

如前文所言，时机成熟了；上述观点遍及超验主义的方方面面。爱默生在《日记》中写道，一位 B 夫人摆了摆手说，"超验主义就是想得远一点"；一些住在国会大街的人们猜测它会使得许多合约失效。事实上，它意味着所有个体分享上帝的旨意。那个时期的作家，不论是不是超验主义者，都理解它的含义。梅尔维尔具有自己独到的超验主义理论，他于 1851 年在《白鲸》中说道："那么，如果我以后将把高尚的品质，虽然并不明显，归于那些最卑贱的水手、背教者和被抛弃者；围绕着他们编织出一些悲剧人物来；如果即使在他们中间有最令人悲伤的或是最下贱的人，有时会把自己提升到高山之巅；如果我将以一种荣光去触摸工人的胳膊；如果我将把一片彩虹铺盖在他那夕阳西沉般的厄运上；那么，您，公正之神啊，您既然把人道的法衣铺盖在我们这些人的头上，就请您不顾人间一切批评，把我拯救出来吧！把我拯救出来吧，您这伟大的民主之神啊！"[①]在这前后，他曾在写给纳撒尼尔·霍桑的信中说："因此，如果你到处看到或听说我所主张的彻底的民主氛围，你可能会有一种类似于想回避的感觉。一个普通人勇敢地宣称关在监狱里的贼和乔治·华盛顿将军同属于值得尊敬的重要人物。这样的一个人感到有点畏缩，是很正常的事情。"1848 年 3 月 27 日，梭罗曾写信给哈里森·布莱克，前文曾对此进行过引述："我就是我自己，或者说我开始成为我自己……做你喜欢做的事情。认清你自己身上的骨骼；然后啃完、埋掉、挖出来、再啃。"1855 年，惠特曼在《自我之歌》中说道："我就是我——这就足够了。"他们几位都受到爱默生的影响吗？和惠特曼自己的声明相反，我认为，他关于个人身份的神秘观点来自于爱默生的《唯名论者和唯实论者》。惠特曼从事哲学研究的唯一可能的途径就是从关注个人身份问题入手，然后逐渐了解哲学的全部内涵，而爱默生早就研究过个人身份问题，而且其研究成果详尽明确，令人满意。他对这一问题在性方面的阐释

---

① 《白鲸》第二十六章。

具有典型的惠特曼风格："总是那种坚定的身份，总是那么优越，总是那种生活。"再看看惠特曼对自我的夸耀："我溺爱我自己，于是造就了现在的我，浑身散发迷人的风采……"还有，他认为自己具有和"耶和华完全相同的体形"。对于一个青年男性来说，与其说这是哲学理念，还不如说他在自吹自擂。我们不清楚他是神秘兮兮还是糊里糊涂。然而，惠特曼竭力想说明个人的重要性，他在《民主远景》中尽可能清晰地阐述了自己的意图。

"人们讨论了许多其他事情——人们仔细聆听并默然同意了关于从属地位、经验、财产权等方面的许多确立已久的真理性的东西；关于我们的社会职责和社会关系所做的有价值的恰当的声明，人们给予了认真充分的考虑。这些讨论结束之后，剩下的问题就只有借助某种思想推动和改善其他一切事物的发展。这种思想就是：先抛开其他因素，男人和女人在自己的权利方面是至高无上的（对勤劳的穷苦民众来说这是最大的福音和慰藉），独自享有的，不可侵犯的，任何官方法规，即立法机关为保障国家安全曾经颁布的任何法规，或者甚至是所谓的宗教信仰、谦恭态度或艺术爱好等，都不能干涉这一权利。这一真理的传播是瞬间成为过去的三百年间最重要行为的关键因素，已经成为美国政治活动的根基和生命。它得到了人所共知的发展，但人们为它默默地付出了太多的努力。社会模式不断变化，世界上主要国家的政治形势不断动荡，在此背景下，我们却发现这一真理在稳定地向前发展并日益壮大，即使是当时思想的整合趋势非常强烈；这一完全独立的形象，个人尊严的形象，人的个体的形象，无论男女，其主要特征并非体现在他（她）获得的身外之物或在他人心目中的地位，而是体现在他（她）自身的自豪感；作为最后的结论和概括（否则事情的整个格局会显得毫无目标、杂乱无章、并带有欺骗性），我认为这是一个简单扼要的思想：最重要最光荣的独立是人性本身的独立，它内在的、正常的、得到充分发展的品质没有受到任何形式的盲目信仰的影响……"

在《唯名论者和唯实论者》一文中，爱默生为他的个人理论提供了形而上学的基础。通过考查部分与整体的关系，他得出结论："人人都是有用的，但没有人是非常有用的。我们相信每个人都是以个体的身份出现的，南瓜也是如此；但是田地里的每个南瓜在整个南瓜生长历史上都有自己的一席之地。"爱默生充分意识到，在这个具有双重面孔的世界上存在抽象的个体和具体的群体，要想总结出关于二者的一般性理论，是相当困难的。他在文章末尾这样写道："我喜欢作为个体的人，假如人的群体与老鼠的群体没有什么两样。"隐遁者总是想象关于人类的见解，爱默生此时扮演的正是隐遁者的角色。他"走进一群暴民中间，走进银行、机械工的店铺、磨坊、图书馆、轮船、帐篷；每当他到达一个新地方，他的表现均与傻瓜无异"。他发现，这个世界需要各种类型的人；假如人人都具有真实的才能，那么，人人都可以"轮流发挥自己最大的潜力"。他清楚地知道，无论关于抽象个体的思想多么高尚多么令人鼓舞，所有的个体，不管他是天才还是伟大领袖，都不是完美无瑕的。随后，他又从哲理角度解释说："大自然将不会成为佛教徒：她讨厌对事物作出一般性总结，她举出数以百万计令人耳目一新的具体细节让哲学家目瞪口呆，羞愧难当……尼克·波托姆（Nick Bottom）无论多么努力，他都不能完成所有的角色；其他人将会付出各自的一份努力，世界将会因此而变得完美……假如像克赖顿（Crichton）一样令人钦佩的学者们和全能的天才们使她感到烦扰，她就会一事无成。车轮修造工整夜做着各种车轮的梦，马夫的部分生活属于他的马匹，自然更喜爱像他们这样的人；因为她在忙于工作时，这些人就是她的双手。"所以，"如果约翰是完美的，你我为何活在世上？只要一个人生存在这世上，他就有生存的必要；就让他为他自己奋斗终生吧。"然而，一方面，"我们坚持认为人的个体是有缺陷的，而另一方面，从感情和经验出发，我们竭力主张每个个体都有权利享受荣誉，都应该得到慷慨的礼遇。……假如我们在令人钦佩的关于一般概念的科学领域中不能够自发地有意识地取得进步，那么我们的明智之举就是去观察具体细节，并用适度的慈悲心肠从最佳细节中推理出大自然出众的才智。"实际上，当他谈到"上帝旨意"在个体身上的"体现"和分配时，他带有一种印度唯心主义和德国浪漫主义的意味。在他的《日记》中他说道："在每个人的肉身上显示出上帝旨意，是社会生活的完美法则。如果对照附着在马夫、花花公子和陌生人身上的上帝旨意证明自己的一切，那么你是永远不会后悔的……因此，我适时地断言，每个人都是上帝的一分子；自然通过满足他的需求使他成为一个独立的个体，同时避免他朝着宗教和科学的方向发展；现在，我进一步主张，只要每个人的天赋得到直接的温情的释放，他的个性就会得到最充分的渲染和证实；现在，我继续坚持认为，每个人同时也是一名普救论者，而且，正如我们的地球围绕着自己的轴心自转的同时还在太空中围绕着太阳一直进行公转，地球上最渺小的理性的人类个体，对自己的事情最关注的人类个体，尽管像是戴着假面具一样，他却解出了世界上存在的难题。我们相信每个人都是以个体的身份出现的；南瓜也是如此；但是田地里的每个南瓜在整个南瓜生长历史上都有自己的一席之地。"

因而，爱默生解决了一般原则和具体细节的难题。我发现，这种对具体细节的强化，对直接经验的强烈意识，是美国思想的基本特征。爱默生是一元论者，威廉·詹姆斯是多元论者，可二者之间却存在着极大的相似性；两人均热爱生活中具体特殊的事实以及抽象的统一性和普遍性，并为此备感困惑和煎熬；有关人类个体的重要性，两人均得出了同样的结论。哲学专业的学生将会轻而易举地注意到爱默生日记里的这篇文章，作为超灵的一元论者和倡导者，他在文中说道："所以我断言，每个人都是上帝的一分子。"我们从中可以看出，这是他的个人主义理论的基础。在发现普遍物质的问题上，爱默生的一元论与事物的细微分级过程格格不入；他崇尚具体事实，把它作为整个事物的单元代表；他的意思可以简单地解释为：当一块生铁变成一块磁铁的时候，这块生铁的所有分子都发挥着磁铁个体的作用。

然而，我们却是在爱默生的演说《新英格兰改良派》中才聆听到他作为个人尊严的使者所发出的富有挑战性的重振活力的呼声。在这篇演说中，爱默生本人成为美国思想中众人瞩目的因素。他使得关于个人重要性的主题生气勃勃，他激励个人的信仰自由，他坚称"人类比想象的更加优秀"，正因为此，他才对一代代人产生了持久、有力的影响。一个人天生具有令人鼓舞的、释放个人潜能的新鲜活力，具有恢复个性的本能，这使得洛威尔听完爱默生的演说后在写给查尔斯·艾略特·诺顿（Charles Eliot Norton）的信中说道："在爱默生演讲的整个过程中，我感到内心有个声音在喊道：'哈，哈，他的话语如阵阵号角声催人奋进。'"其实，人的本性在这里再次展现出来。爱默生宣称："让现场的每一位听众信服的是更崇高的生命、更出色的男儿、更淳朴的目标。"正是他的这一宣言，促使乔治·威廉·柯蒂斯（George William Curtis）在《哈珀斯》月刊上发表文章《编辑人员的舒适的椅子》，并写出下面的一段文字来评价爱默生的演说："演讲者站在讲桌旁，读着他的演讲稿；几乎所有的男生都静静地坐着，陶醉在他那动听的声音中……其中有些人认为他很怪异。听到他那逗笑的幽默故事或者用作例证的奇闻逸事，所有在场的人都会捧腹大笑，他的谈话也就会因此陡然增色不少；一些听众心中激情澎湃，默默地表着决心，一边听演讲，一边随着心中产生的崇高希冀而心旌摇动……每当演讲者说完一席话坐下的时候，舒适的椅子会静静地待在那里，聆听着回荡在空中的丰富、美妙的旋律，仿佛风琴演奏者离去之后，年轻牧师的心依然久久不能平静……我们常引用严肃的父母亲所说的话：'我不去听爱默生先生的演讲，我听不懂。可是我的女儿们听得懂。'"①

下面的几段文字节选自爱默生的演说《新英格兰改良派》的后半部分。我之所以选择如此多的内容，是因为在美国思想中，这一主题占据着举足轻重的地位。

> 他只有顺从自己的天性。只有以合法方式参与最自由的活动。天使才可能会出现在他的面前，牵着他的手走出监狱的所有牢房。

> ——拉尔夫·沃尔多·爱默生

我反对针对我们的教育和我们教育的人的怀疑论调。我认为，一个人的见解和品质之间并不存在根本性的区别。我相信优秀人士和智者的阶层，就不会再相信固定的怀疑论者阶层、保守派阶层、不满分子阶层、唯物论者阶层。我不会同时信任两个阶层。诸位应该记得这样一个故事：一个可怜的女人央求马其顿王国的菲利普国王为她主持公

---

① 经授权，再版于《哈珀斯》月刊。

道，菲利普拒绝了她；女人喊道："我要上诉！"国王十分惊讶，问她向谁上诉；女人回答道："我对喝醉酒的菲利普不满，我要向清醒的菲利普上诉。"这个故事的寓意非常符合我的看法。我不会同时信任两个阶层的人，而信任具有两种思想基调的人，如喝醉酒的菲利普和清醒的菲利普。根据柏拉图善意的表述，"一个人的灵魂很不情愿地被剥夺了了解真相的权利"。我认为，刻板的保守派、守财奴或是小偷等，没有哪个人仅仅会依赖想象中的必需品生活，没有哪个人会因为自己近视或目光呆滞而对此勉强接受。如果没有更神圣的魂灵显现或相应的圣日活动，一个人的灵魂是不会让他自由发挥作用的。只需要简单考查任何一个人的传记，就不难看出，我们并不会对我们所做出的各项成绩大书特书，相反，我们每个人都显得很大度，不时地将自己的表现与他相信自己应该做的事情作一比较，然后对自己的表现显得不屑一顾——每个人都把自己推到敌对的一方，高兴地听他们如何评价自己，并因为与对方做了同样的某些事情而自责……

没有什么事情将会改变我的信仰，即每个人都热爱真理。大自然没有绝对的谎言，也没有绝对的恶意。把邪恶的主题借助轻松的方式表现出来，这是最后的放荡不羁和亵渎神圣的行为。除此之外，世界上不再存有怀疑论调或无神论调。假如这能成为普通人的信仰，世上就会频繁发生自杀事件，地球上的人类也就会从此消亡。在某种教条主义的神学范畴，这一观念名正言顺，但是每个人的纯真和他对邻居的真实喜爱使得它如死水一潭。我记得，有一天，我站在选举投票现场。激烈的政治争斗使得每一位独立选举人表情庄重。这时，我身边有一个人表现得很出色，他冷静地注视着现场的人，说道："我满意地注意到，在场的绝大多数选民，他们不论站在哪一边，都希望正当地运用自己的选举权。"我认为，处事周全的观察家们注视着这些人完成他们无可责难而又未知可否的行为之后，会一致同意，他们虽说有些自私和轻率，但其中的大多数人都是为了效忠祖国的共同目标而参与选举的……

由于每个人在教会和国家里都享有平等的权利，所以人和人之间是完全平等的。人和人之间能力上的不一致只是表面现象；在坦诚、细致的交谈中，人们彼此之间敞开心扉，表现出极大的统一性。两个人坐在一起，相互之间完全理解，他们的谈话一定会顺利地进行下去。让我们看看关于语言我们已经争论了多少！如果朋友之间都公认的一个头脑清晰、敏锐的人和一个最有权威的诗歌天才交谈，我觉得情况也许会这样：他们两人之间看来不会存在人们想象中的那种不平等，完全的理解、彼此的接纳、相同的感受，消除了他们之间的诸多差异；那位诗人会坦白承认，他的创造性和想象力并没有给他带来太多的好处，只是一点点小优势，借助这点优势，他能够自如地表达自己的感受，而其他人做不到；并且，他的优势只是雕虫小技，可能会欺骗好逸恶劳的人，但对于热爱真理的人并没有影响；因为他们了解才华出众的不易，了解表达能力往往会花费太大的代价。我认为，最完美的人会坚信，一个人最完美之处与他并不完美的整体区分并不明显。每个人都有自己最大的强项，这是其他人无法比拟的。他在其他领域缺乏必要的技术，反而会加大他对自己工作的胜任程度。每个人都有自己的弱点，但他会因此而得到某种弥补，每次能力上的受限都会反过来增强他的能力。

前面的讨论以及相似的经历表明，人类与一个从未证实过的主要事实紧密地连接在一起。我们的上下、前后都存在某种能量，我们就是这种能量的传输渠道……实现最高尚生活的公开渠道是第一个也是最后一个事实，如此精妙、如此朴素，而又如此坚不可摧，尽管我从来没有描述过这一真理，尽管我从来没有听别人描述过这一真理，我知道自己拥有这一真理的全部内容……

假如先知的预言由于时机适宜成为吉祥的征兆，一个即将出生的人——许多人准备着他的降生，许多事件的发生预示着他的降生——将因为自己出身的高贵，因为自己将成为人上人而感到幸福；他将凭借自己的信任消除猜疑，他将运用自己朴素自然但往往被人遗忘的方法，他将无须殚精竭虑，而是依靠在我们的头顶脚下发挥作用的有效、和谐的自然规律。当我们遵循自然规律时，它会毫不怜悯地攫取我们劳动果实；当我们违反这一规律时，它会利用我们的覆灭完善自己。所有人都心照不宣地信仰这一规律，否则"公正"这一词语就会失去它的意义。他们认为，最好的就是正确的，正确的事情最终都会完成，否则我们的世界就会一片混乱。自然规律会奖赏某些行为，但却不是按照行为实施者的精心设计，而是遵照行为本身的规律。自然规律对人类说道："每一段时间完成的工作，无论有没有酬报，其唯一的结果是：你完成了工作，你可以得到奖赏；不论你的工作是出色还是粗劣，是种植玉米还是创作史诗，你只要踏踏实实、问心无愧地完成它，在思想上和情感上它都将为你赢取一份奖赏。

无论你失败多少次，胜利都是你一生的目标。做好一件事情的奖赏就是完成了这件事情。"

只要一个人习惯于透过表象观察事物，习惯于搞清楚这一高超的做法将如何没有例外、持续不断地盛行下去，那么，他马上就会实现心态的平和。他已经可以依赖地心引力定律，即每块石头将会落到它应该落向的地点；善良的地球忠诚有信，它带领着我们安全地穿越太空；我们无论是焦躁不安还是听之任之，我们都没有必要插手协助它运行下去。有朝一日，他将获取并学习引力定律所传递的些许教训：我们的生命轨迹就是我们全部工作，我们无须为宇宙的管辖提供帮助。考虑到一些有身份的人毫无根基的主张和虚假的名声，不要那么急不可耐地使我们的城镇恢复井然的秩序。考虑到他们自身的利益，这些人希望恢复城镇的秩序，他们为此正在辛勤地工作，他们一定会成功的。假如你不去批评这个那个教师或实验者没有恪尽职守，几天之后，他就会在所有人面前消极怠工。同样，如果让一个人进入完美的轨道，他就会变得强大起来。顺从自己的天性就是解放一个人思想的原动力。我们期望不再服从，期望远离自卑感；我们制定自我否定条款，我们喝水，我们吃草，我们拒绝遵守法律，我们被关进监狱；一切都是枉然。他只有顺从自己的天性，只有以合法方式参与最自由的活动，天使才可能会出现在他的面前，牵着他的手走出监狱的所有牢房。

我们处于美好和惊喜的包围之中，我们应该拥有的是快乐和勇气，我们应该为实现我们的志向而努力。人的一生是真正的探险过程，当勇往直前时，生活将为我们的想象力增添比任何虚构故事都要大的愉悦成分。

[《新英格兰改良派》，选自《散文集：第二辑》]

四、国家和个人

　　在某种很特殊的意义上来说，梭罗是个人的提倡者；当个人利益与国家利益发生冲突的时候，他又是个人的辩护者。在康科德居民的眼中，这位隐居者行为十分怪异。夏日的一个上午，从日出到中午，他会一直坐在洒满阳光的家门口，全神贯注地思考问题，周围树影婆娑，有松树、山核桃树和漆树。直到太阳照射在他的草屋西面的窗户上，或是远处的公路上响起一辆游客的四轮马车的嗒嗒声，他这才意识到已是午后时分。他的目标是成为一根雪松木桩，浑身潮湿、阴冷，青苔渐渐爬满全身，他愉快地享受着苔藓轻柔的撩拨。此时，他俨然一名印度瑜伽修行者，或是庄子一样的圣贤，头顶筑有鸟巢，腋下生长着垂柳。梭罗曾经发表过许多极其出色的言论，其中的一条出自于他在1856年12月6日写给哈里逊·布莱克的一封信。在信中，他说道："……一般情况下，我认为如烟的往事像篱笆桩一样可以不必过分关注……那么，如果我变为一根雪松木桩，难道我不能满意吗？如果我变为雪松木桩而并非栽下木桩的农夫，难道我不愿意吗？难道我不愿意成为向农夫传道的使者吗？难道我不愿意拜访栽满木桩的天堂吗？我觉得自己一定会喜欢那个地方。可是，我不会在乎自己是否会在那里生根发芽，长成一棵大树，枝繁叶茂，开花结果。"对于普通意义上的美国智慧来说，梭罗的思想表现得有点偏激了。梭罗曾写过一篇关于"日厨镇"的随笔，当时作为编辑的詹姆斯·拉塞尔·洛威尔果断删除了其中的一行文字："它（松树）和我一样是不朽的，它也许会进入更高的天堂，矗立在我的头顶。"①

在邻居们的眼里，梭罗和他那个时代的许多古怪的人——改良派、社会主义者、业余预言家、催眠术师、颅相学者一样，处在"精神错乱的边缘"。他生活的那片土地上到处都是思想的信徒，正如树林里随处可以见到浣熊和花栗鼠一样。然而，梭罗却一直在深入探索生活的本质。达尔文努力证明的是人类的动物血统，而爱默生和梭罗正通过直觉的超验方法试图建立起人与自然之间的亲密关系。尽管邻居们觉得梭罗是个怪人，他很清楚自己在快乐地生活着；他知道，从早晨到中午一直坐在松树林里，或是主持一个个黑果木聚会，正是人类需要的生活方式。既然他在内心里已经坚定了这一绝对的信仰，他自然而然地就会认为如烟的往事像篱笆桩一样可以不必过分关注。因此，当爱默生宣称个人与国家平等、与教会平等、与其他任何人平等，正如两个主权国家彼此平等一样的时候，梭罗的主张更深入了一步，他对事态的看法可谓高瞻远瞩："我不希望与任何人任何民族发生争执。我不希望把头发分开，拥有左右区分鲜明的发型，或者把自己的仪容整理得比邻居显得光洁。可以这么说，我甚至找到了一个理由必须遵守这片土地上的法律。其实，我非常乐意遵守这些法律……从较低的立场上看，宪法虽说存在各种

---

① 凯特·道格拉斯·韦金（Kate Douglas Wiggin）仔细描述了康科德的哲学家们给当地的农民留下的印象。韦金还是个十三岁的小姑娘时就知道爱默生和阿尔科特，对伊丽莎白·皮波蒂也很熟悉。她描述了一个去康科德的本地游客，后者对她说："你是其中的一位哲学家吗？树林里到处是他们的欢声笑语。那天，我故意进入走廊，想听听他们到底如何闭着眼睛争论不休，想看看他们中间有一位哲学家从一片破旧的木材场挖掘出一个个树桩的情形。"《记忆的花园》，（原著）第148页。版权所有，1923，休顿·米弗林公司。经授权再版。

缺陷，但却符合民众利益；法律和法院庄重威严令人敬畏；即使现在这个国家，这届美国政府，在许多方面也受到民众的敬仰；还有其他几件难得的事例令国民感激，不少作家都曾对此作过精心的描述。但是，从一个稍高的立场上看，我已经在前文对上述事情作过专门讨论；从更高的或是最高的立场上看，又有谁会对这些事情发表看法？或者又有谁会认为它们值得大力关注值得用心思考？"（《非暴力反抗》）

因而，梭罗对于现代人的重要性体现在，他认真、诚恳地提出了一个主张，即个人比国家重要。他的这一主张清晰而强烈，宛如一阵嘹亮的号角声。他所感觉到的并非一种特异反应，而是一个与美国人的本能相符合的基本事实。和这类本能相反，如今的很多人常常忘记这一事实。他将自己的理论付诸实践。他拒绝效忠于马萨诸塞州；并且，当《逃亡奴隶法》激怒他的时候，他"从容地对马萨诸塞州宣战"。当黑人伯恩斯被逮捕并重新沦为奴隶时，他默默地计划要"颠覆马萨诸塞州"。有一次，在一名牧师的支持下他拒绝缴纳税收，并准备蹲监狱，但"不幸的是"，有人替他交了税。于是，他随后干脆拒绝缴纳一美元五十美分的人头税。一天上午，他去一个修鞋匠那里取鞋，在路上，他被逮捕了，然后被投进了监狱。由于再次有人替他交税，他只在监狱里待了一夜。第二天上午，他继续前去取鞋。穿上修补好的鞋子后，他和一群人一起赶往两英里外的一座最高的山岭参加黑果木聚会。在那里，"再也不用受到马萨诸塞州的束缚"。

梭罗一向特立独行。他的所作所为具有鲜明的个人特征。然而，在他自愿入监一夜的行为背后蕴含的真理具有前瞻性。正如亨利·塞德尔·坎比（Henry Seidel Canby）所言，他"为永恒"制定法律。下面一段文字是关于美国民主极为重要的一则声明。

一个国家只有逐渐意识到人的个体拥有强大的自主权，它才可能成为一个真正自由、文明的国度。

——亨利·大卫·梭罗

现在的政府当局，即使我愿意服从它——我乐意顺从比我懂得多做得好的人的意志，在很多情况下，我甚至也情愿听从说的做的比我差的人的意见——它也是一个有缺陷的政府；从完全公正的角度来看，它必须要得到受管辖人民的拥护和赞成。它对我的人身和财产并没有绝对的管辖权，它所控制的范围只是我所认可的事情。从大权独揽的独裁专制到受到限制的君主政体，从受限的君主政体再到民主政治，整个进程中越来越体现出对人类个体的真正尊重。即使是那位中国哲学家①也明智地认为人的个体是管理国家的基础。我们所了解的民主难道是改善政治体制的最后一个可能的因素吗？难道我们的努力不能再进一步以便促使人权的明确化和制度化吗？一个国家应当逐渐意识到人的个体拥有强大的自主权——这是国家的一切权力产生的基础——并且不同的个体应当运用不同的方式去对待，只有这样，它才可能成为一个真正自由、文明的国度。一个国家最终可以做到对待任何公民都不偏不倚，把每个人都当做自己的邻居去看待；假如有几个公民的生活方式不符合这个国家的一贯要求，他们既不干涉国政，也不受到它的约束，而他们却履行了邻居和同胞的所有职责，那么，这个国家并不会认为他们的做法有损于它的安定团结。我一想到这些可能发生的情况，心里就欣喜万分。一个国家

_____

① 指孔子。

若能孕育出这样的果实，并容许它在成熟时尽快脱离母体，这个国家的体制将很有可能变得更加完善，更加值得称颂。同样，我只是想象着这些情况，但目前它们却尚未发生。

[《非暴力反抗》]

美国很少有人像梭罗那样"喜欢蝗虫而不喜欢讲道"，所以，美国也很少有人能够领悟并效仿他的极端个人主义思想。然而，梭罗的确在印度有一个门徒，他的身份丝毫不低于圣雄甘地。东方人总是比美国人更容易理解梭罗的思想，因为梭罗的思想更接近于东方人的价值标准。梭罗从印度本土就汲取了许多思想养分。

在各个民族思想的交流和融合过程中，梭罗对甘地的影响是一个很有趣的话题。1841 年，在爱默生的家里，梭罗读完《麦努的律法》后写道："《考鲁加评注的麦努律法》这一标题对我来说具有很强的冲击力，它仿佛扫平了整个印度斯坦平原；当我的目光停留在那边的桦树、水中的太阳，或者树木的阴影上的时候，我的眼中似乎预示着所有这些现象的规律。"他于 1845 年进入森林，于 1847 年离开。1849 年，他写出《对政府的反抗》(《非暴力反抗》)一文。1907 年，大约六十年后，甘地在南非读了这篇文章。梭罗的传记作家亨利·S. 索尔特（Henry S. Salt）曾对甘地做过采访，作为答复，甘地写道："我第一次接触到梭罗的作品是在 1907 年，或者更晚一些时候，当时我正处于非暴力反抗斗争的最紧张阶段。一个朋友推荐给我一篇关于非暴力反抗的文章。它留给我的印象颇深。我翻译了其中的一部分，发表于在南非出版的一份杂志《印度舆论》上。后来，我成为该杂志的主编，就大量地节选这篇文章的内容。文章写得很有说服力，也很真诚，我觉得有必要对梭罗作更多的了解。于是，我开始浏览你写的关于他的生平介绍、他创作的《瓦尔登湖》

以及其他的随笔。所有这些作品都给我带来了很大的愉悦感，我从中获益匪浅。"①

甘地不仅仅是瑜伽修行者；他认为，思想上的真理，如若是真理的话，甚至可以应用于政治领域。宗教和政治的分裂是美国习俗中很奇怪的一种现象，可在印度并不存在。因而，甘地借此组织并发起了在世界范围内意义重大的非暴力运动。

我认为，正是《非暴力反抗》一文中下述若干段文字影响了甘地的思想，并引导他得出自己的结论。它包括下面几部分：（1）藐视法律；（2）不流血的"和平革命"；（3）不仇视法律代言人；（4）作为抗议与修正错误和非正义行为的手段，一个民族集体进入监狱的观点。

> 我清醒地意识到，在马萨诸塞州……如果有十个人，他们十位都是诚实的人——哪怕只有一个诚实的人……真正地消除奴隶主与奴隶之间的社会关系，并因此而被抓进县监狱……
>
> ——亨利·大卫·梭罗

> 在我们的社会中，存在着一系列非正义的法令。我们是否需要心甘情愿地遵守它们？还是努力地修订它们，然后继续遵守它们，直到我们取得成功？或者说我们是否可以马上去违反它们？……

> 假如非正义行为是政府机器正常磨损的必然产物，就随它发展吧，随它发展吧；也许它偶尔会越磨越光滑，但

---

① 亨利·S.索尔特，《我交往的朋友》，伦敦，阿伦和安文（Allen and Unwin）出版公司，1930年，（原著）第100—101页，引自于亚瑟·克里斯蒂的作品《信奉美国超验主义的东方》，（原著）第266页。

最终这台机器必定会老化、瘫痪。假如非正义行为完全为了自身的需要配备有弹簧、或滑轮、或绳索、或曲柄，那么，你也许会认为这种行为可能并不比罪恶更具有危害性；但是，假如非正义行为的本质决定你成为针对另外一个人的非正义行为实施者，那么，我认为就应该冲破法律的樊笼。让你的生命成为阻止机器磨损的反摩擦力。无论发生任何事情，我都必须确保我自己没有去做那些我所谴责的不义之举。

我毫不迟疑地认为，自称为废奴主义者的那些人应该马上取消对马萨诸塞州政府在人力财力上的全部支持。他们应尽快建立一个多数人专制的政府，这才不会因为受到州政府的太多影响而改变立场。我认为，他们的观点和上帝的旨意保持一致就足够了，而无须等待多数人专制政府的诞生。另外，只要一个人的看法比他的邻居们显得更加合理，他就完全可以建立一个多数人专制的政府。

我作为一名纳税人，一年一次——不再有第二次——与这届美国政府，或者它的一个代表即马萨诸塞州政府，直接地面对面地打交道。这是像我这种处境的公民必须与政府打交道的唯一可能的方式。这一政府因而就十分清楚地表达出自己的意愿：认识我了吧。探讨这一政府机制是否合理，表达你对它的不满和怨恨，最简单的、最有效的、对于现在的事态发展必不可少的方式，就是拒绝承认这一政府。我的邻居是一位政府税务官员，他正是那个我要打交道的人——毕竟，我只能和一个人而不是他手里的羊皮纸文件去据理力争——而且，他是自愿决定成为政府代表的。作为一名政府官员，他如何才能清楚地了解自己的社会定位和所作所为呢？他不得不考虑他是应该把我，他的邻居，他尊重的一个人视为他的邻居、一个心地善良的人，还是觉得我是一个疯子和扰乱社会秩序的人；他不得不搞清楚他是否能够不采用和他的行为相符的较为粗鲁、暴躁的念头和语言就可以克服困难，与邻居和睦相处。我清醒地意识到，在马萨诸塞州，如果有一千个人，一百个人，我所认识的十个人——他们十位都是诚实的人——哪怕只有一个诚实的人，不再拥有奴隶，真正地消除奴隶主与奴隶之间的社会关系，并因此而被抓进县监狱，那么，美国奴隶制度才称得上真正废除。这里，有一点很重要：不要因为开始时的进展很小而觉得前途渺茫。只要是合理的事情，曾经做过一次，就永远做下去。然而，我们却更喜欢夸夸其谈，这似乎是我们的使命。改革的结果是，上百家报纸公开发行并服务于民众，而竟然没有一个人为民众服务。假如我那个令人尊敬的邻居，国家的一名特使——他天天待在会议室里试图解决人权问题，而不必面对卡罗来纳州监狱中的犯人的示威——打算让马萨诸塞州的犯人参与静坐示威，那么，马萨诸塞州——它非常急切地要把奴隶制的罪孽转嫁于相邻的卡罗来纳州，虽然在目前的形势下，卡罗来纳州发现马萨诸塞州之所以与它争吵只是由于后者的不友好行为——及其立法机关不会完全等到第二年冬天才考虑这一问题。

在一个不公正地囚禁任何人的政府管辖之下，对于一个正直的人来说，他的归宿依然是一座监狱……少数派服从多数派的意志，他们没有自己的任何权利，因而他们甚至连少数派都称不上；然而，当他们的力量凝聚在一起时，他们是非常强大难以阻挡的。假如摆在一个国家面前有两条路，一条是把所有正直的人士关进监狱，另外一条是停止战争废除奴隶制，那么，它会果断地选择其中正确的一条路线。假如有一千个公民打算不缴纳税金，这显然不是一种暴力、流血的做法；而缴纳这些税金，反而会造成国家实施暴力和无谓流血的后果。事实上，如果真的有人用不缴税的做法来反抗政府，那才是真正意义上的和平革命。有人曾经这样问我："可是我该怎么办呢？"倘若那位税务官员，或者任何一位其他政府职员，也这样征求我的意见，我的回答是："如果你真的希望做点实际的事情，那就辞掉你的政府工作。"如果政府职员拒绝效忠国家，并辞掉自己的职务，那么，和平革命就宣告成功。但是，诸位也可以想象一下另外一种流血的局面。当一个人的良知受到伤害的时候，难道没有鲜血在流吗？这样的伤害促使一个人真正的英勇气概和不朽精神迸发出来，他流血是为了死得其所、永垂不朽。现在，我看见这样的鲜血正在奔流……

我已经六年没有缴纳人头税了。因为这个缘故，我曾在监牢里度过一夜。我站在那儿，环顾着监牢里的一切，两三英尺厚的坚固的石板墙，一英尺厚的木铁门，透进微弱亮光的铁格子窗户；我一边思考，一边禁不住为监狱管理人员的愚蠢行为而感到震惊，他们竟然把我看做纯粹的血肉之躯关起来。我不知道他们最终是否意识到他们为我选择了一处供我沉思的最佳居所，他们也许从未想到利用我做些对他们有益的事情。我深知，假如在我和我的同乡人之间竖立着一堵石墙，那么，在我们面前就会出现一堵更难攀登或穿越的墙，直到他们渐渐能够和我一样自由。在监牢里，我丝毫没有被监禁的感觉，牢房的石墙似乎是石料和灰泥的巨大浪费。我感到，在所有的同乡人中，好像只有我一个人上缴了税金。他们显然不知道如何对待我，他们的行为与缺乏教养的人没有什么区别。每一次恐吓我或者恭维我，他们都大错特错，因为他们以为我主要关心如何走出监牢。看到他们如此辛苦地锁上牢房的门，我不由得笑起来。我一个人待在牢房里，思想的野马自由地驰骋；这些思想毫无阻碍地跟随着他们出了石墙，对他们来说，这些思想才是真正的危险因素。他们无法控制我的思想，于是就决定惩罚我的肉身；正如一群调皮的男孩子，他们要是抓不住他们所怨恨的某个人，他们就虐待他的狗。我意识到，这个国家还不够睿智，它就像一个生在富贵人家的寂寞女人一样胆怯，它分辨不清谁是朋友，谁是仇敌。我对它失去了最后的一丝敬意，我可怜它。

[《非暴力反抗》]

五、杰弗逊式的民主

假如有人问我谁是美国最伟大的哲学家，我的回答将是托马斯·杰弗逊，除非我们对于"哲学家"一词的理解是错误的。我们倾向于认为，哲学家，用约翰·杜威的话来说，就是把自己关在"设备精良的健身房里从事辩证思维训练"的人。如果我们认为最伟大的哲学家这一称谓的意思是指产生最伟大思想的一个人，他影响了美国思想的全部状况，那么，我觉得，只有杰弗逊当之无愧。如今，在美国，人们一致认为，在美利坚合众国历史上，普通人才是发挥重要作用的人；这一观点如此深入民心，以至于我们认为这是非常自然的事情，而忘记了在联邦会议上和其他场合，合众国的缔造者们曾经热烈地讨论过这一问题——普通人是否有能力有信心管理好他自己。如果我们阅读下面的一段文字——它仿佛节选于今天的一位参议员所发表的演说——我们也许就会意识到这一思想基调有了多么大的变化。

"如果认为人类就是处于现状的人类，那么，谁管辖他们呢？他们的激情……我们所犯的一个严重错误在于我们误以为人类比他们的实际表现更诚实。主宰我们的情感因素是我们的志向和兴趣；一个明智的政府将有责任利用好这些情感，以便使它们符合公众利益的要求……所有社会群体都分为少数派和多数派两大阶层。前者属于富人阶层，出身高贵；后者指普通民众……他们的生活动荡不安，因而他们很少能够作出正确的判断和决定。所以，在政府机构中，我们应该把第一阶层放在显著的、永久的位置上。"

这是亚历山大·汉密尔顿（Alexander Hamilton）在联邦会议上的发言。假如今天的一位参议员在公共场所发表演说时如此遣词造句，他的朋友们会认为他是个疯子。这准确地衡量了杰弗逊对美国思想的影响程度。普通人，就像民主一样，已经成了一个有魔力的词汇，如今，即使它的敌对方也肯定会认为它值得称颂，这要感谢杰弗逊。

这是一个根本性问题。从一开始，杰弗逊就把它明确阐述为信任民众和害怕民众的问题；在那段时间，它变得异常尖锐。1816 年7 月 12 日，杰弗逊在写给塞缪尔·柯切沃尔（Samuel Keieheval）的一封信中如此宣告:"我不属于害怕民众的阵营中的一员。他们,而不是富人阶层,才是我们追求永久自由所依赖的对象。"他在晚年时期曾给拉斐德(Lafayette)写信说道:"一个病态、柔弱、胆怯的人害怕民众,从本质上来讲,他是托利党人。健康、强壮、勇敢的人心里装着民众利益,从本质上说他属于辉格党人。"一年以后,即 1824 年,他在给亨利·李(Henry Lee)的信中写道:"从身体条件上来说,人自然而然地分为两大类别。第一类人,害怕、猜疑民众,希望夺走他们的所有权力通通集中到高层管理者的手中。第二类人,和民众水乳交融,对民众充满信心,认为民众最诚实可靠,尽管民众并不是公众利益最明智的保管人。"他生命中的最后一封信写于去世前不到两个星期,信中包含下述醒目的文字:"所有人的目光都在关注或者转向人权问题。科学的光芒照耀世界,向每个人揭示了一个统一真理:大多数人并非生来就在背上配备有鞍状物,少数幸运的人也不是生来就穿上马靴,装上马刺,并遵照上帝的恩典随时准备合法地骑在多数人的头上。"(1826 年 6 月 24 日,写给罗杰尔·C. 卫特曼的信。)

　　杰弗逊是经济历史学家们感到很头疼的一个研究对象。杰弗逊主义和汉密尔顿主义之间的问题显然是自由和财产之间的问题。杰弗逊是一个有土地的贵族,他殷实的财富(他的"阶级意识形态")应该影响了他的见解;而汉密尔顿只不过是个野心家,杰弗逊称他为"自命不凡的英国人"。也许讨论到这儿,人类心理学方面的一条原则——它超越了历史经济学家们的知识范畴——开始发挥作用,因为汉密尔顿很可能具备一位"冒险家"(亨利·亚当斯如此称呼他)的心理状态。一位经济历史学家只注重表面事实能有何益?谈到富人阶层,我们记得,杰弗逊继承了一千九百英亩土地和八十三个奴隶。他的酒窖远近驰名。杰弗逊夫人的父亲去世的时候，她继承了四万英亩土地和一百三十五个奴隶。①然而，杰弗逊是正确的；一个人的政治信仰在很大程度上取决于他的性格特征——"一个病态、柔弱、胆怯的人害怕民众。"一种哲学理念正是一种性格特征的体现；它指的是一种思想的演变，这一思想总是具有主观性，尽管其演变进程总是循着辩证的轨迹；它总是从一个人的思想体系中汲取生命和力量，而这个人通过自己的性格特征与它融为一体。从宪法章程上来讲，杰弗逊是一名民主党党员（当时的名称是"共和党党员"），他在管理自己的酒窖和几万亩土地时所表现的是民主党人的性格特征。他尽其一生完善一个思想体系，即在知识、宗教和政治上追求自由。所以，这位弗吉尼亚州最伟大的贵族人士与该州有土地的贵族阶层和牧师展开斗争。贵族阶层憎恨他，因为他赞成废奴；主教制教会的主教们憎恨他，因为他认为："上帝创造的人拥有自由的思想。"他为弗吉尼亚州引进"建立宗教自由法案"，这使得弗吉尼亚州国教（美国新教）再也不能把长老教教友、浸礼会教友和循道宗教徒投进监狱。②

有人说，因为杰弗逊拥有一百个奴隶，所以在《独立宣言》中他对奴隶制度表现出宽容的态度。这种说法是没有道理的。根据他的《自传》介绍，由他本人起草、后来被国会删改的几个部分中包括下面的一段文字。这段文字被删除，给丹尼尔·韦伯斯特（Daniel Webster），甚至还有亚伯拉罕·林肯造成了很大的不便，他们很难从《自传》中找到关于废除奴隶制的文字说明。"他对人性本身发动了残酷的战争，侵犯了人性中最神圣的生命权和自由权，代价却

---

① 参见索尔·K. 帕多沃尔（Saul K. Padover）《杰弗逊》，（原著）第 27 页、第 31 页。
② 参见克劳德·G. 鲍沃斯（Claude G. Bowers）《杰弗逊和汉密尔顿》，（原著）第 104 页。

是从未冒犯过他的一个遥远的民族。他抓住他们，把他们带到另外一个半球当奴隶，或者在越过重洋往这边运输的过程中他们悲惨地死去。这场掠夺性的战争，是大不列颠基督教徒国王发起的战争，是异教徒当权者们的耻辱。他既已决定开放奴隶买卖市场，于是就开始滥用自己的否决权，企图压制、禁止或限制这种伤天害理的商业行为的每一次合法的努力。"也就是说，对杰弗逊来讲，人意味着所有人，包括黑人。"神圣的生命权和自由权"既属于白种人，也属于黑人，践踏了这些权利，就是"向人性宣战"。

如果去仔细研究杰弗逊与家人和朋友的通信，我们就会了解他的哲学理念赖以产生的性格特征。他写过许多极其精彩的书信，其中的一封（1790 年 4 月 11 日）是写给他最疼爱的小女儿玛丽亚（波丽）的。当时，玛丽亚十二岁，而他是美国国务卿。"亲爱的玛丽亚，你在哪里？你好吗？你忙吗？……告诉我，你是不是每天都会看见太阳升起？《堂吉诃德》这本书，你一天读多少页？你理解了其中的多少内容？……你一天花在缝纫上的时间有几小时？你有没有机会再练习你的音乐？你知道如何制作布丁了吗？你知道如何切割牛排吗？会种菠菜吗？会喂养母鸡吗？亲爱的，继续努力，我一直都觉得你是好样的……既然你不希望别人记住你的缺点，就尽量忘掉身边每个人的缺点……"他给自己的大女儿玛莎（帕西）也写过一封同样精彩的信（1790 年 12 月 23 日）："我写这封信要责怪你们三个人。我离家以来，从来没有接到你们给我写的一封信，哪怕是一张字条。我觉得，你们很容易做到一星期给我写一封信，也就是说，你们中的任何一个人只需每三个星期给我写一封信就可以了。而我，从一个星期的开始到最后一刻，都在忙忙碌碌，没有任何的休息，可我仍然能够每星期给你们写一封信。也许，你们觉得和我在信中无话可说。你们过得很好，或者这个人感冒了，那个人发烧了——这些，你们已经说得够多的了。除此之外，还有很多可以写信告诉我的，比如，一棵发芽的小草就能激起我的兴致；可以告诉我任何事情，从你们自己，到伯杰尔和格里兹尔（牧羊犬的名字）。"有几次，在他的信中，比如写给玛莎的一封信，我发现了他对人们的劝告，这肯定可以算作他的实用哲学理念："如果你发觉自己陷入困境，不知道如何才能摆脱出来，只需去做正确的事情，你会发现这就是走出困境的最佳途径。"（写于1787年4月7日的信）他对"我的家庭、我的农场和我的书籍"总是热情澎湃。他在写给约翰·麦利史（John Melish）的信中说道："一个诚实的人在对他的同胞行使权力时不会得到任何乐趣。"当他从政府职务引退后，他曾给阿伯马尔县的居民提出许多忠告，他撰写的一篇教导之言（1809年4月3日）可谓最精彩最有趣："我早已不再履行这个光辉时期所赋予我的重要职责，一些人受民众重托义不容辞需要履行的职责，那些职位上曾有的荣耀、混乱、喧闹和显赫，都已成为过去；他们都只是深深地叹息，以期获得个人生活中那份安宁、那份轻松，获得与你们——我的邻居和朋友，真情交往的那份愉悦，获得对亲人的那份眷恋之情，这一切都是大自然赐予我们的珍贵礼物，它们使每一段时光显得温馨、甜美……那么，处在我的邻居们中间，面对世人，我问心无愧，'我牵走过谁的牛？我欺骗过谁？我压迫过谁？我从谁的手里接受过贿赂，结果失去了明辨是非的能力？'"从某种程度上来说，这些信件比起他的政治言论，为我们描绘出一个更加清晰的图画，我们从中了解到杰弗逊作为民主党人在自己的家乡和祖国的所言、所行。正是他的这种从根本上来讲属于民主主义的性格特征才使得民主制度在美国成为可能。看到华盛顿、富兰克林和杰弗逊这一代人的卓越贡献，我们有充分的理由认为，当时，上帝不仅创造了自由的人类，而且还使他们具有出众的性格特征。

1811 年 1 月 16 日，杰弗逊给本杰明·拉什（Benjamin Rush）写了一封信，信中的一则有趣的逸事足以说明汉密尔顿的个人性格。当时，拉什想方设法安排约翰·亚当斯和杰弗逊和解，并最终取得了成功。杰弗逊写这封信总的来说是为了维护亚当斯的温和立场。"当时，他（亚当斯）是副总统，我是国务卿，我接到正在弗农山的华盛顿总统的一封信，要求我把各部门领导者召集到一起，并邀请亚当斯先生参加（顺便提一句，这是当时最重要的事情），为了确定一种需要派遣人员到别处的方案；最终决定，由我来实施这个方案，而无须再拿给他审批。我邀请他们和我一起用餐，餐后，我们一边品尝葡萄酒，一边讨论我们的问题。解决完问题之后，其他谈话继续进行。这时，亚当斯先生和汉密尔顿上校在英国宪法的功过问题上发生意见冲突。亚当斯先生认为，如果革除了其中的一些缺陷和弊端，它将是人类曾经修订的最完善的一部宪法。相反，汉密尔顿坚持认为，虽然存在着不少缺陷，英国宪法仍旧是国家政体赖以形成的最完善的标本性文件。他还认为，如果修订其中的缺陷，借此构建的政治体制就会失去其现实意义。人们可以确信，这就是这两位绅士政治原则上的真正分歧所在。在那次场合发生的另外一件事情进一步阐明了汉密尔顿的政治原则。当时，房间里挂满了知名人士的画像，其中包括培根、牛顿和洛克。汉密尔顿问我他们分别是谁。我告诉他，他们是世界上曾经诞生的三位最伟大的人物，并一一说出他们的名字。他停顿了一会儿，说道：'世界上最伟大的人是裘利斯·恺撒（Julius Caesar）。'亚当斯做人诚实，当政治家也诚实；汉密尔顿做人诚实，但是，作为政客，他却相信很有必要借助武力抑或腐败来管辖民众。"

如杰弗逊所言，汉密尔顿哲学思想和杰弗逊哲学思想转化为两种基本态度：害怕人民和信任人民。这两种态度孰是孰非，只能靠历史去检验了；害怕人民和信任人民，从根本上来讲，都属于人类本能，人类预感。杰弗逊预感到，人民是有信心管理好他们自己的；这是历史上美国人有幸产生的最明智最重要的预感。也许，我们可以换一个角度讨论这一问题。上述两种哲学思想是由两种恐惧心理引发的：汉密尔顿害怕人民，杰弗逊害怕某个阶层会永远控制政府。杰弗逊不信任政府，正如汉密尔顿不信任人民一样。[①] 因为杰弗逊怀疑政府中的统治阶级，今天的美国人民没有必要害怕他们的政府；汉密尔顿害怕人民，如果当时他取得了胜利，今天的美国政府将不会害怕人民。

为什么杰弗逊害怕特权？他从欧洲带来的不仅有启蒙哲学，还包括他对欧洲大陆上社会罪恶和经济罪恶的个人见解，这在很大程度上解释了他为何不信任特权阶层。有一次在用晚餐的时候，麦迪逊告诉我们，有人反对民选总统，而赞成世袭统治者。杰弗逊站起身来，满含讽刺意味而又不失幽默地说道，他听说，"在某地的一

---

① 也许，杰弗逊本能地怀疑政府，正如他信任普通人民一样，是典型的美国大众的观点。卡尔·L. 贝克尔（Carl L. Becker）在《美国政治传统》中说："对于我们来说，国家和政府是一回事，它们的含义是：我们选择一些人作为我们的代表为我们做一些必要而平凡的事情。我们选择他们，并对他们寄予很高的希望，但是，我们为他们规定有限的任期，并一直保留着清除其中败类的权利，有时有充分的理由这样做，有时没有任何理由，只要我们愿意。不，我们认为政府并非敌人；但是无论如何，我们或多或少同意托马斯·潘恩（Thomas Paine）的观点，他认为，社会产生于人的美德，而政府产生于人的罪恶，因而政府就是必要的罪恶。我们典型的传统态度是，用诧异的眼光观察政府方面推陈出新的不寻常举动，怀着自豪的心情赞赏人民所做出的推陈出新的不寻常事迹，而且，只要政府不再无故干预人民并管好自己的事务，人民大众将永远会积极主动地做这样的事情。"经阿尔弗莱德·A. 诺普夫公司许可，再版于《美国生活方式中的自由和职责》，卡尔·L. 贝克尔著。版权所有，1945 年，阿尔弗莱德·A. 诺普夫出版公司。

所大学里，数学教授是世袭的。"

杰弗逊非常了解他那个时代的欧洲国家当权者们的情况，他认为他们不是傻子就是疯子。事实上，他描绘出了欧洲大陆统治的全景图。他在给约翰·兰格顿（John Langdon）州长的一封信中写道（1810年3月5日）："在思考当时的欧洲各主权国的管理特点时，我常常会哑然失笑。路易十六是一个傻子，这是我自己的看法，而不是按照当时对他的审判结果。西班牙国王是一个傻子，那不勒斯王也是傻子。他们在狩猎中度过一生；他们每周派遣两名送快信的使者，长途跋涉一千英里，相互通报在过去的几天里他们分别捕杀了多少猎物。撒丁岛王是一个傻子。所有这些统治者都属于波旁家族的成员。葡萄牙女王，一位布拉干萨王室成员，本来就是白痴。丹麦国王也是白痴。他们的儿子们作为摄政王，行使政府权力。普鲁士国王，伟大的弗雷德里克（Frederick）的继任者，在身体上像一头肥猪，在思想上是一个白痴。瑞典的古斯塔夫斯（Gustavus）和奥地利的约瑟夫（Joseph）真是两个疯子；英格兰的乔治王，你知道，总是穿一件笔挺的西装背心。于是，只剩下年事已高的凯瑟琳（Catherine）了，由于她是后来才开始执政的，她还没有失去普通的理性。在这样的情形下，波拿巴（拿破仑）妄想打垮欧洲诸国；而欧洲诸国的统治者几乎没有进行一场有效的斗争就丧失了他们的王国。这些动物一样的统治者们变得没有主见，没有能力；于是，这样的世袭君主延续了一代又一代。亚历山大，凯瑟琳的孙子，至今仍是一个例外。他能够把握好自己的方向。可他在其家族中才属于第三代君主，他的家族尚未消亡。说到这里，关于君主的话题就告一段落。上帝把我们各位从他们手里解放出来，并且把你，我的朋友和所有像你一样优秀的人以及真理，牢牢地掌握在他那神圣的手中。"

分析了所有这些事例之后，杰弗逊得出一个极其重要的结论：既然特权会导致腐败，政府体制又不能依赖武力去维持，一个优秀的政体就必须建立在培植民众势力和政令上通下达的基础之上。"我并不支持一个权力集中的政府"，他与刚从巴黎归来的麦迪逊通了一封信（1787 年 12 月 20 日），在这封重要的书信里，他提出了自己对于宪法草案的批评。信中的这段话显示了他的个性特征。"自始至终，它都主张压制人民。实际上，它是以牺牲人民的利益来换取统治者们的舒适生活……握在政府手中的权力，无论是大是小，都不会压制住人民的反抗情绪。"他在这里提到的反抗是指法国和土耳其的人民起义。他请求麦迪逊考虑这些情况。"最后，我要说的是，是增强政府权力，还是放权于人民，究竟如何去做，才能最大限度地维护和平。放权于人民，是最可靠最合理的政府发动机……为了保护自由的权利，我们只能依靠人民的力量。"

了解清楚杰弗逊的民主思想是非常重要的，我尽可能地用下面的几个要点作一概括。[1] 在他那个时代，人们并没有彻底记住共和主义的教训，直到现在，人们也没有彻底记住这些教训；在他那个时代，一些人没有注意到它们，而今天，当我们谈论世界民主的时候，它们又被忽略了。一些美国人，比如查尔斯·比尔德（Charles Beard）建议，如果仔细研究支持美国宪法的八十五篇文章以及美国宪法本身，对于探讨世界联邦政治的那些人来说，应该有所帮助。他的建议很有价值，很有现实意义。[2] 今天，世界联邦主义者正是

---

① 杰弗逊的主要创作是书信，他是一个多产的、有责任心的通信者。他的书信全部收录在《杰弗逊的生活和作品选集》，现代图书馆，书信按时间的先后一一进行了编排。这本书很容易在市面上找到。

② 参见《不朽的联邦主义》前言。查尔斯·A. 比尔德著，杜博德出版公司，1948 年。

杰弗逊主义者，这只是用语上偶尔产生的混淆；而目前在联合国组织中构建的汉密尔顿思想体系，汉密尔顿本人如果知道了，他会大吃一惊。至少，汉密尔顿相信联邦制度，相信多数人原则。旧金山的联合国宪章制定者们在保守主义的泥潭中越陷越深，以至于采用未经证实的、闻所未闻的一致性原则代替多数人原则。他们的堕落过程是第一次世界大战以来世界思想倒退的标志。如果我们期待联合国发挥作用，我们必须遵循民主原则；否则，联合国将仍旧是一个缺乏现实意义的国际组织，如同一个华而不实的店面，如果用准确的术语来描述，它只能称为富人政治。杰弗逊坚定地认为，多数人原则的对立面只能是武力。而我们选择了武力。

（1）只有把权力托付于人民才最可靠。为了搞清共和主义的内涵，杰弗逊在写给约翰·泰勒（John Taylor）的信（1816 年 5 月28 日）中说道："如果让我来给这个术语下一个精确的定义，我会毫不犹豫地认为，它是一个由多数人管辖的政府；每个人都遵照多数人建立的制度直接参与到政府的管理之中；其他任何政府体制均在一定程度上属于共和政体，从组织结构上来说，这与它的公民在多大程度上参与政府的直接管理是完全一致的。"他又说，"在共和国一词的概念问题上，我们无须再说：'它含义丰富或者毫无意义。'我们可以在真正理解的基础上认为：所有政府均在一定程度上属于共和政体，因为从其组织结构上看，它们在选举和管理上都具有一定的受欢迎程度；我一直认为，把人民大众自己的权利托付给人民自己才最可靠，尤其认为，由于人民的所谓代表的损人利己而造成的罪恶现象比起涉及人民欺诈行为的罪恶更加有害，因而，我欢迎这样的政府机制：人民大众尽可能多地参与政府管理。"在写给希腊医生和文献学者 A. 考雷（A. Coray）先生的一封信（1823年 10 月 31 日）中，他清楚地表达了自己的观点："谁也不能怀疑，由于人民是最诚实的，所以，人民，尤其是加以适当引导后，是公众权利唯一可靠的托管者；因此，应当让人民来管理公众权利，充分发挥出他们在每一个方面的积极作用。有时候，他们偶尔会犯错误，但是他们从不故意犯错误，从来不会抱有有组织地、毅然决然地推翻政府体制自由原则的目标。相反，世袭政体——一直存在着，总是关注着自身力量的扩大——却利用每一次机会增加符合他们自己规则的特权，从而侵犯了人民大众的权利。"

杰弗逊和斯大林两人都清楚，最底层的土地所有者才是人民自由的最大支持者；他们两人都分别作出自己的相应反应，究竟是热爱还是征服这些土地所有者——这也许就是两人的追求目标——以便促进或者摧毁人民的自由。杰弗逊主张不同级别的个人所得税和土地重新分配制度，"只需谨慎行事，使得这些细致的划分完全符合人类思想感情的自然流露。"他认为，"地球是人类赖以劳动和生活的普通舞台。假如为了刺激工业发展，我们征用部分土地，我们就必须保证那些没有享有这种土地权的人也应该拥有自己的土地。如果我们没有征用土地，在地球上劳动的基本权利就又属于最底层的人们。"接下来他又补充说道，"最底层的土地所有者是一个国家最宝贵的组成因素。"（1785 年 10 月 28 日写给麦迪逊的信）之前，他给约翰·杰伊（John Jay）写信（1785 年 8 月 23 日）说道："地球上的辛勤耕耘者才是最有价值的公民。他们充满生气，他们独立自主，他们品德高尚；土地这条最持久的纽带把他们与自己的国家紧紧地连在一起，他们与国家同甘共苦，他们与国家的自由和利益休戚相关。"

（2）通过直接参与政府管理，实现人民自治。杰弗逊坚决主张"把国家划分为不同的行政区"。他写信（1816 年 2 月 2 日）给与他一起创建弗吉尼亚大学的合作者约瑟夫·C. 卡贝尔（Joseph

C. Cabell）说道："建立一个可靠、有效的政府的途径，就是不要把政府委托于一个人去管理，而是让很多人分而管之，让每个人在自己合适的位置上充分发挥自己最大的潜能……通过这种划分和再划分，共和国从作为一个整体的最高主权国家，由上而下，层层分解，最后到达最底层的形式，即，每个人管理好自己的农场；把一个人目光所及的范围划归他来监管，如此这般，人人尽职尽责，国家繁荣昌盛……古代的加图（Cato）每次演讲的结束语是'摧毁迦太基'；与他相似，在每一次阐述自己的观点时，我都要在最后提出自己的忠告，'把县划分为行政区'。我确信，行政区的划分将使我们的国家变得更加强大，我们的政府将不会发生蜕变，政府权力将不会集中于个别人、几个人、出身显赫的贵族手中，也不会全部集中于多数人手中。"在写给约翰·泰勒的信（1810 年 5 月 26 日）中，他更加详细地阐述自己的立场："我内心坚信两个伟大的方案，只有借助于它们，共和国才能强大起来。第一种方案就是大众教育，使得每个人对于怎样做将会保障自由、怎样做将会危害自由有能力作出自己的判断。第二种方案是，把每个县划分为数个百户邑，确保每个百户邑都建有一所中心学校，这个地区的所有孩子都能够去那里上学。然而，这种划分要符合其他许多基本规定。每个百户邑除了有一所学校外，还应该拥有一名治安法官、一名行政长官和一名民兵组织指挥官……所有选举活动应该以百户邑为单位分别进行，然后把所有百户邑的选票集中到一起。"由于有些行政区太大，人们很难聚集在一起投票选举。考虑到这一点，他给塞缪尔·柯切沃尔写信（1816 年 7 月 12 日）说："每一个行政区的区长将把他的选民召集在一起讨论问题，比如讨论现在的这个问题，然后把选民赞成和反对的简单表决结果汇总起来交给县法院，县法院再把所有辖区的选民意见汇总起来，作出权威性的合理裁决。于是，通过这种全社会的共识，全体人民的呼声得到了公正、充分、平静的反映、讨论和裁决。如果关闭人民的这一自由言路，人民的呼声将会通过武力形式传递出来；于是，就像其他国家的现状那样，我们将没完没了地陷入压迫、反抗、改革、再压迫、再反抗、再改革的怪圈，周而复始，永远没有尽头……"

（3）多数人法则，是共和政体的重要原则。1801年，在他的就职演说中，杰弗逊认为，美国政府的基本原则"包括对多数人所作决定的绝对服从，这是共和政体的重要原则；与此形成对照的是诉诸武力，这是独裁政治的重要原则和直接根源"。他在写给伟大的自然科学家亚历山大·凡·洪堡（Alexander von Humboldt）的一封信（1817年6月13日）中说道："共和政体的首要原则是，lex majoris partis（多数人法则）是一个社会的基本法则，在这个社会里，每个人都拥有平等的权利；对社会的意愿所作的一次性表决中多数人的共同心声，是如此的神圣，仿佛所有人的意见都达成了一致。认真考虑这样的意愿，这在政治体制中是最重要的一条教训，但它也是人们最容易忘记的一条教训。这一法则一旦被忽视了，就只能诉诸武力方式，这必然会导致独裁政治。"

自从人类历史开始以来，没有哪两个人会对一系列问题达成完全的一致；无论如何，问题都必须得到解决，要么像有智慧有教养的人们那样接受多数人的决定，要么通过击败对方使这一决定成为唯一的选择。对于这一点，即使联合国宪章的制定者们不知道，杰弗逊也会很清楚。不会有第三种选择。只有傻瓜或者空想家才会相信人们的意见会达成完全一致。英国政府内阁成员的意见达成完全一致，只是内阁的共同责任理论所衍生的一种虚幻的情况，而这种一致性本身却是建立在下面的基础之上，即在多数人的意愿公布于众之前，人们在内阁会议上可以发表不同的意见。联合国中的五个大国（常任理事国）希望保持一致性原则，只是因为每个大国都想维护自己作为独裁者的权威，并且，只要它愿意，它就会肆意表现自己的意愿，而丝毫不理会联合国大多数成员国的共同意愿。

无可否认，联合国宪章是反民主的。这是世界富豪统治的简单公式。首先，通过剥夺联合国代表大会除说话权和建议权之外的所有权力，通过把真正的权力集中于安全理事会，消除各国驻联合国代表手中的一切权力；然后，通过一致性原则和否决权麻痹安全理事会。现在，五个大国几乎就像冬天的夜晚蜷缩在地下洞穴里的五只刺猬；它们挤作一团，相互获取温暖和自信，只要不触摸到彼此身上尖利的刺就会无所顾忌，一旦触及对方的刺，就会马上分开。假如有人告诉我这五只刺猬将要实现世界和平，哦……或者，假如他们之间将要实现和平，并置整个世界于不顾——只要他们坚持那条有勇无谋的一致性原则，他们就会如此……那么，我们真的会作何评价呢？我们不需要五个大国实现小国的和平，后者根本就不需要。世界需要五个大国彼此之间实现和平，并且不要干涉小国的内政。五个大国给世界人民造成两次世界大战，使得各国人民因为他们的缘故而遭受苦难，难道他们还不能感到羞愧吗？难道他们还能够傲慢地端坐在安全理事会，装模作样地去裁决、去"帮助"那些被谣传为由于教育匮乏和生活水平低下而威胁世界和平的小国吗？假如第三次世界大战爆发，破坏并摧毁整个世界，大战的始作俑者将会是那些受过良好"教育"的、被"喂养"得膘肥体壮的民族，而不会是印度尼西亚人、缅甸人或者爱斯基摩人。我认为，教育是指反省自身的能力。另一方面，我充分意识到，遵循多数人法则，接纳那些将不会发挥重要作用的民族的意见，将会意味着它们自愿地失去管理世界的权力。然而，藐视民主法则的常识，期望这样的一个机构会发挥作用，说明了一种可悲的混乱的思想状态。假如一个民族的代表不能清晰地思考问题，这个民族怎么可以自诩为受过教育的呢？我确信，有朝一日，只要大国努力地教育它们自己，一个真正民主的世界和平组织将会逐渐形成，因为我也确信小国对此是不会阻碍的……但是，从意识形态上来讲，那五只刺猬只不过是那三只刺猬神话般的变体，后者认为，它们将会永世长存，它们将会为了我们的利益凭借自己的无限智慧摧毁整个世界。它们从来不讲民主，它们从来不讲与民主有任何关系的事情。这就是造成我们今天现状的原因所在。

（4）信仰自由和新闻自由。多数人达成民主共识的整个进程中，有一部分属于言论自由和信仰自由。杰弗逊曾经起草并倡议在弗古尼亚颁布的《建立宗教自由法案》（1779年），在这个法案中，他清楚地表达了上述观点："最后一点，这一真理是伟大的，只要不干涉她，她将会发扬光大；她是谬误的真正对手，在与谬误的冲突中她无所畏惧，只要没有人类的介入，她就不会丧失自己的天然武器，即自由辩论；当她可以自由地与谬误对抗时，谬误将不再具有危险性。"至于新闻自由，他在第二次就职演说中说道："令世界很感兴趣的是，我们应该公正地、毫无保留地完成一个实验，无论独立于权力之外的言论自由对于宣传和保护真相是否充分……在这里，我不想做出任何这样的推理：国家为了反对不正当的、诽谤性的出版物而颁布的法律不应该得到执行……然而，这一实验影响深远，它证实，既然真相和理智坚持自己的立场，反对由虚假事实造成的错误观点，只注重真相的新闻舆论就不需要其他的限制了。"

杰弗逊是一个满怀信仰的人。"我喜欢憧憬未来，讨厌回顾历史。"他在1816年写信给约翰·亚当斯说道。他非常了解自己的国家。他在同一封信中写道："但是，我们对未来的憧憬属于热情的'愚蠢行为'，而不是偏执或者奸诈的荒唐之举。偏执是病态的无知行为，是病态的思想状态；热情也是一种病态反映，却是思想自由、心情愉快的反映。而教育和言论自由是二者的解毒剂。"于是，他自己的心情也随之变得愉快起来。"我们必定要阻止无知和野蛮行为的重现。旧的欧洲将不得不依附在我们的肩膀上，在牧师和君主苦行僧般的束缚下，在我们身边艰难地蹒跚而行。"作为一位先知，他犯了个不大的错误，尽管今天的欧洲已经摆脱了牧师和君主苦行僧般的束缚；极权主义专制君主，他的老对手，今天穿上了与往日不同的长袍……他无法预知这一点。他也不会相信，在美国本土的知识分子中出现了如此多的背教者。而在他的全部书信中，我最喜欢的是他和约翰·亚当斯和解后他写给后者的第一封信（1812年1月12日）。当时，这两位美国前总统有时间反思他们过去四十年的经历，并能够预言美国的未来。

　　而且，我的确相信，我们将继续大声喊叫，继续变得强大，继续取得成功。

——托马斯·杰弗逊

　　你的一封信唤起我的许多珍贵记忆。它让我又回到了从前的日子。当时，尽管面对着无数的困难和危险，我们两人携手共进，并肩作战，为的是完成一个共同的事业，一个对于人类极其宝贵的事业，即人类的自主权。我们一直划着同一支桨，在我们前面总是涌起惊涛骇浪，我们的小船几近倾覆，然而，每次我们在大声喊叫中都化险为夷，我们不知道我们是如何凭借自己的毅力和双手渡过急风骤雨，最终停靠在幸福的港湾。而我们并不奢望前面没有艰难险阻，事实上我们已经经历了很多……在你当政的时候，是法国的蹂躏；我在位时，有英国的劫掠，以及柏林和米

兰法令；现在，又出现了英国会议政令，以及它们批准的
海盗行为。当这一切结束时，又会发生征召海员之类的事
情……如此这般，直到现在，并还将这样持续下去，不论
我们是困惑，还是成功，在人类历史上都没有先例。而且，
我的确相信，我们将继续大声喊叫，继续变得强大，继续
取得成功，直到我们建立一个联盟，强大、睿智、幸福，
并超越人类以往所经历的一切伙伴关系。

[写给约翰·亚当斯的信，1812 年 1 月 12 日]

图书在版编目（CIP）数据

美国的智慧：全 2 册 / 林语堂著；刘启升译 . —长沙：湖南文艺出版社，
2016.9
书名原文：The Wisdom of America
ISBN 978-7-5404-7712-7

Ⅰ . ①美… Ⅱ . ①林… ②刘… Ⅲ . ①哲学思想—研究—美国 Ⅳ . ① B712

中国版本图书馆 CIP 数据核字（2016）第 182452 号

著作权合同登记号：图字 18-2016-153

上架建议：名家经典·文化

The Wisdom of America
By Lin Yutang
This edition arranged with Curtis Brown Group Ltd.
through Andrew Nurnberg Associates International Limited

MEIGUO DE ZHIHUI
美国的智慧：全 2 册

作　　者：	林语堂
译　　者：	刘启升
出 版 人：	刘清华
责任编辑：	薛　健　刘诗哲
监　　制：	蔡明菲　潘　良
特约策划：	李　荡
特约编辑：	苗方琴
版权支持：	辛　艳
营销支持：	李　群　杨清方
装帧设计：	利　锐
出版发行：	湖南文艺出版社
	（长沙市雨花区东二环一段 508 号　邮编：410014）
网　　址：	www.hnwy.net
印　　刷：	北京盛通印刷股份有限公司
经　　销：	新华书店
开　　本：	880mm × 1230mm　1/32
字　　数：	450 千字
印　　张：	19.5
版　　次：	2016 年 9 月第 1 版
印　　次：	2016 年 9 月第 1 次印刷
书　　号：	ISBN 978-7-5404-7712-7
定　　价：	68.00 元（全 2 册）

质量监督电话：010-59096394
团购电话：010-59320018

美国的智慧 _下

The Wisdom of America

林语堂 著

刘启升 译

湖南文艺出版社

博集天卷
CS-BOOKY

先知
CLASSICS
体味经典的重量

第九章

追求幸福

一、蓝色鸣鸟①

在西方哲学的范畴中，人们想方设法有意避开有关幸福的话题。这一事实在我脑海里留下了不可磨灭的印象。假如在目前的生活中存在这样一种哲理，它专门研究获取幸福的目标、途径和可能性，那将会是非常奇妙的事情。人类的常识告诉我们，每个人都在孜孜不倦地追求幸福，然而，从过去到现在，人类贡献了自己的所有智慧，可从来没有人能够告诉我们如何才能得到幸福。宗教的目标是救赎，而不是幸福。哲学致力于探求真理，而不是幸福。道德学说教的内容是职责，而不是幸福。有钱人追求的是快乐，而不是幸福。

---

① 产于北美的一种鸟，代指幸福。

社会主义者把绝大多数人的莫大幸福当做自己一生奋斗的目标，他们终日忙于经济学研究，而不是幸福。爱好者有时候抓住了那只蓝色鸣鸟，兴奋地把它紧紧攥在手里，最终发现它死在他们的手掌里。只有那个嘴里叼着烟斗的人才真正理解幸福的真谛——倘若他能够把自己对幸福的理解写成一本书，让所有人都了解幸福，那该有多好啊！天使们不敢涉足的地方，难道我要仓促地赶过去吗？写一写关于前人没有讨论过的话题，总是那么有诱惑力。

无疑，这有些奇怪，我简直不敢相信。在我面前，我满意地收集到了最机敏、最睿智的美国思想家写的书籍——爱默生、马克·吐温、威尔·罗杰斯（Will Rogers）、威廉·詹姆斯、约翰·杜威、汤姆·潘恩（Tom Paine），还有学者、诗人、自然主义者、文学评论家——一卷卷、一册册，他们写出了学识渊博、哲理深奥的作品，这些作品可谓气势恢宏。他们致力于研究各自的领域，从来没有人关注幸福的话题。他们中有些人在幸福话题的边缘领域苦苦挣扎，有些人看了它一眼，头也不回，扬长而去。有些人停下来思考，但对幸福的称谓却不恰当。（詹姆斯认为幸福可以使生活变得"极为重要"。）在对幸福问题的认识上，即使桑塔雅那也不能让我满意。虽然他认为生活是甜美的、舒适的，可他对于幸福所作的评述比我想象的要少。梭罗直奔幸福的主题，而且他几乎就要抓住它了。他前进的方向是正确的，可他走得太远；当他不断地反对我们阅读报纸，反对我们去邮局取邮件的时候，我知道他并没有接受普通人的生活方式，而我们一直过着这样的生活。诚然，独处是幸福的，朴实的劳动是幸福的，与自然界交流是幸福的。然而，一个人只有在独处时才会感到幸福，这与普通人的生活是格格不入的。我们收到许多邮件，我们去看电影，我们彼此陪伴，此时此刻，我们感到非常幸福。当哲学理念与现实生活不一致的时候，它就像无法发送电波的无线电台一样。尽管它只是与生活擦肩而过，但它对我们已经毫无用处。或许，幸福的话题之所以没有得到很好的诠释，是因为道德家们和哲学家们的出发点往往是关于幸福内涵的先验理论，这是他们最喜欢的理论。他们坚信，生活将与他们的特定理论保持一致，而不是他们的理论应该与生活保持一致。

我们一贯地自欺欺人，一贯地启发自己将获取幸福视为一个远古时代的难以破解的谜，究其原因，我们的出发点本身也许是错误的。于是，意外情况频频出现。今天，数十万也许甚至是数百万幸福、勤劳、诚实的美国人往往十分乐观地面对生活，并能够泰然处之；可他们却依然信奉邪恶的、有复仇欲望的、始终无法克服自己嫉妒心的耶和华，而耶和华却联合所有魔鬼和邪恶军团对付他们。无疑，这属于历史上造成的意外事故。我们的目光已经不再注意今天的世界；根据同样的传统观念，这无疑也是一种意外情况。成功的商人、房地产代理人、富勒毛笔销售人员、农场主和体力劳动者都非常看重今天的生活，然而，他们一旦反省自己的精神世界，或者试图拥有高尚的精神生活，他们就会变得对钱财不再感兴趣，寻求救赎的途径，并抛弃能够激发他们生活热情的所有原则。如果一个人声称自己具有思想性，不管他是谁，他的第一个念头就是否认自己拥有一个躯体。这种故意忽视我们身体存在的思想，按照所有现代生理学和心理学理论，即使不值得人们的同情，那也会是荒谬可笑的。这种思想的实质内容是：人类是或者应当是超验主义的灵魂，一味地追求美好和正义的崇高真理；或者，如果他们有其他方面的兴致，他们的存在应当被忽视或者被认为可以不屑一顾。有时候，一位牧师伪称，我们只需要追求崇高的智慧和真理，其他任何事情都不应该关注。然而，他的听众却十分清楚，他们拥有其他方面的渴望，而不是精神上的追求。当他从讲道坛上走下来时，这位牧师也感觉到心底涌起一种别样的渴望。于是，他索要某种"饮料"——当然，他"只要一杯"——不，他要的不是柠檬汁，那太庸俗了！就这样，我们一如既往地凭感觉生活着，我们的谈话方式就好像我们是脱离肉身、十分清醒的天使。

我认为，之所以会产生这种虚幻的、错误的精神性，教会必须为此承担大部分责任。这解释了以下几个方面：为什么如此少的牧师会成为诗人，或者在讲道坛上努力使用诗意的语言；为什么如此少的牧师赞颂上帝创造的地球的荣耀。很少有牧师详述亚利桑那落日的荣光，紫丁花怡人的香气，或者歌鸫鸣叫的音符——这才是他们要做的事情，假如他们的职责正是赞颂上帝，并教导我们为上帝的慷慨大方而常怀感恩之心。我不在意科学家是如何阐释颜色的，不过我却了解到草是绿色的，天空是蓝色的，云是白色的，山坡是紫色的，黎明是红褐色的，晚霞是金黄色的——不仅仅是金黄色，而是闪闪发光、沁人心脾的金黄色。有的人可能会为此感激涕零，为生活感激涕零；假如这样的人声称信奉上帝，他应该第一个站出来表达自己对这种感性生活所有荣耀的惊讶和崇敬。当人们不喜欢他们的产品时，作家、画家和皮鞋匠总是郁郁寡欢。当我们对上帝的手工艺品，即如今的地球显示出轻蔑的神情时，上帝是不会感到高兴的。当我们轻视食物时，我们等于轻视上帝赐予的味觉；当我们蔑视声音的意义时，我们无疑在贬损为我们创造耳膜和那三块精致耳骨的上帝！

另一方面，正统的基督教神学犯下这一错误，因为它的目光只盯着天堂，而根本不瞧地球——这是一个相当草率的、彻头彻尾的错误。神学家们抨击目前的生活，认为它是人们应当逃避而现在不得不容忍的事情；而他们却没有让自己的目光停留在落日的景象上，或者甚至没有回想起以前曾经观看过落日的情形。他们这样做，显得十分草率而又势不可当。我知道，这种专注于精神方面的观点出现在颓废的罗马帝国时期，当时，它是反击纯感性生活方式的强有力的一种手段。正是借助这一手段，几个有勇无谋的人最终攻克了强大的罗马帝国。然而，在那个时期，大多数人的生活陷入了困境，天堂被认为是一个安息的好地方，军舰上的奴隶可以在那里减弱他们的呻吟声，缓解他们的肌体痛苦。他们希望"消除烦恼"，所以他们才热切地期待去天堂生活。换言之，许多平民肯定已经厌倦了这种充满斗争的生活方式。但是，假设我们不是军舰上的奴隶，假设我们在这个星球上并没有发出痛苦的呻吟声，假设我们恰好渴求和欢迎这样的斗争——因为，如今，普通人面临着相当难得的机遇——那么，将会怎样呢？假设看见太阳的光芒心中就会涌起美好的感觉，假设一个秋日的下午临近傍晚时分一次悠闲的散步可以使人置身于心旷神怡的境界，假设只是品尝一个水果就能使人心情舒畅，假设美美地睡了一觉醒来就会发现这是一个充满快乐、完全可以依赖的世界，因为你有能力完成今天你所面对的工作，那么，将会怎样呢？毋庸置疑，上帝并没有徒劳地创造目前的生活。在上帝所有的亵渎者中，这些人亵渎生活，亵渎地球及其创造者，亵渎他们的所有邻居和父母，而正是他们的父母生育了他们，并辛辛苦苦把他们抚养成人，使得他们在这个世界上找到自己的位置。

人类的幸福，人类一生应当享受的快乐，我们从一开始就没有关注这一问题。我们对此十分清楚——事实上，我们甚至从来没有适当地考虑过这一问题。在这样的感性生活中，幸福早就被剥夺了，而来世中的幸福前景依然显得自相矛盾、混乱不堪——有时候，充满感官上的愉悦，仿佛看见了一座富有的城市用珍珠装饰的城门（这是当铺老板的梦想）；有时候，那并非感官上的快乐，而是一种虚无缥缈、模糊不清、无法确定的幸福。在追求幸福的过程中，一个人陷入了虚幻的僵局。我前文说过，宗教的目标不是幸福而是救赎——为了我们不确定的事情而救赎，却远离我们所能了解的范围——远离充满邪恶的现实生活。如果现在还这样说，也许就显得更加简单明了了。

为什么宗教会产生这样的结果？为什么不仅仅基督教而且还有其他的宗教形式也会产生同样的结果？这是因为，人类的幸福总是难以捉摸，幸福的时段往往比较短暂；幸福是无法信赖的、难以持久的。吃一顿美味佳肴，穿一件新衣服，这样得来的幸福不会持续太长时间。宗教可以使幸福长久、稳定，并持续到永恒（事实上，"永恒"是一个夸张的字眼，人类经验无法对此提供依据）。关于幸福，我们首先必须注意它的完全不可捉摸的特征。在我们的生活中，有许多幸福时刻，也有许多紧随其后的悲伤时刻。这解释了，为什么美利坚合众国的缔造者们尽管确信他们拥有生命权和自由权，但只是讨论追求幸福的权利，他们并不确定是否每个人都会获得幸福；他们觉得，无论是上帝还是他们的宪法都无法保障幸福，只是为每一位美国公民确认追求幸福的权利，并提供获取幸福的机会。（然而，具有哲学家气质的杰弗逊经过深思熟虑，正式提出幸福权作为三种权利之一，以代替旧的三位一体，即原来的生命权、自由权和财产权。）

幸福看起来总是像一只蓝色鸣鸟，由一个个瞬间组成。我们能够享受的幸福瞬间不计其数，其中包括：我们享用了一顿美味佳肴；很久没有见面的一个朋友突然露面，并和我们聊了整整一个晚上；一对夫妻在通向结婚殿堂的甬道上缓缓前行；我们不仅偿还了所有的债务，而且，在缴纳个人所得税之后，发现自己仍然剩下一笔可观的余额；我们听说一个坏人死去，或者对我们敬重的某个人充满溢美之词；我们干了一天活，满意地收了工，感到昏昏欲睡，浑身的肌肉疲乏不堪，却感觉很惬意，而且当天晚上没有造访的客人，我们可以放心地上床睡觉。刹那间，幸福可能转瞬即逝，于是，我们重又开始追求幸福。与丈夫一起驾车出行的新娘可能突然会感到一种不可名状的担忧，甚至恐惧。再次见面的朋友似乎有所改变，生活的热情不如以前那样高涨了，这一点变化几乎很难觉察到。深夜，当我们反省自己的时候，我们对邻居的赞美似乎并不是那么鼓舞人心。至于清偿所有债务方面，你以为还剩下不少余额，其实不然，因为你忘记了一笔 175.65 美元的支出。一个人干了一整天活，累得筋疲力尽，除了他之外，谁也不敢保证那天夜里会睡得很踏实。在上述情形下，一个人的兴奋转化为忧虑，于是，他的思想重新开始活跃起来，他尽力查找自己的不足，每件事情都比较其优劣；这个人只有具备一种自嘲的哲学理念，他才能得救，才能酣然入睡。大致就在这种情况下，哲学产生了。

假如世上有一门关于人类幸福的学科，我坚信它的出发点应该从纯粹的描述开始，自如地描述我们的幸福瞬间，或者将其分为不同的类别，然后分析它们，并对人类的幸福来源得出结论。一个人也许应该学会思想开阔一些，不必在意关于幸福最终会得出什么样的结论。我认为，如果一个人运用这种方式进行下去，他也许就会得到十分可靠的线索，引导他了解幸福的内涵和获得幸福的途径。如果我们抛弃一种华而不实的理论上的方法，如果我们能够客观地看待问题并对此足够重视，我们也许会惊讶地发现，只要我们略加用心思考，在我们的日常生活中，这样的幸福场景就会随处可见；幸福并非人们所谓的难以破解的谜。例如，当我们享用一顿美餐时，我们可能会由衷地说道"我很幸福"。由于我们善于捕捉这样最普通的生活瞬间，我们可能会得到一个重要发现，即真正幸福的来源和本质。另外有一个人偶然得出同样一个结论，他就是《旧约》中"传道书"的作者，一位睿智的老年"传道者"。为了探索幸福的真谛，他毅然对生活进行了一次实验，甚至还"对愚蠢和疯狂的行为做了试验"。"因此，高高兴兴地去吃你的面包，怀着快乐心情去喝你的葡萄酒"。他发现，女人让他失望。如果"他"指的是拥有三千个妻子的所罗门王，我就会明白他为什么会这样说。

二、生理上的安宁

假如我们继续前行，而这一次并未带有神学家和哲学家的神秘色彩，那么，我们将会发现幸福是一个简单的事实，很容易掌握，很容易简化为人人可以接受的形式；幸福意味着安宁，身体的安宁和思想的安宁。这是一种自我满足的情形，一种与一个人生活环境和谐共处的情形，一种也许与一个人的生活目的相符合的情形。使用"幸福"的字眼表明，我们所有人都在追求那种在物质上和精神上实现安宁和满足感的境界。汉语中有一个词语叫做"平安"，它似乎概括了每个家庭的愿望和所有家庭的生活目标。新年来临之际，人们在红纸上大大地书写下"平安"两字，张贴在每堵墙、每扇门上（只要是同样的意思，也可以写其他汉字）。这个无法翻译成英语的汉语词组缩小了安宁和幸福的差异，最终使得二者的内涵完全相同。它的意思是指一个人在身体上和精神上彻底放轻的感觉。英语单词"happy（幸福）"也反映了对一个人精神和身体状态满足的情形。你在家里为客人准备好一个房间，并安置他在那里住上三个星期，你告诉他："我觉得你在这儿会感到快乐的（happy）。"你这样说是想提醒客人，在你家里他可以想做什么就做什么。当他离开时，你送他去车站，你发现汽车上已经坐满了乘客，可你还是为他找到了一个靠窗户的座位。车厢里拥挤不堪，连挪动一下胳膊都感觉困难。但是，汽车上暖气烧得不冷不热，你的朋友惬意地缩在角落。你问他："你现在快乐（happy）吗？"你的意思是说，他坐在那里是否舒适，他是否随身携带几本杂志或者其他用来消遣的东西，他面前有没有令他感到明显不快的乘客。如果上述条件都令他满意，如果他在衣兜里还装着一本精彩的侦探小说准备在路上阅读，那么，他很可能会这样回答："是的，我太满意（happy）了，多谢。"

只有我们的需求得到满足，我们才会感到幸福；这一点似乎不言自明。不满足的人不会感到幸福；在实现生活目标的过程中，如果一个人焦躁不安或者屡受挫折，他不会感到幸福或者安宁；不清楚自己生活目标的人内心不会感到安宁；没有任何需求的人也不会拥有需求得到满足的快乐。所有的动物都显得非常幸福，因为，自然界提供并满足了所有动物的需求——否则，它们就会死去。人类的幸福之所以出现问题，只是因为人类拥有更加复杂的需求，可能是一个远大的志向，一个实现生活目标的愿望，这些需求很难得到完全的满足。人类比动物有优越感，因为人类拥有高尚的需求，也许比动物了解更多的幸福，可我并不是这样。在人类社会错综复杂的文明进程中，我们经常会忘记许多事情——从根本上来说，我们的躯体里仍然流淌着鲜血，仍然布满了神经和肌肉；我们的神经和肌肉按照我们生理上的一般规律发挥着应有的作用；虽然我们属于高级动物，可我们仍然是具有一个躯体的动物。在我看来，幸福往往意味着我们的内分泌腺功能齐全。现在的医生经常告知他们的病人，他们的症状在于他们的生理机能不能正常发挥作用——很可能，在当今高度文明的生活状况下，他们已经大大背离了普通、健康的生活方式所需要的首要条件。

我意识到，幸福来自于完成一项工作、取得一些成绩之后的满足感。我意识到，一项工作不仅是体力劳动，也是脑力的消耗；幸福光顾那些成功地完成其工作的人，无论他们从事的是何种工作。然而，物质必定是精神安宁的基础；无论我们多么高尚，我们生命的古老定律，即我们在神经和肌肉方面的生理需求，也许都不会被忽略或者藐视。情况看来真的如此。幸福的基础是确定无疑的，几乎每个人都可以借助自己的身体，尤其是通过自己的感官，具备这一基础；精神的高涨随后就会出现。

爱默生评述道："我知道，由于长时间地坐着，长时间地交谈，我的情绪烦躁不安，思想混乱不堪，为了使这一情况有所好转，没有比劳动更有效的方法了。我缺乏生气；因此，如果某个朋友意外造访我，我不得不在椅子上连续坐个把小时，我就会变得心情郁闷，眉头紧锁。这时候，我就会想到该去拜访一下阿克顿森林，并从此以后与松鼠生活在一起。但是，我的园子就在附近，当我用锄头锄地时，我是为我的错误在赎罪，于是，我就不再想去攻击我的敌人。我承认，开始劳动的时候心里有一点怨气，通过干些体力活释放一下。可是，通过把崎岖的小丘修理平整，我烦躁的情绪渐渐趋于平缓；通过拔出杂草长长的根茎，我也拔掉了自己性格上的小刺；在很短的时间内，我就可以聆听到长刺歌雀美丽的歌喉，可以欣赏身边纷至沓来、五光十色的景象。"（《日记》，1839年6月12日。）这段话语显示了真正的智慧。

当一个人对联合国问题或世界和平问题感到惊恐不安或者不满意的时候，当他希望重新得到幸福的时候，对他来讲最好的选择就是找到厨房排水沟堵塞的地方，并设法将其疏通。一个人忙碌一个上午，最后看见污水顺畅地由排水沟流出，并发出清晰的汩汩声，这时，无论是谁，都会感到十分自豪。或者，在捷克斯洛伐克悲剧发生之后，一个人不应该选择自杀方式来解脱自己，而应该在房子里四处转转，看看是否会找到一把摇晃的椅子，自己是否能够把它修理牢固，便于再次使用它。最重要的是，一个人只有首先拯救自己，让自己快乐地活着，他才能拯救捷克斯洛伐克的未来。应付世界混乱局面的最佳方案似乎是，为每个家庭配备一把斧头、一只活动扳手以及足够多的钉子。我似乎听见孔子说道，拯救了椅子，家庭也就得救了；拯救了家庭，民族也就得救了；拯救了民族，世界也就得救了。当一位父亲发现自己的儿子在家里烦躁不安、心情抑郁的时候，就告诉他："到外面去修一修有毛病的火花塞再回来。"他这样说显得很明智。随后，他将会发现，当儿子把火花塞修好，并得意扬扬地回来时，他已经从糟糕的情绪中摆脱出来。而这位父亲本人却往往不能明智地使自己从他个人问题的悲观情绪中摆脱出来。

一个鞋匠制作出一双优良的鞋子，他感到多么自豪多么荣耀！一个农夫在沼泽地里成功地开挖出一条沟渠，他感到多么快乐！忙碌了一整天，坐下休息时伸展一下疲惫的双腿，顿感心旷神怡，又有什么能够比得上这样的快乐呢？在《满意的冒险》关于"沼泽地里的沟渠"一章中，戴维·格雷森描述了挖排水沟的极大兴奋之情和劳作之后身体上的极大幸福感和满足感。他的这种描述甚至比梭罗在《瓦尔登湖》中描述挖掘"豆田"的文字还要精彩。我怀疑那位"高尚"的读者此时已经读完这一章节，可我想知道他对人类生活规律的了解程度。我只知道，此刻他也许正在思考世界万物的规律。我不嫉妒他。

> 伸展着双腿，我很想吟一首诗……我发现，幸福几乎总是辛勤劳动的结果……因为，那样的话，幸福肯定成为泡影！
> ——戴维·格雷森

身体决定着精神，多么的确定无疑、合情合理、深刻而坚定。今天早晨，我四点半起床，走出家门。映入眼帘的是一个完美的早晨：低洼处弥漫着如幔的薄雾，太阳悬挂在山巅之上，世界万物浸润在清新的晨露中，散发着怡人的香气，其间回荡着晨鸟的啁啾声。

这段时间正是春耕播种之后、干草晾晒之前，农场主一年中最关键的一段时间。我利用这段时间在低洼的农场边缘挖掘一条排水沟。在这片农场上，将近有半英亩的土地长满沼泽杂草和蓝色菖蒲；自从我买下这个农场，我一直都在计划着挖掘一条沟渠，从它低洼的边缘一直延伸到那条小河……今天上午，赶快做完家务活之后，我把背包和铁锹扛在肩膀上，朝要挖的沟渠走去（穿着橡胶靴子）……于是，我开始挖掘。在艰辛的体力劳动中，我自然而然地产生一种轻松的感觉：无须思考问题，只是体力消耗。我站在齐踝深的冷水里，每挖一铁锹都不容易。当我把挖出的湿泥培在沟渠边缘的时候，小股的水流又蓥了回来。我什么也不想，一直挖呀挖呀。在用力挖掘的过程中，我感到一种奇特的快乐。我用一只脚使劲踩下铁锹，然后，我弯腰、直腰、转身，浑身上下有一种难以名状的满足感。一开始，我还感觉到清晨的凉爽，可是，到了七点钟，天气已经相当炎热！我解开衬衣的扣子，把袖子又往上挽了挽，继续挖下去，又干了半小时才休息，这时我已是大汗淋漓。

"我会跌倒的。"我自言自语道。于是，我把铁锹当做一架梯子，爬出了排水沟。我感到很渴，我就穿过湿软的山谷，径直走向生长在小河边的桤木丛。顺着耕牛踩出的小径，我穿过丛林，走到小河边。在那里，我坐在一根原木上，拿出水来，一口气喝了个痛快。随后，我把头浸在凉爽的河水中，往胳膊上撩水；直起身时，我浑身滴着水，气喘吁吁！噢，多么美好的感觉！

然后，我回到山楂树下，坐下来，伸开双腿，感觉很惬意。此时此刻——卖力地挖完排水沟后——我很想吟一首诗；虽然写不出来，但我内心能够感觉到！我打开背包，取出半条哈里特为我准备的面包。在树荫下，我掰开未经加工的面包，一块块品尝着。我品尝着原味面包，心里想着，我们这样的经历多么匮乏！我们把黄油涂在面包上，我们烘焙面包，我们边吃面包，边喝牛奶或果汁。我们甚至用面包蘸肉汁（而在这儿，在乡下，我们无须谦让，可我却感到非常舒适）。结果，我们永远品尝不到真正美味的面包。今天上午，我感到很饿，就把半条面包吃得干干净净——还觉得不够。然后，我在树荫下躺了一会儿，透过山楂树冠外侧稀疏的枝叶眺望着太空。一只红头美洲鹫在高空懒洋洋地盘旋着，一只青蛙从一洼水边不时地探出头来，花丛中忙碌的蜜蜂不停地飞来飞去。

我在河边又喝了些水，这才有点不情愿地——我说的是实话——往回走，准备继续干活。天气很热，开始工作时的快乐早已消失殆尽。可是，排水沟得继续挖下去，于是我重新忙碌起来。这时的人就像一部机器一样，没有思考能力，动作十分机械。然而，尽管繁重的体力劳动没有在大脑中留下直接的印象，它却常常闪现在意识里。我发现，有时候，对于某一项工作中的特定步骤，过后很长时间，我还能记起来并感到十分欣喜。

　　这是新奇的、艰苦的体力劳动！劳动者什么也不用思考。据我所知，我经常一干就是很长时间，其间没有任何其他形式的念头，除了想一想与单调乏味的重复劳动本身有关的事情——把铁锹放下去、抽出、抬起、翻过来——不断重复这一过程。然而有时候——大多是在午前时分，那段时间我一点也不觉得劳累——我突然间会有一种感觉：整个世界展现在我的面前——其中包含它的壮观景象和丰富内涵——这种感觉让我感到一种奇特而又充分的幸福，一种接近于完全满足的幸福。

　　我发现，幸福几乎总是辛勤劳动的结果。如果人类想象着他们能够满足于纯粹的思想、激情或是柔情，他们是何等的愚蠢！破坏世界的美好，又是何等的愚蠢！因为，那样的话，幸福肯定成了泡影！她喜欢看见人类不停地忙碌。她喜欢汗水、疲惫、自我牺牲。她不会待在宫殿里，而是蛰伏在玉米地和工厂里，盘旋在杂乱的书桌上方；她加冕于不停地玩耍的孩子无意识的头上。如果你在辛苦工作的时候突然抬起头来，你就会看见她；如果你注视她太久，她就会伤心地离你而去。

　　在市区有一座小型工厂，生产木桶铁环和狭板。工厂里总是传出我生活中很少听到的阵阵悦耳的口哨声。它准时在12点响起：多么神圣的声音！过去的半小时，我一直在挖沟渠，那是个艰难、缓慢的过程。我汗流浃背，筋疲力尽，可我仍然坚持不懈，为的是郑重其事地等待着音乐的响起。听到那阵口哨的第一个音符，我放下手中的铁锹。即使我挖起一铁锹的泥土刚举到半空，一旦听到口哨声，我也会马上停下来，不会多付出一点精力；紧接着，我跳出沟渠，赶快回家，心里只有一个想法——否则，口哨声可能随时会消失。回到家时，哈里特站在门口，我觉得她就像一位天使，一位烹饪天使！

快乐的话题源源不断。也许，世上有些食物的味道好于炖牛肉、烘土豆和自制面包；也许，世上有……

[《满意的冒险》（六）]

三、工作的激励作用

戴维·格雷森所谓的"伸开双腿就想吟诗"，正是心理学家威廉·詹姆斯称为的"音调和谐的器具产生的作用"。幸福往往意味着一种身心愉悦的状态；虽说我们并不愿意使幸福掺入粗俗的成分，可我们也许会认为，我们此生中有能力追求的幸福往往指"身体上的愉悦感"。假如存在比躺在阳光下更大的幸福，我倒真想洗耳恭听。我的意思并非指一种懒散的态度。"身心愉悦"是指这样一种情形：我们的神经功能齐全，随时准备发挥作用，并有能力处理手头的工作。既然我们的神经不能起应有的作用，实际上我们的神经烦躁不安，除非我们有事可做，那么，就设法投入自己喜欢的某项工作中去，这样才会达到一种和谐的效果。换言之，幸福来自于工作，来自于出色地完成一项工作时所产生的那种快乐和安宁的感觉。

这种工作是体力的消耗，也可以称为脑力的付出。梭罗准备开始文学生涯的时候，他这样描述身心愉悦的状态："我们有时会经历一种完全充实的生活，而我们并不知道为什么会有这样的经历……我感到自己心里涌动着一股不寻常的文学创作冲动……在身心两方面我都感到十分振奋……我感到，我品尝过的果汁，如甜瓜汁和苹果汁，已经融入我的大脑，刺激着我的创作冲动。它们给我以巨大的力量。现在，我能够写出遒劲有力的文字了。"(《日记》，1851年9月7日。)梭罗认为，写作应该由"完整的人"来从事，他自己创作时，他的大脑和肌肉都在发挥作用。"由于感觉生活不如意，我向往着更加美好的事情，我变得更加小心谨慎，更加内向，更加克制自己，就好像期待着什么事情会发生。这时，我忽然发现自己像果肉的核心一样充满生机——我内心充溢着平和而友善的快乐。我自言自语道，我必须注意饮食；清晨，我必须早点起床，出去散步；我必须抛弃奢华的生活方式，终生致力于思考问题。因而，我筑坝拦截内心奔涌的激流，于是，我浑身的水流汇集在一起，促成一个头脑的产生。就这样，我产生了丰富的思想。"(《日记》，1853年10月26日。)

体力劳动和脑力劳动之间并不存在绝对的区别。用过早餐后，本杰明·富兰克林有时会赤身裸体地坐在那里完成上午的工作，这并没有什么关系；他尽心尽力地做着自己的事情，享受着自己的脑力劳动。无论是体力劳动还是脑力劳动，制造和生产物品的快乐，完成我们可能会引以为豪的事情所得到的快乐，堪称生活的最佳奖赏。无论是农夫观察自己的土豆田播种的进度，还是作家看到自己笔下的作品越来越丰富，快乐和满足的感觉都是一样的。体力劳动者只有运用自己的大脑，才能称为称职的体力劳动者；我也知道，任何一位写作者都会从写作时的体力消耗中获得乐趣，不管是连续敲打打字机，并看到他创作的文字源源不断地从压纸卷筒里打印出来，还是在持续的创作过程中听着钢笔有节奏地在纸上唰唰的摩擦声。一个真正的作家一定要学会去习惯并享受长时间的体力消耗以及与他的劳动息息相关、耳熟能详的所有物质条件，包括钢笔、笔记本、熟悉的书桌，甚至还有放糨糊和剪刀的小罐。他只有喜欢与写作本身密切相关的一切体力劳动，才能被称为一名称职的作家。所以，凡·威克·布鲁克斯（Van Wyck Brooks）如此描述自己的写作习惯和写作过程中付出体力时的乐趣：

"奥斯顿（Allston）喜欢麦克尔·安杰罗（Michael Angelo）的文字描述，他认为这一描述对他来说也是真实有效的——'当我手里拿着一把凿子的时候，我知道这很适合我。'他两三次提到他的方法：

"我开始一天写作的时候，总是先把前一天做过的所有工作誊写一遍，并进行几处小的修改。这让我的思维活跃起来，我由此得到足够的写作动力。这就如同旋转一只陀螺。如今有些时候，当我完成前一天工作的誊写时，陀螺就开始自转起来……因而，我的笔记都是感觉的沉淀；当我在一天的工作过程中看到这些笔记时，这种感觉油然而生。但愿上苍保佑我不必打印笔记，不必向秘书口述。由此产生了历史上多数作家的注入式写作风格。优秀的作品是通过感觉创作出来的，只有付出大量的时间和精力，才能相对容易地达到这一效果。"①

不，你并没有脱离身体的范畴。即使一个人所穿的衣服也和他的写作有关。"我从来不会扔掉自己的任何一件旧衣服，除非我又写出了一本书。"奥利弗·奥斯顿（Oliver Allston）说道，"当我着手写作时，我穿着一件我特别喜爱的灰色花呢衣服；我还没有完成第二章的创作。在我的大脑里，这件衣服和这本书不知不觉融为一体。我不该幻想穿着其他任何一件外衣或者裤子坐下来写作。正因如此，我在写这本书时。思想严重抛锚了。我继续穿原来那件衣服，

---

① 选自于《奥利弗·奥斯顿的主张》，凡·威克·布鲁克斯著。版权所有，1941年，凡·威克·布鲁克斯。纽约 E. P. Dutton 公司和伦敦 J. M. Dent&Sons 公司联合出版。

希望把我的运气带回来；当我的思想重新活跃起来的时候，这件衣服已变成了一堆碎布条。但是，'假设衣服的背部与边缘破损不堪'，我会不会扔掉这件衣服？即使送给我可可西岛的所有宝藏，我也不会扔掉它。我保存着这件衣服，写完了这本书。我总觉得，是我的这件灰色的旧外衣让我完成了这本书的创作。"[①]

　　在我看来，犹如许多忧愁均是由精神因素造成的，低迷的精神状态是由于终日碌碌无为造成的，或者是由于所做的事情没有做好、没有做成功，或根本无力去做造成的。在世上所有不快乐的人中，最不快乐的是那些什么事情都不愿去做的人。有多少去精神病医院的病人，就表明有多少不快乐、不工作的人，而不是有工作、没烦恼的人。再难完成的工作也不会把人累死；置人于死地的只有无法完成的工作、毫无目的的工作、具有下述性质的工作：它吞食

[①]《绝版引文》，第31页。艾乐里在写作时也穿一件特殊的外衣。有一段文字生动地描述了他是如何苦思冥想才在打字机上敲出"优秀的热情的文字"。"注意：从技术的角度来说，准备构思一本书的过程与准备创作一本书的过程是不同的。在第二个阶段，写作者需要检查、清扫打字机，更换色带，削铅笔，干净的纸张摆放的位置与手臂之间要保持精确的距离，以使手臂最大限度地省力，笔记与纲要借助支架与机器之间应保持精准的角度，等等。这一理性阶段开始时的情形又有不同，可谓悲惨的开端……他的胸中充满令他兴奋的念头。他在地毯上来回踱步，俨然是一位将军，统率着他的思想大军……二十分钟后再看看他的模样。他手舞足蹈。他眉飞色舞。他紧攥拳头，一副无助的样子。他靠在一面墙上，贴着灰泥寻找凉爽的感觉。他冲向一把椅子，坐在椅子边缘上，双手紧握在双膝之间，仿佛恳求什么似的。他猛地站起身来，加满他的烟斗，放下来，点燃一支烟，吸了两口，把烟喷出来，烟雾在他的双唇间盘旋。他轻咬他的指甲。他搔他的头。他舔牙床上的一个洞。他揉他的鼻子。他把手迅速插进衣兜。他踢椅子。他扫了一眼桌上早报的标题，但又超然地移开目光。他走到窗前，很快对一只苍蝇在屏风上爬来爬去的科学情形产生了兴趣。他用手指拨弄右兜里的烟草颗粒……"《十天的奇迹》（小布朗公司）。谈论的内容是，作者的工作是一种"脑力劳动"。依我看，这纯粹是体力劳动。

了一个人的神经，正如海洋淹没了一个人的躯体一样。在美国，讨论这样的事情是冒一定风险的；太多的人死于心脏病发作，死于神经系统的过度紧张。但是，事情的真相并不为人所知。艰苦的工作可以置人于死地；此处，艰苦的工作包括饮食过度，甚至是行走，比如马拉松比赛。然而，由于工作、饮食或者行走等具有其正常功能，所以上述说法是不公平的。根据我对词语"艰苦工作"的理解，美国人是不会因此而死亡的；他们，他们中的许多人死于马拉松比赛，因为他们的神经系统一直高度紧张地关注着最终谁将超过谁。我们身体的一般规律是不应该被轻视的。只要没有忽视身体的一般规律，真正的幸福就会降临于这样的人：出色地完成自己的工作之后，再好好地休息一下，以恢复自己的精力。真正的幸福产生于一天中适量的工作。

在这层因果关系中，一个特殊问题出现在美国特权女性的面前。随着一个国家积累了越来越多的财富，一个闲散的特权阶层成长起来，但是，在美国，它却变成了特权的、闲散的、不快乐的女性阶层。李丽安·海尔曼（Lillian Hellman）和克莱尔·布斯（Clare Boothe）在他们的戏剧作品中，多萝西·帕克在她的小说中，都曾描述过这一女性阶层；赛珍珠（Pearl Buck）将她们称为"火药女人"。从 19 世纪 50 年代开始，美国的男人和女人在生活上越来越分化，詹姆斯·特鲁斯罗·亚当斯（James Truslow Adams）描述了这一特殊现象有历史意义的发展进程。

一种新型的孤独感……

——詹姆斯·特鲁斯罗·亚当斯

除此之外，美国人的生活中逐渐产生了一种新型的孤独感，那是一种丈夫和妻子之间的关系……

在各种各样的场合中，美国妇女总是忙得不亦乐乎；她们总是参加各种活动，总是处在嘈杂的环境中，从孤独和单调的家庭氛围中摆脱出来。商业、各种专业和政治都是女人不能涉足的领域，除非一个很不普通的女人，或者在当时的背景下愿意被人称为"怪人"的女人。因此，普普通通、孤孤单单、喜欢社交、思想活跃的一个又一个女性开始致力于创建属于自己的世界。众所周知，西方社会的人们也许有着极其强烈的孤独感，因而，在19世纪50年代，西方社会发起了组建现代化妇女俱乐部的运动。在许多方面都处于情感和知识的饥渴状态的妇女发现了"文化"和美丽。"孤独的人们"组建了"勃朗宁俱乐部"和"漂亮房子"。这些组织尽管都不是太成熟，但是，女性最终发现了新的兴趣和新的刺激，以及鼓舞人心的新的自尊。男人也许正在以惊人的速度奠定个人或者民族生活的物质基础，而女人正在为建设知识和审美生活贡献自己的力量。约翰·道（John Doe）先生作为当地的食品公司或者木材公司总裁，可能发挥着日益重要的作用，或者可能正在竞选国会议员，而道夫人现在可能当上了妇女文学协会会长，并开始感到自己是同一个社区里社会和文化生活的一位领导。

男人世界和女人世界之间的鸿沟变得越来越宽。假如妻子不能与丈夫一起参加商业和政治活动，那么，丈夫也不能与妻子一起参与"文化"社团活动……当他在商界和政界为获得成功全力以赴的时候，他也许会因为没有完全尽到丈夫的责任而感到自己良心上的刺痛，并感觉到他与"娇小女人"之间的距离越来越远。然而，当她在属于女性的精神世界和社交圈子里——而他本人被排除在外——发

挥越来越积极的作用时，他们两人平等了。他觉得，只要
他的妻子在"社团"里不感到孤单，而是一边品茶，一边
聆听身边的某位女士阅读关于《索代罗》①的一篇文章，并
乐在其中，那么，他就能够把所有的时间如愿以偿地花在
商业、威士忌以及和他的男性朋友一起谈生意上。在社交
圈和知识界，男人和女人开始发挥令人奇怪的不同作用，
在以后的很长时间里，这成为美国社会的一大特征。

[《美国人》②]

因此，在考察这些美国妇女情况的过程中，赛珍珠清楚地表明
了对特权的诅咒，主张为"火药女人"做些事情，并认为这是她们
获取幸福的最佳方式。"在我们的文明进程中，最悲剧性的人物是
中年妇女。她们在家里的职责已经完成，她们的孩子已经长大成人；
她们正处于身体和心理的最佳阶段，她们却感到自己的存在已经失
去意义。她们是最不幸的人。她们终日碌碌无为，因为无人向她们
要求或是期待她们做任何事情；她们不能得到幸福，因为她们终日
碌碌无为……这种公民基本权利的不健全在我的国家促使了这些火
药女人的出现；当我思考这一问题时，我想不起任何一个可以责难
她们的词语。我知道，假如男人们面临这一问题，假如，简言之，
他们并不具备强制性的工作纪律所产生的优势，那么，他们永远不
会在各个领域都达到他们目前出类拔萃的水平……不，如果没有正
常的工作纪律、固定的工作时间、竞争标准的要求，那么，男人现
在将会和女人发挥同样的作用。"她具有真正的心理洞察力，于是

---

① 索代罗（1180—1269），意大利吟游诗人。1840 年，英国诗人罗伯特·勃朗
宁（Robert Browning）曾将他作为主题，创作了一首长诗《索代罗》。

② 承蒙出版商 Charles Scribner's Sons 厚爱再版。

她得出了下面的结论："工作权是公民至高无上的基本权利，它使得他们真正地走向自由……她可以做任何一件事情。如果她想做一项轻松的工作，她可以在她的村庄或街坊那里寻找。如果她想做一项重要的工作，她可以在全国范围内寻找，或者在全民族的高度上思考问题，或者意识到远处有一个全新的世界等待她去探索。不去了解要做事情的极大数量，等于证实了这一公民基本权在何种程度上损害了人们的感知能力；而她了解后不采取行动，证明了已经对她的意愿所造成的损害。"[①]

正是伟大的心理学家 C. G. 荣格如此奉劝这些神经紧张的都市妇女："到乡下去。养孩子，喂猪，种胡萝卜。"我不相信，一个女人看到自己种的胡萝卜一天天长大，她此时的快乐会比不上一名画家或者作家；前者欣赏着自己创作的一幅绘画，后者经过辛勤的笔耕书稿终于完成。在所有的情形中，只有创造性的劳动和看到自己的工作出色地完成，才会带来真正的幸福。毫无疑问，在精神病院的病人中间，永远也不会找到一位成功的胡萝卜种植者。

四、满足的奥秘

毕竟，世上还存在一门哲学，满足的哲学。在前文中，我曾引用早餐桌上的教授所说的话，"生存的伟大目标就是使人类与自然规律保持一致"。我认为，这位教授没有要求我们重新建立与人类和谐共处的自然规律——那将会是一个十分伟大的规律——而是要

---

① 赛珍珠，《关于男人和女人》。约翰·戴伊公司。版权所有，1941 年，赛珍珠。

求人类与他所发现的自然规律保持一致，与他自身的规律——这才是关键之处——保持一致。用不太狂妄的语言来说，任何一个人生存的伟大目标是找到自己在生活中的位置——这就是满足的奥秘。我再次把生活比作一幅图画，在画中，一个人在拥挤不堪的有轨电车里挤来挤去。假如在拥挤的车厢里他找到了自己的位置，他就会感到快乐和满足；否则，他就不会有这种感觉。车厢里有的人爱管闲事，他们没有想到为自己找座位，而是认为自己有责任维持挤满乘客的车厢的秩序，让乘客心情舒畅——让伸腿的乘客把腿收回去；让乘客把外衣放在合适的位置；如果有人感觉热或是冷，就请求靠窗的乘客把窗户打开或是关上，用很大的嘘声提醒身后某个大声说话的乘客声音小点。普通的乘客并不清楚，如果每位乘客都找到自己的位置，五分钟之内就会建立良好的车厢秩序；并且，只要他的神经在旅行结束时不会因为旅途劳顿而变得极度受损、烦躁不安，他在旅途中的首要职责就是在那个临时社区里找到自己的位置。

美国人，至少是纽约客，给外国人留下的印象是神经紧张、烦躁不安。与欧洲人相比，美国民族具有情绪激烈的特征。一些商业主管认为，当他们办公桌上的三部电话同时响起来的时候，他们是最幸福的人，这表明他们属于"成功人士"。其实，他们是在自欺欺人。如果一个人把握住生活方向和自我定位，他首先表现为内心沉着冷静；而具有上述经历的人，无论是谁，都丧失了这种平和的心境。不停地忙碌绝对不是成功的标志。一位成功人士——因而也是一个幸福的人——只不过是了解清楚了自己在生活中的真正需求，并且实现了它。

满足的奥秘在于，每个人都清楚地了解到自己的能力和不足，在可以充分发挥作用的各项活动中都能找到乐趣，并都明智地意识到，无论他有多大的影响，无论他取得多大的成就，对于整个世界来说，他绝对是微不足道的。一个人很可能成功地把自己的名字铭刻在他的领域的功勋榜上，以至于他会认为自己在这个领域中不可或缺或者无所不能。他被内心的某种野心左右着，于是他丧失了任何形式的满足感。有时，找出自己的不足要比了解自己的优点更加重要。一个人有那么多的忧愁，是因为他不了解自己的需求，或者他有太多的需求，或者他可能想有所作为，想成为远离自我的任何角色。保持真正的自我形象，不随波逐流，不想成为其他角色，这需要多人的勇气！在实现满足感的过程中，中国人也许做得最出色。爱默生和梭罗两人都曾经引用中国圣人孔子的语录。"圣人说：'三军可夺帅也，匹夫不可夺志也。'"①

下面的一句话是格雷森最精彩的话语之一："在一个世界上，我正在逐渐了解一件重要事情，那就是，让人们一生都在不停地争论，就像我一生都在争论一样。"我认为，他的这句话体现了完整的生活观，这是普通人很难理解的，除非这个人对于戏剧性的人类历史进行了充分的思索。在《友谊之路》的一个章节《我吹口哨》中，他说道："很久以前，我就立志设法保持真正的自我形象，而并非其他任何形象。"他曾经进行过这样的反思，"我记得，在我的一生中，我曾经是如何枉费巨大的精力试图改变我最亲密的朋友。可爱、认真、务实的哈里特就是其中的一个例子。她总是想方设法修剪我胳膊上装饰的羽毛——我希望这样能够让自己更加适合居住在这个

---

① 《瓦尔登湖》，"结束语"。取材于孔子语录，只是译文有些断章取义，"三军可夺帅也，匹夫不可夺志也"。Chih（志），在汉语中，指代的当然是"意志"，而不是"思想"。孟子发展了个人具有无限能力的观点。在这方面，他的哲学就是爱默生哲学，或者爱默生哲学就是孟子哲学。孟子和爱默生对青年人的影响何等相似。在"经验"一文中，爱默生引用并介绍了孟子学说中最重要的思想，即，发展一个人先天性的扩张性的精神，"广泛流动的活力"。

宁静、友善和安全的栖息地——我常常为此感到十分烦恼。有些时候，我们走过如此漫长的一段路途，才认识到我们最亲爱朋友的个性特征。因为我们是如此的珍爱他们，所以我们试图把他们改造为我们自己所认为的某种古怪的完美形象——直到有一天，我们突然大声嘲笑我们自己的荒谬行为（意识到他们很可能在努力地改造我们，正如我们在努力地改造他们一样）；从此以后，我们再也不想改变他们，我们只是喜欢他们，欣赏他们！"①

格雷森曾经引用马可·奥勒留（Marcus Aurelius）的话，来描述在一个农夫家里借宿的那个名叫斯坦利的男孩：

"我说'听听这位罗马的老哲学家在说些什么'——我把书举到灯光下，开始大声读道：

"只要在你参加的争论中你可以凭自己的力量战胜对手，那么，你就是不可战胜的。当你看到一个人在别人面前显得十分荣耀或者拥有无上的权力，或者无论如何都受到人们的极大尊重，你千万要小心，不要认为他是很快乐，不要被表面现象迷惑。如果我们有能力具备善良的本性，我们心中就不会产生任何猜忌。然而，你自己并不愿意成为将军、参议员或者领事，而是想做一个自由人。只有一种方法能做自由人，即，不要关注在我们能力范围之外的事情。"

"斯坦利先生得意地说：'那就是我一直主张的事情，但是，我并不知道某本书也对此论述过。我总说，我不想当参议员或是立法委员，或者其他任何形式的官员。我生活在这片农场上，悠然自得。'"

我认为这一章节与格雷森的作品几乎没有什么两样。对于幸福

_____

① 《友谊之路》，（原著）第 416 页。

的话题，格雷森所作的描述文字优美，影响深远，而其他作家对此评述甚少。

　　这种对生活的接受。这种谦恭的态度。这种了不起的做法产生了绝对正确合理的结果。这就是满足……

——戴维·格雷森

　　在我看来，生活的快乐来自于保持自我形象的感觉，就像我在此处的感觉一样；生活的快乐来自于坚持我们选择的生活方式的感觉。我所了解的所有不满足的人都在辛辛苦苦地想成为与他们的本性相悖的角色，想做他们无法做成的事情。在乡下报纸的广告中，我发现，男人追求财富，借口是承诺使女人变得漂亮；男人学识渊博或者富甲一方——一夜暴富——方式是激励善良的农夫和木匠成为可怜的医生和律师……

　　不要尝试让我们变成这个或那个角色（不要尝试遵循关于我们自身的改编了的版本），而是应该使我们自身完全服从于充实的生活——让我们充满生机。这种对生活的接受，这种谦恭的态度，这种了不起的做法产生了绝对正确合理的结果，这就是满足，其实是一种有效性。有效性！——那是我们所了解的最高尚的事情。

　　它从另外一方面说明了一种伟大：它真正掌控了现实世界。据我了解，有些人在他们的背后或者在他们心中，似乎拥有所有的社会、国家、组织；他们仿佛世界地图，怎么会了解我们！他们实施自己的行为并不借助自己柔弱的躯体，借助的好像是整个生命的精华。他们开口讲话，话语是他们讲的，声音却是整个人类的声音。

　　我不知道对上述现象应该作何种总结：是遵照上帝的旨意还是符合现实规律。奇怪的是，二者的本质是相同的。上帝并不在意我们如何称呼它，而我们一直称呼它为上帝。思考这些神秘的事情，我似乎明白了晦涩难懂的神学家们把一切也搞得晦涩难懂。难道不是这种在现实生活中的赎罪才使我们所有人感到温馨，才使我们所有人得救？

　　在所有这些文字中，我讴歌了美好的田园生活，我自己都觉得过于热情了。我热爱这种生活，因为它拯救了我。很久以前，我就认识到，对我来说，农场是唯一让我显得强壮和坚定的地方。而对你来说，我的朋友，生活呈现出完全不同的一面，不同的需求。我在城里经历了不少事情；我在熙熙攘攘的街道上会看到一张张快乐的（甚至是安详的）面孔，我对此有时会感到疑惑不解。我承认，那些人一定也能适应他们的生活方式，符合他们的生活原则。就让他们管理自己的金钱，制作鞋子，缝制衣服，分户记账——假如这样做真的让他们感到完美，感到满足。我和他们每个人都不发生任何争执。毕竟，这是一个包容万物的大千世界，人们可以通过各种不同的途径获得幸福。

　　每个人都是一块磁铁，具有异乎寻常的高灵敏度。一些磁铁把田野、森林和山丘吸引过来，反之亦然；另外一些磁铁如川流不息的街道以及巨大的财富，这对城市的居民来说司空见惯。我们吸引什么并不重要，重要的是我们的确吸引了什么。据我了解，生活中最大的悲剧在于，千千万万的人，无论男女，都没有机会自由地吸引；相反，他们终日辛勤劳作，疲惫不堪，仿佛无生命的物体被那些郁郁寡欢的懒散者所吸引。他们不是在耕种土地，而是被别人耕种……

因而，如果一个人与生活节奏一致，自我服从于生活，他对生活来说就是必不可少的，对这个世界的运行是绝对需要的。正是一个人心中产生的必不可少的感觉，进而促成了他的满足感。

[《友谊的冒险》（四）]

五、如何做到既圆滑又温情

上文所述的生活的快乐完全属于一种思想方法。葡萄酒也许可以看做消除忧愁的工具，或者指一种习惯性的心愿，或者是一种恰当的场合，此时，饮酒的人感到有些飘飘然，比平时的感觉舒服些。我们除了从各种物件中学会获取快乐，再也不会有其他收获。一个人也许常常愤世嫉俗，他在自己的犬儒哲学中得到快乐；或者，他可能是一个浅薄的乐观主义者，抑或感伤主义者。每一种思想方法都带有同样的主观色彩。如何选择一副合适的眼镜观察生活，只是个人的爱好问题。一种思想方法可能会成为一种固定不变的习惯做法，对当事人来说，它随后会变成一种生活哲学，一种生活态度。一位智者会小心谨慎，不让任何特定的思想方法成为永久性的态度；他知道，一旦产生某种思想方法，他就必定会从中获得快乐。冥顽不化的傻子将会从他的冥顽不化的蠢行中获得快乐，年轻而圆滑的愤世嫉俗者将会沉迷于他的犬儒哲学。[即使是在一幅剧照中，利奥内尔·巴里莫尔（Lionel Barrymore）的固执也让我感到厌烦。]

杰弗逊说："比起过去的历史，我更加注重未来的梦想。"我们可以认为，这是杰弗逊式的思想方法。他选择佩戴这样的一副眼镜观察世界，并没有充分意识到他是如何形成自己的哲学理念的。一个人怎么会意识到他是如何形成自己的哲学理念或者如何得到看待生活的最佳方法？霍姆斯法官曾说："快乐法则和职责定律在我看来似乎是一回事。我坦承，毫无私心的言论和愤世嫉俗的自私言论在我看来似乎同样是不真实的。"他又说，"生活的快乐就是以一种自然、有效的方式释放一个人的潜能。"在这一模式中，他逐渐形成了自己的哲学理念，而他自己并不清楚是怎样形成的。经过一生漫长、睿智的生活方式，霍姆斯法官终于发现了这些真理。

富兰克林是一个快乐主义者、乐观主义者、业余道德说教者。他观察生活时，时而非常清醒，时而又怀抱幻想。他写过一篇散文，题目是《健全的腿和畸形的腿》。本文体现了典型的富兰克林风格，今天我仍然可以从中感受到它的新奇和强烈。他在文中阐述了关于"自由选择"的观点，关于用两种方法看待生活的观点。本文在形式和内容上都有所创新；富兰克林认为，一个人的生活观也许会"通过模仿来形成，并不知不觉地成为一种习惯"。据我所知，在写这篇幽默的散文时，富兰克林正忍受着痛风带给他的痛苦，而且他的一条腿用绷带扎缚起来。

健全的腿和畸形的腿

本杰明·富兰克林

世界上存在两类人，一类是幸福的人，另外一类是悲惨的人，尽管他们拥有同样的健康状况和财富以及其他形式的生活慰藉。这种分化之所以形成，主要是因为他们采用不同的态度看待物体、人和事件，这些不同的态度继而影响了他们的思想方法。

不管处于哪一种情形，人们都会拥有便利、遭遇麻烦。

不管和谁待在一起，不管待在何种场合，他们都会发现某些人、某些谈话或多或少令人感到愉快。不管坐在怎样的餐桌旁，他们都会品尝到味道好坏不均的肉食和饮料，制作精良和粗劣的菜肴。不管处在怎样的气候区，他们都会碰到好天气和坏天气。不管在怎样的政府管理下，他们都会发现有些法律合乎民意，有些法律不得人心，有些法律得到很好的贯彻，有些法律执行不力。在每首诗或其他才华横溢的作品中，他们都会发现其中的瑕疵和优点。在几乎每张面孔和每个人身上，他们都会发现一些优缺点，一些美好和不良的品质。

在上述情形下，在上述两类人中，追求幸福的人们总是关注提供便利的事物、谈话中令人愉快的部分、制作精良的菜肴、美味的葡萄酒、晴朗的天气等，并且怀着快乐的心情欣赏这一切。另外一类人的思想和言论总是与第一类人背道而驰，他们注定是不快乐的。于是，他们自己永不满足，他们刺耳的话语使得交流的快乐一扫而光，他们的个性冒犯了许多人，致使他们本人在每个场合都不受欢迎。如果这些不快乐的人在本质上具备这种思想方法，他们的处境会显得更加悲惨。然而，吹毛求疵、令人厌烦的性格也许最初就通过模仿形成了，并不知不觉地成为一种习惯；虽然现在它是他们很难克服的痼疾，但是，如果有这种习惯的人为他们的幸福考虑认识到其恶劣影响，那么，他们就会改掉这一习惯。所以，正因为此，我希望这个小小的劝诫会对他们有所帮助，促使他们改掉一个习惯；尽管这一习惯主要表现为一种思想状态，在现实生活中却会造成严重后果，因为它会带来真正的伤心事和灾祸。这类人冒犯了如此多的人，没有人会真正喜欢他们……

　　我的一个老朋友处理问题客观冷静，他根据经验对上述习惯采取谨慎态度，避免与这类人进行任何形式的接触。就像其他哲学家一样，他配备一支温度计供他了解天气的冷暖，一支气压计供他预知天气是否适宜。然而，如果没有发明任何仪器马上测定一个人的这一令人厌烦的性情，他就会利用自己的双腿达到这一目的。他的一条腿没有任何残疾，而另一条腿，由于某次意外，已经弯曲变形。假如一个陌生人在初次会面时更多地注意到他那条畸形的腿，而不是另外一条健全的腿，他就会怀疑他的能力。假如这位陌生人只是谈论畸形的腿，而丝毫不理会健全的腿，这足以决定我的这位哲学家朋友与他失去了任何交往下去的可能。不是每个人都具有这样的两条腿的"仪器"，可是，一个人只要略加注意，他就会或多或少察觉到这种吹毛求疵的性格，并采取同样的措施避免接触具有这种性格的人。因此，我建议，如果那些爱挑剔的、发牢骚的、不满足的、不快乐的人期望得到其他人的尊重和喜爱，如果他们自己希望获得幸福，他们就应该停止观看那条畸形的腿。

　　19 世纪 20 年代，海明威膜拜的鼎盛时期，美国青年过分夸大死亡、性和绝望。[1] 在这种背景下，欧文·埃德曼（Irwin Edman）教授创作了一篇随笔，"如何做到既圆滑又随和"。用富兰克林的话来说，海明威膜拜是在社会上流行的一种堕落行为，一种不成熟的

---

① 《厄内斯特·海明威》。我们的小说家中有一半是男人，注定是男人。他们不会听说其他任何人会成为小说家。——凡·威克·布鲁克斯，《奥利弗·奥斯顿的主张》，（原著）第 300 页。

行为，而年轻人趋之若鹜。性的探索、直面性的勇气、突然的幻灭感、想成为"硬汉子"的欲望，所有这些很正常的青春期特征，都被称为老到的智慧。埃德曼，当时是关于青少年问题的一位智者，质疑所有这一切特征，仿佛一位教授批改一个大学生的论文，无论批语多么迎合论文的内容，这篇论文都显得有些浮躁，或者说满篇都是陈词滥调，或者让人感到伤悲的是，论文表达的是错误观点。正如本杰明·富兰克林向我们揭示的那样，过去的美国人思考的是幸福问题，而如今精于世故的美国人喜欢思考不幸和绝望。

> 但丁能够想到的最严重的罪孽之一就是在阳光下闷闷不乐。对那些那样做的人，他惩罚他们在泥土里永远不停地翻滚。[1]
>
> ——欧文·埃德曼

通过铭记一代人的爱好，通过研究一代人轻视的对象，一个人就会足以了解这代人的主要性格。在我们的时代，要想说出我们喜爱什么绝非易事；我们原有的爱好充满了种种疑虑，而且，在我们当代的智者怀疑论的掌控中，爱本身已经变得臭名远扬。对斯巴达人来说，纪律严明、节奏紧张的勇士是理想生活的象征。在中世纪，受难者、禁欲者或是圣徒代表着理想生活的最终目标。在文艺复兴时期，人们希望成为卡斯蒂廖内（Castiglione）[2]侍臣一样的角色，它集绅士、学者、士兵和老于世故的人于一身，是这些角色的完美结合体。而在当代，我们将会模仿英雄人物

---

[1] 选自《亚当、婴儿和来自火星的人》。休顿·米弗林公司。版权所有，1929年，欧文·埃德曼。经授权再版。
[2] 卡斯蒂廖内（1478—1529），意大利外交官、侍臣，著有《侍臣论》，用对话体描述文艺复兴时期理想的贵族和侍臣的礼仪。

的虚构模样，因为当代英雄至今尚未确定下来。我们没有英雄形象；另外一个关键在于，我们怀疑英雄膜拜……

科学不再是实验室里的专家们拥有的神秘事物；科学已经成为大街小巷众所周知的术语，或者至少是在沙龙里聚会的女士们耳熟能详的术语。我们非常熟悉腺状组织，因此我们不会轻信我们自己或者其他任何人忧郁的心情。当我们感到压抑的时候，我们知道，很可能，造成我们机能出现问题的不是广袤的宇宙，而是具体的甲状腺……再次提一下爱的话题。在青少年中间，爱可能会自我炫耀其古老的、人人可以理解的雄辩术。但是，我们对爱了解得更清楚。爱具有一副华而不实的假面孔，掩盖着欲望的本性，我们透过这副假面具——甚至是借助欲望本身——了解爱的本质。几乎每一个学童都曾读过弗洛伊德的作品。每一个成年人都能够引用海夫洛克·埃利斯（Havelock Ellis）的话语。我们投入的爱也许很深厚，但是它的最深处却在我们丑恶的灵魂深处。至于我们用永恒的方式赞颂每一份短暂的情感——哦，我们自己对早已过时的柔情主义抱以赞许的微笑……

因此，摒弃了一系列古老的神话，我们逐渐形成了属于我们自己的英雄神话……该现代人出场了。男人女人都一样。无论男女，就像体形和头饰一样，其思想感情将是完全相同的。他不会谈论爱，不会接纳爱。他不会信奉美好的生活，不会在其他人的目光中公开过这样的生活。他将对宗教保持理智态度，并且相信原始的思想体系的遗风犹存。他对"耶稣或者柏拉图珍视的一切事物都将会麻木不仁"。他不会赞同其他人谦逊的言行，他自己也不会变得谦逊。他将努力成为一个意志坚定的人，快乐而冷漠地生活在艰难的人世间。他自己最不愿意容忍的事情将会是高尚的行为。他最不愿意迁就的弱点将会是温柔体贴。他谈起话来就像厄内斯特·海明威（Ernest Hemingway）作品中的人物，做起事来就像阿尔多斯·赫胥黎（Aldous Huxley）所描述的奇特的伦敦知识界中的一员——或者他将假装如此——他将会运用詹姆斯·乔伊斯（James Joyce）笔下的女主人公在无拘无束的时刻所使用的话语思考问题……

而在目前最高级的社会交往中，正派被认为是下流的，害羞被认为是可耻的，谦逊被认为是无礼的，朴实被认为是有疑心的。我们中间有许多另类的聪明人，他们宁愿残害儿童，也不愿意善待父母。他们宁愿因为粗鲁而受到责骂，也不愿意因为谦逊的态度而得到人们的赞许。他们甚至在许多方面怀疑自己：他们也许会偶尔产生某种不再流行的高尚情感；他们也许会偶尔实施某种善行；他们也许会放纵于某种自发的感情冲动……

在我们的时代，很难同时拥有"坚定的意志"和温和的心，造成这种状况的因素并非害怕其他人会作何评价，而是害怕自己会对自己发表什么看法。在思考、创作和交谈方面产生的所有新现实主义思想，使我们开始怀疑自己。无论是谁，只要熟悉新精神病学理论，他就会清楚其中的缘由。我们知道，我们想要慷慨大方的姿态显得有些胆怯或者徒劳无益。我们知道，我们努力表现出来的善良是对我们自身不足的一种弥补，是担心自己不善良的一种表现。热情是青春期延长的一种症状。狂喜是一种心理上的放纵，一种远离理智的粗俗方式。

看来，现在我们是应该去搞清事情的发展是否已经到了不可收拾的地步。我认为，老于世故的那些人自己会意识到事情已然如此。在我们最高级的社交圈里，有知识的绅士们和淑女们会为文学上或艺术上所透露出来的任何一丝纯真气息而欢呼雀跃；对于这样的快乐，我们又能作何解释呢……至于精于世故的人所轻视的那些可敬的中产阶级民众，那些生活殷实的乡巴佬，他们无法具备足够的、传统意义上的朴实的美德和朴实的心灵。正如一个英国人最近所做的那样，为这些人写一篇报道，内容是：一位父亲家境破败，却表现得英勇无畏，他与各种困难作不懈的斗争，因为他深深地爱着自己天真烂漫的儿子。倘若如此，你就会得到数十万民众的支持，你的出版商也会得到数十万件报道素材。在所有说英语的国家和地区，人们常常高兴地引用"克里斯托弗·罗宾（Christopher Robin）"和"小熊维尼（Winnie-the-Pooh）"系列故事中那些异想天开的天真想法。我不清楚这一局面现在的情况如何。

实际上，这一问题可以归纳为：温情和圆滑能否同时出现在一个人身上呢？在我们的时代，一个人能否同时具有诚实又善良、聪明又谦逊、见多识广又幸福快乐的品质呢？……它们属于修辞性疑问句，这是有意为之。作为关注事态发展的人，我至少希望找到一些微小的证据加以证实，当代智慧已经超过了自己的范围。众所周知，在世界上，甚至在当代世界上，意识到生活的舒适，过舒适的生活，是再容易不过的事情了……

圆滑需要诚实，但圆滑并不需要暴躁的脾气。有一种智慧叫做成熟老练，在文学历史上，令人愉快的此类事例俯拾皆是，蒙田是这类智慧的权威人士；他的散文文字优美，行文儒雅，表达了他的清醒头脑和脉脉温情。最近的当代悲观主义者清楚地了解世界上有多少令人悲叹的事情，蒙田也同样了解。生命的鼎盛期是短暂的；一半的生命是由幻觉造成的快乐，另外一半是由幻觉的后果带来的不幸。我们在一生中有把握的事情寥寥无几，而在大部分的生命历程中，我们感到的必定是遗憾或者羞愧。

暴躁的脾气不可能是保证舒适生活的一种情绪，也不会是世界上有理智的人愿意具有的一种精神状态。蒙田很清楚这一点，可现在的人们却不清楚。天堂的光芒、地球万物存在的意义，也许早已远逝。我们也许变成了受命运支配的动物，怀着焦虑的心情匍匐而行，一路上伴随着快速而杂乱的心跳，这就是我们所谓的生活。但是，在杂乱的心跳间歇，不时地显露某种惊喜或美丽；甚至在我们缺乏秩序的当代社会也存在快乐的瞬间。显然，只有分户记账的借方才会感到这样的快乐；否认油炸圈饼中间有孔，这类现实主义是带有偏见的虚伪的思想方法。

总是怀疑我们的快乐、我们的善良或者我们狂喜的心情，也是不诚实的，不合道理的，这是因为实验室里一直摆放着各种器械，而这些情感正是依赖它们才发挥出自身的作用。我们得知，爱只不过是一种腺体分泌物。而承认这一生理事实，就等于承认爱的存在。在潜意识里，我们也许有无数个理由说明我们需要帮助一个失意的朋友，或者为了某个遥不可及的理想而投入我们的精力，牺牲我们的生命。最近这场战争的爆发也许证实是出于某种肮脏、卑鄙的目的，但是，即使是最愤世嫉俗的人也不会否认，千千万万的人献出自己的生命，因为他们普遍相信，他们从事的是崇高的事业。是什么因素让我们狂喜，让我们产生爱和忠诚，这并不重要。即使最铁石心肠的人也不能怀疑这些情感的存在。

了解我们飞行的物质上的原因，并不是否认飞行的事实或者价值。认识到大千世界里存在着恐怖和罪恶，并不是说我们没有能力、没有机会欣赏去纪念人世间所有活泼可爱的事物。也许的确可以这么说，成熟而不是幼稚的本质在于，当认清生活的本来面目时，不再感到气恼。另外，这也意味着，能够以一种平稳的心态面对生活，没有幻觉——也不能幻灭……

不断地美化生活，不断地讽刺生活，这两种做法都不是成熟的表现。但丁能够想到的最严重的罪孽之一就是在阳光下闷闷不乐。对那些那样做的人，他惩罚他们在泥土里永远不停地翻滚……一个人也许会做到坚定的意志和温和的心完美地结合起来，对于我们这代人来说，这是一个可以接受的理想。坚定的意志不会因为任何事实或者任何恐惧而变得脆弱；它也不会因为任何形式的快乐或者幻想而发生错误的改变。一个人具备了坚定的意志，他就会了解到，人既不是猿猴，也不是天使，而是一只危险的困兽，它生活的世界变化无常，时而狰狞可怕，时而美不胜收。

[《亚当、婴儿和来自火星的人》]

第十章

生活的艺术

一、无为的艺术

在上一章，我谈论了劳动的激励作用，自从那时以来，我一直感到有一种深深的自责沉重地压在我的心上。对美国人大谈特谈劳动的快乐，就如同对蜜蜂说教勤勉的作风。即使美国人相信劳动的快乐，他们也会悲观地曲解快乐的意义，有人也许会歌颂"艰苦的劳动"，读者可能也会认为，我正在歌颂一场人在神经系统方面的马拉松比赛。假如在美国生活中存在某些反常现象，它指的就是这样的神经构造持续紧张，无法接受平静的生活，不愿意让世界得到片刻的休整，一天中不能坚持在某些时段停止工作。事实上，有进取心、有抱负的年轻人会自豪地告诉他们的上司，他们在星期六夜里处理一些文件，一直工作到一点钟，然后，驱车赶往克利夫兰，再于星期日赶回来，目的只是为了放松一下自己绷紧的神经，之后小憩片刻，抖擞精神，换好衣服，准备参加当天晚上的音乐会。显然，这样的一位年轻人目标远大，他可以计划竞选副总统！也许，在美国生活中，这已经成为正常现象。然而，在世界上，只有美国人对待自己一向如此地不公平。在美国人身上，自然界的正常现象变得反复无常，而反常现象又变得正常起来。上帝创造的所有动物既要会生活，也要会娱乐；只有人类才会拼命地工作。人们很快就会忘记聆听在松树林里风儿的歌声，忘记观察草坪上知更鸟的动静。生活，即使是人类生活，从来都不应该是这种状态。

　　人类在生活中需要什么？他想要改变整个世界吗？时间的长河滚滚向前，永无休止；过去的光阴无法挽回，未来反复无常；只有今朝，只有现在的时光，是可靠的、美好的。重视现在的时光，静静地坐在那里，聆听自己的呼吸，面对着整个宇宙，感到心满意足。也许，这样做才是感谢上帝赐予我们生命机会的最佳方式。有时候，一个人会感觉到时间的流逝；他没有必要采取行动度过这段即将过去的时光；时间会自生自灭。观察一天中不同的时段有不同的色彩变化，并能够对自己说："我度过了一个完美、悠闲的下午。"在这期间，一个人会感到无尽的愉悦。如此完美的下午完全有可能出现在每个人的生活中。在他独处时，不会受到任何外界的干扰——没有电话，没有电视——透过窗户，他看到一个单独玩耍的孩子跌倒了，擦伤了自己的腿，一点也不严重；他看到年轻的恋人和中年夫妇静静地坐在树下的长椅上。如此这般，世界缓缓前行。这就足够了。

　　或者，也许有一天，天空万里无云，你在园子里已经连续干了三小时，修剪树枝，维护一些新芽，清除杂草，修整园中小径；你刚刚走进屋来，点燃一只烟斗。你独自一人待在房间里，自由自在，无忧无虑，时间从身边悄悄溜走；在这段时间里，没有任何外界干扰，完全不必理会外界发生的一切，此时，你感到了自身的威严和高贵，这是你以前很少有的一种感觉。你已经完全拥有了自我。一个人能够在浩渺的时空中享受到一天如此完美、自由的光阴，这种情形何其少也！这一天过去了，你也老了一天。明天还有明天的工作；那么，就让我们踏踏实实睡上一觉，迎接明天的到来。这就是美好的人类生活。

我在纽约生活了十年，很熟悉美国人摩肩接踵的生活场景，这是一种人所共知的现象。潮水般的人流挤进地铁，又挤出地铁。当然，地铁里也就总是拥挤不堪，令人烦躁不安；乘客们的身体得不到任何歇息，他们神经紧张，脸也变了形。人行道过于狭窄，无法在上面悠闲地散步；见不到两侧树木葱郁的林荫大道；人们坐在提供午饭的柜台前，身边是正在旋转的唱片，周围还堆放着其他唱片，他们只用十五分钟就吃完午饭；女士们的高跟鞋使得她们脚底和小腿的每一根神经都绷得紧紧的。这究竟是怎么回事？美国人不需要舒适的生活吗？可是，他们宣扬的只是舒适的物质生活。于是，我记起来，美国是一个年轻的国度，年轻就应当是弥足珍贵的；美国人表现出来的非凡活力主宰着他们的生活方式。如果我们认为每个人都努力地显得年轻，这也许要比每个人都努力地追求财富的评价更贴近现实。我几乎就要断言，这就是这一切的根源，这一切的根源就是青春活力的观念。假如游遍世界各地，一个人就会注意到，"活力"这一词汇最能体现美国人和美国民族的特征。青春、活力、希望、敏锐，是对美国人性格很好的诠注。无疑，物质追求的结果证实了这一普遍的思想状态。为什么不这样呢？美国人有活力，为什么他们不应该显得生机勃勃呢？

然而，急急忙忙和拥挤喧嚷的做法的确会对思考生活产生负面影响。我感觉到，在美国人的生活和思想中，到处是急躁的气氛，而缺少足够的反思。对生活的深入思考与不信奉国教的反思性非凡个性有着一定的关系。假如获得最伟大的物质自由也会导致一种遵照国教和温文尔雅的趋势，并与伟大的人类个体的诞生相悖，那么，这的的确确具有讽刺意义。为了物质目的而局促不安，的确会对沉思的态度和能力产生负面影响。态度上的成熟是一种思想品质，仿佛酿造葡萄酒一样，是不能急躁的。态度的豁达；洞察事物的快乐；创作时思想的花朵自由地绽放，姹紫嫣红，煞是好看，在涌动的思绪中闪烁着激励的光芒，形成成熟的思想体系，并满足我们的最大需求——这些品质，仿佛酿制葡萄酒一样，必须放置在黑暗、阴冷、不受外界影响的酒窖里，数十年后才会变得醇香醉人。也许，美国人生活中的匆忙对于这种心灵的冬眠并没有益处。

沉思的能力来自于一种思想状态，而思想状态产生于在一天中一定的时段里不做任何事情的生活习惯。约翰·利维斯顿·洛斯（John Livingston Lowes）对于这种保持心态平和的习惯进行了非常精彩的描述。

> 闲暇，不可与空闲混为一谈，闲暇是提高生活质量的自由思想涌动的一段时间……[1]
>
> ——约翰·利维斯顿·洛斯

我们生活在这样一个时代里，这样一片土地上：匆忙

---

[1] 选自《谈读书》。休顿·米弗林公司。版权所有，1939 年，约翰·利维斯顿·洛斯。经授权再版。

的行动是所有事物的标志。那天，我正好从匹兹堡赶往纽约，火车的速度达到每小时五十英里。每隔几分钟，就有一列火车朝相反的方向呼啸而去。在长达十万英里的铁轨上，同样飞速行进的列车来回穿梭。在纽约市，我乘坐一辆出租车从一个目的地赶到另外一个目的地。那辆出租车的序号是一百七十多万，同时，另外还有大约一百万辆正在街道上横冲直撞。在街道的下面，挤满乘客的火车来回穿梭，每几分钟就有一列，列车撞击铁轨的喧嚣声又从隧道的石墙上反射回来……我想起一个词语来描述此时此刻，这正是我写这篇文章的主要内容——"干劲"。为了在学校、教会或者医院履行应尽的职责，我们发扬"干劲"。即使在宗教、教育和慈善领域，我们的思考和行为也往往运用充满活力的方式，其表现形式是紧张压抑而常常又激情昂扬的行动……

在我们身上出现的当代社会的这一弊病，其后果之一是：为生活和人类交往增添安宁与清秀之美的高尚的事物已经或者正在消失。"一个博学的人的智慧，"数百年前，《圣经·德训篇》的作者写道，"是在闲暇时偶有所得。"不仅智慧如此，优雅的举止、温文尔雅的修养、得体的礼仪、镇定的姿态等也都如此，并且只能如此。闲暇（不可与空闲混为一谈，闲暇是提高生活质量的自由思想涌动的一段时间）——如今，闲暇是人们孜孜以求和渴望拥有的一种稀缺而珍贵的恩赐；思考的闲暇、交谈的闲暇、创作的闲暇、阅读的闲暇——这些美好的时光不再为人们所享有，都不再为人们所享有。"约翰·卫斯理的谈吐是很得体的，"约翰逊博士曾经对鲍斯韦尔（Boswell）说，"可他从未得到片刻的休憩。他总是不得不忙来忙去。而他和我一样，喜欢跷起腿来，高谈阔论。对于这样的一个人来说，忙碌的生活节奏显然是不适宜的。"德高望重的约翰·卫斯理整日忙忙碌碌，这确实有点滑稽，而塞缪尔·约翰逊自己也做了大量的工作。然而，如果在某个时代，人们有时喜欢跷起腿来，高谈阔论，挥毫泼墨，著书立说，与友人愉快地通信，那么，这样一个时代并不会完全高效运转（这是毁灭性的现代化措辞）；但是，在这样的时代，人们的确可以在不受侵扰的场所变得成熟起来，可以拥有闲暇时间变得睿智起来，并且，比起我们自己的忙忙碌碌、焦虑不安的时代，它的确拥有一颗高尚灵魂。工作并不能使一个人变得麻木不仁，乔叟（Chaucer）正是这样一位诗人。他曾写道："工作过程中会休息的人是智者。"我们——

> ……不可要求在每段珍贵的时光里
> 我们都能够精神百倍，阔步前行……
> 不可要求进入一个预定空间
> （却忽视它赋予我们的所有温馨使命）
> 其中的行者放荡不羁

　　如果我们做到了这一点，我们才刚刚学会生活。"我们都是十足的傻瓜，"蒙田说，"'人的一生是在闲散中度过的。'我们说道，'今天，我什么事情也没有做。'什么！难道你没有活着吗？在你的生活中，活着不仅是最根本性的，也是最辉煌的一件事情。"

　　因而，我们只要不总是夹在人群里来回奔波，我们只要下定决心不时地走出人群，品尝一口来自于深井的甘甜的凉水，那么，我们就会得救。"Il se faut reserver une arrière boutique，toute nostre，toute franch"——"我们应当为我们自己保存一个 arrière boutique，即商店后间，完全属于我们自己，完全不受外界干扰。在那里，我们可以获取真正的自由，独自一人安静地歇息，这对我们至关重要。"

[《谈读书》]

1924 年，在拉德克利夫（Radcliffe）学院的毕业典礼上，洛斯教授对那里的女学生作了上述演讲，其中引用了威廉·詹姆斯于 1899 年在同一所学院发表的著名演说词。詹姆斯把那些具有特有活力的美国女学生称为"瓶装的闪电"；洛斯补充说："那是二十五年前的情形。今天，无论是刚强的男性，还是柔弱的女性，我们都把他们称为发电机。人类发电机正以极快的速度变为我们理想中的角色。"威廉·詹姆斯发表的演讲《放松的福音》对上述观点作出了杰出贡献，将永远为世人铭记。下面摘选的一部分在文字上做了大量删减。

瓶装的闪电 [①]

威廉·詹姆斯

许多年前，一名苏格兰医生，克劳斯顿（Clouston）博士访问这个国家。在当地，人们称他为精神病医师（maddoctor），我们应该称他为精神病医师（asylum physician）（在苏格兰，这是最显赫的一种职业）。他的一席话语将会

———————

① 版权所有，1939 年，威廉·詹姆斯。经 Paul R. Reynolds& Son 许可再版。

永远铭刻在我的记忆中。他说："你们美国人的面部表情太过于丰富了。你们的生活方式仿佛一支作战的部队，它所有的后备兵力也在行动。而英国民众相对呆滞的面部表情预示了更加令人满意的生活方式。他们认为应该储备足够的有效兵力，以备未来不测之用。"

一些美国人在欧洲待久了，就会逐渐了解起支配作用、人所共知的欧洲人的精神状态，与我们美国人的观念相比，它表现得不易兴奋。而当所有这些美国人回国时，他们刚一踏上自己祖国的土地，就会得出和克劳斯顿博士相似的结论。他们发现在他们同胞的脸上显出一种过分激动的表情，要么是因为极端的渴望和焦虑，要么是因为强烈地希望表达自己的心情和善意。很难说，究竟是男人还是女人显得更加过激。事实是，我们并不是每个人都产生了和克劳斯顿博士一样的感觉。而我们多数人远没有觉察到这种过激的表情，反而对此钦佩有加。我们说道："这种表情表明我们多么聪明！不列颠群岛上的人们面部表情总是那么麻木，眼睛总是像鳕鱼一样无神，行为举止总是那么慢条斯理、无精打采。他们与我们之间存在多么大的反差！"紧张、快节奏、精力旺盛，的确是全美国人公认的生活状态……我记得，不久之前，我在一份周报上看到一篇新闻故事。在故事中，作者首先描述了女主人公引人入胜的完美的个性特征，随后，他总结了她非凡的魅力。他说，所有关注她的人都对她产生了一个不可磨灭的印象，那就是"瓶装的闪电"。事实上，瓶装闪电是我们美国人的理想之一，甚至是一个小女孩的理想！

我们美国人这种无休止的奔波，这种瓶装闪电的特点，其根源是什么呢？……美国人的过分激动、痉挛性的表现、紧张的气氛、强烈的情感、痛苦的表情，主要是由社会因素造成的，其次是生理上的反应。它们是典型的坏习惯，是社会习俗和惯例长期熏染的结果，是模仿坏榜样和培养错误的个人观念的结果……我认为，自然界和我们的工作强度均不能解释我们所遇麻烦的频繁程度和严重程度；造成这种状况的根源在于急躁和没有时间的荒谬感觉，在于透不过气的紧张氛围，在于焦虑不安的面部表情，在于对事情结果的过分关注，在于缺乏内心的和谐和安宁；我们工作的时候往往伴随着这些因素的危害，而做同样工作的欧洲人十之八九会远离这些因素的干扰……

你们中间，只有从容的闲适的劳动者，才会不慌不忙，很少去理会事情的结果，他是真正高效率的劳动者；紧张和焦虑，现在和未来，在我们的大脑中完全交织在一起，成为影响我们稳定进步的消极因素和阻碍我们取得成功的桎梏……

我对学生，尤其是女学生的建议也会大致如此。如果自行车的链条很紧，向前骑行就很困难。与此相似，如果一个人过于认真，责任感过强，就会束缚他的思维过程。举个例子。假设你要在若干天中连续参加一系列考试，考场上任何一点点良好的应试状态都是平时长期努力学习的结果。如果你真的希望在考试中发挥出自己最好的水平，在考试前一天就不要再看书了，并且告诉你自己："对这门可恶的考试，我再也不会浪费任何时间去复习了。至于会不会通过，我一点也不会在意。"要真诚地对自己说这些话，并在心里掂量一下；然后，出去玩耍，或者上床睡觉。倘若真的如此，我相信，第二天你一定会考出好成绩，并鼓励你以后永远使用这一方法应付考试。

[《放松的福音》，选自《对心理学教师的讲话》]

二、友谊与交谈

谈到悠闲的艺术，谈到享受此时的光景，首先涉及的话题应当是友谊与交谈。在交谈的话题上，有一大群杰出的健谈者，如奥利弗·温德尔·霍姆斯、詹姆斯·拉塞尔·洛威尔、克利斯朵夫·毛利等。他们向我们谈论了关于如何出色地交谈，顺便谈及友谊和不相互通信的问题。对于一个来自中国的饶舌者，我似乎没有必要再谈论关于交谈的话题。我只需要重复刚才说过的话：霍姆斯博士本人非常健谈，他的话题相当广泛，从马匹到精神错乱，再到"女孩子的面容或者体形——哪一方面更重要？"我想知道这位美国的蒙田①为什么几乎总是那么孤单。无论他多么健谈，从来都没有人理会过他。几乎没有谁愿意在创作中涉及与人类的日常生活和生活艺术有关的任何有趣的话题。有一次，他借助"教授"的名义，正准备创作"早餐桌上"系列演说的第二辑。这时，他在文学上的另外一个自我形象——霸主，表达了自己的担忧：在霸主把所有事情都叙述完毕或者叙述了大部分之后，教授会把剩下的内容讲完。教授回答说："生活创造思想的速度比我用文字记录思想要快一些。我，教授，是这样的一个人——我有足够的生活体验，采摘完生活

———————————
① 指奥利弗·温德尔·霍姆斯。

的花朵，就去采摘浆果——浆果并不总是灰暗的颜色，有时是金黄色的，宛如四月的番红花，或者是玫瑰红色，仿佛六月的蔷薇；当我蹒跚学步时，我踉跄着奔向书籍，当我到达耄耋之年时，我仍将踉跄着奔向书籍；我的大脑充满令人兴奋的思想，它们确实令人兴奋，正如一只胳膊或一条腿，因为它以一种独特的方式保持着清醒状态，我们称之为'睡眠状态'，而它却具有刺激性的锐利作用；我把尚未晒黑或硬化的神经系统的键盘展现出来，供手指触摸并敲打出所有外界的事物；我对万千细丝织成的蜘蛛网一样的生活有一定了解，在这张网里，我们这些昆虫发出短暂的嗡嗡声，等待着灰白的老蜘蛛露面；我对日常生活中发生的事情感到心满意足，可是手指间却捻弄着开启充满各种理想的秘密疯人院的钥匙；我常常和狐狸一样到处获取知识，而不是像鹳一样捕食的水域非常狭小——我更喜欢使土地肥沃的漫无边际的大水，而不是浇灌面积狭窄、深不见底的喷水井；纤细硅藻的斑点再小也不会影响我的思考活动，在太阳系朝着武仙座蓝色恒星运行的过程中，事物再大在我看来也不算太大——现在的问题是，在我那活泼的朋友连宇宙肛门里毫无价值的东西都讲完之后，我，教授，还有什么可以再谈的呢！"（《早餐桌上的教授》）①

这就是我所谓的出色的演说方式。我们没有必要要求霍姆斯博士毫无拘束地谈出自己的想法，他一贯无拘无束。

人类社会开始之初，男人们在营火会上聚集在一起，或者手里拿着导管坐在啤酒桶上，或者在房间里懒洋洋地躺在皮革坐椅上；自从那时以来，那种推杯换盏的场面，那种在思想上进行的自

---

① 选自《朋友之间》。休顿·米弗林公司。版权所有，1910年，塞缪尔·麦克考德·克罗瑟斯（Samuel McChord Crothers）。经授权再版。

由、轻松的交流、争论以及相互之间的传递——这种行为被称为交谈——一向被视为生活中令人大快朵颐的事情。下面的几段文字选自霍姆斯博士的作品。他以一种从容、闲适的方式，对于男人的社会和交谈的艺术展开论述，或者说是"闲谈"。

你在拖鞋里看见智慧，在短外套中发现科学。

——奥利弗·温德尔·霍姆斯

我们养成了这样的思考方式：我们所谓的"知识分子"的形成因素中，十分之九，或者大约十分之九，是书本知识，十分之一属于他自身的造化，这仿佛是理所当然的事情。但是，即便他真的是这样构成的，他也没有必要阅读太多的书籍。社会是书籍的浓烈溶剂。社会会吸收最值得阅读的书籍的优点，正如热水会充分溶解茶叶的成分一样。假如我是一个王子，我会租用或者购置一只供私人专用的文学茶壶，我会用这只茶壶浸泡有关好前景的新书的所有书页。这种浸泡对我来说会起到应有的作用，而并不需要植物纤维的溶解。你是理解我的；我会找一个人陪伴我，他唯一的责任就是夜以继日地读书，并且一旦我需要，他就得陪我聊天。我心里清楚要找什么样的人：他是一个富有机智、直言不讳、思想敏锐的人；他了解历史，或者，无论如何，他都会拥有一个摆满历史书籍的书架，供他参考时方便之用，书架上还应摆放所有关于实用艺术和科学的书籍；他了解所有戏剧和小说的一般故事情节，了解穿着新戏装不停地登场演出的演员们所在的专业剧团；他能够对一个绰号和一个瞬间发表一页长达八开纸的评论，并且你会觉得他的评论很有道理；他谁也不关心，只注重他所说话语的功效；在摘掉长长的假发，脱掉职业长袍之后，在所有文学木乃伊腐烂、风化之后，他感到欣喜。然而，对于所有天才人物——也就是说，汇集真理或美丽的新型天才人物——他就像一位修女诵读弥撒书一样充满柔情和敬意。简单地说，他属于这样的人：除了不会谋生之外，他无所不知。我会把他安置在生活的棋盘上，一个紧邻我的分隔间的方格里。我会帮他找一个聪明、美丽的年轻女子作为他的助手，他必定会和她结为夫妇。我会对他很大方，允许他做一切可能的事情。简言之，我会用一个一般化而又有表现力的用语来表达，"帮助他渡过"生活中的所有物质难关；看着他受到庇护，得到温暖，吃饱肚子，缝好衣服的纽扣。所有这一切，只要我愿意，就能添加到他的谈话中去——而且我有随意中断谈话的特权。

接下来，最佳选择就是建立一个社团，其组织结构宛如一把竖琴，具有大约十二个声音洪亮、有智慧的成员，每名成员对应着宏观世界的某根琴弦。他们不时地在一起聚餐，而且很有规律。这类聚餐会标志着文明对野蛮的最终胜利。自然界和艺术和谐统一，人们陶醉其中；由于娴熟的技巧，赤道地区的酷热变得缓和了许多；全体教员下班了，他们开始采用自然的生活态度；你在拖鞋里看见智慧，在短外套中发现科学。

交谈的力量全部产生于你认为在多大程度上交谈是理所当然的。普通的对弈者想方设法把棋下完；他们对棋局的把握相当拙劣，只有真的把对手残忍地将死，他们才感到满足。然而，看一看两位大师在棋盘上的对垒吧！白棋优势很大。这一点清清楚楚；可是，黑棋一方说，只需六步就可将死对方；白棋一方看了看，点了点头——就这样，棋下完了。与高品位的人交谈也是如此；尤其是当他们谈吐优雅、性情豪爽的时候，他们坐在餐桌旁时往往表现出这样的性格。那种透过事物表面观察本质的非凡洞察力——这是神圣的生活执照，关上门，把记者赶离门口，才显露出真面目，俨然是圣洁的贞女！从贞女的宝座上下来，抛弃她的学术姿态，戴上庆祝的花环，坐在普通的空座上，提问题、回答、评论，人们尽情狂欢；在餐桌上，影响巨大的公理被推翻，仿佛从专业迫击炮射出的炮弹，爆炸性的机智言语引发大量五彩缤纷的火光，爆炸后调皮的余烬落在每个就餐者的头上——这是真正的知识分子的宴会场面……所有的演讲者、所有的教授、所有的校长，都具有固定的思维方式，他们的谈话不知不觉就会遵循这一方式。在一个静谧的6月的晚上，驱车穿越森林的时候，难道你从来不会突然产生这样一种感觉，你身边开始弥漫一层温暖的空气，一两分钟内就把上方寒冷的空气逼退？在绿色的贝克湾里乘风破浪之时——在那里，当地的清教徒式的人习惯于打败"都市"小船俱乐部的成员——难道你从来没有发觉自己处在一片微光之中，处在当地的一条窄窄的湾流中，处在一个并不痛快的免费温水浴中，不久，你的肩膀由于布满水珠而闪闪发光，将你带回现实中寒冷的水域上？与此相似，在和上文提到的任何一个人物交谈的时候，一个人往往发觉交谈的风格突然发生变化。没有光泽的眼睛就像8月份灯塔街上的门牌一样黯淡无光，突然间充满亮光；那张面孔刹那间开朗起来，仿佛新娘和新郎步入教堂时洞开的大门；那个个头不高的人在你的目光里变得高大起来，就像毛发倒竖的小个儿犯人。喜爱然而又害怕童年时期——你正在与侏儒和傻瓜交谈——在你面前，却站着一位声如洪钟的巨人！——这只是价值五十美元的演说中的一部分内容。

[《早餐桌上的霸主》(三)]

塞缪尔·麦克考德·克罗瑟斯（Samuel McChord Crothers）清楚地阐述了自己的观点。他认为，交谈的快乐是一个过程，一个人可以通过这样的过程看到思想的产生或者调整；交谈的快乐是软化思想外壳的一剂良药；交谈的快乐是两种可能出错的思想相互交流和相互借鉴的表现形式。这一切都只能通过交谈来实现。

如果交谈的双方都认为自己绝对正确，每一方都认为自己的话有权威性，那么，他们不可能交谈下去……

——塞缪尔·麦克考德·克罗瑟斯

所以，哲学头脑很有可能变得"多产"起来。那样的话，仅仅产生一些新的思想就不会再令人满意。它一定会策划出一个属于自己的完整体系。哲学家在这样的氛围中容易变得急躁起来，而普通人并不习惯于如此。当另外一个哲学家接近他的时候，他会猛烈攻击他，因为他认为他已经威胁到他的形而上学的基础。

只要拜访一下哲学图书馆，人们就会了解在这样的氛围中产生了多少哲学巨著。当一个哲学家头脑中产生一种新的思想时，他正处于最佳的思考状态；而当他固守旧观念，回避任何新思想的时候，他处于最差状态。这是对他性格的痛苦磨炼，他的智力并不能改进多少。我们时常发现一个人总是苦思冥想，而不太在意他最终的思考结果。他清楚，他产生了一些思想，另外一些思想也会以同样的方式产生。因此，你们了解了柏拉图，他的哲学理念并不能自成体系，而是采取朋友之间交谈的方式。

交谈的好处在于，交谈的双方总会拥有自己的机会。在相互尊重的前提下，交谈双方在许多方面意见相左，可他们的冲突并非根本性的；友好的谈话这样进行下去，永远不会结束。"你刚才谈的事情就它本身来说非常有吸引力，也非常有道理。你这样说，让我想起了曾经有过的一次经历，这次经历证明，也许可以采用另外一种方式来看待这一问题。"

正常发展的人，或者更确切地说，正常发展的儿童，会更加坦率地处理这些冲突。哈克贝利·费恩和他的伙伴们开始交谈的时候说的是"你说谎！"他的伙伴的回答很巧妙，"你也说谎！"之后，他们成了朋友。

随着我们的文明程度越来越高，这些冲突中明显的敌意变得缓和了，最终，它们变成了完全令人愉快的事情；或者，用密尔顿的话来说，这是"兄弟之间的意见相左，而不是广泛意义上的不一致"。为了和你有一次交谈的机会，我没有必要假定真理并不在你的一方，而只能认为，你从另外一个不同的立场上已经把握了真理。你夸大问题的一个方面，目的是使我对自己的意见可能做出必要的修改。

如果交谈的双方都认为自己绝对正确，每一方都认为自己的话有权威性，那么，他们不可能交谈下去；他们只会彼此怒喝。首轮交锋后，他们就会带着愠怒的神色中断交谈。如果我们开始交谈的时候，双方都以一种轻松的心态确信彼此都有错误，我们就会不断地认为对方是正确的。思考逐渐成为彼此合作的一件事情，我们双方都从中获益。我们不仅可以思考问题，而且可以共同思考问题。

在自由交谈的过程中，真理不知不觉就会浮出水面；而在正式文件中，真理将会被小心翼翼地隐藏起来。我们不仅意识到已经做了什么事情，而且还了解"人们做这件事情的缘由"。

[《朋友之间》]

然而，我要说，美国人不大可能在餐桌上进行交谈。毫无疑问，在鸡尾酒会上，人们是不可能相互交谈的；但是，即使在宴会上发生交谈，长长的餐桌往往也会阻碍交谈使其无法进行下去。只有当你具备不开口说话的自由时，你就拥有了说话的自由，这样说的确有些奇怪；交谈应当是这样的：似和风细雨，娓娓道来，或者，如汹涌的洪流，突然迸发出来，不可强迫，无法预约，更不能提前计划其进程。当然，女主人的作用应当是监督整个宴会的交谈场面，哪儿的交谈顺畅温馨，哪儿的交谈三言两语，哪儿的交谈可能会一触即发。一个人眼神中微不足道的变化，或者在心灵的窗户上没有全部拉严的窗帘后面透出的不寻常的闪光——在窗帘里面，你可以理解字词、短语、表达法和思想——这是恶魔般的闪光，或者（透过窗户可以看到）如磷火一样在闪烁；这种变化，这种闪光，将会蓄势待发，将会成为现实并被赋予全部的声音吗？当宴会持续到晚上七八点钟以后，此类交谈还会有机会吗？在你们之间不会再有自发而流畅的交谈，它自然而然地被几次孤立的强制性竞争性的交谈而替代。于是，我的情绪被激发出来了。我试图同时做两三件事情，其实我一件也做不好。我努力地倾听对方的谈话，偶尔会偷听到周围人的对话，唯恐别人指责自己无礼，故而自己也在滔滔不绝，不时地检查牙齿之间是否存有鱼刺，同时担心别人享用甜点时，自己是否可以要求喝咖啡。当然，你的身边也许坐着一位国色天香的年轻女子，鳀鱼片味道鲜美，你比平时显得更加神采奕奕。然而，由于你戴着一条五十美分的领带，所有的谈话猛然间会变得了无生趣，突然生硬起来。在餐桌的另外一端，坐着一位头发花白、精神矍铄的老人，他正在用一种低缓、动人的语调和一个十八岁的女孩交谈；那是个热情奔放的女孩，眼睛里充满了渴望，餐桌上飘浮着用特别的西班牙酱油烧制的菜炖牛肉诱人的腾腾热气，而餐桌的上方回荡着那个女孩阵阵温柔的笑声。当交谈不能流畅地进行时，你不会缄默不语，坐视不管的。无论何时，我都会咀嚼着鸡肉，聆听着对话，看着思想撞击的弧光在餐桌上胡乱照射。只有某条看不见的弧光直接照耀你的时候，只有当这条弧光点燃你身上刹那间产生的某种灵感，并且使你在这种弧光四射的演出中扮演合适角色的时候，你才会迸发出思想的火花。

　　写信是朋友之间进一步的交谈方式，因此，在令人愉快的交谈过程中所产生的所有随意性、不稳定性、不可预测性在写信过程中都会出现。你可以戴上假面具，你可以夸大事实，你不必小心翼翼，因为，公众可能会理解错误你的话语，而你的朋友不会误解。你在其他场合可以说自相矛盾的话，证实了这一点。詹姆斯·拉塞尔·洛威尔本人就是一位写信水平非常出色的美国人，他告诉世人书信写作的注意事项。在写给诺顿小姐的信（1869年4月6日）中，他说道："……我最亲爱的女士，作家是不会写信的。他们最多只能偶尔挤出一篇随笔，将思想中每一个自然的萌芽埋葬在枯燥、沉闷的沙暴里；这种沙暴与你心中汹涌的思潮没有任何共同之处，这些令人欣喜的思潮使你的思想溢出笔端，跃然纸上。他们仔细斟酌自己使用的标点符号，认真思考在拼写字母 t 时应如何交叉笔画，在拼写字母 i 时应如何添加上面的一点，他们在写信时忘不掉自己。我认为，这正是书信写作过程中应注意的事项。"

在写给弗朗西斯·肖（Francis Shaw）的信中，洛威尔以一种温文尔雅的方式谈论到，一个人应当有责任不急于给最好的朋友回信。

假如我们的挚友不允许我们欠他们一封信，那么，保持这一友谊又有何益？

——埃尔姆伍德（Elmwood）

亲爱的莎拉：

你知道，我曾郑重答应过你在瑞士的时候给你写一封信，当然，我没有写成。这些信中的承诺的确总是（或者至少总是应当）受到反对。一封信永远应当是一个人性情的真实而自然的展现——这对于写信者和写信的时机都是再合适不过了——在廉价、柔软的纸上写信，你根本无须费力就会描述出美丽的芜菁山茶。于是，当你把信封起来后，信仍会散发出新鲜而浓郁的香气。我不喜欢你来我往的通信方式。假如我们的挚友不允许我们欠他们一封信，假如我们不是每月都寄给他们一封回信的话，他们就会怀疑我们是否仍然相信他们喜爱他们，那么，保持这一友谊又有何益？仿佛存在一条法令限制着友情的发展！当爱神开始思考责任的时候，他最好用他的绞索绞死自己。所有这一切意味着，假如我自此不再给你写信（这很有可能），假如我们不再相见，除非有朝一日在另外一个星球我去拜访你，那么，我会焦急地看一眼镜子里的自己（同时我等着你下来），并将聆听你怀着和我同样的渴望之情下来时翅膀的拍打声，正如我此刻会聆听你在楼梯上的脚步声一样……

1853 年 1 月 11 日

［詹姆斯·拉塞尔·洛威尔，《书信集》］

关于不给朋友回信的人类问题，克利斯朵夫·毛利创作了一篇插科打诨的随笔，它令人感到愉快和温暖，它充满深情，它充分显示了作者的出众才华。

论不写回信 [①]

克利斯朵夫·毛利

有很多人的确认为，接到朋友的信后就应当马上回信；这一现象就如同有人在上午九点钟电影院刚一开门就进去看电影一样。这些人没有得到充分的发育，显得很奇特。

这种做法大错特错。这种粗俗的、迅速的回复信件的做法，大大减少了朋友间通信的乐趣。

接到信，然后下决心回信；这种心理上的恶作剧是相当复杂的。如果这种复杂的过程能够得到细致的分析，它的每个组成部分都得到认真的审视，那么，也许，我们会对那些奇怪的恶作剧——高效率、强有力的思想——了解得更加清楚。

以比尔·F为例。比尔·F是一个讨人喜欢的人。即使

---

① 选自《散文集》，版权所有，1928 年，克利斯朵夫·毛利。J.B.Lippincott 公司出版。

审视一下他的生活方式，我们也会感到心情舒畅。想起他，我们的大脑中就会浮现出一个美好的世界；在这个世界上，每个人都会平等地拥有思想、身体和财产。我们不时地收到比尔写给我们的信。每当接到他的一封信，我们就会马上情不自禁地深陷其中，我们的大脑中很快就会产生一些概念、思想、推测出来的情形以及自相矛盾的事物，我们想把它们通通写入给比尔的回信中。我们想象着那该是多么有趣的事情——端坐下来，搅动着墨水池，在一大摞规格为大裁的纸张上，向着比尔尽情地倾诉心声，大发牢骚。

严格说来，我们克制着这种冲动的情绪，因为我们知道，如果比尔给我们写一封信后马上接到我们反击他的回信，他一定会大为震惊，他完善的思想体系一定会受到动摇。

我们把他的来信收入到放置在我们书桌一角的许多未回复信件中。偶尔，我们会再把这封信翻看一下，此时的心情感到非常轻松、愉快，想象着将来有一天我们也会写出如此大快人心的信件。

比尔的信在那堆信件中待了两个星期左右之后，我们发现在它上面已经又覆盖了大约二十封令人愉快却未经回复的信件。偶尔再读到这封信，我们就会认为，到这个时候，比尔在信中提到的所有具体问题都会自然而然地得到解决。此时，他在不经意间对于家族管理和人类命运所做的反思将很可能转换为新的看法，因而，如果我们还以他那封信中传达的基调去写一封回信，就不会与他现在热衷的观点保持一致。我们最好再等待一下，直到我们确实想到什么事情要告诉他。

我们等了一个星期。

在这个时候，一种羞愧感开始侵入我们的大脑。我们感觉到，如果现在回信，我们会显得缺乏教养。我们最好假装从来没有接到过这封信。不久以后，比尔将会再寄给我们一封信，我们会马上回信。我们把原来那封信重新放回那堆信中间，心里想着比尔是多么优秀的一个人。虽然我们没有回信，比尔知道我们喜爱他，所以我们写不写回信并没有太大的关系。

我们又等了一个星期，我们没有接到比尔的任何音信。他是否像我们想象的那样喜爱我们，我们对此感到困惑。然而，我们还是没有写信去问一问他的情况，我们对于我们和他之间的友谊感到非常自豪。

几天以后，我们产生了一个新的想法。也许，比尔认为，我们已经去世，而没有人邀请他参加葬礼，他为此感到气恼。我们是否应该给他写信？不应该，因为，我们毕竟没有死去，即使他认为我们死了，当他得知我们还活着的好消息时，他舒畅的心情也会冲淡他在那段时间的苦恼。最近一段时间的某一天，我们将给他写一封反映我们真实心声的信，信中充满我们绞尽脑汁产生的思想，充满感情，充满谬论。可是，我们最好花一点时间润色一下这封信，使它要传递的思想成熟起来。信件，宛如美酒，倘若不拔出酒瓶口的软木塞，它就会积聚起鲜亮的气泡。

不久，我们再次翻阅那堆信件。在下面，我们找到了两三封半年前的来信，这几封信可以放心地销毁了。我们依然记得比尔信中的内容，现在想起比尔却有一种愉快、空幻的感觉。一个月前，他的来信使我们心里感到隐隐作痛，而此时伤痛已被抚平。结交像他一样的老朋友并与他们保持联系，是很惬意的一件事情。我们想了解他近况如何，他是否有两三个孩子。了不起的老比尔！

到这个时候，我们在想象中已经给比尔写了几封信，并乐此不疲，而我们越来越没有兴趣给他写一封真实的回信。下笔写信的想法再也不像以前一样具有吸引力，不再令人感到兴奋不已。这时，一个人就会觉得写信是不明智的行为。书信应当是思想感情自然迸发的结果，永远不应该仅仅因为一种责任感而去写信。我们知道，比尔不愿意去写一封受责任感支配的信。

又过了两个星期。此时，我们完全忘记了比尔最初在信中所说的话语。我们把信取出来，仔细阅读。真是个讨人喜欢的家伙！信中充满了盘根错节、措辞巧妙的奇思怪想，尽管现在看起来有些不合时宜。这封信似乎有些陈旧，读起来已没有当初的新鲜感和惊喜了。现在最好不要再回这封信了，因为圣诞节即将来临，到时候我们无论如何都要写信。我们不知道，没接到我们的回信，比尔是否能够熬到圣诞节？

那些在想象中写给比尔的信件不时地闪现在我们的大脑中，我们不断地"阅读"其中的一部分。这些信件的内容精彩纷呈。假如比尔看到它们，他会了解到我们多么喜爱他。借用欧·亨利笔下的经典笑话看待这种情形，我们在想象中给比尔写那些信件，仿佛我们置身于达蒙与皮西厄斯骑士（Damon and Knights of Pythias）时代。我们产生了一个奇怪的念头。假如我们从此再也见不到比尔，也许是一种更好的结局。当你非常喜爱一个人的时候，和他交谈是相当困难的。以一种温馨、奇妙的口吻在想象中与他交流，那就容易得多了。当与他面对面时，我们就会感到舌头发僵，前言不搭后语。如果比尔到我们的居所看望我们，我们就会留下口信说，我们已经离开这里了。了不起的老比尔！他总是带给我们许多珍贵的记忆。

几天后，我们忽然感到义愤填膺，尽管我们手头有许多迫切的事情要做，我们仍旧预备好笔墨纸砚，动员起文学突击部队，准备用几个营的军队向比尔发起攻击。但是，奇怪的是，我们的言辞显得很不自然，很生硬。我们感到无话可说。亲爱的比尔，我们开始这样说道，我们似乎很长时间没有接到你的来信了。你为什么不给我们写信？尽管你身上有那么多缺点，我们仍然爱你。

这样写信似乎并没有很大的诚意。我们攥着笔，苦思冥想，脑子里一片空白。我们心中激情澎湃，无法写出任何的言语。

正在此时，电话铃响了。"喂，哪一位？"我们问道。

是比尔。出乎意料，比尔来拜访我们了。

"你真了不起，老伙计！"我们惊喜地喊道，"我们本来可以在五分钟之内赶到第十街和栗子街的拐角处去接你。"

我们撕毁那封没有写完的信。比尔永远不会了解我们有多么爱他。也许，这样更好。让你的朋友们了解清楚你对他们的感受，你会感到十分困窘。当与比尔见面的时候，我们觉得自己的言行应该稍微谨慎点。如果违背他的意志，对他过分热诚，结果将会适得其反。

对于从未拜访过最亲爱的朋友的人来说，也许可以写一则不全是杜撰出来的短篇报道，因为，如果这样的一个人真的拜访朋友，当他不得不离去、说再见的时候，他会感到非常难过。

[《散文集》]

三、食物和葡萄酒

在美国文明的进程中，我发现许多令人钦佩的事情，同样也发现许多令人失望的事情。美国人，乃至所有西方人，与感官所作的斗争，就属于令人失望的事情。有一个术语叫做"低级感官"，表示轻蔑、贬损的意思，也意味着存在一个高级感官，尽管这个高级感官是什么，还没有人完全搞清楚。

味觉，或是口尝食物的感官，属于最声名狼藉、最让人轻蔑和贬损的感官之列。我们将其斥为"低级的"肉欲感官，随后，尽管充满歉意，仍然坚持贪婪地进食，并假装没有注意到自己的行为。在现实生活中，你要么忘记掉自己的哲学，尽情品尝肉汤，要么一边牢记自己的哲学，一边带着一种耻辱感把自己的哲学理念吞食掉。我们大多数人喜欢前一种做法。这样的"哲学"毫无实用价值，因而变成了"无用"哲学，实际上，学院派哲学一直以此为豪。

东方人的做法与此大相径庭。他也认为，我们只了解，我们只可能了解感官生活；但是，倘若真的如此，为什么不重视感官呢？我在这里举一个例子来证明东方人热衷食物的情形。中国古代最伟大的诗人屈原（约前 340 年至约前 278 年）曾经极度绝望，并徘徊在自杀的边缘。在这种情况下，他写了一首诗说服自己应该好好地活着。在《大招》中，他催促自己的灵魂回来，不要从他的躯体离开。

他向他的灵魂描述了人死后其灵魂所要经历的可怕的深洞和荒野；可同时他也运用了一个更加有诱惑性的方法——他对他的灵魂回顾了他在尘世生活中所看到的许多美好事物，比如食物、葡萄酒、美女和音乐。诗中描述了数量巨大、品种繁多的食物，这是能够说服他的灵魂继续留在尘世间最有力的论据之一：

> 魂乎归徕，乐不可言只。
> 五谷六仞，设菰粱只。
> 鼎臑盈望，和致芳只。
> 内鸧鸽鹄，味豺羹只。
> 魂乎归徕，恣所尝只。
>
> 鲜蠵甘鸡，和楚酪只。
> 醢豚苦狗，脍苴莼只。
> 吴酸蒿蒌，不沾薄只。
> 魂兮归徕，恣所择只。

接下去，屈原继续用一种更加广阔的视野描述生活的各种荣耀。

我尚未发现英语作品中有哪篇散文或哪首诗能够与屈原的这首诗媲美。假如美国人是美食大师，他们的诗作也没有把这一点记述出来。在所有美国作家中，《早餐桌上的霸主》的作者最有可能讲述牛排、羊排、色拉混合物的话题。实际上，他对食物的话题一言不发；当谈到自己喝红茶的时候，他甚至"脸红了起来"。霍姆斯，温文尔雅的绅士，锦衣美食的追随者，酒精饮料的爱好者，对于品尝牡蛎炖菜或者龙虾色拉也许提供了某个专门表达用语。然而，他没有，即使他当时生活在波士顿。

一位伟大的作家能够成功地描述一顿丰盛的晚餐，具有高品位和鉴赏力并充满敬佩和热爱之情的人士热情享用餐桌上热腾腾、香喷喷的美味佳肴；究竟是什么样的羞愧感——我认为，一个清教徒的良知才使他产生了羞愧感——阻止他这样做呢？无论如何，我都不会在爱默生身上寻找这种羞愧感。布朗森·阿尔科特在他密切联合的家族中也不会产生羞愧感。至于梭罗，他却担心享用一杯咖啡会使清晨的希望破灭！"我认为，"他在《瓦尔登湖》中写道，"一位智者只能选择水作为他的饮料；葡萄酒并非高贵的饮料；我觉得，一杯热咖啡会使清晨的希望破灭，一杯热茶会使晚上的憧憬化为泡影！"他固守着自己的"高级生活法则"！"污损一个人的不是填进嘴里的食物，而是品尝食物的胃口。不是食物的质量或者数量，而是味觉的喜爱程度；这时，我们所吃的食物不是营养我们肉体或者激励我们精神生活的一种食品，而是为掌控我们的蠕虫所准备的食品……我们不清楚，他们，还有你我，究竟是如何度过可悲的野兽般的一生，只知道吃喝的一生。"

"烹调术是世界上最伟大的一门艺术——可以与诗作相提并论，并得到人们的大力喜爱，"格雷森说，"可以想象一下。找到一位为你提供富有表现力的十四行诗的诗人是很容易的，找到一位为你提供一块味道鲜美的牛排的厨师却是十分困难的事情。"[1]

格雷森是一位诗人，尽管他本人并没有意识到。假如有更多的格雷森提醒我们关注生活中美好的事物，我们所拥有的普通事物，那么，美国人的生活难道不会更加丰富多彩吗？难道美国人不会感激他们吗？在哪里能够读到关于感恩节的代表作？难道仍然要按照屈原的风格去创作吗？

---

[1] 格雷森，《理解的冒险》（三）。

　　基督教徒对于生活的观点是自相矛盾的。他们对生活的正统看法似乎是这样的："我们在人世间受苦受难，可我们在天堂里将会感到快乐无限。"——大多数基督教徒都相信这一点。基督教教义似乎往往如此：在人世间历经磨难，在天堂里就会尽情享乐。爱默生曾经在他的著述中谈到一位牧师对于天堂的看法："我们将要过上现在地球上的罪人所过的幸福生活……你们现在犯罪，我们不久也会犯罪；如果我们愿意，我们就会犯罪；我们今生没有成功，我们期待明日再来。"[1]另外一些宗教教徒的做法也是这样；他们把感官的快乐推迟到进入天堂以后，在天堂里，他们有望享受到醇香的葡萄酒、甘甜的水果、可口的食物以及一群国色天香、翩翩起舞的美女，而且每位美女笑起来都有一对迷人的酒窝。这似乎并非理想的感觉；此刻在地球上食用一只珍珠鸡，比起期待将来在天堂里享用两只珍珠鸡，显得更加容易，更加稳妥。难道一个人无法做到在地球上过快乐生活的同时，贮存将来在天堂里的幸福吗？本杰明·富兰克林的思想比大多数美国人都显得更加睿智。他期待着与布里昂夫人共享天堂的幸福，他们两人在天堂里将会品尝"用黄油和肉豆蔻烘焙的苹果"，但是他的这种期望并未阻止他在尘世中享用丰盛的早餐，早餐包括"加有乳酪的四杯茶，一两块蘸有黄油的烤面包和几片牛肉"。

　　有时候，我认为，如果我们能够拥有第六感官和第七感官，如同蝙蝠或帝王蛾或知晓归途的鸽子一样，那将会是多么美妙的事情。然而，拥有五种感官，而后又人为地缩为三四种，在我看来，这并非智慧的标志。一个人最好闭上他的眼睛，以便更好地思考精神上的法则！与感官的所有争执似乎毫无意义。一些最健谈的西方

――――――――――
[1] 选自随笔《补偿》。

哲学家很有可能从来都不清楚他们舌头的功能。假如一位作家谈论奇妙的气味（比如，某些鲜花的气味）时回忆起儿时的情感和画面，却丝毫想不起新鲜的自制面包或者饼干的味道，那么，无论他是谁，他必定有冒名顶替的嫌疑，或者由于健忘，他在防止我攻击的胸甲上留下了一个大洞。

阅读格雷森的任何作品，都不可能不读到关于哈里特的南瓜馅饼的情节。这一情节随时都会出现——山间散步结束的时候，因病住院几周后回来的时候；我不记得这一情节是否有助于他理解马可·奥勒留的作品，但是它很可能会如此。我认为，我们迄今为止一直在追求精神上的享受，现在我们可以花五分钟的时间观察格雷森从医院回来后用餐的情形。

南瓜馅饼

戴维·格雷森

在那个难忘的场合，晚餐时分，在我一生中所能见到的最棒的南瓜馅饼端了上来，它完美无瑕，光彩夺目。它宛如一轮满月，波纹状的表面上凸起的是薄而小巧的馅饼皮，它刚刚由烤箱里取出来——我不喜欢湿冷的馅饼——它散发出的热气仿佛神赐的食物似的。在地球上，除了在新英格兰地区，再也没有其他地方的南瓜馅饼能够做到如此完美的地步。因为在新英格兰，人们的思想不再墨守成规，他们大胆创新，这标志着最高工艺的发展；在这里，人们制作馅饼的原料并非南瓜，而是其他南瓜属植物的果实。

因而，它惬意地躺在特意为晚餐准备的大盘子里，闪烁着金黄色的光辉。褐色、黄色的小气泡在它的表面勾画出一种秋日的图案，波纹状的馅饼边缘的颜色极富有诱惑性，吃到嘴里后，它一定会很快溶化掉。

"这馅饼真不错。"我对哈里特说。

"等一下，你品尝一口。"她说。

于是，她开始用小刀切割馅饼，她切下一大块，把它举起来——我敢说整个馅饼有两英寸厚！——小心翼翼地放入一只小碟子里，递给我。它躺在碟子里，最初是深黄色，渐渐变为橘黄色，温暖、湿润、鲜艳、香气扑鼻。

"这的确是，"我说，"人生很不平凡的一个时刻。"

"真是滑稽，"哈里特说，"吃吧，吃吧！"

"慢着，慢着，"我说，"一次只能做一件事情。任何一种感官都不能独占这一时刻。这块馅饼不仅需要味觉的检验，嗅觉和视觉也得参与进来，我想触觉也不能例外……"

"别碰它！吃吧！"

"我还认为，"我说，"如果一个人的听觉足够灵敏——比方说就像蜜蜂的听觉一样——他还能从这块美味的馅饼里面传出的声音中获取极大的乐趣……"

"我从未见过像你这样的人。"哈里特打断我说。

"从烤箱里取出来时，馅饼上带有许多小小的气泡、颗粒和沉淀物。如果他的视觉十分发达，他就能看到微弱的香气，馅饼真正的灵魂——我们可以称为有生气的薄雾——从馅饼里袅袅升起……"

"不要再说了，不要再说了！"

"正如我所说的那样，撒满阿拉伯半岛香料的馅饼里有生气的薄雾从它那溢香的里层飘散出来，袅袅上升……"

"你究竟什么时候开始吃那块馅饼？"

"我首先得从各个角度欣赏它，"我对哈里特说，"等欣赏到一定的程度，我才会食用它。我想问你一个问题：只要你有能力，为什么你不从自然界获取更多的乐趣呢？你有两条腿，为什么用一条腿走路呢？或者，你有五种感官，为什么只用其中的一种呢？在这个堕落、贪婪的时代，难道我们也要成为原始人，情愿囫囵吞枣似的吞食掉所有美好的事物吗？"

"而且，"哈里特兴致勃勃地插嘴说，"情愿一直进行哲学探讨，直到馅饼变凉。"

"那么，"我接着说，"只是吃掉我们的馅饼吗？"

我发觉自己的手在空中挥舞着叉子。哈里特的最后一句话给我留下深刻的印象；那是一句极有见解的话。所以，我开始吃馅饼——正如一些油腔滑调的老作家过去常说的那样——我不再谈论任何有关哲学或者诗歌的话题，而是把我那块三角形的馅饼吃得干干净净。

从此以后，我一直在想，我如何才能描述出那种幸福时刻的感受。我断定，语言是很不高明的方法，不论是使用形容词、动词，还是名词，对于我所经历的事情都无法作出解释，即使是模糊的解释也无法做到。我唯一的出路是请求可能阅读这些文字的任何一位读者仔细回顾自己全部的生命历程，回想最难忘的味觉经历的伟大时刻——在这一时刻，烹饪术曾给他以味觉上的最大刺激——我会让他确信，我与完美的南瓜馅饼在晚餐时的经历可以和他最辉煌的时刻相提并论，或者比他的那一时刻更加伟大。

"听着，"我最后拿起餐巾，说道，"这是我一生中难以忘怀的一次经历。"

"真滑稽！"哈里特评论说。

"我会终生记住这次经历，"我说，"上帝赐予获救者的灵魂的幸福没有比这次经历更大的了！"

有了这样的经历，难道我还不相信自己发现了全部真理？

[《孤独的冒险》（十五）]

然而，快乐、幽默的霍姆斯对葡萄酒大谈特谈。

"酒精带来的巨大兴奋感分为不同的形式和阶段。这些不同形式和阶段的狂喜状态，如果不考虑它们造成的后果，就它们本身而言，也许可以被看做受此状态影响的人们积极向上的表现。迟钝的大脑变得灵活了，慢腾腾的说话快了起来，冷淡的性格变得温和了，内心的同情感加强了，低落的情绪高涨起来——思维尚未混乱，意志尚未堕落，浑身的肌肉尚未放松——此时的人完全是一只植形动物，如盛开的玫瑰全面绽放，随时准备在认捐簿上留下姓名或者往募捐箱里捐献钱物——很难说，在这个时候，比起他倾其所有低劣的智力艰难进行一次交易来说，一个人表现得更差，或者更加不招人喜欢。问题是，酒精的效力不会被冲淡；但是只要酒里的水不冲洗掉酒精的颜色，酒的色彩就会如同真正的天堂之物一样赏心悦目。"（《早餐桌上的霸主》）

通过警告听众不要玷污"我们的宗教缔造者所创造的第一个奇迹"，他继续谈论自己支持理智饮酒的做法。

"在我认识的绅士中，只有少数几个人因为饮酒而堕落。我认识的这几位醉酒的朋友还没有变为酒鬼就已经自甘堕落。不可否认，饮酒的习惯往往是一种恶癖——有时候是一种不幸——正如深深陷入一种难以克服的传统习性时所造成的不幸——可它更经常是一种惩罚。

"空无一物的大脑——大脑里缺乏足够多有益的思想以便为大

脑的时钟装置提供食粮——管理混乱的大脑，大脑的各项组织不受意志的控制——这些组织操纵着大脑，而它们的拥有者通过引进我们一直在谈论的器具又往往损害这些组织。现在，当一位绅士的大脑空无一物或者管理混乱的时候，在很大程度上，这算是他自己的过错；因此这属于绝对的报应……"

　　下面的几段独出心裁、偏离主题的文字评论，读起来令人十分惬意。

　　　　让我们赞扬它的色调、香气和社交方面的好处。

　　　　　　　　　　　　　　——奥利弗·温德尔·霍姆斯

　　然而，所有这一切都不是我将要谈论的内容。假定我坐在这里——我们将在餐桌旁交谈——身边坐着一位睿智的英国人。我们彼此注视着对方——我们交换了一些思想。我们解决了一个问题：我们不打算冒犯彼此的感情——彼此的言行都十分谦恭——相当谦恭；因为我们既是给人带来快乐的人，也需要别人给我们以快乐，并且相互之间特别亲切友善。红酒的暗紫红色是优秀的色彩；如果我们体内温热的深红色血液颜色再加深一点，我们依然善良如初。

　　我认为，在用餐时讲话的人们并不愿意谈论十分重大的事情，尤其是在下面的情况下：他们因为饮酒，头脑稀里糊涂，随后就开始闲聊。

　　这位邦巴辛人讲上面一席话时带有一种酸甜的感觉，仿佛他的话在醋酸盐溶液中浸泡过。我那个时代的男孩子往往把这样的撞击称为"侧击"。

　　我一定要征服这位女士。

　　夫人，我说，当伟大的教导者面前摆满食物的时候，他似乎很喜爱说教。这件事情已经过去很长时间了，而且发生地很遥远，因此你已经不记得事情的真相了——那是一些真正的食客，那里的人们饥渴难忍，在那里你碰到了各种各样的人。宾客们很可能都在自由地交谈；我们也许会认为，无论如何，总会有美酒相伴。

无论葡萄酒在保健方面可能会有什么样的利与弊——为某一个人，而不是为某些特殊的目的，我会相信水的价值，我也相信红茶的价值，说到这儿我感到有些脸红——毫无疑问，对于无聊的食客来说，葡萄酒都是刺激他们的难得的特效药。二十个人聚在一起，他们的身心状况各有不同。问题是，在大约一小时内，他们全都会进入同样微醉的兴奋状态。只是用餐，或者只是聊天，对某一个人来说也许是足够的；然而，葡萄酒，这个使人变得平等和友善的装置，刺激着各个辐射体达到最大的辐射效果，各个吸收装置处于最佳的接收状态，此刻，人们已经把它摆放在那里。制作它的过程是这样的：处于清醒状态的水加入酒精变为深红色——于是，六个大容器都装满水，一大桶也装不完，现在变为了酒中极品……

我在世上活的年龄越长，我对两件事情越是感到满意：首先，最现实的生活方式属于玫瑰——钻石型，从各个方面满足生活的不同需要；其次，社会总是以这样那样的方式试图将我们碾压到一个单一、平坦的表面上。抵制社会的这种碾压行为，绝非易事。——现在，我就想尝试一次。在过去，男人们酗酒成性，在外面喝得醉醺醺地回家，他们的妻子、母亲、女儿和姊妹们为此觉得羞愧，而她们本来应该为他们感到自豪。永远、普遍的戒酒要比他们的这种放荡行为好得多！然而，即使是过度饮酒也比说谎和伪善要好；假如人们已经把酒摆上餐桌，就让我们赞扬它的色调、香气和社交方面的好处，它本来应该受之无愧，而不要把自己关在小屋里，抱着一只酒瓶，假装不知道一只酒杯在宴会的公共场所的用途！我认为，你会发现，实实在在想说出真相的人说起话来往往前后一致，那些努力保持"一致"的人却常常自相矛盾。但是，我们所说的话语听起来有很多是不协调的，原因很简单：我们只不过说出了真相的一部分内容，开始时往往显得不一致，就像一张面孔的正面和侧面效果不同一样。

[《早餐桌上的教授》（二）]

四、茶和烟草

一个人没有权利损坏他的机器（大脑），霸主曾把这台机器描写成七十岁的钟表。嘀嗒！嘀嗒！钟表运转着，奏响着生命的旋律。从一般意义上来说，这只钟表制作精良；人在出生的时候，它就被调整好；只要不过度损坏，它可以运转七十年，其间只需要几次小小的调节。把它与瑞士手表、收音机或者留声机比起来，人们很满意它的制作工艺。如果一个人损坏了他的钟表，无论是由于过度饮酒或是野心勃勃、辛苦劳作，罪过都是一样的。钟表开始嘎嘎作响，失去了以往平稳的节奏，忽快忽慢。这时候，钟表变得神经紧张，开始患上越来越严重的忧郁症，不停地抱怨钟表制造商。钟表呈现出一种病态；在这种每况愈下的病态中，它的周围一片黑暗，钟摆转动的惬意和安详变成了懒洋洋的、机械的、无意义的随意摆动，仿佛什么东西强制着它转动，或者，它会突然快速地摆动起来，仿佛有意识地尽快主动跑完全程停下来。

然而，一个人有充分的权利享受所有的发明、器械和便利设施，以帮助自己获得精神上的安宁。为此目的，人类文明提供了两个明显的要素：茶和烟草。遗憾的是，美国人并不了解品尝一杯上等龙井茶就能获得心灵的平和与精神的安宁。在美国独立战争期间，波士顿的"家庭主妇"发誓要把茶从餐桌上驱逐出去；在这个时期，价值三便士的茶叶税是否成为当时人们对这种精神上的愉悦感麻木不仁的唯一原因，我们对此不敢苟同。正如阿涅斯·莱普利尔（Agnes Repplier）所言①，事实上，几乎没有任何价值的三便士成了点燃革命之火的火柴。哈佛学院的学生们决心在生活中不再使用茶叶这种"毒草"。可是，这也许并不是事情的全部。如果他们当时不停止使用茶叶，他们至少会喝英国红茶。这和我们现在谈论的话题完全不是一回事。

据我了解，约翰·亚当斯每天上午喝一大杯烈性苹果酒。虽然他喜欢茶，不过我觉得，他肯定喝不完一大杯茶。是的，饮茶属于另外一种精神境界：饮茶者需要细品慢尝，志趣相投的朋友聚在一起借饮茶之机消除彼此的烦恼。在这里，我们最好忘掉茶本身。

但是，我们忘不掉烟斗，那是北美印第安人给予文明的礼物。

随笔作家的传统做法是，每天留意生活中发生的小事情，并赋予它们令人愉快的含义。在现代作家中，我认为克利斯朵夫·毛利是一个自始至终坚持这一传统做法的人。下面是克利斯朵夫·毛利创作的一篇随笔，题目是"最后一斗烟"。

---

① 《茶的断想》，（原著）第 127 页。

我把生活定义为坚持抽烟的过程。[1]

——克利斯朵夫·毛利

明智的人一天抽十六斗烟，他对每斗烟的评价和每斗烟带给他的享受都不尽相同。在抽烟过程中，谢天谢地，并没有迫使收益不断缩小的规定。我也许会一天到晚都在吞云吐雾，在烟雾和烟灰的熏染中，我浑身上下都成了灰黑色，可是，抽完十几斗烟，快乐没有丝毫减少。用完早餐后，抽上数口烟，那种滋味的确很特殊、愉快、充分。（我可以尽我所能在这里布置出早晨抽一斗烟的理想环境。）早晨起床后，先冲个澡；早餐必须摆放在具有东方布局的房间里，早餐中应当包括玉米粥和乳酪，如果可能，再预备些红糖。随后是炒鸡蛋，炒蛋夹在切成三角形的面包片里烘烤成柠檬黄色，再涂上新鲜、无盐的黄油和带有苦味的苏格兰果酱。一定要配有一大盘热气腾腾的熏猪肉，弯曲的形状、丰富的肉汁，用油炸成这样的程度：里面松软，外面的一层布满裂纹，有些发脆，并发出轻微的噼啪声。如果弗吉尼亚玉米饼很容易准备出来，那就更好了。还有咖啡，三分之二的热牛奶，也加些红糖。一定要允许再加上一份炒蛋；或者，如果这样做超过了预算，就加上一份精心烤成的腰子，最好加进少量生长于白垩土壤里的蘑菇。这是人在堕落之前在伊甸园里享用的早餐品种，是旅馆主人用他们粗糙的烹调法烹制的一道独特的佳肴。

——————————

[1] 选自《散文集》，版权所有，1928 年，克利斯朵夫·毛利。J.B.Lippincott 公司出版。

用完如此丰盛的早餐之后，你可以步入铺满草皮的花园，四周围绕着高高的围墙，园中有一条两侧长有酸橙树的小径，你可以在这儿冷静地思考问题；此时，此地，是你一天中抽第一斗烟最合适的时间和地点。将烟叶混合物塞进斗中；用拇指肚温柔地往里挤压；保证烟管是通气的——然后把烟斗点燃。如此开始的一天是美好一天的开始，罪孽将远离你的辖区。可恶的烦恼随烟雾缓缓散去！在你舌面上的蓝色烟雾感觉凉凉的，很舒服；上腭的拱曲处接纳着烟雾；袅袅的烟雾顺着鼻孔向上飘浮。狠狠地抽一口，满嘴里都是烟雾，而后吹出来，形成许多螺旋状的烟圈。这就是第一斗烟！……

下面就是我要宣布的一天的抽烟计划：

早餐后：两斗

午餐时：两斗

晚餐前：两斗

晚餐与上床睡觉之间：十到十二斗

（雪茄和纸烟偶尔也抽。）

晚餐后抽烟阶段需要思考问题。如果你晚餐时吃得过饱，神经处于麻木状态，所有的精力都花在胃肠蠕动的过程中，以使得腹腔里过剩的食物被消化和吸收掉，因而大脑里一片空白，再也没有能力思考问题了。你重重地坐进一把扶手椅里，在火炉边暖暖双腿，让你体内的红血球和噬菌细胞努力地把过剩的食物消除掉。在这个时候，抽烟变成了纯粹机械性的行为。你吸一口，再呼出来，动作很机械。精挑细选的芬芳的烟草混合物成了纯粹的燃料。你的双眼还能观察事物，但你的大脑没有任何反应。刺激神经的果汁、一杯白开水，或者任何能够激活思维的事物，都进入了腹腔，并开始高强度的工作状态，以驯服和消化掉你在晚餐时所吃进的分散你注意力的多余食物。它们仿佛装卸工，装卸货物以便使其可以携带。然而，一会儿后，当出色地完成装载工作的时候，商船甲板长也许会用颤音吹响口哨，甲板上的雇员就会被召集回到航船桥上。大脑摆脱其肉体上的曳船索，开始在海洋上扬帆远航。你的思想再次活跃起来，你再次成为理智、情感和意志的理性结合体。过度用餐不仅推迟了这一令人向往的思想状态，也使大脑变得愚钝了。因此，应当这样说，晚餐时少量进食是最佳选择：一条小鱼或者肉片、白葡萄酒、通心面和乳酪、冰激凌和咖啡。这样一种食谱会使你重新恢复充沛的精力，使你能够以良好的心态进行长时间的思考活动。

抽烟是一种恰当的智力训练方式。抽烟使得思想和灵魂的优秀品质通通展现出来。有一种生命完全掌控着五种感官，只有这样的生命才能恰当地操纵抽烟的行为。对于那些痛苦、悲伤或是困惑的人来说，抽烟的作用就如同一种最好的安慰剂，是排忧解难、镇痛止疼的香膏和香液：它使烦躁不安的心情平静下来，它使怒气冲冲的人快乐起来。抽烟对人的健康比药草里浸泡的人参还要有益，抽烟还可以与疲劳和衰老作斗争。难怪斯蒂文森劝告未婚女子不要嫁给不抽烟的男子为妻。

现在，我们到达了对抽烟的艺术和奥秘进行探索的关键之处和最后阶段。也就是说，在长时间的不停歇的心智活动结束之前，在身体疲惫不堪之前，该是抽最后一斗烟的时候了。

关于"生活"，我的朋友中没有人能够告诉我一个令人满意的定义。生活就是心脏收缩和心脏舒张交互进行，生理学如是说。生活就是叶绿素变为叶黄素，植物学如是说。这些定义都没有激起我的共鸣。我把生活定义为坚持抽烟的过程：它包括意识重新活跃的若干时段，在这期间，抽烟的快乐不言自明；以及意识休养以待复原的时候。

现在，如果我用图表（由时间和抽烟者的愉悦感组成的坐标）来描述，这一过程是这样的：从原点出发，曲线陡然上升，在休整期又急剧下降。最好的一斗烟是夜间所抽的最后一斗烟，这样说，纯属日耳曼人的学究模式。倒数第二时刻总是最快乐的一段时间。"金星"号远洋舰船长所享受的最惬意的一斗烟就是在被那位险恶暗礁上的诗人消灭前所抽的那斗烟。

我最惬意的一斗烟是在子夜 0 时 30 分左右抽的，这时，"我的眼睛就要闭上"。抽烟会让人又记起小学时富有诗人气质的同学。经过了一天的辛苦、挫折和兴奋，在该死的打字机上忙活几小时后，身心极度疲倦，感觉也迟钝起来。穿上睡衣和拖鞋，我找到我的卧榻；嗬，卢修斯，你今天成了一名带子操作工！还有，你今天读了一本催人奋进、发人深省的书。我最喜欢的是《牛津大学出版社概况》一书……

我小心翼翼地把一天中最后一斗烟装好、挤压好、点燃，然后躺在床上虔诚地，庄重地享受起来。干扰大脑的无数个因素都已不复存在。空气中传动的只是烟斗里烟叶燃烧时所发出的温柔的咝咝声。我怀着悠闲的心情开始翻看我最喜爱的一些书目……

凌晨1时的钟声即将在附近教堂尖塔上响起,然而,此时,我的烟抽得正起劲,好奇心也依然很强烈……

但是,我不敢再强迫你养成我的嗜好。一个人喜欢吃肉,另外一个人却喜欢鱼子酱。我甚至不敢告诉你我喜欢的烟草品牌。最近有一次,我向一家杂志推荐我创作的一首颇有价值的优秀诗作,题目是"我的烟斗",在诗中,我提到了特别喜爱并褒扬有加的烟草品牌。编辑人员说服我把诗中出现的真实品牌替换为假名称。他告诉我,根据真正的出版政策,在杂志的正文中不准提及商业产品的名称。

然而,烟草,谢天谢地,并不仅仅属于"商业产品"。让我们看一看 Salvation Yeo 的不朽宣言:

"当世间万物都创造出来的时候,烟草是最了不起的事物;它是孤独者的伙伴,单身者的朋友,饥饿者的食物,伤感者的兴奋剂,清醒者的睡眠,寒冷者的火炉;它可以为伤口止血镇痛,它可以治愈感冒,消除腹痛,在普天之下,没有什么药草比它更神奇了。"

到了这个时候,烟斗里除了烟灰什么都没有了。即使我最喜欢的《概况》一书,在我眼前也显得越来越模糊不清。于是,我把书放在枕头下面;把烟斗轻轻地、亲切地放到烛台上,把余烬熄灭。随后,把窗户洞开,夜间的景象立刻映入眼帘。闪烁的星光……遥远的钟声……身边还飘散着印第安烟草的微弱气息,我酣然入睡。

[《散文集》]

五、业余爱好

　　每个人都有自己的业余爱好：徒步旅行、划船、骑马，或者其他任何形式的运动。在这些运动中，我觉得，步行是人类所了解的最古老的形式，最简单自然，最有益于身体健康，因此是最佳的运动方式。步行时，迈出一条腿，再迈出另外一条腿，而不需要任何技巧，步行者感到无比快乐。这一过程的乐趣体现在流畅的节奏感，平和的满足感，肺部和所有身体器官活动强度的增大；作为精神上的安慰和放松方式，步行与茶和烟紧密地联系在一起。另外，在步行中，无疑总会体验到从未被践踏过的小径的绮丽，灌木篱墙的新鲜气息，远处山峦的迷人景致，或者，偶尔也会见到一条蜿蜒流过的小河，一片平静的森林。

　　为了充分领会到摆动双腿步行几英里的乐趣，我们不得不再次阅读克利斯朵夫·毛利的作品。在随笔"步行的艺术"的开头部分，他提醒我们注意，大量伟大的英国作家同时也是伟大的步行者。这里是一份感人的名单。华兹华斯或许是最伟大的步行者之一，他穿过法国，到阿尔卑斯山脉，到意大利，再返回英国，他徒步走完了全程。1797 年，从内瑟斯托伊（Nether Stowey）到拉斯当（Racedown），柯勒律治（Coleridge）步行了整整四十英里，最后见到了威廉和多萝西·华兹华斯（Dorothy Wordsworth）。德·昆西（De Quincey）描写过自己在夜间从桥水（Bridgewater）步行四十英里赶到布里斯托尔（Bristol）的经历。哥尔德斯密斯（Goldsmith）的足迹在两年间遍及欧洲大陆。在这个名单中，还有黑兹利特（Hazlitt）、丁尼生、菲茨杰拉德（Fitzgerald）、马太·阿诺德·卡莱尔·金斯利（Kingsley）、梅瑞狄斯（Meredith）、理查德·杰弗利斯（Richard Jeffries），以及伟大的步行者莱斯利·斯蒂芬（Leslie Stephen）；在我们自己的时代，名列其中的还有 W. H. 戴维斯（W. H. Davies）、希莱尔·贝洛克（Hilaire Belloc）、E. V. 卢卡斯（E. V. Lucas），等等。"真正的步行者对'世上万物非常好奇'，"毛利说，"他满怀热情，一路走去，经历无数离奇有趣的事情，他感到心满意足。当他写书的时候，他会在书中经常描述这样的情景：食物、饮料、烟草、晴朗的下午锯木厂发出的怡人的气味、深夜时分造访旅馆的经历。"在结论中，毛利自言自语，不再顾及他人的情绪；如果认为这一部分不如前文令人愉快，这对毛利是不公平的。从下面的节选文字中，我们还可以读到关于维切尔·林赛（Vachel Lindsay）的介绍，这在其他地方是很难找到的。

　　我们穿着破旧的裤子、宽松的鞋子，手里拿着烟斗和手杖。在午餐和晚餐之间，我们可以步行十五英里，并讴歌上帝赐予人类的诸多途径。[1]

　　　　　　　　　　　　　　　　　　——克利斯朵夫·毛利

　　吝啬的主人总是欺骗维切尔，在每一道菜端上来时，他们都会一边大吃特吃，一边要求他吟诵他的诗句；尽管他渴望吟唱显得他很天真，在维切尔身上却体现出一种男人特有的朴实无华的风格，这一点使我们所有人感到欣喜。我们愿意了解，这是一位一直与贫困作斗争的诗人，他从来没有为哈佛大学毕业庆祝日写过一首诗，他的衣领总是

---

① 选自《散文集》，版权所有，1928 年，克利斯朵夫·毛利。J. B. Lippincott 公司出版。

破损不堪，或者他穿的衣服干脆没有衣领，所以他在理发的时候让理发师剃去脖子后面的头发。我们愿意了解，在佐治亚州他沿铁路徒步旅行过，在堪萨斯州他收割过庄稼，在新泽西州他被烟熏蒸过，在伊利诺伊州他现在生活很快乐。每年，他都会去勃朗宁俱乐部待上一个月的时间，他是那里的宠儿；可是，他总是很高兴回到斯普林菲尔德，与当地的拉宾德拉那斯人一样穿上宽松长袍。如果他想买一辆汽车，我敢保证他会买福特汽车。和我们一样，他是地道的美国人，他在生活中从不穿鞋罩。

　　然而，即使是很朴实的人，他也会幻想。夜里，走在熙熙攘攘的城市街道上，浏览着灯火通明的橱窗、熟食店、运载花生的马车、面包店、鱼摊、堆满饼干和乳酪的免费午餐柜台，还有星期六晚上买完物品哼着小曲在回家的路上费力前行的小市民——他感觉到成为其中一员，或多少参与一下的激动心情，因为其中充满了不同的、可笑的、可怜的、奇怪的人性特征。与每一个其他的双足动物属于同类，满腔热情了解到惠特曼和欧·亨利充分知晓的事情，这种感觉和认识都可以体会到。这就是林赛关于生活感悟的本质内容。他喜欢很多人聚在一起，喜欢与人做伴，喜欢大量的牛里脊肉和洋葱，喜欢他的名字出现在出版物上。他吟唱诗歌，庆祝我们大杂烩民主制度的伟大标志：冰激凌苏打水、带电高空符号、主日野餐、电影、马克·吐温。在我们人性的太平洋多产的海底淤泥中，他发现了丰富的珊瑚和五彩的贝壳，他感觉到了盛情、尊敬、爱和美。

　　正是这些温和的情感才使他成为快乐行者。维切尔徒步穿行了十二个州，沿途仔细观察风土人情，给食品柜照明，这让世人不解。他的方法就是徒步和身无分文（"当他想停时就停下来，想唱时就唱起来。"），一路乞讨食物，向人借宿。我觉得，他像任何一位美国公民一样免费吃了许多顿饭；下面的几段文字选自于他的一本小册子——他在路上经常参阅——他是这样做的：用诗句换取面包。

这本小册子是伊利诺伊州斯普林菲尔德市的尼古拉斯·维切尔·林赛于1912年6月创作的新诗集，特意出版以换取一些费用。

作者从家乡出发，穿越整个西部，再返回故里，在徒步旅行过程中，他将用这本诗集来交换生活必需品。在路途上，他将遵守以下规定：

（1）远离城市。

（2）远离铁路。

（3）与金钱不发生任何联系。不带任何行李。

（4）11时45分乞讨午餐。

（5）5时45分乞讨晚餐、住宿和早餐。

（6）独自旅行。

（7）要整洁、诚实、有礼貌、正直。

（8）传授美的福音。

为了实施最后一个规定，对行李的规定将会有三种例外情况。（1）作者将随身携带一份印刷的简短声明，称做"美的福音"。（2）他将沿途传播这本诗集中的诗句。（3）他还将携带一只小皮包，里面装有图片等物，他选择这些物品以概括他对艺术史的看法，尤其是他的看法适合美国的情形时……

如今，汽车已经为我们做了这一切；当汽车成为公路上的绝对交通工具时，步行将仍然是少数秘密行动的谦恭的人所享有的个人的神秘乐趣。对我们来说，偏僻的小径、广阔的草原显得神圣而温馨。谢天谢地，世上还存留着尚未被手摇留声机和豪华轿车腐蚀的温情的灵魂。我们穿着破旧的裤子、宽松的鞋子，手里拿着烟斗和手杖，在午餐和晚餐之间、我们可以步行十五英里，并讴歌上帝赐予人类的诸多途径。

有时候，下午2点钟左右（午饭后大约半小时，是上路的好时机），徒步旅行的老使者开始鼓励我，我努力地想寻找一个出发的理由。当一股强风吹过光秃秃的树枝时，这位使者就对我大声叫。我在我的高级大本营里懒洋洋地打着哈欠，我假装在那儿作诗以换取星期一下午的酬劳。档案橱柜、自动调温器、卡片索引、打字机、自动电话：这些灵敏的止痛剂对我来说不起作用。即使来访的是金发美女或者温和的商务使者，他们在我房间进进出出，步履轻盈，手里拿着一些便函、邮件、手稿，是的，即使是这些人也无法激起我的兴致。我的思想早就跑到了外面的街道、道路、田野和河流，这些无限的美景以愉快的声音召唤着漫游者。有一处地方，山坡上吹过一阵大风；有一次，一个人在雨中沿着大北路（Great North Road）朝着罗伊斯顿的方向信步走去……

噢，宙斯！我们徒步走完十二英里的路途，你赐予我们的是大腿和胫骨的阵阵疼痛。你引领着我们"朝着大海的方向惬意地行走在山坡上"；或者你引我们走上一条通向某个村庄的崎岖不平的小路。红色窗帘后面是旅馆的大厅，火炉旁边摆放着一张餐桌。餐桌上准备着冷牛肉、黄色乳酪、一大杯混合啤酒。然后，祝愿我们自己享用完这些赏赐后能够继续翻开培根论文集，研读那些出色的文字："这的确是上帝对人类的眷顾：使人类的思想充满博爱，惬意地休养之后，开启真理的窗户。"

[《散文集》]

第十一章

自 然

一、社会和自然

当一个人的感官被充分唤醒，他真正的享受既不是美食也不是醇酒，更不是烟草的佳味，而是自然本身。只有生活在水泥街道与铺满地毯房间里的人，才会对自然固有的戏剧视而不见。久居城市，使人变成了自然的瞎子。大自然的戏剧是如此丰富、强烈与多样，触摸着我们呼吸的空气和看到的颜色，我们会发现被它全部笼罩着，若说感觉不到它，就像常被雾气笼罩的伦敦人说不了解雾一样让人不可思议。可以感知自然的人，在野外的每一刻都充满戏剧，这戏剧发展很快，并总在变化。美丽不过是自然的作用。没有了自然力的作用，没有了光线照射，波浪涌动，色彩变幻，水汽升腾，薄雾笼罩，云彩飘飞，没有了水流、日落、月儿升起、草木生长，没有了太阳光芒照耀下茁壮生长的万物，这天这地又将是怎样一番模样？转眼间，自然的微妙与脆弱平衡就被改变了，我们呼吸的空气穿越在田野中，改变了气息。树影飘摇之中，颜色忽明忽暗，羊绒般的云朵或快或慢相互追逐着，像嬉戏玩耍的孩童。这使我们想起了米开朗琪罗的原作《创世记》。中国许多道士很早就从欣赏这部戏剧中得到过无穷的乐趣，并学会了"与日月同戏，随风云共嬉"。宇宙因为我们的不了解而充满了神奇。

假如你拥有一个带窗的卧室，透过窗口可以看到东面的山谷，那么你也许只需花半小时躺在床上观赏这一戏剧就足够了。舞台最好是由地平线上层峦叠嶂的轮廓搭建，如果是海上突兀而出的一列山峦那就更好了。你的眼睛凝视着变化的云朵，在那儿开始现出光亮，预示着朝阳即将光临。你知道，大地一直在沉睡，而在随后的一刻钟里白昼就要到来。白昼又是怎么到来的呢？朵朵云彩最早感觉到它的出现。它们不仅将要经历色彩的变幻，而且还知道白天的旅程就要开始了。它们自身的构成依赖于气压与温度的脆弱平衡，并对二者变化的反应极其敏锐。渐渐地，随着温度的变化，可以明显地感觉到雾霭升起了，而此时，上空大团的云层正安睡在它们沉静的梦中。突然，天空现出明亮的光辉，当你的眼睛倏忽间转向别处的时候，阳光将它那绚丽夺目的光芒洒向山谷与峰峦。五彩斑斓，煞是好看；天空泛起了鱼肚白，红色的峭壁与紫色的山峦越发清晰地显现出来。空气开始拂动，云的征程也开始了。在曾经是毁灭和死亡的地方，光明与生命诞生了。朝阳的第一抹光芒洒满村落，此一美景，使所有欣赏到的人无不为之所动。不管你是富有的苏丹还是穷人，科学家还是杂货商，那抹阳光都是你生命的依靠。我们所看到的如此美丽的景致，是造物主慷慨赐予我们的礼物。它使我产生这样一种强烈的感觉，上帝造人从未打算将人创造成只会终日劳作、养家糊口的奴隶，而眼前的一切足以证实，宇宙更像是他精心设计的乐园。

现代人离自然越来越远了吗？对此，我表示怀疑。尽管所有的悲观主义评论家都在谈论人的退化，我还是不能认同这是现代文明发展的趋势。文明只有在它开始崇尚缺乏刚性的生活时才会退化，但是，这里存在着太多美国人崇尚体育的证据，有些甚至是非常剧烈的身体运动，并且对我来说有着太多对室外生活的向往与设施，这使我不能接受美国男人或女人正在变得柔弱这一论点。根据我长期观察的结果，在美国的校园里，存在着体质增强过度，而心智开发不足的危险。即使我们同意这样一种观点，在汽车里开车也不是件好事情，它蓄意促成了我们腿部肌肉的逐渐退化，像一些愚钝的人类学家所说的那样，但你也必须承认，在汽车的后座上懒散地坐或躺着总比待在灯光昏暗的酒店大堂里要好吧。况且，一旦上路，还存在这样的机会，驾车人可能会被车外的景色吸引，走下车来，去树林里漫步五分钟，或偶然钻入山茱萸树丛，忽而又在口袋里发现一片枫树叶。汽车对当代文明的最大贡献之一就是它拉近了我们和乡野的距离，也使得许多城里的上班族在乡下安了家。没有比这一事实更明显的了，那就是，自然是治愈灵魂的良药；只要我们失去与自然的接触，身心的快乐，对于鸟类和动物来说既自然又平凡的那种快乐，就显得十分奥妙和神秘。"昨夜与玛格丽特行至河边，看到水中的碎月，疑哉，疑哉。"爱默生在他的笔记本里偶尔记下的一则日记中曾经这样写到。那些先验论者很善于打开他们的毛孔，接受自然的默默影响，使他们的身体恢复健康，精神得以正常。如今，有了爱默生，有了现代化的汽车，再也没有借口不了解乡村的壮美了。

人类社会与自然的关系是一个不朽的话题。爱默生在他的随笔《自然》中说，"城市不能给人类的感官以充分的空间……我的家坐落于低地，看不到多少室外的风景，并且是在村子的下方。我和朋友来到村外的小河边，坐在船上，只划一下桨，就远离了村子里的政治与人群，是的，将村子的世界和人群远远地甩在后面，进入落日和月光的精美王国。这里太光明、太圣洁了，染污之人、未通过修士见习与使用期之人，进入不了这里。"他又写道（1836 年 2 月8 日）："社会似乎是有毒的，我相信，针对这些邪恶的影响，自然才是解毒剂。人从充满是非的商店和办公室出来，看到天空和树林，他就重新成为人。他不仅仅是退出了权谋，还发现了自我。可是，看到天空和树林的人何其少矣！"所以，一个下午，他和亨利·梭罗一起来到山崖。4 月的天是多雾的，但温暖而惬意，他觉得好像在"开怀畅饮"。夜间，他踱进黑暗，看见一颗星星闪着熠熠的微光，耳畔响着声声蛙鸣，大自然好像在对他说："啊，这还不够吗？好好想想吧，爱默生，不要学愚蠢的世人，而应去追寻雷声、星群与壮阔的景色、大海或尼亚加拉大瀑布。"（《日记》，1838 年 4 月 26 日。）或者，他会和神秘诗人约翰·维利（John Vely）一起去埃得蒙·郝斯莫的家和瓦尔登湖畔。在溪流岸边，或上帝之湖的岸边，他们欣赏着湖水的丰富变化，观看着水和风在互相你追我逐。他对同伴说："我断言，这个世界真是美不胜收，我很难相信它真的存在。"自然的作用改变了生命价值的水准，使人看到自身的无限渺小与琐碎，看到星星"对于白天的浮华极尽讽刺之能事"（《日记》，1837 年 7 月 26日）。6 月的一个夜晚，他散步在一条单调、平常的乡村小路上，夜色已将其变成了美丽的意大利和帕尔米拉①，他的心里充满了巨大的欢乐。他感到，放在面前的是自己活生生的生命，它远离荣誉与耻

---

① 帕尔米拉岛，太平洋中部环形珊瑚岛，在夏威夷南一千英里，是世界上保存
完好的生态天堂。

辱。人类的城市生活与成见总是在制造扭曲的主观感觉，人的精神受到束缚。"恐怕马蹄街没有清晨，"他说，"这里到处是墨守成规的人，他们避开彼此的眼睛，他们的脑海中萦绕着互相之间已经耍过的，或想要去耍的花招以及琐碎的艺术和目的，正是这些限制降低了他们的面貌与品德。"（《日记》，1854 年 9 月）

我们认为，诗人通常都是精神失常的。梭罗和一只旱獭聊了半个多小时，他《日记》里最长的一篇是关于追寻一头迷路的猪。梭罗反思道："可是他确实不如我固执。我非常尊崇他的方法论与独立的风格。他将是他，我会是我……他意志坚强。他坚持自我。"和约翰·巴勒斯（John Burroughs）一起在新泽西州时，惠特曼每次去远足，都是赤裸着身体穿越灌木丛和溪流的。他认为只有这样，他才更亲近自然，而自然也更亲近他，因为他的赤裸与自然融在了一起。"这真是太悠闲，快慰，妙不可言——此时的心境平静似水。而我可能以这种方式思考：也许我们的内心深处从未失去与大地、光明、空气、树木等的联系，我们不仅仅需要通过眼睛和大脑来实现内心的平和，还要通过全部的肉体，这具肉体不像我们已经被弄瞎或受束缚的眼睛。"（《典型的日子》，1877 年 8 月 27 日）然而，当我们诵读惠特曼的《自我之歌》时，这种感觉会更清晰：

> 我认为我，可以走近动物，与它们一起生活，它们是那么自制、平和；
> 站在它们的身旁，将它们长久地凝望。
> 它们从不诅咒，它们从不抱怨；
> 它们不会清醒地躺在黑暗中，为自己犯过的罪过哭泣；
> 它们不会喋喋不休地讨论对上帝的责任；
> 它们是如此满足——没有谁因为贪欲而疯狂；

它们是如此平等，没有谁会跪向其他动物，也不会跪向生活在几千年前的祖辈；

无所谓尊卑，更不必奔忙，在这苍茫的大地上。

此处的关键问题似乎是：当一谈到完美的健康和简单、和谐的生活，就很容易要问人类是否比动物更优越。在人类社会过度文明、矫揉造作的生活中，人类经常远远偏离自己自然属性的简单法则，其结果是生活里充满了狭隘的恐惧，狭隘的嫉妒，受挫的雄心和——不快。这似乎预示，通过与自然紧密接触的生活方式，我们可以从自然那里获得生活上的新意与道德上的端正，并且恢复到健康、简单和快乐的生存状态，这些都是我们作为生物所继承的权利，而我们在文明化的过程中却丢失了它们。诗人、思想家和作家已经多次证明了这些。"真切地看着每日的太阳升起与落下，让我们与宇宙真实地联系在一起，将使我们保持心智的永远健康，"梭罗在《无原则的生活》里写道，"诚然，快乐是生命的条件。"他在《远足》中说——他的意思是，快乐是自然中生命的条件。每当他听到小公鸡的歌声，都好像在提醒他宇宙是如此健康而又美好，并从中获得巨大的精神力量。"在社会中你得不到健康，健康只能在大自然里才能找到。除非我们的双脚站在自然中去，我们所有的脸色都将是灰暗的。社会总处于病态之中，越好的社会病得越重。在那里没有像松柏一样怡人的气味，也没有牧场里长久留下的那种充满渗透力、提神醒脑的香气。思索自然美特性的人不会受到伤害，不会感到失望。自然从不传授绝望的、精神或政治专制或奴役的信条，而是与你一起分享它的安详……云杉、铁杉和松树不会表露绝望……快乐当然是生命的条件。"

一天早晨，戴维·格雷森去山里追寻一丛松树的气味。他发现自己坐在铺满棕色松针的干净地面上，并且"在那一刻，好像是灵光突现，我明白了生命中一些深刻而又简单的道理，我们要像友好的松树、榆树，以及开阔的土地一样，不拒绝人，不评判人。曾经有一次，那是很久以前的事情了，我读到一本论著，作者的头脑非常清醒，他力图用精辟的知识证明，总的来说，在这个世界上，善良是无往不胜的，并且可能存在着一个上帝。记得读完后，我走出房间，昏昏沉沉到了山上，感觉被一种莫名的沮丧压倒，世界对我来说像是一个艰难、寒冷又狭窄的地方，那里的善良一定只是沉重地写在书里。我坐在那儿，夜幕降临了，一两颗星星出现在清澈蔚蓝的天际，突然，对我来说一切都变得简单了，于是我大声地笑了起来，笑那些终日蝇营狗苟的大人物花了那么多年无聊的时间去寻找令人怀疑的证据，而这些在我的山上，他可能只需区区一小时就可以学到……当我从那里离开的时候，我知道我将不再是以前的那个我了……在我出去很久尝试诸如此类的冒险之后，有些东西进入了我的灵魂深处。当我从山里出来时——已经深深知道，我曾到过灌木燃烧的地方，并且听到了火焰的声音"。[1]

二、这个充满感知的世界

也许搞学术的哲学家永远也无法弄懂幸福的问题，永远也不能，因为他们拒绝注意到我们拥有享受此生的感觉器官，因为他们的确"脱离了他们的感官"。一个哲学家，在出现智力差错的时候，

---

[1] 选自《伟大的财富》(三)。

也许会由于健忘和你的看法一致：有些时候，人的快乐包括躺在阳光里的惬意；但当你看到他脸上抑制的表情，你就知道当他准备去思考的时候，他的理智将会使他与上述看法完全相悖，并且他会贬低像我们这样非哲学头脑的家伙的愚蠢和知识感悟能力的贫乏。我真想知道，这位教授喜欢洗热水澡并好好搓一搓吗？他会像我们一样，打开全身的毛孔，尽情沐浴在温暖的阳光下吗？他不懂哲学和生物学吗？他是不是永远也不会承认人是无法摆脱由神经、毛孔、汗腺及本能——我们人类身上一百多万年前的身体遗产——组成的人体系统的呢？既然哲学本身告诉我们，我们百分之百的知识来自于感官体验本身，那么，一门与感官体验这一事实毫不相干，并将其放逐于人的头脑之外的哲学体系，对人的生命毫无任何意义。

格雷森说："邪恶，是感官误入歧途所致。"人类生命真实价值的降低是源于这样的事实，即"我们体验的是他人描述的情感"，"思考的是书中准备好的思想"，"我们不是去听，而是听得太多"，并且过着一种可怜、悲哀、二流的生活。换言之，事物真正值得欣赏的东西已经离我们而去，因为，也许在城市里生活太久了，我们的感官已经失去了与这个颤动着色彩、光亮和声音的有知觉的宇宙之间的联系。

"感官是我们用来感知世界的工具：它们是完善知觉与促进成长的工具。只要被用在美好的人世间——用在有益健康的劳作中——它们就会保持健康，就会产生快乐，就会滋养事物的生长。一旦它们离开自己的自然属性，它们就转而供养它们自己，它们会去寻求奢侈，它们会沉迷于自己的腐化，并最终耗尽自己，从这个它们已经不欣赏的世界中毁灭、消亡。"[1]

---

[1]　戴维·格雷森，《满意的冒险》（六）。

威廉·詹姆斯，一个具有良好素养的颅相学家和心理学家，当他建议人们偶尔退回到"没有思想、纯感官水平"的原始生存状态，他与真实的人类生活距离更近了。英格兰散文家 W. H. 哈德逊（W. H. Hudson）①描述了这样一次经历，他骑马来到巴塔哥尼亚荒漠，这里呈现出一片史前沙漠的面貌，视线所及，没有树木、动物和人。如此广阔而沉寂的沙漠在人的大脑中创造出奇异的效果。他孤独地存在于宇宙中，面对空旷的时空。他感觉自己处于一种"强烈的警醒状态，或者说是警觉状态，停止了更高层次的智力活动"。他的思想已经停止；他已经不可能再进行思考活动。他已经重回纯原始的精神状态。事实上，当动物凭着它全部的本性处于警觉状态的时候，那一定像一只被捕猎的鹿，或一只大个警犬的状态。他又成了十足的感官动物。在这里，哈德逊谈了一种"强烈的兴奋感觉"。②威廉·詹姆斯就此评论说："假如某个男孩或女孩、男人或女人，从未被这个神秘感官生命的魔力——以它的无理性，如果你愿意这么称呼它的话，以它的警觉及无上的满足——触碰过，我会为他（她）感到难过。生命的假日是它最重要的部分，因为这些假日是，或者至少应该是，被这种神奇的无责任感的魔力所覆盖。"③

但是，我们没有必要将哈德逊的极端经历作为我们感官本性原始状态神奇回归的典例。当我们回归自然世界的时候，当我们打开了感官的毛孔并让自然在上面留下了印记的时候，我们感到十分愉悦、快乐和释然。每个人都曾经有过这样的感觉，许多诗人也曾经

---

① 他出生在美国马萨诸塞州，父母在阿根廷，后来移居英国。

② 选自《巴塔哥尼亚的悠闲日子》，W. H. 哈德逊著。纽约 E. P. Dutton 公司和伦敦 J. M. Dent & Sons 公司出版。

③ "人类身上的某个盲区。"《对心理学教师的讲话》。版权所有，1939 年，亨利·詹姆斯。授权，Paul R. Reynolds & Son 公司。

描述过这样的感觉。这样的经历没有什么神秘的。我们总能感受到前人的这种体验，只要我们随时让我们的全部感觉器官自由发挥作用。"与自然靠得更近"的方法就是随意地躺在地上，去感觉新开垦土壤的味道，任凭风儿吹过你裸露的额头，送来灌木丛、紫丁香和松树的混合气味。在此，我举三个例子，一个是惠特曼通过对颜色的感觉，第二是梭罗借助自己的听觉，还有格雷森凭借他的嗅觉，恢复了对健康与力量的感觉，并体验到与自然结合时内心的神奇喜悦。

惠特曼在《典型的日子》里写道："10月20日（1877年）。晴朗、有霜的一天——干燥、微风的空气中，充满了氧气。除了笼罩我并与我融为一体的健康、宁静、美丽的奇迹——树木、水、草、阳光和初秋的霜冻——我今天看得最多的是天空。它有着柔和的、透明的蓝色，是秋天特有的那种，天上飘着大朵小朵白色的云，在巨大的天穹悄无声息而又充满灵性地移动着。整个上午（从7点到11点），天空一直呈现着一种纯净、生动的蓝色。随着中午临近，色彩变得浅了，有些发灰，持续两到三小时——之后的一段时间变得更浅，直到日落时分——透过小丘上一片参天大树的空隙，我看到了强光——那是飞驰的火焰般颜色，以及浅黄色、猪肝色与红色的璀璨表演，倾泻在水面上又变成巨大的银色光芒——透明的影子、光亮、闪光及其生动的颜色，远超于所有曾创作出的绘画作品。

"我说不出所以然来，可是对我来说正是由于这些不同色调的天空（我时常会想，虽然在我生命的每一天都看到它们，但我以前却从未真正看过它们），我已经拥有了这个秋天中最令人惊奇、满意的时光——难道不能说这是近乎完美的快乐时光吗？我曾在一本书中了解到，拜伦在临去世前告诉他的一个朋友，在他的全部生命中，只有过三次快乐时光。还有有关国王之铃的古老的德国传说，也是讲的同样的道理。在那里，我站在树旁，透过树林可以看到美丽的落日，我想起了拜伦和国王之铃的故事，我开始产生一个想法，我正在拥有一段幸福的时光……

"究竟幸福为何物？难道这就是幸福，或与之类似的事物吗？——它是如此的难以察觉——只不过是喘一口气，瞬间变幻一种色调？我不敢确定——那么，就让我认定自己是正确的吧。在你那清澈透明、蔚蓝的深处，是否有医治我病的良药？（啊，在过去的三年中，我深受肉体的损坏和精神的困扰。）此刻，你是否会巧妙地、神奇地、不知不觉通过空气将它滴洒在我的身上？"

梭罗在夜间听到远处传来的鼓声，觉得鼓的声音使他感到说不出来的不快。"我如何走下去呢？刚刚走过我生命沼泽中深不可测的天光……它（一支乐曲）一遍遍地教会我去相信最遥远和最美好的正是最神圣的本能，并使得我们唯一真实的生命宛如梦幻一般。"当他听到风儿吹过电报线发出的歌声时，对他来说，那是天堂的风弦琴声。他在书中一遍遍地讨论蟋蟀鸣叫的哲学含义，由于我们的感官误入歧途，我们很少能有幸感觉到这一含义的存在。

"先观察一下蟋蟀鸣叫的情形。在石头堆里，它是那么普通。只有它的歌声使我更感兴趣。它的歌声含有悲秋的意味。只有在对时间有了一定认识之后，当我们了解到有关永恒的话题时，才会有这样的感觉。只有那些琐碎、仓促的追求，时间才显太迟。它的鸣叫预示着智慧的成熟，永远也不会迟，并超出所有世俗的思索，它有着秋天的冷静与成熟，带着春天的热切希望和夏日的如火热情。对着鸟儿，它们说：'啊，你们讲起话来像孩子般满怀冲动；自然通过你们抒发情怀；可只有我们说的才是成熟的知识。四季不是为我们而变化；我们唱的是它们的催眠曲。'于是，它们待在草的根处永远地吟唱着。它们待的地方是天堂，它们的住处没有必要显现。

在 5 月和 11 月，永远如此。它们的歌声饱含圣歌般的信念，安详而充满智慧。它们从不饮酒，只喝露水。它们唱的不是短暂的情歌，当孵化季节过去就归于沉寂；它们通过歌声永远在歌颂上帝赞美上帝。它们不理会季节的变化。它们的歌曲像真理一样永恒不变。人类只有在神智健全的时候才能听见蟋蟀的鸣叫……"（《日记》，1854 年 5 月 22 日）

戴维·格雷森的书像是一首对这个充满感觉的世界和对嗅觉、味觉及听觉，特别是嗅觉的赞美交响曲。他的父亲，是个聋人，可以通过嗅出印第安人莫辛卡皮和营火的味道，从半英里以外嗅出印第安人。格雷森自己也继承了这个非凡的嗅觉；《伟大的财富》的前四章全部描写的是大地的气味。

美味的大地

戴维·格雷森

多年以来，因为长住这里的乡村，我已经考虑过要写一些关于这片美味大地上的气味和味道的文章。事实上，嗅觉与味觉在感官的出色竞争中受到了不公正的对待。视觉和听觉是一对行动迅速而反应敏捷的兄弟，特别是视觉，这个感官家族里的雅各（Jacob），热衷于攫取全部的遗传特性，而此时，嗅觉，却像愚钝的以扫（Esau）[①]，从山上赶过来做祷告来迟了，又饿着肚子，想要用他的遗产去交换一餐蔬菜浓汤。

我总是对地球上无远见的、爱冒险的以扫们怀有一种

---

① 雅各和以扫是《圣经·创世记》中的人物，他们是以撒和利百加的两个双胞胎儿子，以扫将长子名分卖给其孪生兄弟雅各，雅各成为以色列人的祖先。

离经叛道的爱——我认为他们可以嗅到更浓的香味，尝到更甜的东西——因此，我曾想过要编一本香味的自传，记录下我一生中遇到过的所有美好气味和味道……

在我之前，我父亲的嗅觉就异常灵敏。我清楚地记得当我还是个孩子的时候，和他一起开车去莽荒的北部乡下，透过几英里茂密的森林，有时他会打破长时间的沉默，抬起头来，好像突然明白了似的对我说：

"戴维，我闻到了新开垦的土地。"

当然，几分钟之内我们就看到了拓荒者的小木屋，原木做的粮仓或一片空地。他除了捕捉到森林里固有的气味之外，远远地，还闻到了人们劳作时散发出来的寻常味道。

当我们在那片乡野上跋涉或查勘时，我看到他突然停下来，长长地吸一口气，说：

"沼泽，"或者，"那边有条溪流。"

这种奇特灵敏的感觉，经常被那些了解这个强壮的老骑兵的人注意到，可能像许多天才一样，这样的感觉往往建立在缺陷的基础之上。我的父亲将所有世界上的甜美声音、他儿子们的声音、女儿们的歌声，都献给了南方黑奴的解放事业。他是一个聋子。

众所周知，当一种感官受到损坏，作为补救，其他的感官就会越发灵敏……

记得有一次，在北方的一个人迹罕至的湖泊上，当我们正在船上沿着湖岸工作时，他突然停下来惊叫道：

"戴维，你听到什么了吗？"——因为我，一个小孩子，是他身处这类荒原时的耳朵。

"没听见，爸爸。怎么了？"

"印第安人。"

千真万确，不一会儿，我就听见了他们的狗的吠声，很快，我们就来到了他们的营地。我还记得，在那里，他们正忙着将鹿肉放在篝火上方搭建的杨木杆架子上烘干。他告诉我，印第安人的烟味、鞣制的鹿皮味、干透的野稻子味以及诸如此类的气味，可以传到很远的地方，并且很容易辨别出来……我认为，我从父亲身上继承了一些感觉方面的鉴赏能力，尽管我从不奢望能成为他那样完美的嗅觉高手。

今天清晨——一个 5 月的早晨——太阳刚刚升起，我的心里充满了快乐，这种快乐促使我要开始记录。此时，万物长长的阴影郁郁西斜，露珠还悬挂在草叶上，我走进花园中幽美的空旷地……

我从这丛丁香走向另一丛，以巨大的喜悦和满足审视着、比较着它们。它们的气味非常明显；白色种类的味道是最弱的，而那些接近深紫色的丁香味道最浓。一些双瓣的新品种好像比单瓣的老品种的香味更淡一点，单瓣更接近本地品种——这一点我已经测试过许多次了……

我在自己栽培的玫瑰中察觉到了相同的缺陷。这些玫瑰的气味是浓浓的，通常是那种腻甜的味道。或更甚，像一些白玫瑰，有一种很弱的仿佛死亡的味道。对我来说，它们永远无法同生长在这片山野中、缠在一起的、老篱笆边上、草地卵石的背阴处，或一些偏僻路边的野生甜玫瑰的香气媲美。据我所知，没有其他气味可以唤醒这样一种感觉——它像云一样轻盈，使人想起山峦、乡野、阳光灿烂的天气；当然也没有其他什么事物让我如此回味无穷。夹杂着这一切令人伤感、幸福的辛酸，一阵野玫瑰的香味会给你带来一系列久远的记忆——昔日的面孔，昔日的风景，曾有的爱情——以及我少年时有过的狂野思想。野玫瑰开放的第一周，在这里通常从6月25日开始。对我来说，这是一段难忘的时光。

我花了很长时间学习如何靠近自然，现在想起前些年逝去的光阴还会怀有些许伤感。大地给我的印象使我困惑不已：我就像一个半梦半醒的人。在晴朗的早晨，我感到难以言表的高兴；而凉爽的晚上，经过一天的暑热和劳作后，再恬静地触摸着我的灵魂；对于这二者，我都无法作出合理的解释。逐渐地，当我审视我自己时，我开始问我自己："为什么看到这些普通的山和旷野，就给我带来如此赏心悦目的欢乐？假如它是个美物，它为何如此美丽呢？如果我只不过这么一瞥就得到了如此丰厚的奖赏，是不是观赏的时间长些就会增加我的乐趣呢？"

我尝试过更长时间地注视自然以及在我周围的那些人类留下的友善的事物。我经常会在我工作的花园里驻足停留，或到旷野里闲逛一阵，或者坐在路边，专注地思考这么完美而美妙地围绕着我的究竟为何物；从而我逐渐对这个伟大的秘密有了一些认识。毕竟，它是一个简单的事物——我们深入了解之后，事情通常都会变得如此简单——它的简单之处在于：它把所有其他的印象、感情、思想排斥在外，把全部注意力都集中在那一瞬间我所看到或听到的东西上。

在某一时刻，我会聆听大地上所有的声音；在另一时刻，我会观赏大地上所有的景致。因而，我们在某一段时间练习我们的手，在另一段时间练习我们的脚，或者学习如何坐和行走，于是，我们为整个身体获得新的恩典。在为精神获取恩典方面，我们就应该做得更少吗？那些未曾有此经历的人一定会感到惊愕不已：这个世界充满了平常听不到的声音和看不到的景象，而在本质上，像最小的花朵那样，它们是如此奇异、如此完好、如此美丽。

于是，在我面前展现的是一个多么崭新而美妙的世界呀！我从自然中的所得增加了十倍、百倍，我重新认识了我的花园、我的山峦以及周边所有的道路和原野——即使我居住的城镇也具有了不同于往日的奇妙意义。我无法恰如其分地把这种感觉表达出来，然而，此时的情形似乎是，我是从旧世界里发现了一片新天地，而这片新天地比我以前所了解的要更广阔、更美丽。我常常想，我们悄无声息地、漫不经心地生活在这个世界上，只要我们知道如何掌控它，只要我们能够实现自己的人生目标，完全成为我们自己生命的主宰，那么，这个世界就一定会比诗人笔下的华丽天堂显得更辉煌。

只有对生命精髓的感悟，无论是在大自然里还是在人类社会中，才会将人的品质提升并超越野兽，继而神奇地引领他们到达美丽与友善化身的上帝身边。我现在已经到达了我生命中的某个阶段，此时我好像只关心写下对我来说真实的东西。所以我会实事求是地讲，我晚上在花园里或山坡上散步时几乎都会想到上帝。在我的花园里，所有的事物都变得更加纯净，甚至会发生这样的奇迹——忤逆的人也可能会看到上帝；这是多么美妙的事情啊。在我的花园里，我模模糊糊地知道了为什么世界上会存在邪恶，还是在我的花园里，我懂得了邪恶会在不经意间消失得无影无踪。

[《伟大的财富》(一)]

嗅觉体验到的真实，所有其他感官如视觉、听觉、味觉和触觉也都会体验到。我们无法将它们通通都谈论一遍。可是，我还是忍不住让海伦·凯勒（Helen Keller）来告诉我们视力的奇妙并了解如何使用我们的眼睛。她的文章《假如给我三天光明》，我认为堪称美国瑰宝，即使全文引用也很有价值，不过在这里只是节选其中的部分内容。[1]

假如给我三天光明

海伦·凯勒

有时我会想，如果我们每一天活着的时候，都想到明天可能会死，这将是一个极好的法则。这种态度将大大强调生命的价值。我们应当更加宽厚地、充满活力地、带着感恩的渴望去过好每一天；时间展现在我们的面前，日日，月月，年年，好像绵绵无期，而在此过程中，我们的那些良好品质往往会逐渐丧失。当然，会有这样一些人，他们听从那些美食家的格言："吃吧，喝吧，快乐吧。"但更多的人将要接受即将到来的死亡的惩戒……

只有聋子才会赞美听觉，只有盲人才能体会到光明世界里的种种幸福……我经常这样想，如果每一个人在他年轻时的某个阶段双目失明或者双耳失聪几天该有多好。黑暗将使他们更加珍惜光明，寂静将教会他们真正领略声音的快乐。

---

[1] 发表在《大西洋》月刊，1933 年 1 月号；再版于《年度随笔》，1933 年，Erich A. Walter 编辑。

　　偶尔，我会测试一下那些视力健全的朋友，问他们看到了什么。最近，我一个很要好的朋友来看我，她在森林里待了很长时间，刚刚从那里散步回来，我问她都看到了些什么。她说，"没什么特别的"。要不是我早已习惯了这样的回答，对她的话我也许会产生怀疑。因为，很久以前，我已经确信，视力健全的人往往对看到的东西视而不见。

　　这怎么可能呢？我问我自己。在树林里散步了一小时，却没有看到什么值得注意的事物？作为一个什么也看不到的人，仅靠触觉我就发现成百上千使自己产生兴趣的东西。我能够触摸一片奇妙对称的树叶。我用自己的双手充满爱意地滑过白桦树光滑的树干，或松树粗糙坚硬的树皮。春天，我触摸着树木的枝干，希望能找到一处新芽，那是沉睡了一冬之后大自然苏醒的第一个征兆。我摸到了可爱的、丝绒般的花朵，并发现了它奇特的卷曲结构；大自然就这样向我展现它那神奇的面貌。偶尔，如果我非常幸运，我把手轻轻地放在小树上，就会感觉到鸟儿放歌时阵阵欢快的颤动。当清凉的溪水从我张开的手指间快速流过的时候，我会感到心情舒畅。对我来说，翠嫩的松针和松软的小草铺成的地毯比豪华的波斯地毯更舒适。对我来说，四季的盛大场面就是一出激动人心、永远演绎的戏剧，我用自己的指尖一幕幕欣赏它的剧情……

　　假如给我哪怕三天的时间可以使用我的眼睛，我最想看到什么呢？也许，我可以通过这样的想象很好地阐明我的观点……假如出现奇迹，我被赋予了三天的光明，然后又将陷入黑暗，我会将这段时间分为三个部分。

　　第一天，我想看看那些人，那些用他们的仁慈、宽厚

与友情使我的人生变得更有意义的人。首先，我要长久地
凝视我敬爱的老师安妮·苏丽文·梅西太太，从我的孩提时
代她就一直陪伴着我，为我打开了外面的世界。我要看的
不仅仅是她脸部的轮廓，以便将它珍藏在记忆里，更要研
究她那张面孔，并从中找出能够体现她充满同情心的温和
与耐心的生动迹象，正是这些品质使她完成了对我的艰难
的教育。我要从她的眼中看到她坚强的性格——这种性格
使她在面对困难时仍然坚定——以及她时常对我流露出来
的对全人类的同情……

我也要看看我那群狗满含忠诚和信任的眼睛——沉着、
机灵的小斯科蒂、达契，和高大健壮又善解人意的大戴恩、
海尔加，它们热情、亲切、顽皮的友谊使我备感温暖。

在那忙碌的第一天里，我应该还要看一看我家中那些
简单的小东西。我想看看脚下地毯温暖的颜色，看看墙
上的画，和那些熟悉的小物件，是它们使一所房子变成了
家……

在看得见的第一天的下午，我要到森林里进行一次远
足，使我的眼睛陶醉在大自然的美景中，在那几个小时里，
我会拼命吸取那时常展现在视力正常的人们眼前的壮阔美
景。从林区漫游归来，在回家的路上，我会走靠近农场的
小路，这样可以看到田间耕作的马（或许见到的只是一台
拖拉机！）和在土地上劳作的悠然自得的人们。并且，我要
为色彩斑斓的落日奇观而祈祷……

恢复光明的第一天的夜晚，我肯定无法入眠，脑海中
会一一浮现白天里看到的景象。

第二天——见到光明的第二天——我将在黎明时分起

身，去看昼夜更替的动人奇景。我会满怀敬畏的心情观赏曙光的壮丽景观，与此同时，太阳唤醒了沉睡的大地。

这一天，我会对从古到今的世界全貌匆匆地浏览一遍。我想看看人类进步的历史场景以及岁月的变迁。如此多的年代，如何能够压缩为一天？当然，是在博物馆里。（她接着描述了她将怎样在纽约大都会艺术博物馆和自然史博物馆浏览人类的历史。）

重见光明的第二天的晚上，我会在剧院或电影院度过。即使是现在我也时常去剧场观看各种演出，可剧情只能由我的同伴在我的手心里拼写出来……我只能用手触摸世界，因此我无法欣赏到充满韵律的动作中所蕴含的美感。虽然我对韵律带来的乐趣有一些了解，因为我经常能够通过地板的震动感觉到音乐的节拍，可我的眼前还是只能模模糊糊地闪现帕夫洛娃的优美风姿。我可以想象得到，有节奏的动作一定是世界上最赏心悦目的景象之一。在我用手指触摸大理石雕像曲线的时候，对此我可以略知一二。如果这静态的美都可以如此可爱，那看到的动态美又该是怎样动人啊……

在第三天的清晨，我依然要迎接黎明，并立即去发现新的欢乐，因为我确信，对那些视觉正常的人来说，每天的黎明一定都会呈现不同的美景。

根据我想象中的奇迹的期限，这将是我可以看见的第三天，也是最后一天……今天，我要在日常生活中度过，到那些为生活奔波劳碌的人中间去。哪里还能像纽约一样，可以找到人们如此多的日常活动与如此多的生活状况呢？所以，那座城市成了我的目的地。

我从家里——位于长岛的森林山郊区安静的小镇出发。这里，环绕着绿色的草地、树木和鲜花，以及整洁小巧的房屋，随处可见妇女儿童走动、欢笑的场面。这真是在这座城市里辛劳的人们休息的天堂。我驾车驶过横跨伊斯特河的带状钢桥，对人类的智慧和创造力有了崭新的认识。忙碌的船只在河上呼哧呼哧地来回穿梭着——高速飞驶的快艇，慢腾腾喘着粗气的拖船。假如我今后还有很长的时间可以看得见，我会花很长时间来观看这河上令人快乐的景象。

向前眺望，纽约市——一座仿佛从神话故事书中走出的城市——宏伟的高楼大厦耸立在我的面前。多么令人敬畏的景观呀，这些耀眼的尖塔，这些石砌钢筑的银行大楼——真像是诸神为他们自己修造的建筑！这一幅生动的图画，只是这里数百万人每日生活的一部分。我不知道，究竟会有多少人愿意多看它一眼？恐怕会很少。人们对这壮丽的景色视而不见，因为，对他们来说，这一切太熟悉了……

现在，我开始周游这座城市了。首先，我站在一个热闹的街角，只看人，通过对他们的观察，试图去了解他们的生活。看到他们的微笑，我快乐；看到他们郑重地决定一件事情，我骄傲；看到他们的痛苦，我的内心便充满同情……

从第五大街，我开始了环城游览——去公园大道、贫民窟、工厂，去孩子们玩耍的公园，我还要去参观外国人居住区，这是一次家门口的出国游。我总是睁大眼睛，看着一切，幸福的，悲惨的，以便深入地调查，进一步了解人们工作与生活的情况。我心中装满了人与物的形象。对任何细小的事物，我的眼睛都不会放过；它努力地触摸与紧紧地抓住所看到的一切。有些景象令人愉悦，内心充满了欢乐；有些则非常悲惨，让人怜悯。对后者，我也不会闭上双眼，因为，那也是生活的一部分。对它们闭上眼睛，就等于关闭了心灵，关闭了思想。

我拥有光明的第三天即将过去。或许还有许多重要的事情，需要我用剩下的几小时去做。然而，在这最后的夜晚，恐怕我会再次跑去剧院，去看热闹有趣的戏剧，再次聆听发自人们灵魂深处的美妙旋律。

午夜，我摆脱盲人痛苦境遇的短暂时刻就要结束了，漫漫的长夜将再次降临到我的身上。

[《假如给我三天光明》]

三、所有的奇观

然而，也许有人会更进一步深入探究自然的奥秘，因为自然是具有灵魂的，只能用灵性的眼睛去观察自然。我确实看到过这样一些人，他们只是把自然看做一系列事物，被标上数码、做上标记、留存在记忆中，他们从不让他们的思想进入奇观的王国。因此，在我看来，他们从未真实地接触过自然。有个人被告知世界上存在着第八大奇观——月光下的沙漠。在他和朋友从月光下的沙漠中返回的时候，他坚称自己看到的只有沙子。问题是，什么是第八大奇观呢？

爱默生对奇观很在行。他既不是自然主义者，也不是专家，而是一位实实在在从整体上观察生命历程的哲学家。他读过地质学和植物学的著作，可他从科学的教导中得到的收获只是增强了他对宇宙奇观的感觉。我相信，一流的科学家绝不是这样一个人：对知识浅尝辄止，固执己见，不能透过事物的表象理解它们的内涵、奥秘与壮美，爱默生在他的《日记》中写道：

"'奇迹已然停止。'是真的吗？什么时间停止的？今天下午还没有。当时，为躲避呼啸的风，我走进森林里，走进明亮、神奇的阳光里，在这里，你看见了松果。或看到松脂从松树干上渗出，或看到一片树叶，植物世界的组成部分，从树枝上落下，它好像在说：'今年结束了'；你听到了松树覆盖的安静幽谷里，山雀鸣叫的欢快的音符；你走在高高隆起的山脊上，这道山脊宛如穿越沼泽的一条自然延伸的大道；你可以仰望天空飞驰的云，俯视地上的一片苔藓，或一块石头。这个时候，谁会对自己说：'奇迹已经停止？'请告诉我，我的好朋友，你所站立的小丘是在何时由于火山的作用从地平线上突起的；从你的脚边捡起那块鹅卵石来；看着它灰色的表面和尖锐的结晶，请告诉我，是世界上何种火光熊熊的涌流像熔化蜡一样熔化了这矿物，并赋予了这块石头现在的形状，就好像地球是一个灼热燃烧的熔炉。可以自己诉说真相的卵石向你表明，在无尽的岁月里，事情就是如此。请告诉我，哪里是产生空气的地方，它是那么薄，那么蓝，总是在流动过程中；空气飘浮在你的周围，你的生命飘动在空气中，你的肺只是呼吸空气的一个器官，你把空气转化成了美妙的语言。怀着好奇心和激动的心情，我想了解自然的秘密。我跑过森林覆盖的山脊，并想知道那道山脊是在何时突起的，它就像灼热的钢板上凸起的一个气泡一样。这时，为什么地质学、植物学无法解释其原委，无法告知我它曾经是什么，现在是什么？于是，我抬头看到太阳在辽阔的天空照耀，听见大风在空中咆哮，闪光的溪水在山涧流淌。这就是过去和现在造化的力量。是的，在那里，这些力量十分庄严地、简明扼要地讲述着，以便我们能够很快地领会。"(《日记》，1837 年 11 月 6 日。)

在爱默生的时代，写自然这一题材的作家中，我发现霍姆斯是最令人满意的一位大师。霍姆斯有一种很少有人能比的精神气势和丰富的想象力，像在下面的例子所看到的那样，他描写了山和海，以及城市中滋生的大自然景象。

山有着壮丽的、憨憨的、可爱的宁静，海具有魔力般的、变化莫测的智慧。

——奥利弗·温德尔·霍姆斯

——我在海边住过，也在山里住过。——不，我不会说在哪里居住更好。你居住的地方对你来说就是最好的地方。但还是存在着区别：你可以驯服山，但海却是野性的。在山旁，你可以拥有一个小屋，或认识小屋的主人；晚上，你看到半山腰上亮起的灯光，你知道，那里有一户人家，你可以去分享那温馨的灯光。也许，你还留意到一些树木；你知道在 10 月份某个特定的区域，铁杉显然黑油油的，而此时槭树和山毛榉的颜色却正在褪去。所有的这些浮雕与凹雕都被铸进了大奖牌，挂满了你记忆寝室的墙头。——大海却什么记忆都没有留下。它是猫科动物。它舔你的双脚——它凭借巨大的胁腹为你发出欢快的呼噜声；然而，同时它也会击碎你的骨骼，把你吞食掉，然后，擦掉嘴上血淋淋的沫子，好像什么事情都没有发生过。山给它们迷路的孩子提供浆果和水，海却嘲笑着他们的饥渴让他们死去。山有着壮丽的、憨憨的、可爱的宁静，海具有魔力般的、变化莫测的智慧。山像巨大的反刍动物躺在那里，它们宽阔的背部看起来很丑陋，但却可以安全地驮载重物。海将它的层层鳞片抚平，直到你看不见连接它们的关节——可它们的光泽却如同蛇腹一般闪亮。——通过更深层次的揭示，我发现了一个巨大的区别。山使人类显得很渺小，缩短了人类代代相传的队列。海淹没了人类与时间；对二者，它没有任何同情心；因为它属于永恒，永远唱着单调的永恒之歌。

可我依然想拥有一个靠近海边的小屋。我会透过小屋的前窗凝望海的野性，正如我想观看笼中的美洲豹，看它舒展开毛发闪亮的肢体，然后蜷起来，将光滑的躯体叠在一起；渐渐地，它开始摆动身体，直到狂怒起来，它露出白牙，扑向栏杆，疯狂地号叫着；但是，对我来说，这是无害的狂怒。然后，用心灵的眼睛观察它——它不会经常刻意摆脱时间和它所关心的事情——并忘记谁是总统，谁是州长，他属于什么种族，说什么语言，他命宫中哪一颗福星高照；去倾听当它击打着庄严的节拍时那巨大的水浪的旋律，当人生的独唱或二重唱开始时，它以强劲的节拍演唱；当人类生命的大合唱逐渐消失，人成了海边的化石时，它同样以强劲的节拍演唱着……

大自然的壮美通过墙面和地面的裂缝逐渐渗入城市，我不知道还有什么比这更让人感到惬意的了。你们在曾经是绿草如茵的一两平方英里土地上堆起了一百万吨的毛石。山坡上的树木踮着脚向下观望，彼此询问着——"这些人在干什么呢？"树荫下的小草抬头看了看，轻声回答道——"我们过去看看。"于是，小草将它们自己打成尽可能小的

捆，等待着风儿的到来。夜里，风儿溜到它们身边，悄悄
地说——"跟我来。"于是轻轻地随着风儿来到了大城市——
一株小草被带到路面的一条裂缝里；一株被留在屋顶的烟
囱旁；一株来到大理石的缝隙里，下面埋着一个有钱人的
遗骨；一株停在一座没有石头的坟墓，那里除了埋葬着的
死者，别无他物——在那里，它们生长着，从发霉的屋顶，
从很少有人踩踏的路面，从坟墓铁栏杆的空隙，观察着一
代又一代人的变化。当出现一阵气息的轻微躁动时，仔细
聆听，你就会听到它们互相说着——"稍等片刻！"那话语
沿着从城市道路上连过来的、细细的红色的电报线传送着，
一直传到山坡，树木相互低声重复着，"稍等片刻！"稍后，
街上的人流变得稀少，于是这古老的枝繁叶茂的居民——
矮小些的种类总是在前面——一个挨一个，好像漫不经心，
实则非常顽强，悠闲地走来，它们聚集在一起，在它们根
的挤压下，巨大的石头被互相分开，长石被从花岗岩中分
离出来，以便树木找到它们的食物。最后，树开始了它们
庄严的行军队列，它们一口气来到市场扎下营寨才停止脚
步。等到足够长的时间，你会发现，一棵腐朽的老橡树用
它那地下的黄色臂膀拥抱着一块巨大的陈旧的石头；那是
议会大厦的奠基石。啊，多么有耐心啊，你这沉着的自然。

[《早餐桌上的霸主》（十一）]

在描写自然的作品中，我觉得现代人要比一个世纪以前的人
做得更好。有些自然学家当然是很专业的，但他们描写自然的作
品多少有些不屑一顾。当我阅读唐纳德·库罗斯·皮阿提（Donald
Culross Peattie）谈论这样一些专家的文章时，我感到很反感，而

皮阿提知道他在说什么。专业化纯粹罗列事实的弊病，也已经腐蚀了学术的王国。"许多昆虫的收集者现在只收集一科的样本。一个人短暂的一生中不允许专业是黄蜂的专家去和蜜蜂嬉戏，这是我的论点。"在《四季随笔》中，皮阿提接着说道，"从事专业化的人应该是那些在普遍化方面没有天赋的人。专家是来做精确信息研究的。但在专业化领域仍然存在通才式的自然学家。"[①] 不过，现代自然作家要更精确，他们为我们打开的世界更宽阔，更奇妙；其中有一批非常出色的作家，皮阿提就是其中的一个。

也许，我可以斗胆说，梭罗的《瓦尔登湖》被评价过高了，它太矫揉造作了。我可以冒险讲出我的个人观点，与梭罗的《瓦尔登湖》相比，皮阿提的《草原丛林》是更优秀的文学作品，优秀之处不仅仅是信息的准确性和更广泛的科学知识，还在于文笔的优美，在于见解与学识的广度，以及以真正的科学想象为后盾的哲学理念。也许，皮阿提研究过梭罗；他的短句子里存在的充沛的精力与紧张的神经提醒我这是一位先验论者。另一方面，在现代作家中出类拔萃的皮阿提，有着简明扼要、摒弃烦琐的文风。通常，他只用几个段落就可以切中要害；有时，他只用一页的篇幅就为我们写出某个自然学家富于启发的传记。我敢肯定，在写作过程中，他会像梭罗那样，一遍一遍删改、润色他的句子。但是，他只是在某一页的创作中才称得上大师，比如他那著名的《四季随笔》。

我认为，皮阿提的《草原丛林》非常独特。它是研究伊利诺伊草原和树丛的专著，其素材来源于记忆的片段、书信、县史以及个人的观察。没有一个州的历史是用这样壮丽宽阔的视野写成的。皮

---

① G. P. Putnam's Sons 公司出版。版权所有，1935 年，唐纳德·库罗斯·皮阿提。经授权再版。

阿提不认为自己在写历史，他觉得他只是在回忆，但他的回忆涵盖了自冰川期到印第安人，再到第一批白人定居者的到来这样漫长的历史时期。因而，它将历史、地理、生物、故事和哲学智慧融为一体，于是，我们从这本论著中了解到关于那片土地、那里的自然以及那片土地上的自然生命和自然力的基本知识，而这些，没有其他任何的历史书能够做到。在皮阿提和约翰·缪尔这样的作家描述过美国之后，人们对这个国家更加尊重了。因为在美国，无论在时间上，还是在空间上，自然的纯粹演变都具有极大作用；相对而言，人的因素进入其中，只起了相对较小的作用。皮阿提表达出了那种独特的感觉。

也许，下面从《草原丛林》中节选的文字可以显露出作者深刻、充满力量、有思想内容的写作风格，并且站在人文的立场上，不偏不倚地向读者提供关于这片土地的更深入、可爱的知识。于是，这片土地有了自己的生命。他讲述的是关于冰川期后印第安人所发现的草原上的草的情形。

> 伊利诺伊草原上的草；我感觉到脚下最生机勃勃的土地，和它所有纯洁、原始、坚实的力量。[①]
>
> ——唐纳德·库罗斯·皮阿提

它们根连着根，遍布这个帝国。有着毛糙边缘的叶子交错在一起，漫无目的的西风将花粉吹到杯状花朵柔软的紫色柱头上。节秆里保存着水分和盐分，叶茎是牧场生存的动物力量的源泉，满含淀粉的种子是老鼠们的收成。对小小的啮

---

① 版权所有，1938 年，唐纳德·库罗斯·皮阿提。经西蒙和舒斯特出版公司授权再版。

齿类动物来说，草丛就是森林。对野牛来说，蹄子下面的草丛就是实实在在的生命依靠。在这里，雄性草原松鸡在它们的配偶面前趾高气扬地走着；在这里，百灵鸟下了一窝蛋，蛋壳上的特有图案像胡乱涂抹的褐色文字；当驼鹿走过时，响尾蛇们担心着自己脆弱的脊柱，恐惧地躲在沟中和小溪里。

你也许见过内布拉斯加州的草原，但那里的草是矮科草，一簇簇，稀稀拉拉的，半沙漠状的。你也许见过牧场，牧场上长满了猫尾草、六月禾、鸭茅和雏菊。那些都是引进的品种，是来自旧世界的驯化了的移民。现在，原始的高草草原已近绝迹。那绝对是另外一番风景。

高草长得极高；来这里的游客一旦分开就只能闻其声而不见其人，即使是骑在马上的游客，也会被高高的草淹没。它们长得很密，当有人试图开垦土地时，厚密的草竟将犁头顶起。人们传说，当用火烧荒时，天空弥漫着烟雾，烟雾被风吹过森林带，当达科他人用烧荒的方式围猎时，远在密歇根州丛林中的渥太华都可以闻到空气中的味道。

但是，我们已经征服了高草草原，征服了这盘根错节根系的王国。春秋两季，地里的犁沟平整而又开阔。田地的几何图案主宰着这里的风景。这是一片被拓荒者开垦出来的土地，我认为这样利用土地没什么不好，但某些纯洁的元素却消失了。因为犁过的土地再也长不成草原。蓟和牛蒡草取而代之；我们的麦地里有稗子，但已没有什么完全野生的植物存留下来了。

但是，经过长时间的搜寻之后，在草原林地的边缘，我发现了一片细长的、被遗忘的原始草原的遗留物。我知道它的来历，首先是因为蓟草不再刺我的膝盖，并且这里没有像雏菊那么柔和的花。它不像已被清除的高草那么高，可它没有被任何一种外来的杂草玷污。在种植着谷物的块块田间，它是那么繁茂地生长着；密密的、粗粗花茎的烂漫的花朵在草丛中慢慢地生长着。事物并非因为有用才生长；它是它自己，圆满而又充足，向土地要求着最原始的生存权利。

我坐在那里，从农场向远处望去。我躺下，眺望着天空。我感觉到脚下最生机勃勃的土地，和它所有纯洁、原始、坚实的力量。我知道草原曾经就是如此，我努力回忆它曾经的样子。那一定没有栅栏包围的感觉，只有森林和草，草和森林，小河弯弯曲曲流淌其间。即使现在它还留给我磁石草那烤松香般的气味；在巨大的土丘处，我看到脾气暴躁的蚂蚁家族在辛勤劳作，在我的耳中，蝗虫翅膀的啪啪声和远处乌鸦愤怒的叫声听起来就像史前美洲印第安人的语言。

在这个自然的舞台上发生了什么？历史告诉我，那是目击者用我可以理解的语言写成的。但是，在这块草皮上和我身后的树林里，曾经有一片属于红种人（北美印第安人）的营地和一条陆上运输的道路。那条路，对他们来说只是数千条中一条普通的道路，却因一次注定要被我们以某种形式看到的颇具影响的偶然事件，清晰地留存在历史长河中。和我同种族的人们注定要来到这里。他们在找寻去中国海的通道，他们带来了一枚面色苍白的神灵的图腾。甚或，他们是一群没有更多目的的饥民，只是打算停下来，将种子抛撒在开垦出来的土地上，就此生活下去。

这条路以北一英里处，教堂的钟声在田野上回荡。这是悦耳的钟声，即使对异教徒也是如此，可它破坏了某个梦境。于是我站起身来，草的高度只到达我的膝盖。草原啊，今天的你不再高大，像我们一样；并且，我们将不再给你提供生长的空间，除了在我们的思想里。

[《草原丛林》（三）]

在结束早期史前部分时，作者很有特点地说："人类必须占据在动物种群中的位置。但是没有情节；这不算是一部小说，不是一部历史传奇文学作品，也不是一部大众化的历史著作。我认为，我在回忆，我在为树木、大草原、旅鸽和野天鹅回忆。我认为，我们这一种类的到来是一个偶然事件，也许是更长的故事里短暂的事件。所以，我的身份是转瞬即逝的，甚至是虚幻的。个人的身份对自然算不了什么。最终所有的个性都会被它吸纳；它只了解种族，以及它们的兴衰。但我们种群的思想只是我们留在这块野生草地上的人类气息。在我们消失后，它们仍飘动，徘徊在空气中，它们是关于我们的最值得回忆的东西。"

下面是对第一批白种人发现的印第安人的草原世界的简要描述。

在所有的历史阶段，从未有过物产如此丰饶的时期。当时，全部的土地荒僻却不失充裕，平衡尚未被破坏。[1]

——唐纳德·库罗斯·皮阿提

于是，第一批白人发现了它，耸立在草原与沼泽地中的、林木茂盛的山脊。这本来是一座很小的山脊，却因为处在有战略意义的位置，所以非常重要；它坐落在人们的

---

[1] 版权所有，1938年，唐纳德·库罗斯·皮阿提。经西蒙和舒斯特出版公司授权再版。

必经之地，当人们向西和南两个方向进发时，可以通过这座山脊找寻一条从大湖到海湾的通途，一条陆上运输的道路。从这里开始，穿过狭窄、曲折、连冰川都头疼的沼泽流域，齐里米克河一直向北，流向大湖。再往西，西格尼雷河滚滚向南，一直流进江河之父——密西西比河。在春天的丰水期和罕见的秋天涨水时，一系列的池塘将两条河流连在一起；一只很轻的独木舟可以在野稻与芦苇草间穿行——这片风景如此精致：这里的土地弱小的主人（山脊），比高大的树木矮一些，将陆上的水系分开。

土地现已干裂，独木舟也已消失。我们人类的印记擦去了自然的地标。习惯于崎岖风景的眼睛发现这块内陆是如此单调。快跑过，快飞过，不要停步，匆匆的旅行者；这里没有使你感兴趣的事物；你自己也曾这样说过；你体会不到任何意义；从巨大、空旷、燃烧的天穹中，你听不到雷声。

逐渐地，徘徊的人对细微的颜色变化产生了兴趣，小象征有了大意义；终于，他可以听见轻柔说话时的巨大声音；他可以看见用整个大陆的大理石雕刻的雕像，看到它胁腹处的隆起和下垂。

伊利诺伊人来到这里，他们并不清楚这片林地注定要发挥何种作用，但却将他们夏天的营地充满战略意义地扎在了森林狩猎区和草原狩猎区的交叉路上。这是一种被称为人类的动物，红种人，食肉动物，像狼群和周围其他野兽那样捕猎。这是一个有责任感的游牧人，猎物在哪里，他就去哪里，他用双脚追寻他的食物、衣服和工具，而猎物却在他的眼皮底下逃脱。他跟踪着猎物向南，不时地攻击着；在冬季，他循着动物粪便的痕迹前进，飞跑着追逐猎物，就像牛鹂飞到水牛的臀上吞食虱子和苍蝇。

妇女们用鹿角尖挖坑种下玉米的种子。魔术师穿着浣熊的皮，拿着驱魔的符咒，当野天鹅飞过，从弯得都要断了的弓上射出了一阵箭雨，射向它们飞翔的路径，并带着它们坠向地面。然后，小姑娘们必须要将它们放在卤水里，以备冬天饥饿时食用。于是，天鹅的羽毛在营地到处飞舞，还有猫头鹰的羽毛、鹭的羽毛，以及短颈野鸭、绿头鸭和鹊鸭金属般光泽的羽毛。他们用这些羽毛去做魔咒棚屋的法术；他们为箭安上翼，悬挂在长管烟斗上，发出熠熠的光辉，或插进油腻的黑发中。

这就是这样一个种群：他们的武器是手中的利箭，他们的反应非常机敏，他们的攻击力量来自于他们点燃的草原大火，火势会迅速地蔓延开来，很快就会超过喘着粗气、伸着舌头、仓皇逃命的野兽。他们像野兽一样地进食，在食物丰富的时候，狼吞虎咽，狂吃大嚼；他们都知道一年中食物匮乏的季节，这段时间，他们就像食肉动物一样，只能回味往日的盛宴了。他们为明天考虑过，但从来都考虑不充分。然而在食物丰富的时候，他们并不浪费；他们很无知，并不懂得为消遣而狩猎。他们认为，动物也有灵魂；它们不能受辱，它们的精神不能垮掉；大地哺育着兽群，当他们获取自己简单的食物时，他们请求大地的原谅。"我拿了您的头发，诺科密斯祖母，我感谢您并请求您的原谅。"

千万不要以为他们是如此多愁善感；他们取自己所需，因为他们看到所有的生物都在自取他们需要的东西。在这个富饶的世界里，为什么不这样呢？

在所有的历史阶段，从未有过物产如此丰饶的时期。

在这个无节制的世界，人贪得无厌，飞逝的岁月掠过时而奢华时而赤裸的四季。很久以前，希腊就失去了她的森林，鞑靼人四季循环往复的猎杀横扫亚洲大草原的狩猎场。但是，在我们自己的昨天，驼鹿还自信地昂着带角的头，毫不惧怕子弹；森林的橡树果实还养育着上千万只的鸽子；树木只在腐烂或刮风时才会倒下。鸭子还在紧靠人类的地方筑巢，而现在它们必须藏身于芦苇丛的最深处。当时，全部的土地荒僻却不失充裕，平衡尚未被破坏。这一平衡是由再也无法重建的严格法则维系的。那时，所有的生物享受着生存的权利，即使死亡它们也不会费心多想。在如此的丰饶条件下，根本不需要去种植什么，连水牛在草的深处产犊，也不用去照料。

我们已经替换了另一种生活，一种如果我们不加以控制就退回到劣质状态的生活：干瘪的乳房，不结果的山楂，得黑穗病的谷粒。这是我们的生活方式，这是一种伟大的生活方式，带有甜美的传统味道。我爱谷仓旁的空地，那里有亚洲的禽鸟；我喜爱干草堆，里面有发酵的草，它将我们文明的文化源泉带到这里。我喜欢椋鸟、绵羊和马，它们强壮而又胆怯。我喜欢孩子们白白的小屁股，蹲在那里用谷物逗引着鹅群。这是我们的财产。这是我们的血肉，我们必须沿着这条路走下去。

然而，请你把手从土地上抬起，或是设法在受尽凌辱的大地上真正快乐起来——让野生的世界，愤怒的野生世界重新回来吧。从没有这样的大风暴，让天空变得如此黑暗，巨大的沙尘暴吹来，从经历了太多痛苦忍耐的土地上吹来。清除掉了古老的草，长有旗帜般膜片、长矛般的高草，蓟却报复性地迅速生长——粗野地奔跑在古老的草地之王们曾经站立的地方。乌鸦将会来这里衔食我们播种的最后一颗谷粒。然而，鸽子、野牛再也不会光临，即使人类向太阳祈祷。

[《草原丛林》(六)]

我忍不住要将一部分描写飞翔的鸽子的文字加进来，这是由古德纳家族见证，由亚历山大·威尔逊和奥杜邦报道的。它所揭示的自然的非凡力与慷慨赏赐令人兴奋。

鸽子飞翔①

唐纳德·库罗斯·皮阿提

鸽子并不是每年都来到丛林，只是偶尔光临一次，每次都令人难以忘怀。当密歇根森林里的树木结满果实时，它们来了。亚历山大·威尔逊计算了一下，一只鸽子每天要吃掉一品脱橡树或山毛榉的果实，一群鸽子一天要消耗掉一千七百万零四百二十四蒲式耳的果实；奥杜邦计算的结果是一千八百万蒲式耳。威尔逊说，他看到过一个有一英里宽的鸽子群，每只鸽子都以每分钟一英里的速度飞着。他看了足足有四个钟头，就是说，据保守的估计，假如每平方码有四只鸽子的话，那条由翅膀形成的带子足有二百四十英里长，大约有二十二亿三千零二十七万两千只旅行鸽。这还只是一群的数量，可是今天这种鸟类已经没有一只存活了。

_____

① 版权所有，1938年，唐纳德·库罗斯·皮阿提。经西蒙和舒斯特出版公司授权再版。

它们全都消失了，所有我们听到的关于它们的事情都成了传说。一天，亚历山大·威尔逊正站在一个拓荒者的门前，天空中传来巨大的鸣叫声；太阳立即变得暗淡下来，他以为是龙卷风来了，就等着看树如何被拔起。"那只是鸽子而已。"拓荒者说。奥杜邦看到一只鹰猛扑向一群飞翔的鸽子；这些受袭击的小鸟像龙卷风的漏斗一样向下坠去，几乎要坠到了地面，后面跟上的鸽子也都表演着同样的动作，猛地撞进旋涡，然后又被一股无形的力量射出来。所有的人都在谈论它们翅膀的巨大声响，它们将森林的树枝变成了涌动的波浪。它们的粪便从树叶间急速落下，盖满了地面。森林里到处是它们互相召唤的叫声。想象一下，鸽子那温柔、幸福、嘶哑的叫音，经一百万个声音放大，变成了令人吃惊的滚滚雷声，以极快的速度扩散开来。想象一下，你所在的整个县城都被森林覆盖，所有这些森林都成了鸽子栖息的地方；以如此巨大的数量，它们筑巢、栖息。

如果只是少数人的只言片语，这种证言可能不那么可信，但同样的说法也在怀疑者和反对者之间流传着。"树的枝丫在鸟的重量压迫下在不断地折断。""数英里之外，你就可以听见栖息在那里的鸽子的喧嚣声。""那真是最壮观的景象，我亲眼看见它们源源不断地飞过天空。""当它们飞过时，太阳暗淡了好几个小时。"

人们传说，它们的翅膀在阳光下熠熠生辉；它们的胸是玫瑰色的，头是淡蓝色的，翅膀变幻着绿色、蓝色和古铜色，所有这些色彩都泛着珍珠般的光泽。博物馆里可怜的标本已经失去了这种光泽，它用玻璃做的眼睛注视着好奇的人们。但是，还有奥杜邦的绘画，奥杜邦在其画作中突出了体现生命气息的鸟翼上每一点闪动的珍珠般光泽；性格内敛的人如果对奥杜邦的绘画感到困惑，还可以阅读做事谨慎的威尔逊的陈述，是威尔逊使人们更加了解鸽子，相比之下，奥杜邦的画笔好像没有充分描绘出鸽子的神态。

[《草原丛林》]

四、力量与荣耀

约翰·缪尔在对大自然及其所有原始壮观景象的热爱中，在他才华横溢的写作中，感受到同样的快乐。在内华达的西埃拉和约塞米蒂，他看到了比梭罗有幸看到的更为奇妙的景象。并且，他是独自一人看到的。其中最令人兴奋的一段文字是对西埃拉山区森林里一场风暴的描写，他亲眼目睹了这次风暴，从古到今，很少有人会像他那样在风暴最猛烈的时候，在摇摆的云杉树顶观看风暴，欣赏它的全部经过。

我突发奇想，爬上一棵树一定是一个不坏的主意，这样就可以获得更宽广的视野，可以使我的耳朵离树梢上针叶奏响的伊奥利亚乐曲更加接近。[①]

——约翰·缪尔

我在西埃拉曾经欣赏过的最壮观、最令人兴奋的风暴发

---

① 节选自约翰·缪尔的《加利福尼亚的群山》。版权所有，1911 年，世纪公司。经出版商 Appleto Century Crofts 公司授权再版。

生在 1874 年 12 月，那时我正在尤巴河一个支流的山谷里考察。天空、地面和树木都被雨水彻底地冲刷过，随后又全都变干了。这是异常纯净的一天，是无与伦比的加利福尼亚冬季典型的日子，温暖、怡人、充满了灿烂的阳光和所有最纯洁的春天的气息，同时也活跃着可以想象出来的最令人振奋的风暴。我没有像往常那样在外面露营，而是偶然去一个朋友家拜访。可是，当风暴的声音从远处传来的时候，我马上冲出房屋，跑到树林里去欣赏它。因为，在这样的情形下，大自然总会带给我们某些惊喜；而风暴对于生命和肢体的威胁并不比反对我做法的人蜷缩在房屋里大多少。

　　依然在清晨时分，我开始感到十分茫然。温馨的阳光洒遍了山野，照亮了松树的树梢，散发出一股与风暴的粗野情调形成奇怪对比的夏天似的香味。空气中飘着松树的毛穗和亮绿色的羽毛，在阳光中像追逐的鸟儿一样倏然而逝。这里没有一丝尘埃，所有的事物都像叶子、成熟的花粉，和成片干枯的蕨类和苔藓一样干净。连续几小时，我用听觉捕捉着树木倒下的声响，每隔两三分钟就会听到有一棵树倒掉；有些树是被连根拔起的，这是因为地面被水泡过变得松动的缘故；其他一些树被吹断了树干，这些树都曾经被火烧过，烧过的地方变得脆弱，经不起风吹而断掉。研究不同种类树木的形态颇为有趣。小糖松轻柔得像松鼠的尾巴，都快弯到地面了；而那些身材庞大的老前辈，其高大的主干曾经历过上百次风暴，现在正在小糖松的上方庄严地舞动着，它们长长的拱状树枝在大风中熟练地摆动着，每一片针叶都在颤动、鸣叫，并发散着宝石般的夺目光芒。云杉傲然挺立在山顶，好一派威严、壮观的景象！

它们长长的小树枝从水平的枝条中伸展出来，针叶簇拥在一起，闪烁着暗淡的光。谷地里的浆果鹃，长着红色的树皮，巨大的、有光泽的叶子向四面八方倾斜着，反射着跳动的阳光，仿佛在冰川湖泊的湖面上常常看到的层层涟漪。此刻，银松是给人以最深刻印象的美丽的树种。它巨大的枝条有两百英尺高，像柔韧的黄花那样舞动着，吟唱着，低低地弓下身，好像在祈求什么，它们长长的、颤动的叶子簇成一团，在泛白的阳光照射下织成了一片耀眼的灿烂的景象。风的力量是无穷大的；当大风来临时，即使是最坚挺的树中之王，也会连根都在剧烈地摇动。大自然正在举行盛大的节日庆典，这些最刚强的庞然大物的每一根纤维都由于兴奋而颤动不已。

我在充满激情的音乐和动作之中徜徉，跨越一个又一个峡谷，爬过一座又一座山梁；时而在石头的庇荫处躲避一下，或去凝望、倾听。

将近中午时分，经过漫长而又令人激动地穿越由榛树和美洲茶树形成的矮林之后，我到达了邻近最高山脊的顶峰；然后我突发奇想，爬上一棵树一定是一个不坏的主意，这样就可以获得更宽广的视野，可以使我的耳朵离树梢上针叶奏响的伊奥利亚乐曲更加接近。但在当时那种情况下，树的选择是一件严肃的事情。有一棵树根基不是那么强壮，似乎有见风就倒的危险，或可能会被其他倒下的树击倒；另一棵树的情况是，光秃秃的树干很高，很粗，没有任何树枝可供胳膊和腿攀爬时利用；其他树所处的位置视线又不理想。经过小心谨慎的寻找，我从一片道格拉斯云杉中选择了一棵最高的。这片云杉像一丛草一样紧挨着生长在一起。因此，似乎没有哪棵树会倒掉，除非这一丛树全都一起倒下。虽然相对来说比较年轻，可它们足有一百英尺高，它们柔软、毛糙的树顶摇摆、转动着，一副陶醉的神态。因为在进行植物学调查时已经习惯于爬树，我没遇到什么困难就爬到了那棵云杉的树顶，并且感觉到动作从未如此庄严，心情从未如此激动。修长的树梢充满激情地、优雅地摆动着，唰唰——唰唰——沿着无法描述的垂直和水平曲线组合的轨迹，前弯后曲，来回晃动。我肌肉紧绷，像芦苇中的长刺歌雀一样紧紧抓住树干。

一阵猛烈的风刮过，我所在的树梢在空中划了一个二三十度的弧线，可我对它的柔韧性非常有信心，因为我曾经见过同类树种经受过更为严峻的考验——被大雪压得几乎弯到了地面——却一根纤维也没断。因而，我感到很安全，可以无所顾忌地去感受风，并从这个极佳的观察点欣赏这片骚动不安的森林。不管在任何气候条件下，从这里眺望，映入眼帘的必定都是赏心悦目的风景。现在，我的眼睛环顾着松林覆盖的山峦和山谷，那仿佛一片波浪翻滚的庄稼地，当闪烁着光泽的叶子被一阵阵风扰动时，我感到闪光在山脊之间的山谷中此起彼伏、波澜壮阔。这些闪光的波浪常常会突然破碎，变得像搅拌过的泡沫，然后按照一定的次序互相追逐之后，它们看起来似乎向前弯成同轴曲线，像斜斜的海岸处的海浪，消失在山坡上。弯着的针叶反射着大量的光线，使丛林像被大雪覆盖了似的，树林下黑色的阴影极大地加强了银色光芒的效果。

除了阴影，在整个松树的狂野海洋里找不到其他昏暗的东西。正相反，尽管是在冬季，色彩却是异常艳丽。松树和翠柏的树干是棕色和紫色的，大部分树叶都被染成了很漂亮的黄色；月桂树树叶暗淡的背面向上翻起，看起来是大团的灰色；还有熊果树丛有点巧克力的颜色，浆果鹃树干是鲜亮的绯红色，山坡的树丛之间间或出现的空地上，显露着暗淡的紫色和棕色。

风暴的声音与森林的光和动作一样丰富，一样壮美。裸露的树枝和主干发出深沉的低音，隆隆地，像瀑布一样；松树针叶短促、紧张的颤音时而升高为尖锐、刺耳的嘶鸣，时而又降低成轻柔的沙沙声；林中谷地里月桂林的瑟瑟声，以及叶子与叶子尖锐的金属般的撞击声——只要冷静地集中注意力，所有这些声音就可以很容易地分辨出来。

通过观察树木的不同形态，我们可以获得对我们非常有用的信息，单单使用这个方法，我们就可以在几英里以外辨认出树木的种类，当然我们也可以通过树木的形状、颜色以及反射光线的方式去判断。在回应风暴最热烈的问候时，所有的树木都显得那么强壮，那么惬意，好像它们真的享受着风暴的洗礼。如今，关于宇宙中的生存斗争，我们听过许多评述，但这里发生的一切并没有显露出任何普通意义上的斗争；没有树木意识到危险；没有抗议；恰恰相反，只有不可征服的快乐，这快乐既不是狂喜，也绝非恐惧。

我在这高级的栖息处待了几小时，多次闭上眼睛欣赏风暴的音乐，或安静地享用飘过的怡人香味。树林的香气不如在温暖的雨季那么显著，那时太多含香脂的花苞和树叶像泡茶一样被雨水泡着。但是，满含树脂的树枝之间以及无数针叶之间的不断摩擦，给大风加入了味道很浓的香料。除了这些来自本地的香味，还有一些可能从遥远的地方飘来的香气。因为，风最初是从海上来的，夹杂着新鲜的、咸咸的海浪的气味，然后，经过红杉木林的净化，再穿过长满蕨类的沟壑，似一股巨大的、波动的潮流涌过海岸山脉鲜花烂漫的山岭，之后，跨过金色的大平原，越过紫色的山麓小丘，带着一路上收集的不同香味，进入这里的松林……

当风暴开始减弱的时候，我从树上下来，在渐渐安静的树林里闲逛。风暴的音调消失了；我转向东方，看到森林中大片大片的树木全都安定下来，错落有致地高耸在山坡上，像虔诚的听众。落日将它们的全身涂满琥珀色的光芒，好像在对它们说："我把和平赐予了你们。"

当我凝视着这壮观的景色时，所有在风暴中遭到的所谓破坏都被抛到了九霄云外。这些高贵的树林从来没有这么新鲜、这么快乐、这么不朽。

[《加利福尼亚的群山》（十）]

五、泛神论者的欢宴

先验论者并不是简单地从城市里逃出来欣赏自然，也不像许多现代自然学家那样只做客观、精确的观察。他们在这些远足中，同自然一道分享与月亮、星星和大地灵魂的真正交流。他们走出来，是为了寻找自然之神，探寻他的隐身之地；是为了倾听森林歌鸫的歌声，从而受到振奋与鼓舞；是为了像梭罗那样，清除所有的浅薄，恢复人类真正的领地；或者像爱默生那样，让自然的影响进入他们的灵魂，或去倾听一个思想上的信息。

梭罗和爱默生两人在其著述中均明显谈到与自然的神秘结合，他们的作品透露出一种与自然的亲密感，许多理性主义者对此无法理解。与其说这是回归自然，还不如说与自然融为一体。无疑，现代读者对于作品中某些特殊的意象或困惑不已，或印象深刻。在爱默生和梭罗之间，我无法判断出谁更神秘——他们二人都是十足的神秘主义者。于是，在访问巴黎植物园时，爱默生记录下天蝎座与人之间的一种超自然的关系。"我感觉到了体内的百足虫——凯门鳄、鲤鱼、鹰、狐狸。我因为某种奇怪的同情而感动。""从你那温暖的、带尖角的房子里出来，万籁俱寂，"他在《日记》（1838 年 5 月 11 日）的另一篇随笔中写道，"走进寒冷、壮丽、短暂的夜中，云层里掩映着一轮满月，你的心灵被诗一般的奇妙感觉撞击着。此刻，你把自己的亲人：妻子、母亲和孩子，远远地抛在脑后，而只与纯自然的物质——水、空气、光、碳、石灰、花岗石等待在一起……我变成了潮湿、寒冷的元素。'自然在我的身上生长。'青蛙尖声唱着；水流在远处发出叮咚的声音；干树叶哗哗作响；草儿弯曲着，飒飒有声。我已经自人类世界消失，开始体验一种奇妙的、冰冷的、水里的或水陆两栖的、空中的、太空中的同情和存在。我在太阳和月亮上播种。"这些先验论者狂饮着自然的美酒。诗歌中充满奇妙的意象，于是，我们不再惊讶这是新英格兰文化盛行的时代。如果没有某种神圣的狂热，也许我们就无法成长，无法拥有真实的生活与感受。

据我们了解，梭罗曾说过他会满足于做一根篱笆桩，快乐地体会地衣逐渐爬满全身的感觉。他也不介意成为一只美洲旱獭；有一次，在哈伯德森林的一角，他曾与这样的一只旱獭不期而遇。他从树上掰下一根一英尺长的树枝和它一起玩耍。"我们坐在那里，彼此相望，足足有半小时，直到我们开始感到困意袭来……我在离它一英尺的地方坐下。我模仿着难懂的森林语言，像对待婴儿一样与它交谈，尽量使用安抚的语调；我觉得，我对它肯定产生了某些影响。"然后他作出结论，"我觉得，我可能从它那里学到了某些智慧。"（《日记》，1852 年 4 月 16 日）他不想仅从外部观察自然，而是"成为自然的组成部分，像草地上蓝眼睛的草看天空的面孔那样，惬意地默契地观赏自然"。（1841 年 7 月 21 日写给露茜·布朗夫人的信）他好像在石头上的苔藓里看到了比任何书中都要多的朋友和亲人。"我是草地的亲人，"在给哈里森·布莱克的信（1848 年 5 月 2 日）中，他写道，"并极大地分享了草地枯燥的耐心：在冬天期盼着春天的太阳……我太容易满足于微小的、几乎是动物式的快乐。我的快乐极像美洲旱獭的快乐。"我认为，这是一位瑜伽师创作的文字。

任何时候我都会更喜欢一个瑜伽师的神秘主义，而不是长着蝙蝠眼睛的唯物主义者的推论。我敢说，如果他们之中有一个更不符合真理的话，那一定是唯物主义者而非瑜伽师。无线电与雷达，蝙蝠夜间的飞翔，信鸽的方向感，以及雌皇蛾对雄皇蛾的神秘吸引（根据法布尔的研究，它们好像并不需要五大感官的帮助），这一切已经在很大程度上改变了我们这个感官世界的图画，同时已经动摇了我们对于本来已经大大受限的感觉器官的信心。也许，我们只能听到和看到我们能够听到和看到的事物；而同时，宇宙中存在着宏大的声波交响乐和变幻无常的色彩，它们远远超出我们的感知范围。

从泛神论者与自然的交流到宗教只是很短的一步。爱默生在山顶上对宗教给出他最好的、最真实的定义，并非偶然。"在此，在群山之间，思想的翅膀应是强壮的，我们应该从一个爱与智慧的更冷静的高度看到人类的错误。为了下一个星期日的交流，我会得到什么信息呢？"下一段写于 1832 年 7 月。"思想中的宗教不是轻信，现实中的宗教绝非形式。宗教是生命。宗教是人类有序而健全的思想状态。宗教不是可以获取或累加的物品，而是你所拥有才能的新的生命形式。宗教是去做好事，去奉献爱心，去服务社会，去思考问题，去学会谦逊。"（《日记》，1832 年 7 月 6 日）关于宗教，我没有看到过比这更恰当的定义了。那就是去山里的好处。

　　快乐是不期而至的，也许宗教也是如此，是不能强求的。如上所述，宗教也许不是可以"获取"的物品，或者可以抓住的棒球。没有人可以获取宗教，没有人可以获取智慧，没有人可以获取快乐。只有在一个人的内心世界，它们才能获得发展。① 有人也许会在一个 6 月满月的夜晚出去寻找欢乐，却意外地在那里找到了宗教。谁知道呢？也许，虔诚的宗教徒会认为这是从后门进入宗教领域，但宇宙太大了，很难说什么是前门，什么是后门。谁知道呢？至少，这种与自然的紧密接触似乎代表了一种朴实、健康和快乐的回归，一种真正平衡感和良好价值观的回归，一种对美好事物的更完满的美学鉴赏能力，以及对自然的神秘、壮观和强大的敬畏感的回归。假如前门关上了，对那些真正知晓精神版图的辽阔、接受能力强的人来说，宇宙的后门似乎永远是打开的。

　　从爱默生那里，我们了解到，对自然的感受与诗和宗教是多么真实地融为了一体。那就是他所创作的，我认为是人类所写的宗教诗篇中最伟大作品之一的，一个典型的泛神论者的欢宴。

----

① 约翰·杰伊·查普曼对威廉·詹姆斯说："我亲爱的詹姆斯，不管宗教会是什么，它都是一种被动的体验……让他不要试图援助或煽动它。宗教是缠绕、包容和联合的东西，它同时影响人的大脑和肌肉、内心与外表——是一个人的领悟和梦想。帮助宗教的唯一途径是要顺从、冷漠——并消除所有的限制。你下的每一张捕鸟的网都会吓着鸟儿。"《约翰·杰伊·查普曼和他的书信》，M. A. Howe. Houghton Mifflin 公司。版权所有，1937 年，M. A. De Wolfe Howe。经授权再版。

问题

R. W. 爱默生

我爱教堂，我爱斗篷；

我爱那灵魂的先知；

仿佛舒畅的旋律，或沉思的微笑

隐修之岛抵达我的心海；

无须全部的信仰，即可明白

我就是那个身披斗篷的教徒。

为什么法衣穿在他的身上魅力无限，

我穿在身上却无法忍受？

从他睿智、深刻的思想中

菲迪亚斯[①]创作了庄严的朱庇特，

奸诈的唇中从不会说出

令人激动的特尔斐神谕[②]；

从自然的心脏滚出的

是古老的圣经主旨；

普天下各族的连祷，

仿佛火山的火舌，

从燃烧的地心深处升起，

那就是爱与悲伤的圣歌：

———————————

① 菲迪亚斯（前 490—前 430），希腊雅典雕刻家，主要作品有雅典卫城的三尊
雅典娜纪念像和奥林匹亚宙斯坐像，原作均已无存。

② 特尔斐，古希腊城市，因有阿波罗神庙而出名。特尔斐神谕，指常对问题作
模棱两可的回答。

建造彼得教堂的穹顶

和基督教罗马侧廊之手

精心制作了悲伤的忠诚；

他自己不能没有上帝；

他的雕像登峰造极；

有知觉的顽石变得越来越美丽。

你知道鸟儿用什么筑巢

是用树叶，和她胸部的羽毛？

或鱼儿怎样修造它的外壳

与早晨一起涂抹每个一年生细胞？

或神圣的松树如何

在老叶中生出新芽？

如此这般，这些神圣的建筑群——矗立，

每一块砖瓦上布满爱与恐惧。

大地骄傲地披着帕提侬神庙^①，

作为它领地上最好的瑰宝，

早晨急切地睁开眼皮

凝视着这些金字塔式的建筑；

天穹俯瞰着英国的一座座教堂

仿佛在用同宗族的眼神注视自己的朋友；

因为，越过思想的内部范围

---

① 雅典卫城上供奉希腊雅典娜女神的主神庙，建于公元前 5 世纪，被公认为是多利克柱型发展的顶峰。

这些奇观升入高空；

自然愉快地给它们让座，

接受它们加入她的种族，

并赐予它们同样的生命，

与安第斯山和阿勒山一样万古长青。

这些圣殿的发展如同小草生长一般；

艺术可以顺从，但不得超越。

顺从的主人将他的手递给

在他头顶做计划的伟大灵魂；

建造圣殿的同一种力量

支配着殿内下跪的部族。

热烈的降灵节永远

赋予无数的圣体同一柱火焰，

吟颂的唱诗班使心灵恍惚，

神甫的教导才令头脑顿悟。

说给先知的话语

完好地写在桌上；

男预言家和女预言家

在橡木林或黄金的神殿发布的消息，

仍然飘飞在晨风里，

仍然在反应灵敏的头脑中低语。

圣灵的口音，

粗心的世界从未失去。

我知道睿智的神甫讲述的内容，

圣册就摆在我的面前，

老练的克里索斯托 ①，杰出的奥古斯丁，

他将二者在他的领唱中交融，

这个年轻人或是我也有一张金口，

他就是泰勒，神学家眼里的莎士比亚。

他的语言是我耳中的音乐，

我看见了他穿斗篷的可爱画像；

并且，凭他全部的信仰可以明白，

我不会是一个好的主教。

[《诗集》]

我认为，只要一个人进入了宗教领域，他是从前门还是从后门进来的并不重要。因为，只有进来了，他才会获取平和。如果在花园小径边发现上帝属于走后门，那就无论如何一定要去花园小径走一走。爱默生，根据自己对自然的探究，狂热地说："在树林里，上帝是显灵的，而他在布道时并非如此——在大教堂似的落叶松林里，石松匍匐在他的脚下，歌鸫为他歌唱，旅鸫向他诉苦，猫鸟为他喵喵地叫，银莲花为他颤动。"等等。你可以称之为神秘主义，但阿西西的圣方济各就是神秘主义者，耶稣也是。我们只有借助低级的感官才能到达天堂之门，并且到目前为止通向宗教的后门似乎是最安全的。如果我们可以到达这样一个地方：耶稣欣赏着山谷里的百合花，圣方济各喜爱着上帝自己的创造物，鸟儿，那么，我们终于有幸发现了所有宗教兴起的源泉，并将不再满足于只做间接的信仰者。

---

① 即圣约翰·克里索斯托（347—407），希腊教父，君士坦丁堡牧首（398—404），擅长辞令，有"金口"之誉，因急于改革而触犯豪富权门，被禁闭，死于流放途中。

第十二章

上　帝

一、绝对隐私

在个人主义盛行的现代社会所涉及的所有问题中，性和宗教，因为二者在个人信仰与公众宗教之间的差异，被视为人类信仰中最为私密的事情。如果某人有了一件风流韵事，那属于他自己的隐私；如果某人用自己的方式解释他的宗教，那就是他的私事。信仰自由是指：只要你不滥用言论自由的权利让他人知晓你的个人信仰，你就可以拥有任何形式的信仰。因而，"私密"这个词的含义就是，性或宗教是你个人的绝对隐私，除非你的这种个人信仰非法侵犯了公众的本能或倾向于威胁公共的风俗习惯，即教会或婚姻。社会也有本能，一种从根本上来讲健全的本能，它能够自觉意识到对自身有益的事情以及公共秩序的基础。另一方面，这种带有明显保守性的本能，其目的是维持事物的现状和事物的本来面目，它对于批判性思想的运用有害无益。就宗教而言，对旧有道路的任何偏离都被视为公共威胁，以自己个人的途径寻求上帝的人会被众人讥为"无神论者！"这简直是胡说，因为我发现，思想家中很少有人，确实只有极个别人，不相信上帝的存在。在绝大多数情况下，无神论的意义可以简单地理解为"反对我所信奉的一神论"（against-my-kind-of-theism），而且每门教派都将自己视为上帝正统观点的神圣监护人。

例如，爱默生在三十五岁时，曾接到哈佛神学院毕业班的邀请去作一个演讲。他接受了邀请，在那儿发表了著名的"神学院演讲"，演讲的主旨是："上帝现在存在，并非过去存在；他现在教导世人，并非过去教导世人。""人们一直在谈论他很久以前讲过或做过的启示，好像上帝已经死了一样。"他鼓励新牧师"走自己的路"，脱离传统，通过对人的道德本性的探索去寻求上帝的存在，并且有勇气说："我也是个人。"除此之外，爱默生以下的温情劝诫更是引起了轩然大波，"这一时代已经来临，所有人都将看到，上帝赐予灵魂的礼物并不是夸张、超强、独一无二的神圣，而是一种温馨、自然的美德，像你我拥有的美德一样，并且与你我所拥有的美德一起存在、发展"。这些言论使整个波士顿陷入恐慌，哈佛当然也陷入了恐慌。神学院院长公开声明，爱默生不是受神学院院方的邀请，而是受学生的邀请来发表演讲的。于是，他的观点就和一个老妇人，约翰·杰伊·查普曼祖母的邻居的说法基本上一样了，波士顿第二教堂的传教士疯了。此后的二十七年间，爱默生再也没有被哈佛邀请作过演讲。啊，可爱的哈佛，为什么它非要离波士顿那么近呢？正是在这座城市，洛威尔校长后来曾参与了对萨柯和万泽蒂的谴责事件。我想波士顿并不比其他任何城市更糟糕；同样的事会在任何山地人的城镇发生。为什么哈佛不能挣脱死亡的镣铐，与任何城市都没有一丝瓜葛，而只作为一种精神生活在纯净的空气中，并恢复其精神的自由呢？接下来要说的是，演讲风波过后，我在爱默生的《日记》里发现了下述记录。演讲的日期是 1838 年 7 月 15 日；10 月 19 日，爱默生在他自己的日记本里写道："很明显，在争吵声中可以断定，一定在某个地方存在着无神论，可现在唯一的问题是，谁是无神论者呢？"

这就是美国的社会难题，每个人都有以自己的方式信仰上帝的权力，却又有不将其告知他人的社会责任。正确的做法是，在公共场合可以谈论上帝，但如果你有什么自己的想法，最好别说出来。早在六年前，爱默生就已经辞去了牧师的职务，他认为要想成为一个好牧师就有必要摘掉牧师的头衔。这只是一个关乎形式的问题。他逐渐意识到，最后的晚餐从不意味着永久的庆祝，经过与自己的良知多次斗争后，他感到必须辞职，因为他不能再带着罪恶去接受圣餐。爱默生已经为自己发现了一个更伟大的真理，即个人的无限性。①他宣称，在我们中间就存在着神，这是一条如同《圣经》和《奥义书》一样古老的教义。爱默生的言论不仅震惊了布雷特街和波士顿，还震惊了整个新英格兰。除了我们是上帝的子民以外，我不知道新约还教了我们什么。这些言论极大地震惊了他在剑桥和波士顿的同代人，让他们无法接受。布雷特街和斯兹特街所有的基督徒都在愤怒地高喊："你是不是想说《圣经》上说的是错的？你这个异教徒，无神论者！"

---

① "在我所有的讲演中，我只教了一种教义，即个人的无限性。只要我把我的讲演称为艺术或政治，或文学，或家庭用品，人们都会乐于接受，一旦我将其作为宗教，他们就会立刻感到震惊……"（《日记》，1840 年 4 月 7 日）

自由的教会！我们何时才能拥有？什么时候美国才能敲碎宗教信条的外壳？什么时候信仰的花园才能被独立探索的自由精神之泉灌溉？什么时候人们再一次怀着追求带来的越来越强的喜悦感，在圣贤的帮助下，为发现神的真理的新鲜、生动之美而努力？如果神职人员能够拿出修复他的别克或斯杜德贝克轿车的十分之一的热情，努力使宗教发展下去并永葆新鲜气息，那么，宗教就可以再次充满生机，当然现在不是这样，神职人员很清楚这一点。但是这种革新的前景很暗淡。自从本杰明·富兰克林写下那篇要求国会通过美国宪法的讲话以来，情况就没有什么改观。"因此，随着年龄的增长，我就越发容易怀疑自己对别人的评价。的确，大部分人，以及大部分宗教派别，都认为他们拥有全部的真理，无论别人持有什么观点，只要与他们不一致，肯定就是错的。新教徒斯替尔在献词中告诉教皇，我们两个教会在有关教义的确定性这一观点上的唯一区别是，天主教会是不会错的，英格兰教会是从来不会错的。但是，尽管许多人像认为他们自己绝对无错误一样高度认为他们的教义绝对无错误，但很少有人像某个法国女士在与她的姐妹争吵时那样，如此自然地表露出来，她说：'我只认为我是对的，我永远是对的。我认为只有我是永远正确的。'"

于是，信仰自由成了一件滑稽的事情。它几乎变成了一个定式：我相信我所想的，你也有自由相信你所想的，但是，你不曾让我知道你所想的，或者我会视你为信仰与共和国的敌人。因此，现代教会的两难处境必将继续下去，并将永远存在。难道还没有人发现，上帝被过度保护了？

二、我们对上帝卑下的看法

在有关信仰的所有不和谐声音中，或者说在私人信仰和公共宗教之间的不和谐声音中，有关上帝的论调是最悲哀的，它给我们的内心带来了极大的不适感。这就是现代知识分子有时忌妒异教世界的原因，在异教世界里，人的内在信仰与公众崇拜的外在形式是一致的。批判性思维是不大可能支持这一论调的。我想这沉默的僵局，即每个人有他自己的个人信仰并尊重别人的信仰，将会持续下去。到底什么地方错了？毫无疑问，对加尔文教义的反抗一定是整个事情中最重要的部分。完全堕落的加尔文教义过去和现在均与现代人对身体的尊敬和了解之间存在很大分歧，或者，我们是否可以说，与现代肉欲的过分炫耀有着分歧，并由此产生了外在信仰和内心罪恶的冲突。因此，奥利弗·温德尔·霍姆斯奇妙的"单马车"，这"助祭的杰作"才没有损坏到分崩离析的地步；在加尔文宏伟的逻辑结构的装置中，其零件神奇的鸠尾榫是如此完美，每个零件都是一样的结实，但是在 1855 年 11 月的一天，像那首诗告诉我们的那样，它整个地融化了——被岁月损毁了。沉默中唯一令人感到不适的事情是，人们会认为那幽灵般的单马车将永远地走下去，没有人会公开宣称它已经消失了，融化了，蒸发了。

星期天的早上，在纽约的公寓里，我打开收音机，非常想听一听空中传道的节目。收音机中正播放着贝多芬歌颂上帝荣耀的交响乐，从这个台转开，我听到一个愤怒、伪善的鼻音，颤抖着，指责着，痛骂着罪恶，像比利·森戴（Billy Sunday）重生。那是加尔文本人在传道。可是我并不喜欢加尔文，也不喜欢柯立芝的思想，只是自言自语道："啊，他在反对它。"然后调回到贝多芬的频道。我想我并不孤单，很多人会和我有同感。在礼拜时存在着太多对罪恶特有的冥想，以至于如某人所说，每个从教堂里出来的人都应该为自己感到羞愧。如果有人对我说："和我去教堂吧，你会觉得自己是个更优秀的人。"我就会和他去。但如果我知道当我从教堂出来的时候，会感觉比以前更邪恶并因此而鄙视自己，那我就不会去。是的，那种在乡村集市上出售专利药品时颤声叫喊的腔调是不会有用的。今天，你不能靠拿地狱与毁灭吓唬人而推销宗教；那需要一种更温和、客观的态度。再者，我们的四周已经围满了现代心理学家提出的众多情结，缺少传道者额外兜售的有罪情结，我们也可以做得很好。毫无疑问，传道者在无法提供一个简便易行的治疗方法的情形下，肯定不会在你的心里建立原罪的有罪情结。显而易见的真理是，你不能恐吓人们去热爱愤怒的加尔文上帝。

也许，事情发生的时间比加尔文时代更久远一些，其根源可以追溯到大约两千年以前人们所拥有并传给我们的相当卑下的看法。在我们某些最坚定的公众信仰里存在着返祖现象。人类继续发展着，但是年代久远的信仰仍然未被放弃，还很有生命力。当人类还在吃生肉时，上帝最初也被认为是喜欢鲜血的味道。但是，在人类发现火已经很久以后，上帝还是被认为喜欢茹毛饮血。人们过去认为，现在有时也这样认为，取悦上帝的最佳方式就是给上帝敬奉某人的鲜血；上帝被想象成吃人的野人，像人类自己一样。当人类开始产生新的想法，即上帝也许和人一样也喜欢烤肉时，成百上千年已经过去了。对于类人猿为它们自己创造的众神，克劳伦斯·戴伊的史前先知再次进行思考。对此，还是超然一点为好。

猿族的众神 ①

克劳伦斯·戴伊

想象一下你正在观看一群猿猴在森林里玩耍。它们时而十分勇敢、自大自夸，时而又充满恐惧，是所有智慧种群中情感最脆弱的一群，它们一直努力吸引某种更大动物的注意，只有被注意了它们才会真正高兴起来——当你注视着它们并了解到它们的这些习性时，难道你还不明白他们的明显意图？它们一定要去发明被称为神的东西。此时，不要去想是否有众神的存在，而是想一下这些生命是多么殷切地要去发明他们。（不是等着去发现他们。）由于自信不足，它们无法忍受单独面对生活的困境。由于无法自我满足，它们必须寻求其他形式的支持。正是这些急迫的需要催促着这些灵长类动物，借助每个能够用来拼凑它们目的的真理碎片，借助那些因为形象庞大而影响它们的意象，不断地建造众神，以支撑它们的灵魂。

在那个时代，众神会成为怎样的群体呢！他们一个个都是脸上长满胡须的老猿，开始在虚幻的时空中建造宇宙，犹如魔术师从帽子中抓出兔子一样（正如虚幻的时空，帽子并不存在）。在创造了巨大的恒星和行星，并将最遥远的天空装满星星之后，一个神会转过身来并渴望享受烤肉的香味，另一个神会召集沙漠部落进行"圣"战，而第三个神将为离婚或舞蹈而伤心。

① 再版于《人猿世界》，克劳伦斯·戴伊著，Alfred A. Knopf 公司授权。版权所有，1920 年，1948 年，凯瑟琳·B.戴伊和克劳伦斯·戴伊。

任何一群猿曾经想象出来的众神，从森林里的小木头偶像到最强大的精灵，不管他们有多大的不同，都拥有一个共同的特征：就是时刻准备着暂时放下所有的宇宙事物，将他们的思想集中于遥远的称为地球的小球上，对任何个人崇拜者的痛苦或渴望立即表示全部的、永远的、全神贯注的关切——时刻准备着去关注那个将要睡觉的家伙。这将为猿的心灵带来无法形容的慰藉；而疏忽了这一责任的神将不会持续很久，不管他在其他方面是多么胜任。

但凡事都必须讲究回报。因为，宇宙的创造者，当它们注视他时，也需要关注；他喜欢猿们对他的恭顺和注意，否则，他自然会变得愤怒起来；如果不发怒的话，他是最宽宏大量的了。从而产生了祈祷和赞美诗，产生了与这个高贵亲属沟通的古怪、茫然的企图。

渴望与众神沟通是一个高尚的愿望，但是这一渴望却很难通过不明确的宗教信条实现。与高高在上、沉默寡言的生命状态交往，猿们试图将他们设想为物质形式。它们将会产生信仰，比如，它们会对天堂内的室内陈设和居所产生信仰。这是为什么呢？嗨，在它们自己不是先知的情况下帮助人类拥有宗教观念——从任何"宗教的"真实意义上来说，这都是一个不可能实施的计划……

这个种族在建立宗教时会遇到什么障碍呢？最大的障碍是：它们拥有如此微弱的心灵力量。它们思想的过度活跃会阻碍这种力量的产生，或使这种力量变得迟钝。某一天，这个种族与自然的接触将会比它们的狗还少。它们会用罗盘替换它们曾经拥有的先天的方向感。因为，鼓励对它们头脑不停地廉价使用，它们将会失去天然直觉、预感和安宁等诸多天赋。

这种心灵力量的缺乏对它们的洞察力与内心安宁会产生负面影响；因为，处于活跃状态的头脑不易接受新思想，很少能够或永远无法获得内心的温情与安宁。

然而，这些永不停息的思想会有一个用途：它们最终会通过自己发明的宗教去观察世界。

可是，岁月将在这一过程的重复中逝去。

猿的信条不是那么难以看破。当创建宗教的时候，它们会非常忙乱，以至于对它们圣人产生的幻象无法从容地进行严格的测试。而且，它们自己的想象力相当贫乏，以至于任何一种幻象都会使它们感到敬畏；因此，自然而然，它们会认为任何幻象都是有效的。于是，它们迅捷而丰富的创造力将开始发挥作用，从它们曾经梦想出来的幻象里杜撰出最原始的信条。

接下来，它们会期望每个人都去相信少数人看到的任何事物，其脆弱的根据就是，如果你只是试着相信一件事情，你就会觉得它是真实的。这些宗教是代理性的；只有它们的先知自己可以看见上帝，其他人则应当由先知们引见给上帝。这些"信仰者"将缺乏任何属于自己的见解。

现在，一名间接的信仰者隔着一段距离被神灵的气息激起一股热情——如果有一点热情的话——他想要了解他所接受信仰的精确定义。没有任何幻象去遵循，他需要清楚的戒律。他会一直努力使信条具体化，而这很明显是致命的。因为，随着时间的推移，真理新的、更深远的层面会被发现，而它们很少会或从不会适合不变的信条。

一次又一次，这将成为一个程序：一个神圣的重要人物将会诞生；他将会发现新的真理；然后被杀死。他的新真理不仅不会适合死板的信条，而且会坚决否定其中任何错误的结论。于是，这位先知将被杀死。

然而，他的真理具有强大的力量，也会扼杀掉刻板的信条。

于是，人们所能信仰的唯有那死去的先知。

于是，他会被几代人通情达理地膜拜。但是，他的祭司会觉得这还不够；他必须被不加评判地膜拜：不加入任何评判，来自他的无论什么启示，都是全部的真理。对于他的某些启示，人们自己将会断章取义；从最乐观的角度看，他的启示不是最终结论；然而它还是会被当做固定的信条并被赋予他的名字。但凡真理总会被赋予他的名字。从此之后，所有寻求真理的人所发现的必定只会是他名下的真理，否则将不会成为他的"追随者"。（作为他的共同探求者也不行。）祭司将永远仇视任何在探求真理的道路上走得更远的新先知。他们的看法是，他们的先知发现了真理，因而便终结了发现真理的过程。相信他说的就行了，事情就此结束，不需要再寻找更多的真理了。

相信对宇宙的探索已经有了完美的结局，这真是一件令人欣慰的事情。

于是，这一探索真理的模式将会越来越稳定。因而，新的真理一旦产生，就只能将其打破。然后，人们会感到困惑与幻灭，而文明将会随之倾覆。

如此这般，每个循环周而复始。只要人们将谬误与每个先知产生的幻象混杂在一起，二者就将消亡，而任何建立其上的文明必将随之消亡。

[《人猿世界》（第16、17章）]

三、关于黑色的随笔

不言而喻，一个很清楚的事实就是，现代基督教经常被描绘成某种黑色（邪恶）的东西，而现代人并不喜欢黑色。在你向人们宣传认罪的意识之前，是不能先向人们说教救赎的，好比要推销你的药，必须使人们承认身患疾病。完全出于本能，传教士一直在非洲、亚洲和南太平洋群岛做着这样的事情；对赤裸的意识越强，印花棉布的销路就越好，于是塔希提岛的裙子越来越长，而纽约的裙子却越来越短。随之，罪恶的意识在纽约变得越来越弱，而在塔希提岛越来越强烈，如果传教士没有错，塔希提岛终有一天会成为宗教的堡垒。我不会像经济历史学家走得那样远，将其解释为印花棉布的自然运动。然而，"比基尼"泳装还是以迅猛之势回到了纽约。

我们满脑子装的全是现代意识的难题。这里，我指的是普通人对宗教或教会的态度问题。这正是神职人员必须探讨的问题，假如他具有一点实验精神的话。就教义的条文等方面，对人们的个人信仰进行一项盖洛普民意调查，我们就可以从他们的信件和日记中研究过去的男人和女人们信仰的是什么。因而，对我来说，搞清楚爱默生太太的想法比了解她丈夫的想法显得更为重要；也就是说，私下里她对她的丈夫就她的家庭私事随便而又坦率地说了什么。此时此地的利迪安·爱默生并不仅仅是利迪安·爱默生；我认为，她是一个普通的女人，有着本能的宗教感，愿意去信仰，但很困惑。爱默生在他的《日记》里曾写下短短的一行文字，也许会让所有的神职人员胆战心惊，"利迪安说，星期天去教堂是邪恶的"。[1] 如果利迪安说的只是她自己的感觉，那倒没有什么关系；如果她说的是其他许多妇女当时或现在的感受，那就意义重大了。如果真的意义重大，那么问题是，是什么使得利迪安·爱默生和其他许多人用她的方式去感受？这种一致性似乎只有一种解释——某种黑色（邪恶）的东西。根据风趣诙谐的本杰明·富兰克林所说，那正是一个白人教堂中的布道留给一个印第安人的印象，那个印第安人偶然进入正在做礼拜的教堂，根本听不懂用英语进行的布道。那个印第安人看到的只是，一个"穿着黑衣的人"开始"非常生气"地向人们讲话。我们还是让富兰克林讲这个故事吧，它选自富兰克林最好的讽刺作品之一。康拉德·威斯（Conrad Weiser），一个印第安翻译，向富兰克林讲述了这样一个故事：他是怎么和卡那萨提哥谈的，卡那萨提哥丝毫弄不明白听到的星期天布道，只是猜测布道的目的是要在河狸皮的价格上蒙骗他。

卡那萨提哥对白人布道的印象

本杰明·富兰克林

　　康拉德回答了他所有的问题；当讲道声开始变弱时，

---

[1] 1838 年 12 月 3 日的日记。爱默生只是在"神性的演讲"中提到一个"虔诚的人"，他是这样说的："人们已经开始显示退出宗教聚会的勇气与信仰。我听说有一个很看重安息日的虔诚的人，心中充满苦涩地说：'星期天去教堂似乎是很邪恶的。'"

那个印第安人接着问:"康拉德,你和白人一起生活了很久,了解他们的风俗习惯;我有时也会到奥尔巴尼待上一段时间,并注意到,每过七天,他们就关了他们的商店,然后聚集在大房子里;告诉我这是为什么?他们在那里干什么呢?""他们只是聚在一起,"康拉德说,"聆听和学习好的东西。""我不怀疑,"印第安人说,"他们就是这么告诉你的;他们告诉过我同样的事情;可是我怀疑他们说的是不是真的,我会告诉你我的理由。最近,我去奥尔巴尼卖毛皮,同时购买毛毯、刀、火药、罗姆酒等。你知道,一般我都会和汉斯·汉森交易;这次我想试试其他的商人。但是,我最先找的还是汉斯,问他河狸皮毛是怎么个价儿。他说他不会给我超过四先令一磅;'但是,'他说,'我现在不能谈生意;今天是我们聚在一起学习好东西的日子,我要去参加这次聚会。'于是,我自言自语:'既然今天我们什么生意也做不成,我也可以去参加那个聚会。'然后我就和他一起去了。那里站着一个一身黑衣的人,开始非常生气地对人们讲话。我听不懂他讲的是什么;但是,我感觉到他老看我和汉森,我猜他一定不高兴看到我在那里;于是我就出去了,在房子旁边坐着,打着火,点燃我的烟斗,等着聚会结束。我想,那个人在讲话时提到了河狸皮毛的事,而且我怀疑这可能就是他们聚会的主题。于是,当他们出来的时候,我走向我的商人。'那么,汉斯,'我说,'我希望你已经同意给我超过每磅四先令的价钱。''不,'他说,'我不能给你那么多;我最多给你三先令六便士。'我于是去问其他几个经销商,可他们都以一个腔调说话——三先令六便士——三先令六便士。对我来说,这再清楚不过了,我的怀疑是对的；而且，不管他们装成什么，说什么聚会是学好东西，他们的真实目的是商量如何在河狸皮毛价格上欺骗印第安人。只要稍微想一下，康拉德，你就一定会同意我的观点。如果他们如此经常聚集起来学习好东西，他们当然在这次之前就已经学了一些。可他们还是这么愚昧无知。你知道我们的做法。如果一个白人从我们乡下经过，来到我们的屋里，我们都像我对待你一样对待他；如果他身上湿了，我们会给他弄干，如果他觉得冷，我们会给他温暖，我们给他肉吃给他水喝，这样可以缓解他的饥渴；然后，我们会铺上柔软的皮毛让他休息、睡觉；我们不要求任何回报。但是，如果我在奥尔巴尼进入一个白人的家，向他们要吃的喝的，他们会说：‘钱呢？’如果我没有钱，他们就说：‘滚出去，你这条印第安狗。’你瞧，他们连一点好东西都没有学到，我们不需要聚会让别人讲课，因为我们的母亲在我们还是小孩子的时候就教育我们；所以，他们的聚会不可能像他们所宣扬的那样，是为了那个目的，也不会有那样的效果；他们只是在琢磨着怎样在河狸皮毛的价格上欺骗印第安人。”

[《有关北美原始人的评论》]

富兰克林的这篇作品出版于1784年，我听收音机布道是在1947年，这么多年来，尽管文字表达方面有了很大的改变，好像讲道风格上的黑色基调并没有什么根本性的变化。我的观点是，如果在你连一个字都弄不懂的情形下，一次布道听起来很糟糕，那么，即使你听懂了，对这次布道的感觉也不会有什么好转。

为什么它显得那么悲观，我指的是本应“快乐的消息”？梭罗也在《日记》里记录了很小的时候"在学校礼堂里对神膜拜"的经历："在阴暗的地方或地牢里，那些话也许可能生根并生长，但在光天化日里讲，他们的喊叫声明显地变得嘶哑了。通过这个窗口，我可以将书面表达与布道用词进行一下比较：灵魂深处，在哭泣，呜咽，咬牙切齿；而表面上，庄稼地和蚱蜢，直接揭露了那些谎言。"①

这段话透露出明显的"邪恶"思想。它一定会给人一种同样的封闭感觉，一种温室与人工栽培的感觉，因此，奥利弗·温德尔·霍姆斯解释说："我不是教会的人——我不相信在花盆里可以种出橡树来……你可以随便讲，讲多少都行——一个人的成长主要是受到宗教的影响。"②听听林肯夫人怎么说的吧。在有信仰和去教堂之间暗含的差别是微弱的。玛丽·托德自己也去教堂，她的社会本能是强烈的。她这样谈论她的丈夫："林肯先生没有普通字义上的信仰和希望。他从不参加教会；但我仍然相信，他天生是一个宗教信仰者。他初次思考这个问题大概是在我们的儿子威利去世的时候，他去葛底斯堡那段时间里他思考得更多；但那只是他本性里的某种诗意的东西，他从来不是一个严格意义上的基督徒。"③如今，似乎再也不可能通过去数教堂里的人头来确定今天这个时代到底是有宗教信仰的还是无宗教信仰的。对我来说，通过数去教堂的人数来确定这是个无宗教信仰的时代说明不了任何问题；我星期天不去教堂，我的许多信教的朋友，不管是男人还是女人，他们抱着对生活、上帝和同胞的虔敬的态度真实地活着，

---

① 节选自奥戴尔·谢帕德（Odell Shepard）所著《梭罗日记精选》，（原著）第 8 页—第 9 页。休顿·米弗林公司出版。

②《早餐桌上的霸主》（十二）。

③ 节选自赫恩登所著《林肯传》，1890 年版，（原著）第 445 页。

而他们也不去教堂。

但是从艺术角度来看，教堂地位的最佳图画是由戴维·格雷森在《友谊之路》中描绘的。我之所以说从艺术角度来看，是因为那个身披黑斗篷、戴着黑帽子、系着黑领结、穿着黑裤子黑鞋、拿着黑色的书的幽灵，以那么强烈的冲击力，在如此美丽、无与伦比、欢欣鼓舞的春光中出现。同时，它也是一幅画和一种写照，我将它摆放在这里，是因为它反映出格雷森典型的、充满魅力的世界。

春日里的星期天

戴维·格雷森

远足中最主要的快乐之一就是，没有哪两天存在哪怕一丁点的相同之处——甚至每两小时都不一样；有时，一天以平静的方式开始，在结束时却充满最激动人心的事件。

那确实是一个完美的春日里的星期天，我告别了我的朋友，威德尔夫妇，再次走向开阔的田野。它像我生命中任何一个安息日的早晨那样平静地开始了，可它又是怎样结束的呀！那天的路上，在不经意间，我有了一次丰富的探险经历，我迅速地把它记录了下来；那是我行走上千英里的路程才可能碰到的一次经历。

它为什么会是这样的呢？我实在给不出什么合适的理由，但是，春日里星期天的早晨——至少在我们这里的乡下——好似穿上了安息日的服装，有一种神圣的安详的气氛。温暖、轻柔、清澈，特别是，那无限的宁静。

这就是那个星期天的早晨；我刚一走出门来，马上就折服于那醉人心脾的氛围。通常，我走起路来步履匆匆，我喜欢快速运动的感觉以及快速运动给我的身体和思想带来的刺激；可那个早上，我发现自己在懒散地闲逛，向四周瞭望着，欣赏着大自然中不重要的、静悄悄的景致。这是一片树林密布的乡野，在那里我发现了自我，我很快走向踩踏出来的小路，走向森林和田地。那里的地面上几乎长满了唐松草，像山坡上绿色的影子，虽没有长籽，但已繁茂成荫。在草场上生长的高高的绿草中，显露着黄色的七瓣莲，菖蒲沿着池塘湿软的岸边开放着。紫罗兰花已经凋谢了，但野天竺葵花和成排的野豌豆花则相继绽放……

在这个星期天的午前时分，我在田野和树林里闲逛了很久，丝毫也没有察觉到，我身边已然出现了许多意想不到的事，而且还有更大的事情即将发生。我当然知道，必须去找一个过夜的地方了，这在星期天也许是很困难的事，我已经花了整个午前的时间，恰似一个人花掉他不朽的青春——带着对未来极度的漠视。

午后时分——太阳升得很高，天气变得更温暖了——我离开小路，爬上一座迷人的小山，我选了一片被苹果树树荫笼罩的草地，躺在那里看着上面枝丫斑驳的影子。柔和的风儿吹在我的脸上；草丛里野花中传出蜜蜂的嗡嗡声，稍稍转一下头，就可以看见朵朵白云，高高地、缓慢地飘过纤尘不染的蓝天。还有那春天田野的气味！——已经体验过它的人，哪怕只有一次，确实可以死而无憾了。

人类用各种不同的方式崇拜上帝：在安息日的中午，当我静静地躺在温暖的日光里，我觉得自己真正在崇拜着上帝。那个星期天的上午，说不清为什么，我周围的所有事物好像都成了奇迹——一种只有在上帝露面时才能令人感激地接受和理解的奇迹。那个上午，我还有另一个奇妙、深刻的感觉，这种感觉在我生命中其他几次宝贵的体验中曾经有过——当我试图记录下人类心灵中那深深、深深的东西时，我总是犹豫不决——一种无限真实的感觉，那就是，如果我很快地转一下头，我会真的看见那个无所不在的上帝……

我所认识的少数几种鸟中，有一种鸟儿叫绿鹃，在那个长长的中午，它不停地歌唱。安静的树林里，只有绿鹃的歌声在回荡。你看不到它；你发现不了它；可你知道它就在那里。它的歌声充满野性，又有些害羞和神秘。不时地，它萦绕着你，宛若一些往昔欢乐的回忆。那一天，我听到了绿鹃的歌唱……

我不知道在树下的草地上躺了多久，但不久我听到，从不太远的地方传来教堂的钟声。这是为这一带的农夫做下午的礼拜敲响的钟声；在夏天，礼拜经常在下午举行，替代早上和晚上的礼拜。

"我觉得我会去看看。"我说。我承认，我首先想到的是那些可能在那里遇到的有趣的人。

但是，当我坐起来向四下看时，那种渴望又消退了。我从袋子里翻出了我的锡质哨子，马上就开始练习吹奏一首叫做《甜蜜的阿夫顿》的曲子，那是我在小时候学的；当我吹奏时，我的情绪发生了迅速的变化，我开始嘲笑自己是一个可悲的严肃的人，并且开始思考合适的话语去描述我吹哨子的可恶企图。我应该找个人陪我逗逗乐，解解闷。

很久以前，我说过一句箴言，是关于男孩的：无论在什么地方，寻找一个男孩为伴。当你摇一棵樱桃树时，如果有一个小男孩掉下来，千万不要吃惊；当你一个人静心沉思时，如果发现有个男孩正从栅栏的角落看着你，千万不要感到不安。

我已经很长时间没有吹口哨了，这时，我看到两个男孩正从路边的灌木丛里看我；一会儿，又有两个男孩出现了。

很快，我奏起了《向佐治亚进军》，并且开始用最生动的方式点着头，敲打着脚趾。不一会儿，一个男孩爬上了栅栏，然后是另一个，然后是第三个。我继续演奏。第四个男孩，是个小家伙，冒险爬上了栅栏。

这些少年都有着天真烂漫的面容，长着亚麻色的头发，都穿着星期天做礼拜的衣服。

"真是不幸，"我将哨子从嘴唇上拿开说，"这么暖和的星期天还得穿着鞋和长袜子。"

"你敢打赌是这样吗！"胆大的头儿说。

"既然这样，"我说，"我就奏一首《扬基歌》吧。"

我演奏着。所有的少年，包括那个小家伙都围了上来，其中的两个十分熟练地坐到草地上。我从来没有过如此专心的听众。我不知道接着会发生什么有意思的事情，因为那个坐得最近的胆大的头儿，开始连珠炮似的问起了问题，这是一个危险的信号——如果不被穿着黑衣的幽灵打断的话，我真不知道接着会发生什么。当我们正在演奏《扬基歌》的时候，它出现在我们的面前，出现在下午明媚的阳光下。最初，我看到黑帽子的圆顶从小丘的边缘升起。接着，很快是黑色的领结，然后是长长的黑外衣、黑裤子，最后是黑色的鞋子。我承认我确实感到震惊，但是作为一个有着钢铁般神经的人，面对这种情形，我继续演奏《扬基歌》。尽管由于这种反吸引力的出现，所有四个孩子都向它投去不安的一瞥，我还是抓住了我的听众。那个黑色的幽灵，胳膊下夹着一本黑色的书，走得更近了。我仍然继续演奏着，点着头，敲打着脚趾。我觉得像一名现代的花衣魔笛手将孩子们从这些现代的山中吹走——将他们从不了解他们的大人身边吹走。

在幽灵的脸上，我可以看出责备的表情。我不清楚我为何记得这种表情；而且，我刚一开口就为我的轻率而感到歉意。然而，那个在如此无与伦比而又欢欣鼓舞的春日里穿着阴郁服装的人，以一种古怪强烈的急躁情绪影响着我。什么人有权力在这个单纯、快乐的日子和场合如此忧郁地张望呢？于是，我从嘴唇上拿开哨子，问道：

"上帝死了吗？"

我将永远无法忘记掠过这个年轻人脸庞的那种无法形容的恐怖、惊愕的表情。

"你什么意思，先生？"他用一种严厉的、权威的口吻问道，这使我有些吃惊。他此刻的叫喊声将他的位置提升到超过他本人的高度：那是教会在说话。

我马上站了起来，对我给他带来的痛苦表示遗憾；可是，既然我无意中讲了不该讲的话，我应当向他坦诚地说出心里的想法，而且此时看来值得这样做。这样做有时会救人于危难。

"我没有要冒犯您的意思，先生，"我说，"我为我刚才的胡言乱语向您表示道歉；但是，当我看到您爬上山的时候，看到您在这么明媚的日子里，显得如此郁郁不乐，好像您不赞成上帝的世界似的，那个问题就不知不觉地溜出来了。"

我的话显然触及他内心深处不安的感受，因为他问道——他的话好像也是未加思索就说了出来：

"我给你这种印象吗？"

我发觉我对他产生了极强的同情心。我自言自语道："这是一个有烦恼的人。"

我长久地注视着他。他是一个还很年轻的人，尽管显得很老——很忧郁，我现在看他，倒不如说是忧愁——他长着敏感的嘴唇和脱俗的面容，像人们有时看到的圣人的脸。他的黑色外衣非常整洁，可那破旧的纽扣盖边和闪亮的翻领有力地诉说着沧桑岁月里发生的故事。啊，我似乎对他非常熟悉，就好像他生命中的每一个细节都明显地写在他高高的、苍白的前额上！我已经在邻近的乡下生活了很久，我认识他——这个乡下教堂里可怜的苦修者——我知道他是怎样地呻吟在社区的罪恶下，这片社区太想舒舒服服地将它所有的重负都抛给主，或抛给主所委派的地方代表。我还推断他来自一个普通的大家庭，挣着很低的薪水（甚至可悲地拿不到任何薪水），并且频繁地从一地迁到另一地。

那个年轻人下意识地叹了一口气，轻轻转了转身，以一种低沉、温和的口气对我说：

"你把我的孩子们从教堂引到这里来了。"

"非常抱歉，"我说，"我不会再留他们在这里了。"我将哨子放到一边，拿起我的袋子和他们一起向山下走去。

"事实上，"我说，"当我听到您敲响钟声的时候，我自己本来想去教堂的。"

"真的？"他急切地问，"真的吗？"

显然，我要去教堂的提议马上影响了他的情绪。于是，他突然犹豫起来，斜视着我的袋子和我破旧的衣裳。我可以清楚地看出闪过他大脑的想法。

"不，"我微笑着说，好像在回答一个口头的问题，"我确实不是您所谓的流浪汉。"

他脸红了。

"我不是那个意思——我希望你来。教堂就是干这个的。假如我想——"

但是他没有告诉我他想什么；尽管他在我的身旁安静地走着，很明显他有着深深的困扰。我甚至隐隐感觉到使他气馁的原因，并且在那一刻，我觉得在我的一生里，我对此人的歉意超过了对任何人的歉意。谈谈罪人的痛苦！我真想知道，如果把这些痛苦与圣人们的考验相比，会怎样呢？

就这样，我们走进那座白色的小教堂，我敢肯定，我们的到来引起了巨大的轰动。只有在这样一个固定的机构——教堂里，非同寻常的不速之客才会引起如此的骚动。

我将袋子放在前庭，我确信它是一个引人好奇、可疑得必须予以监视的物品。我在一张合适的教堂长椅上坐下。这是一座小教堂，有一种古怪的家庭气氛；令人悲哀的是，在听众中，老年妇女和儿童所占的比例相当大。作为一个面色红润、充满活力、喜爱野外活动的人，身上带着生命的风尘，我觉得和这里明显地格格不入。

我可以很容易地辨认出助祭、带来花束的老妇人、妇女缝纫小组的主席，尤其是那个坐在高高座位上的法利赛人首领。那个法利赛人首领——我听说他的名字是纳什，J. H. 纳什先生（当时，我还不知道我会很快认识他）——那个法利赛人首领是个看起来冷酷无情的家伙，是一个中年人，长着硬硬的白色的胡须，又小又圆的敏锐的眼睛和一个好斗的下巴。

"那个人，"我对自己说，"统治着这座教堂。"很快，我发现我把他看成某种烦恼的化身，这种烦恼我曾在牧师的眼睛里看到过。

我不想详细描述那次礼拜的情形。颤抖的歌声里传出一种令人泄气的消沉意味，那个传过募捐盘的神色忧伤的助祭好像已经习惯了失意的感觉。祈祷文里有一种绝望的口气，听起来仿佛一只冰凉的手垂放在一个人鲜活的灵魂之上。它给人这样一种毁灭，而且这个悲惨的世界里充满了同样悲惨的、心碎的、罪恶的、病态的人们。

布道稍微好一些，因为在这个神色黯然的年轻人身体的某个部位隐藏着神圣之火的火花，但是它被教堂的气氛极大地减弱了，永远无法跳出暗淡的光线范围。

我发现在整个礼拜过程中有一种无法形容的压抑。我产生了某种冲动的念头，想站起身叫喊——喊什么都行，只要能使这些人受到震惊，让他们能睁开眼睛看一看真实的生活。真的，尽管我很犹豫要不要将这种冲动记录下来，但有段时间心中还是充满了对下面这个既庄严又诙谐的风险计划最生动的想象：

我将走上教堂的走廊，在法利赛人首领的前面就座，用我的手指在他的鼻子下面摆动，并告诉他一两件关于教堂状况的事情。

"这里唯一活着的东西,"我将告诉他,"是那个神色黯然的牧师灵魂深处的火花;而你尽你所能窒息了它。"

并且,我完全下了决心,当他用他的法利赛首领的方式回答我时,我会礼貌地但坚定地把他从座位上挪开,用力地摇他两三下(只要摇动几下,人类的灵魂往往就会得救!),将他平放在走廊里,并且——是的——当我向听众详尽地解释这个情况的时候,就站在他的身上。当我将这个逗笑有趣的计划只限定在幽默的想象范围时,我还是确信此类想法可以大大有助于清除这里的宗教和道德气氛。

最后,我走出教堂,再次步入下午清澈的阳光里,这时,我有一种奇妙的解脱的感觉。我向微笑的绿色山峦、安静的旷野和诚实的树林投去振奋的一瞥,感觉到友好的路就在前方欢迎着我。

[《友谊之路》(四)]

最后,教堂活动结束后,年轻的牧师叫他出来并邀请他去家里做客。在牧师的家里,他见到了牧师的妻子,她是一个面容憔悴的女人,而以前她一定有着清秀姣好的容貌,她正站在台阶上等着她的丈夫,怀里抱着个胖乎乎的漂亮婴儿——那是她的第五个孩子。在那里,格雷森,在牧师夫人的帮助与支持下,发动了一场伟大的战斗,战斗中基督徒遇到了亚坡伦,即牧师遇到并击败了法利赛人。他的做法是,告诉妻子把厨房里的姜罐拿来,那里面装着她积攒的用来买缝纫机的钱。他数了一下那些硬币———一共是二十四块一毛六——又从兜里拿出一块八毛四,加在一起一共二十六块,通通交给了纳什先生,作为在过去的一年他对教会的捐献。牧师很实际地告诉他去一个属于法利赛人的地方度过余生。他将用他自己的方式管理教会！"噢，我充分了解到他在宗教信仰上出了什么问题，他是在教会的压力下，不得不去讲道的！那是一种陈腐的、苟延残喘的、否定并抵触一切的宗教形式。那是一种将信仰者分化，并使他相信在黑暗力量伪装下的整个宇宙联合起来反对他的宗教形式。他需要的是一种振奋人心的新信仰，它肯定并接受外来事物，它充满喜悦，它能够感觉到身后欢欣鼓舞的宇宙。"

四、三个伟大的宗教人物

我一直在研究美国一些伟人物的私人宗教信仰，以及他们如何保持这些信仰，并乐此不疲。我查阅的伟人中，有著名的"第二次就职演说"——那也许是美国政治史上最虔诚的宗教文件——的作者；《独立宣言》的作者；以及它的更正者，一个迷恋闪电和女人的人。我查阅的几位伟人当然是林肯、杰弗逊和富兰克林。在对教会的态度上，他们和玛丽·托德·林肯不同，但是我认为，他们与利迪安·爱默生、我们普通的男人和女人并没有什么不同。

我认为，在美国文学的宗教作品和非宗教作品中，林肯的"第二次就职演讲"堪称最美丽、最动人的花朵，它表达出最真挚、最温馨的基督教情感。即便是第十遍阅读下面的几行文字，又有谁能不被感动呢："勿以怨恨对待任何人；请将博爱给予所有的人；既然上帝赐予我们光明来洞察正义，就让我们带着正义的坚定信念，努力奋斗，以便更好地完成正在进行的工作；包扎好民族的伤口；关心负担战斗重任的人，关心他的遗孀和他的孤儿——去做在我们之间、在所有民族之间可以实现并珍视公正、持久的和平的所有事情。"小查尔斯·弗朗西斯·亚当斯，亨利·亚当斯的兄弟，曾经在写给父亲的一封信中谈及这次演说。他在信中写道："您如何评价这次就职演说？那个劈木头的律师简直是这个时代的奇人……就职演说以它非凡的朴实与直率震撼着我，我觉得它可以成为这场战争的永远的历史基调；就职演说里，一个民族似乎在用'粗鲁时代'卓越而简约的言语讲话。欧洲人会如何看待这个'粗鲁的'统治者的言语呢？对他，他们一直怀有极其傲慢的蔑视情绪。在整个欧洲，没有一个亲王或大臣可以在那种场合欢呼平等。"在人类对上帝的信仰中，这种反映"粗鲁时代"的卓越而简单的情感表达必定有其强壮的根基。有人可能会说："嘿，那就是最佳的基督教信仰——相信天命和谦逊的美德，并有着对人类缺陷的知觉，以及对正义与同情心的坚定信念。"然而，去分析这一情感是徒劳无益的；全部此类情感必然来自林肯这个人。与之相比，耶利米书和以赛亚书似乎都显得苍白无力；只有一些最好的赞美诗才能配得上它那令人艳羡的精神之美，而且还没有它悲剧般的壮丽。"我们深情地期望——我们热烈地祈祷——这场给人们带来巨大痛苦的战争可以很快结束。但是，假如上帝要让战争继续下去，直到二百五十年来奴隶无偿劳动所积聚的财富化为乌有，直到被鞭笞所流的每一滴血被刀剑下所流的每一滴血偿还完为止，那么，正如三千年前人们所说的那样，现在我也一定可以说：'主的裁判是完全正确和公道的。'"

亚伯拉罕·林肯并不是我们所谓的知识分子。他不懂外语；他的律师事务所的合伙人，威廉·H.赫恩登曾订阅《威斯敏斯特》和《爱丁堡导报》，并将它们放在办公桌上，但他很少能成功地说服林肯阅读这两份报纸。还有斯宾塞和达尔文的作品，以及其他英国科学家的著作。"偶尔，他会突然拿起其中的一本书来，仔细地读上一会儿，但是，很快他就把书扔下，并说，这本书对一个普通人来说太难以理解了。"①

关于林肯宗教信仰的各项事实是非常奇特的，它们表明了信仰和教条的条文是如何深刻地冲击着他的那种宗教本性，并对其产生影响却没有毁灭它，于是一个默契的君子协定就此达成。关于林肯也有太多相反的证据，使得任何公正的读者都有可能认为他是一个正统的，或者像林肯夫人讲的那样，"严格法律意义上的基督徒"。至少在新塞勒姆的那些日子里，在充满活力的青年时代，他总喜欢以他的无神论让人感到吃惊。他受到汤姆·佩恩《理性的时代》的巨大影响（我必须说明，汤姆·佩恩受到了美国人的冷落，美国人欠他太多）。林肯善于独立思考；他将信仰寄托于神之天佑、上帝之父性、人类的手足之情和某种不朽的生命之中，但是，他却舍弃了信仰中的人类原罪、救赎、成文启示的绝对正确性、奇迹和未来的赏与罚等内容，正如 J. W. 费尔所说（林肯首次向他讲述了此传记的细节），这些内容无疑会将他置于"基督教的范围之外"。"可是，"费尔接着说，"在我看来，这不是正确的定位，因为，他的原则、做法和他全部生命的精神都符合我们普遍认可的基督教教义。"根据赫恩登的记载——我想我们必须相信他的说法——在新塞勒姆的日子里，林肯曾经写了一篇长长的随笔，努力证明《圣经》并不是人类灵感的结晶，耶稣基督也不是上帝的儿子；他将文章带到店里，让大家传阅并自由讨论，还想把它发表。那是在1834年的时候。"当时，他的朋友兼店主，塞缪尔·希尔，也是一名听众，他严肃地质疑这个不得人心的想法的合理性，而它竟出自像林肯这样有出息的年轻人，于是，他从林肯手中夺过手稿，塞进了炉膛里。手稿

---

① 节选自赫恩登所著《林肯传》，（原著）第436页—第437页。

燃烧起来，林肯的政治前途得到了保障。"① 我们必须回顾一下克劳伦斯·戴伊就珍稀的精神幻象、无可规避的教义外壳，以及众多的"间接信仰者"所发表的言论。在人类宗教的全部历史中，无论什么时候，只要有人认识到一个神圣的真理，众猿首先会在肉体上杀死他，然后再在他的周围培育一种精神上的外壳。林肯是一个十分优秀的劈木工人，他在他的个人信仰和公众信仰之间作了休战的安排；他保持了自己的信仰，容忍了其他人的信仰，并且就我所知，在总统竞选中，没有人将无神论者的绰号扔给他。那是因为，当上帝让他诚实地寻求光明时，他就非常诚实地去寻求光明；他知道上帝与他同在。必须永远休战；个人信仰的神圣不可侵犯与拥有那些信仰的权利是建立殖民地的新教徒以及新教本身的原动力。因此，越发让人捉摸不透的事情是，当爱默生宣称上帝在人们的内心建造了他的神殿的时候，他却被一个所谓的新教国家严重地误解，或者说他根本无法得到理解。然而，当林肯晚年对宗教问题保持沉默时，并没有证据表明他已经修正了自己的观点并接受了教义。我必须努力证实这样一种观点，即"第二次就职演说"的完稿并未得益于宗教教义、而它本身却离基督教精神的核心内容如此之近。林肯的宗教立场总体上和一神论者西奥多·帕克很接近。他的信仰更加直接。"当我做善事时，我感觉良好；当我做恶事时，我的感觉也就很恶劣，这就是我的宗教。"② 林肯认为足够好的事情，我也认为如此。

---

① 本段所用材料，请参见赫恩登的著作《林肯传》，（原著）第 439 页—第 446 页，它包括了林肯夫人和他的早期同伴如约翰·T. 斯图尔特、戴维·戴维斯、威廉·H. 汉拿、I. W. 基斯和 J. W. 费尔等人的证词。塞缪尔·希尔是一位优秀的政治家；作为新塞勒姆的邮政局长，他对投递邮件不闻不问，却在他的商店里卖酒。
② 节选自"印第安纳的一位名叫格伦的老人"，《林肯传》，赫恩登著，（原著）第 439 页。

本杰明·富兰克林和托马斯·杰弗逊生活在18世纪，我们也许可以把他们称为典型的"自然宗教"的信仰者。那是一个信仰理智的年代；启蒙运动时期的人们十分相信并希望理智会使一切恢复正常；现代人也信仰理智，但对它可以使一切恢复正常不抱希望。他们是视野开阔的思想家，视野非常开阔的思想家，二人都是如此。富兰克林更多的算做一位自然科学家，然而，他已经读过从12世纪到18世纪很多大师的著作，如洛克、沙夫茨伯里、科顿·马瑟和安东尼·科林斯（他曾对神甫的独裁主义宣战），这是现在的许多青年人无法做到的事情。两个人都是发明家。富兰克林认识了闪电（他两次险些触电而死），发明了避雷针和富兰克林取暖炉，还发现了墨西哥湾流。他在非常年轻的时候，就创立了费城消防队、邮政服务和美国哲学学会，甚至还考虑在伦敦开设游泳学校。托马斯·杰弗逊，他在巴黎时的年轻助手，是一个比富兰克林更典型的正统学者；他会希腊语、拉丁语、法语、意大利语、西班牙语，不仅创建了弗吉尼亚大学，而且还自己规划了课程。他喜欢爱比克泰德，但是对柏拉图却不能容忍。在尼姆，他站在卡利神殿前，长时间地沉醉于对古典建筑的仰慕中，以至于街上的路人认为他是疯子。可他却是无花果和橄榄、酒与奶酪以及希腊建筑的鉴赏家，他开办了一家铁钉厂和一所大学。他是学者、植物学家、动物学家、建筑师、自己任命的全权代理人类事务的总观察员，同时他发明了为富兰克林的风标配套的转椅。他是门罗主义的创始人和"小升降机"的发明者。①除了不是一名天生的作家，他几乎无所不能，包括做一位绅士。他还首先

---

① 参见托马斯·杰弗逊于1823年10月24日写给门罗总统的信和1820年8月4日写给威廉·肖特的信。

提出了信仰普通人的理念；他没有起草《独立宣言》，没有，他只是为美国人记录下来他们的所想、所感。他毕其一生追求自由，追求思想、政治和宗教的自由。他编纂了杰弗逊圣经，清除了所有的奇迹和有争议的问题，像富兰克林修改了主祷文一样。他们是多么伟大的思想家啊！倘若生活中没有了《纽约时报》、摩托车和收音机，人们又将作何感想！

　　我们的设想可以从富兰克林开始。他大胆地修改主祷文，是为了证明18世纪的理智在起作用。富兰克林确实没有对耶稣实际说过什么提出不同意见，而是对老版本用语的恰当性持有异议，于是他将老版本与"B.F."（本杰明·富兰克林）版本进行了对比。举个例子。老版本中有一句话是，"免除我们的债务，如同我们免除我们债务人（Debtors）的债务"。他注意到，我们的祈祷文使用的既不是《马太福音》的"Debtors"（债务人），也不是《路加福音》的"indebted-ness"（债务），而是以"那些侵害我们的人"取而代之。富兰克林冷冰冰地评论说："也许编纂人认为，在一个贸易国度里，将免除债务人（Debtors）的债务视为基督徒的一种责任是不适宜的想法。"而B.F.版本完全不赞同那句话本身的表述。它"具有某种将我们自己假定为美德的榜样让上帝去效仿的感觉。我们希望你能像我们一样善良；你瞧，我们互相都免了债务，因此我们企求你也能免了我们的债务"[①]。富兰克林批判性的思想快乐地、充满希望地、平静地发挥着作用。相对于杰弗逊来说，富兰克林是一位更优秀的作家；他天生就是一位作家，平淡的笔触、对幽默表达的温和运用以及偶尔闪现的"恶毒"用语证明了这一点。但是，他特有的清醒

---

① "主祷文"可以在美国作家系列图书《富兰克林》卷（原著）第414页—第417页找到。

头脑是他那安详、明澈、愉悦、温馨的内心世界的唯一反映。富兰克林总是自得其乐；我认为，他从未因为一些政治、思想或宗教的事情而分神；当他的见解与别人不同时，他会告诉那些英国人并教他们一些"大帝国可能缩小成小帝国的规则"等，并借此适当地发泄内心的怒气。在他适当地发泄完怒气并写下一篇讽刺作品或与之相似的作品之后，他就又恢复了他的富兰克林式的平和心态。他的头脑最突出的品质就是良好的感觉。

　　情况就是这样。富兰克林十分重视现实生活中的道德品行而不是理论上的种种教条，并独自怀着对伟大上帝的热烈崇拜以及对人之渺小的良好意识。这就是在《财富之路》和他的整个理论体系中我们所了解的富兰克林。从童年时期开始，他就受到科顿·马瑟所著《卜尼法修斯》的很大影响，以至于他的前期作品使用的笔名就是"默默为善"。那时，人们拥有朴实的信仰，即上帝希望我们快乐，并且其中存在着一种相当稳定的伦理道德观念；因为没有高尚的道德就没有快乐，所以上帝也乐于看到我们道德高尚。[①]没有什么比这更费解的了。上帝很高兴看到人类生活幸福、美满。多么快乐、舒心的哲学呀！至于其他方面，富兰克林与他那个年代的科学家的看法一致，相信众多的宇宙中存在着众多的神，相信由于完美程度的不同存在着不同的"生命等级"，相信我

---

① "除了对他的智慧大加赞扬之外，我相信，当他看到他创造的人类过着快乐的生活，他也会十分高兴；因为，在这个世界上，没有高尚道德的人是不会快乐的，所以我坚信他乐于看到我道德高尚，因为当他看到我快乐时，他就会很满意。由于他创造了许多似乎纯粹是为人类的快乐而设计的东西，我相信，当他看到他的孩子们无论从事何种快乐活动，无论获得何种幼稚的快乐并从中得到慰藉，他一定不会生气；我认为这种幼稚的快乐对人是无害的。"选自本杰明·富兰克林的"信仰条款与宗教法案"，再版自美国作家系列丛书《富兰克林》卷（原著）第 132 页。

们的上帝创造了我们的太阳系，并总体上照顾我们的幸福生活，相信通过歌唱和赞美诗的方式赞美和崇拜他是正确无误的，那是我们可以做得很好的事情，诸如对这份生命的礼物和这个壮丽的宇宙表达感激之情，但是在上帝的眼里我们真是太渺小了，以至于我们"只能这样想，他，全能的父，并不期望或不要求我们的崇拜和赞美，甚至对此极为不屑"①。事实上，富兰克林，和今天的克劳伦斯·戴伊一样，都怀疑上帝会像人们想象的那样，照顾我们的洗衣店。我曾经听说一个洗衣店女店主赞美上帝，理由是上帝让太阳在星期一照耀，那是她的洗衣日——那是对上帝多么可怕的侮蔑啊！对于全能的上帝，那是怎样的一种无理性的蠢行，多么恶劣的异教徒的态度，多么的无理与放肆呀！由于具有一种良好的意识，富兰克林达到一种令人愉快的平衡心态。1768 年，英国军队被派遣到波士顿，富兰克林在写给他的英国朋友尊敬的乔治·怀特菲尔德的一封信中说道："我和你都看到，这里地上的统治者没有管理好我们的事务；希望我和你都能相信，那些天上的统治者能够处理好它们；从某些情况来看，我颇为怀疑，尽管整个宇宙的宏观管理得到了很好的贯彻执行，我们特有的小事情也许没有得到充分的关注，只能冒险由着人类自己或是审慎或是鲁莽地处理了，而这两种做法都可能会取得成功。但是，这是一种令人不愉快的想法，我还是丢掉它吧。"

尽管如此，富兰克林还是一个不愿意"干涉别人宗教信仰"的人。在他八十四岁的时候，耶鲁大学校长埃兹拉·斯蒂尔斯向富兰克林索要一幅肖像，想把它和耶鲁校董的肖像挂在同一房间里，并向他询问他的宗教信仰。在给斯蒂尔斯的旁征博引的回信中，他用

---

① 美国作家系列丛书《富兰克林》卷（原著）第 131 页。

一页纸简要地说明了他的宗教信念：他只信仰一个上帝（这是否说明，他的立场与前文所谈到的相比发生了改变，从上下文里看不清楚），信仰天命，信仰另一个生命的不朽和正义，相信"我们对他最令他满意的侍奉是善待他其他的儿女"。富兰克林认为，这些内容是所有宗教的基础。至于拿撒勒城的耶稣，富兰克林"同大多数英国现代新教徒一样怀疑他的神性"，然而，他仍然认为信仰耶稣是有益无害的，"假如这一信仰产生很好的结果的话"（几乎是一种实用主义的措辞）。信的最后是一句意味深长的附言：他不想引起任何舆论的质疑，他的晚年生活需要安宁。"我相信，你不会将我和你交流的任何内容出版，从而让我暴露在批评和公开谴责之下的。我总是让别人尽情享受他们自己的宗教情感，而不去评论他们那些对我来说不能容忍，甚至是荒谬的事情。这里的所有教派——我们有很多种类的教派——都曾经体验过我的良好意愿，我常常通过捐献的方式帮助他们建造拜神的新场所；并且，因为我从未反对过他们的任何教义，我希望把它们全部带在身边，和平地离开这个世界。"

杰弗逊比富兰克林显露出更多的他那个年代的理性主义倾向。他的侄子叫彼得·卡尔，也是他的门徒，他负责对他的教育，后来彼得成了他的秘书；他写给彼得的信最好地体现出这种有特色的倾向，即完全信仰人类的理性天赋，信仰他质疑一切的绝对权力的倾向。总的来说，此意见与现代的自由学者就宗教问题可能给他儿子的忠告没有什么太大的不同。只要他不要求彼得·卡尔得出这样或那样的结论，就可以认为他采取的是一种实验的态度，但是，他确实让他"放弃所有的偏见，并且，不要因为其他任何人或各色人等曾经拒绝或相信过一件事情而去拒绝或相信它"。

你自己的理性是上天赐给你的唯一神谕。

——托马斯·杰弗逊

亲爱的彼得：

……你的理性现在足够成熟了，你可以审视这个目标了。首先，放弃你所有的偏见而选择新颖奇特的观点。在宗教问题上，不要抱有任何形式的偏见。这太重要了，一旦出现错误，后果可能会相当严重。另一方面，摆脱所有的恐惧与卑下的成见；如果受制于此，脆弱的头脑只有卑躬屈膝的份儿。让理性坚守她的位置，让她裁决每一个事实、每一个观点。勇敢地质疑一切，甚至是上帝的存在；因为，如果有上帝，他一定更赞许对理性的尊崇，而不是盲目的恐惧……

不要因为担心其后果而放弃这样的质询。如果质询的结果是相信没有上帝，你会发现对高尚道德的激励，这种激励存在于进行质询时你所感觉到的舒适和愉快，存在于质询为你带来的对其他人的爱。如果你发现有理由相信上帝是存在的，你会感觉到你的一切行动均在他的视线之内，你会意识到他赞许你，这将是一种额外的巨大激励；如果质询尚未有结果，对于未来快乐状态的希冀增强了实现它的欲望；如果那个耶稣也是神，你会因为相信他的帮助和爱心而感到宽慰。为了更好地使你记住，我重复一遍，你必须放弃所有的偏见，并且，不要因为其他任何人或各色人等曾经拒绝或相信过一件事情而去拒绝或相信它。你自己的理性是上天赐给你的唯一神谕，你要负责的并非你的决定是否正确，而是你是否诚实地作出了自己的决定。

托马斯·杰弗逊给彼得·卡尔的信

巴黎，1787 年 8 月 10 日

　　杰弗逊是一个有神论者，也就是说，他是上帝的信仰者，自然世界足以证明这一点，不需要什么特别的启示。这在他 1823 年写给约翰·亚当斯的信中说得很清楚。（当二人都从政治舞台上退休之后，他俩再次和好，并开始了长期的通信联系。①）他阐述了为什么他相信造物主先存在，而不是无神论者主张的没有造物主的"世界先存在"，他向亚当斯概括了自然宗教信仰者的普遍观点，即我们看到"有必要加强监管力度的证据"。因而，他拒绝接受 19 世纪和 20 世纪许多唯物主义者的信仰，即世界只是从它自身演化而来，并在"看不见的规律"下运转。当谈及加尔文主义时，他理智的性格显露无遗。"我永远也不会同加尔文一起去向他的上帝献殷勤。的确，他是一位无神论者，而我却从不会成为他那样的无神论者；或者准确地说，他的宗教就是魔鬼信仰。如果有谁崇拜的是假上帝，那就是他。在他的五个观点中描述的神，不是你和我认可和崇拜的上帝，即世界的创造者和仁慈的主宰；而是一个有着邪恶灵魂的恶魔。即使一点也不信仰上帝，也比用加尔文的恶劣品行亵渎上帝更可以得到原谅。我的确认为，每个基督教的教派，它们的普通教义都给了无神论者把柄，那就是，没有神的启示，就没有足够的证据证明上帝的存在。如今，只有六分之一的人类属于基督徒；而其他的六分之五不相信犹太教和基督教的启示，因而对上帝的存在一无所知。"②

　　上面的最后一行文字表明，杰弗逊是最宽容的宗教自由主义者。在《自传》里，他说得很清楚，建立宗教自由的法案应该涉及所有宗教，而不仅是基督教。"我完全是在理性和公正的范围内起

---

① 这里指的是一个有趣的小卷本，《约翰·亚当斯和托马斯·杰弗逊通信集》，由保罗·威尔斯塔、鲍伯斯·梅里尔于 1925 年编选，内容经过很多删节。
② 引自杰弗逊于 1823 年 4 月 11 日写给约翰·亚当斯的信。

草了建立宗教自由的法案，其原则以前曾经在某种程度上制定了出来。但它还是遭到了反对；然而，在对导言部分进行了一些删改之后，这项法案最终获得了通过；而且，一个不寻常的提案证明，它对言论的保护是普遍性的。在导言部分，有一句这样的宣言：强制与我们宗教的神圣创造者的计划是背道而驰的；有人就此提出了一个修正案，要求在其中加入'耶稣基督'一词，把上句话改为，'强制与耶稣基督——我们宗教的神圣创造者的计划是背道而驰的'；这个加入'耶稣基督'的提议被大多数人拒绝了，理由是，在法案的保护伞下，他们想要将犹太教信徒、非伊斯兰教徒、基督教徒、伊斯兰教徒、印度教徒以及各个教派的异教徒通通包括进来。"

对于非基督徒，譬如中国人，杰弗逊圣经往往是对耶稣教导的最佳介绍。自从在总统任上退休之后，他已经为此工作了许多年。在前言里，他说他已经剔除了所有"有争议的问题"；他剔除的内容包括所有的奇迹和耶稣神奇的降生，以便读者在前几页了解完他的童年经历之后，直接进入他的道德言论介绍。在那个难熬的选举年，无神论者的绰号自然而然地落在了他的头上。他赢了；他赢得了普通人的尊敬和信任。

然而，像富兰克林在他的晚年一样，杰弗逊也需要"安宁"。在写给俄亥俄州的神学作家詹姆斯·史密斯的信中——詹姆斯·史密斯曾经给他寄过上帝一位论的小册子——他表示了对上帝一位论的认同。他认同的是一个上帝的教义，而不是三个上帝的教义。"那至高无上的神的统一性，不是被理性的力量，而是被狂热的亚大纳西意愿所操控的文官政府的利剑从基督教教义中剥夺掉的……事实上，亚大纳西教义所主张的一就是三、三只是一的自相矛盾的观点，普通人太难理解了，一个人即使再清醒也不敢说他对此知晓一二，那么，他怎么会信仰一个不知所云的事物呢？如果他认为他相信，那他只是在欺骗自己。"于是休战协定达成了。"我可以自如地写出自己的观点，因为，当我本着自己的理性要求信仰一个上帝的权力时，我也同样自由地给予别人信仰三个上帝的权利。我发现，两个派别的宗教都造就诚实的人，而这是社会有权期待的唯一目标。尽管相互的自由会产生相互的迁就，可我还是希望，不要因为这个或其他任何问题，我本人在公众面前引起任何争论，并且我祈求你考虑到我是以如此的信任写的这封信。我不想参与任何宗教或政治上的争论。在八十岁的年纪，安宁是生命中最大的好处，并且最强烈地渴望能够在全人类的美好意愿中死去。我向你保证，对一位论者和三位一体论者，对辉格党和托利党，我都怀着良好的意愿，那么也请相信我并接受我对您的全部敬意。"

我已经讲述了三个美国伟人的故事，三个在智慧、思想和性格上最伟大的人物，并揭示了教会所处的困境。也许，应该让此困境继续下去；我不知道。激烈的争论不可能产生任何满意的结果。另一方面，根据将人类从动物生活的肮脏泥土中升华出来的思想，个人信仰与公众宗教之间的冲突，抑或强制的沉默，总会让人产生一种内心不适的感觉；并且，至少对我来说，保持信仰的绊脚石，比如相信"肉体的复活"（不是精神的复活），似乎没有太大的益处；"肉体的复活"是基于圣保罗时期那代人的信仰，即当基督第二次到来的时候，他们的身体将从坟墓中升起，在公元70年到90年间，这是人们普遍期望的事情。现代宗教意识与既有传统宗教之间的对立已然形成，并必定会成为一种削弱教会控制的力量。

我们的期望太高了。因为小亚细亚的妇女在两千年以前是自惭形秽的，她们相信，穿上一种特别的服装，在拜神时戴上面纱，就可以取悦上帝。所以，我们猜想，纽约和俄亥俄的现代妇女也是这么想的，并非出于宽容，而是出于犯罪感。圣保罗在割礼问题上回归常识，并借此来反抗法律与先知的权威，但是，当他创立起另一种类型的仪式时，没有人认为应当就有关纯粹是地方服装这样的话题去违抗他。于是，传统的宗教不可避免地集聚了大量与宗教无关的障碍，并将我们都变成了叛依者。

五、质询的精神

我反对的并非任何具体的教义，而是一种更加根本性的邪恶，即教条主义精神本身。几乎所有的教会都认为，教义是宗教的基础，没有教义的教会最好不要存在。如果这样的说法有一定的道理，其道理就是，教会憎恨并反对自由质询的精神，它神圣地认为真理都在那里，被整齐地打包、递送，没有必要被个别的灵魂再次探索。假如神学家同意用同样的方法和同样的精神，像科学教授传授他们的课程那样，去传授宗教，也就是说，要求作出个人观察并得出个人结论，而不是接受教授事先给出的假定结论，那么，其结果一定是一场大爆炸，也许会弄脏某些神职人员的脸，但是浓烟散后，人们会看到上帝端坐在宝座上，神态安详，毫发无损而又高不可即。但是目前，教会固守着它的教条和教条主义。它宁肯与教条一起毁灭，也不愿抛弃它们寻求兴旺。所以我们要求休战。我有一种感觉，有些东西被过度保护了，被防腐处理了。

关于科学和宗教的话题，人们曾经展开过很多讨论，参与者是当代一些伟大的科学家和哲学家，如朱利安·赫胥黎，阿尔弗莱德·诺斯·怀特海德，约翰·杜威，罗伯特·安德鲁斯·密立根和阿尔伯特·爱因斯坦。我拜读了他们的作品，并因为他们在结论上甚至在用词上的相似性而感到震撼：（1）科学与宗教之间不必要的冲突是由于宗教的固执与自信（我将其称为教条主义），（2）这种固执将过去的非宗教因素"装"在了有组织的宗教身上，（3）科学不断地修正自己，而宗教不是这样，（4）宗教应该这样做，以使它永葆新鲜气息和勃勃生机。也许，我们应该将怀特海德教授视为美国人，我也不太清楚。无论如何，是他阐明了问题的关键。他提醒我们，变化才是科学思想进步的本质。他指出，科学不断地修正自己而没有丢任何的脸面。"从事科学研究的人没有谁会毫无保留地赞同伽利略或牛顿的信仰，抑或他自己十年以前的信仰。"

> 只有具备与科学发展一样的精神来面对变化，宗教才能恢复它原有的生命力。[1]
>
> ——阿尔弗莱德·诺斯·怀特海德

欧洲人目前的宗教态势印证了我一直在阐述的观点。各种现象混杂在一起。起起伏伏，周而复始。但总体上来说，经历了一代又一代，宗教在欧洲文明中的影响在逐渐衰落。每次的复苏都达不到前一次的高度，每个阶段的衰退都会达到更低的水平。宗教的平均曲线持续地下降。某些国家的宗教兴趣高于其他国家。但是，在那些宗教兴趣相对较高的国家，这条曲线也在一代一代地下降。宗教正在逐渐堕落成为美化舒适生活的体面的准则……

……细想一下下面的对比：当达尔文或爱因斯坦宣布改变我们思想的理论时，这是科学的胜利。我们不会因为

---

[1] 怀特海德，《科学与现代世界》。版权，1925 年，由麦克米兰公司提供。

摒弃了科学的旧思想而就此认为，科学经历了又一次失败。我们知道，科学发展新的一步已经迈出了。

只有具备与科学发展一样的精神来面对变化，宗教才能恢复它原有的生命力。宗教原则也许是永恒的，但这些原则的表现形式却需要不断的发展。大体上来讲，宗教的这种演变是宗教固有思想与外来观念的分离，这些外来观念借助宗教固有思想的表现形式悄悄地在宗教内部产生，而这种表现形式依据的是存留在先前岁月中人们大脑里的关于那个世界的充满想象力的图画。将宗教从并不完善的科学的禁锢中解放出来，是非常有益的。这种解放强化了其本身的真正含义。需要牢记的伟大观点是，通常，科学的进展表明，对各种宗教信仰的相关表述需要进行某种程度的修改。也许，它们需要更加详细的说明或解释，或者的确需要全部地重新阐述。如果宗教是对真理的正确表达，这种修改将只会更加充分地证实这一真正重要的观点。修改的过程是收获的过程。因此，只要任何宗教形式与物质客观事实有任何形式的接触，人们就会期望，那些客观事实的观点必须随着科学知识的进展而不断地被修改。这样，这些客观事实对宗教思想的确切意义将变得越来越清楚。科学的进步必然导致对宗教思想不断地整理，这对宗教来说有着极大的好处。

[《科学与现代世界》]

怀特海德教授的意思已经非常清楚：宗教，为了成为有活力的宗教，需要不断地修正，即使修正的理由只是数百年来概念的不断变化以及语言本身面临的发展机遇。只要宗教仍然保持对上帝高度的知觉和对有知觉生命的尊敬，它就是永恒的；一旦它与客观事实接触，那些客观事实和有关客观事实的概念就可能会被改变。精神的概念是永恒的，客观事实的概念却是暂时的。例如，这些客观事实的概念是指那隐藏在罪与罚、怜悯与正义等教义背后的事实，那些有关性别平等、地方服饰、地球的形状、身体与肉体（它们的主要罪孽）、生育的过程（产后的母亲是否需要涤罪的仪式）、天堂和地狱的实际地点和真正意义等的事实。我觉得，古代的人之所以喜欢让未来生命主宰正义，是因为那个年代的司法制度极其糟糕；现代人更乐于仰仗 FBI（联邦调查局）迅速追查出假币的制造者并使他们受到惩罚。随着 FBI 工作效率的提高，地狱的重要性自然就降低了。甚至，当我们因为上帝不停地愤怒、渴望报复以及喜爱烤肉而改变想法的时候，对上帝本身的观念也随之改变。只要圣保罗谈及自然人和宗教人，他就拥有充分的理由。当他借用献祭的羔羊的概念时，他是在努力使他正义的思想与他那个时代的思想保持一致，断定此事的依据是，甚至像食人生番本人也去饮血一样，野蛮的上帝嗜看流血，嗜好饮血。说上帝造人永远是一个有效的宗教概念；说上帝用泥土造人，直接就将"外来的"因素加入宗教之中，那是因为早期人类没有能力利用进化的观点构想出具有无限吸引力的创造过程。基要主义者会将它称为字面意义上的、基要主义的泥土，而不是别的什么东西。这些就是怀特海德教授所谓的外来因素，一两千年以前阐述的宗教因此而顿然生色。

约翰·杜威对固定性表达了同样的观点，并得出了相同的结论。"在科学和工业中，不断变化的事实被人们普遍接受。而道德信仰、宗教信念和清晰有力的哲学信条则是建立在固定的观点之上的。"①"可以想象，目前宗教的萧条是与这样一个事实紧密相连的，那就是，因为它们沉重的历史负担，宗教现在阻止着宗教经验的品质达到自觉的高度。"他在那本重要的著作《普通信仰》中说道："我指出，宗教中充满了各种信仰、实践和组织模式，它们促成并丰富了经验中的宗教因素，并体现出一种宗教赖以发展的文化形态。"②

密立根是健在的最虔诚的宗教人士之一。他认为有必要信仰有组织的宗教，并且是联合教会和公理会教会的成员。他同时区分宗教的基本要素及其赘生物。在讨论科学与宗教不必要的冲突时，他说："那么，科学与宗教不能相容的怪念头——我们经常在一般的讨论中听到——是从哪里产生出来的呢？我再次认为，答案是明明白白的。我曾经明确解释过，在科学和宗教的基本要素之间显然不存在不相容性。但是，各种宗教，或宗教的各个分支，往往包含比这些基本要素更多的内容——比如耶稣的教导。""……如我所想，在宗教的基本要素上滋生了又一个赘生物，它将我们引入所谓的科学与宗教冲突的核心……但是，在过去的两千年里，他（耶稣）的追随者，和他不同，在很多情况下将教义的说明赋予他的宗教的各个分支，这些说明充满了他们自己可悲的人性弱点。相比之下，两者之间存在巨大的差别，耶稣的教义说明才是真正神圣的。为何产生了这些人造的教义呢？不可否认，它们是由某些人或不同群体的人写成的，这些人为此目的聚集到一起——他们太没有创见，以至于他们之中很少有人能给人们留下对他们的持久记忆。现在，还有

①《生活的哲学》，西蒙和舒斯特出版公司出版，（原著）第25页。
② 约翰·杜威，《普通信仰》，（原著）第9页和第84页。版权提供，耶鲁大学出版社。经授权再版。约翰·杜威最反对的当然是宗教中的超自然主义，他认为这是对当代信仰的否定。

多少人知道和他们中的任何人曾经有联系的任何名字呢？在他们的教义中，经常会详细地反映出他们这些人关于宇宙或是上帝的了解程度或是无知程度——不管你更喜欢哪个措辞——二者均带有它们的时代特点。"①

爱因斯坦用两段话总结了他的宗教信仰。这两段话如同我读过的任何文字一样，非常接近于真正的宗教情感，一种完全虔敬的情感。

"我们可以经历的最美丽的事情就是神秘。它是所有真正艺术与科学的源泉。对这种情感很陌生的人，不再能停下来并怀着敬畏的心情对一切事物感到好奇和痴迷的人，实际上等同于死人：他的眼睛是闭上的。这种对生命奥秘的深刻见解，尽管带有一种令人毛骨悚然的感觉，却导致了宗教的兴起。了解到对我们来说深奥难懂的事物确实存在，并表现出最高的智慧和最光辉灿烂的美丽，而我们愚钝的天赋只能理解它们最简单的形式——这种了解，这种感觉，是真正虔敬的典型标志。在此意义上，只是在此意义上，我属于虔诚的宗教信仰人士之列。

"我无法想象出一个奖赏和惩罚自己创造的事物的上帝，他完全效仿我们自己的生活目的——简言之，一个只是反射人类弱点的上帝。我也无法相信，这个上帝肉体死去之后还能活着，尽管身体孱弱的人们怀着恐惧或荒谬的自负拥有这样的想法。能思索一下长存于永恒之中的有意识生命的奥秘，能反思一下我们只能模糊感知的奇特的宇宙结构，并且能谦卑地领会大自然显现的灵性中哪怕极

---

① 《生活的哲学》。1930年，版权提供，论坛出版公司。1931年，版权提供，西蒙和舒斯特。经授权再版。同时请参见密立根在《科学与宗教的进化》(原著)第86页—第87页对教条精神的强烈谴责。

微不足道的部分，对我来说这就足够了。"①

在对神圣真理的信仰与对真实世界法则的信仰之间存在的困惑产生出这样一种情况，按照怀特海德的说法，宗教"正在逐渐堕落成为美化舒适生活的体面的准则"，而不是人类的精神实现其最高目标的巨大力量源泉。今天，虔诚的人们支持教会，并不是因为他们相信或者充分思考过它的教义，而是因为他们容忍这些教义并情愿任其发展。克劳伦斯·戴伊是这样做的，而他的父亲也是这样做的，这就更意义重大了。戴伊的父亲为他的家人在教堂的专座付给教会五千美元，并情愿不去打扰那些教义，假如教会不来打扰他的话。不信教者对教会不会带来任何害处；带来害处的反而是那些所谓的"信仰者"，这是今日教会的窘境。

科学代表谦逊，代表虚心，代表质询精神；而今天的教会却代表对立，代表顽固和盲信，代表教条主义和对所有真理的占有，无论是世俗事物的真理还是神圣事物的真理。科学让人们质询，而教会让人们停止质询。但是，如果我们没有质询的自由，信仰自由的价值又会体现在哪里呢？无论在世俗王国还是在宗教王国，任何拒绝和反对质询精神的事物都将灭亡。

我希望用罗伯特·密立根的美妙语言作为结束语："我本人相信，基本的宗教信仰是世界上最崇高的需求之一，并且我相信，美国能够或者愿意为世界进步所作的最大的贡献之一——比起我们为政府科学已经作的，或者能够作的任何贡献要大得多的贡献——将体现于为世界提供这样一个范本：一个国家的宗教生活如何能够睿智地、鼓舞人心地、虔敬地演化，完全脱离所有的非理性、迷信以

①《生活的哲学》。1930年，版权提供，论坛出版公司。1931年，版权提供，西蒙和舒斯特。经授权再版。

及危害身心健康的感情主义。"[①] 如果约翰·杜威的哲学能够成功并生根，如果美国人对现在的经验的信仰，对质询的实验方法的信仰，本身是真实的，也许，这种信仰真的会从现在起流传几个世纪。

①《生活的哲学》,（原著）第 53 页。1930 年，版权提供，论坛出版公司。1931 年，版权提供，西蒙和舒斯特。经授权再版。

第十三章

爱

一、婚姻

　　婚姻对每个人的一生来说都至关重要，无论男女。生命中没有什么像婚姻那样，能在生命的机理和人类的灵魂上烙下深深的印记。当然，父母对子女的爱构成了我们生活与行动的大部分，即使如此，这种爱也不如婚姻那样能深刻地影响一个人的性格特征及其生活的品位和格调。婚姻为夜晚的家庭平添几分色彩，赋予私家花园一些个人气息，使厨房香气四溢。婚姻能使人兴高采烈，使人万分沮丧，使人心气平和，也能使人心神不宁、坐立不安。正是由于婚姻的存在，日常生活的大量琐事才显得意义非凡——比如，一家公司的总裁上午 10 点要去会见董事会成员，他早餐的牛奶罐是不是温的，咖啡够不够热。"你错了，"读者会说，"如今的总裁夫人根本不用做早饭啊。""那就更糟了，"我会回应道，"你是说公司的总裁不再享有连农夫都拥有的特权了吗？他不再知道炒鸡蛋不是由陌生人，而是由他爱的人做的，恰如他小时候炒鸡蛋是由他的妈妈为他准备的？"假如，我们忽略生活中此类琐事，假如，由于缺乏异性之间的亲密关系和乐趣，我们忽略生活中所有此类琐事，那么，生活似乎就没什么意义了。

不，此类琐事在我们的生活中是不可或缺的。我们可能已经经历这类琐事，也可能还没有。无论在平静的时光中，还是在阴沉的日子里，妻子对男人很重要，而丈夫对女人也很重要。这是因为，我们发育于一个孤独的卵细胞。一个卵细胞一旦由于两性结合而被激活，就成为一个独立的人，并开始了由一生到死的旅程。其间，无论周遭环境如何友善，他的整个身心都封闭在孤独的环境中。只有与异性的另一次结合，才可以使他忘记自己的孤独。现在，这种爱是男人和女人在这个世界上可以体验到的最令人振奋的情感之一，同时，它不断发展，最终达到两性间肉体的结合。毫无疑问，爱，是最复杂的问题之一。爱，性爱，是包罗万象的。从最低的层面上看，它纯粹就是动物的"发情"，正如圣保罗所言，最好去结婚，以免被这种激情灼伤。它是一个人恋爱时天堂上天使翅膀的阵阵窸窣声。它是铁路线旁简陋小屋里发出的一缕灯光。当屋外寒风刺骨、遍地荒芜时，它是使炉台温暖的壁炉之火。它是使得爱德加·爱伦·坡年轻、虚弱的妻子的心在冰冷的房间里得到温暖并跳动到最后一秒钟的一床棉被——此外还有坡的大衣、一只猫、坡的双手以及他岳母的双手。有时，我感到疑惑不解。她幸福吗？她不幸福吗？她那么可怜可同时又被爱包围着。当她在读她丈夫寄给她的、被保存下来的唯一一封信时，她的感受是怎样的呢？其他女人又感受到了什么?

　　我亲爱的心肝——我亲爱的弗吉尼亚——我们的妈妈会向你解释,为什么我今晚不能和你在一起。我相信,约定好的会面会给我——你的爱人、他的孩子——带来某些实实在在的好处,让你的心充满希望,让你对我的信任更长久一些。上一次,我十分沮丧,要不是因为你——我亲爱的妻子——我就会失去生活的勇气。现在,你是我最强大的并且是唯一的后盾,激励着我去与这种不协调的、不如意的、徒劳的生活争斗。

　　明天下午……时,我们就会在一起;我保证,在见到你之前,我会将你上次所说的话以及你热诚的祈祷珍藏在爱的记忆中!

　　愿你睡个好觉,愿上帝将一个和平的夏天赐予你和深爱你的人。

爱德加

1846 年 6 月 12 日

　　我当然是在谈论性和婚姻的问题,可我涉及的性并非局限于原始的动物本能,而是体现为人类生活的组成部分。人类的生活与动物的生存之间有着天壤之别。小马驹刚一落生就会自己站起来小跑,并且在断奶后就完全忘记了它的妈妈,同样,奶牛妈妈也会忘记它的小牛犊。与此不同,我们人类有漫长的童年时期,从而,彼此之间存在多年的交往和很好的了解。动物与人在性方面存在着同样的区别。当我谈及性时,我指的是家,而家就是女人。不管你是否已婚,你要么已经有了家,要么没有。女人也无法逃脱这一生活定式,不管她是如何智力过人。美国的哲人说，即使见解超人的女人也会发现自己被看做陷阱。这是存在了几个世纪的真理。[1]

我想起了艾比盖尔·亚当斯（Abigail Adams）。人们有时会想，今天的女人比她们的祖母更聪明。答案完全不是这样。毫无疑问，在美国革命发生的年代，存在着一个具有非凡的性格、智慧、勇气与才华的男人群体。但是，我想象到，殖民地的妻子们一定在背后给他们以支持，她们拥有同样的激情、同样的坚毅、同样的大无畏的精神。在寒风凛冽的冬夜，对英国国王犯下的罪恶所产生的仇恨之火，在爆发并蔓延到整个大地之前，一定已经在那些殖民地的家庭中郁积已久。从艾比盖尔在邦克山战役开始之后第二天写给丈夫的信中就可以看出一些端倪。

艾比盖尔就邦克山战役给丈夫的信

我最亲爱的朋友：

这一天，也许是决定性的一天，决定美国命运的一天，终于到来了。我心里的话塞得满满的，必须用笔来宣泄。我刚刚听说，我们的朋友，沃伦博士在战斗中光荣地为国捐躯了，他不能再高喊"士可杀，不可辱"的口号了。我们的损失是巨大的。在历次战斗中，他勇敢而又坚毅，不断地激励士兵们，他以身作则，一马当先，因而声名卓著。

---

[1] "爱对于纠正世界上妇女的社会地位是必要的。否则，自然本身似乎在阴谋反对她的尊严与幸福；因为有教养、见解超人、喜欢美丽、圣洁的女人发现，她自己下意识地对她的性充满渴望，并且，她身上所具有的这些美好的品质甚至增强了那些粗鲁的追求者的欲望。怀着愤怒，她发现她自己就是一个陷阱，并且天生就是一个陷阱。在逃往女修道院、戴上黑色面纱的过程中，对于自然她不时地进行激烈的反抗，对此我一点也不感到惊讶。爱可以彻底纠正这一严重错误。"爱默生这样写道。

我将把有关这些可怕的、但我更希望是光荣的日子的记录转交给你，当然会毫无保留地转交给你。

"身手敏捷并不能受到感召，力量强大不一定就能赢得战争；但是以色列的神将力量和权能赐给他的臣民。你们众生应当时依靠他，在他面前倾心吐意，神是我们的避难所。"查尔斯顿已成为一片废墟。战斗是在邦克山我方的堑壕里打响的，时间是在星期六的凌晨大约3点钟，到现在还没有结束，现在已经是安息日的下午3点钟了。

今夜他们可望冲出堑壕，接着会发生一场惨烈的战斗。全能的上帝呀，祈求您保护我们国人的头颅，庇护我们亲爱的朋友吧！有多少人已经阵亡，我们尚不清楚。大炮不断的吼叫声使我们心烦意乱，我们不能吃、不能喝，也不能睡。但愿我们会得到支持与援助！当我的朋友们觉得这里不安全时，我会离开的，你的兄弟好心地在他的住所里为我提供了住处，使我可以安全地在那里躲避。现在，我无法静下心来多写了。当我听到更多的消息，再给你补充吧。

艾比盖尔·亚当斯

1775年6月18日，星期天

一年以后，在一个更伟大的日子，独立宣言即将公布的日子，约翰·亚当斯给艾比盖尔·亚当斯写了一封信。

约翰·亚当斯在新国家诞生之际写给妻子的信

昨天，在美国一直争论不休的一个最重大问题终于得到了解决，人类历史上从来没有作出过这样的决定，将来也不会有。所有殖民地一致通过了一项决议："这些联合起来的殖民地，依据法律应该是，一个自由、独立的国度；因此，他们拥有，依据法律应该拥有，全部的权力去宣战，去缔结和平，去建立贸易，并去做其他国家依法所做的所有其他行动和事情。"几天之后，你将会看到一个宣言，其中将阐明激励我们进行这次伟大革命的原因，以及从上帝和人类的角度均证明这是一次正义的革命的理由。一项邦联的计划也将在数日之内出台。

你会认为我被狂热冲昏了头脑，可是我没有。我非常清楚，为了捍卫这个宣言，为了支持和保护这些州，我们将要付出多少艰辛、鲜血和财富。然而，透过重重黑暗，我可以看到令人陶醉的光明和荣耀的光芒。我可以看到，最终，它的价值将超过所有的财富，并且子孙后代都将会为那天的所为而欢欣鼓舞，尽管我们可能会为之懊悔，但是我相信，我们最终将不会懊悔。

约翰·亚当斯

费城，1776 年 7 月 3 日

当代作家的作品中充斥着浅薄的思想，而其中有关爱的论述通常是最浅薄的。那些所谓的"现实主义者"宁肯上刀山也不愿写关于幸福婚姻的话题。其他人同样不能看到生活的全部，他们沾沾自喜地将母爱简单地解释为某种分泌物，将性爱解释为荷尔蒙的作用，并得出结论说，这就是爱的全部内容。人类的经验已经表明，一桩成功的婚姻，即两个个体的成功结合以及对共同奋斗的分享，永远具有比那些"现实主义者"要让我们相信的多得多的意义，同时像小说的素材一样迷人，充满哀婉和幽默。例如，你可以读一下霍桑写给索菲亚·皮波蒂（Sophia Peabody）的信，后者是著名的先验论者兼书店女掌柜伊丽莎白·皮波蒂的妹妹。这封信富有内在价值，不仅仅因为它很好地表达了爱的本质，还因为作者在信里谈到了他的房间，多年来他在那里安坐、工作和沉思，从飘过那间屋子的梦境中，他创作出《旧事重述》和其他著名的小说。伊丽莎白本人可能对霍桑有意，可是他却爱上了她病弱的妹妹。虽然霍桑在信中将自己称做她的丈夫，但在写这封信时，他们只是刚刚秘密订婚。

千真万确，我们只是影子——直到触摸到了那颗心。

——纳撒尼尔·霍桑

我最亲爱的：

在这里，在他通常逗留的房间里，坐着你的丈夫，在逝去的岁月中，在他的灵魂与你的灵魂熟识之前，他曾经坐在那里度过了多年的时光。在此，我写了许多故事——许多已经被烧成了灰——还有许多毫无疑义应该得到相同的命运。这里真应该被称为鬼屋；因为，在房间里，无数的想象在我脑海中涌现；有一些已经成为现实。假如有人为我写传记，他应该在我的传记里对这个房间大书一笔，因为在这里我消磨掉了大部分孤独的青年时代，我的思想和性格也在这里形成。在这里，我曾经快乐无比，充满希望；在这里，我也曾经沮丧失望，意志消沉；还是在这里，我坐了很久很久，耐心地等候世界来认识我，有时候很想知道，为什么它还不快点认识我呢，或者至少，在我进入坟墓之前，是否应该多少知道我一点。有时（因为当时还没有妻子来温暖我的心），我好像已经是在坟墓里了，整个人只是一个被完全冻僵而麻木的生命。但是，我却时常感到很快乐——至少，像我当时所知道的那样快乐，或者说意识到快乐的可能性。不久，世界在孤独的小屋里发现了我，并召唤我向前——没有用欢呼般的叫喊，而是用平静、微弱的声音；我走向前去，但是我发现世界上空空荡荡，一无所有，以前，我一直认为它比我的旧日独居生活更优越，终于，一只鸽子出现在我的面前，它有着和我曾经有过的一样深的、独居的阴影。我离鸽子越来越近，并向它敞开了心扉，它轻快地飞了进去，合上了它的翅膀——它在那里安顿下来，永远地安顿下来，它使我的心感到温暖，它用自己的生命使我的生命焕发了青春。于是，现在我开始明白，为什么我被囚禁在这个孤独的小屋这么多年，为什么我总是无法打碎那看不见的门闩；假如我早些时候遁身于这个世界，我应该已变得更冷酷、更粗鲁，并被蒙上世俗的风尘，我的心将因为与芸芸众生粗鄙交往而变得麻木不仁；因而，我会绝对不适合将天国之鸽庇护在我的臂弯之中。然而，一直孤身生活，直到时机成熟，我依然保持着青春的朝气和心灵的活力，并将它们全都献给我的鸽子。

我最亲爱的，当我提起笔时，我并不清楚自己该说些什么；而且我确实怀疑自己是否应该写一些什么东西；因为，自从我们在上次那个极为快乐的晚上亲密地交流之后，好像一页纸只能成为我们之间的障碍。亲爱的，在我一直提及的那段时间里，我常常想，我可以想象出心灵和思想的全部激情、全部感受和全部状态；但是我对即将与另一个生命的结合却知之甚少！是你告诉我，我拥有心灵——是你用强烈的光芒照遍我的灵魂。是你将我展示给我自己；因为，没有你的帮助，我对自己的最佳了解将只是知道我自己的影子——看它在墙上摇曳，并且将它的幻想误以为是自己的真实行动。千真万确，我们只是影子——我们未被赋予真实的生命，并且，在我们周围最真实的事物似乎只是最空洞的梦境——直到触摸到了那颗心灵。这次触摸造就了我们——然后我们开始存在——从而，我们成为真实的生命，成为永恒的继承者。现在，亲爱的，明白你为我做了什么吗？一些很微小的情形都可能会阻止我们相遇，那样的话，我迟早还会回归孤独（也许是现在，当我已经卸下生活的重负），再也没有机会重获新生了！一想到这里，就觉得有些后怕。但这只是一种毫无根据的猜测。假如整个世界在我们之间停滞不前，我们一定早就相遇了——即使我们诞生在不同的年代，也不能被分开。

我最心爱的人儿，你好吗？如果我没有搞错，昨天，南方下了一场雨，现在你正沐浴在天堂般的阳光下，那似乎才是适合你的环境。

纳撒尼尔·霍桑 [1]

萨勒姆，1840 年 10 月 4 日，上午 10 点半

另一封伟大的爱情书信是约翰·杰伊·查普曼写给他第一个妻子——米娜·提米斯·查普曼的，她刚刚生下孩子就死于分娩。她是意大利人的后裔，她把这封信称为 "La miraculosa littera d'amore"，即神奇的爱情书信。查普曼是一个神经质、好冲动的人。在他追求米娜时，有一件事使他多年不能忘怀。在他将那个他认为是强闯进来引诱米娜注意的男人痛打一顿之后，他回到了独居的房间，将左

---

[1] 霍桑夫人有一个习惯，就是，将她丈夫信中的某些文字用剪刀剪裁或用墨水涂掉。亨廷登图书馆的一些专家复原了被墨水涂掉的段落，结果发现，它们只是包含了这样一些语句，诸如 "你热情的吻"——这令我们非常惊讶与失望！

手残忍地插进炽燃的煤火之中，然后走到麻省总医院将手截肢。难怪，在他的信中，他用充满灵感的笔触描述了他的精神是如何长了翅膀并在宇宙中盘旋的。

爱是一只手，还是一只脚？ [①]

我已经将这些信一一封上，心想，我终于写完了。于是，一股幸福感涌上心头——想你——只想你，我的米娜和快乐的生活。开天辟地以来，你一直在哪里？可是现在你就在这里，在我周边所有的空间、室内、阳光中，还有你的心灵、你的手臂和你灵魂的闪光以及你出现时强大的活力。每封信都不是科罗拉多荒僻的沙漠，也不是时间的徒然荒废。因为你的存在，很多生命涌入一个生命，绿色的嫩芽从植物的心中长出，花朵在夜晚萌出新芽，许多旧事成为不朽，失去的东西失而复返，同时，在我在子宫里诞生之前，你也已经存在了。并且，关于痛苦我们应该说些什么呀！它是错误，是困扰，它根本就没有必要。它是大坝崩溃，此坝也许根本就不该被建造——但是既已建起，也只有冲走它们，水才可以流到一起。

这是一封情书，不是吗？我给你写情书已经有多久了，我的爱人，我的米娜？是不是隐藏的泉水现在突然冒了出来，溢过了路边石和压顶石，漫过了我的脚、我的膝盖和我的全身？这个世界的水多甜呀——如果我们会死，我们已经饮过了它。如果我们会犯罪——或别离，如果我们会失败或

---

① 选自《约翰·杰伊·查普曼和他的书信》，M. A. De Wolfe Howe 编辑。休顿·米弗林公司。1937 年出版，版权所有，M. A. De Wolfe Howe。经授权再版。

者分离，我们已经尝过了幸福，我们一定会被写在祝福的书中。我们已经拥有了生活应该给予的一切，我们已经品尝过了知识之树，我们已经无所不知，我们已经成为宇宙之谜。

爱是一只手，还是一只脚；是一幅画，是一首诗，还是一个家；爱是一纸契约，是通行证，还是云中相遇的鹰——不是，不是，不是，都不是。它是光，是热，是手，是脚，是自我。如果我拥有清晨的翅膀并徜徉在海洋中最遥远的地方，你也会在那里，主下了地狱并且在第三天升入天堂，你还在那里，在欲望或交易之中。在崎岖、干燥的地方，在疾病与健康之中，各种各样疾病都有，不管这个世界中还会有别的什么事物，又有何妨，只要你在那里，只要每时每刻随时随地都有你的身影！我在这个世界的任何一个角落都可以看到你——除了你，我的眼睛什么都看不见。眼前荡然无物——我已经看到所有的东西都在那里却又什么都不是，而超乎一切之上的是你的双翼。这三年，难道我们没有在一起生活吗？一天天亲近，一天天融合，直到生命的活力在我们之间涌动并流通；直到我知道，当我写下这，你的思想时；直到我知道，当感情、希望、思想在我心中产生时——这些都是你的。为什么那些过时的文字表达和昔日的尝试所产生的痛苦是由努力地、有力而坚定地注视着的雕刻家的工具而造成的，好像得奖就全靠那些成磅的稿纸和激情写作的夜晚了？——他们确实很好地完成自己的工作，实现自己的目标？——或者它是无声的交流——深夜里无声的交流——即使是在过了一天天琐碎的日子或者进行了一次次争论之后，我们两人正是因此而走到了一起？没有关系，亲爱的，事情就是这样。它将你的灵魂植入我的身体，以至于我不需要用话语对你传达思想。我只是为了快乐和幸福而写。在逝去的岁月里，我们是多么勤勉地罗列着一个又一个事实，一个又一个意见，好像我们在为生活玩多米诺骨牌。我曾经是多么阴郁呀，向下拖着你，经常做徒劳无益的事，将小动物切碎、解剖、做标记，并虐待它们——而在我们之上有伟大的爱情，发展着，扩散着。我很惊讶，我们既不会发光，也不会用表现无限信息的手势和口音去说话，就像米开朗琪罗笔下的女巫那样。我很惊讶，人们在街上并不目送我们，好像他们已经看见过天使。

托·基奥凡尼（Tuo Giovanni）

科罗拉多州利特尔顿，1892 年 9 月 21 日

二、麻烦中的伟人：富兰克林

事实上，伟人有时也会遇到麻烦，这里指的是爱情方面，这拉近了他们与我们之间的距离。因为，只有在死亡和爱情方面，我们才发现他们和我们之间的平等，他们与人类所有成员之间一脉相承的血缘关系。某些人愚弄了他们自己，例如，马克·安东尼（Mark Antony），虽然对此他可能会坚决否认，虽然他可能会坚持认为只有与克娄巴特拉（Cleopatra）为伴，他才能真正回到现实，过真正的生活。生活中的一切都是相对而言的，我们不敢得出武断的结论。每个人必须独立作出判断。但是，即便马克·安东尼或裘利斯·恺撒为了各自的情妇而抛弃权力和可能的帝国，世人也只是声称，这简直像一个傻瓜所为。带着极强的好奇心与热情，我们喜欢读这样的

故事；我们认识到，我们也许做过同样的事情，或者至少我们可以很容易地理解此类事情，并在心底对此表示尊崇。

这是因为，伟人在恋爱时与我们是如此相像，以至于我们想知道他们当时是如何感受和如何做的。如果读者不反对的话，我们当然需要拜读他们的情书。我们将再次拿富兰克林、杰弗逊和林肯三个人为例子加以说明，在前文中我们刚刚研究过他们的宗教观。就拿本杰明·富兰克林来说吧，当他在巴黎遇到布里昂夫人并开始轻松、顽皮、勇敢地求爱时，已经七十二岁高龄了。他的求爱如同他们每周三和每周六的晚上在一起下棋一样，哲人总是要先走一着，布里昂夫人总是反击，而富兰克林从未真正赢过他的对手。对于富兰克林的爱情攻势，她既不拒绝也不阻止，他们一次又一次回到下棋上来。由于富兰克林的机智，这些信读起来令人感到轻松愉快、兴致勃勃。① 当然，富兰克林夫人已经辞世，但是布里昂先生，法国财政部的一名官员，却还健在。布里昂夫人（她的全名叫德·哈当古·布里昂·德·朱伊）风趣、迷人、友善而又有天赋。她直接给了富兰克林灵感，促使后者写出了《富兰克林与痛风的对话》；正是和她在一起，他才构思出了《蜉蝣》，而那著名的《哨子》（"为一个哨子付出太大的代价"）也是以给她写信的形式完成

----

① 富兰克林总共留下七封书信，原稿现存于美国哲学学会。富兰克林有时用法语写信，法语和英语的不同版本发表在美国哲学学会学报、史密斯整理的《本杰明·富兰克林作品集》，以及1906年10—11月发行的《普特南月报》上（英语翻译版本）。在卡尔·范·多伦（Carl van Doren）的《本杰明·富兰克林的自传体作品集》中，这些书信经过细致的编辑，首次以完整的内容呈现在读者面前，并附有卡尔·范·多伦完整的介绍性文字，每封信的起始页分别参见（原著）第436页、第469页、第476页、第489页、第511页、第584页和第586页。这些信写成的年代是从1778年到1782年。本书涉及的版本由维京出版社（Viking Press）出版。

的。布里昂夫人比他小四十岁，是七个孩子的母亲，在法国当时的家庭体系中，可以说她应该被牢牢地拴在家里。毋庸置疑，她喜欢这个美国哲人，像他喜欢她一样。两人之间的风流韵事在继续着，二人之间就"痛风"而进行的通信堪称其中的经典。布里昂夫人作了一首寓言诗《哲人与痛风》，并寄给了他，在那首诗里她指责这个哲人吃得太多，垂涎已婚妇女并将时间用在下棋和女人身上。作为回复，富兰克林创作了《对话》①。在《对话》中，他极力为自己辩解。他承认，他现在爱，过去爱，并将永远爱下去；他坚称，欣赏上苍送来的美好事物——诸如小潘趣酒、一个美丽的女人，或两个或三个或四个女人等是真正的智慧；他声明，他不能在下棋时总是赢。②"你寓言中的大人物之一，即，痛风，"富兰克林给她写道，"除了认为女人是导致这种痛苦疾病的部分原因之外，可以说分析得相当不错了。而我本人的意见与你完全相反，这就是我要争辩的地方。我年轻的时候比现在享受了更多性爱的乐趣，可我一点痛风也没得。因此，如果帕西的女人们拥有更多我经常徒劳地向你推荐的那类基督的慈悲话语，我现在就不应该患上痛风。我觉得，这很符合逻辑。"③富兰克林知道自己需要的是什么。在《对话》中，他是用同样的快乐心境写的，他拿自己可怕的、不卫生的饮食与生活

---

① 这篇《富兰克林和痛风的对话》和富兰克林许多精美的散文、笑话、杂记，如同他创作的《对一个年轻人的忠告（关于如何接受一个老情人的忠告）》《蜉蝣》《哨子》《波莉·贝克的演讲》《出售雇佣兵》以及他的其他政治性讽刺作品一样，现在都可以从很便宜的袖珍版本中找到，即《本杰明·富兰克林自传：穷理查德的格言、笑话、杂记、散文和信件》，由卡尔·范·多伦编辑，他是目前最了解这位伟人的美国人。

② 参见卡尔·范·多伦在《本杰明·富兰克林的自传体作品集》中的注释，（原著）第484页。

③ 同上注，第489页—第490页。

方式开玩笑，并且严厉批评自己的坏习惯——无节制的早餐、四杯加奶油的茶、一两片夹黄油的吐司和数片风干牛肉，然后在早餐后马上坐在书桌前写作，午饭后再坐在那里下两三小时的棋，而且他不喜欢步行，出门就坐他的马车。

　　布里昂夫人保证，假使他实际做的比她相信他可能做到的还要忠诚的话，她就在天堂里做他的妻子。富兰克林衷心接受这个想法，但是又不无疑虑。"在我到达那里之后，距你去追寻我之前，还要经过四十多年的时光——因此我想到建议你，以你的名誉担保，决不恢复和 B（Brillon）先生的来往……可是，那位绅士实在太好了，对我们是如此宽厚，他那么爱你，而我们也爱他，这使我在思考这个建议时，不可能在良心上毫无顾忌。还有那个令人不愉快的提议，即在来世中，我只被恩准亲吻你的玉手，或有时亲吻你的香腮，并在周三和周六的社交圈里与你甜蜜地度过两三小时……正如你要决定的那样，我觉得我也会爱你到永远……"并且，他还拟订出了他的天堂计划，"我们会一起吃黄油肉豆蔻烤天堂苹果。我们会一起怜悯那些仍然在世的人"。

　　富兰克林坚称，他的爱并非柏拉图式的。他觉得，柏拉图式的爱是不完美的。他不断引用"不要去勾引你邻居的妻子"的《圣经》戒律，并认为，对于犹太人来说这是很有效的戒律，可虔诚的基督徒未免感到太不舒服。事实上，在 1778 年 3 月 10 日的第一封信中，他就提出了十诫不合适、不受欢迎的意见。

致布里昂夫人

　　我陶醉在我精神向导的仁慈之中，并完全遵从她的指示，因为，她答应引领我踏上有趣的路程，奔向天堂，不论前面的路如何崎岖难行，只要有她相伴，我都愿欣然前往。

她在审视他的良心时，发现他只犯有一宗大罪，并文雅地称之为一种癖好，她的忏悔是多么仁慈、偏袒啊！

只要我满足一个简单而令人愉快的条件，即全心全意地爱上帝、爱美国、爱我的向导，你就会赦免我过去、现在和将来的全部罪恶，我坚信你的这一承诺。一想到我的罪过未来被全部赦免掉，我就会欣喜若狂。

人们普遍谈到十诫，而我了解的是十二条。第一条是：生养众多和昌盛繁茂；第十二条是：我赐给你们一条新戒律，即你们要互相爱对方。我觉得，它们的位置好像颠倒了，最后一条应该是第一条才对。但是，我从未对此提出过异议；无论何时我有机会，我都愿意始终不渝地遵守这两条戒律。我亲爱的诡辩家，请你告诉我，我如此虔诚地持守这两条戒律，尽管它们不在十诫之列，是不是也无法得到众人的承认并以此来补偿我经常打破那十诫中的某一条的行为？我是指禁止勾引我邻居的妻子那一条，我承认我不断地违反它（愿上帝宽恕我），违反的频率如同我经常去看望或想起我那可爱的告解神甫一样；并且，即使我完全拥有了她，恐怕我也不可能悔罪。

此刻，我在向你请教一个有关良知的问题。我将提到某个教堂神甫的观点，尽管我不太确定这一观点是不是正统，但我还是愿意接受它。这个观点是：摆脱某种诱惑的最有效方法是，每当它来临时，顺从它满足它。请告诉我，我需要冒多大的风险才能实践这个原则？

可是，我为什么如此谨小慎微呢，你不是已经保证过在未来赦免我吗？

再见，我迷人的女向导，相信我，你最顺从的、卑微的仆人，对你永远有着最发自内心的尊重与爱意……

本杰明·富兰克林

帕西，（1778年）3月10日

三年以后，在1780年至1781年的冬季，布里昂夫人滞留在法国南部，而富兰克林则还在继续着第九条诫命的主题。"我经常从你的房屋前经过，"他写道，"对我来说这似乎太痛苦了。以前我经常打破戒律，渴望与我邻居的妻子在一起。现在我不再奢望进那座房屋了，所以我不是什么罪人了。但是，至于他的妻子，我总是觉得这些诫命太不恰当，当初制定出这样的诫命，我感到非常难过。假如你在旅途当中碰到罗马教皇，就请求他撤销这些诫命，因为它们只是订给犹太人的，而虔诚的基督徒对此会感到很不舒服。"于是，这个爱情游戏继续下去，直到布里昂夫人无理地或者说幽默地抱怨说，在她不在他身边的时候，富兰克林忘记了给她写信，但是却有时间给她的国家的其他女士写。为此，她起草了一份协议，用的是一种精心设计的法律形式；如果签署了这份协议，富兰克林必须全心全意地去爱一个人，即布里昂夫人自己。当时，富兰克林正忙着准备其他更重大的政治协议，而同时，他运用"协定书"①的形式，提出了自己的草案，这显露出他杰出的外交技巧，最大限度地保留和保护了他爱任何自己喜欢的其他女士的权利。

但是，富兰克林最机智也是最殷勤的信是写给爱尔维修斯（Helvetius）夫人的，她是一名法国哲学家的遗孀。这封信简直是无可辩驳的佳作，以至于富兰克林将它在帕西的私人出版物里刊登了

①《本杰明·富兰克林的自传体作品集》，（原著）第584页—第586页。维京出版社。

两次。信是在一天早上写的，前一天晚上，他一直和她在一起"放肆地胡说八道"。当时，富兰克林曾经向她求婚并遭到拒绝。正如卡尔·范·多伦所说，富兰克林并不是一个悲剧性的求爱者。他不可能是，而且，他还在同时向布里昂夫人献着殷勤。

致爱尔修斯夫人

本杰明·富兰克林

昨天晚上，你那么武断地残忍地作出了那个决定，你将在你的余生一直独身，并以此作为对你丈夫怀念的一种敬意，这使我颜面尽失。我回到自己的房间，躺在床上，我梦见我死了，并被带入了天堂。

有人问我是否特别想见什么人，我回答说想见哲学家。"在这个花园里就住着两个；他们是好邻居，彼此非常友好。""他们是谁？""苏格拉底和爱尔修斯。""他们两个我都非常尊敬；但还是让我先见爱尔修斯吧，因为我略懂一些法语，对希腊语却一窍不通。"我被带去见他。他非常礼貌地接待了我，他说，因为我的声望，他过去就知道我。他问了我上千个问题，都是关于战争以及宗教、自由和法国政府当前状况的。我说："那么，你不问候一下你亲爱的朋友爱尔修斯夫人吗；她还非常爱你呢。不到一小时以前我还和她在一起。""啊，"他说，"你使我重温了过去的幸福，而为了能够在这里幸福地生活，本来应该忘记过去的。多年来，我一直在想着她，虽然最终我得到了安慰。我又娶了一个妻子，这是我能找到的与她最相像的一个女人；总的来说，她确实不是很漂亮，但是她具有过人的智慧和良好的感觉，并且她费尽心思就为讨我的欢心。此时，她去取最好的琼浆和仙果来供我享用；在这儿多待会儿，你就看见她了。""我觉得，"我说，"你以前的朋友对你比你对她更忠诚；有许多人向她求婚，他们都是很优秀的人，但都被她拒绝了。我向你承认我也特别地爱她；但她对我却很冷酷，为了你的缘故她不容置辩地拒绝了我。""我真诚地为你遗憾，"他说，"因为她是一个优秀的女人，美丽而又和蔼可亲。但是，德·拉·洛希神甫和莫雷莱神甫没有去看她吗？""他们当然去看她，你的朋友中没有一个断绝了和她的来往。""如果你用上等的咖啡和奶油贿赂莫雷莱神甫并赢得他的信任，或许你已经成功了；因为他是一个像邓斯·司各脱和圣·托马斯一样深刻的理性者；他有效地提出自己的论点，并使其条理清楚，因而他的论点无人能够驳斥。或如果你能使德·拉·洛希神甫就一些古典文学名著的范本反对你的观点，可能效果更好，因为我一直注意到，当他向她推荐任何读物时，她都有一个很大的癖好就是专门与他作对。"在他讲完这些话时，新爱尔维修斯夫人手拿琼浆走了进来，我立刻就认出来那是我以前的美国朋友，富兰克林夫人！我向她重申我们的关系，但是她冷冷地回答我："我做了你四十九年零四个月的好妻子，将近半个世纪；你应该心满意足了。我已经在这里组建了新的家庭，直到地老天荒。"

由于对我的这位欧律狄刻的拒绝非常气愤，我立刻打定主意离开这些忘恩负义的阴魂，再次回到这个可爱的世界，观赏太阳观赏你；我现在就在这里；让我们为我们自己复仇吧。

想要描述富兰克林真是很难。我的最佳总结是，富兰克林永远无忧无虑，在道德上和学识上他都是快乐的。只把他说成这个世界的一个人是不够的。因为他是一个人，他才爱着这个世界。[①]他几乎和歌德一样品行端正，尽管讲起话来他更像一个知道如何运用清晰、明智的语言来表达自己想法的优秀的报社编辑，而不是一个来自于帕纳塞斯山的诗人。最重要的是，他头脑清晰，正是由于他清晰、平和的思想性格，他的作品中才会充满强烈的幽默感与平和心。我觉得，他好像总是知道他想要的是什么并以此为快乐。我们中间能达到这种境界的人何其少也！特别值得一提的是，他的大脑一直处于探索过程中。不管什么事物，他都追求创新。在《对求爱与婚姻的反思》中，关于婚姻和爱情他曾经说了许多优美、睿智的话语。他曾将婚姻称为"最伟大最广泛的政府获得其生存的源泉"。（又是孔夫子的思想！）但是，他也看了私生子母亲们的案例，略早于现代瑞典的法律。在《波莉·贝克的演讲》中，他勇敢地为这些母亲进行辩护，因而，作为一个证据充足的有力论点，这一演讲仍然给现代人留下深刻印象。这是一个伤脑筋的问题，我们不想介入进去，但是如果说人类可能拥有什么不可剥夺的权利的话，这就是妇女做母亲的权利。这个虚构故事的结局是令人满意的，法官自己娶了那个女人，我相信，在今天，任何现代法官都会这样做的。

波莉·贝克的演讲

本杰明·富兰克林

以下是波莉·贝克小姐在新英格兰波士顿附近的康涅狄

[①] 富兰克林有一个私生子；他的儿子也有，他的儿子的儿子也有。孔夫子休了妻子；他的儿子也休了；他儿子的儿子也休了。这是怎么回事？我很感兴趣。不管怎样，富兰克林特别像孔夫子。孔夫子也总是沉浸在无边的快乐中。

格法庭上的演讲。在那里，她因为有了一个私生子而被第五次起诉。她的演讲影响了法庭，使法庭免除了对她的惩罚，并导致其中一个法官在第二天娶了她。和他，她生了五个孩子。

"可否请诸位尊敬的法官允许我讲几句话：我是一个贫穷的、不幸的女人，我没有钱去请律师为我辩护，艰难地维持着生计。请放心，我不会长篇大论的，尊敬的各位，因为我不敢冒昧地期望你们，无论在什么情况下都会被我说服，最终为了我的利益而去违背法律的条文。我唯一的卑微希望是，各位尊敬的大人能够仁慈地使州长对我大发慈悲，也许可以免了我的罚金。先生们，这已经是第五次因为相同的理由我被拖到你们的法庭上；有两次我付了很重的罚金，另外两次由于我没有能力偿付罚金而被带到公众面前接受公开处罚。这已经是过去的事了，从法律上讲也许是合适的，对此我没有异议。但是，有些法律本身是不甚合理并因此被废止；而其他法律使特定情形下的违犯者承受巨大的负担，因而在某处就提供了权力去免除对它们的执行。所以，我冒昧地说，我认为，惩罚我的这项法律，本身既不合理，对我又太过严厉，而我一直在出生的街区过着与邻为善的生活，即使敌视我的人（如果有的话）也很难说出我曾经无理地对待过哪个男人、女人或孩子。从法律条文的角度，我不能想象出（尊敬的各位大人你们可以吗）我的罪过的本质是什么。我已经将五个可爱的孩子带到这个世界，这使我的生活更加举步维艰；可我靠自己的勤奋将他们养育得很好，而没有给镇区增加什么负担，如果不是因为我交了沉重的罚金，我的生活也许可以过得更好。在一个新成立的国家，一个确实需要人口的国家，使国王的臣民增加能是罪恶吗（我是指从事物的本质上来说）？我承认，我应该认为，这是一种值得赞扬而不应受到惩罚的行为。我没有诱使任何其他女人的丈夫堕落，也没有诱惑任何其他的年轻人；我从未因为这类事情被指控过；也没有引起任何人对我丝毫的抱怨，也许司法官员们除外，因为我未婚生子，他们收不了婚礼费。然而，这能是我的错吗？我恳求各位大人。你们会乐于认为我不需要判断力，但是我只有被麻醉到极点，才不会去喜欢令人尊敬的婚姻状况而选择我现在的生活状态。我一直愿意，并且现在还是愿意进入这种状况；而且我毫不怀疑我在其中会表现很好，因为我集勤勉、节俭、生殖力和与一个好妻子的品质有关联的家政技巧于一身。我反对任何人说我曾经拒绝那样的求婚；正相反，我非常乐意地接受了那唯一一次向我提出的结婚建议，那时我还是个处女，但是太轻信了那个人作那个建议的诚实，因为相信他的话，我悲惨地失去了我的尊严；因为他使我怀孕，然后却抛弃了我。

"就是那个人，你们都知道，他现在成了这个国家的地方法官；而我曾经奢望，他会在今天出现在法官当中，并且尽力为了我的利益说服法庭，减轻对我的处罚；后来，我本该不屑于提及这件事；但是我现在必须控诉这种不公正和不平等的现象：我的背叛者和毁灭者，导致我的过错和对我的误判（如果人们认为这肯定是误判的话）的罪魁祸首，却在这个用皮鞭和名誉扫地惩罚我的政府中得到加官晋爵的机会。有人应该告诉我，在此案例中，我似乎并没有违犯议会法案，而是我的罪行违犯了宗教戒律。如果我犯的是一个宗教过错，应该交由宗教惩罚。你们已经将我排除在你们的教会之外，不准我参与教会的活动。那还不够吗？你们认为我违抗了天命，必须忍受永远的火刑：那还不够吗？那么，你们额外的罚金与鞭笞又有什么必要呢？我承认，我和你们的想法不同，因为，如果我认为你们所谓的罪恶真是罪恶的话，我不会胆大包天地去触犯。但是，怎么能够相信，上苍会对我生了孩子而感到生气呢？其中我只做了很少很少的事，是上帝高兴地在形成他们的身体时将他神圣的技巧和绝妙的工艺加入其中，并将理性的和不朽的灵魂全部赏赐给了他们。

"如果就此事我说得有一些过分的话，请先生们原谅；我不是神，但是，如果你们，先生们，必须去制定法律的话，不要用你们的禁令将自然的和有用的行为也当成犯罪。而是用你们的智慧考虑一下，这个国家中数量庞大而且还在不断增加的单身汉群体，他们中的许多人，由于担心负担不起养家糊口的费用并为此感到羞愧，在他们的一生中从没有诚实地、令人尊敬地去追求过一个女人；而是按他们的生活方式不去生育（比谋杀稍微好一点）成百上千的后代。相对于我所做的，这不是对公共利益更大的违犯吗？那么，通过法律强迫他们要么去结婚，要么每年付双倍的通奸罚金。可怜的年轻女子必须做什么呢？她们的习俗和本性禁止她们去勾引男人，她们也不能强迫他们做自己的丈夫，同时法律对为她们提供丈夫显得漠不关心，反而在没有他们的情况下行使了她们的责任时严厉地惩罚她们；而这一责任是大自然和大自然中的上帝第一条伟大的诫命：生养众多，昌盛繁茂；这是一种我坚定地去履行、没有什

么能阻止我的责任，但是为此缘故，我已经冒失去公众尊
重的风险，并频繁地忍受了公开的耻辱和惩罚；因此，以
我卑微的观点，应该为纪念我竖起一座雕像，而不是对我
处以鞭刑。"

[《绅士杂志》，1794 年 4 月]

三、麻烦中的杰弗逊

杰弗逊的爱情故事是多么与众不同啊！他拥有一个完美的婚
姻。他的浅黑肤色的妻子是一个有着良好教养的人，她温和、优
雅、充满活力，是一个优雅的舞蹈家和音乐家，出生在一个非常富
裕的家庭。她是那个年代弗吉尼亚上流社会中一朵艳丽的花。在十
年里生了五个孩子之后，她的身体垮掉了；当第六个孩子降生后，
在缠绵病榻四个月后她去世了。杰弗逊痛苦异常，他昏厥了很长时
间，醒来后在屋子里踱来踱去，对没有她的生活感到非常失落和恐
惧。杰弗逊是一个优秀的学者，他用希腊文雕刻她的墓志铭，来守
护他那圣洁的私人感情。经历了漫长的一段时间之后，伤口终于愈
合了。事情是这样的，生命垂危时的杰弗逊夫人曾经让他承诺，永
远也不给他们的孩子（其中三个已经死了）找继母，这份承诺他遵
守了四十四年直到去世。四年后，他在巴黎遇见考思威夫人和她的
丈夫，当时，他在情感和理智之间曾有过激烈的斗争。他没有富兰
克林的平和与勇气。也许因为他爱过很少的女人，他是个一往情深
的人。最终，他的理智战胜了情感，却伴随着剧烈的痛苦。这一点，
我们可以很容易地推测出来。

考思威夫人（玛丽亚·塞西莉亚·考思威）和她的丈夫一样，也是个微型画画家，那时他们正在欧洲旅行。在巴黎，他们和杰弗逊一起参观了圣·日耳曼和圣·克劳德教堂，还参观了美术馆。在他们分手时，杰弗逊坐下来写了一封十四页的信倾诉思念妻子的痛苦。长信是用左手写的，因为他的右手腕已经受伤。

根据杰弗逊所说，她的迷人之处在于她的音乐、谦逊、美丽以及"作为女性特征的柔和的性情"，这些品质标志着杰弗逊时代理想女性的完美形象。我们知道，杰弗逊是一个知识分子。但是他感觉到，也想到——这使他成了更加完美的人。我因为他说"心灵中涌起一阵阵真正的欢乐之情"而对他喜爱有加。

托马斯·杰弗逊致考思威夫人：理智与情感的对话

托马斯·杰弗逊

我亲爱的夫人——在圣·丹尼斯教堂的亭子旁边，我把你扶入马车，亲眼看着车轮转动起来；做完这件令我觉得悲哀的事情之后，我转过身走向对门，我自己的马车在那里等着我，此时我感到自己与其说还活着，倒不如说已经死了……坐着马车我回到家中。坐在壁炉旁，我感到孤独而又伤心，于是在我的理智和情感之间发生了以下的对话。

理智：哎，朋友，你好像有点什么事吧。

情感：没错，我现在是地球上所有生命体中最不幸的了。我忍受着巨大的痛苦，我情绪的每一根纤维都膨胀得超出它可以承受的自然限度，我现在愿意遇到任何天灾人祸，那会使我不再有感觉，不再害怕。

理智：这些是你的热情与轻率所造成的永远消除不了的后果。这就是你正在引领我们陷入的窘境之一。你的确承认了你很愚蠢；但是你却还在迷恋着、坚持着这些蠢行；并且，因为你并没有幡然悔悟，所以也别指望会有什么改观。

情感：啊，我的朋友！现在不是谴责我缺点的时候。我已经被痛苦的力量撕成了碎片！如果你有什么镇痛的药膏，请将它倒入我的伤口；如果没有，请不要用新的痛苦折磨这些伤口。宽恕我吧，在这难熬的时刻！假如在其他时候，我会耐心地聆听你的劝告。

［杰弗逊以这种方式继续写着，使人联想到富兰克林的《富兰克林和痛风的对话》，杰弗逊一定读过并很欣赏它；但是，在此情况下，理智在责备情感的愚蠢。他回顾了两者一起度过的时日。情感指责理智心中装满了图示和钩编织品。而理智则为自己辩解说，它那时在想，怎样在里士满建造一个市场并在上面安一个"Halle aux Bleds"（意为"乡村市场"，为考思威夫人一作品名）式的壮观圆顶；在想，情感是如何真的背叛了它，使它发出不诚实的信息，结果打破了一个约定，与迷人的考思威夫人一起陷入窘境；在想，在第一天之后，它怎样满怀美好的回忆踏上返程的路并力劝自己进行第二次会面！然后理智提醒它，它应该已经知道，对考思威夫人的拜访将是短暂的，并且他们将可能永远也不会再见面了。］

情感：但是他们告诉我明年还会再回来。

理智：但是同时，看看你忍受的痛苦；况且，他们能不能回来，要依据许多情况而定，如果你聪明一点的话，你就不会对此有所指望。综合考虑，这是不大可能的，因此你应该放弃与他们再次见面的想法。

情感：如果要放弃的话，还是让老天爷先放弃我吧！

理智：很好。那么，假定他们会回来。他们也将只停留两个月，那么，当两个月过完了之后，接着怎么办呢？也许你以为他们会到美国来吧？

情感：只有上帝知道将要发生的事情。

[杰弗逊接下来描写了美国的美丽风光。但是理智又讲话了，并且读者已经意识到，理智将要赢。下面是对幸福的艺术所作的一段精彩的描述。]

理智：请记住昨天晚上吧。你知道你的朋友将于今天离开巴黎。这足以使你陷入巨大的痛苦之中。整夜你辗转反侧；你无法入眠，不得安歇。你那可怜的受伤的手腕也是，从没在同一个位置待上哪怕是片刻的时间；一会儿上边，一会儿下边，一会儿这里，一会儿又那里；你对它的反应也感到惊讶，难道疼痛感又回来了？于是，你又叫来了外科医生，你随后又认为他是个不学无术之人，因为他不能解释这次异常变化的原因。总之，我的朋友，你必须改变你的方式。这不是一个像你的做法那样可以随便生活的世界。为了避免那些长期的苦恼，那些你总是让我们遭受的苦恼，你必须学会未雨绸缪的做法，然后你才能采取可能关系到我们安宁的步骤。这个世界上，所有的事情都是需要算计的。于是小心前行，平衡掌握在你的手中。将任何事物可能提供的欢乐放到天平的一边，但是要将接踵而来的痛苦公平地放入天平的另一边，然后看看哪一边更重……在你不清楚里面是不是藏着鱼钩之前，不要去咬快乐的诱饵。生活的艺术就是躲避痛苦的艺术；它是最佳领航员，它驾驶时，对周围的礁石和浅滩了然于胸。快乐永远在我们面前；但是不幸就在我们身边：当你追逐那一个，这个就跑来抓住你。

[接下去是关于友谊的讨论，随后，情感就情感与理智之间职责的分配问题进行了最后的阐述。]

让从这个世界逃离的抑郁的修道士，隐遁到他的密室下面去找寻属于他个人的快乐吧！让理想化了的哲学家在追求穿着真理服装的幽灵时，抓住幻想出来的幸福吧！他们的最大智慧就是最大的愚蠢；他们错将只是没有痛苦当做幸福。假如他们曾经感觉到心灵中涌起的一阵阵真实的欢乐之情，他们会拿他们生命中所有乏味的思考来交换它，而你曾经用那么高尚的语言夸耀那些乏味的思考。那么，相信我吧，我的朋友，那是一个悲惨的算术家，他会将友谊估算为一钱不值的东西，或者比一钱不值还低贱。对你的尊敬已经促使我介入这场讨论中来，并倾听你讲述那些我深恶痛绝并发誓放弃的原则。对我自己的尊敬现在要求我将你召回到你的职责的适当范围内。当大自然分配我们同一所住房时，它还在那里为我们划分了疆域。它将科学的地盘给了你；将道德的地盘给了我。当圆被画成了方，或者彗星的轨道被追踪；当要去调查最大承载力的拱形，或者最小阻力的固体时，请考虑一下这个问题吧；这是属于你的问题；大自然没有给我认识它的机会。在同样的态度方面，在拒绝你的诸如同情、善良、感激、正义、爱情、友谊等情感方面，它将你排除在它们的控制范围之外。对这些，它已经适应了情感的方法。道德对人的幸福简直太重要了，以至于不能冒险与理智进行没有把握的结合。因此，它将道德的基础放在情感上，而不是科学上……但是，有一些事实……将足以向你证明，大自然并没有安排你们朝我们的道德方向发展……如果我们的国家，在邪恶的刺刀威逼下，已经被它的理智而不是情感统治，那么，现在我们该会在哪里呢？早就在绞刑架上被吊得高高地绞死了。你们开始计算，开始比较财富和数字；而我们热血沸腾，激情澎湃；当我们面临危险时，我们舍身而出，我们拯救了我们的国家；与此同时，我们证明了上帝的处事方式，他的戒律是，永远做正确的事，而将问题留给上帝。总之，我的朋友，根据我的记忆提供的信息，我不知道在你的建议下曾经做过什么善事，而不听你的建议曾做过什么卑鄙的事情……

我认为暂停这次对话中的这一话题是一个很好的提议。于是我要了睡帽将它结束。我想，我知道你非常希望我要得更早一点，以使你不再忍受无聊的说教……我以我的名誉向你保证，我以后的信会有一个合理的长度。我会赞同只向你表达我一半的敬意，因为害怕太丰盛的一份会倒了你的胃口。但是，在你那里，则不必削减。即便你的信长得像《圣经》，对我来说它们都显得很短。只是，要让它们充满情意。我将用阿勒甘的方式去读它们，阿勒甘曾经在 Les deux billets（两张车票）中拼写了这些单词 "jet' aime"（我爱你），并且希望，这句话的构成能够包容整个的字母表。

巴黎，1786 年 10 月 12 日

四、麻烦中的林肯

林肯的麻烦在于他没有恋爱过，没有和他的妻子恋爱过。如此赤裸裸的结论也许可以从他在结婚一周后写的一句话中得到充分证明："我结婚了，这是唯一新鲜的事情，结婚对我来说真是一个非常奇异的事。"[①] 他的态度颇像他还是个小孩子时，父亲对他说过的话，"当你做了一笔糟糕的交易时，还是应该把它守紧点"。他只爱一个女人，美丽的安妮·鲁勒吉，新萨勒姆的白皮肤金发碧眼少女，只有她可以使他的家庭生活幸福。不幸的是安妮·鲁勒吉突然死于疟疾，此后他再不能相信任何女人，因为他再不能相信他自己。他的遭遇充分证明，女人可以使伟大的男人神经质，这当然是对女性力量的赞颂！我们无须任何证据证明，伟大的男人，不管多么伟大，在看了歌舞队女演员第一眼后，如果她确实漂亮的话，还会再看第二眼。有些女人怎么可以想去忽视这个基本的事实呢，这真是令人不可思议。

林肯和玛丽·托德的故事是广为人知的，例如，有一次林肯夫人手拿笤帚将她的丈夫追打到门口，还有一次当林肯敲门等着进来时，她从二楼倒下一桶水——这些故事是未经证实的，因此既不能说真实也不能说不真实。然而，众所周知，对林肯来说那是一个非常沉闷的家；他的弟妹，爱德华兹夫人，曾经在他们第八街的房子前种了不少花，却因为没人照料而枯萎，然后死掉了；邻居曾经看见林肯在深夜1点钟砍木头，"做晚饭"；人们还可以看到，这个崭露头角的政治人物在某个清晨去市场，胳膊上挎个篮子，一条灰色的旧披肩，卷成一卷，像根绳子一样缠绕在他的脖子上；林肯夫人在其他方面也许具备良好的品质，不过在家里，她经常发脾气，恐吓女佣、送冰人和报童。据他们的邻居高里夫妇反映，当她的坏脾气发作时，林肯先生起初好像根本就不在意。"他常常会笑话她，

---

① 参见林肯于 1842 年 11 月 11 日写给塞缪·D. 马歇尔的信。

这在十分生气的妻子面前是很冒险的事；但是一般情况下，如果她仍然很不耐烦，他会抱起他们的一个孩子不慌不忙地离开家，像是要去散步一样。"可是，据哈丽特·查普曼——丹尼斯·汉克斯的女儿，曾经在春田镇住了一年多的时间——讲，林肯用他最惬意的姿势躺在地板上读书的场景是很吸引人的。"我想象着看见他此刻正全身舒展地躺在他破旧的家中的客厅里。他会将一把椅子放倒在地板上，然后在上面放上一个枕头。他非常喜欢读诗，当他沉醉其中时，他会经常开始朗读《约翰·摩尔先生的葬礼！》"[1]是的，我们可以理解：林肯对读书的痴迷和他惯常的忧郁感，他在女人面前的笨拙，他的深刻、执着的自省精神和他间或沉迷于某些深邃思考时心不在焉的神态；而林肯夫人不由自主地大发脾气，她应该去做做心理分析。赫恩登在《灾难性的一月一日》（1841 年）中讲述了下面这样一个故事，并受到某些史学家的质疑。故事是这样的：当玛丽·托德穿着婚纱站在爱德华兹大厦，婚宴已经准备好，客人也已经到齐，而新郎却故意没有出现——然后，婚筵没有人动，客人们悄悄地离开，没有结成婚的新娘孤零零地回到她的房间！当林肯在二十三个月之后确实娶了她时，她知道，他结婚只是为了维护自己的名誉并履行他的诺言。据说，当他在巴特勒家中自己的房间内穿婚礼礼服时，巴特勒的小儿子，斯比德，看到林肯穿得那么英俊潇洒，用孩子气的天真问他要去哪里。林肯回答说："我想，是下地狱吧。"[2]

　　众多林肯的传记作者都谈及这个悲情、忧郁、上帝亲自用花岗岩凿成的人物的家庭生活。但是，我们最好直接谈谈这些书最

[1] 见保罗·M. 安格尔的《林肯读者》第 4 章。安格尔把这些材料轻松地收集到一起并本着公正的态度予以加工。
[2] 参见赫恩登的《林肯传》，（原著）第 214 页和第 229 页。

初的素材提供者，威廉·H.赫恩登，林肯律师事务所二十年的合伙人与朋友。在读赫恩登的林肯传记时，必须要考虑到这样的事实，即作者和林肯夫人彼此从来不喜欢对方，而且赫恩登的同情全部都在她丈夫这边，如同我们在看待我们朋友们的婚姻生活时，也会经常这样做一样。还有，发生在第八街的宅子中和白宫里的事情足以使我将同情给予亚伯拉罕·林肯；即使如此，他们的婚姻并未破裂，这使我对林肯肃然起敬。林肯是如何做了一笔糟糕的交易并深陷其中，对此，在赫恩登文笔流畅的《林肯传》里有很好的描述。正如赫恩登在书的结尾所说，林肯从紧紧守住那笔交易中得到的是总统的职务，这会是真的吗？如果是这样，主做事的方式实在太让人不可思议！

林肯的家庭生活

威廉·H.赫恩登

　　谈到林肯先生的家庭生活，也许我现在要透露的是他的性格中以前不为世人所知的成分；但是，这样做，我相信不会触犯任何人，因为，这个家庭戏剧中的所有演员都已经故去，况且世人似乎很愿意了解这些事实。在他所有的朋友看来，婚姻生活在林肯的政治生涯中发挥了独特的影响，既然如此，我十分清楚，现在对其进行阐述并没有什么不合适的。林肯夫人的性格特征已经在其他章节详细讲述过了，很多事实足以说明，她最大的不幸就是她没有能力控制自己的脾气。承认了这一点，所有问题都可以被解释得通了。无论在其他人面前她的丈夫显得多么冷淡和心不在焉，无论他在公众面前被招惹而起的愤慨有多么强烈，他从不在家里发泄他的情绪。在所有的家庭事务中，他总是温顺地听从妻子的意见，妻子拥有最终的权威。[1]这可以在一定程度上解释戴维斯法官的陈述，"一般情况下，每星期六的晚上所有的律师都会回家，去看望他们的家人和朋友，而林肯会找一些借口拒绝回去。我们对此不作任何评价，但是我们所有人似乎都感觉到，他的家庭生活似乎并不幸福"。对家庭的事他什么都不管。他的孩子们可以为所欲为。他默许他们许多古怪的行为，对他们什么也不限制。他从不责骂他们或对他们像一般的父亲那样皱起眉头。他是我所知道的天下最纵容子女的父亲。他有一个习惯，当星期天在家的时候，他的妻子去了教堂，他会带着他的两个儿子，威利和托马斯——或者"泰德"——去办公室。他很少同他的妻子一起去教堂。对孩子他绝对不予管教而是任由他们玩耍。他们把书从书架上弄到地上，弄弯了所有的钢笔尖，碰翻了墨水瓶架，把法律文件撒满了一地，或者将铅笔全都扔进了痰盂，这些都不能打扰他们好脾气的父亲，他是那么地安详。他经常全神贯注地思考问题，从不会注意到他们的胡闹，甚至是破坏性的恶作剧——像他那不幸的合作伙伴所做的那样，想得多，但什么也不说——并且，即使引起了他的注意，他也不会像个父亲那样，显露出任何真实的不满情绪，这事实上等于鼓励他们故技重演。当教堂的活动结束以后，孩子们和他们

---

[1] 一天，某人来收拾林肯家的院子，他向林肯夫人建议，可以先伐掉其中的一棵树，对此建议，她表示赞同。但是，在做之前，那个人来到我们的办公室就这件事来询问林肯本人。"林肯夫人怎么说？"林肯问。"她同意把它挪走。""那么，以上帝的名义，"林肯大声地说，"把它连根伐了吧！"——赫恩登的注释。

的父亲，走下楼梯，懊丧地向家里走去。他们混在从教堂回来的衣冠楚楚的众人之中，他们中的大多数人可能会想，和他们擦肩而过的这个三人合唱小组是否要去这样的一个家中：在那里爱和生着白色翅膀的和平鸽是至高无上的主宰。林肯夫人的一个近亲在解释她不幸福的家庭生活时，说出了这样的意见："林肯夫人出身高贵，并被当做一个淑女抚养长大。而她的丈夫在出身、教育和成长方面都正好和她相反。因此，当门铃响起他亲自去开门而不是让女佣代劳的时候，她会对他抱怨，这就毫不奇怪了；如果正如你说的，她引起了'滑稽的战争'，她也不应该受到谴责，因为他坚持要用他自己的餐刀去切黄油，而不是用银柄的专用餐刀。"[1]她的丈夫缺乏诸如此类的社交礼仪，这当然让林肯夫人非常愤怒，因此她会不顾时间、场合对其进行批评。她频繁地发脾气，使林肯经常陷入困窘之中，而要想摆脱掉这类困窘，对他来说实在太难了。

因为林肯夫人独特的性情，她无法留住用人长时间为她工作。大海永远是不能平静的，风会随时将海水吹皱。她喜欢炫耀和引人注意。当她赞美她的家庭出身，或莫名其妙地发怒时，如果用人会假装绝对顺从，或者足够机智

---

[1] 一个曾和林肯夫妇一起生活了两年的女亲戚告诉我，林肯先生有一个习惯，爱拿椅子背当枕头躺在地板上读书。一天晚上，当他正在客厅的地板上躺着看书时，听到前门有敲门的声音，尽管他只穿着衬衫，他还是去开门了。两个女士在门口，他邀请她们来到客厅里，用他那坦然的随意的说话方式告诉她们，他将"快步跑给女人们看"。林肯夫人从邻近的房间看见女士们进门，也听到了她丈夫的滑稽的表示。她的愤怒即刻爆发，使林肯处于极其尴尬的境况，于是他从家里离开。直到很晚才回家，他是悄悄地从后门溜进家里的。——赫恩登的注释。

地夸赞她的社会地位，那么，林肯夫人就会暂时成为她最坚定的朋友。有一个女佣，她通过调整自己，以适应那个女人的反复无常，居然和这个家庭一起生活了好几年。她告诉我，每当道格拉斯和林肯之间进行辩论的时候，她经常听到林肯的妻子自夸，她应该已经是白宫的女主人了。她之所以能够忍受女主人的古怪，是因为林肯先生答应，每星期额外给她一块钱，条件是她必须毫无怨言地勇敢面对任何可能发生的风暴，并忍受降临到她身上的任何痛苦。这是一个非常苛刻的条件，但是她严格履行着她在这个约定中的承诺。钱是秘密付给她的，林肯夫人对此一无所知。通常，在林肯夫人和女佣之间一阵急风暴雨般地吵闹之后，林肯总会在第一时间将手鼓励地放在女佣肩上，并说出他的忠告："玛丽，继续保持你的勇气。"还有一件很有意思的事情需要提一提。后来，这个女佣嫁给了一个在军中服役的男人。1865年春天，他的妻子设法来到华盛顿，以争取她丈夫的退役令。经过一番努力，她成功获得了总统的接见。林肯见到她非常高兴，送给她一篮子水果，并告诉她，第二天再来取前线的通行证和一些钱，让她给自己和孩子们买些衣服。就在那天夜里林肯被暗杀了……

有一次，一个男人找上门来，想要问清楚为什么林肯夫人如此没礼貌地解雇了他的侄女。林肯夫人在门口见到他，立刻火冒三丈，大发脾气，她粗暴地打着手势，讲话的语气不容分说，弄得那个男人宁愿赶紧逃走。他马上去找林肯，想让他为太太的行为道歉。当时，林肯正在办公室接待一群人。那个人一直很激动，他将林肯叫到门口并提出了让林肯道歉的要求。林肯听了一会儿他对事情经过的描述。"我的朋友,"他打断他,"我很遗憾听到这些,但是请让我开诚布公地问你一下,这些对我来说已经是家常便饭的东西,我已经忍受了十五年,难道你就不能忍受几分钟吗?"林肯说这些话时显得那么忧伤,表情那么痛苦,以至于那个人彻底地消除了怒气。这种情形感染了他的情绪。他抓住这个不幸丈夫的双手,明确地表示了他的同情,并为来找他而道歉。对那个发怒的妻子,他没有再多说什么,并且在后来,他成了林肯在春田镇最好的朋友。

林肯先生从没有心腹至交,因此无处吐露心声。他从不向我诉苦,就我所知,也从没向其他朋友讲过。这是一种巨大的心理负担,但是他都一个人默默忍受,毫无怨言。当他苦恼的时候,即使他不说,我也总能看得出来。他确实不是一个喜欢起早的人,很少会在早上9点钟以前来到办公室。我通常会比他早一小时到。但是,有时他早上7点钟就到了——事实上,我记得,有一次他天亮之前就来了。我到达办公室的时候,如果发现他已经在那里了,马上就知道他家里一定又有什么麻烦了。他不是仰面躺在沙发上,就是蜷卧在椅子里,将双脚放在后窗的窗台上。我进门的时候,他连头都不抬一下,对我"早安"的问候也只是哼一声作为回答。我马上就忙着写东西,或者看书;但是他那忧郁、痛苦的样子是那么明显,他的沉闷如此沉重,搞得我也很不安,于是借口要去法院或什么其他地方,然后离开房间。

办公室的门面对一个狭窄的走廊,装着半截玻璃,挂着窗帘,窗帘上的铜环穿在线绳上。每当上述情形发生的时候,我就会把窗帘拉上,把玻璃遮住,在我走到楼下之前,我总能听见钥匙插进锁孔的声音，林肯孤独地把自己锁在暗室里。我到法院书记员的办公室待上一小时，然后在隔壁商店里再逛上一个多小时，就返回办公室。这时，也许一个客户已经进门，林肯正向他提出法律方面的建议，或者，愁云已经飘散，他正在忙着朗读一个印第安人的故事来吹走早晨忧郁的记忆。中午，我回家吃午饭。一小时之内回来，发现他还在办公室里——其实他的家离这里只隔了几个街区——他正在吃一片奶酪和一小把饼干，那是我不在的时候，他从下面的商店买回来的。傍晚五六点钟的时候，我要下班回家了，他还是留在后面，要么坐在楼梯脚的箱子上与几个游手好闲的人瞎扯，要么在法院的台阶上用同样的方式打发时间。天黑后办公室里的灯光一直在亮着，可见他在那里会待到深夜。当万籁俱寂之时，那个注定要成为国家总统的人，他高高的身影才会在树木和房屋的阴影中游荡着，然后静悄悄地溜进那幢朴实的框架结构的宅子。这幢住宅，从传统的意义上来说，我们姑且将它称为家吧。

也许有些人会说我言过其实，过分渲染。果真如此，我只能说他们不了解实情。大多数对这些伟人有很好了解的人都固守着他们的沉默。如果他们能张开嘴巴讲话，所有的人都会知道，我的结论和陈述，至少可以被认为是公平、合理而又真实的。现在，对林肯的家庭历史，我想再多说一些，谈谈他生活中另外一个不同的方面。他的一个最热情最贴心的朋友，一个还活着的人，坚持这样的看法，毕竟，林肯在政治上的攀升以至最终升至总统的职位，相对于其他的人和原因来说，更多地要归功于他妻子对他的影响。"事实上，"这个朋友强调，"玛丽·托德，她狂躁的性格和令人遗憾的举止行为，使她的丈夫无法成为一个专注于家庭生活的男人，这对他有极大的好处；他因而常常待在外面，忙于生意和政治。他总是不断地出去和普通人待在一起，和政客们为伍，与聚集在法院和州议会大厦办公室里的农夫们讨论公众关注的问题，并且在冬天的傍晚，在乡村商店内与游手好闲的人围着火炉闲聊；而不是整个晚上留在家里，一边看报纸，一边在自家的火炉旁暖自己的脚。这种与世界的不断接触，产生出这样的结果，即他比他社区里的其他人更出名。因此，他的妻子成为无意中宣传他的手段之一。如果他娶了个野心小的、更注重家庭生活的女人，一个诚实农夫的文静的女儿——她会因为他提高了她的社会地位而仰视他、崇拜他——结果很可能大相径庭。因为，尽管，她无疑会很骄傲地看到，无论何时只要需要，他就可以穿上整洁的衣服；他的拖鞋永远摆在适当的位置；他穿得暖暖的，吃得也丰盛；并且，满足他的每一个愿望和冲动，对她来说只是一种乐趣而非责任；然而，我恐怕他已经被恋家的乐趣埋葬，国家从此将不会有亚伯拉罕·林肯做它的总统了。"

[《林肯的一生》]

最重要的事实是，随着岁月的流逝，林肯和他的妻子互相调整了自己。林肯夫人为她周期性地发脾气充满歉意，而林肯本人就是一个苏格拉底。赫恩登猜测，林肯的婚姻生活也许帮助他走向了总统的职务，而比这种猜测更重要的事实是，两个在性格上合不来的人最终促成了林肯的成功。我非常喜欢卡尔·桑德伯格（Carl Sandburg）的总结。

复杂的婚约 ①

卡尔·桑德伯格、保罗·M.安格尔

林肯夫人知道，她丈夫了解她的弱点。她相信，她也了解他的缺点并对他予以指正。在他们二十二年的婚姻生活中，她经常这样帮助他。同样经常发生的情形是，她知道她利用了他的耐心和好脾气，知道当两人的冲突平息下来后，他会把它只看做"一次小小的爆发"，这让她感觉很好。关于缺点，他曾有过精彩的论述。她也许曾经听过他讲述与一个农夫的会面，那个农夫让林肯帮助起诉住在他隔壁的邻居。林肯建议那个农夫最好忘掉这件事；他说，邻居就像马一样；他们都有缺点，总会有一种方法可以调整你自己去适应你所了解的和明知对方要犯的缺点；用一匹你已经习惯了它的缺点的马去交换另外一匹有着你不了解的、完全不同的缺点的马就是一个错误了。无疑，林肯的理论就是，一个暴躁的女人和一匹难驾驭的烈马都必须耐心对待，无论对女人，还是对马都是一样……

婚约是复杂的。"生活并允许对方生活"是其条款之一。它始终贯穿于甲乙双方对于其生活变化所作的适应与调整中。为适应连续不断的强烈情感，原来达成的协议会被打破。彼此的雄心，一连串简单而必要的责任，现实生活中或偶尔或经常的分居，都被穿插其中的热烈的爱慕之情缓解——这些因素是许多长久的婚姻赖以成功的条件。这桩

---

① 摘自《玛丽·林肯：妻子与遗孀》，卡尔·桑德伯格和保罗·M.安格尔著。1932年，版权所有，哈考特·布雷斯公司。

普通婚姻生活的气氛和色彩散布在林肯在国会时与妻子的通信中。他们持续二十二年的家庭谈话，不论是新闻事件的交流，对孩子和家庭的担心，还是相互通报的任何一方的旅行，一定是几小时或几天连续不断地进行，并呈现出这些书信的气氛。每当雷暴雨来临时，他会急匆匆从律师事务所赶回家——他知道每当雷暴雨来临时她都是一个胆战心惊、病态的女人——这就是一方迁就另一方的一个事例……

所有的罗曼史都会被日常的事务打扰。最激情的恋人必须要么去旅馆，要么建立家庭。无论前者还是后者都是绝对罗曼史中一种单调乏味的做法。很多女人说过，"我爱你，但是烤肉要烤糊了，我们还是等吃完饭以后再接吻吧"。管理家庭事务是夫妇两个人共同关心的事情，这与两个恋人之间的关系完全不同……

我们同样可以肯定，大部分的时间里，林肯和他的妻子在处理他们关心的事情时是平和的，并且怀着对对方真正的爱。为家事的争吵，神经质的厉声喊叫，在所有的夫妇之间都会出现，只是对这两个人来说显得太频繁、太猛烈了一点。一些可靠的记录——那些在写的时候根本没考虑到未来读者的书信——包含了许多对他们平和关系的细节透露。在林肯的一封关于他已经从一个朋友那里收到小说的信中，你看到的只有冷静的包容，而没有任何其他的东西："我的妻子拿走了我带回家的那本书，昨天夜里就读了一半，并对它非常感兴趣。"从林肯夫人对东方旅行的评价中，可以推断出只有那些互相了解的夫妇之间才会存在的亲密关系："当我在纽约码头看到巨大的汽船时，我觉得心中正趋向于悲叹贫穷就是我的命运。我是多么渴望去欧洲啊。我经常笑着告诉林肯先生，我决定了，我的下一个丈夫应该是很有钱的。"

[《玛丽·林肯：妻子与遗孀》]

五、性与羞怯

我恐怕自己不是一个弗洛伊德学说的信奉者，可我却足以相信，性是人类思想中一个重要的、强大的因素。尽管已经不是在16、17世纪，但是，我确信上个世纪是一个假道学的世纪。从假道学到20世纪放弃缄默是现代西方思想的巨大飞跃，但还不能以一种优雅的方式完成整个过程。"和我上床吧。"在《永别了，武器》里，那名士兵向护士执着地恳求，听起来像一个专注于性爱以及对成人性征的第一次发现的大学二年级学生。它与后凡尔赛时期"迷惘的一代"对阴暗的、原始的本能的赞美是一致的，在那个时代所有的价值都不复存在。但是这种装腔作势的原始主义，无论是艺术上的，还是文学上的，都明显地体现出不成熟的青少年的特征。现代人完全不是原始的；在神经系统方面，他有明显的自觉性，总体上是错综复杂的。你不能说，我要像一个六岁的儿童那样作画，或像非洲原始人那样雕刻，因为你不是那么简单的人。所以，当现代艺术家追求原始风格的时候，我们很清楚这样的事实，他们是在故作自然，挖空心思假装天真，矫揉造作地追求单纯，行事上故作张狂，情感上故作粗放。原始主义的复苏对现代文化的严厉批判，是对现代知识文明深刻的情感质疑。文学上抑或艺术上的原始主义就是文化对本身的怀疑。因此，它向我们表现出来的简单不是在文明的黎明时分人类甜美而单纯的快乐，既健康又强烈，像雄鸡的歌，而是昏醉的神经与困惑的大脑处于阴郁的绝望之中的象征。有人总是对此辩解说，达利和毕加索两人在创作时都能够熟练地运用古老的技法，这足以证明对原始主义的一种认可！据说，毕加索如果愿意的话，可以画出很美丽的女人。可为什么他不愿意呢？这是一个关键性的问题，它深深地切入现代人的自我意识头脑里的苦恼与痛苦之中。为什么他选择把怀孕的女人画得像一只猪一样？为什么现代主义的雕像都长着白痴的眼睛，为什么他们的肩膀和四肢的整个结构上都写满了白痴？对这个问题的回答是艺术上和文学上所有原始主义的关键。

　　我们已经忘记用按照某种自然比例来看待事物，因为，我们已经失去了和谐与平衡的感觉。一看到这种混乱的文明状态，我们就忍俊不禁。无论如何我们都应该发笑，因为心情愉快和自我批评总是好的，但是，无病呻吟、装腔作势永远不会给我留下深刻印象。真正的喜剧精神与此完全不同，完全是另一种规律，即完全按照生活的本来面目去看待生活，发现生活的快乐，像多萝西·派克那样用温馨、嘲讽的微笑表现生活。缺乏这种真正的喜剧精神，表明人类对自己的憎恨。然而，我们对此无能为力；我们撕碎自己的灵魂；我们急切地将它放在活体解剖台上并剖析它的工作机能，这使我们可以更好地了解我们是如此卑劣的生物的原因——并且所有这些过程都是在自然主义的名义下完成的。这种事物状态的存在说明了究竟是什么原因会导致假道学盛行一时。

　　当桑塔雅那在自己的作品里谈到如何对待艺术和文学中的肉欲现象时，他认为，欧洲人无法以一种自然的态度对待自然界的事物。"也许未来社会的自由的百姓们会期望他们的喜剧诗人，像吟咏完全天真和可爱的事物那样去吟咏肉欲；喜剧也是一样，因为所有的现实都是喜剧，特别是在它的某个阶段，幻想、欢乐、想象、不幸以及苦恼一个接一个，如此快速地交替转换着。如果这个问题能够被审查者①通过，并得到公正对待，借助一个令人愉快的名称，它会使艺术丰富，同时使处于极其烦恼与愠怒情绪中的头脑得到净化。在《一千零一夜》里，我发现了一些诸如此类的内容；但是欧洲的色情艺术，即便在古代，似乎差不多总是受到压制，总是邪恶的。接受政治说教的人，比方说欧洲人，他们不能用自然的态度对待自然界的事物，并不像东方人那样是以宗教的理想化方式被说教。比起隐藏在内心的自己的感受，他会更尊重他所听到的其他人的感受，并且不允许旁观者产生可能不赞成自己的信仰和做法的任何念头。即使背着审查者每个人都会因此而喜形于色。只要这个社会难题继续存在，公共艺术与内心的精神生活不得不分道扬镳，前者保持传统风格，后者则阴云密布，杂乱无章。在这种情况下，如果诗人尝试去诠释全部的真理，他们将不仅冒犯公众，而且还使他们讨论的主题遭受极大的不公正待遇，并且，因为缺乏严谨与高雅的表达方式，这一主题不能得到清晰的阐述。同样地，审查者，通过强制他们沉默，使得他们无法尝试那不可能的事。"

在文学作品中清楚地、真实地、自然地描写肉欲的难题对现代作家来说是一个几乎没有希望完成的任务。正如克劳伦斯·戴伊所发表的精彩评述那样，"至于羞怯与得体，如果我们是猿，总的来说，我们已经做得很好了；但是，如果我们是别的什么，比如——被逐出天堂的天使——我们确实已经堕落得非常严重了。由于本能

---

① "审查者"是"灵魂的一个重要官员"。他的曾用名"不叫理性，而叫自大或自恋"，即对社会的传统尊敬，"是所有虚伪之父"。选自桑塔雅那的散文，《审查者与诗人》，《英国的独白》。

上并不羞怯，我们人为地发明了诸多理想。毫无疑问，这些理想是善意的，但从本质上来说当然属于二流思想，即使是我们最好的理想，也可以从中嗅出假道学的味道来。而那些最差的呢？比如说，当我们纵情欢乐的时候，我们的窃笑和淫荡的目光无法形容地污染了我们的生命力。但是，一个从本质上和猿一样下流的种族，当然很难让他假装不下流；他们让自己的思想披上美丽和甜蜜的伪善外衣，这种压力自然而然地使他们走向下流的极端，以求解脱"。①

我听过科妮莉亚·奥梯斯·斯金纳（Cornelia Otis Skinner）所发表的一个睿智的独白，其内容是关于一位重视科学、思想自由的现代家长（母亲）对孩子所做的性教育。孩子当然是诚实的，那位家长也尽量努力去诚实，但是最终却没有能做到。我记得，她是从鱼的繁殖开始讲起的，在重要的关头却很快地转移了话题，开始谈蜜蜂了。当再一次正要讲到孩子确实想要了解的事情时，她又开始支支吾吾地说话，也许，这一次又讲到鸡那里去了。孩子比以前一点也没有多了解什么。既然鸡蛋是一个十分简单的故事，为什么做父母的就不能简简单单地讲给孩子听呢？母鸡是妈妈，公鸡是爸爸。母鸡的身体里已经有了蛋，但是没有爸爸的话鸡蛋就不能孵出来。于是公鸡来了，并且坐在母鸡的身上将赋予生命的液体从后面射入母鸡的身体。于是蛋就有了生命，然后母鸡妈妈就卧在蛋的上面，给它温暖，在三个星期之内，小鸡就破壳而出了！为什么那位现代的家长不能这样做呢？

当然，这还不能回答孩子的所有问题；这样的对话一旦开始了，就会按照下面的模式发展下去：

---

① 再版于克劳伦斯·戴伊《人猿世界》，经 Alfred A. Knopf 公司授权，1920 年，1948 年，版权提供，凯瑟琳·B.戴伊和克劳伦斯·戴伊。

孩子：就这些吗？

家长：对，就这些。

（孩子磨蹭着）

家长：你脑子里还有什么其他问题吗，宝贝？

孩子：是的，你和爸爸也这么做吗？

家长：是的，我们也这样。爸爸和我就是这样生的你。这是一个秘密。

孩子：为什么？

家长：因为这是一个秘密。

孩子：为什么？

家长：因为——因为我们是人类，不像公鸡和母鸡。我们不在公共场合做那事。

孩子：为什么你们不能在公共场合做？

家长：因为这样不太好。

孩子：为什么不太好？

家长：我很高兴你能问这个问题。我只是想说，我们是人类。

你看，宝贝，公鸡和母鸡没有家庭生活，没有爸爸、妈妈和兄弟姐妹，或者，即使有，它们也根本意识不到。它们没有家庭，而我们人类有啊。公鸡只是去找任何它喜欢的母鸡；它没有责任，并且小鸡从来也不知道谁是它的爸爸。如果你不知道谁是你的爸爸，你当然会觉得很难过。但是如果我去找出现的任何一个男人，就是说，如果我们结婚，却不建立家庭，你也不会知道你的爸爸是谁了，你会吗？结果是，公鸡去找任何年轻、漂亮的母鸡，坐在它们身上，并且它并不以此为耻。你的爸爸不能那样做，并且我也不能那样做，这就是为什么我们要有个家，为什么我们可以永远地在一起，互相照顾，同时也照顾你。于是，你永远也不会看到你的妈妈脱光了衣服和短裤，裸体在第五大街上走，是不是？那样不好，是不得体的。那样做，意味着我愿意去和任何想要我的男人睡觉。

孩子：我明白了。你说过的词是什么来着？你说，那不太好还有什么来着？

家长：那将是不得体的。这就是我刚才用过的一个词。如果你把牛奶泼洒得满桌子都是，或者汤从你的嘴里流出来，我就会用这个词来形容。那将是不得体的。记住它，因为这是一个好词。记住你的妈妈今天教了你这个词。

（孩子沉默了一会儿）

家长：还有什么问题吗？

孩子：是的，妈妈，为什么和我一起玩的小伙伴一谈起接吻和生孩子就笑，是很有趣吗？

聪明的家长：是的，当你的爸爸和我互相亲吻并深爱着对方的时候是非常有趣的，就像我亲你、爱你、拉着你的手、捏你的脸蛋一样。

孩子：爸爸也捏你的脸蛋吗，妈妈？

家长：（现在脸红了）是的，他会的……好了，差不多了，宝贝，现在玩去吧！

任何孩子，我想，都会对此满意的。并且我相信，基本的事实，真实的事实，就是这么简单。我不明白为什么美国的父母不用这么简单的方式来解释简单的事实。

不，只有羞怯和得体的问题首先得以解决，性的难题才可以迎刃而解。没有正确的羞怯感和得体感，你就不能处理性的难题，或者它将"淌"得到处都是，并弄脏全部的人生，像一块脏桌布一样。

六、惠特曼的性民主

沃尔特·惠特曼是最佳的范例。当沃尔特·惠特曼决定将自己对性的体会讲出来的时候，当他大声地宣布"沃尔特，你克制够了，那么，为什么不把它讲出来呢？"[①]的时候，其结果是对淫欲引人注目的展示。对此，沃尔特会予以否认，当然，就像他愤怒地否认同性恋的指控一样。但事实是，他有一种好色的思想。因此，他对性欲与动物性的公开赞美，并不能说明他不好色。正是因为惠特曼声称有一种纯洁的性观点，所以我们必须对他的观点进行认真的分析。富兰克林的性观点是纯洁的，而惠特曼的不是；在知识素养方面，富兰克林是那么清澈而又灿烂，而惠特曼却显得困惑而又平庸。

当我还在中国上大学并第一次读惠特曼的作品时，我为他对肉欲的神圣所表现出来的完全健全的本能而感到震惊。对假道学的背叛得到了充分的论述。他洋溢出来的好色只是使我觉得好笑，于是我对自己说，这是一个对自己的身体和他自己本人真正没有羞耻心的人，这样很好。但是，当再次阅读他的作品时，他无法自圆其说了；他的性观点是明显扭曲的。全面的观点没有了。有的只是糟糕

①《自我之歌》，第 25 节。

的色情诗。宣示他的作品是色情的，丝毫不能使他从根本上和总体上降低他的好色程度。

> 我的大名是沃尔特·惠特曼，宇宙之子，伟大的曼哈顿之子，骚动，肉欲又性感，去吃，去喝，去生育。①

好了，我说，那又怎么样呢？从中又得到怎样的快乐和满足呢，我想让他告诉我。他不敢告诉我；事实上，他无法告诉我；他的作品无法像所有真正一流的描写性欲的诗篇，如尔特·本顿的诗《是我的至爱》那样，表现出性爱给人的真正满足与快乐。在众人唾弃的声音中，他摸索着，并最终以失败告终。他的新英格兰良知不会丢下他不管，他必须去说教。他似乎要用一种怪异的强迫性的口气证明，他的性行为完全正确，他是通过使伟大的母亲们怀孕的行为，去创建一个诗人、英雄和演说家的王国。只是这一王国没有建成。

为什么我们不能在没有这个愚蠢的笑话的情况下去欣赏性爱的荣耀和女人裸体的伟大呢？有一个关于希腊雅典一名高级妓女的故事，她被指控破坏了许多家庭，并且对公共道德造成了威胁。雅典人要审判她，而她的唯一要求是，她要在海边接受审判，市民们要坐在海滩上，而她则站在海水里。她赤裸着身体站在海里，海水淹到了她的脖子，她平静地听着雅典的妻子们对她的所有指控，她们要求处死她。然后她慢慢地、镇定地从海水中向岸上走来，她尊贵与优雅的圣体一点一点地显露出来。整个海滩鸦雀无声。"喂，你们想让我去死吗？"她简洁地问道。一声断然的"不"炸雷般地从

---

① 《自我之歌》，第24节。

雅典的人群中发出，于是那个高级妓女被宣告无罪。那是对裸体的真正崇拜；那是真正的自然主义。没有一个雅典人想过要她当什么"伟大的母亲"，去创建一个诗人、英雄的国度。她就是很优秀，因为她美丽得近乎完美，她的裸体展示就是很好的证明。

但是我们还必须回到惠特曼思想中的好色话题上来。他曾在自己的作品中描写了二十八个戏水人和第二十九个，一个女人的形象。没有哪幅作品对人物的刻画比这个故事更细微，更能代表波士顿思想的了。那个女人从窗帘后面偷窥那二十八个戏水的男人，并想象着让他们用水花溅她。她看到他们凸起的腹部，是最淫秽的部分。在极其细致、淫秽的想象方面，以下这一节可以说是惠特曼所创作的最佳作品之一：

在海滨，有二十八个青年；
二十八个青年，都很友善；
二十八年女人的生活，满是寂寞，满是孤单。

她有一栋美妙的房子，在堤岸；
她躲藏在窗帘的后面，穿着漂亮又豪华的衣衫。

哪一个青年她最喜欢？
啊，最英俊的，是那个最朴实的，在他们中间。
你要去哪里，淑女？因为我看见了你：
在那里戏水，却仍待在你的房间。

跳着、笑着，第二十九个戏水者来到了海滩。
其他人都没有看见她，可她却看见他们，并对他们深深爱恋。

　　年轻人的湿湿的胡子闪闪发亮，
　　水珠儿顺着他们的长发，流过全身，向下滴溅。

　　一只看不见的手也滑过他们的身体，
　　颤抖着向下滑过他们的鬓角与肋间。

　　青年们仰面浮在水面，他们白白的腹部凸起在阳光下，
没有问谁会马上将他们盯看，
　　不知道是谁在喘息，谁在弓着身子，项链垂在胸前，
　　他们无法想到，他们的水花在为谁飞溅。①

　　惠特曼肯定不是假道学者，但他的思想是淫秽的。我们认为，现代人中理所当然没有一个是假道学者，或者说，很少人是假道学者；而且，许多人正朝着与假道学截然相反的方向发展。但是，大多数男人和女人还是羞怯的，那不是简简单单闲谈几句就可以摆脱掉的。因此，我们可以理所当然地认为，那不是一个假道学的问题，而完全是一种直白、合理和健康的性观点。惠特曼曾声称将要宣扬这一观点，却没有成功。惠特曼传达了一种纯粹猥亵而不是单纯的感觉，他现在还在传达着这种感觉。因为，惠特曼不但从窗帘的后面偷窥，他还"无论如何要透过细平布和方格布"②偷看裸体，并且，男人的形体像吸引一个神经质的女人一样吸引他，"他具有的强壮温和的品质，透过棉布和细平布，吸引着我，看见他从我眼

①《自我之歌》，第11节。
②《自我之歌》，第7节。

前走过，仿佛欣赏一首经典诗篇，也许比诗歌还要完美，你恋恋不舍，想看他的背部，和他脖颈的后面以及他的肩膀"。①

惠特曼说，他"既不下流，也不羞怯"，还说，"关于美德与邪恶的话题，这句不假思索的言论又是个什么东西？"听起来像《查拉图斯特拉如是说》一样可怕。有趣的是，羞怯还是下流，不是人能够刻意而为的。羞怯是一种本能反应。尽管惠特曼可能努力了，但是他却没能成功。因此，当他渴望和他的男性伴侣一起庆祝"神圣的行为"的时候，当他行将为未来的新民主提供形而上学的理论基础——这一"新型友谊"，即男性同志之间的爱巩固了这种民主制度——的时候，就出现了以下的情形："或者溜入树林中试一下，或者在旷野的岩石背后……但是很可能是和你在高高的山上，首先要观察一下周围，以免几英里范围内有人在未曾察觉的情况下走近。或者可能和你航行在海上，或者在海滩上或某个安静的岛屿上，我允许你将你的嘴唇放在我的上面，来一个同志式的长时间的接吻，或者说是新丈夫的吻，因为我既是新丈夫，又是同志"。②这种同志关系当然会使美国大众感到有些害怕和反感，而他就是这么向他们宣传自己的。因而，尽管他标榜自己是"未来的候选人"，无产阶级的诗人，美国民众并没有接受他。

于是，如果需要跑到高山上去实践爱，还要四处小心地看，看是否几英里之内有人在没有察觉的情况下看到他们的话，我们对爱的印象就不可能是纯洁的了。如果你愿意以那种方式拥有羞怯的品质，它依旧还在那里，惠特曼也没有摆脱。

通过留意一下其产生背景，也许我们可以更好地了解惠特曼的

————————

① 《我为惊人的身体歌唱》，第 2 节。
② 《不管你是谁，现在用手抓住我》。

思想，从他在《布鲁克林每日时报》上发表的评论中就可以看出他思想的一些端倪。在对待在公共场合洗浴的态度上，惠特曼的时代和我们的时代之间有多么大的差异呀！1857年7月20日，在他的《草叶集》出版两年之后，他在一篇评论中抱怨说，在布鲁克林海滨公开洗浴的那些人，男人们和少年们，被警察逮捕并被带到了警察局。他为那些洗浴的人辩护道，他们选择洗浴的地点总是某个角落，那里没有繁忙的交通航道，并且他建议，也许应该颁布某项法令，限制在某些地点洗澡，特别是——"例如，靠近渡口的地方"。从这些报纸上的评论了解到，那是在那样一个时代，当时，少女们还会昏厥，她们是病态的、柔弱的，除了茶以外几乎什么饮料也不喝，确实如此；头痛和恶心在舞会上司空见惯；她们从没有看过日出，并且如果不是因为年鉴上有记载，她们可能一点也不知道人们讨论的天体竟然是会发光的。甚至连爱默生都认为，哈佛的学生在波士顿看完芭蕾舞演出之后，回到他们的学生宿舍，想象着轻快的缎子舞鞋，对他们来说都不是最稳妥的事。①

阅读沃尔特·惠特曼评论的麻烦是，这些评论②揭示的是惠特曼本人的情况，而不是他那个时代的写照。当时，他已经创作出《草叶集》，并准备好1856年再版，再版本把诗歌《亚当的孩子们》以及《菖蒲》包括了进来。他的初版，虽然得到了爱默生的认可，却销得并不好，可是他是一个比我们称为爱炫耀的人还爱炫耀的人，他告诉爱默生它"销得很好"。再版本也同样没有卖出去，尽管里面又增加了二十首诗，这些诗充满了更多的肉欲因素，更加明目张

---

① 《日记》，1841年10月，无具体日期。
② 《我坐着向外看——布鲁克林每日时报评论》，沃尔特·惠特曼作，埃默里·哈罗威和维诺里安·舒瓦茨节选并编辑，哥伦比亚大学出版社，1932年。请特别参见（原著）第103页、第111页—第122页。

胆的粗俗和淫荡，并且缺乏灵感。他认为他可以靠这些"草叶"为生，但是他没能做到，于是他接受了《布鲁克林每日时报》的工作，作为公共道德的辩护人。当你将《草叶集》与评论家纯粹是形式主义的装腔作势的语言进行比较时，你会气得七窍生烟。一方面，如果我们没有误解惠特曼的"民主"的话（惠特曼使我们不可能误解他），他是"最后一位美国诗人！"他在一篇为自己的作品所写的匿名书评中宣布，他"张开双臂，带着不可拒绝的爱，将男人和女人紧紧地拥入怀抱"，并且根据他（在诗歌《菖蒲》里）的说法，这个多少有些性乱的接吻将是对"所有美国同志的敬礼"，这实际上就是他倡导的民主的形而上学基础。"于是过来一个曼哈顿人并且在分别的十字路口满怀坚定的爱，轻轻地亲吻我的嘴唇，而我在街道的十字路口，或者在轮船的甲板上回之以亲吻。"另一方面——他在1857年又写了这样的评论——"也许我们的一些读者已经注意到，女人之间亲吻的习俗，近些年来令人忧虑的增多"。那是一种"亵渎"。如果我们可以像玛丽·福斯特所说的，"将亲吻保持为一种甜蜜而神圣的象征，一个给我们所爱的人的美丽而圣洁的礼物"，我们就应该"怀着高贵的正直心，明智地亲吻"。一方面，"我将和她，一个等着我的人待在一起，并且和那些激情似火、能够满足我的女人在一起，我知道她们了解我，并且不会反对我，我将做那些女人的强健的丈夫"。另一方面，他在一篇评论中说："我们（就是惠特曼本人）为那些暴露出来的罪恶而颤抖（他正在写关于通奸的话题），同时为隐秘的邪恶大量涌现而战栗。"一方面，"我用洪亮的嗓音——歌颂着阴茎，高唱着生殖之歌……为灵魂，唱着全部救赎的歌，救赎那忠实的人，即使她是个妓女，当我来到城市，是她将我收留；我高唱着妓女之歌"。另一方面，他又谴责妓女的所作所为，认为那就像一个市长有七个女主人，是"所有邪恶中对健康和道德最普遍、代价最高、最具破坏性的一种邪恶行为"。(唱《妓女之歌》的那一行和之前那长长的一行被这位优秀的老诗人从他的临终版本中删除了，他已届高龄，小心谨慎，尽其所能地要掩饰他的人性中不太高尚、不太受人尊敬的品质。)因此我们会说，一个伟人的品格是多重性的，我们对伟大诗人的了解是永远不会穷尽的，不是吗？[①]

如果惠特曼说"我是一个感觉论者"，并到此为止，事情就不那么有趣了。有许多坦白承认的感觉论者，对此，我们并不感到奇怪。但是他的新英格兰良知正在语无伦次、充满感伤地说教——他必须要说教。性不能只是性，只是享乐。它还必须有道德上的目的。当他极力要将民主与性联系在一起的时候，惠特曼变得真正地有趣了。惠特曼有一个幻想，他是美国诗人，不是指他那个时代的可怜的美国，[②]而是指未来的美国，并且是这种崇美主义和新型民主的诗人。如果你有一种很好的本能，你可能会担心美国或美国的民主正在陷入邪恶的魔爪。他的这种新型美国民主的想象在他的某些作品中已经与生殖力可怕地混在了一起，他的新民主就是张开双臂

---

① 就获得健康和合理的性观点的问题，惠特曼说过他想要把它体现在"冒险备忘录"中，实际上它表达了一种带有欺骗成分的性比喻，基本上是淫秽思想的言语，请看以下描述："我不牢固的尖端""淫荡的挑逗者""红色的强盗""那洗净的甜蜜的草捆的根茎（这是指菖蒲）！胆怯的塘鹅！守护的成对的卵的巢！……混合在一起争斗的头、胡须和肌肉……流着汁液的槭树！阳刚的麦子的纤维！"以及男人性器官的象征，有着坚硬叶柄的菖蒲的根茎！我不太确定，但是在《巨斧之歌》的开始，包含了颇为明确的性比喻："匀称的阴茎，裸体的，苍白的，从母亲身体内部拖出的头！……在草中和草的上面安歇，依偎着，并被依偎着。"下面这首诗确实更特别："风儿，它温柔轻触的生殖器摩擦着我"，还有"我看不见的东西向上竖起性欲的器官，大海明亮的汁液布满了天空"。这竟是一首关于风和海的歌！
② 参见《民主远景》中对他那个时代美国的猛烈抨击。

将男人紧紧地、热烈地抱在怀里。当惠特曼的新英格兰良知休眠时
倒没什么，但是当它完全醒来的时候，美国可要当心了。他在恍惚
的精神状态中——他似乎一向如此——想到了"爱""友谊"和"手
足之情"等词语，这些内容都应该和民主有紧密的联系。美国行将
挣脱旧文学的枷锁；她将拥有强壮、勇敢的男人和伟大的母亲，拥
有诗人、英雄和演说家。这些诗人、英雄和演说家怎样才能来到这
个世界呢？显然，他们是被生育出来的。谁来生育他们呢？当然是
母亲啦，她们还必须是伟大的母亲。那么她们怎么才能伟大呢？她
们要对情欲坚定，要晒得皮肤黝黑，身体还要健壮。并且当这些诗
人和运动家诞生之后，你怎样才能拥有一个国度呢？这就必须依
靠"友谊"，依靠男性同志之间的爱来黏合。在此，"爱"和"友谊"
这些词的词义已被混淆，或者已经与性的"狂热感情"混合到了一
起。对于这一点，他是非常认真的。在他的世纪版本（1876年出版）
的序言里，他坚持说，诗歌《菖蒲》的意义是政治性的；因为每位
先知必须要有一个启示和一种使命，他的使命就是，"我将在曼哈
顿，在这些州的每个城市，不管是内陆城市还是沿海城市……建立
充满衷心的爱的同志机构"。① 他进一步提出下面的主张，既前后一
致，又符合逻辑：作为与民主有着很强联系的这种友谊，不能被限
制在某个人自己的熟人圈子里面，而必须是普遍性的。友谊的外延
要广泛，必须包括陌生人，包括"现在用手抓住我的任何人"，同
时按游戏规则警告"被我吸引的新人"，"让我成为你的情人"将不
是一件容易的事。除非民主沦落为少数特权阶层的玩物，这种爱和
友谊必须是广泛的、扩大化的，并因此多少有些混乱！"过路的
外乡人，你不知道我是用多么渴望的眼神看着你啊。你一定是我正

①《我听出那是对我的指控》。

在寻找的他，或者（惠特曼小心地补充）是我正在寻找的她。"美国的接吻礼必须在甲板上和街道上进行，"不论你是谁"。

> 我依偎在棉花田里的苦工，或者厕所清洁工身旁；
>
> 在他的右脸颊上，献上我亲人般的亲吻，
>
> 我以灵魂的名义发誓，我永远不会拒绝他。[①]

他正在为普通百姓的圣洁和身份辩解，并称他们为"强壮的、未受过教育的人们"；他不是在开玩笑。人们会觉得，要想拥有如此的民主可能需要经过痛苦的过程。但是每个人必须学会融入人群中去，坐在渡船客舱或火车车厢里触摸他身边的人的温暖的腰部，感觉他的气味，并从中得到满足，惠特曼说他就是这样做的。"我并不因为你喜欢我的样子，喜欢触摸我而感谢你——我知道，这样做对你是有好处的。"

这样，我们便拥有了一座可爱的美国城市，在这座城市里，"我的恋人们窒息了我！他们挤压着我的嘴唇，强烈地深入我的皮肤的毛孔，拥着我走过街道和公共大厅——夜里裸着身体来看我，在白天，从河中的岩石旁大声喊叫打招呼：喂！……他们给我的身体以香脂般的亲吻……"如果你将此一场景从城市扩展到城市，从土地扩展到土地，你就会拥有一个可爱的、无懈可击的国度，因为，在这个国度里，每个人都爱其他的人，并着迷于他们对人类的炽热情感。当然，很有可能发生的事情是，这个国度中的某个兄弟可能不喜欢陌生人的胳膊温柔地搂抱他的腰部，或者用带香脂味的亲吻去吻他，甚至可能会憎恨这种做法；他可能不喜欢"这些腋窝

[①]《自我之歌》，第40节。

的气味，比祈祷还要纯正的芳香味道"，或者不太能够容忍惠特曼"胸部的草味"并吸入"这种淡淡的气味"，但是惠特曼"相信有人会的"。我们不应该妨碍这样做的诗人，他是绝对认真的：他注视着他们的"染成粉色的根"，并命令他们，"不要那么羞愧地待在那里，我胸部的草"，然后，他大声地叫喊，"来吧，我决定了不再裸露我宽阔的胸膛……我将给我的恋人们做个榜样，创造永恒的形象并使其遍及各州"。有些人会，我承认。要严肃些，现在要十分严肃，并非常仔细地阅读下一个片段，"因为你，啊，民主"。根据"临终版本"中惠特曼自己所列的顺序，这句紧跟在"我胸部的草味"和"无论你是谁，现在用手抓住我"之后：

喂，我将造就牢不可破的大陆，
我将造就阳光照耀下的最辉煌的种族，
我将造就具有神圣魅力的国土，
用同志们的爱，
用同志们终生不渝的爱。

我将种植伴侣情谊，密集如树林，生长在
美国的河流、大湖的岸边，以及
所有的大草甸上，
我会造就不可分离的城市，用他们互相缠绕脖颈的手臂，
用同志们的爱，
用男性同志之间的爱。

当然，我们并不知道它们是谁的手臂，谁的脖颈；如果它们属于城市，这种画面离我们还有些遥远，无论如何，同志的爱也不可

能产生出一个种族来。惠特曼不可能是在字面上这么解释它。

但是我们的讨论稍稍有点超前了。惠特曼并没有忘记，不管他们之间的感情多么热烈，男人和男人之间也不能生出小孩来。那么，诗人和英雄又从哪里来呢？他们必须要先被生出来才行呀。某个人必须"射出更高傲国度的物质"，"在能够怀孕的女人身体里""开始孕育更大和更聪明的婴儿"。因此，惠特曼的性哲学就是，是男人都刚劲有力，是女人都生殖力极强，并且，经过这个诗人头脑中发生的滑稽可笑的变化，女人变成了"伟大的母亲"。那肯定成为了她们的责任。然而，你可以匆匆阅读一下两万四千字的《民主远景》，你就会发现，除了我们所赞美的在复活节的兔子体内的那种普通品质，即生殖能力之外，作品中没有任何关于美国妇女如何成为伟大母亲的线索。自然而然地，惠特曼性观点的缺陷便延伸到他对女性不充分的看法上。女人将成为"母亲们的多产的母亲"。她们应该是健壮的。"她们的肉体具有古老神圣的力量，她们知道如何游泳、划船、骑马、摔跤、射击、奔跑、击打、躲避、前进、抵抗，以及如何保护她们自己。"但是同样，女人们当然也不能独自生育。于是，刚劲有力的诗人出场了！

> 我是你的，你也是我的，不仅仅是为我们自己，
> 也是为了他人；
> 在你的腹中安睡着伟大的英雄和诗人们，
> 他们只会在我的触摸下醒来。
> 在你的身上，我将美国最可爱的嫩枝嫁接。
> 在你的身上，我滴洒甘霖，然后成长出热情、强壮的女孩，
> 新的艺术家、音乐家、歌唱家，
> 你我所生的婴儿，在未来会生出她们的婴儿，

　　从我们爱的奉献之中，我企求产生出完美的男人和女人。
　　我期待他们与其他人水乳交融，像
　　现在的我和你水乳交融一般。

　　于是，爱之歌变成了只是对生殖的赞美。

　　欲望，欲望，还是欲望，
　　永远是世界生殖的欲望。

　　所以，我们能够理解，为什么不能生儿育女，不能生育小惠特曼婴儿，对这个诗人来说是如此苦涩的耻辱——为什么他不得不向约翰·阿丁顿·西蒙兹（John Addington Symonds）宣称，他有六个私生子（文学史家们对此颇为怀疑），而没有一个人曾前来声明这位年迈的优秀诗人是他的父亲。

　　于是，惠特曼"发散出"他的爱（甚至向阵亡士兵的骨灰），他弄湿，他流出，他喷射，他喷洒甘霖，他推，他拥，他献上兄弟般的亲吻，并且认为这些行为都是妙不可言的。而同时，民主变得松松垮垮，黏黏糊糊，处身其中感觉有些不适，有些窒息。事实上，民主不能随意由任何一个这样的人来建立，他张开双臂拥抱每一个人并向他们献上亲人般的亲吻。我会讨厌生活在这样的国度。

　　尽管很不情愿，我们也必须得出这样的结论，惠特曼是个智力上有缺陷的人。[1]他没有能力去精心设计一个命题。如他所说，当

---

[1] 惠特曼对荷马、埃斯库罗斯等人的评价，我认为全都是废话。没有任何迹象表明，他对任何古代作家有什么了解，除了乔治·桑。也许他非常喜爱莎士比亚，因为他从来没有能够停止过痛斥莎士比亚，并且，作为一个诗人，他也不能表现出对莎士比亚的品格有任何真正的了解。

其他人争论时，他就去洗澡并欣赏他自己。他的《民主远景》，即关于他的民主信条最长篇大论、最雄心勃勃的阐述，是毫无条理的，并且我们确信，是质量低劣的一篇文章。他十分出色、充满灵感地撰写了《草叶集》1855年版的序言；[1] 其中，他对于诗歌进行了大量真实而优美的描述，自然而不牵强，而且，他的语气中真正地充满活力。当他已经年迈并且经过长期磨难变得成熟之后，当他对世界的想法，对旧世界文学的想法，以及对他"美妙的"自我的想法得到净化之后，当他第一次显露出精神上的谦逊的时候，他创作出展望他一生经历的佳作《回眸》，这是我认为他所有作品中思路最清晰、条理性最好的一篇散文。但是他花了太多的时间才明白了这一点。

因此，也许可以说，惠特曼对爱的处理宣告彻底失败。我倾向于同意马克·范·多伦的观点，惠特曼没有正常的性体验。评论家们全都感觉到，惠特曼男女之爱的"色情"体验（按照当时流行的伪科学——颅相学的说法），[2] 是冷酷、强制、野蛮的，而同时，他的"黏结关系"的体验（男人和男人之间的爱）则是温柔和真实的。只有在他的同性恋歌曲《对容貌的极度怀疑》和《当我在日暮之时听到》里，他确实谈到了幸福，但是他对和女人的正常性行为的描述，是以"你这恶徒的触摸"结束的，听起来确实像世界屋脊上母狗野蛮的嚎叫。

关于惠特曼的综合看法是，他试图在性方面使人们震惊，而实际上使人们震惊的是他本人对爱的幼稚理解；并且，《草叶集》是凝聚了他毕生心血的一部作品，直到他去世，经过了一遍又一遍，大约十遍的修改，仍然远远没有讲清楚爱的主题，而他声称自己就

---

[1] 马克·范·多伦和克利斯朵夫·毛利都非常喜爱惠特曼的这首诗，并对英语学生不经常读它而感到遗憾。

[2] 惠特曼曾经让人解释过他的肿块。

是爱的先知。他的读者可能会认为，《草叶集》对女人的爱或者对爱女人几乎无话可讲，而对这个词我们往往都很了解。关于爱，他不能告诉我们什么，因为所有批评家和学者的研究都无法表明，在那些他曾经自吹和她们睡过觉的女人中，他曾经爱过其中的某一个。作为一本书，《草叶集》的独特性表现在，它大量地描述色情的拥抱，而很少涉及浪漫的激情。假如他曾经充满激情地爱过三个、七个、十个或十二个女人，他也许会成为一位更令人满意的爱情诗人。他是在当时的那种社会环境里与那些女人调情，因而没有人能够披露，他曾经爱过，或者甚至想到过其中的某个女人的名字——苏珊特、菲丽斯或者德莱拉什么的。太多伟大的母亲和他在一起都能够怀孕，而其中他能与之建立持久友谊的又何其少！这在一个"爱情"诗人的生活中当然是有趣的。与他相似的人群中，我们确实听说过是皮特·道尔，那个街车售票员的故事。

可悲而又滑稽的是，惠特曼太看重他本人了；他知道他是在传布一个新的教义（和文艺复兴一样古老的教义，即肉体的神圣），并且他想为未来的美国人在文学上定好效仿与追随的基调。"性与色欲的声音——声音被遮蔽了，我就移开遮蔽物；声音太粗俗，我使它澄清，改观。"他并没有使它们得以澄清和改观，而是正如克劳伦斯·戴伊所说，当他决定放纵自己时，就无法形容地染污了生命力。在《冒险备忘录》中，[①] 他通过区分三种性观点极力为他自己的立场辩解。这三个性观点是：偷偷摸摸和病态的，公开和自然的（拉伯雷和莎士比亚那种），以及"健全的生育、本性和仁爱"的科学观点，后一个是他自己的。"那是在波士顿绿地的老榆树下，当我只以沉默

---

① 马尔科姆·考利编:《惠特曼诗歌与散文全集》，第 2 卷，（原著）第 310 页—第 314 页。Pellegrini Cudahy 公司出版。

面对爱默生激烈的争吵时，大脑和心灵最深处的感受。"但是他的失败仍然是彻底的。如果女人的爱中蕴含着所罗门所体会的那种美丽，而他没有体会到，是因为他没有那种体验。如果性如同动物的行为一样是给人安慰，使人高尚的，如果性是有益而健康，美好又享受的事情，富兰克林明白这一点，而他却不会明白，或者不能证实它，那么，这种感官的享受就只停留在公牛与母牛交配的水平上。

至于他的诚实，涉及以下问题：为什么他要用使人联想到他的《布鲁克林每日时报》评论的言语向约翰·阿丁顿·西蒙兹否认他青年时代的所作所为？他的《菖蒲》诗集证实了他的同性恋行为，而他否认这一点时大言不惭地写道："认为《菖蒲》诗集中包含同性恋倾向是可怕的。我倒希望那几页诗句不再以这样的方式被提及：毫无根据的、同时出人意料、不受欢迎的可能的病态推断——这是我坚决否认并应该受到诅咒的看法。"①唯一可能的推论是，沃尔特·惠特曼从没有看过他向西蒙兹谈及的诗《菖蒲》。②因此，借助

---

① 引自《惠特曼诗歌与散文全集》，第 1 卷，第 15 节。

② 参见《菖蒲》诗歌全集。《沃尔特·惠特曼诗歌与散文全集》，第 1 卷，(原著) 第 131 页—第 148 页；在第 137 页—第 139 页，可以特别清楚地看出同性恋来。坎比认为惠特曼是自性恋。我认为他是自性恋、同性恋、异性恋，也是普通性恋。沃尔特·惠特曼曾创作出以下诗句："在凉爽的夜间，在同一个屋檐下，我最爱的人正睡在我的身边，在静谧的秋日月光下，他的脸对着我，他的胳膊轻轻地搂在我的胸部——那一夜，我快乐无比。"还有"谁对这种病态的恐惧心理了如指掌：害怕他爱的人会悄悄地冷淡了他"，等等，他会如何让西蒙兹解释这些诗句呢？还有关于男性器官的象征，菖蒲的根茎的这段："啊，在此，我看到你，是那么温柔地爱着我，你回来并再也不与我分离，并且这，啊，这将从此成为同志的象征，这菖蒲的根茎应该，互相交换青春！……我会将它献出，但只献给那些像我一样有能力爱的人。"(《我在春天歌唱它们》)他在愚弄谁呢？这个老惠特曼现在希望借此说明，这就是"友谊"，也许是热烈的友谊，然而是无性的友谊——噢，不，那对伪善的惠特曼来说太可怕了！

虚假的语言进行全新的伪装后，差怯又回到了新英格兰。

关于羞怯，梭罗表述得最好。梭罗的反应基本上是现代读者的反应。首先，我们当然应该谈一谈下面的这个平淡、乏味的事实，即，性行为在其本能冲动方面显得总是有些荒唐，只有在唤起爱的高尚情感的情况下，它才会变得美好；并且，那个将要传布肉体神圣信条——这一点，我们都毫无疑问地接受——的人，如果他按照惠特曼的方式去做的话，将会很难使性显得荣耀起来。"交配，"惠特曼说，"对我来说，犹如死亡一样并不污秽。"

是的，然而，人类的交配与街上家犬和野狗的交配相比，都不美丽，都很荒唐。由于害怕受到惩罚，人们无法跨越从高尚堕落到荒唐的界限。羞怯只是逃避这种荒唐做法的一种手段，在此意义上来说，无论对男人还是女人，羞怯是很自然的事情，尽管对家犬和野狗来说不是这样。因此梭罗是对的。"他一点都不赞美爱。那好像是兽类在交流。我想人们感到羞耻都是有一定原因的……我发现他的诗使人兴奋，给人鼓励。至于诗的感官享受……与其说我希望他在诗中没有写出那些部分，还不如说我期求，如此纯洁的男人和女人，他们在读这些描述的时候不会受到伤害，也就是说，并没有理解它们的内涵。一个女人告诉我，没有女人会读这样的诗——好像男人可以读女人不能读的东西似的。当然，沃尔特·惠特曼不会向我们交流什么经验，如果我们感到震惊，让我们震惊的又是谁的经验呢？"①

也许有人会问下面这个问题，为什么美国理想主义与知识、道德的象征——爱默生会认可《草叶集》，为什么他在这部作品出版两个星期之后用溢美之词为它喝彩？答案当然是因为这是第一版，

① 梭罗写给 H.G. 布莱克的信，引自亨利·赛德尔·坎比所著《沃尔特·惠特曼，一个美国人》，（原著）第 152 页。休顿·米弗林公司出版。

主要是长诗《自我之歌》中所蕴含的活力、真诚、激情与勇气。必须要记住的是，爱默生当时确实在找寻一个美国的天才，他须具有勇气、魅力和力量，其中包含着爱默生本人的诸多品质，即每个男人相信自己并自诩为佳的完美的思想精髓，惠特曼正是从爱默生那里汲取了这一思想精髓。（尽管惠特曼极力否认在写《草叶集》之前读过他的散文，可评论家们都认为证据是清楚的。）爱默生一直在寻找伟大。我们每个人距伟大都只有一步之遥。为什么我们不能跨过那一步呢？在阅读《草叶集》时，似乎对爱默生来说，惠特曼就跨了那一步。在同时代的人中，爱默生没有找到符合他高要求的伟大的任何证据。"我将注意的范围扩大到所有的美国天才。欧文、布赖恩特、格里诺、埃弗雷特、钱宁，甚至以空前的雄辩口才著称的韦伯斯特，他们都缺少魄力和攻击力。""在雕塑上，格里诺是别具一格的；绘画上，要说阿尔斯顿；诗歌，是布赖恩特；口才上，是钱宁；建筑上——小说上，欧文、库珀；总的来说，都很娘娘腔，没有自己的个性。""每个人都是不完美的样本；令人尊敬，但不令人信服。欧文空洞乏味，钱宁空洞乏味，布赖恩特、达纳、普雷斯科特和班克罗夫特也都一样。还好，有一个韦伯斯特，但是他不能做得像他可以做得的那样好；他不能做真正的韦伯斯特。"埃弗雷特，这个从一个教堂到另一个教堂像阿波罗一样受到拥戴的人，在知识和道德方面均没有什么原则可以教导他的信徒。"他没有思想。"这样的评论充斥于爱默生从 1836 年至 1841 年的日记之中。现在，这里终于来了一位美国诗人，似乎符合爱默生的要求，因为，惠特曼宣布自己有男子气概，粗暴、专横、强健、果敢、性感、强壮如马、充满深情、傲慢、刺激、渴望、粗俗、神秘、粗鲁，凡此种种。毕竟，这次听到的是一个新的声音，而且，爱默生是个优秀的评论家，只要让他听到了就不会错过一个真实的声音。

于是他稍稍擦了擦眼睛，想看一看这缕光束是不是幻觉，但是那本书实实在在地摆在面前，真实不虚。于是，在那个时代的文学巨匠的鼓励下，惠特曼笔耕不辍，接连创作出诗歌《亚当的孩子们》以及《菖蒲》。这些诗歌令爱默生十分失望，他发觉，用自然、坦诚的眼光看来，它们太肉感了。"告诉沃尔特，我不满意。不满意"他对他的朋友，马尔文先生说，"我期望——他——去创作——国家的歌曲——但是他写的是存货清单——并为之沾沾自喜"。[①]

惠特曼非常清楚他要干什么。他大肆宣传自己的书以提高销量，甚至亲自写不署名的评论，坎比不会因此而责备他。——但是，惠特曼不应该告诉爱默生第一版"很好销"，而实际上不是那么回事。惠特曼自己知道该书"鱼龙混杂"。当时还很年轻的查尔斯·埃利奥特·诺顿对其进行了准确的描述：这是某种情绪激动的、散文形式的、没有章法的诗歌，惠特曼是一个新英格兰先验论者和纽约小流氓的混合体。爱默生向他的朋友简要地评论道，惠特曼拥有真正的灵感，但是被"巨大的腹部"扼杀了。梭罗说，惠特曼使他进入良好的精神状态去看奇迹，让他来到山上，如真正会发生的一样，将他挑动起来，然后，势不可当地扔了出去。[②]恐怕现在的许多读者一定会有相同的印象。

在这里，我并不是要做关于惠特曼的全面研究。我没有讨论惠特曼作为一个诗人成功的原因——没有讨论他的一些伟大的诗篇，一些不朽的、完美风格的诗行，他的描写内战场面的诗，尤其是，他将美国语言的自然节律和用语带入美国诗歌中的事

①《巴勒斯日记的精神》，（原著）第56页，1871年的日记。
② 所有这些同时代的观点，请参见亨利·赛德尔·坎比在《沃尔特·惠特曼，一个美国人》第120页—第124页和第148页—第157页中所描绘的有趣而清晰的诗人画像。

实——事实上，他创立了一种全新的表达方式。不过，我现在讨论的是惠特曼的主要问题，对性的弘扬和赞美，以及对我们肉欲存在的认可。在这里，他希望用现代的宽容之心而非轻率的态度评判他，而他必须受到这样的评判。如果他不能符合有关性的最现代化的标准和理解，那么他就当然彻底地失败了。没有中国人会被指控为假道学（关于性的问题，去看一看中国文学，听一听街谈巷议吧），但是任何国家或民族的读者必然都会拒绝单纯的兽性。因为惠特曼是一个世界级的作家，他就必须接受除美国标准之外的、世界性的评判。

第十四章

笑

一、幽默

　　弗兰克·摩尔·科尔比（Frank Moore Colby）
告诉我们，关于幽默的各种讨论都可能会非常热
烈，并引致猛烈抨击。我每读一篇关于幽默的专
题论文，无论是在幽默的心理还是它的结构方面，
我都会感到非常生气。因此我们将不去讨论幽默。
（我怀疑，我就沃尔特·惠特曼性民主的讨论已经
导致猛烈的抨击，某些读者或其他人已经在我不
曾知晓的情况下将我置于死地了。）所以我们将不
去讨论幽默。我们将不去讨论美国人因为什么类
型的笑话而发笑，这些笑话是高雅、低俗、精妙
抑或粗鄙，是有益的还是下流的，或者是存在六
种还是七种幽默，或者，哈哈大笑比有涵养的轻

笑更好还是不如它好。关于笑，最重要的事是笑本身。让我们不要尝试去解释它。我们中国人有个说法，在人的身体内部存在着一个"笑脾"，它很明显地长在人的肋骨下面某个地方，当有人灵巧、准确地触碰到这个部位时，你就会发笑。而当某人恰如其分地触碰到这个部位时，你就会感觉非常舒服。这就是我所了解的关于幽默的全部内容。威尔逊总统喜欢在晚上看杂要演出，而不是严肃的戏剧，我知道这是为什么。因为，任何一位美国总统在白天起草了给德国和奥地利的照会之后都需要放松一下，威尔·罗杰斯（Will Rogers）将向我们讲述一个关于威尔逊总统的故事：

威尔逊会为关于自己的笑话而发笑①

威尔·罗杰斯

　　我设计节目的方式是，在我演出那一天或者那个星期正在发生或已经发生的事情，都会成为我节目的内容。每一次有威尔逊总统观看的演出，对我来说都是千载难逢的机会；在那个特别的一天，一定会有非常重要的事情，他一直在处理着。因为你必须要记住，对他来说，每一天都是有着巨大压力的一天。他没有轻松的日子。因此，当我走进剧场，通过拿我们国事的某些变化打趣，从而使我们的总统开怀大笑的时候，我不介意告诉你们，那是我整个舞台生涯中最幸福的时刻。

　　我永远也不会忘记我的第一次演出，因为那是所有演出中给我印象最深刻、也是我最紧张的一次。纽约最大的剧院社交俱乐部——纽约修道士俱乐部，决定在一周

————————

① 摘自《文盲文摘》。1924年，版权提供，阿尔伯特和查尔斯·邦尼。经授权再版。

之内，在美国东部的主要城市进行一次旋风式的巡回演出……巴尔的摩是其中的一个城市，而华盛顿并没有被列为演出地点。威尔逊总统特地从华盛顿赶来观看。一位美国总统来到巴尔的摩只为了看一场喜剧，这在戏剧历史上还是头一次。

那时，我们正与墨西哥发生一场小的争执，同时，那正是我们与德国和奥地利之间照会交换最繁忙的一段时间。剧院里挤满了巴尔的摩的精英……

我的节目被安排得很靠后。当演出正在进行时，我常常走出剧场，来到大街上，一方面为了消磨时间，同时也为了消除内心的紧张，直到化妆的时间到了才会回去。我从没有给一位总统讲过笑话，更不用说讲关于总统的笑话，尤其是当面讲。真的，如果我告诉你，我被吓得要死时，我真的没有骗你。我总是很紧张。我在面对观众的时候从来没有十足的信心。因为，没有什么人可以搞清楚付出金钱和时间来看演出的观众会期望从你那里得到什么。

但是在这里，我，一个名不见经传、非常平凡的俄克拉何马牛仔，曾经学过一点纺绳子的技术，还读过点书，能读一些报纸，却出现在巴尔的摩的贵族和美国总统面前，并且拿他正在用来决定国家命运的某些政策打趣……

当他进入剧场时，全体起立。后台，他的包厢后面，到处都是便衣。如果我当面对他说了什么不敬的话，天晓得他们中的某个人会不会向我开枪。

最后，一个警卫敲开了我化妆间的门，说：“如果拿你的国家逗乐，五分钟之内你的小命就交待了。”接着，他们简直是把我推到了舞台上。

也许是交了好运，我现在得到了一份为威尔逊总统做的五次表演的全部节目原稿（我会永远珍藏它们）。我在巴尔的摩演出时所说的第一句话是："今晚在这里，我有点紧张。"既然这句话不是什么连珠妙语，我不希望它被记载在历史的花名册上，但是对观众来说非常明显，我讲的都是实情，他们全都由衷地笑了。毕竟，我们都喜欢诚实。

然后我说："我不应该紧张，因为这其实是我第二次见到总统。第一次是有一回布赖恩在我们的小镇演讲，我边听他的演讲边搓我的绳子。"好了，我听到他们在笑，于是我偷偷瞥了一眼总统的包厢，我看到他笑得和其他人一样开心。于是我继续说道，"就像我说的，我专心地听着他的演讲，可是他讲的时间太长了，当他讲完的时候，天都黑了，他们根本看不见我搓的绳子。"这句话获得了极大的成功，于是我说，"我想知道他的情况怎么样。"不错，表演很成功，但我还没有直接谈及威尔逊总统。

这一次，正是潘兴在墨西哥的时候，报纸上有很多赞成或者反对这次侵略的消息。我说："我看到他们在哪里抓到了比亚。是的，他们在报纸的晨版上将他抓住，在下午版又让他逃走了。"现在，剧场里的每一个人在将要笑之前都看着总统，看他会有什么反应。好啦，他开始笑了，然后他们全体都跟着笑了。

"比亚袭击了新墨西哥的哥伦布。那天夜里我们只有一个人在哨所里站岗。但是，你知道这个比亚有多么狡诈，他偷偷地突然袭击了对面一侧。""我们越过边界追击了他有五英里，但是却闯进了大量政府的烦琐手续里面，不得不返回。""关于得到一挺机关枪有这样的说法，就是如果想要我们可以去借。我们现在那挺正被他们用来在普拉斯堡训练我们的部队。如果我们要去打仗，我们就得费尽心机去找另外一挺。"

那么，请注意，因为缺乏准备，他正受到方方面面的指责，现在，他就坐在那里，让全体观众为有关他自己的笑话而发笑。

当时，有传言说要成立一支二十万人的军队，于是我说："我们将拥有一支二十万人的军队。福特先生每年生产三十万辆汽车。我认为，总统先生，我们应当至少给每个人配备一辆汽车。""看，他们在大西洋和太平洋之间包围了比亚。现在，我们需要去做的就是把两头堵住。""潘兴查清比亚在一个小镇，小镇的名字叫洛斯·夸斯·卡·加斯波。现在我们需要去做的是先查清楚洛斯·夸斯·卡·加斯波在哪里。""我看到一个标题，比亚逃脱罗网并逃走（Flees）。这回，我们永远也别想抓到他了。任何可以逃脱跳蚤（Fleas）的墨西哥人都是抓不到的。""但是，我们目前的准备工作做得强多了，因为，我们一位俄克拉何马参议员已经向家里寄了双份的花园种子。"

在讲了许多关于墨西哥的笑话之后，我开始讲欧洲的事情，那时，距离我们加入战争还有很长时间。"今晚，我们面临着另一场危机，即我们的这位总统近来面临的危机实在太多了，以至于在重重危机中他随意躺下就可以睡觉。"

然后我首先讲了一个笑话，我可以骄傲地说，他后来多次向不同的朋友讲过，那是在战争期间有关他的笑话中最好的一个。我说："比起几个月之前，威尔逊总统现在情况良好。你们知道吗？在我们与德国的谈判中，有一次，他准备了五份照会。"

为此，他是多么开心地笑啊！是啊，由于他十分优秀并且以身作则，我才拥有了我的舞台生涯中最引以为豪、最成功的一个夜晚。

[《文盲文摘》]

克劳伦斯·戴伊的幽默风格是独一无二的。下面是从一本书中节选的几段文字，该书自始至终令人捧腹。

上帝和我的父亲 [①]

克劳伦斯·戴伊

我父亲的宗教观念似乎很坦率，很简单。他在很小的时候就注意到有一些叫做教堂的建筑；他认为，这些教堂是他出生环境的自然组成部分。他从来也不曾自己发明这些东西，不过它们还是在这里了。随着年龄的增长，他像看待银行那样看待它们，没有任何怀疑。它们是坚固的老式建筑，壮观、庄严，令人肃然起敬。它们是品行端正的人经常去的地方。好了，够了吧……

至于精神生活方面，他从来也没有解决过这个难题。接受精神信仰的人每天都会身体力行，努力奉教；而拒绝信仰的人却时而想要粉碎它们。我的父亲对这两种情况都不能完全认可。他持有的是一种更加冷淡的态度。当无神论者攻击宗教的时候，他感到极其厌恶，他觉得他们太粗

---

① 摘自《上帝和我的父亲》，克劳伦斯·戴伊著，经阿尔弗莱德·A.诺普夫公司授权。版权所有，1931年，1932年，克劳伦斯·戴伊。

俗。但是，他也反对宗教对他提出要求——当宗教试图煽动人的情感时，他觉得宗教也是粗俗的。宗教拥有自己适当的行动范围，在其范围之内宗教传播当然会一帆风顺；但是有一个地方是宗教不应该去管的，那就是人的灵魂。他特别讨厌与他的拯救者手拉手一起前进之类的说法。如果他发觉圣灵试图安抚他的心灵，他会将其行为视为绝对没有必要的；甚至是没有绅士风度的。

在宗教领袖或先知中，我能够想到的适合我父亲的恐怕只有孔子了——尽管连孔子也会给他留下糊涂的印象……但是，有一句孔子的语录他会同意："敬鬼神而远之。"我的父亲认为这条原则是完全正确的。

当孔夫子被问及以善报恶的规则时，他说："何以报善？答案应该是：以善报善，以正义报邪恶。"如果有人要求我的父亲以善报恶，他的回答可能会更简练——也许是一声底气十足、声音洪亮的"呸！"……

父亲去教堂，每当坐在他的长椅上时，他就觉得已经做得足够了。任何其他的宗教事务应该由牧师去做。

当唱起圣歌时，他有时也会毫无表情地加入进来，不过只是为唱而唱罢了；但是通常，他会像站立在金丝雀和鸽子中间的老鹰一样缄口不语；任由其他人的情感表现得极为谦卑，而他却从不动容……

父亲是怎样想上帝对我的母亲的感觉呢？那完全是他自己的感觉方式。上帝可能意识到她有缺点，但是他知道，她是可爱的、善良的，并且——尽管她在金钱方面有一些错误的认识——他肯定还是极其充满柔情地看待她。父亲并不期望上帝充满柔情地看待他——他们之间是男人对男人的关系——但是很自然，上帝爱我的母亲，像所有人都必须要这样做一样。在天堂的大门口，如果对他的门票有什么误会的话，父亲指望着母亲能设法让他进去。那是她该做的事儿。

这个想法可以追溯到久远的过去，追溯到人类的古老思想。"不信的丈夫因着妻子而成了圣洁。"（《哥林多前书》第7章，第14条）根据医务工作人员的说法，如今，在非洲的一些原始部落，健康的妻子会提议代替她生病的丈夫吃药。对她的丈夫来说，这样的计划似乎十分合理。在宗教方面——对父亲来说——也似乎如此……

我从没有见过父亲跪着祈祷……相反，他通常躺在床上和上帝说话。我的房间正好在父亲的上面，透过地板可以很清楚地听到他说话。父亲在夜里很少失眠，当他偶尔不能入睡时，咒骂声就会飘上来——起初是深沉、哀伤、低沉的，而后变得声音更大、更气恼。断断续续的思想以及强烈的感情随之而来，或者还有对当前纷乱尘世的沉思。达到高潮时，他将会召唤上帝。我会听到他喊："噢，上帝？"他用抬高的声调一遍又一遍地叫喊，好像他在要求上帝立即出现，并坐在墙角宽大的绿色椅子上，洗耳恭听他的诉说。然后，当父亲似乎觉得上帝在听时，他会开始规劝。他会用一种沮丧但强硬的声音抱怨："噢，上帝，太过分了。阿门……我说，太他妈的过分了……不，不，我受不了了。阿门。"停顿一会儿之后，假如没有觉得好一些，他似乎会怀疑，上帝没有帮他什么忙就可能想偷偷溜回天堂上去。我会听见他大声地警告："噢，上帝！我无法忍受了！阿门。噢，该死！阿——阿——门。"……

就在发泄怒火之后的那个星期日，他又会回到教堂。也许不是作为崇拜者或虔诚的宗教信徒，但至少还是一名赞助者……

一般说来，他是不会批评主教礼拜的；它庄严而又安静；但是，每个星期天都不一样的布道则是一个非常糟糕的冒险游戏。每当有片刻的即席祈祷，他就会非常生气。有时，他不喜欢祈祷的主题或者情绪——假如他碰巧在听的话。有时，他认为祈祷的时间太长，或者祈祷的语调太悲伤。记得在一次这样的祈祷中，我看见他非常的焦躁不安——尽管全体教徒都虔诚地跪在那里——他竟突然大声地哼了一声，然后直起身子坐在他的长椅上，并且紧盯着牧师的后背，好像要踢他的样子。

我向母亲那里看过去。母亲一直在虔诚地，尽其所能地完全置身于祈祷之中，她的脸上会显现出只有在那个时刻才会出现的可爱、痴迷的神情；但是，她还是开始斜眼看父亲——因为，每当祈祷的时间比平时长的时候，她就会担心会不会对他有什么影响——而此刻，他正在那里直直地坐着，她不得不停止祈祷，从上帝那儿转到这个固执、倔犟的男人身上。"低下你的头。"她严厉地小声说道；假如他没有照她的话去做，她就会对他非常生气，却无能为力，还会对产生这样的感觉而感到内疚。她一边渴望着重新回到温馨、平和的祈祷之中，一边又下定决心想让不守规矩的父亲端正自己的行为，她左右为难，于是，她向他射出闪电般的目光，眼泪也随之夺眶而出；她被气得满脸怒容，像受了伤害的孩子一样。这渐渐对他起了作用。在教堂，无论什么时间他从来都不会跪下——她已经放弃为了这事和他争辩——但是最终随着一声低沉的怒吼,他再次僵硬地俯下身去……

加登博士是从英格兰来到纽约的,但是从血统上说他是个威尔士人。他长着宽宽的红脸膛,浓密的黑头发,以及整齐的蓝黑色的胡须。他的长袍是红、黑、白相间的。他浓重的英国口音使他在圣公会教堂里大受欢迎;因为它似乎与礼拜的气氛非常协调。但是,我们了解到,由于他的威尔士血统,他是一个情绪非常容易激动的人,他常常在布道时,用一种高声但温和的叫喊恳求我们。我的父亲不喜欢这样。首先,他极其厌恶有人恳求他;其次,加登博士在恳求时是很少不哭的。他丝毫没有假装哭泣;他深深地为自己的语言所感动。他从布道坛上探出身子,向我们怜悯地伸出手臂,并呜咽着说,"噢,我的亲人";每当这时,气氛就会变得紧张起来,整个教堂非常安静。此时,父亲就会不耐烦地在座位上躁动起来。"他妈的威尔士佬,又在那儿哭哭啼啼了。"他嘟囔着。

这会让母亲非常恐惧。她会从长椅的那头示意他必须停止。如果他没有注意到,她会告诉我的小弟弟传话给我,让我一定使父亲保持安静。这有点像指望着一个小孩子使丛林乖乖听话一样。我觉得我最多是能让他看到母亲的示意,那就意味着我必须振作起来去捅他。这是一件让人很紧张的事情。他是一个肌肉发达的壮汉;身上没有一块软地方可捅;并且即使是坐着不动他也非常暴躁。这就像去捅一匹牡马一样。当他意识到他被我小小的、胆怯的手指捅了时,他会对我变得非常严厉,这时我会连忙指向母亲。母亲会轻声说:"克赖尔!不许这样!"而他的回答是,"呸!"

"噢，克赖尔！"

"我知道，温尼；可是我不能容忍那个他妈的——"

"嘘！别出声！"……

（当盘子传过来的时候，父亲总是放进去一块钱，不会多，也不会少。）但是，过了一会儿以后，母亲提出了一个反对意见确实使他左右为难：有时，她会让他感觉到，如果不多放进去一些钱会有损于他的尊严。尽管如此，他也绝不让步；他代之以这样的妥协方法：在去教堂之前，他将他平时的一块钱放在马甲右边的口袋里，可在左边的口袋里，他放进去一张崭新的五元钞票；并且说明，从现在开始，他会给加登先生一个漂亮的出价：让他讲一次像样的布道，而他将给他五块钱。

结果，每一次布道，对于我们来说，都成了围绕着我们的长椅所举行的体育比赛。当加登博士进入讲道坛时，我们男孩子都激动地注视着，好像他是栅栏前的一匹赛马，跃动着随时准备起跑。作为一匹赛马，他显得有些胖，但是他给人以深刻的印象和充分的信心，每次看着他下去参加竞赛都使人产生敬畏的感觉。但是，他总是在第一圈就因为手忙脚乱而自己剥夺了自己的奖项——因为错误的步调之类的原因——或者，尽管开始时无可挑剔，他也会在后面的比赛中败下阵来：在某种程度上来说，他已经偏离了父亲悄悄为他画出的路线，并坚定地、毫无察觉地朝着其他的方向飞跑。这使得一个少年产生出命运残酷的冷静的感觉。

"我看不出今天有什么不对，"回家时，母亲会说，"你今天应该多给他一些钱，克赖尔。这真是一个不错的布道。"

但是父亲只是眼睛一亮说，加登先生应该得到一大堆钱。

唯一的一次我看见父亲经受考验是在大斋节的一个星期天。他能在那个星期天露面就够引人注目的了，因为在大斋节他总是放弃的一件事情就是去教堂。加登博士在那个节日期间流露的悲伤超出了他能够忍受的限度。但是，在那个特别的早晨，出乎我们的意料，父亲毫无异议地去了。后来证明，那是因为他不知道那天还是大斋节——他"以为那个该死的节日已经过去了"。并且碰巧，加登博士没有来，因为感冒在家躺着呢；接替他的位置的那位牧师赢得了父亲的赞许。他是一个感情不外露的人，他很朴实，总是就事论事，他的题目是某个西北伐木区的需要。他曾经在那里工作过，他熟识那里的人，熟悉那里的事，因此描述得很详细。我听了一会儿，但是那里没有熊，也没有牛仔；大部分都是商业的统计数据，这使我很失望；于是，我开始研究墙上的一幅画，那是一个很像格雷格先生的天使——一个高高大大却无精打采、穿着褶皱衣服的天使，只是他没有留八字胡——这时，我的兄弟乔治悄悄用胳膊肘碰我并指向父亲。父亲专心地听着。我们目不转睛地盯着他。他的表情极为专注，一动不动；他抱着胳膊；正认真地听着每一句话。可是我们看不出来他是否喜欢这次布道。布道持续了几分钟；我们以为他才讲了一半，可他却停止了。他已经讲完了。

风琴手开始弹奏奉献曲。这时，响起了一阵裙子摩擦声和零星的咳嗽声。想象一下，我们等着托盘传过来的时候是多么兴奋呀。在过道里，格雷格先生似乎走了几小时，在每条长椅前，他都站很长时间，弯下腰，又直起身来。"就是看见消防车来了他也不会快点。"乔治不满地小声嘀咕道。终于，他来到我们前面的汉密尔顿一家人的长椅前——然后站到了我们面前——我们都看着父亲。可是，他几乎没有注意到格雷格先生，他在想别的什么事儿，他的手指自动地滑向装着一块钱的口袋。

我们出了一口气，从紧张中放松下来，感觉非常失望。但是就在我们非常失落，垂头丧气之时，父亲的手突然停住了；他将那张一元的钞票放了回去，果断地拿出了那张五元的。

我们忍不住为那个替补牧师的胜利大声欢呼起来。然而，他自己永远也意识不到他做了什么——他安静地走出讲道坛，回到默默无闻的生活中去了。这个人已经赢得了一次他的同行里没有人赢得过的胜利，但是除了记录下该事件的天使和四个戴家的小子，又有谁知道这件事呢？

[《上帝和我的父亲》]

在莱昂纳德·Q. 罗斯（利奥·C. 罗斯腾）的《海曼·卡普兰的教育》出版之后，如果没有从这部作品里摘录的内容，任何有关美国幽默的文集都将是不完整的。然而，我之所以在此提到这本书，是因为从它那里我得到的欢笑，比从任何其他选集里得到的都要多。我觉得它简直太滑稽了。如果能遵从卡普兰的词形变化和比较级体系，英语将很有可能提高它的有效性："fail, failed, bankrupt（失败，失败的，破产的）"；"good, better, high-class（好，很好，高级）"；"bad, vice, rotten（坏，更坏，堕落）"；"cold, colder, below zero（冷，很冷，零下）"。

卡普兰先生和英语语法 ①

莱昂纳德·Q. 罗斯

［卡普兰先生在美国成人预备夜校的课堂上］

很久以来，帕克希尔先生就相信，海曼·卡普兰先生在英语语言方面所做的令人难以置信的事情是高尚、杰出的蒙昧朝代的产物。例如，在他看来，美国第四任总统的名字只能理解为"James Medicine"②。之后，帕克希尔先生开始觉得，对卡普兰先生产生极大影响的不是愚昧无知，而是冲动。这可以解释卡普兰先生在做词汇练习时使用"果园"所造的句子："每天他都给她十二个果园。"于是，后来就有了卡普兰先生对下面这个问题的冲动的回答："'富裕'的反义词是什么？"

"皮包骨！"卡普兰先生喊着。

在此情况下，一个不太尽责的老师也许会认为这样的答案属于荒唐的瞎猜而置之不理。但是帕克希尔先生却非常认真地考虑了一下。（帕克希尔先生对待自己小学教师的工作永远是一丝不苟的。）他认识到，对于卡普兰先生来说，财富和体重是一个自然的整体不可分割的两个方面：富人肯定是肥胖的。承认了这个主要的前提，那简直就太清楚了——"富裕"的反义词就一定是——"皮包骨"。

帕克希尔先生越想越相信，主导卡普兰先生生活和语言的既不是愚昧无知也不是奇思怪想，而是逻辑。也许

---

① 摘自《海曼·卡普兰先生的教育》，莱昂纳德·Q. 罗斯著。1937年，版权提供，哈考特·布雷斯公司。

② 美国第四任总统的名字是詹姆斯·麦迪逊（James Madison），而卡普兰先生却把 Madison 读成 Medicine（药）。

是一种秘密的逻辑，一种私人的逻辑，一种隐秘和困惑的逻辑。但这确实是一种逻辑。当卡普兰先生犯了语法错误的时候，原因很简单，这是因为他的逻辑和世界的逻辑不能碰巧一致的缘故。帕克希尔先生开始怀疑，在这种情况下，他只能持有一种情有可原的态度：De gustibus non est disputandum（口味难言好坏）。

当卡普兰先生将"to die"的词形变化说成"die，dead，funeral（死，死了，葬礼）"时，帕克希尔先生对整个事情可能产生的任何最终的疑虑便一劳永逸地得到了解决。

在卡普兰先生对"to die"作出精彩绝伦的分析几个星期之后，一个星期一的晚上，帕克希尔先生给这个诡辩天才、他最出色的学生以全新的认识。全班学生正在进行三分钟的演讲。罗谢尔·戈德堡小姐正在朗诵她的讲稿。她描述了自己与一条凶猛的大狗的遭遇。根据戈德堡小姐所说，狗的名字叫斑点，是一个"苏格兰的恐怖分子"。

"它是一条大野狗！"戈德堡小姐说，她的眼神里因回忆现出了恐怖，"真的，你们大家都会害怕恐怖的东西！我有充足的理由认为大家都会害怕。当时，我正轻轻地拍斑点的头，说，'这儿，斑点，斑点，斑点！'——可斑点却狠狠地咬（bite）我的——"

"'bite'是现在时，戈德堡小姐。"

一丝惊慌徘徊在戈德堡小姐的眼里。

"你应该用——过去时。"帕克希尔先生尽量用温和的语调说；当时，戈德堡小姐的神经系统几乎就要崩溃。"'to bite'的过去时是什么？"

戈德堡小姐低下头。

"'to bite'的过去时，谁来回答？"

卡普兰先生撒马利亚人的冲动奔涌而出："当然是'bited'。"他调皮而大胆地回答。

"不，不是——呃——'bited'！"帕克希尔先生无法判断出卡普兰先生说出的是一种自信的否定，还是在拐弯抹角地调皮捣蛋。

米尼克小姐举起了手，高度正好可以被看见。"bit。"她文静而主动地说道。

"很好，米尼克小姐！'bite，bit，bitten'。"

马上，卡普兰先生就闭上了眼，将头转向了一边，并且开始轻声地自言自语。"米尼克说是'bit'……米尼克说是'bit'……天哪！"

这个戏剧性的过程表明，卡普兰先生对于米尼克小姐的答案正在进行极其严谨的分析。考虑到两个人之间由来已久的刻薄的争吵，让米尼克小姐作出回答而不遇到任何挑战将对卡普兰先生构成极大的心理打击。这会伤了他的自尊心。这会给他的灵魂带来极大的痛苦。

"'bite，bit，bitten？'……哼……听起来太滑稽了！"

帕克希尔先生装作没听见是没有用的：全班人都听见了。

"呃——有什么不明白的吗，卡普兰先生？"

卡普兰先生连眼皮都没抬："你是问我明白吧，帕克希尔先生？彻底的明白！完全的明白！只是我不是太明白那个词'bit'……它有点讲不通！"

"噢，讲不通，"帕克希尔先生断断续续地重复着，突然，他瞥见了一个金子般的机会，"你是说它——呃——不符合逻辑？"

"没错！"卡普兰先生高兴得叫了起来，"那个'bit'不符合逻辑。"

"好的，卡普兰先生。你肯定记得我们的动词练习题。动词'to bite'特别像动词'to hide'。'to hide'的词形变化是'hide，hid，hidden'。'to bite'的主要形式是'bite，bit，bitten'，那么，为什么，这不符合——呃——逻辑？"

卡普兰先生默默地考虑这个半三段论。然后他说道："我认为'bite'的过去时应该是——'bote'。"

米尼克小姐倒吸了一口气。

"bote！"帕克希尔先生惊奇地问，"bote？"

"bote！"卡普兰先生说。

帕克希尔先生摇了摇头："我不明白你的观点。"

"好吧，"卡普兰先生谦虚地耸耸肩，叹了口气，"如果可以说'write，wrote，written'，那么为什么不可以说'bite，bote，bitten'呢？"

帕克希尔先生的心灵受到了冲击。

"就没有'bote'这个词。"米尼克小姐抗议道，她将这些都当做对她个人的冒犯。她的声音很小，很绝望。

"'没有——这个——词！'"卡普兰先生讽刺地重复着，"我亲爱的米尼克，难道我不知道没有这个词？我说过有这个词吗？我说的是，这个词不符合逻辑！"

惊人的沉默。

"卡普兰先生，正像米尼克小姐说的，确实没有这个词。"（米尼克小姐陷在悲痛之中，她紧咬着嘴唇，扭着她的手绢，困惑地看着她的鞋子。她的困境是那种普通人面对天才时的困境。）"有这个词也是不符合——呃——逻辑的。"帕克希尔先生开始总结规则与不规则动词的练习。他列出了十二个例词的主要变化形式。他分析了动词变化的整个体系。帕克希尔先生满怀着热情和异乎寻常的感情讲着，说着，好像在极力做成一桩好生意。

当帕克希尔先生讲完他的课程，卡普兰先生已经明白了，他不停地叹着气，向不规则动词的暴政投降了；米尼克小姐恢复了正常的苍白脸色；莫斯科威茨夫人正在酣睡着；而戈德堡小姐则完全忘记了两种不同思想体系的碰撞，她已经坐在座位上，不再过问整件事情。

朗诵和演讲在继续。

山姆·平斯基就他的手艺，烘烤的秘密发表了一个简短的讲话。（据透露，平斯基先生在他的职业生涯中的确已经做了数千只"小孩"的"鞋子"。）瓦鲁斯卡斯小姐讲述了她最近参加的一个婚礼。莫斯科威茨夫人睡了一觉，攒足了精神，沉浸在动人的田园诗般的描述中，她的话题是希望去一个叫做"斯匹茨堡"的大都会旅行，这是她的夙愿。然后，课间休息的铃声响了。

休息之后，第二个叙述的学生是海曼·卡普兰先生。他匆忙来到教室前面，洋溢着将要演讲的欢乐。他激动得仿佛要放出光来。

"女士们，先生们，帕克希尔先生，"卡普兰先生带着惯常的炫耀开讲了，"今晚我要谈一谈报纸，那些了不起的——"

"请原谅。"帕克希尔先生知道，如果任由卡普兰先生发挥的话，他绝对少不了出错。"是'Tonight I am going... to talk.'（今晚我要……谈一谈），不是'Tonight I'll gonna talking.' 还有，那个词是 'newspapers（报纸），'不是'noose-peppers（绞索-胡椒）'。"帕克希尔先生走到黑板前写下了 "noose（绞索）"，"pepper（胡椒）"，和 "newspaper（报纸）"。他解释了每个词的意义。当他指出 "pepper"（胡椒）是一种强烈的辛辣调味品时（"盐……胡椒，卡普兰先生，你明白了吗？"），每个人都笑了。米尼克小姐高兴了。卡普兰先生露出了喜色。他对自己创造出来的奇妙组合（"绞索-胡椒"）感到异常惊奇。

"好，"帕克希尔先生讲完后，卡普兰先生继续讲他的故事，"对我来说，报纸是文明中我们所拥有的最好的事物。报纸是什么呢？哈！它是演出！它是喜剧！它是教育！它是奇迹，"卡普兰先生狂想着，描绘着新闻工作的光荣和奇迹。"从报纸那里，大众得到——"

"是 'masses（大众）'，卡普兰先生，是 'masses（大众）'，不是 'messes（笨蛋）'！"帕克希尔先生觉得 "messes（笨蛋）"可能会产生不可估量的后果。

"——大众了解了世界。甚至报纸上的广告也是一种课程。而且，当然还有报纸的其他部分：标题啦、社论啦、漫画啦、星期天图片精印版啦，我们称之为 rotogravy。"

"是 'rotogravure'（轮转凹版印刷）！".

"通过报纸，我们可以了解发生在全世界的所有事情！关于政治，关于犯罪，关于人们炮制的各种丑闻，关于是否要下雪啦，或者下雨啦，还有，当然啦——特别是在美国——有关性的！"

帕克希尔先生闭上了眼睛。

"没有报纸人们会怎样？"卡普兰先生戏剧性地停顿了

一下，"哈！我们会变成奴隶，就是这样！我们会变得愚昧无知，就是这样。消息闭塞！没有知识！没有教育！"想一下如此未开化的状态，教书的老师不寒而栗。

"啊，今天早上我正在读绞索——噢，报纸。英语报纸！"卡普兰先生停顿了一下，等着听同学们的称赞。他们都呆呆地听着。"我正在读英语报纸！"卡普兰先生柔和地重复着。布洛姆先生偷笑，他始终是怀疑论者。卡普兰先生瞪了他一眼，目光中饱含着愤怒、痛苦和冷淡。"我在读关于是不是有可能爆发另一场世界大战的报道。那么报纸怎么说呢？那么，他说——"

"卡普兰先生，"帕克希尔先生不得不插一句，"是'它说'，不是'他说'！"

卡普兰先生一愣。"不是'他'？"

"不，不是'他'，是'它'！呃——你知道代词的规则，卡普兰先生。'他'是阳性的，'她'是阴性的。当然了，有时我们对某些没有性别的东西也说'她'——例如，国家啦或者轮船啦什么的。但是像报纸，我们用中性代词。"帕克希尔先生来了灵感，"当然，那是符合逻辑的！"

卡普兰先生深深地陷入思考之中，他有规律地晃着头。他轻声地自言自语道："不男……也不女……是中性！"

帕克希尔先生耐心地等待着他的叫喊。

"啊哈！"一些宇宙的真实已经摸索着进入卡普兰先生的天地，"求求您，帕克希尔先生。我终于明白了男性、女性和 neutral（中性）；不过——"

"是'neuter（中性）'，卡普兰先生。"

"——和 neuter（中性）。不过，对有些报纸我们是不是应该说'他'！假如他们有男性的名字？"

帕克希尔先生皱起了眉头。"我不明白报纸的名字和'他'有什么关系。比如，我们提到《纽约时报》时，说'它说'。或者，《纽约时报》——"

"这些报纸肯定没错！"卡普兰先生叫喊道，"但是如果一家报纸真有一个男性的名字呢？"

帕克希尔先生以故意的商讨的口气说道："我不明白，卡普兰先生。你说哪家报纸有——呃——男性的名字？"

卡普兰先生的脸上充满了谦逊。"《哈罗德论坛》。"他说。

[《海曼·卡普兰的教育》]

马克·吐温是不朽的，即使只是摘录几段文字也能看出他的不朽来。

告诉别人的是真相或是有效手段——而得到的却是诡计。

亚当不过是个普通人罢了——这就说明了一切。他并不是为了苹果而吃苹果，他之所以把苹果吃掉，只是因为它是禁果。错就错在那条蛇不曾被列为禁物；否则他也会把蛇吃掉的。

亚当和夏娃有许多优点，但最主要的是他们没有经历出牙的烦恼。

培训就是一切。桃子曾经是颗苦杏仁；而花椰菜就是受过大学教育的洋白菜。

我们要努力把一生好好度过，等到死的时候，那就连殡仪馆的老板也会为我们感到惋惜。

习惯就是习惯，谁也不可能一下子把它从窗口扔出去，而只能一步一步将它引下楼梯。

友谊的神圣激情具有如此甜蜜、稳固、忠诚和持久的性质，因此友谊可以持续一生，只要朋友中没有人向你借钱。

为什么我们在有人出生时高兴，在葬礼上伤心？那是因为我们不是当事人。

愤怒时，数到四；当非常愤怒时，去诅咒吧。

当我考虑到有那么多我讨厌的人据我所知已经去了一个更好的世界时，我就会改变自己去过不同的生活。

没有什么像其他人的习惯那样如此需要改变的了。

假如你捡到一条挨饿的狗，并把它养好，它是不会咬你的。这是狗和人之间的主要区别。

7月4日。统计显示，在这一天，我们比一年里其他所有日子丢失的傻子都多。这证明，根据现有的傻子数量，每年一个7月4日是不够的，国家已经发展了。

没有什么比一个好榜样的烦恼更让人难以忍受的了。

大家全都有相同的想法并不见得就是最好的；大家观点的不一致才能导致赛马的存在。

他在地面上一点用处也没有；他应该到地底下，以激励洋白菜的生长。

4月1日。这一天提醒我们了解自己在其余三百六十四天里的情况。

　　　　　　　　　　〔马克·吐温，摘自《傻瓜威尔逊的日历》〕

噪声什么也证明不了。母鸡只是下了一只蛋，而它的叫声往往让人觉得好像它刚刚下了一颗小行星。

当介绍自己的优点时，他像报纸一样的害羞。

事实和数字很可能表明，除了国会，再没有明显的美国本地犯罪阶级了。

人类的一切都是悲惨的。幽默本身的秘密根源不是快乐，而是痛苦。天堂里没有幽默。

有人嘲弄在校的学生，称他们轻浮、浅薄。而学生说："信仰就是相信——你所知道的不是这么回事。"

如果我们为人正直，工作勤奋，就会得到人们的称颂，然而得到自己的赞许却有非同寻常的意义。遗憾的是，得到自己赞许的途径至今尚未找到。

真理比小说更不可思议，这是因为小说是被迫忠实于某些可能性的，而真理不是。

人世间同时存在着道德感和邪恶感。历史向我们证明，道德感使我们感知到道德以及如何躲避它，邪恶感使我们感知到邪恶以及如何欣赏它。

遗憾是给活着的人的，嫉妒是给死人的。

上帝保佑，在我们的国家，我们拥有三样用语言无法形容的宝贵的东西：言论的自由，良心的自由以及从不使用二者的审慎。

如果你一定要保持一个圣洁的灵魂，不要太在意你的衣装。

根本就没有"标准的英语"。财产已经进入联合证券公司的手中，并且我们拥有大部分的股份。

人们可以做所有美好、英雄的事情，但只有一件不行，那就是不向不快乐的人讲述他们的快乐。

人是唯一会脸红的动物，或者是应该脸红的动物。

让我们对傻瓜表示谢意吧，但是我们中的其他人却不能这样做。

在新的想法成功之前，有新想法的人就是怪人。

让我们对亚当，我们的恩人表示感激吧。他使我们摆脱了无所事事的"祝福"，并为我们赢得了劳动的"诅咒"。

俄国的独裁者，权力无限，无人能比，但是他却不能停止打喷嚏。

抵制诱惑的有效方法有很多，但最有把握的是怯懦。

要想在其他行业取得成功，必须展示卓越的才能；但在法律上，无须表现才能就会成功。

你的敌人和你的朋友一起，伤透了你的心，一个诽谤你，而另一个将这个消息告诉了你。

存钱的简单规则：假如你被一种热切的冲动所驱使，要向慈善机构捐钱，如果想存一半，稍等一下，数到四十。想存四分之三的话，数到六十。想全都存下来，数到六十五。

他已经拥有许多医生的经验，他说："想要保持健康唯一的方法是，吃你不想吃的，喝你不想喝的，并且做你不愿意做的。"

炫耀自己的谦逊的人，和穿着无花果叶的雕像是孪生兄弟。

让我来制造国家的迷信吧，谁制定法律或国歌我才不关心呢！

不要低估了头疼。当它最猛烈的时候，它就好像是一项糟糕的投资，但是当头疼开始缓解时，那未到期的催单值每分钟四美元。

人的一生中有两段时间他不能做投机买卖：他不能负担时以及他能负担时。

不要放弃你的幻想。假如没有了幻想，你可能还活着，但已经是行尸走肉。

首先，上帝创造了白痴，这只是练练手，然后他创造了校董会。

所谓的政治才能就是要将程序搞清楚，而道德就不要管它了。

每个人都像月亮一样，都有不会暴露给别人的阴暗的一面。

写出全部历史的墨汁只不过是流动的偏见。

[马克·吐温，摘自《赤道漫游记》]

二、讽刺

本杰明·富兰克林是美国伟大的、天生的幽默家之一。部分原因是因为他是一个独具卓见的人。在这个世界上，这样的人几乎不再存在。他写了几则非常优秀的寓言，改写了大量的格言并自己创作出一些格言，他写了许多幽默风格的思考性的散文，许多勇敢的情书，勇敢的而不是绝望的情书；还写了许多政治讽刺作品。这些讽刺作品中，最著名的也许是《贩卖黑森州雇佣兵》，但其他作品中也有不错的：《普鲁士国王的敕令，一个伟大的王国可能衰落成弱国的规则》，《英国、法国、西班牙、荷兰、萨克逊和美国之间的对话》——所有这些作品都极其猛烈地抨击了英国人，特别是最后一部①以及讽刺作品《关于奴隶贸易》，在这部作品中，他通过为拥有基督教奴隶的阿拉伯人辩护来讽刺黑奴制度的拥护者。不管那个年代反对英国的情绪有多么激烈，富兰克林的幽默从不带有尖刻的特征。

贩卖黑森州雇佣兵

本杰明·富兰克林

沙姆博格伯爵写给霍恩多夫男爵的信，

指挥在美国的黑森州军队

罗马，1777年2月18日

男爵先生：

我从那不勒斯返回的时候，在罗马收到了你去年12月27日的信。我怀着难以言表的快乐心情获知，我们的部队在特伦顿表现得十分英勇；当我得知参加战斗的1950名黑森州雇佣兵中只有345人逃走时，你很难想象我有多么兴

① "美国：我不会交出我的自由和财产，但是随着我的生活……

英国：你个厚颜无耻的东西！我不是你的母国吗？这个称呼还不够让你尊敬和服从吗？

萨克逊人：母国！哈，哈，嘿！你有什么值得尊敬的资格把自己称为母国？你知道，我是你的母国，可你什么也没有奉献给我。没有，有的是，在那一天，你雇用了一帮恶棍在公路上抢劫了我，并且还烧了我的房子！可耻！藏起你的脸，闭上你的嘴。如果你继续这样的行为，那就是对欧洲的蔑视！

英国：噢，我的主啊！我的朋友在哪里呀？

法国，西班牙、荷兰和萨克逊人一起：朋友！相信我们吧，除非你改正了你的态度，你没有，永远都不会有朋友。当你的权力增长，我们看到你曾经对你自己的母亲和孩子是多么卑鄙与不公正，我们怎么能对你尊敬，或者会期望从你那里得到公正呢？"

奋。而正好有 1605 名被打死，因而对你将确切的阵亡名单
发给我在伦敦的大臣时小心审慎的态度，我不是很赞赏。
这样的谨慎更是必要了，因为发到英国大臣的报告称只有
1455 人阵亡。结果，阵亡抚恤金只有 483450 个弗罗林，而
不是依据我们的协定我有权要求的 643500 个弗罗林。你会
明白，这样一个错误会给我的财政造成怎样的损害，并且，
我丝毫也不怀疑，你需要花些工夫去证明诺思阁下的名单
是错的，而你的是正确的。

伦敦法庭认为，有一百名伤兵也应该被包括在整份名
单之内，并像阵亡的士兵一样获得赔偿；但是我相信，你
没有忽视我给你的撤出卡塞尔的指示，那样你将不会派遣
救援人员尝试去抢救那些失去了胳膊或腿的、时日不多的
不幸的人的生命。你去抢救他们，就等于给他们送一件有
害的礼物，并且我敢肯定，他们宁肯死去也不愿在不再适
合在我的军中服役的情况下偷生。我这么说并不意味着要
你去杀了他们；我们应当慈悲为怀，我亲爱的男爵，但是
你可以彬彬有礼地向医生们暗示，一个残疾人对他们所从
事的职业来说是一种耻辱，并且当残疾人不适合战斗的时
候，让他们一一死去是最明智的选择。

我将要给你派去新招募的士兵。不用怜悯他们。记住，
光荣高于一切。光荣是真正的财富。没有什么比爱钱更使
士兵堕落的了。他必须只关心荣誉与名誉，但是他们的名
誉只有在危险之中才能获得。一场战争的胜利如果没有付
出征服者的一些鲜血，是不光荣的，而被战败者通过失
去他们的胳膊却光荣加身。你还记得守卫塞莫皮莱关口
的三百个斯巴达人吗？他们没有一个人活着回来。如果

我也能这样评价我勇敢的黑森州雇佣兵，我将会多么快乐呀！

的确，他们的国王莱奥尼达斯与他们一起阵亡了，然而情况已经发生了变化，帝国的王子们不再遵照原来的习俗，为他们根本不关心的事业去到美国打仗了。况且，如果我不留在欧洲，他们向谁去付每人三十基尼呢？另外，我也有必要留在这儿向你那里派雇佣兵，以补充你损失的兵员。为此目的，我必须要返回黑森州。那里的成年男人确实越来越少，但是我可以把一些少年给你派过去。何况，货越缺，价越高。我确信妇女和小女孩已经开始在耕种我们的土地，并且她们进展得还很不错。你做得很对，将克鲁莫拉斯医生派回欧洲，在治愈痢疾方面他确实很成功。不要打扰那些受腹泻折磨的人。那种疾病使士兵的战斗力大大减弱。一个懦夫在一次战役中所造成的伤害要多过十个勇敢的士兵所做出的好处。他们进了他们的军营，也好过在战斗中逃跑，玷污了我们军队的光荣。况且，你知道对所有因病而亡的人，他们像对战死的人一样付给我钱，而逃跑的人，他们连四分之一便士也不付。我到意大利出差，花费了大量金钱。所以，我渴望在他们中间出现大量的死亡者。你也因此去承诺提拔所有展示他们自己的人；你要力劝他们在危险之中寻找光荣；你将告诉芒多夫少校，我对他在特伦顿大屠杀中拯救了逃走的三百四十五人的生命这一点很不满意。在整个战役中，因为执行他的命令，死的人还不到十个。最后，你的主要目标是，去延缓战争的进程，并避免双方之间发生决定性的战役，因为我已经作了安排，去观赏意大利大歌剧，并且我不希望被迫放弃这次机会。同时，我祈求上帝，用他的仁慈保佑我亲爱的霍恩多夫男爵。

詹姆斯·拉塞尔·洛威尔的《虔诚编辑的信条》和马克·吐温的《田纳西的新闻工作》，是两篇讽刺新闻界的优秀作品，它们的创作角度完全不同。既然墨西哥战争已经结束，我们可以欣赏一下洛威尔写的那一篇。

虔诚编辑的信条

詹姆斯·拉塞尔·洛威尔

我真的相信自由的目标，
像巴黎一样遥不可及；
我爱看那可憎的法利赛人
掌握着自由的棍棒与魔爪；
看起来真的不错，
国王再一次决意行动；
但是自由是这样一种东西，
它与黑鬼没有关系。

我真的相信众人
想要对茶和咖啡课税，
假使让我执政
所有物品都成了奢侈的东西
因为我已经深爱我的国家
我的犬齿填满了它们的牙槽，
我敬畏我的山姆大叔，

特别是他的钱袋……

我真的相信有工作的他
会得到祈祷与赞美
——我相信一切有回报的事情，
但是其中大部分都在坎提诺；
这使我的杯中装满仁慈，
这使所有罪恶的思想停歇——
我不信仰原则，
但是，噢，我真的信仰利益。

我真的相信这样
或那样，正如可能发生的事情一样
这条那条途径，最方便的是
把别人的过错抓住；
这样做既无原则也不人道
我谨慎的行动变得坚定——
我觉察到哪种做法最有价值，
就开始孤注一掷。

我真的相信蓄奴
对总统来说非常自然，
更不用说打破先例
造成的喧嚣；
因为任何的大小官职
我不能毫无情面地全都裁减，

我从来不是，无论干的还是湿的
非种族主义者的面团人。

我真的相信，无论什么败类
都会使人们盲目行动——
我们墨西哥人抛弃的
正是兄弟般的亲切之情，
炸弹、子弹、火药与弹丸
炫耀着友善的最强的吸引力，
和平，一点也不让它停留，
必须被与袋网一起驱离。

总之，我坚定地相信
骗子，
因为我发现它
拥有坚实的谷地；
在那里有我忠实的牧羊人的小屋
指引我到甜蜜的牧场草地，
这将使人民茁壮成长
养育他们就像他们曾经把我养育。

1818 年 5 月 4 日

[比格罗诗稿]

要想写好寓言，需要多少高过普通文学能力的水平，而詹姆斯·瑟伯就做到了这点。有许多人可以写小说；只有特定的少数人能为儿童创作像《安徒生童话》那样的寓言和故事。因此，一篇优秀的寓言胜过十部小说，并且更可能经受得起历史的考验。在此，我从瑟伯的《我们时代的寓言》里选录了两篇，从《大学时代》(选自《我的生活与艰难岁月》) 中选录了一篇。

猫头鹰是神[①]

詹姆斯·瑟伯

在一个没有星星的夜晚，有一只猫头鹰坐在一棵橡树的树枝上，两只鼹鼠想不被注意地、悄悄地溜过去。"你们！"猫头鹰说，"谁？"它们哆嗦着，内心充满恐惧和惊愕，因为它们不能相信有人会在这么黑暗的夜幕中还能看见它们。"你们两个！"猫头鹰说。鼹鼠赶紧跑开并告诉地里和森林里的其他动物，猫头鹰是所有动物中最伟大和最聪明的，因为它可以在黑暗中看见并回答任何问题。"我要去看看。"秘书鸟说。在又一个非常黑暗的夜晚，秘书鸟前去拜访猫头鹰。"我举着几只爪子？"秘书鸟问。"两只。"猫头鹰说，它答对了。"你能告诉我，'就是说'，或'那就是'的另一种表达方式吗？"秘书鸟问。"即。"猫头鹰答。"恋人为了什么去拜访他爱的人？"秘书鸟问。"去求爱。"猫头鹰答。

秘书鸟急忙回到其他的动物之中并报告说，猫头鹰确实是世界上最伟大、最聪明的动物，因为它可以在黑暗中看见东西，还因为它可以回答任何问题。"它在白天也能看见吗？"一个红毛狐狸问。"是的。"睡鼠和法国贵宾狗也回应道。"它在白天也能看见吗？"所有其他的动物全都大声笑话这个愚蠢的问题，并且它们袭击了红狐狸和它的朋友

---

① 1939 年，版权提供，詹姆斯·瑟伯。作品最初刊登于《纽约客》。

们，并将它们驱逐出那个地区。然后，它们派出信使去找猫头鹰，请它过来做它们的头儿。

当猫头鹰在这些动物中出现的时候，正是一个中午，太阳明亮地放着光芒。它走得很慢，这使它显得很有尊严，它睁着一双大大的眼睛环视四周，使它有一种大人物的感觉。"它是神！"普利茅斯洛克鸡尖声叫着。其他动物也高声叫喊："它是神！"因此，无论它走到哪里，它们都跟着走到哪里，它碰撞了东西，其他动物也跟着碰撞东西。最后它来到水泥公路上，出现在公路的正中，所有其他动物都跟着它。不久，一只担任警戒的鹰发现有一辆卡车正以每小时五十英里的速度向它们驶来，它赶紧向秘书鸟报告，秘书鸟报告给了猫头鹰。"前面有危险。"秘书鸟说。"即？"猫头鹰问。秘书鸟告诉了它有一辆卡车正在驶来，然后问："你不害怕吗？""谁？"猫头鹰镇静地说，因为它看不见卡车。"它是神！"动物们齐声高叫。卡车开到，撞倒了它们。有些动物只是受了伤，但它们中的大部分，包括猫头鹰都被撞死了。

寓意：你不能永远愚弄所有的人。

伯劳鸟和金花鼠 [1]

詹姆斯·瑟伯

从前，有两只金花鼠，一只公的，一只母的。公金花鼠认为，用坚果码成艺术性的图案比只是堆起来看能堆积多少要有乐趣得多。母金花鼠则极其赞赏尽可能多

---

[1] 1939 年，版权提供，詹姆斯·瑟伯。作品最初刊登于《纽约客》。

地堆积坚果。她告诉她的丈夫，如果他放弃用坚果码图
案，他们的洞里将会有空间放更多的坚果，他将很快成
为森林里最富有的金花鼠。但是他不让她干涉他的设计。
于是她勃然大怒，离开了他。"伯劳鸟会来找你，"她说，
"因为你不能自立，不能照顾你自己。"千真万确，母金
花鼠走了还没有三个晚上，公金花鼠就不得不装扮一新
去参加一个宴会，但是他找不到领扣、衬衫和吊裤带。
于是，他无法去参加宴会。但是，他反而因祸得福，因
为所有去参加宴会的金花鼠都遭到黄鼠狼的袭击，被全
部杀死了。

第二天，伯劳鸟开始在金花鼠的洞外闲逛，等待时机
抓他。可是伯劳鸟进不来，因为门口塞满了脏衣服和脏盘
子。"他吃完早餐之后一定会出来散步，到那时我再抓他。"
伯劳鸟想。但是金花鼠睡了一整天，直到天黑以后才起来
吃早餐。然后，他在开始设计一个新图案之前先走出洞去
透透空气。伯劳鸟猛冲下来，伸出爪子抓金花鼠，但因为
天黑的缘故，他无法看得很清楚，于是，他的脑袋撞在了
赤杨的树枝上，撞死了。

几天以后，母金花鼠回来了，看到了屋子里乱七八糟
的样子。她来到床前，摇她的丈夫。"没有我你可怎么过
呀？"她说。"继续活着呗，我想。"他说。"你坚持不过五
天。"她告诉他。她打扫了房间，清洗了盘子，并将衣服送
去洗衣店，然后她让公金花鼠起床，梳洗，穿衣。"如果你
整天躺在床上，不做运动，你的身体会垮掉的。"她告诉他。
于是她带着他去阳光下散步，他们两个全被那只伯劳鸟的
兄弟，一只叫佝偻的伯劳鸟抓住，并杀死了。

寓意：早起、早睡使男人健康、富有并短命。

[《我们时代的寓言》]

橄榄球队员和经济学课[①]

詹姆斯·瑟伯

在大学里，我不喜欢但不管怎样还是要设法通过的课程之一是经济学。我是在下了植物学课后直接去上的经济学课，这对我理解这两门课程没有一点帮助。我常常将它们混为一谈。可是，我的一个同学比我更糊涂，他是从物理实验室直接来上经济学课的。他是橄榄球队里的阻截队员，名字叫博伦谢克维茨。那时，俄亥俄州大学拥有全国最好的球队，而博伦谢克维茨是最著名的球星之一。为了有资格打球，他必须要继续他的学业，那真是一件困难的事情，因为他虽说不比一头牛笨，但也比它聪明不到哪里去。大部分教他的教授都很仁慈，都很帮他。经济学教授是一个瘦削、羞怯的男人，名叫贝萨姆。在博伦谢克维茨回答问题时，没有谁像这位教授那样给他更多的提示，或者只是问他一些比较简单的问题。一天，当我们学到运输与分销时，轮到博伦谢克维茨回答问题。"说出一种交通工具。"教授对他说。高大的阻截队员的眼中没有闪现一点光芒。"说出任何一种交通工具就行。"教授说。博伦谢克维茨坐着看着他，"也就是说，"教授继续说道，"任何工具、中介或者方式，从一个地方到另一个地方。"博伦谢克维茨露出一种正在被人带入陷阱的神情。"你可以在蒸汽、畜力或电力驱动的车辆中选择一种，"教授说，

---

① 1933 年，版权提供，詹姆斯·瑟伯。作品最初刊登于《纽约客》。

"我建议你选择那种在国内进行长途旅行时通常乘坐的交通工具。"一阵难挨的沉默,每个人都显得很尴尬,包括博伦谢克维茨和贝萨姆先生。贝萨姆先生突然用一种使人惊讶的方式打破了沉默。"咣——咣——咣",他压低声音说,并马上羞红了脸。他用恳求的目光环顾教室。当然,我们所有人都与贝萨姆先生一样渴望博伦谢克维茨可以跟上经济学课,因为伊力诺依比赛,本赛季最艰难、最重要的比赛之一,还有一个星期就要开赛了。"突——突——突⋯⋯"某个同学低声喊叫着,我们都用鼓励的眼神看着博伦谢克维茨。又有个同学惟妙惟肖地模仿着火车机车排气的声音。贝萨姆先生则圆满完成了这次小型演出。"叮——咚,叮——咚",他充满希望地说道。这时,博伦谢克维茨低头看着地板,努力在思考,他宽宽的眉头紧锁着,搓着一双大手,憋得满脸通红。

"你今年是怎么来的学院,博伦谢克维茨先生?"教授问,"唰——唰——唰——唰。"

"我爸爸送我来的。"橄榄球队员说。

"怎么送来的?"贝萨姆先生问。

"我有补贴。"阻截队员用低沉、嘶哑的声音说,很明显非常尴尬。

"不,不,"贝萨姆说,"说出一种交通工具来,你是坐什么到这里来的?"

"火车。"博伦谢克维茨说。

"非常正确,"教授说,"那么,纽金特先生,你能不能告诉我们——"

[《大学时代》]

第十五章
战争与和平

一、世界政府

现在，人们一致认为，由于不再发挥应有的作用，如今的联合国可以阻止任何事情的发生，却唯独不能制止战争。今天，无论是谁对和平这一话题说三道四，也不会受到质疑。因为我们大家都在同一条船上。

在过去的岁月里，无论是在中国还是在海外，我一直敌视专家，崇尚简单化。我不会尝试就如何确保和平去写一部专著，而更愿意用较小的篇幅提供一些严谨的智者就此话题说过的言论。因此，按我的看法，这个问题可以简单地用一个段落予以阐明。当两个国家之间起了纷争，有两个，也只有两个解决的方法，即通过战争的途径或者通过法律与秩序的正当程序解决。但是，为了问题能够和平解决，必须要有一个组织，它代表着高于所有个体成员之上的法律和秩序，并受到人民的信任，同时拥有对付反抗者实施决定的权力。这是不言自明的真理，所有人对它都很清楚。公众必须明白，任何意欲反对它所代表的法律与秩序的人都应该受到蔑视。如果这样的组织存在，如同在任何文明的人类社会一样，认可它的决定将是轻而易举的事。如果没有这样的组织存在，或者，如果人们对它不具备信心，那么，奉行自我保护法则的每一个国家，都必然责无旁贷地通过以武力对抗武力的准备来加强自身的防备。如果没有发展这样的组织，如果没能使国家为所有紧急情况作好战争准备，或者，甚至没有采取措施使国家处于最佳的战略优势，以防备战争的爆发，那么，国家的任何武装力量都会对国家和公民犯下玩忽职守的罪责。事实证明，解决国家内部争端时行之有效的法律与秩序的简单原则，不能被用来解决国家之间的争端。因此，我认为，世界联邦是唯一的解决方案。

这样的组织今天并不存在；因此，才会有战争的发生。所谓的"列强"正是导致这种局面的罪魁祸首。他们没有作好准备在世界组织中尝试一般的民主程序。他们不曾保证，将来也不会保证，去遵守这一组织在多数人原则下所作出的决定。五大强权中的每一个都想拥有暴君的权力，以否决大多数国家的意愿。他们相信，他们没有能力建立一个和平的民主机构，这种机构在文明国度中普遍存在。换言之，大国在期待这个机构中正常、文明的民主程序的时候，缺乏必要的修养。它们希望的是将世界的命运掌控在自己手中。因此，它们不希望联合国大会拥有权力；同样，它们也不希望联合国拥有权力；它们不对它授权签署与德国或与日本的条约。它们希望在联合国之外的"外交部长会议"上解决所有至关重要的、战略性的、决定性的问题，所有有关力量平衡与势力范围的问题，而正是这些导致了战争的发生。它们认为，联合国只是世界统一这一抽象概念的门面，它们坚信联合国只是理想的化身，现在为之奋斗是不现实的。在原子化的今天，它们相信，追随梅特涅、塔列朗和克里孟梭仍然是现实的事情。换言之，五大强权并没有准备去改变强权政治的模式。它们将谈论对欠发达国家进行教育及供应食品的有关事宜，可是天晓得，在当今时代，正是那些拥有先进教育水平、充足食物供应以及良好公共卫生条件的国家将要发动下一次战争，而不是因纽特人或者爪哇人。曾经对我们发动了两次世界大战的列强，仍然没有为它们自己感到耻辱。

然而，如果那样认为的话，大国将会反对。它们将躲藏在专家们的庇护之下进行辩解，说事情非常复杂，那样做是行不通的；说世界联邦主义者是空想家，他们才是现实主义者。我还是主张简单化。问题的关键不在于此类组织是否可行或不可行，而是当今列强是否已经为此类组织作好准备。一个隐藏的事实是，它们没有为这样的组织付出真正的努力，因为它们根本就没有这样的意愿。由此得出第三点，也是最重要的一点结论：必须首先决定的是，我们是否希望使用各种手段停止战争，即使这意味着要放弃一些东西，或者，如果该组织是如此不完善，以至于威胁或甚至确实要发动另一场战争，我们是否愿意被动地袖手旁观，然后去迎接另一场战争。一方面是民主与和平，另一方面是特权、强权与战争，我们要在这二者之间作出选择。如果战争和世界联邦是唯一的两个选项——并且列强不能证明有第三个选项存在——这显然意味着列强将要选择战争而非世界联邦。谁是现实主义者，谁又是困惑的呢？

人类的智慧应该永远具备预见与应付新情况的能力，而同时世界上还存在着某些卑鄙的事物，它们十分顽固并钟爱老一套的诡计。人类现实主义完全被原子弹吓坏了；假现实主义说它不害怕，说我们还有时间，说再磨磨蹭蹭我们也担负得起。人类现实主义告诉我们，强权政治、联盟以及势力范围的做法已经导致了两次灾难性的世界大战，并将不可避免地导致第三次世界大战；假现实主义说："大权在握的感觉真好，让我再握一会儿吧；让我再试一试，看看我是否比克里孟梭和劳埃德·乔治在玩弄联盟和势力范围上干得更好一点；也许我更聪明。"人类现实主义说，世界已经萎缩；假现实主义犹豫不决地问："是吗？"人类现实主义说，现代武器已经废止了所有国家边界，没有国家是安全的；假现实主义说，"你确实是这么想的吗？"人类现实主义说，导弹可以飞越英吉利海峡，甚至大西洋；假现实主义天真地问："可以吗？"人类现实主义提醒我们说，我们曾经一致认为，如果没有国际警察的强制执行，国际法是没有用处的；假现实主义说："专家说无论如何这太复杂了。"人类现实主义提醒我们，在 20 世纪第一个 10 年有一段时间，一位伟大的美国总统成了世界良知的代言人，那时全部人类大众认为我们将要自己当家做主，并且"在强者与弱者之间"将不再存在区别，小国将不会像他们玩的棋里的卒子一样"被随意改变主权"；但是 20 世纪 40 年代，在仅仅三十年的时间里，假现实主义就已经忘记了所有这些，并且现在又在玩下棋的游戏。当威尔逊宣布第一次世界大战的目标是"没有胜利的和平"时，他触动了世界人民的心弦。愚蠢的假现实主义将第二次世界大战的目标宣布为没有和平的胜利，在最大限度上没有回扣的胜利，是无条件的胜利——一个与贝多芬的第五交响曲没有任何关系的胜利，就像汉尼拔或者成吉思汗与人类的手足之情毫无关系一样。当今世界不是在战争和战争威胁的统治之下，而是在这个假现实主义做出的宣言的统治之下。如果人们不能将其从他们内心的灵魂之中驱除掉，等待他们的将一定是战争。而不会有其他更好的结果。

今日美国最杰出的思想家们会说些什么呢？下面的引文出自 E. B. 怀特的《野菖蒲》（可以与埃墨里·里夫斯的《和平的剖析》相提并论），许多人认为，它是近期就世界重大问题所创作的最佳作品。有一段时间，《纽约客》似乎成了美国唯一的严肃杂志——除了就世界政府发表评论之外，它还非常认真地讲述了广岛的故事。我认为，究其原因，是由于幽默作家的直率，在政治科学和国际事务方面，这些作家不想被含糊其词的专家权威所困扰、恐吓或哄骗。我希望，读者们不要错过 E.B. 怀特在 1945 年圣诞节前写的文章，我已将此文与他自己的选集一起收入年鉴之中。希望子孙后代记住，这是在第二次世界大战刚刚结束六个月时写的。对那些刚刚从六年的战争中解脱出来的人来说，这是多么好的圣诞礼物啊！

世界政府年鉴

E.B. 怀特　1945 年 12 月 8 日

应该被镶进木框挂在厨房的年鉴：

4 月 26 日——T. V. 宋博士在旧金山联合国会议上发表讲话："如果有什么信息我的国家……想要带给这个会议的话，那就是，为了集体安全的利益，如果需要的话，我们已经准备好……向这个新的国际组织放弃我们的部分主权。"

6 月 13 日——埃墨里·里夫斯（Emery Reves），《和平的剖析》："因为 20 世纪的危机是一次世界范围的冲突，它发生在主权国家的社会单元之间，所以，我们时代的和平难题是建立一种凌驾于主权国家之上的法律秩序来调节人们之间的关系。"

8月12日——芝加哥大学校长，罗伯特·梅纳德·哈钦斯（Robert Maynard Hutchins）在一次广播讲话中说："我必须承认，截止到上星期一，我对建立世界国家还不抱任何希望。我认为，世界国家没有存在的道德基础，我们缺乏世界良知，缺乏维持世界国家一体化所需的世界共同体的良好感觉。但是现在，这种选择似乎变得清晰起来。"……

8月18日——诺尔曼·库辛（Norman Cousins），《星期六文学导报》："他（人类）已经成为世界的斗士；对他来说，培养一种世界良知——只是额外的步骤——尽管是一个很长的步骤……他需要认识到一个绝对真理，即在原子时代所有被淘汰的事物中最重要的就是国家主权。"……

9月1日——小科德·梅耶（Cord Meyer, Jr.），《亚特兰大月报》："国际社会尚不存在这样一个最终机构，各个国家必须将他们之间的争端提交给它处理……我们应该坦白地将这种没有法律的状态认定为无政府状态，在此情形下，生存的代价是残酷的武力。只要这种状态继续存在，战争不仅是可能的，而且是不可避免的。"……

10月20日——《星期六晚邮报》的评论："现在我们已经面临这样一个时刻：世界政府将完全能够使国际政治适应迄今仍无法想象的权力来源。"

10月22日——拉尔夫·巴顿·佩里（Ralph Barton Perry），《发展中的一体化世界》："我们满怀热情梦想的一体化世界，其目的不是来满足任何人或任何集团个体的利益。在那里，没有主仆的概念。它通过服务于所有人的利益而服务于每一个人的利益。它只寄望于最广泛的包容一切的基础。它不是一个空洞的梦想。它不只是一个想象的游戏，而是一个实际需要驱使人们实施的计划。"

11 月 1 日——阿尔伯特·爱因斯坦教授，《亚特兰大月报》："我害怕世界政府的专制吗？当然我怕。但是我更怕另一场或更多场战争的到来。在某种程度上，任何政府无疑都是邪恶的。但是，比起战争带来的严重得多的罪恶，特别是战争造成的越来越大的破坏性，世界政府还是要好得多。"

11 月 23 日——贝文先生（Mr. Bevin）在下议院的发言："我觉得我们正被残忍地逼上这条路；总之，我们需要对创建一个由世界人民直接选举的世界大会的目的进行新的研究……我愿意与任何国家、任何政党的任何人坐在一起，像其他大国已经做成的那样，为世界大会努力设计出其公民权或者宪法……"

11 月 24 日——J. 罗伯特·奥本海默博士（Doctor J. Robert Oppenheimer），《星期六文学导报》："符合实际情况的做法是：承认，原子武器对整个世界造成的普遍危险是个共同的责任，单方面的解决办法是无能为力的；承认，只有通过建立一个责任共同体，才能有希望对付那种危险。"

12 月 22 日——（《现在的 E. B. 怀特先生》——发表于《纽约客》）"在一个寒冷的下午，我们走在回家的路上，路过富兰克林·西蒙的窗口，那里，来自不同国家的儿童在日光下有条不紊地转动着。大多数的商店都集中展示着圣诞节的礼物，譬如乳香、没药和浴盐等，但是富兰克林·西蒙却直接宣传儿童本人，不同种族的儿童排成队列，看起来煞是可爱。我们站在那里观察过路人观赏这个由不同国家、不同种族的儿童构成的场景，我们注意到，当有色人种认出有色人种的小孩夹在其他人种的小孩里面时，他们的眼睛里闪现出亮光来。"

"自从第一个圣诞节以来，还从来没有哪次像今年的圣诞节一样——充满了恐惧、痛苦、敬畏之情，以及尚无人能够理解的奇怪的新情况。今年的圣诞节与往年相比，所有特征都与传统模式截然相反：没有了温暖的祝福和快乐的儿童，世界上大部分地方到处都是寒冷的房间和饥饿的人群。得胜的士兵回到家中，期望获得热烈的欢迎，而得到的却是陌生的尴尬气氛。"①

我喜欢 E.B. 怀特给美国派往联合国代表的指示。那确实是智者精妙的语句。它言简意赅，直入事物的心脏，并且代表着这样一种精神：最终一定会使民主的联合国成为可能。当然，联合国的全部问题在于，它没有像亚伯拉罕·林肯和阿尔伯特·爱因斯坦那样才智出众、心地淳朴的思想家。

---

① 这几段文字摘自《野菖蒲》，由休顿·米弗林公司出版，作品最初刊登于《纽约客》。埃墨里·里夫斯的《和平的剖析》由 Harper & Brothers 公司在纽约出版。科德·梅耶的引文出自他的文章，《维修工看和平》，刊于《大西洋》月刊，1945 年 9 月号。拉尔夫·巴顿·佩里的《发展中的一体化世界》，1945 年出版，版权提供，拉尔夫·巴顿·佩里，其引文使用系经 Current Books 公司、纽约 A. A. Wyn 出版商授权。

"多搌搌鼻子，听听全世界的声音。"

E.B. 怀特　1946 年 1 月 12 日

埃伯哈特小姐，做一份原件和四份复印件，给每位代表一份。在去联合国大会的路上，每位代表都带着两套指示：一套是由他的良心口授的（但是不会对外宣读），另一套是选民交给他的。于是，我们将指示递交给联合国组织第一次大会的每一位代表。指示如下：

当你坐下时，只要你感到舒服，就和普通美国人一样坐下吧；但是，当你站起来发言的时候，像任何地方的人那样站起来。

不要带回家任何熏咸肉，在路上它会腐败变质。带回家一根丝线，靠它，你可以找到回家的路。

永远记住外交政策是戴着帽子的国内政策。会议的目的是用法律替换政策，并创建共同的事业，尽管这一点没有得到任何形式的阐明。创建共同的事业。

不要认为，你们是通过捍卫我们的利益而代表我们的。你们代表我们的同时要确信，我们的利益就是他们的利益，反之亦然。

当你怀着渴望的心情想起你出生的地方时，要记住，太阳每天都要离开那里去照耀其他地方。当你带着挚爱的感情想起美国时，想一想它不纯的血统，以及为何没有美国人曾经在狗展上赢得过奖项。

在你的公文包里，将伟人与你当天的日程安排放在一起。读读他们简短的名字：沃尔特·惠特曼、约翰·多恩、曼尼·坎特、亚伯拉罕·林肯、汤姆·佩恩、阿尔伯特·爱因斯坦。读读他们，你会忍不住落泪。然后再读读他们，这回就不要流泪了。

如果你要为我们发言，不要为了美国发言，要为人民，为自由的人们发言。我们不是派你去建立国家的伟大形象。如果你不明白这点，不相信这点，你最好去赛马场，在那里即使猜错了，你也会有好日子过。

永不要忘记，和平的本质常常会被误解。和平并不是通过防止侵略就可以得到的，因为那样做对和平来说永远是太迟的选择。只有在人们的敌意和憎恨都服从法律的约束以及政府的宽容之时，和平才可以得到。

不要试图通过爱你的邻居而去拯救世界；这只会使他感到紧张。而是要通过在法律的框架下尊重你邻居的权利并且坚持让他也尊重你的权利（在同样的法律约束之下），拯救世界。总之，要拯救世界。

注意宪章第四章第二条第三段请求代表大会"提请安理会注意可能会危及国际和平与安全的情况"。因此，我们指示你，提请安理会注意一直危及和平的一种情况：绝对的国家主权。提醒理事会注意，你们自己组织的弱点和缺陷，你们的组织的成员是国家而不是个人。

不要为原子弹的噪声所困惑。原子弹相当于射豆枪，谁使用谁就处于危险之中。但是如果你要做梦的话，去梦想绝对重要的东西吧，梦想质能关系，梦想人和人的关系。科学家已经比你梦想得还多，年轻的代表，那就做个好梦吧。

多关心原则，少关心结果。我们并不要求结果，只是要求一个具体实施的计划。你不是在玩下棋的游戏，尽管这看起来有点像；你参加的是关于希望的嘉年华会……

作为护身符，不要带着彩旗去特殊的场合；对普通的感冒，要带上一条白色的手绢。多擤擤鼻子，听听全世界的声音。

最后，既然皇帝已经放弃了神威，我们告诫你要相信你自己，并且热爱真理。建立一个伟大的共和国。基础是不可避免的。基础就是联合。这就是你们的开头字母所揭示的：UNO，联合国组织。

[《野菖蒲》①]

二、伍德罗·威尔逊

战争的逻辑，是不可避免的，而且没有替代的可能选项。现在，唯一的问题是，战争会有多快爆发，具有多大的毁灭性，以及谁会赢。当我看到希姆莱绞死三个波兰人的照片时，或者当我阅读有关对文辛迪红衣主教狡猾、系统、精妙的拷打，以准备对他的审问的报道时，我真的无法相信，除了物质方面以外，文明已经取得了进步。当我们自夸进步的时候，这些恶行就发生在我们的时代，由我们的同类所为。我们的心灵在哭泣，我们只有悄悄地，像祈祷一样重复亚伯拉罕·林肯的话语。"我们深情地希望——我们热烈地祈祷——这场战争带来的巨大痛苦可以很快消逝。然而，假如上帝要让战争继续下去，直到二百五十年来奴隶无偿劳动所积聚的财富化为乌有，并像三千年前人们所说的那样，直到被鞭笞所流的每一滴血被刀剑下所流的每一滴血偿付完为止，那么，我也只好说：'主的裁判是完全正确而公道的'。"1919 年 9 月 5 日，威尔逊总统在没有完成的旅程中，在普韦布洛他垮掉的三个星期之前，随着心脏的

① 《野菖蒲》最初刊登于《纽约客》。由休顿·米弗林公司出版。

最后跳动，他说出了下面的一席话。此时，另一场战争的逻辑对这位总统来说已经显得非常清楚。

"美国陆军与海军的荣耀在那个夜晚像梦一般消失了，接着发生的是，在和那个夜晚类似的黑暗中，在这场战争到来之前笼罩着这个国家的恐慌的噩梦；并且在将来某个时间，按照报复心切的神的旨意，另一场战争将要来临，在战争中，不是几十万优秀的美国人将不得不牺牲生命，而是数百万人需要为实现世界上人民的最终自由而献身。"

阅读威尔逊总统的文字是一个奇特的体验。三十年前的话语仿佛不是在 1918 年所说，而像在公元 2018 年所说，并不是因为威尔逊的超前，而是因为我们自己的倒退。威尔逊的逻辑是清楚的；战争没有理性的替代物，战争将是唯一的选择，而我们并不需要战争。我是威尔逊理论的忠实拥护者。1916 年至 1917 年的冬季，当时我还是北平的一个年轻教师，我清楚地记得阅读他和平的条件时的心情；那是一种在遥远的亚洲被所有人分享的心情。从他的字里行间，我们看到了一线光明和一位世界的领袖。"没有胜利的和平"，这一词组已经永远地印在我的脑海。如果有胜利，那只会是"人类的胜利"。只有去阅读他在美国参战之前的 1917 年 1 月 22 日所发表的演讲，我才可以重温那些使世界信任的时刻。我尊敬美国，并不是因为美国有许多名叫威尔逊的人，而是因为至少有一个被信赖的威尔逊。在我的一生中，只有两个政治演讲曾经打动过我，即林肯的"第二次就职演说"和威尔逊的这次演讲。但是，现在读它，其中的言辞似令人难以置信：在那些可恶的假现实主义者决定了我们的思想和世界的思想之前，世界已经向前走了那么远。借助清楚的逻辑和明晰的含义，威尔逊宣布了一些我们已经完全忘记的原则，而如今的政治家们正在遵循着这些原则的所有对立面。"当前的战争是一场为公正、稳固的和平而进行的斗争，还是仅仅为了新的权力平衡？如果它只是为了新的权力平衡而进行的斗争，谁能来保证这种新安排的稳定的均势？……一定不存在权力的平衡，有的只是权力的一致；不是有组织的对抗，而是有组织的共同和平。"但是，今天的假现实主义者又说些什么呢？"首先，这必定是没有胜利的和平。"但是，今天，我们更喜欢没有和平的胜利。"保证书必须既不认可，也不暗示大国与小国之间、强国与弱国之间的区别。"可我们的假现实主义者对大国与小国之间的区别又做了些什么呢？"世界上绝对不会存在这样的权力：可以操纵人民、改变他们的主权归属，好像他们是财产一样。"难道数百万人民没有被强权如此操纵过吗？立陶宛、罗马尼亚等人民的权利在哪里？至于"公开的盟约，公开地达成"，那句话很久以前就被忘记了；事实上，秘密条约的倡议者颇为他们自己而得意。于是我们继续前行，但是不能因此就说我们进步了。威尔逊总统是对的，他当时说，他之所以发表那样的演讲，是"为普天下沉默的人类大众进言，这些人看见他们挚爱的亲朋和家人遭受死亡与毁灭的厄运，可是到目前为止，他们没有场合和机会去表露他们的真实情怀"。现在那似乎不再真实，那个希望与信仰的时代已经消逝。愚蠢的狗（假现实主义者）坐在那里，污染着我们信仰的水源。我们内心的信仰动摇着，因为每一次当我们为实际上建立于新的世界条件基础之上的新秩序辩解时，这个假现实主义者就会竖起食指说："你是一个空想家！"曾经有一段时间，情况有所不同，当时，美国总统是思想家，而不是优秀的成功的政治家，他认为，他将会永远活着，和平只是三个魅力人物之间热情友好的问题。为了这个原因，必须要重读一下威尔逊总统"关于建立国家联盟的想法"的讲演，以免我们会忘记；但愿这个演讲能够说明导致我们与那个三十年前的人分开的裂痕。因为篇幅所限，我省略了某些段落。

国家联盟的想法

伍德罗·威尔逊

在战争的每个转折阶段，我们都会意识到通过战争我们打算实现的新的目标。当我们的希望与期待最为活跃的时候，我们比以前更加明确地思考那些与战争有关的问题，思考那些必须通过战争才能实现的目标。战争具有积极、明确的目标，我们不能决定也无法更改。政治家和议会都不能建立战争的目标；政治家和议会都无法更改这些目标。它们产生于战争的真实本质及其氛围。政治家和议会最多只能实现它们，或者背弃它们。在战争的开始阶段，这些目标也许不太确定；但是现在，它们变得越发清晰起来。

这场战争已经持续了四年多，整个世界都已经被拖了进去。人类的共同意愿已经被个别国家的特殊意图所替代。个别政治家也许首先使用了冲突手段，但他们以及他们的对手都不能如其所愿使冲突停止。这场冲突已经演变成为一场人民的战争，不同类型，不同种族，不同权力、财富阶层的人们通通被卷入了这场战争改变一切、解决一切的不可遏制的进程之中。战争的性质已经完全清楚，任何国家都显然无法摆脱战争的影响或者对其影响无动于衷；既然如此，我们便投身其中。战争的挑战涉及我们关心与为之生活的一切事物的核心。战争的声音已经变得十分清晰并紧紧抓住了我们的心。我们在许多国家的兄弟，以及我们自己被屠杀葬身大海的兄弟们正在召唤着我们，我们回应着，热烈而又自然。

我们周遭的气氛是清楚的。我们看到了事物完全的、令人信服的本来面目；一直以来，我们都是用坚定的目光和稳定的方式理解着这些事物。我们认为，战争引起的各种问题都是事实，而不是像任何这里和那里的人类集团为这些问题所下的定义那样。如果最终无法公正地应对和解决这些问题，我们是不能接受的。这些问题如下：

任何国家或国家集团的军事力量有权力决定人民的命运吗？除了动用武力，它们本没有统治他们的任何权力。

强国可以任意虐待弱国，并强迫他们服从他们的意愿与利益吗？

即使在他们自己的内部事务方面，人民应该被专制与不负责任的力量统治和支配，还是应该符合他们自己的意愿和选择呢？

是否应该有一个针对各个民族与各个国家的权力与特权的共同标准？或者，强国是否可以为所欲为，而弱国只能毫无补偿地忍受一切？

对权力的要求是随意的吗，是通过偶然的联盟而实现的吗？还是必须万众一心，共同遵守共同的权利？

任何人，任何人类集团都不认为，以上所述是他们斗争的主要问题；它们正是斗争的主要问题；它们必须得到解决——解决过程中，不能出现利益方面的任何安排、妥协和调整，而是采用坚决的、一劳永逸的方式，同时完全、果断地接受以下原则，即弱国的利益与强国的利益同样神圣。

这就是我们谈及永久和平的话题时所要传达的意思，假如我们能够真诚地、智慧地演讲，同时对我们处理的事务带有真正的认知与理解……

至关重要的是，我们还应该达成明确的一致，任何形式的妥协或对一些原则的放弃都不能获得和平。我们已经公开宣布，这些原则是我们正为之奋斗的原则。关于这点应该是毋庸置疑的。因此，我将用最大的坦诚就其所包含的实际意义行使说话的自由。

如果，如同我相信的那样，通过即将达成的解决方案实现可靠而持久的和平确实是联合起来反对德国的各国政府以及它们统治的国家的共同目标，那么，所有坐在和平桌旁的人们都必须作好准备并愿意付出代价，获得和平的唯一代价；并且还准备好并愿意，以一种充满活力的形式，创建这样的机构：只有借助此机构，才可以确保和平的协议将受到尊重和履行。

在这个解决方案的每一个方面，这种代价都是无私的、公正的，不论谁的利益受到损害；并且，这种代价不仅是无私的、公正的，还要使命运与之息息相关的各国人民满意。这个不可或缺的机构就是国家联盟，它建立在行之有效的盟约之上。没有这样一个世界和平赖以保证的机构，和平将在一定程度上或者完全取决于罪犯的指令。德国将恢复其治国之道，不是通过和平桌上的谈判，而是由于在这之后所发生的事情。

正如我所了解的那样，国家联盟的章程及其目标的确切定义必定是和平解决本身的一部分，在某种意义上说是最重要的部分。但是现在尚不能制定出来。如果现在就制定出来，它只会成为一个局限于反对共同敌人而联合起来的新国家联盟。同样也不可能在解决之后就将它制定出来。保证和平是必要的；而倘若把和平当做事后产生的想法，和平不可能得到保证。我再一次坦率地说，必须保证和平的原因是，和平的某些参与方，它们的承诺已经被证明是不可信赖的，必须找到方法结合和平解决本身去消除不安全的根源。将这种保证留给某些政府随后的自愿行为是很愚蠢的，我们已经看到，正是这类政府摧毁了俄罗斯并欺骗了罗马尼亚。

然而，这些普通的条款并不能揭示出事情的全部。需要制定一些细则以使这些条款听起来不像一篇论文，而更像一项可行性计划。这里是一部分细则，我用更大的信心阐述它们，因为我可以像代表本国政府解释它自己关于和平的责任那样权威地阐述它们：

第一，所谓的无私与公正应该包括，在那些我们希望公正和那些我们不希望公正的国家之间不存在歧视。这种公正必定没有任何形式的偏袒，没有任何标准，有的只是相关的各国人民的平等权利。

第二，任何单一国家或国家集团的特殊或分散的利益，都不能作为和平解决的任何部分的基础，因为这些利益与全世界人民的共同利益不一致。

第三，在国家联盟共同的大家庭里，不能再有其他联盟、同盟或特殊盟约与协定存在。

第四，更具体的是，在联盟内部不能有特殊而自私的经济协定，以及不得使用任何形式的经济抵制和拒绝，除非作为一种纪律与管理的手段，在国家联盟内部授予经济惩罚的权力，将其排除在世界市场之外。

第五，所有各种类型的国际协议与条约必须一无保留地让世界上的其他国家了解。

在这个注重战争计划、充满战争激情的现代世界里，特殊联盟、经济竞争以及相互敌视已经成为产生战争的多产的温床。如果不能借助明确的、有约束力的条款清除这些不利因素，获得的和平将会既不稳定，也不真实。

反对这些不利因素的各种力量越来越紧密地团结在一起，数百万人组织起来，越来越强大，越来越不可战胜，因为，对于各国人民来说，这些不利因素越来越明显地成为他们参与战争的原因和目标。政治家们似乎焦急地在为他们的战争目标定性，有时似乎会改变他们的立场和观点，而在此过程中，那些政治家应该教育和领导的人民大众的思想却变得越来越明确，对于他们正在为之战斗的事业越来越有把握。这就是这场伟大战争的特性。各国人民的意愿越来越退入幕后，思想开明的人类的共同意愿替代了它们的位置。从各个方面来说，普通人的意见比老练的实务家的意见更加简明、更加直接、更加一致。那些老练的实务家仍然保持着这样的印象，他们正在玩权力的游戏并押上了很大的赌注。因此，如前文所述，这是一场人民的，而不是政治家的战争。政治家必须认同普通人的这种明确的思想，否则只能被瓦解。

我认为这一点对于以下事实至关重要：由普通的劳动人民组成的不同种类的大会和协会，每次集会时几乎都会要求，并且现在还在要求，他们的政府领袖坦率地向他们宣布在这场战争中追求的是什么，到底是什么，他们认为最终和解的条件应该是什么。他们对于已经获得的答案尚不满意。他们似乎依然担心，他们得到的他们要求的东西只是政治家的主张——只是关于边界安排和权力的分配，而不是广泛的公正、仁慈与和平，不是那些被压迫、被困扰的男人、女人以及被奴役的人的深切渴望得到的满足，正是这种渴望才促使他们认为应该去打一场吞噬了世界的战争。也许，政治家们从来也不曾认识到所有政策和行动中已经被改变了的这一方面。也许，他们从来不曾直接回答过所面临的问题，因为他们不知道那些问题是多么的尖锐，不知道他们需要的答案是什么。

但是，举个例子说，我很高兴可以尝试一遍又一遍地回答，并希望我可以越来越清晰地表明，我的一种思想就是，使那些在战斗行列中的人满意，他们也许超越了所有其他人，有权提供一个答案，其含义没有任何人可以有任何误解的理由，假如这个人明白这一答案所用的语言或者可以让某人正确地将它翻译成他自己的语言……德国不断地宣布她将接受的"条款"；并且总是发现世界并不需要什么条款。世界希望的是正义与公平交易的最终胜利。

——在纽约大都会剧院的演讲

1918 年 9 月 27 日

我的确认为，在将来某个时间，这些话语的精神实质和字面意义肯定会再次清晰起来，再次令人信服，人类肯定会再次在伍德罗·威尔逊停下来的地方继续前行。我认为，这些清晰的思想和预言性的话语不会被忘记。

三、战争与和平

乔治·桑塔雅那也是一个十分具有预言性的人物，可是他的预言来自不同的角度。他的《蒂帕雷里》，写于 1918 年，是该作者所写过的最哀伤、最美丽的作品之一。也许他对人类的愚蠢有太深刻的了解，以至于无法相信人类将会为和平作好准备，他反而劝告人们以一种冷静的，甚至是愉快的精神状态接受斗争的洗礼。作品中传达出一种动物般的忠诚；如果阅读它使你感到有些惬意的话，当他的哲学思想使你对"万物永恒"有深刻领悟时，你将会得到一种心平气和的奇特感受。

如果你愿意，就伤心吧……但是要勇敢些……

你的心和我的心会留在那里，但对世界来说，前面还有一段漫长的路要走。

——乔治·桑塔雅那

宣布停战的钟声一点也不使我感到惊奇；因为早一周晚一周，这样的钟声迟早要被敲响。当然，如果战争的目的是征服或胜利，没有人会达到这样的目的；但是事物的目的，特别是战争的目的，从修辞学的角度来说，要归因于正在发生作用的驱动力，它太复杂太易变，以至于不能被轻易地考察清楚；在此情况下，对法国和英国来说，正在起作用的驱动力是防御；他们一直在忍受着因不屈服而导致的可怕困窘的难以置信的考验。那种紧张现在已经松弛下来；因为人们的行为是由现在的力量而不是未来的优势所决定的，他们可能没有继续战斗的热情了。事实似乎足以使他们相信，恶意的打击已经被避开，恃强凌弱者已经开始乞求怜悯。现在听到他的声音真是非常有趣。他说，这一次继续浴血奋战将是可怕的；他温柔的灵魂渴望安全地回到家中，渴望停止流血，渴望长长地舒一口气并且在下一次较量到来之前谋划一个新的联盟。很明显，他的崩溃已经有些时日；因此，这些确认了上述事实的钟声听起来如此悦耳。那些在牛津的街道上到处悬挂的难看的小旗，几乎都摆出一副胜利的模样；阳光与秋天干冷的空气似乎已经听到了这个消息，并欢迎世界再次开始舒适的生活。当然，从今以后，许多可怜的残疾人将只能靠着拐杖摇摇晃晃地生活，只是苟延残喘而已；但是他们也将逐渐死去。野草很快就会覆盖他们的坟墓。

这样沉思着，我突然听到一首曾经很熟悉的乐曲，现在已经很久不被重视不受欢迎了，那就是名叫蒂帕雷里的古老乐曲。在一间咖啡馆里，挤满了从萨默维尔的医院里跑出来的受伤的军官，他们站在吧台旁边唱着那首歌；他们在上午一直喝着香槟酒，他们正在打破所有的规定，不论是医生的还是美食家的。他们对此有充分的解释。他们被缓期执行了，他们将永远不必返回前线，他们的朋友——那些被留在前线的人——都将会活着回家。他们最初参军时经常唱起的那首古老的、美好的、充满柔情的歌曲自然而然地再次进入他们的脑海。的确，通往蒂帕雷里的路途还很漫长。但是经过长途跋涉与百般周折，他们最终回到了蒂帕雷里。

我不知道他们认为蒂帕雷里意味着什么——因为这是一首神秘的歌曲。也许，他们愿意让它保持模糊的感觉，就像他们对荣誉、幸福或天堂的概念也不清楚一样。他们的军旅生涯结束了；怀着奇怪的自豪的伤悲，他们回忆起那些为了今天的幸福生活献出宝贵生命的同志，他们很难相信这一天将会到来；他们自身的安全得到保障，他们为此既欣喜若狂，又感到有些耻辱；他们忘记了他们的伤口；他们看到面前展现着一片充满希望的前景，人们正在熟悉的老地方过着快乐、忙碌、冒险、充满爱的新生活。他们想象着，一切都将继续，仿佛什么事情也不曾发生过。

诚实的迷惘的好人！——当他们迷失在和平的迷雾里，他们很难从战争的困惑中走出来……他们认为，战争——也许是最后一场战争——结束了！

只有死去的人才是安全的；只有死去的人才看到了战争的终结……自由的生活具有喜剧的精神。这种生活因每一个新事物的周期性的美丽而快乐，并且嘲笑它的衰败，这种生活不贪求财富，不要求协议，除了勇气与真理的辉煌精神，它不会力争去保持什么，因为每一次新的冒险都将使它获得新生。

你们年轻人在初次唱蒂帕雷里的那些日子里就拥有了这种勇气与真理的辉煌精神；当你们重唱这首歌时，我想知道，你们还拥有这种精神吗？你们中的有些人，无疑还会拥有。我从你们有些人身上看到了减轻痛苦的微笑，看到了接受伤残并且面对残疾没有苦恼和耻辱的那种坚定的谦逊的神情；缺胳膊少腿的人仍然是上帝的造物，即使看不见太阳，你仍然可以沐浴在阳光里面；即便如此，你仍会感到快乐——也许那是最深刻、最朴素的快乐。但是，尽管你们是被榜样感染或被武力所迫参加了战争，你们中的另外一些人，却是天生的懦夫；你们也许是有优越感的人，自认为很有知识的人，并且因为被打断了你们重要的研究并被强迫做无用的工作而愤愤不平。你们憎恶所有将军的愚蠢，并且无论政府做了什么都是对你们的道德感的冒犯。在你们参加战争之前，一想起战争你们就感到恶心，而现在你们对战争更加厌恶了。你们是反战主义者，而你们却怀疑，不是反战主义者的德国人终究是对的。我注意到，今天上午你们没有唱蒂帕雷里；你们太生气了，一点也快乐不起来，你们无法忍受如此粗俗的气氛，并希望得到人们的理解。然而，你们愿意和其他人一起抿你们的香槟；在医院你们似乎已经在社交方面取得了一点进展，但是你们发现酒的度数太低，或是太甜，并且你们正在冲它扮起鬼脸。

啊，我脆弱的朋友，假如哲学家的灵魂敢于向你讲话，让我在你的耳边轻声告诉你这个忠告：将你的愤怒保留一些；你还没有看见过最糟糕的事情。你认为，这场战争是一次罪不可恕的大错，给人们造成了相当大的恐慌；你认为，不久以后理智将会获胜，所有这些统治这个世界的下等人将被清除到一边，而你们自己的政党将改革一切现状并将永远执政。你错了。这场战争使你第一次看到了这个世界的古老、基本正常的状态，使你对现实进行了第一次尝试。战争应当教会你放弃你有关进步或者占统治地位的理智的所有哲学思想，应当让你认识到它们属于空想家的胡言乱语，这些空想家在思想上草率地处理一个世界，同时又盯着另一个……战争只是受到抵制的变革；只要变革要摧毁的机制尚保留一些活力，变革就必定会受到抵制。和平本身在国内意味着纪律的约束，在国外则意味着不受攻击——这是常规的有效战争的两种形式；和平需要如此强劲有力的内部体制，以至于在侵犯公共精神之前每一个有分解或感染作用的细菌都应当受到抵御。这是一场短暂的战争，比起现存的事物，战争的破坏并不严重；在一场严酷的战争里，一个国家的民族气概全部被摧毁，它的城市被夷为平地，它的女人和儿童被逼做奴隶。在这种情况下，屠杀显得太惨烈了，也许，只是因为现代人口的庞大；动荡太剧烈了，只是因为现代的工业体系是如此的危险、复杂和不稳定；花费似乎是巨大的，因为我们是如此富有，如此奢侈。我们的社会是一个嗜睡的贪食者，它认为自己是永恒的，它发出用语言无法形容的尖叫声，仿佛一只被杀的猪，在被刀剑刺第一下。一个古代的城市会以为，这场战争，或相对来说造成严重损失的战争，只是一个正常的事件；而德国人当然不会有不同的看法……

你们，我真诚的朋友，喜欢重复这样一句话：战争无疑是地狱；但是，相对于战争来说，抵抗战争也是地狱。想生活得好，就必须要获胜。战争就和爱的激情一样，后者是另一种类型的战争：战争最初是为了关爱和占有而反对心爱的人；而后，战争为了爱人的缘故而反对其余的世界。爱往往也是一种折磨和耻辱；但是爱会得到令人欣喜的胜利，倘若尝试去终止爱，那会是一种更糟糕的折磨，一种更严重的堕落。懦夫什么时候才能心安理得呢？……

如果你愿意就伤心吧，你永远有伤心的理由，因为，这个世界所创造的美好事物是如此的短暂，并且是付出如此巨大的代价才获得的；但是要勇敢些。假如你认为幸福生活值得去享受，你也应该认为它同样值得捍卫。献出生命不会使你丧失什么，这种思想几乎像愿意献身一样宝贵，这是人类高贵的特权；假使缺乏愿意献身所带来的灵魂的自由以及与自然界的友谊，生命就不值得拥有。在这个地球上我们了解和热爱的事物是短暂的，也应该是短暂的；如同荷马所称颂的事物那样，它们充其量只是某首歌曲或某道神谕，天堂借此在我们的时代得以显露。我们必须与它们一起逐渐成为永恒，不只是在最终，而且是连续不断地成为永恒，就像一个短语逐渐显示出它的含义；因为它们是我们的一部分，我们也是它们的一部分，我们应该陪伴它们，宠爱它们：继续生存将是一种悲哀。永恒的事物永远都是现在的事物；既然时间或者属于过去或者属于未来，时间的流动在某种意义上来说永远都不会是现在的；但是，这一难以捉摸的短暂存在出现在精神赖以存在的、永远不会改变的精神实质之前；正如一个戏剧诗人创造了一个角色，许多演员在随后的许多夜晚会尝试着去扮演这一角色。当然，事物的不断变化也会将诗人们带走；这些诗人已经不合时宜了，没有人希望再扮演他们的角色；但是每个时代有每个时代的神灵。时间就像一个企业的经理，总是一心想要筹划一些新颖又令人吃惊的产品，却并不是很清楚它的未来会是什么。我们仁慈的母亲普赛克，这个物质变化之母，将我们相应地培养得如此愚蠢和焦虑，正因为此，我们稚嫩的理解力一旦进入所见所爱的任何事物必要的永恒状态之中，就很难再停止下来。可以这么说，只要地球还在环绕太阳转动，透过我们的军用列车的车窗，我们就将看见蒂帕雷里。你的心和我的心会留在那里，但对世界来说，前面还有一段漫长的路要走。

[《蒂帕雷里》，选自《英国的独白》]

第十六章

总　结

一、一个人自己的哲学

　　美国的辉煌旅程结束了。我很高兴完成了这个旅程。当然，每个旅游者都会错过一些重要的地方，每个人都认为这是一些一定要看的地方，却因为安排不周最终没有去成。到了苏莲托，却又错过了去卡布里的船。旅游者只能摊开双手说："噢，好啦，人不可能什么都看到。"然后就心满意足了。每个试图研究某个领域的作者都一定会感觉到某种遗憾，不是对他已经涉及的方面，而是对他遗漏的地方。我已经将我的研究范围限定为对关于生活智慧的美国作品的研究，限定为对我们所拥有的生命礼物的充分赞美。我并不渴望至善论者的天堂，因为我们并不拥有。同时我也没有将小说包括进来。但是，这种限定方式完全是个人行为。有这样一种东西，诸如作者的个人吸引力；我们的大脑被某些作者所吸引，而对其他作家则予以拒绝。我没有为下面这些人留下位置：职业悲观主义者、厌世者、憎恨女人的人、"现实主义者"以及所有那些希望他们没有生在这个地球上，而是其他什么地方的人。

另一方面，我试图搞清楚，美国作家作为个人是如何在一般意义上看待生活，看待生活的难题以及生活的艺术——换句话说，他们对于在这个世界上出生、长大有什么看法。

自从美国建国以来，已经过去了差不多七代人。一个又一个伟大人物来到这个地球上，观察生活，度过他们的一生，然后死去。每一代人都被特定的难题所困扰，也许是那个时代的政治问题，然而，在构成生命的各种要素中，在他们更加私密的生活中，他们面临着与我们相同的人生难题。也许他们不比我们聪明，但我们也不一定比他们聪明。谁敢说他对今天生活的了解比富兰克林和杰弗逊对往昔生活的了解更多呢？一队人马已经过去。富兰克林、杰弗逊、亚当斯、爱默生、霍桑、林肯相继而去。他们都对生活作出了自己的推测，然后离去。然而，人生的难题却仍旧和我们在一起。

阅读杰弗逊写给他孩子的书信，观看富兰克林与布里昂夫人下棋，聆听奥利弗·温德尔·霍姆斯在早餐桌上令人敬畏的饶舌，观察爱默生在深夜与玛格丽特·富勒一起出去欣赏水上的月亮"疑哉，疑哉"，偷听林肯打扮一新准备参加婚礼时对小男孩说的话，阅读如此多美国知名人士的私人信件和日记。这已经成为我生活的乐趣。我们中的每个人都会恋爱，结婚，也许还会有一个成长中的孩子，我们都会去看月亮——看的还是同一个月亮。你从这些烦琐小事中领悟到的正是生活智慧的主旨。

可以做出一些这样的事的人大多是非比寻常之人。梭罗曾经认为，照耀美国的月亮比照耀世界上其他地方的月亮更大，美国的天更蓝，星星更亮，雷声更响，河流更长，山峦更高，草原更辽阔，他从而得出不可思议的结论，美国人的精神也一定会更高大，更具扩张性——"否则，美国怎么会被发现了呢？"梭罗错了，而梭罗又是对的。生活中本无所谓价值观，除非人们树立起相应的生活价值观；在任何地方本没有快乐，除非你自己将快乐带来。

为什么要争辩呢？我们将永远，永远也不会比两千年以前的人们离生活的真理更近。世界上没有什么新鲜的事物，过多的研究会造成肉体的疲倦。绝顶聪明的哲学家们已经徒然地叩击了宇宙之门。哲学的历史只是对旧有真理的重复。我们打盹，然后醒来，然后又打盹。荷马有时打盹，柏拉图打盹，卢奇安打盹，叔本华打盹。我们全都打盹。我们全都根据自己喜欢的个人观点使生活和历史理想化。没有人能够客观地看待事物。觉得自己是客观的人实际上是在欺骗他自己；哲学只是一种偏见，一种精心选择或喜欢的看待生活的有利角度。哲学的历史就是转移偏见的经过，就像一位家庭主妇将尘土从起居室打扫到餐厅，然后又从餐厅打扫到起居室，全在于她想住在哪里。我们重复着柏拉图、柏罗丁或圣托马斯·阿奎那，与此同时，宇宙却和沉默、冷静的上帝一起走着它自己的路。同时，我们用我们虚弱无力的手指盲目地指点着黑暗。我们在早上崇拜柏拉图的灵魂，午饭时对黑格尔的有关理论极感兴趣，当我们关灯上床的时候又认可蒙田的思想，并且说："我们知道什么呢？"

多么悲哀呀！然而，这种悲哀，这种拒绝服从幻想的想法，是明智的生活哲学的开端。智慧始于对不确定性的排除。不确定性是不利的，因为它会使人紧张。如果某人搁浅在孤岛上，并且确切地了解到一年之内不会有船只经过，他至少会得到一种确定事物的慰藉。他会振作自己，将自己的精力投身于将小岛变成一个舒适的生活场所。人生就是这样一个岛。知道我们不能做的事情，我们才能够做我们能做的事情，并因此安排好我们自己的生活。排除掉所有无聊、不确定的推测，我们知道我们生活着。我们了解这种生活；这点我可以断言，因为我知道它是怎样影响到我们的生活。只有生活着，我们才能了解它，当我们创造生活时，我们应该了解它。在有生之年，我们可以工作，我们可以行使我们的权利，我们可以安排自己快乐地劳动，安静地休息，和平地生活。我们还要求别的什么吗？我们没有必要去争辩上帝创造出星星是不是供人类观赏的。我们永远也不会知道。但是，如果看星星是惬意的事儿，去看就是了。

这种接受生活的态度以及我们感觉到的生活的所有美好与局限——桑塔雅那如诗的"自然主义"——可以成为内心的平和与满足的巨大来源，因为地球上的信仰具有强大的力量。于是，我们应该不抱幻想地生活，当然也不是幻灭；将我们的双脚坚实地踩在大地之上，并努力走正我们生活的道路，同时，我们将不会忘记，正如戴维·格雷森劝告我们的那样，时而停下脚步，抬头望一望天空。

"对有限的接受"（桑塔雅那语），以及懒汉的潜在的怀疑——上帝造人是让人既会工作也会玩耍，人是有精神的，这种精神是自由的——上述两点对生活的普通感受和渴望，如同我在开始时所说，是人类智慧的组成部分。

那么，什么是人类的理想呢？会有一个普遍的人类理想吗？答案可能是否定的。每个人必须去寻求他自己的哲学。实际上，每个人都有他自己的哲学，即他对生活的态度。至少，据我所知，每一个出租车司机都是哲学家。在纽约，我已经发现了最可爱的出租车司机，在他们中间我发现了精明强悍、愤世嫉俗的叔本华。无神论者、共产主义者、柏拉图主义者、杰弗逊民主党人，甚至只是平凡的观察者，他们都享受着观察生活的乐趣，并认为这个世界上的每个人都是疯子——他们都在那里。每个人当他创造生活时都已经发现了生活。如果出租车司机辞掉他的工作，一头扎进图书馆，十年，二十年后拿出一部哲学巨著来，那还是同样内容的文章。唯一的区别是，以前的哲学情感已经变成哲学概念。很有可能，如果他再次投生开始另一次生命，拥有另一种类型气质的他，会写出另一部哲学著作来否定他自己的观点。

二、霍姆斯法官的信条

许多美国伟人都已经发现了他们自己的生活理想，其中的一些人已经将它们用不足一千字的篇幅总结出来。这些总结使我们很感兴趣，因为它们是建立在一生体验基础之上的信条，并且一直在激励着这些伟人的生命。相对于美国思想，也许我现在更感兴趣的是美国思想与文化所创造出来的个性类型。这种思想对我来说是达到目的的手段。把人性的文化类型直接视为一个人同时代活生生的人，而不是只作为理论上的理想，在书中了解这种或那种类型，这对于这个人的心灵来说是大有裨益的。在每一代人中，总是会存在一些可以体现或代表国家文化精华的人物。生活中会存在许多奇怪的现象：生活在同一时代、同一城镇的人们可能会被完全不同的动机所驱使，以至于他们似乎属于不同的世界。有些人沉溺于享乐，有些人则致力于实现他们秘密的野心，有些人陷在生活的泥潭中永远无法有所建树，有些人成了酒鬼。而有些人个性鲜明，卓尔不群，非常伟大，他们代表了生机勃勃的文化的一种荣耀。有时，我们对当代文化心存疑虑，但是，有人又记起，这种文化同时也产生出伟大的人物，例如，在我们属于同一代人的霍姆斯法官、托马斯·爱迪生、路德·伯班克等。他们处于和我们相同的环境，但正是他们为我们这个时代创造了举足轻重的价值。

我喜欢霍姆斯法官，是因为他是一位真正的智者，他的灵魂是自律的，却又不乏对生命礼物的由衷喜悦，他身上的神圣之火既不会熄灭也不会变得狂野，而是怀着乐于为他的同胞服务的心，于是他的身上散发着光和热。我像尊敬杰弗逊一样的尊敬他，尊敬他的自律、他的勤勉以及他不知疲倦的学术精神。说不出什么原因，我自言自语道，那是一个可能存在的理想类型的人，他既不是激情澎湃、心醉神迷的天才，像托马斯·沃尔夫或爱伦·坡那样，也不是单调乏味、缺乏想象力的凡夫俗子！让那样的天才经受艰苦劳动与责任感的奴役吧；在日常琐事灰暗的表面下，神圣的火从来不会熄灭，而是积聚并散发着持久的光和热。

阅读霍姆斯法官关于生活信念的总结，人们会发现，也许其中没有什么特别使人兴奋或激动的东西。在人类智慧的周围，总是环绕着相似的光环，因为真正的真理总是会在我们的内心产生共鸣。这正是中国学者总是崇拜孔子的原因。我认为，孔子永远不会以表面的辉煌为荣。他认为自己绝对不会。他反对自己被称为"圣贤"，他只是将自己描写成一个"学而不厌、诲人不倦"的人。霍姆斯的智慧具有与孔子相同的朴素本质和坚实素养。

> 生活就是行动，就是发挥一个人的能力。[1]
> ——奥利弗·温德尔·霍姆斯法官

我们不能过我们梦想中的生活。如果我们能尽量做得最好，如果我们的内心可以感觉到，我们的生活是崇高的，

---

[1] 引文出自《我相信》。西蒙和舒斯特出版公司出版。

那么，我们就十分幸运了。

在此进程中会出现一些变化，这些变化不一定体现在我们的正确性中，而是出现在对我们的利益的强调过程中。我不是指那些存在于我们创造生活和获得成功的意愿中的变化——当然，我们都想要这样的变化——我指的是从理想的角度看那些存在于我们隐秘的智力或精神利益中的，缺乏了这些变化，我们只是蜗牛和老虎。

一个人首先探究的是一般性的观点。经过一段时间，他发现了一个一般性观点，在随后的很短时间里，他全神贯注于对这一观点的检验，试图搞清楚它是否真实。然而，经过多次实验或调查，所有的结论如出一辙，他的理论在他的思想中得到确认与完善，于是，他预先知道，下一个事例只不过是又一次的证实，焦虑的好奇心的刺激消失了。他意识到，他的知识领域只是宇宙原则更多的例证；他认为，这只是老调重弹，使人倦怠，或者只是又一次极为神秘的事例——因为，你对所有事物作何定位并不重要，这只是你自己的判断而已。在这个阶段，也许乐趣并没有减少，可是无论未来的目标是什么，这是从事这项工作所带来的纯粹的乐趣。似乎对我来说，只要你到达了这一阶段，你就会完成一个三位一体的公式：得到快乐，履行职责，实现生活目标。

这也正是马勒·勃朗士说下面这些话时所思考的内容，他说，如果上帝一只手里拿着真理，另一只手里拿着对真理的追求，他会说："主啊，真理只是属于你的；给我追求吧。"生命的乐趣在于，以某种自然的、有用的，或无害的方式发挥人的能力，没有其他的选择。不能做到这一点，才是真正的不幸。旧世界文学的痛苦处境就是承担了超出人的能力范围的重负。这个国家在小说中曾经描述过——我认为这是因为这个国家在生活中有过这样的经历——一个智力窒息或生命倦怠的深渊，在那里，已有的能力也被剥夺了发挥的空间。

对我来说，快乐的规律和职责的法则似乎是一回事。我承认，对我来说，利他主义和愤世嫉俗的自私的谈话似乎是同样虚伪的。怀着十分谦卑的心情，我觉得，"凡是你的手能做的事，尽力去做"比徒劳地尝试像爱自己一样爱你的邻居要重要得多。如果想击中飞行中的鸟，你必须把全部的意志集中在一点上，你不能想你自己，并且同样的，你必须不能想你的邻居；你必须将你的眼睛盯在那只鸟身上。每个成就都是一只飞行中的鸟。

快乐、职责，还有，我大胆地补充上一点，就是生活的目标。我谈论的只是这个世界，当然，还有对这个世界的教导。我不会设法侵占精神指导的领域。但是，从世界的角度来看，生活的目标就是生活。生活就是行动，是发挥一个人的能力。最大限度地发挥能力是我们的快乐和职责，同样，这也是证明我们能力的一个目标。直到最近，我能够想起的有益于文明的最好的事情，除了必然认可宇宙秩序之外，就是，最大限度地发挥能力造就了艺术家、诗人、哲学家和科学家。但是我觉得，这并不是最伟大的事情。现在我相信，最伟大的事情就是我们所有人都能完全理解的事情。当有人说我们为生存手段疲于奔命时，我的回答是，文明的主要价值只是，文明使得生存手段更加复杂；文明要求人们共同投入巨大的心智努力，而不是简简单单的、毫无关联的做法，以便满足人们在衣、食、住、行等各方面的要求。因为越复杂、越强烈的心智努力意味着更充实、更富裕的生活。它们意味着更多的生活内容。生活本身就是一个目标，关于是否值得生活的唯一问题是，你是否生活得充实。

我只想补充一句话。我们所有人都几乎绝望了。支撑我们漂浮在汹涌波涛之上而不致沉没的船板是由下列要素组成的：希望，对无法解释的价值与毅然投入的努力的信仰，以及在发挥能力过程中所得到的深深的、下意识的满足感。一首感伤的黑人歌曲这样唱道——

> 我时而上，我时而下，
> 我时而紧贴地面。

然而，这些思想帮助我克服了多年的猜疑、自卑和孤独的心理，我也希望，这些思想对作为我的听众的年轻人有所帮助。现在看来，这些思想对年轻人确实有好处，因为，尽管检验的时间似乎已经过去，但事实上，它们每天都要接受新的检验。由于你们对我十分仁慈，在这幸福的时刻，我可以大胆地相信，长期而充满激情的斗争并不是十分的徒劳。

[在波士顿酒吧协会的讲演，1900 年 3 月 2 日]

就这样，一位伟大、睿智的美国人发表了上述演说。

三、爱因斯坦的私人信条

　　1930 年，有人请求阿尔伯特·爱因斯坦以"私人信条"的形式总结一下他的信仰，于是他写了一篇简短的文字，这篇文章作为我所读过的最好的总结之一深深地印在我的脑海之中。1939 年，当有人请求他确认、重新阐述，或修改它时，他的这次阐述反映出急剧的改变，似乎经过一个难挨的年代，整个信仰的世界已经崩溃了，他十年以前写的文字似乎变得"奇怪而陌生，面目全非"。"在十年的时间里，"他写道，"对社会稳定的信心，是的，甚至是人类社会的存在基础都已经消失殆尽。人们感觉到，这不仅是对人类文化遗产的威胁，而且，对于一切他们想看到不惜代价予以保护的事物，人们的价值观显得十分卑劣。"这不仅仅标志着国际联盟的瓦解，或者希特勒主义及其所代表的全部思想体系的崩溃，或者第二次世界大战的失败。这不只是预示着永远困扰人类社会与人类生活的危险。这是价值观的倒退和价值观的崩溃。我可以称之为人类思想的混乱状态。"意识到这种事物的状态，我现在生活中的每一小时都被蒙上了阴影，而十年以前，这种混乱状态还没有占据我的思想。"因此，他怀着一种奇怪的感觉重读了自己的文章，对他来说，这些文字似乎既陌生又"基本上和以往一样真实"。[①] 今天，不安全感仍然笼罩着我们，但我觉得，这些文字仍然真实、优美。这是个人的哲学；令我们心存感激的是，对他自己信仰简明扼要的表述出自和我们生活同一时期的一位伟人之手。

[①] 摘自《生活的哲学》。1930 年，版权提供，论坛出版公司。1931 年，版权提供，西蒙和舒斯特出版公司。经授权再版。

对我来说，他对自己不关心的事物的阐述似乎比他信仰的那些东西更加使我感兴趣。

　　个人信条——"朴实、谦逊的生活态度对每个人都是最好的。"

　　　　　　　　　　　　——阿尔伯特·爱因斯坦

　　奇怪的是我们在地球上的处境。我们中的每个人到这里来都只是进行短暂的访问，不知道为什么，而有时似乎为了发现一种目的。

　　然而，站在日常生活的立场上，有一点我们确实了解到：人是为了其他人才到这里的——尤其是那些我们自己的幸福依靠其微笑与平安的人们，还为了数不清的陌生人，他们的命运因为同情的缘故与我们联系在一起。每天，我都会多次意识到，我自己的外在与内心生活在很大程度上建立在我的同胞们的辛勤劳动之上，包括活着的和死去的；我一定要奋发图强，以回报我所获得的如此多的恩惠。我过多地使用了他人的劳动成果，这种感觉让我十分沮丧，内心常常因此而苦恼，不得安宁。

　　我相信，从客观的角度看，我们没有任何形式的自由，因为，我们的行动受到外部压力和内在需要的双重因素的驱使。叔本华的名言——"一个人当然能够做他愿意做的事情，可他无法判定什么是他愿意做的事情"——在我年轻的时候就给我留下了深刻印象；当我见证并饱尝了生活的艰辛，这句话一如既往地给我以安慰。这种信念是宽容心态永久的催化剂，因为它使我们对自己或他人不再过分认真；它甚至蕴含了一种幽默感。

　　从客观的角度来说，我认为，过多地思考一个人自我存在或生活普遍意义的原因是十分愚蠢的。然而，每个人都拥有某些理想，他借此指导他的志向与判断。总是在我面前闪耀并使我的生活充满快乐的理想是善、美、真。建立安逸与幸福的生活目标从未吸引过我；建立在此基础之上的道德规范体系将只对一群牛适用。

　　如果在对曾经无法达到的艺术与科学研究的追求中没有与志趣相投的人的合作感，我的生活将会非常空虚。从我孩提之时到现在，我一直蔑视那些经常限制我们人类实现雄心壮志的普通规定。占有、表面的成功、出风头、奢华——对我来说，这些永远是卑鄙的追求。我相信，朴实、谦逊的生活态度对每个人都是最好的，无论从身体上还是思想上都是最好的。

　　我热衷于社会公正与社会职责，我的这种激情和兴致，与明显缺乏和男人、女人直接交流的渴望之情形成奇怪的对比。我是一匹套着单马具的马，没有能力担当一前一后双马具或团队工作的能力。我从来不能全身心地属于国家，属于我的朋友圈子，或者甚至属于我自己的家庭。这些关系总是伴随着模糊的冷漠。随着岁月的推移，我退回到自己内心世界的愿望与日增长。

　　这种隔绝有时是很痛苦的，但是我对被切断与其他人的理解与同情的联系一点都不感到遗憾。这固然使我失去了一些东西，可这也使我独立于其他人的习惯、观点和偏见，从而使我得到了某种补偿，并且，我不会受到某种诱惑，将我心灵的安宁依赖于如此不稳定的基础之上。

　　我的政治理想是民主。每个人都应该作为一个个体受到尊重，但是谁也不应该受到过分的崇拜。我本来应该得到很多的崇拜和尊敬，尽管这既没有必要，我也不配得到，这样的看法简直是一种命运的嘲讽。也许，这种过分的称赞来自大众的没有实现的愿望，他们希望能够领会那些，我用我微弱的能力，所提出的一些想法。

我非常清楚，为了实现任何一个明确的目标，某一个人必须进行思考和指挥，并承担大部分的责任。但是，那些被领导的人不应该是被强迫的，他们应该有权利选择他们的领袖。我觉得，区分不同社会阶级的特征是错误的；归根结底，这种区分依赖的是武力。我确信，腐化堕落追随着每一种暴力的独裁体制，因为暴力不可避免地吸引道德低劣的人。时间已经证明，有名的暴君都是由无赖继承其权位。

因为上述缘故，我一直在激烈地反对像现在俄罗斯和意大利所存在的那种政体。玷污了欧洲民主形式的并非民主本身的基本理论，尽管有人认为这一理论也会出错，而是政治联盟的客观特性，以及我们政治领导体制的不稳定。

我认为，美国的政体迎合了正确的思想。人民选举总统，总统有合理的任期年限，并被赋予足够的权力完全履行自己的职责。另一方面，关于德国政府，我赞成这个国家对生病和失业的人进行广泛的关怀。可以说，在我们喧闹的尘世生活中，真正有价值的不是整个民族，而是富有创造力和易动感情的个体——当普通人思想枯燥、感情麻木之时，正是他迸发出高贵、伟大的思想感情。

这个问题使我不得不想到普通人思想的最可耻的后裔——可憎的民团。那些喜欢列着纵队、伴着音乐行进的人为我所不齿；他错误地认为他的思想是合理的、正确的——他的大脑本来应该足够聪明。这种奉命的英雄主义，这种愚蠢的暴力，这种可恨浮夸的爱国精神——我多么强烈地鄙视它们呀！战争是卑鄙的行为，我宁愿被击得粉碎也不愿意参与这样的做法。

这种对人性的玷污应该果断地予以清除，决不姑息。我对人性进行过许多思考，相信，假如各个民族的公共意识没有因为商业或政治的缘故而被学校和新闻界所系统地腐蚀掉，那么，这种对人性的玷污早就不复存在了。

[《生活的哲学》]

阿尔伯特·爱因斯坦多次阐述过他对世界性的和平组织的信仰，比如，世界政府；具体地说，他支持过世界联邦主义者运动。无论是谁，只要他觉得应该批评世界联邦主义者是空想家或糟糕的思想家，他至少会感到一种冲动想去修正他自己的思想。爱因斯坦完成了一个公式，我们借此可以预测巨大的原子力量，而在大约四十年以后，人们才意识到这种力量的存在。四十年前，这是一种空想，但这肯定不属于糟糕的思想。我有一个最强烈的愿望，他犀利的头脑如此清晰地看到的、作为一个新的幻象存在的新型世界组织，也许在另一个四十年过去之前才可以被认识到，那时，可能就太迟了。他的第二个幻想可以拯救这个世界，而他的第一个幻想，在目光短浅的政治家的手中，会被用来破坏第二个幻想。

四、为适度干杯

我已经说过我对人类的理想感兴趣，不是口头上的理想，而是一个现实人的生活理想。我相信有这样一些人，他们在各自也许并不重要的生活领域里都发现了稳定的平衡体系，满意和舒心的生活哲学。

我不知道戴维·格雷森在下面的文章里参考的是哪位美国绅士——会不会是威尔逊总统呢？然而，他是，或者说曾经是一个真正的美国人，并且我相信，有许多像这个人一样的美国人，他们非常平凡，却都在各自的生活中实现了分寸感、平衡感，以及与事物秩序的内在和谐。正是这些不知名的美国人才是美国民主的支柱。

一位杰出、正直、诚挚的老年绅士

——戴维·格雷森

这必然使我联想到一个具有成熟性格的老朋友，他住在距这里不足一千英里的地方——我不能说出他的名字——他最伟大的用词是"比例"（proportion）。在我现在提笔写字的时刻，我仿佛可以听到他在用洪亮、苍老的声音读这个音节：pro-por-tion。他是那种平易近人、值得信赖的人。

如果我向他提出一个很难的问题——我的确很喜欢这么做——看他调整好自己准备应付这一问题的样子，那真是一桩乐事。他的眼睛会放出光芒，他微微收起下巴，不时地大声喊道："这个——这个！"

他将充分调动起所有的事实和环境，让它们像一个难看的小队一样肩并肩站在他的面前，没有什么比让那些事实必须毫不含糊地站在日光下更难看的了！他查它们的祖先，让它们伸出舌头，捅它们的肋骨一下两下，以弄清楚它们是不是充满活力的、强健的事实，有能力为它们的生命英勇战斗。他从不喜欢看到任何太大的事物，像教堂、聚会、改革、一本新书，或者一种新的时尚，以免他看到其他的事物会觉得太小；但是，正如他所说，他会让任何事物有真实的比例。如果偶尔他对旧的、牢固的、有身份的事物喜欢一点，对他来说，这绝对不会被认为是缺点，即使在被闪光的新事物征服的年代。

他是一位杰出、正直、诚挚的老年绅士，满头白发，面颊红润，从他明亮的眼睛中可以看出，他是一个一生都在节制自己欲望的人。有一件事情我必须要讲，尽管它和这个故事没有什么直接的关系，但是它可以使你了解我的老朋友是一个什么类型的人，而且，讲述完所有的细节，对于了解任何人都是一件好事。不久以前，他遭受一次严重损失，痛苦不堪，也许换成别人早已经被压垮了，但是当我在不久之后见到他的时候，尽管他的双眼周围的皱纹变得更深了，他还是用他一如既往的平和而有礼貌的态度招呼我。我本来可以用我的同情给他以安慰，因为我觉得自己和他十分亲近，可以去谈论他的损失，这时候，他平静地说道：

"在没有见到最后结果的时候，我们怎么知道事情是否就是坏事呢？它也许还是好事！"

我老朋友的生日聚会是一年当中我最重视的事情之一。每个冬天，在 2 月 26 日，都会举行一次聚会，他的一群朋友也会顺便过来看看他。我们中的某些人参加聚会完全是出于习惯，出于我们对这位老先生的爱戴；他邀请其他人，我认为是因为他对友情的微妙变化清楚至极：那些自发到来的邀不邀请都无所谓，对那些他同样喜爱却有些害羞的人，是必须要去请的。

如今，在这类生日聚会中，有一个我们谁也不会错过的历史性的仪式，因为这一仪式如此彻底地表现出我们这位朋友慷慨、宽容然而正直的性格的本质。如我所说，他是一个节制的人，并且像我认识的任何人一样讨厌整个酒类生意；但是，生活在一个为节制而展开的斗争经常是无节制地进行的社会，生活在一个存在着潜在的信仰，即棒打的法律可以使人高尚的社会，他每年都向外界宣布一次他的独立宣言。

在我们和我们的朋友一起度过一小时左右的时间，充分感受过那个场合的温馨和快乐之后，他庄严地站起身来走向宽大壁炉尽头的酒柜。壁炉里，为这次聚会专门准备的苹果木柴正在欢快地燃烧着，我们全都开始安静下来，非常清楚将要发生什么。他打开酒柜门，从架子上拿出一瓶陈年桃子白兰地，拔出瓶塞，他郑重其事地闻了一下，可能也让离他最近的人闻了一下。然后他从餐具柜里取出一套酒具，一套很小的酒杯，为了这次盛大的聚会，它们已经被擦得锃亮，然后，他为所有人倒满了陈年老酒，他将它们传给我们每一个人。我们全都站起身来；当他提议为这一年干杯——总是同样的干杯——我们都感觉到无比的庄严。

"现在为适度——所有事物中的适度干杯！"

他抿了一两口，继续说道：

"现在为节制——美德之王干杯！"

于是，我们都喝干了我们的酒杯。我们亲密的老朋友咂了几声嘴唇，塞上了细高酒瓶的塞子，然后把酒瓶放回酒柜，它将在那里安静地度过下一年，不会受到任何打扰。

"那么现在，先生们，"他深情地说，"让我们开始吃饭……"

[《伟大的财富》]

图书在版编目（CIP）数据

美国的智慧：全2册 / 林语堂著；刘启升译 .—长沙：湖南文艺出版社，
2016.9
书名原文：The Wisdom of America
ISBN 978-7-5404-7712-7

Ⅰ.①美… Ⅱ.①林… ②刘… Ⅲ.①哲学思想—研究—美国 Ⅳ.① B712

中国版本图书馆 CIP 数据核字（2016）第 182452 号

著作权合同登记号：图字 18-2016-153

上架建议：名家经典·文化

The Wisdom of America
By Lin Yutang
This edition arranged with Curtis Brown Group Ltd.
through Andrew Nurnberg Associates International Limited

MEIGUO DE ZHIHUI
美国的智慧：全 2 册

作　　者：林语堂
译　　者：刘启升
出 版 人：刘清华
责任编辑：薛　健　刘诗哲
监　　制：蔡明菲　潘　良
特约策划：李　荡
特约编辑：苗方琴
版权支持：辛　艳
营销支持：李　群　杨清方
装帧设计：利　锐
出版发行：湖南文艺出版社
　　　　　（长沙市雨花区东二环一段 508 号　邮编：410014）
网　　址：www.hnwy.net
印　　刷：北京盛通印刷股份有限公司
经　　销：新华书店
开　　本：880mm×1230mm　1/32
字　　数：450 千字
印　　张：19.5
版　　次：2016 年 9 月第 1 版
印　　次：2016 年 9 月第 1 次印刷
书　　号：ISBN 978-7-5404-7712-7
定　　价：68.00 元（全 2 册）

质量监督电话：010-59096394
团购电话：010-59320018